나의 아름다운 책방

MY BOOKSTORE:

Writers Celebrate Their Favorite Place to Browse,

Read, and Shop Introduction by Richard Russo

Edited by Ronald Rice and Booksellers Across America

Copyright © 2012 Black Dog & Leventhal Publishers, Inc.

All rights reserved.

Korean translation rights arranged with Black Dog & Leventhal Publishers Inc.

New York through Danny Hong Agency, Seoul.

Korean edition © 2014 Hyeonamsa Publishing Co., Ltd.

이 책의 한국어판 저작권은 대니홍 에이전시를 통한
저작권사와의 독점 계약으로 ㈜현암사에 있습니다.
저작권법에 의해 한국 내에서 보호를 받는 저작물이므로 무단전재와 복제를 금합니다.

나의 아름다운 책방

작가들이 푹 빠진 공간에서 보내는 편지

로널드 라이스 엮음

박상은 · 이현수 옮김

레이프 파슨스 그림

ᚼ현암사

나의 아름다운 책방

초판 1쇄 발행 2014년 11월 14일

엮은이　　　로널드 라이스
옮긴이　　　박상은·이현수
그린이　　　레이프 파슨스

펴낸이　　　조미현
편집주간　　김수한
책임편집　　김예지
교정교열　　김동관
디자인　　　양보은

펴낸곳　　　(주)현암사
등록일　　　1951년 12월 24일 · 10-126
주소　　　　121-839 서울시 마포구 동교로 12안길 35
전화　　　　02-365-5051
팩스　　　　02-313-2729
전자우편　　editor@hyeonamsa.com
홈페이지　　www.hyeonamsa.com

ISBN 978-89-323-1715-1 03800

이 도서의 국립중앙도서관 출판시도서목록(CIP)은
e-CIP 홈페이지(http://www.nl.co.kr/ecip)와
국가자료공동목록시스템(http://www.nl.go.kr/kolisnet)에서 이용하실 수 있습니다.
(CIP제어번호 CIP2014031429)

* 책값은 뒤표지에 있습니다. 잘못된 책은 바꾸어 드립니다.

나의 서점은 힘든 인생의 항해에서 등대와 같이
인생의 바른 지침을 주는 책들로 가득했고,
깃발이 찢겨 귀환했을 때 휴식을 취할 수 있는 항구였다.

– 장석주

내 생애 처음 만났던 서점은 사실 서점이랄 것도 없었다. 앨보드 앤 드 스미스Alvord and Smith는 뉴욕 글로버즈빌의 노스 메인 스트리트에 있었고, 내 기억이 틀리지 않다면 그들은 스스로를 문방구 주인이라고 불렀다. 그곳에 냉방 시설이 되어 있었는지는 기억나지 않지만, 안은 언제나 어두컴컴하고 한여름에도 시원했다.

각종 서적을 모아놓은 작은 코너 외에도 여러 가지 물품을 진열해놓은 선반들이 있었다. 가게에서는 상자에 담긴 문구류와 다이어리, 일기장, 고급 만년필, 볼펜 세트뿐만 아니라 붓, 자, 컴퍼스, 계산자, 스케치 패드, 캔버스, 물감 등의 제도용품과 미술용품도 팔았다. 선반은 갈수록 높아져 나중에는 천장까지 닿을 정도가 되었는데, 나는 손이 닿지 않는 마분지 상자에는 무엇이 들어 있을까 항상 궁금했다. 아래쪽 선반에 있는 것과 똑같은 것일까? 아니면 꿈에도 상상하지 못할 신기한 물건은 아닐까? 당시에는 그렇게 생각하지 못했지만, 앨보드 앤드 스미스는 지저분한 공장 도시에서의 삶을 벗어나고 싶은 열망을 가진 사람들을 위한 가게였다. 그곳은 늘 한가했다.

엄마는 주중에 늘 일을 했기 때문에 엄마와 나는 토요일 아침마다 볼

일을 보러 나갔고, 앨보드 앤드 스미스는 보통 우리가 처음 들르는 곳이었다. 그곳에 가면 나는 어린이 서적이 진열되어 있던 두 개의 선반 앞쪽 바닥에 자리를 잡아 앉곤 했다. 거기엔 일정한 모양으로 길게 꽂혀 있는 하디 보이스Hardy Boys와 낸시 드류Nancy Drew의 미스터리 소설들과, 잘 알려지지는 않았지만 나에게는 더없이 위대했던 켄 홀트Ken Holt와 릭 브랜트Rick Brandt 시리즈가 기다리고 있었다. 내가 가장 좋아했던 시리즈 중에 찾을 수가 없었던 11권인가 17권인가를 우연히 찾아냈을 때 느꼈던 그 짜릿한 전율을 아직도 기억한다. 몇 년 동안이나 찾아 헤매던 그 책이 마치 요술을 부리듯이 그곳에 꽂혀 있었던 것이다. 한 주 전에도 보이지 않던 그 책을 발견했을 때는 "세상에 이런 일이!"라는 소리가 절로 나올 만큼 신기하다는 생각이 들었다(마우스를 사용하는 아마존닷컴이 등장하여 이런 신기함이 사라지는 데는 50년이 걸렸다).

책을 발견한 것만큼이나 신기했던 건 책값의 출처였다. 엄마는 늘 돈이 나무에서 열리는 것이 아니라고 강조했고, 내가 울워스Woolworth에서 장난감 총을 들여다보기라도 할 때면 열심히 용돈을 모아 사라고 말씀하시곤 했다. 그렇지 않으면 생일이나 크리스마스를 기다리는 수밖에 없었다. 그렇지만 책을 살 때 1달러가 모자란다면 엄마는 늘 어디서 났는지 꼭 그만큼의 돈을 꺼내주셨다. 그러면 나는 다시 한 주를 기다릴 필요가 없었다. 그리고 그 사이에 다른 아이들이 사 가지 않을까 걱정하지 않아도 되었다.

앨보드 앤드 스미스에서 나오면 눈부신 햇살이 쏟아지는 포 코너스Four Corners(콜로라도, 뉴멕시코, 애리조나, 유타주를 말함)를 지나 술집과 당구장이 늘어선 사우스 메인South Main까지의 메인 스트리트 전경이 한눈에 들어온다. 길거리에는 별 의욕도 없이 건들거리는 남자들이 지나가는 예쁜 여자를 보고 휘파람을 불곤 했다. 이들 중에 아버지가 있을 때도 있었다. 세월이 흘러 내가 당시 뉴욕에서 법적으로 음주가 허용되는 나이인 18세가 되었을 때 아버지와 함께 술집을 드나들기도 했다. 그런 곳은 문방구나 마찬가지로 대개는 서늘하고 어두웠으며, 어딘지 신비로운 분위기가 감돌았다. 한동안 술집 같은 곳을 드나들기는 했어도 나는 결코 그 세계에 속한 적이 없었다. 어린 시절 앨보드 앤드 스미스의 바닥에 앉아 애정 어린 손길로 책표지를 어루만지던 그곳이 바로 내가 속한 세계였다.

20년의 세월이 훌쩍 흘러갔다. 나는 지금 영어과 조교수로 일하며 결혼도 했고, 어린 두 딸을 키우면서 코네티컷주 뉴헤이븐에 살고 있다. 전임교수로 근무하는 동시에 훌륭한 작가가 되려고 무척이나 애를 쓰는 중이다. 아내와 나는 글로버즈빌에서 엄마와 살 때처럼 가난하다. 내가 사는 아파트는 그간의 경험상 인근의 도둑들 눈에 잘 띄도록 중고차 앞뒤 창에 문을 잠그지 않으니 창문을 깰 필요가 없다는 쪽지를 써붙여야 하는 동네에 있다. 나는 또 차 안에 값나가는 것은 없으며 라디오와 스피커도 오래전에 도둑맞았다고 써놓는다. 물론 이것은 거짓말이다. 대학교수인 나는 언제나 차 안에 책을 두고 내린다. 이따금 아침에 나와 보면 누군가 분명히 차에 손을 댄 흔적이 역력했지만, 책은 내가 놓아둔 자리에 고스란히 남아 있다. 책을 가져가는 도둑은 없기 때문이다.

한 달에 한 번 정도, 토요일 밤에 여윳돈이 있을 때면 아내와 나는 우스터 거리에 있는 이탈리아 레스토랑에 가서 비싸지 않은(물론 우리 수준에는 비싸지만) 요리를 시켜 먹는다. 그리고 돌아올 때는 《선데이 타임스》 조간이 기적처럼 기다리는 아티커스 서점Atticus Bookstore에 늘 들른다. 어떻게 내일 신문이 오늘 나와 있을 수 있을까? 아티커스는 깨끗하고 조명 시설이 잘된 곳으로, 이 일대에서 책과 맛난 커피가 잘 어울린다는 사실을 알고 있는 일류 서점 중의 한 곳이다.

레스토랑에서 외식을 한 뒤라 주머니가 빠듯하기는 하지만 우리는 커피를 주문한 뒤 간이 테이블에 앉아서 서가의 책을 골라 훑어본다. 나도 몇몇 단편을 발표하기는 했지만 별로 잘 팔린 책은 아니다. 앉은 자리에서 보면 R열이 눈에 들어온다. 내 책이 발표된다면 꽂히게 될 바로 그 자리다. 언젠가는 나도 필립 로스Philip Roth의 이름과 나란히 꽂히는 작가가 되는지도 모를 일이다. 어떻게 보면 꿈도 꾸지 못할 일일지도 모른다. 어쨌든 글로버즈빌의 앨보드 서점 바닥에 앉아 있을 때처럼 이곳이 내가 속한 곳이라는 느낌을 지울 수 없다.

많은 사람들이 훌륭한 서점을 사랑한다. 그러면 작가들은 어떨까? 우리 같은 작가들은 괜찮은 서점이 보이면 이내 그곳에 빠지고 만다. 그리고 서로 정보를 주고받는다. 작가는 평생 지나칠 정도로 단골서점에 애착을 갖는다. 우리는 독립 서점 하나하나가 실패하는 것을 내 일처럼 가슴 아파한다. 분명히 우리는 뭔가 했어야 했다. 우리 작가들은, 적어도 나와 비슷한 세대의 작가들은 오늘이 있기까지 독립 서점의 덕을 본 것이 사실이다. 그런데 그동안 수많은 독립 서점이 이미 사라졌다. 남아 있는 서점들도 고군분투하고 있다. 고객들은 갈수록 서점을 눈요기를 위한 전시장쯤으로 활용하거나 전문 지식을 쌓기 위한 정보만을 직원들에게 요구한다. 그러고는 집으로 돌아가 온라인 쇼핑몰의 차가운 포옹에 몸을 맡기고 만다. 물론 그럴 마음이야 없었겠지만, 이들은 마우스를 움직이는 단순한 동작으로 미래 세대 작가들의 기반을 약화시키고 있다.

언제나 책에 대한 소문을 퍼뜨리는 것은 (나를 위해서 그래주었듯이) 독립 서점들의 역할이다. 언제일진 몰라도 훌륭한 작가가 될 소질이 있는 젊은이들은 그나마 독립 서점이 있어야 내가 그럭저럭 낄 수 있었듯이 마거릿 애트우드Margaret Atwood나 에밀 졸라Emile Zola 같은 대작가의 책 옆에 자신의 책이 꽂히는 날을 보게 될 것이다. 독립 서점이 없다는 것은 상상하고 싶지도 않다.

물론 나는 집에 가면 터치스크린보다 종이와 프린터를 사용할 만큼 고리타분한 사람이다. 그리고 결국 중요한 것은 전달 매체의 종류가 아니라 책이 전하는 메시지라고 주장하는 사람들의 말에 동의한다. 물론 전자기기로 양서良書를 읽는 것이 호화 장정의 악서惡書를 읽는 것보다는 나을 것이다. 하지만 서점은 내가 어릴 적 다니던 곳처럼 놀라움 그 자체로 남아 있다. 서점에 내 책이 꽂혀 있는 것을 볼 때면 나는 자부심과 동시에 겸허함을 느낀다. 도서관과 마찬가지로 서점은 드넓은 세계에 대해 길고 짜릿한 최고의 대화를 나눌 수 있는 물리적 공간이다. 이곳의 직원들은 누가 무슨 말을 하는지에 대한 정보를 여러분에게 알려줄 것이다. 질문을 하면 그들은 최근까지 리처드 루소Richard Russo가 무슨 책을 썼는지도 설명해줄 것이다. 하지만 더 중요한 것은 여러분이 '읽어야 하는' 책을 그들이 손에 쥐어줄 것이라는 점이다. 당신이 알지 못하는 그 누군가가, 이제 막 대화의 세계로 들어서려 하는 누군가가, 진짜로 중요한 것에 대해 당신과 이야기하고 싶어 하는 누군가가 쓴 책을 말이다.

한동안 훌륭한 서점에 가본 적이 없다면, 지금 여러분이 들고 있는 이 책은 여러분을 환영하며 기꺼이 그런 곳으로 안내할 것이다.

2012년
리처드 루소

리처드 루소는 소설과 산문을 쓰는 작가다. 2012년에 『엠파이어 폴스(Empire Falls)』로 퓰리처상을 수상했고, 『노스바스의 추억(Nobody's Fool)』은 영화로 제작되기도 했다.

| 차례 |

일러두기

- 괄호 안의 주는 모두 옮긴이의 것이다.
- 외래어 표기는 국립국어원 외래어표기법을 따르되, 대부분의 매체에서 통용되는 경우일 때는 그에 따르기도 했다.
- 단행본·장편·작품집은 『』, 단편·시·논문은 「」, 신문·잡지는 《》, 영화·텔레비전 프로그램 등은 〈 〉로 표기했다.

MARTHA ACKMANNS
마사 애크만

오디세이 북숍

매사추세츠주, 사우스 해들리

1979년, 미주리주에서 매사추세츠 서부로 이사했을 때 만나는 사람들마다 내게 두 가지를 권했다. 하나는 챈티클리어Chanticleer의 당근 케이크를 먹어 보라는 것이었고, 또 하나는 오디세이 북숍과 거래를 트라는 것이었다.

이들의 판단은 옳았다. 단맛과 매콤한 맛이 적절하게 조화를 이룬 챈

티클리어의 당근 케이크는 맛있었다. 나는 지금도 이 수수한 커피숍이 남아 있었으면 하고 바라지만, 다른 많은 것들과 마찬가지로 이 커피숍은 아무도 기억하지 못하는 그저 그런 가게로 바뀌면서 사라져버렸다.

그럼 오디세이 북숍은 어떨까?

참으로 다행스럽게도 오디세이는 번성했고, 게다가 끝까지 살아남았다. 이 서점은 세월과 시장의 시련을 견뎌냈을 뿐만 아니라, 문을 닫기 일보직전까지 내몰린 두 번의 파국도 이겨냈다. 2층짜리 흰색 건물은 현재 매사추세츠주 사우스 해들리의 심장이자 영혼이다.

나는 에밀리 디킨슨Emily Dickinson을 공부하러 매사추세츠 서부로 와, 이 지역의 아름다운 파이오니어 밸리Pioneer Valley에 있는 대학원에 다녔다. 파이오니어 밸리는 애머스트 칼리지, 스미스 칼리지, 햄프셔 칼리지, 마운트 홀리요크 칼리지와 매사추세츠 대학교가 자리 잡고 있는 곳이다. 나는 문학 수업을 위해 오디세이에서 책을 샀고, 토요일 오후면 오디세이 1층의 빅토리아 시대 소설 코너 옆 바닥에 자리를 잡고 앉아 책을 읽곤 했다. 당시 오디세이는 출판사별로 책을 진열했다. 약간 독특한 진열 방식이긴 했지만 영국의 책방에서는 흔히 볼 수 있는 방식이었다. 내가 읽었던 많은 책이 펭귄 출판사의 책으로, 책등이 모두 주황색인 염가판이었다. 펭귄은 마케팅 수단으로 책을 색 코드로 분류했다. 추리물은 녹색, 전기는 파랑색, 드라마는 빨강색, 소설은 주황색……이런 식이다. 나는 오디세이의 별난 진열 방식을 사랑했다. 이 코드를 풀고, 책등이 주황색인 책들을 찾아 1층으로 내려갈 때면 마치 서점과 한 식구가 된 것처럼 느껴졌다.

그러나 로미오 그레니어Romeo Grenier를 알게 된 것보다 더 강하게 오디세이의 식구라는 느낌을 받은 적은 없었다. 모두가 로미오라고 부르는 그는 오디세이의 주인이었다. 점잖은 신사 같은 외모에 크라바트(넥타이처럼 매는 남성용 스카프)를 매고 낮고 정확한 억양으로 말을 했다. 책 진열 방식은 그의 아이디어였다. 로미오는 뼛속까지 영국 예찬론자였다. 그는 마치 영국적인 것이라면 무조건 추종하는 사람 같았다. 오후 4시에 차를 마셨고, 조지 엘리엇George Eliot의 『미들마치Middlemarch』를 역대 최고의 소설이라 생각했다. 어떤 단골은 로미오를 영국인으로 오해할 때도 있었다. 그는 너무나 예의 바르고, 뭐랄까, 위엄을 부리는 듯했다. 그러나 이는 사실과는 거리가 멀었다.

로미오는 캐나다 퀘벡주의 오지 출신으로, 벌목꾼 집안에서 태어났다. 1923년 그는 미국으로 이민을 와 매사추세츠의 홀리요크에 정착했다. 그리고 약국의 지하 창고를 청소하는 일자리를 얻었는데, 사이먼 플린 밑에서 일하게 된 것은 뜻밖의 행운이었다. 수년 동안 로미오는 수직 상승했다. 말 그대로 지하 창고에서 말이다.

그는 약국 일을 도우며 약국 사업에 대해 배웠고, 면허를 따려고 공부했다. 또한 상사의 딸을 좋아했다. 진주만 공격이 있은 지 열흘 뒤, 약사의 딸 베티 플린과 로미오 그레니어는 눈이 맞아 달아났고, 사우스 해들리 부근에서 글레스만Glesmann 약국을 인수했다. 로미오와 베티는 칫솔과 샴푸 등을 팔았고, 가게 앞에 작은 책 선반을 놓아두었다. 로미오는 책이라면 사족을 못 썼다. 그는 이미 일주일에 책 한 권씩을 사는 게 버릇이 되어 있었다. 글레스만에서 책이 차지하는 공간이 점점 늘어났고, 선반들도 추가되었다. 얼마 지나지 않아 윌리엄 새커리William Thackeray(영국의 소설가)의 책들이 손톱 다듬는 줄과 올드 스파이스Old Spice 가 놓여 있는 향수 코너를 차지했다. 이름은 약국이지만 글레스만은 마을의 문학 모임 아지트가 되었다. 길 건너 마운트 홀리요크 칼리지의 학생과 교수들은 약국의 라운드 테이블과 부스에 모여 앉아 예술과 정치, 문학에 대해 이야기했다. 대학 커뮤니티는 글레스만을 좋아하게 되었고, 동창회 때는 학생들이 도서관에서 가장 좋아했던 장소를 다시 방문하듯 한번씩 들르곤 했다. 한 교수는 로미오 그레니어를 두고 "존 키츠John Keats 이래 가장 교양 있는 약재상"이라고 말했다.

1963년, 결국 피할 수 없는 일이 벌어졌다. 감기약은 자취를 감추었고 책의 귀퉁이는 너덜너덜해질 만큼 닳았다. 마운트 홀리요크 칼리지의 성화에 못 이겨 로미오는 글레스만에서 멀지 않은 곳에 오디세이 북숍을 열었다. 학생과 교수들은 약국에 쌓여 있던 책을 묶어 새로운 가게로 옮기는 걸 도와주었다. 로미오와 베티를 비롯한 열성적이고 박식한 직원들은 20년 동안 서점을 열심히 운영하여, 오디세이를 유명한 서점 및 관광명소로 만들었다. 단풍철에 근처 애머스트Amherst를 찾아온 관광객이나 대학에 다니는 자녀를 보러 온 부모들은 오디세이에 들러 로미오와 담소를 나눴다.

고객들은 직원이 책을 건네줄 때를 좋아했다. 고객이 원하는 책을 건네주면서 왜 그들의 선택이 탁월한가를 설명해주기 때문이었다. 에밀리 디킨슨, 로버트 프로스트Robert Frost, 리처드 윌버Richard Wilbur를 같은 동네 사람으로 보는 지역에서, 오디세이는 이웃들이 가장 소중히 여기는 것을 구현하는 장소였다. 그들에게 문학은 숨 쉬는 것만큼이나 중요했다. 그렇기에, 상상도 하지 못한 일이 발생했을 때 모든 사람들이 그토록 속상해 했다.

1985년, 로미오와 베티의 딸인 조안 그레니어는 매사추세츠 대학에서 역사학을 공부하면서 마지막 해를 보내고 있었다. 조안은 대학원에 갈 생각을 하고 있었다. 어느 12월 아침, 그녀는 대학원 시험을 보는 수백 명의 학생들과 함께 강당에 앉아 있었다. 시험에 너무 몰두한 나머지 끝나갈 무렵에 감독관이 그녀의 이름을 불렀을 때 용수철처럼 튀어 오를 정도였다. 긴급 메시지가 그녀를 기다리고 있었다. 조안이 혼자 운전해 서점으로 달려가는 것을 그냥 두고 볼 수 없었던 친구가 문 앞에 기다리고 있었다. 오디세이에 불이 났던 것이다.

화재 후 수개월 동안 조안은 75세가 된 아버지를 도와 원래의 글레스만 자리 옆에 서점을 다시 열기 위해 함께 일했다. 대학 구성원들도 거들었다. 연극학부는 무대 디자인 실력을 발휘해 서점의 인테리어를 도왔다. 학생과 교수들은 입고된 책의 재고 카드를 작성했다. 항상 고마움을 느끼고 있던 고객들은 "승천하는 불사조"라며 오디세이의 놀라운 복원을 자기 일처럼 기뻐했다. 그러나 캠퍼스 주변에 튤립이 막 봉우리를 맺을 무렵인 다섯 달 뒤에 두 번째 화재가 서점과 주변 상점들을 덮쳤다. 로미오는 서점을 살려 문을 여는 그 고된 과정을 다시 해낼 수 있을 것 같지 않았다. 조안도 마찬가지였다. "어떤 상황이 닥친 건지 확실히 몰랐다"고 그녀도 인정했다. 대학원이 문제가 아니었다.

다음 해 조안과 충격을 받은 오디세이 직원들, 그리고 마운트 홀리요크 커뮤니티는 다시 한 번 서점을 되살리기 위해 힘을 모았다. 이번에는 사우스 해들리 연합교회 근처의 부지였다. 몇 달이 지난 뒤 두 번째 화재의 잿더미 속에서 새로운 쇼핑센터가 다시 세워졌을 때, 오디세이는 대학 맞은편 마을 공동회관에 문을 연 최초의 상점이 되었다.

에밀리 디킨슨, 로버트 프로스트, 리처드 윌버를
같은 동네 사람으로 보는 지역에서,
오디세이는 이웃들이 가장 소중히 여기는 것을
구현하는 장소였다.
그들에게 문학은 숨 쉬는 것만큼이나 중요했다.

조안은 그녀에게 주어진 색다른 기회를 마음껏 활용했다. 우선 매장을 100평 조금 넘는 규모로 확장하고 저자별 독서회를 구성했으며, 초판 클럽, 셰익스피어 클럽, 어린이 독서 클럽을 만들었다. 오디세이는 새 책뿐만 아니라 중고 책과 애서가들을 위한 독특한 선물용 책을 파는 명소가 되었다. 소셜 미디어가 사업의 중요한 마케팅 요소가 되었을 때 오디세이는 고객이 종이책과 전자책을 주문할 수 있는 웹사이트를 만들었다. 이제 매사추세츠에서 가장 큰 독립 서점이 된 오디세이는 레이첼 매도우Rachel Maddow, 알렉산더 맥콜 스미스Alexander McCall Smith, 스티븐 킹Stephen King, 로잘린 카터Rosalynn Carter 등 다양한 인사들을 초대해 1년에

120회 이상 문학 및 문화 행사를 개최하고 있다.

베티 그레니어는 1989년에 사망했고, "가장 교양 있는 약재상" 로미오는 1997년에 부인의 뒤를 따랐다. 오디세이의 벽에는 불굴의 과거를 상기시켜주는 글레스만과 불에 탄 두 개의 서점 사진 그리고 로미오의 초상화가 걸려 있다.

이제 내 이야기를 해보겠다. 나는 오디세이의 바닥에 앉아 주황색 책등의 펭귄 출판사 소설을 빠짐없이 읽어치웠다. 내 친구 조안과 마찬가지로 내 경력 또한 엉뚱한 방향으로 흘렀다. 거리 건너편에 있는 대학에서 몇 년 동안 학생들을 가르친 후, 내러티브 형식의 비소설을 쓰는 작가가 된 것이다. 고문서 자료실에서 시간을 보내거나, 가본 적이 없는 도시를 여행하거나, 전에 만나본 적이 없는 사람을 인터뷰하는 일이 그 어떤 것보다 좋았다. 나의 첫 번째 책 『머큐리 13: 13명의 여성에 관한 진짜 이야기와 우주여행의 꿈The Mercury 13: The True Story of Thirteen Women and the Dream of Space Flight』이 출판되었을 때, 조안은 출간기념회를 열자면서 전화를 걸었다. 내 첫 출간기념회가 열린 그날 밤을 잊을 수가 없다. 케이블 방송 시—스팬C-Span과 내가 속해 있던 소프트볼 팀원이 전부 몰려왔고, 한 독자는 내게 샐리 라이드Sally Ride(미국 우주 비행사. 미국 여성으로서는 처음으로 1983년 6월 챌린저호에 탑승해 6일간 우주를 비행했다)가 첫 비행 때 썼던 야구 모자를 선물했다. 그리고 조안은 내가 자기와 동갑이라는 것, 그리고 내가 에밀리 디킨슨 연구자에서 우주 연대기 편자로 바뀐 것에 대한 농담을 하면서 나를 소개했다.

이날 저녁, 오디세이 행사에 어김없이 나오는 와인과 맛있는 패스트리를 먹은 뒤 조안은 집으로 가기 위해 차에 짐을 싣는 나를 도와주었다. 이때가 거의 10시였고, 다른 사람들은 대부분 돌아간 상태였다. 여전히 불이 밝혀져 있는 오디세이는 어두운 뉴잉글랜드산을 배경으로 베이컨처럼 보였다. 가게를 돌아보았을 때 문득 올드 스파이스를 밀어냈던 로미오가 사랑한 책들에 대한 생각이 떠올랐다. 그리고 이 멋진 책방이 내 삶을 얼마나 풍성하게 만들어주었는지에 대해 감사하지 않을 수 없었다. 이때 조안이 파티용품이 든 상자를 갓돌 쪽으로 옮기면서 그때까지 쓸쓸하게 홀로 남아 신간 소설을 뒤적거리던 손님을 향해 소리쳤다. "가게 좀 봐주실래요?" 나는 오디세이의 책 진열대 사이에 앉아 책을 읽곤 했던 옛 대학원 학생으로서 그 손님의 대답에 즐거움을 감출 수 없었다.

"좋지요. 책에 둘러싸여 있는 게 내 평생소원인데."

마사 애크만은 저널리스트이자 미국을 바꾼 여성들에 대한 책을 쓰는 작가다. 저서로는 『머큐리 13』과 『커브볼: 토니 스톤의 놀라운 이야기, 니그로 리그 최초의 여성 프로야구 선수(Curveball: The Remarkable Story of Toni Stone, First Woman to Play Professional Baseball in the Negro League)』 등이 있다.

ISABEL ALLENDE
이사벨 아옌데

북 패시지
캘리포니아주, 코르테 마데

나는 구식이다. 나는 반드시 주치의와 치과의사와 단골 미용사가 있어야 하고, 믿을 만한 서점도 하나는 꼭 있어야 한다고 믿는 사람이다. 나는 서평이 아무리 훌륭해도 책방 주인이 권해주지 않으면 무작위로 책을 산다는 걸 상상도 못한다. 운 좋게도 25년 전 미국으로 이민을 왔을 때(한 남자랑 열애에 빠졌고, 결국 그 남자랑 결혼했다) 캘리포니아 마린 카운티Marin County에서 살게 되었다. 그리고 도착하자마자 완벽한 책방을 찾아냈다.

북 패시지는 코르테 마데라에 있던 독립 서점으로, 우리 집에서 10분 거리에 있었다. 그곳은 바로 나의 피난처이자 사무실의 연장선이 되었다. 서점 주인인 일레인 페트로셀리Elane Petrocelli와 빌 페트로셀리Bill Petrocelli 부부는 나를 두 팔 벌려 환영해주었다. 내가 작가여서가 아니라 이웃이었기 때문이다.

1987년부터 나는 북 패시지에서 내가 출간한 책들의 북 투어를 시작했다. 북 패시지는 북 투어를 하는 작가들에게 매우 인기 있는 장소였다. 왜냐하면 작가들이 그다지 유명하지 않아도 유명인을 대하듯 열렬하게 맞아주었고, 무엇보다 열정적인 독자들이 기다리고 있었기 때문이다. 나는 다른 곳에서는 절대로 만나보지도 못할 위대한 작가, 정치가, 과학자, 스타, 전문가들이 여는 낭송회에 참석할 기회를 가졌다. 또한 북 패시지가 클래식한 레스토랑에 마련한 '책과 함께하는 요리' 행사에서 맛있는 음식도 즐겼다. 직업적 특성 때문에 나는 유목민처럼 떠돌아다녔다. 여행을 떠나기 전에 나는 늘 북 패시지의 멋진 여행 섹션에 들렀다. 가령, 모로코에서는 어디서 비즈 장식을 사야 하는지, 플로렌스에서 가장 맛있는 파스타 집은 어디인지 등등의 정보와 더불어 지도까지 얻을 수 있었기 때문이다.

북 패시지는 나에게 그저 단순한 책방 이상의 의미를 지닌다. 이곳은 내가 친구나 저널리스트, 학생, 독자, 동료 작가들을 만나는 장소다. 나의 우편함이 있고 나와 우리 가족이 책을 사고 주문할 수 있는 당좌 계정(거래 때마다 현금 결제를 하지 않고 그 대차 관계를 장부에 기록했다가 정기적으로 차액만을 현금 결제하는 방식)을 개설해준 곳이다. 내 손주들은 전화 거는 법을 습득하자마자 서점에 전화를 걸어 동화책을 주문했고, 다음 날 책을 받지 못하면 또 전화를 걸곤 했다. 수년 동안 손주들은 일요일마다 열리는 책 읽어주기 시간에 매주 참석했고, 해리 포터 책 발매일 전날 책방에서 여는 자정 파티에는 분위기에 걸맞은 분장을 하고 가장 먼저 줄을 서곤 했다.

내 남편인 윌리 고든^{Willie Gordon}(맞다. 25년 전에 만났던 그 남자다)은 변호사를 하다가 은퇴하고 작가가 되기로 결심했다. 나는 내 남편이 나와 경쟁하기로 했다는 사실을 믿을 수가 없었지만 그는 계속 고집을 부렸다. 그는 북 패시지에서 열리는 연례 미스터리 작가 컨퍼런스에 참석하더니 자신에게 가장 맞는 장르는 범죄소설이라고 결정을 내렸다. 딱히 그에게 악한 면이 있어서가 아니라 법과 법의학에 대해 잘 알고 있었기 때문이었다. 남편은 글쓰기 수업을 들었고, 직원이 소개하는 책들을 읽었다. 놀랍게도 남편은 지난 몇 년간 다섯 권의 소설을 냈고, 그의 소설은 여러 언어로 번역까지 되었다. 일레인에게 자신이 주관하는 컨퍼런스에 참가한 학생이 몇 년 뒤 당당하게 책을 펴낸 작가로서 연설하는 모습을 보는 것보다 더 기쁜 일은 없었다. 윌리는 그러한 많은 사례 중 하나다. 일레인은 윌리의 원고를 읽고 평가해준 최초의 검토자이고, 빌은 윌리가 미국에서 책을 출판할 수 있게 도와주었다.

북 패시지의 바이어는 나를 위해 소설, 오디오북, 가제본 원고를 골라준다. 내가 힘들여 읽을거리를 고를 필요도 없다! 그녀는 나에게 할

레드 호세이니Khaled Hosseini가 쓴 『연을 쫓는 아이The Kite Runner』, 데브라 딘 Debra Dean의 『레닌그라드의 마돈나The Madonnas of Leningrad』, 아브라함 베퀴 즈Abraham Verghese의 『커팅 포 스톤Cutting for Stone』을 출판도 되기 전에 골라 주었다. 풍부한 지식을 갖춘 서점 직원들의 도움으로 나는 여러 역사 소설과 최음제에 관한 논문(이상하지만!)을 포함한 16권의 책을 검토할 수 있었다. 청소년을 위한 3부작을 쓰기 전에 북 패시지의 어린이 작가 컨퍼런스에 참석했고, 아이들이 읽고 싶어 하는 내용이 무엇인지 알 수 있었다. 그리고 북 패시지는 나중에 아이들을 위한 북클럽을 1년 동안 계속 이어갔다.

친근한 서점 같은 편안한 장소가 있다면
아마도 할머니의 부엌일 것이다.

북 패시지는 거대한 지역 공동체의 문화적 영혼이다. 이곳은 작문 수 업을 듣고, 언어를 배우고, 컨퍼런스에 참석하고, 북 클럽과 연사 시리 즈에 참가하고, 만약 청소년이라면 트위터 토크(무엇이든 간에)에 참여할 수 있는 장소다. 일레인과 빌은 학교와 지역 단체, 식당과 제휴해 필요 한 기금을 모으고, 학생들이 수업과 컨퍼런스를 들으면 학점을 받을 수 있도록 도미니칸 대학교와 협력 관계를 맺었다. 고객들의 충성도가 너 무 높아 아마존과 다른 체인 서점들이 북 패시지를 끌어내리지 못했다. 이제야 하는 말이지만 그들은 정말 그러려고 했었다.

친근한 서점 같은 편안한 장소가 있다면 아마도 할머니의 부엌일 것이다. 온갖 종류의 책들이 꽂혀 있는 선반, 종이 냄새와 커피 향, 누구의 마음이라도 따뜻하게 해줄 책 속 주인공의 비밀스러운 속삭임이 있는 곳. 나는 북 패시지에서 시간을 보내고, 책을 읽고, 수다를 떨고, 기운을 얻는다. 딸애가 죽었을 때 그랬던 것처럼 북 패시지와 슬픔도 함께했다. 북 패시지에 많은 책이 있고, 이 책들 중 다수는 고통스러운 회고록이다. 나보다 앞선 다른 작가들이 가슴 아픈 심정에 대해 썼던 것처럼 나도 딸 폴라Paula의 이야기를 써야만 했다는 걸 깨달았다. 딸을 잃은 슬픔에 젖어 있던 괴로운 나날 동안 나는 손으로 글을 쓰며, 차를 마시며, 눈물을 닦으며 많은 시간을 북 패시지에서 보냈다. 프라이버시를 존중해주면서도 내내 곁을 지켜주었던, 북 패시지에 있던 친구들의 도움을 받으면서 말이다.

때때로, 윌리와 다퉜을 때나 유난히 향수병이 도질 때면 조국 칠레로 돌아가 살고 싶다는 꿈을 꾼다. 그러나 그런 일은 절대로 일어나지 않으리라는 걸 잘 알고 있다. 왜냐하면 내 개가 그렇게 먼 곳까지 여행하지 못하며, 북 패시지를 절대로 잃고 싶지 않기 때문이다.

이사벨 아옌데는 『영혼의 집(The House of Spirit)』, 『내 영혼의 아그네스(Inés of My Soul)』, 『세피아의 초상(Portrait of Sepia)』, 『행운의 딸(Daughter of Fortune)』 등의 소설을 쓴 베스트셀러 작가다.

RICK ATKINSON
릭 앳킨스

폴리틱스 앤드 프로즈 북스토어

워싱턴 D.C.

때때로 우리 삶에서 습관이 하나의 의식儀式이 되다 보면 결국엔 미신으로 자리 잡기도 한다. 내게는 이런 기미가 1988년 10월에 처음 나타났다. 미 육군사관학교 1966년 졸업생들의 이야기를 그린 내 첫 번째 책의 마지막 줄을 타이핑하고 있을 때였다. 마지막 장면은 베트남전에서 전사한 수많은 장병이 잠들어 있는 웨스트포인트 묘역이 배경이고, 사관학교 군목의 다음과 같은 회상으로 끝난다. "나는 이들을 사랑했다. 진심으로 이들을 사랑했다."

그런데 이제 뭘 한다? 스스로에게 물었다. 원고를 마치면 작가들은 무엇을 하지? 나는 책상을 박차고 일어나 스니커즈를 신고 유타 스트리트를 향해 걸어가다가 네브래스카 애비뉴에서 우측으로 돌기 전에 코네티컷 애비뉴를 건넜다. 거기 밋밋한 상가 건물에 워싱턴 D.C.의 명소가 될 조짐이 보이는 옹색하고 답답한 가게가 하나 있었다. 바로 폴리틱스 앤드 프로즈 북스토어였다.

이것이 '작가들이 글을 끝냈을 때 하는 것이구나'라고 생각했다. 작가들은 다른 동료 작가와의 교감을 원했던 것이다. 적어도 다른 작가들이 쓴 책을 통해서 말이다. 그리고 그 가을, 폴리틱스 앤드 프로즈 북스토어에서 찾을 수 있었던 새롭고 멋진 책들은 가브리엘 가르시아 마르케스Gabriel Garcia Marquez의 『콜레라 시대의 사랑Love in the Time of Cholera』, 스티븐 호킹Stephen W. Hawking의 『시간의 역사A Brief History of Time』, 톰 울프Tom Wolfe의 『허영의 불꽃The Bonfire of the Vanities』이었다.

1992년 가을, 나의 두 번째 책을 끝마쳤을 때도 폴리틱스 앤드 프로즈 북스토어에 들러 이 소소한 습관을 반복했다. 그리고 이 의식에서 벗어나면 불운이 따르지 않을까 하는 두려움이 일어 2000년, 2003년, 2006년, 가장 최근에는 2012년 3월에도 이 의식을 반복했다. 원고를 탈고한 뒤 책방에 들르지 않으면 끝낸 것 같지가 않았다. 책 진열대를 둘러보는 것이 마지막 페이지에 '끝'을 치는 것과 똑같았다. 그리고 덜 진부했다.

우리 가족은 폴리틱스 앤드 프로즈 북스토어가 들어선 뒤 얼마 지나지 않아 워싱턴의 체비 체이스 부근으로 이사를 왔다. 칼라 코헨Carla Cohen이라는 멋진 여성이 1984년 가을에 서점을 열고, 당시 큰 인기를 얻었던 로버트 러들럼Robert Ludlum의 『아키텐 프로그레션The Aquitaine Progression』과 자동차 업계의 거물인 리 아이아코카Lee Iacocca의 자서전뿐만 아니라 바바라 W. 터치먼Barbara W. Tuchman의 『바보들의 행진The March of Folly』, 유도라 웰티Eudora Welty의 『한 작가의 시작One Writer's Beginnings』, 워싱턴 출신의 밥 우드워드Bob Woodward가 쓴 특이한 전기 『기이한: 존 벨루시의 짧은 생애와 빠른 시대Wired: The Short Life & Fast Times of John Belushi』 등을 팔고 있었다. 도시 계획가이자 연방 주택 관리자였던 볼티모어 출신의 칼라는 "내가 시간을 보내고 싶은 일종의 책방"을 운영한다는 야무진 야망을 가진, 요령 있고 사교성이 출중한 추진력 있는 여성이었다. 역시 이 지역 출신 작가이자 서점의 단골이었던 론 서스킨드Ron Suskind는 나중에 이렇게 회상했다. "칼라를 이상적인 독자라고 생각하는 작가가 수백 명이다. 그녀는 아브라함과 같은 족장이다."

칼라는 서점 관리자를 구하기 위해 신문에 광고를 냈는데, 관리자를 찾는 대신 사업 파트너 바바라 미드Barbara Mead를 찾아냈다. 여러 해 웨스트 코스트에서 살다가 워싱턴으로 돌아온 바바라는 무엇보다 책에 대해 잘 알고 있었고, 장사에 대해 잘 알았다. 열렬한 독서광인 이 두 여성은 서로를 완벽하게 보완해주었다. 칼라는 야단스럽고 자기주장이 강한 반면, 바바라는 차분하고 꼼꼼했다. 바바라는 나중에 이러한 협업을 "고양이였던 나는 눈에 띄지 않게 방에 들어와 가장자리에 조용히 앉아 무엇이 어떻게 돌아가는지 하나하나 찬찬히 살폈다. 강아지였던 칼라는 사방을 방방 뛰어다녔다"고 회상했다. 이들의 의견이 일치하지 않는 경우는 거의 없었지만, 유독 서로 의견이 맞지 않았던 부분은 서점 이름이었다. 애초에 칼라가 생각해낸 이 이름은 워싱턴을 상징적으로 나타내고 있었다. "이건 진짜 아닌 것 같은데요"라는 바바라의 말을 듣고도 칼라는 자기 생각을 밀고 나갔다.

> 폴리틱스 앤드 프로즈 북스토어의 직원들은
> "와비건 호수의 아이들처럼, 우리 고객들의 수준은
> 모두 평균 이상입니다"라고 즐겨 말하곤 했다.

처음 몇 달 동안 직원이라곤 두 주인과 시간제로 일하는 점원뿐이었다. 1년 안에 두 번째 판매사원이 들어오고, 1989년이 되자 폴리틱스 앤드 프로즈 북스토어의 직원은 여섯 명이 되었다. 그해 여름에 서점은 길 건너편 커다란 쇼윈도가 있는 더 넓은 공간으로 이사했다. 경찰은 코네티컷 애비뉴의 교통을 정리해주었고, 이웃들은 1만 5,000여 권에 이르는 책을 함께 옮겨주었다. 나도 그해의 베스트셀러였던 살만 루시디Salman Rushdie의 『악마의 시The Satanic Verses』, 존 어빙John Irving의 『오웬 미니를 위한 기도A Prayer for Owen Meany』, 데이비드 핼버스탬David Halberstam의 『1949년의 여름Summer of '49』, A. 스콧 버그A. Scott Berg의 『골드윈Goldwyn』,

사이몬 샤마Simon Schama의 『시티즌Citizens』 등이 든 박스를 날랐다. 이렇게 베스트셀러와 재고 도서, 잘 알려지지 않은 시선집, 우리가 전혀 읽어보지 않은 필독서를 나르면서 떠올린 생각이 토트백과 티셔츠에 프린트되어 있던 서점의 슬로건에 잘 나타나 있었다. "읽을 책은 많고 시간은 없다."

시민 문화회관과 아이디어의 전당 역할을 꿈꾸던 서점 주인의 콘셉트에 따라, 폴리틱스 앤드 프로즈 북스토어는 책과 관련된 작가들의 다양한 행사를 후원하는 워싱턴 최초의 서점 중 하나였다. 이러한 행사는 저자와 독자 간의 개인적이고 정감 어린 대화를 유도했다. 서점은 종종 D.C.의 기자와 지역 출신의 작가를 동원해 사람들을 모으면서 한 달에 다섯 번 정도 행사를 열기 시작했다. 1989년경에는 두 배로 늘어나 한 달에 열 번 정도 행사가 열렸다. 《뉴욕타임스》의 논평에 따르면, 서점은 "정치에 관해 글을 쓰는 작가라면 반드시 북 투어를 거쳐야 할 장소"가 되었다. 사실 가톨릭에 관심 있는 부유하고 교육 수준이 높은 고객들은 소설과 시는 물론이고 비소설과 시사 저널리즘에 이르기까지 모든 장르를 지지했다. 폴리틱스 앤드 프로즈 북스토어의 직원들은 "와비건 호수(사람들이 자신의 능력을 과대평가하는 경향을 설명하려고 만들어낸 가상의 마을)의 아이들처럼, 우리 고객들의 수준은 모두 평균 이상입니다"라고 즐겨 말하곤 했다.

얼마 지나지 않아 오후 시간은 물론 거의 매일 밤 행사로 가득 차게 되었다. 폴리틱스 앤드 프로즈 북스토어에서는 한 작가에게만 연단에 설 기회가 주어졌으므로 노벨상 수상자든 처음 책을 낸 지역 출신 작가든 서너 명의 작가는 어쩔 수 없이 발길을 돌려야 했다. 운 좋게 서점에서 몇 차례나 연단에 설 기회를 얻었던 나 같은 작가들은 호기심 많고 열정적인 관객을 만나 자신을 드러낼 수 있는 좋은 기회였다. 미처 간파하지 못했던 부분을 지적받으며 내 책에 대한 이해를 깊게 하는 계기가 되었고, "내가 무엇을 생각하는지 알기에 나는 그렇게 썼다"는 옛 경구에 새로운 의미를 부여하게 되었다.

서점은 확장되어 별관도 두고 커피숍도 생겼으며, 어린이 책 코너도 더 커졌다. 크라운 북스Crown Books와 보더스Borders(대형 서점 체인) 등이 사업을 위협하는 고비도 무사히 넘겼다. 반즈앤노블Barnes & Noble, 아마존닷컴Amazon.com, 코스트코 팔레트Costco Pallets, 전자책 등의 또 다른 위협도 잇따랐다. 올슨즈 북스 앤드 레코드Olsson's Books and Records 같은 훌륭한 지역 경쟁자들이 사라졌다. 미국의 자영업자들에게 닥친 생존 싸움이 이보다 더 힘겨웠던 적은 없었다. 그러나 다행히도 폴리틱스 앤드 프로즈 북스토어는 영특하고 열정적인 직원과 충성스러운 지역 단골 덕분에 여전히 번성하고 있다.

2010년 여름, 이제 74세가 된 칼라와 바바라는 25년 동안이나 함께 운영해온 서점을 팔기로 했다고 발표했다. 칼라가 많이 아팠기 때문이다. 그녀는 그해 10월에 암으로 사망했다. 칼라의 남편인 데이비드 코헨과 바바라는 브래들리 그레이엄Bradley Graham과 리사 머스커틴Lissa Muscatine을 새로운 주인으로 선정했는데, 이들보다 더 훌륭하고 열정적인 주인은 아마 구하지 못했을 것이다. 이 둘은 모두 내가《워싱턴 포스트》의 풋내기 기자 시절 때부터 함께해온 오랜 친구이자 동료이다.

브래드와 리사가 비록 e북e-book과 e리더e-reader라는 새로운 세계를 받아들이기는 했지만, 폴리틱스 앤드 프로즈 북스토어는 우리가 서구 문명에서 그토록 소중히 여기는 재래식 소매상의 특성, 즉 배움, 관용, 다양성, 예의, 담론, 연구, 서정성을 간직하고 있다. 운 좋게 근처에 사는 우리들에게 폴리틱스 앤드 프로즈 북스토어는 안식처이자 꿈이 깃들 수 있는 하나의 보루이다. 책을 사고, 둘러보고, 에스프레소를 마시고, 초청받아 연설을 하며 이웃에 살 수 있었던 우리는 얼마나 행운아였던가. 그리고 국가 정치에 대한 소설이나 회고록 또는 명상록을 끝마쳤을 때, 약간은 자기 망상에 사로잡힌 채 서점을 둘러보라. 글을 사랑한다면 이곳은 당신이 있어야 할 장소이다.

릭 앳킨스는 『롱 그레이 라인(The Long Gray Line)』, 『여명의 군대(An Army at Dawn)』, 『전투의 날(The Day of Battle)』 등 군 역사에 관한 책 여섯 권을 집필했다.

WENDELL BERRY
웬델 베리

카마이클스 북스토어

켄터키주, 루이스빌

나는 물질주의자라고 할 순 없지만 그렇다고 비물질주의자도 아니다. 물질, 즉 이 세계에 존재하는 사물의 실질적인 존재는 나에게 중요하다. 그리고 인간의 경험이 점점 비물질주의적으로 변해가면서 그 가치가 커진다는 생각이 든다. 화면과 마음에만 존재하는 '텍스트'는 나에게 책이 아니다. 책이 언어로 구현되었다는 것만으로는 충분하지 않다.

반드시 표지를 씌워 제본된 종잇장 위에 인쇄된 언어여야 한다. 책은 물질적 인공물이고, 보기 위해서뿐만 아니라 손으로 들고 냄새를 맡기 위한 것이다. 만질 수 있는 언어를 담고, 실제 펜으로 밑줄을 그으며, 여백에 무엇인가를 쓸 수 있어야 한다. 그래서 책은, 진짜 책은, 언어의 화신化身은 육체적 삶의 일부가 되는 것이다.

또한 육체적 삶은 필연적으로 지역적, 경제적이어야 한다. 따라서 책 속에 구현된 삶은 서점의 삶까지 추가되어야 한다. 물론 어느 정도 거리가 있는 곳에서 책을 주문하고 우편으로 받아볼 수도 있다. 고백컨대 나도 가끔은 그렇게 한다. 그런데 경험상 그렇게 하는 것은 가장 고귀하고 중요한 문학적 즐거움을 저버리는 것이며, 구매한 책의 삶에서 가장 중요한 부분을 빼버리는 것이다. 나는 어렸을 적부터 마음속에 소중한 자리를 차지하고 있는 책들을 여전히 소유하고 있고, 그 책을 산 서점과 그 책을 나에게 판 책방 주인에 대한 내 기억이 바로 그 책이 누린 삶의 일부가 된다.

책을 '주문'하는 것은 '잘 알지도 못하는 물건을 사는 것'이며, 따라서 나쁜 거래를 할 가능성에 자신을 내던지는 것이다. 받은 책은 어쩌면 조악하게 만들어져 싸게 샀다 하더라도 바가지를 쓴 것이 될 수도 있다. 당신이 책을 사랑하는 사람이라면, 만들어진 책의 품질에 신경을 쓰는 사람이라면, 그 책으로 인해 당신 삶의 가치가 그만큼 줄어든 것이다.

그래서 나는 켄터키주 루이빌에 있을 때 카마이클스 북스토어에 가기를 좋아했다. 때로는 특정한 책을 사기 위해 갔으며, 때로는 아무런 목적 없이 그저 어떤 책이 들어왔나 보러 가거나 그곳에서 일하는 사람들을 만나기 위해 갔다. 그곳은 서점이 가져야 할 조용함, 친절함, 특유의 냄새, 유형성이 있었다. 그곳은 책의 삶이 완벽하게 구현된 곳이었다. 그곳에 가서 내가 생각지 못했거나 살 수 있을 거라 기대하지 않았던 책을 발견하는 것, 그 책을 사기로 결정하는 것, 보물처럼 그 책을 사서 집으로 가져오는 것, 친절한 대화를 통한 전 거래 과정을 이행하는 것, 이것이 바로 모든 면에서의 즐거움이다. 따라서 나의 경제적 삶의 일부가 나의 사회적 삶의 일부가 된다. 이러한 이유로 나는 진짜 세상의 실재하는 장소와 사람이 필요한 것이다.

유형성이여 영원하여라! 느린 소통이여 영원하여라!

웬델 베리는 50편이 넘는 소설, 비소설, 시를 썼으며, 국가인문학훈장을 비롯한 많은 상을 받았다. 최신작으로는 『시선집(New Collected Poems)』, 『시간 속의 장소(A Place in Time)』, 2006년부터 시작된 '포트 윌리엄스(Port William) 시리즈'가 있다.

JEANNE BIRDSALL
진 벗설

브로드사이드 북숍

매사추세츠주, 노샘프턴

모든 작가에게는 자신만의 서점이 필요하다. 문장과의 사투로 외롭고 짜증이 날 때, 끝낼 수도 있고 그러지 못할 수도 있는 작업의 결과물이 있는 장소보다 우울함을 발산할 더 좋은 곳이 어디에 있겠는가? 특히나 일을 해야 되는데 자꾸만 작업실을 벗어나고 싶을 때 말이다. 게다가 독서는 글을 쓰지 않기 위한 가장 좋은 핑계가 된다. 따라서 우리는 언제나 책이, 그것도 산더미처럼 아주 많이 쌓인 책이 절실히 필요하다.

　나만의 책방에 가기 위해 나는 길을 따라가다가 주차장 두 개를 건너 모퉁이를 돌아선다. 그러면 브로드사이드 북숍이 바로 거기에 있다. 밖에는 줄무늬 차양이 쳐 있고, 안에는 벽마다 바닥부터 천장까지 이어지는 선반이 있고, 게다가 여기저기 놓여 있는 추가 선반까지 사방천지가 책으로 둘러싸인 곳이다. 이 책들은 바위 위의 세이렌(고대 신화에 나오는 요정. 여자의 모습을 하고 바다에 살면서 아름다운 노랫소리로 선원들을 홀려 죽게 했다고 한다)처럼 나를 끌어당긴다. 세이렌을 에세이 컬렉션, 특히 엘윈 브룩스 화이트E. B. White와 앤 패디먼Anne Fadiman 같은 작가들이 쓴 에세이

> 독서는 글을 쓰지 않기 위한 가장 좋은 핑계가 된다.
> 따라서 우리는 언제나 책이, 그것도 산더미처럼
> 아주 많이 쌓인 책이 절실히 필요하다.

컬렉션으로 생각한다면 말이다. 에세이 건너편 통로에 있는 추리물들도 분명 세이렌이다. 특히 영국 추리물. 레지날드 힐Reginald Hill! 소피 한나Sophie Hannah! 또한 추리물과 바로 붙어 있는 전기傳記와 에세이 바로 뒤에 숨어 있는 NYRBNew York Review of Books 고전, 그리고 소설. 그 누가 소설에 사로잡히지 않겠는가?

　이 모든 장르에서 살아남았다면, 여전히 브로드사이드 어린이 코너의 생생한 유혹이 남아 있다. 칭찬받기를 바라는, 아니면 슬프게도 팔

리지 않고 선반에 너무 오래 남아 있어 위로받길 바라는 내 책들이 거기에 있다. 어쩔 땐 좀 더 대담하게 바닥에 앉아 내 책들에 사인을 한다. 어떤 호기심 많은 아이나 부모가 내게 그 책의 저자냐고 물어보면 "네, 저예요"라고 대답하고 그들의 칭찬에 흐뭇해 할 수 있게 되기를 바라면서……. 칭찬이 썩 신통치 않다거나, 더 심한 경우에 내 책보다 케이트 디카밀로Kate DiCamillo의 책이 더 좋다는 고백이라도 들으면 '그냥 집에서 TV 시리즈 〈버피와 뱀파이어Buffy, the Vampire Slayer〉나 볼 걸' 하고 후회하면서 말이다.

브로드사이드를 순조롭게 운영하는 사람들은 명석하고 매력적인 이들로, 모두 책에 대한 해박한 지식을 갖고 있고 뻔질나게 어슬렁거리는 지역 작가들을 다루는 방법도 잘 안다. 이들은 내 행동을 너그럽게 받아주었고, 이런 점이 마음에 든다. 특히……. 아니다, 누구 한 명을 딱 꼬집어 얘기할 순 없다. 그렇지만 어떤 직원(스티브라고 하자)이 한번은 나에게 계산대 뒤에서 〈푸팅 잇 투게더Putting It Together〉를 불러주었고, 이 점을 언제나 고맙게 생각한다. 고마워요, 스티브. 그리고 고마워요, 브로드사이드 북숍. 나만의 서점이 되어주어서.

책들에게 건배를, 언제나 영원하길, 아멘.

진 벗설은 아동문학 작가다. 《뉴욕타임스》 베스트셀러인 펜더윅(Penderwick) 가족에 대한 소설은 청소년 문학상(National Book Award for Young People's Literature) 등 많은 상을 수상했으며, 22개 언어로 번역되었다.

RICK BRAGG

릭 브래그

앨라배마 북스미스

앨라배마주, 버밍엄

우선 이 글을 시작하기 전에 할 말이 있다. 여기에는 고양이가 없다. 이 점에 대해서는 정말 눈물 날 정도로 고맙다. 얼룩고양이도 없고 푸른 눈의 히말라야 고양이도 없다. 거만한 샴 고양이도, 벌거숭이 같은 이 집트 고양이도 없다. 나는 다른 곳에 있는 고양이는 신경 쓰지 않을뿐더러 쥐를 잡아주는 것에 대해 고마워한다. 그리고 고양이가 내 무릎에 앉는 걸 몇 초 동안은 참을 수 있다. 왜냐하면 여자들이 고양이를 복숭아 아이스크림처럼 좋아하기 때문이다. 나는 고양이 배설물과 종이 제품을 가까이 둘수록 좋다는 말을 믿지 않는다. 방치된 애완동물용 변기 냄새가 나는 『캐너리 로우Cannery Row』나 『외로운 비둘기Lonesome Dove』를 읽어본 사람이면 내 말에 동의할 것이다. 물론 그들의 아내가 고양이를 좋아하는 사람이라면 개와 별반 차이가 없다는 빤한 거짓말을 들어줘야 하겠지만 말이다.

책이 고양이를 불러들인다는 건 사실이다. 그렇지만 앨라배마 홈우드에 있는 앨라배마 북스미스에는 고양이가 없다. 망할 고양이가 서고에, 선반에, 창문에 앉아 있는 걸 운치인 양 생각하는 사람들이 지천으로 깔린 이 문학 세계에서, 그것만으로도 앨라배마 북스미스가 멋진 책방이라고 주장하기에 충분하다. 누가 삼색 얼룩고양이를 들여보내지 않는 한 말이다. 그런데 이런 일은 일어나지 않을 것이다. 책방 주인 제이크 라이스Jake Reiss를 아는 사람이라면 누구든 그가 고양이를 기를 시간은커녕 점심 먹을 시간도 없다는 것을 안다. 이제 속마음을 털어놨으니 하려던 얘기로 넘어갈 수 있겠다.

그는 세상을 잘도 속였다. 지역 신문 《버밍엄 뉴스》가 제이크 라이스에 대해 쓴 글을 한번 보자.

"이제, 주인에게 위대한 밤은…… 사우스사이드 집에 가서 전자레인지에 즉석 냉동식품을 돌리고 자신을 위해 카베르네 소비뇽 한 잔을 따른 뒤, 주방 식탁에 앉아 그가 1년 동안 읽을 200여 권 중 한 권을 읽기 시작한다."

사실, 이 남자는 도박을 한다. 자신은 전 세계가 이 사실을 알게 되는
걸 원치 않을 테지만.

어떤 이는 사냥을 한다. 어떤 이는 낚시를 한다. 어떤 이는 〈앨라배마
응원가〉의 첫 소절이 연주되는 경적이 달린 백만 달러짜리 캠핑카를 산
다. 내가 아는 사람 중에는 없지만 어떤 이는 오페라에 간다. 제이크 라
이스는 휴식을 위해 도박을 하고 주사위를 굴린다.

도박꾼이 아닌 다음에야 누가 평생 잘나가던 양복점을 때려치우고,
그것도 50대에 접어들어서 "제발 좋은 패가 나와라. 애들한테 새 신발
을 사줘야 한다고!"라는 외침도 없이 서점을 열겠는가.

희한한 일은 그가 계속 딴다는 것이다. 이 힘든 시기에 그는 돈을 딴
다. 대부분의 아이들이 엄지손가락으로 게임하는 데만 관심 있는 이 시
대에, 독서가 고대의 먼지 낀 복도 같은 진귀한 개념이 되어버린 이 시
대에, 도서관을 위한 공적 자금이 말라가는 이 시대에 제이크 라이스는
서점 운영으로 돈을 번다. 왜냐하면 그는 좋은 책을 만들고, 책 읽는 걸
좋아하고, 독서를 낙으로 삼는 사람들에게 작가들을 소개함으로써 돈
을 벌뿐 아니라 느지막이 그 자신도 책과 사랑에 빠졌기 때문이다. 그
는 양서라면 가리지 않고 읽는 열렬한 독서광으로, 부분적으로는 많은
사람들이 불가능하다고 하는 상황에서 종이책이라는 구식 개념에 정면
으로 도전장을 내밀어 공과금도 해결하고 나머지 다른 것들도 할 수 있
었다. 앨라배마 북스미스를 내가 가장 좋아하는 서점으로 꼽은 이유는
아마도 제이크 라이스가 나에게 내 기술이 오래갈 것이라고 말해주었

기 때문인지도 모르겠다. 나는 이것이 다른 어떤 이유보다 더 좋으며, 서점에 고양이가 없는 것보다도 훨씬 중요하다고 생각한다.

이곳 홈우드 교외에 사는 사람들은 제이크가 계속 책 사업을 해왔다고 생각한다. 흰머리를 꽁지처럼 뒤로 묶고, 팻 콘로이Pat Conroy가 사인한 초판에 둘러싸여 있으며, 단축번호에 살만 루시디가 저장되어 있는 자유로운 정신을 지닌 애서가라고 생각한다. 그렇지만 그는 존경받는 사람이었다. 그는 남부에서 가장 영향력이 있는 사람들, 적어도 존경받는 것처럼 보이는 CEO와 정부 관료, 고위 성직자, 풋볼 코치를 위한 양복점을 운영했으며, 밥 호프Bob Hope와 상원의원들의 양복도 만들었다. 그는 여전히 나에게 "당신도 멋지게 보일 수 있는 양복을 만들 수 있어"라고 말한다.

내가 서점과 책 대신 그에 대해 이렇게 오래 말하는 이유는 제이크 라이스가 바로 서점 그 자체이기 때문이다. 그는 마치 젊은이처럼 혼자서 무거운 책 상자를 번쩍번쩍 들어올린다. 한 번에 500킬로그램 가까운 짐을 레이건 대통령 시절(첫 번째 임기 때)에 출시된 마젠타 색상의 낡은 쉐보레 밴에 싣고 낭송회나 책 행사에 다닌다. 언제나 남들이 필요할 것이라 생각하는 양의 세 배를 싣고서 말이다. 그렇지만 제이크가 괜히 도박꾼이겠는가. 정원 215석의 강당에서 열리는 행사에 700권의 책이 필요할지 그 누가 알 수 있단 말인가.

그의 예민한 감정에 상처를 입히는 건 아닌가 싶지만, 서점 자체는 우리 어머니가 점을 보러 다니던 앨라배마의 피트먼트Piedmont 고원에 있는 오래된 유적과 비슷하다. 그저 홈우드 역사위원회는 절대 문을 두드리지 않을 것이라고만 말해두자. 머리 위로는 제이크를 위해 달과 별들이 떠 있다. 그는 20년 동안이나 성공적으로 서점을 운영해왔다. 처음에는 버밍엄의 멋진 하이랜드 애비뉴에 있다가 지금은 (좋게 말해서) 요란하지 않은 이곳 목조 건물로 이사왔다. 고속도로 근처에 있는 이 건물은 찾기가 어려워서 세 번째 와도 헤매기 십상이다. 이곳은 옛 시절의 향수를 느끼게 해준다. 적어도 처음 봤을 땐 그런 생각이 든다. 심지어 천장은 키가 작은 사람에게도 낮으며, 바닥은 약간 삐걱거린다. 원목으로 만들어진 책꽂이에는 바닥부터 천장까지 역사, 고전, 시, 미스터리물로 가득하다.

나는 여기서 편안함을 느낀다. 그리고 내 책들이 이곳 책꽂이에 꽂혀 있다는 것을 영광으로 생각한다. 그렇지만 여기를 왜 좋아하는지 쓰려니 이곳에 있는 것보다는 없는 것들에 대해 쓰게 된다. 이곳에는 편안한 의자나 아늑한 독서 공간이 없다. 게다가 여기서 더블 초코라테 프라파치…… 프라부치…… 뭐 그런 것을 마신다거나 하는 건 꿈도 꿔본 적이 없다. 그렇다고 독특하게 보이려고 애를 쓰는 것도 아니다. 적어도 내가 알기론 충전기도 없으며 랩탑을 사용할 수 있는 전원도 없다. 어쩌면 콘센트는 한두 군데 있을지도 모르겠다. 이곳에는 와이파인가 위피인가 하는 것도 없다. 이곳은 랩탑을 들고 오더라도 아무 쓸모가 없다. 서서 신문을 읽을 수는 있지만.

여기에는 흔들의자도 없다. 뒤쪽에 잠깐 눈을 붙이기 위한 흔들의자는 빼고. 그렇지만 나는 이 남자가 잠을 잔다고 생각하진 않는다. 이곳에는 책뿐이다. 침대에서 점프하는 원숭이에 관한 팝업책(짚고 넘어가자면 나도 한 권 있다)보다는 헨리 루이스 게이츠 주니어의 책을 찾을 수 있는 그런 책방이다.

그렇지만 적어도 초창기에는 특별한 성공의 비밀이 따로 있었던 건 아니다. "우리는 이곳을 모두 사인한 책들로 바꿔놓았지요. 그리고 22년 동안 해마다 성장했어요. '초판 사인 클럽'은 미국 내 최대는 아니더라도 가장 큰 행사 중 하나고, 필립 로스, 존 업다이크John Updike, 리처

> 왜냐하면 그는 좋은 책을 만들고,
> 책 읽는 걸 좋아하고, 독서를 낙으로 삼는 사람들에게
> 작가들을 소개함으로써 돈을 벌뿐 아니라
> 느지막이 그 자신도 책과 사랑에 빠졌기 때문이다.

드 루소, 살만 루시디, 제랄딘 브룩스Geraldine Brooks를 초대할 정도로 운이 좋았지요. 그리고 50개 주와 14개국에 있는 우리 회원들, 고객들이 사인을 받았어요. 지미 카터 대통령을 비롯하여 데이비드 세다리스David Sedaris, 앤 라이스Anne Rice, 크리스토퍼 히친스Christopher Hitchens, 켄 번즈Ken Burns, 웬델 베리 등 수백 명이 와서 행사를 가졌죠"라고 그는 말한다. 그의 말투는 의도하진 않았겠지만 열심히 책을 팔려는 영업사원처럼 들린다. 바지를 만들 때 그는 좋은 바지를 만들고 싶었고, 받을 수 있는 한 많이 받고 더 많이 팔았다. 그는 책 사업도 그렇게 운영하지 못할 이

유가 없다고 본다. 나는 그의 에너지가 어디서 솟는지 알 수가 없다. 내가 그 나이쯤 되면 아마 드러눕기 편한 곳만 찾을 텐데 말이다.

그는 이 새로운 사업에 거의 열정적으로 미쳐 있다. 한번은 행사에서 나를 소개하면서, 내가 휠체어에 탄 어떤 나이든 부인을 사람이 많은 강당으로 모셔다 드린 일화에 대해 열변을 토하며 자세하게 설명했다. 내가 기억하기로는 발목에 기브스를 한 젊고 아름다운 여성이었는데 말이다. 어쨌든 몸을 쓰긴 했었다.

이 업계의 자금줄을 가진 사람들이 그의 열정을 알아보았고, 그저 돈 때문이 아니라 홍보를 위해서 사람들을 이곳에 보낸다. 그들은 이 서점에서 책을, 정말 많은 책을 판다. "우리가 유명한 작가들의 방문을 요청하면, 뉴욕의 출판업자들은 자신들의 슈퍼스타를 이곳으로 보내길 주저하는 경향이 있어요. 그러면 우리는 그들에게 앨라배마는 그 멋진 메르세데스와 달을 여행하는 로켓을 만들뿐만 아니라, 여간해서는 볼 수 없는 멋진 작가 초청 행사를 연다고 말해줘요. 우리는 보통 앨라배마의 아이들Children's of Alabama, 문학 위원회The Literacy Council, 지역 NPRNational Public Radio(미국 공영 라디오 방송)이나 공영 텔레비전 방송국과 같은 비영리 기관들과 제휴를 맺어요. (……) 우리는 작가 투어마다 최고의 매출을 기록합니다."

나는 제이크에게 앨라배마에서 오랫동안 그 누구도 달로 보낸 적이 없다는 사실을 까놓고 말할 용기가 없다. 그가 이 사실에 정말 기뻐하고 있으므로 그런 기분을 망치고 싶지 않다.

나는 그가 서적 사업에 능하고, 서점에도 잘 맞는다고 생각한다. 편안한 의자에 앉아 고급 커피를 마시며 《옥스퍼드 아메리칸》 잡지를 뒤적이거나, 아이 뭐시기를 충전하고 이메일을 확인하거나, 망할 고양이를 기르는 곳을 찾는다면 여기 말고도 얼마든지 있다.

릭 브래그는 『승부의 전망이 서다(All Over but the Shouting)』와 『아바의 남자(Ava's Man)』, 『시골 마을의 왕자(The Prince of Frogtown)』 등 많은 논픽션을 쓴 베스트셀러 작가며, 퓰리처상 수상자다. 그는 하버드 대학의 니만 펠로우(Nieman Fellow)를 지냈고, 앨라배마 대학교의 작문 교수다. 그는 또한 제임스 비어드상(James Beard Award)을 비롯한 많은 상을 수상했다.

CHARLES BRANDT
찰스 브란트

챕터 원 북스토어
아이다호주, 케첨

어니스트 헤밍웨이는 1959년에 불안한 마음으로 아이다호 케첨으로 돌아왔다. 그가 1954년 노벨상을 수상했을 때 자신만의 낙원 쿠바에 있는, 그가 사랑해 마지않던 집은 카스트로에 의해 곧 압수될 상황이었다.

그래서 그는 이곳, 높은 고원 산악지대의 빅 우드Big Wood강 위쪽 언덕에 위치한 집이자 그가 지구상에서 두 번째로 좋아하는 낙원에서 살게 되었다. 이곳은 끝없이 펼쳐지는 수많은 산과 푸른 하늘, 보이지 않는 치유 능력을 가진 공기, 그리고 유명인이 많이 몰리는 선밸리 리조트에서 세계 최고 수준의 스키를 즐길 수 있는 곳이다.

그가 20년 전 실버 크리크Silver Creek의 낚시 친구였던 게리 쿠퍼Gary Cooper를 염두에 두고 『누구를 위하여 종을 울리나For Whom the Bell Tolls』를 썼던 곳이 바로 이 리조트의 스위트룸 206호였다. 그가 1961년 7월, 건강이 급격하게 나빠져 더 이상 살 수 없다고 느꼈을 때 권총으로 목숨을 끊은 곳도 강 위쪽에 있던 이 집이었다.

헤밍웨이의 전통은 케첨에 남아 있고, 스위트룸 206호는 여전히 사람들에게 대여되고 있다. 그가 자신의 타자기 옆에 앉아 있는 유명한 사진이 확대되어 여행 사무소에 걸려 있고, 케첨 묘지에는 그의 무덤이 아내 메리의 무덤과 나란히 남아 있다. 트레일 크리크Trail Creek에는 그의 기념 흉상이 서 있고, 연례 헤밍웨이 컨퍼런스가 열린다. 컴퓨터 수리공 롭처럼 그를 아는 지역 주민도 있다. 롭은 네 살 때 위대한 작가 헤밍웨이가 그를 번쩍 들어 올려 안아주었던 것을 기억하고 있다.

헤밍웨이의 손녀인 배우 마리엘 외에도 많은 유명인이 케첨에 집을 갖고 있다. 신경만 좀 쓴다면 유명인이 주유소에서 기름을 넣거나, 식료품을 사거나, 외식하는 모습을 종종 볼 수 있다. 그러나 이곳에 사는 유명인들은 프라이버시를 중요시하기 때문에 지역 주민과 관광객들은 모두 무언의 '접근 금지' 규칙을 준수한다.

그렇지만 유명인들이 그 '접근 금지' 규칙을 잠시 접어두고 편안한 모습으로 잡담을 나누는 모습을 목격할 수 있는 곳이 딱 한 군데 있다. 그곳이 바로 케첨에서 가장 오래된 서점인 챕터 원이다. 이 지역 출신 건축가 데일 베이츠Dale Bates의 말마따나 공유재가 없는 지역사회는 없다.

나는 칠십 평생을 살면서 여러 서점을 돌아다녀봤다. 여기에는 윈스턴 처칠, 재즈, 야구에 헌정하는 뉴욕시 매디슨가에 있는 독특한 차트웰 북셀러스Chartwell Booksellers는 물론이고, 샘 셰퍼드Sam Shepherd(미국의 배우이자 극작가)가 매니저 개리에게서 조언을 구하는 모습과 바바라 월터스Barbara Walters(미국의 언론인)가 계산대 앞의 긴 줄에 서서 존 업다이크가 정말로 그렇게 좋은지 묻는 모습을 볼 수 있는 매디슨 애비뉴 북숍Madison Avenue Bookshop도 포함된다. 그러나 1985년에 처음 케첨에 발을 들여놓기 전까지 나는 챕터 원처럼 지역사회의 복지에 그토록 지대한 영향을 끼치는 서점은 본 적이 없다. 그리고 무엇보다 '공유재'가 서점이 아니라 서점 주인이자 매니저인 셰릴 토마스Cheryl Thomas라는 사실을 잘 알고 있다. 그녀는 이 마을에서 수십 년 동안 영적 아이콘 역할을 해왔다.

셰릴과 열렬한 독서광이자 그녀의 오른손인 메그는 『무기여 잘 있거라A Farewell to Arms』의 초판을 포함하여 손님이 꼭 원하는 책을 찾도록 (그저 손에 한번 들어보고 싶을 뿐인데도) 도와준다. 동시에 셰릴은 그녀의 자선단체 중 하나인 애니멀 셸터에서 마음에 드는 강아지를 입양할 수 있도록 도와준다. 그녀는 구호단체 헝거 코알리션Hunger Coalition을 위한 모금 활동을 할뿐 아니라 가난한 사람들이 강아지와 고양이 사료값을 마련할 수 있도록 돕는다. 그녀는 매진되기 일쑤인 선밸리 작가 컨퍼런스Sun Valley Writers' Conference의 표를 구해주기도 하는데, 이 컨퍼런스에 참석한

데이비드 매컬로David McCullough 같은 객원 작가들이 잠깐 서점에 들러 담소를 나누기도 한다. 셰릴은 헤밍웨이 초등학교 중고 도서전과 선밸리 웰니스 페스티벌Sun Valley Wellness Festival에서 오랫동안 일하고 있다. 그녀의 '치유 에너지 책 컬렉션'은 타의 추종을 불허한다. 셰릴은 자비로 출판하든 에이전시를 끼고 출판하든 지역 작가들을 발굴하고 격려한다. 그리고 당연히 지역 작가들은 2,700명의 주민이 사는 케첨에서 유명인사다.

몇 년 전 어느 겨울 저녁, 나는 뒷문으로 들어왔다가 앞문으로 나가는 길에 통로에서 코소보에 대해 이야기하는 어떤 덩치 큰 남자의 뒷모습을 보았다. 나는 잠시 멈춰 서서 그의 이야기를 들었다. 그는 자신의 전문 분야를 이야기하고 있는 듯했다. 이야기가 끝났을 때에야 그가 미국대사이자 저자인 리처드 홀부룩Richard Holbrooke이라는 것을 알았다. 그는 분명 발칸 지역에 대해 잘 알고 있었을 것이다. 어떤 일요일이면 이 지역 주민인 싱어 송 라이터 캐롤 킹Carole King 같은 이가 자신의 추억을 노래하고 있을지도 모르겠다. 그 다음 일요일은 이 지역의 전설적인 스키선수가 나올지도…….

셰릴은 나에게 도미노 배달 피자처럼 배달을 시켰다. 고객이 내 책을 사고자 하면 전화를 걸어 나를 불러낸 다음, 고객을 위해 직접 책에 서명을 한 뒤 담소를 나누게 했다. 한번은 전화를 받고 가서 어떤 부부와 이런저런 얘기를 나눴다. 캐틀린 샤말레스는 선밸리 작가 컨퍼런스에서 내 발표를 듣고 아들을 위한 책을 원했다. 그녀의 남편 제리는 올해의 기업가 수상자로, 사업체를 매각하고 새 아이템을 찾고 있었다. 그들은 스티브 맥퀸Steve McQueen의 옛 부동산을 소유하고 있었는데, 우리가 담소를 나누는 동안 나는 이들이 할리우드의 강력한 변호사 제이크·블룸의 친구라는 사실을 알게 되었다. 그 역시 선밸리에 집을 소유하고 있었다. 우리는 챕터 원에서 서로 죽이 맞았고, 나의 책 『당신 집 페인트칠한다고 들었는데I Heard You Paint Houses』(살인을 나타내는 마피아 은어)의 옵션을 샀다. 이 책은 제이크 블룸이 다리를 놓아 〈더 아이리쉬맨The Irishman〉이라는 제목의 영화로 파라마운트사에서 제작 중에 있다. 마틴 스콜세즈Martin Scorsese가 감독을 맡고 로버트 드니로Robert DeNiro와 알 파치노Al Pacino, 조 페시Joe Pesci도 출연할 예정이다. 아, 셰릴이 중개인이라고 얘기했던가?

노벨상을 수상하면서 헤밍웨이는 "글쓰기는 기껏해야 외로운 삶이다"라고 말했다. 만약 헤밍웨이가 살아 있었다면 셰릴은 단지 담소를 위해 그를 책방으로 불러냈을 것이다. 만약 그랬더라면 그에게도 좋았을 텐데 말이다.

찰스 브란트는 정통 범죄소설 베스트셀러 『당신 집 페인트칠한다고 들었는데』와 그가 수사를 통해 해결한 범죄를 바탕으로 쓴 소설 『묵비권을 행사할 권리(The Right to Remain Silent)』의 저자다. 그는 루이스, 델라웨어, 아이다호의 선밸리에서 아내 낸시와 함께 살며, 장성한 세 자녀를 두고 있다.

DOUGLAS BRINKLEY
더글러스 브린클리

북피플

텍사스주, 오스틴

구름 한 점 없는 하늘에서 자외선마저도 태워버리려는 듯 한여름의 태양이 무자비하게 내리쬐고 있다. 찌는 듯한 오스틴의 거리는 건조하고 무덥다. 바람의 기미는 전혀 없고 섭씨 40도를 육박하는 날씨는 숨이 턱턱 막혔다. 슬슬 짜증이 나기 시작했다. 내가 왜 미시건의 어퍼 반도나 햄프턴과 같은 낙원을 놔두고 이런 데 있는 거지? 그 순간 나는 바로 볼보를 돌려 목축업의 중심지이자 진보적인 이 마을에서 오직 하나뿐인 오아시스로 향했다. 바로 북피플로.

북피플의 뒤쪽으로 들어가면 '커피숍'이라고 적힌 연하늘색 네온사인 간판이 보인다. 옆쪽에는 그 지역 예술가들의 작품을 벽에 진열해

> 북피플은 스트립몰의 상점도 아니고
> 아마존 창고도 아니지만, 다양한 개성을 지닌
> 오스틴 사람들의 마을회관과도 같다.

놓은 야외 갤러리가 있다. 그림들은 정기적으로 교체되지만, G. C 존슨G. C Johnson이 그린 「그림으로 보는 북피플의 역사」라는 12칸짜리 확대된 만화는 변함없이 그 자리를 지키고 있다. 이 연작 만화는 초기 키스 해링Keith Haring(낙서화의 형식을 빌려 새로운 회화 양식을 창조한 미국의 미술가) 스타일로 제작되었다. 1970년대에 원래 오트 윌리Oat Willie 근처의 작은 집에서 그로크 북스Grok Books라는 이름으로 조그맣게 시작하여 현재 홀푸드Whole Foods 본사 길 건너편에 700평 가까운 규모의 매장을 가진, 텍사스에서 가장 큰 독립 서점의 뒷이야기를 기록하고 있다. 오랫동안 평화봉사단 활동을 해온 필립 산손Philip Sansone이 1978년에 그로크 북스를 샀다. 지금은 굉장한 애서가이자 미학자인 스티브 베르쿠Steve Bercu가 최고경영자를 맡아 온라인과 오프라인에 엄청난 물량의 책을 대고 있다.

내게는 북피플이 진보적 성향의 오스틴에서 모든 훌륭하고 현명한

것들의 중심을 이루고 있다는 생각이 든다. 북피플은 급성장하는 도시의 이상적인 도피처다. 나는 고객으로서, 그리고 투어를 하는 작가로서 미국의 독립 서점들을 안 가본 데 없이 다 돌아다녔다고 자부할 수 있다. 따라서 서점 보는 눈이 있는 최고의 전문가이자 북피플의 우수성을 판단할 수 있는 대단히 믿을 만한 성격 증인이라고 생각한다.

서점 이름은 레이 브래드버리Ray Bradbury의 디스토피아 소설 『화씨 451Fahrenheit 451』에서 따왔다. 브래드버리 소설의 결정적인 대목에서 "북피플"은 금지된 책들을 언덕으로 가지고 가서 책들이 파기되기 전에 내용을 외우려고 한다. 나 역시 이 서점의 이름을 좋아한다. 왜냐하면 서점의 모토가 하워드 진Howard Zinn의 『미국 민중사A People's History of the United States』와 칼 샌드버그Carl Sandburg의 『민중이여, 그렇다The People, Yes』에서 표방하는 바와 같이 평등주의이기 때문이다. 베르쿠가 꿈꾸었던 것(그리고 달성한 것)은 이 서점이 정치, 철학, 시를 막론하고 사람들이 무엇을 찾든지 간에 그 이상의 것까지 모두 갖추고 있는 지역사회의 만남의 장소가 되는 것이었다. 이곳은 항상 30만 권이 넘는 책을 보유하고 있으며, 즉시 구매할 수 있다. 북피플은 스트립몰(번화가에 상점과 식당들이 일렬로 늘어서 있는 곳)의 상점도 아니고 아마존 창고도 아니지만, 모비딕 티셔츠며 수를 놓은 행주, 계산대 옆의 특이한 사탕에 이르기까지 다양한 개성을 표출하는 오스틴 사람들의 마을회관과도 같은 역할을 한다.

한 가지 놀라운 사실은 북피플에서는 모든 것이 느릿느릿 진행된다는 것이다. 베르쿠에게는 손님들이 물건을 사고 안 사고가 중요하지 않다. 그가 바라는 건 많은 손님들이 서점에 들어왔다가 텍사스에서는 둘도 없는 명소에 홀딱 빠져버리는 것이다.

오스틴이 이 지역 출신 영화감독 리처드 링클레이터^{Richard Linklater}가 1991년에 만든 영화 〈멍하고 혼돈스러운^{Dazed and Confused}〉 덕분에 "게으름뱅이"라는 단어를 유행시킨 마을이라면, 북피플은 여가시간에 어슬렁거리는 일을 더없이 좋은 기회로 만들어 준 곳이라고 말할 수 있다. 나는 가끔 몇 시간씩 물건을 훑어보거나 굳이 살 것까지 없는 책을 뒤적여 메모하면서 서점 안을 어슬렁거린다. 이렇게 어슬렁거리다 보면 한결 마음이 차분해진다. 점원은 바닥에 책을 잔뜩 내려놓고 저 하고 싶은 대로 하도록 내버려둔다. 이런 어슬렁거림도 제법 운치가 있다. 나는 울적할 때마다 라마 대로^{Lamar Boulevard}를 오픈카로 씽씽 달리고 주차한 다음, 선반에 있는 광대한 지식을 아낌없이 받아들인다.

조지타운 대학교의 대학원생 시절에 나는 소셜 세이프웨이^{Social Safeway}(대형 청과물 슈퍼마켓 체인)에 들르곤 했는데, 앨런 긴즈버그^{Allen Ginsberg}가 쓴 「캘리포니아의 슈퍼마켓에서^{A Supermarket in California}」란 시의 한 장면처럼 20대 젊은이들이 서로 자연스럽게 어울려 사람들이 보거나 말거나 돼지고기와 바나나를 쿡쿡 찌르면서 진열대 사이로 쇼핑 카트를 밀고 다녔다. 마찬가지로, 북피플에서도 이런 짝짓기 의식이 빈번한 편이다. 국립야생동물보호구역으로 지정되어야 하지 않을까 싶을 정도로.

내가 이런 장단에 춤을 춘다는 얘기는 아니다. 나는 아내 앤과 함께 정기적으로 북피플에 들러 우리 집 세 아이를 위해 쇼핑을 한다. 그야말로 어떤 걸 골라야 할지 고민이 될 정도다. 우리가 쇼핑하는 동안 아이들은 특별히 마련된 터널집에서 놀 수 있다. 또한 아이들이 보라색 의자에 앉아 책을 읽을 수 있도록 아이들 전용 독서 공간도 구비되어 있다. 푸른 색으로 꾸며진 무대에서는 사람들이 공연을 펼친다. 스토리텔링 행사도 정기적으로 열린다. 책 읽어주는 박쥐(오스틴에서는 박쥐가 대량 서식하고 있기 때문에 인기 동물이다)의 친근한 그림 옆에는 커다란 노란색 글씨로 "스토리 타임에 있었던 일은 스토리 타임에 묻어두자"라고 쓰인 배경막이 걸려 있다. 일부 천진난만한 직원은 실제로 상상력이 넘치는 방식으로 동화책을 진열하기도 한다. 예를 들면, '움직이는 것들' 코너는 기차, 보트, 트랙터 등 상상할 수 있는 온갖 종류의 탈것에 관한 책이 꽂혀 있다. 초등학교의 도서관이 이곳의 반만큼만 재미있어도 미국의 식자율은 노르웨이나 덴마크를 뛰어넘을 것이다.

우리는 미국의 독립 서점들이 죽어가고 있다는 이야기를 많이 듣는다. 불경기의 징조가 아닐 수 없다. 그렇지만 뒤뜰에서 윌리 넬슨Willie Nelson 콘서트를 보고 난 다음 자정에는 매그놀리아 카페에서 부리토를 먹을 수 있는 북피플은 오스틴의 가슴과 영혼에 남아 있을 것이다. 북피플은 공들여 획득한 제도적 위상이다.

더글러스 브린클리는 라이스 대학교의 교수이며 《배너티 페어(Vanity Fair)》의 기고가이다. 《시카고 트리뷴》은 그를 "미국의 새롭게 떠오른 대가"라고 불렀다. 그의 저서 여섯 권은 《뉴욕타임스》의 '올해의 화제 소설'에 선정되었고, 저서 『대홍수(The Great Deluge)』는 '로버트 케네디 북 어워드'를 수상했다. 그는 아내와 세 자녀와 함께 텍사스에 살고 있다.

LIAM CALLANAN
리암 캘러난

보즈웰 북 컴퍼니
위스콘신주, 밀워키

이것은 편모의 손에 자라 아이비리그에 들어간 후, 티치 포 아메리카 Teach for America(미국 뉴욕주에 본부를 둔 비영리단체. 미국 내 대학 졸업생들이 교사 자격증 소지에 관계없이 2년간 미국 각지의 교육환경이 열악한 지역에 배치되어 학생들을 가르치는 프로그램을 운영한다)에 있다가 자신이 진짜 원하는 것은 의학이라는 것을 안 뒤 의대에 들어갈 돈이 없다는 걸 깨달은 내 친구의 이야기가 아니다. 아무튼, 그 친구는 UPS 택배회사에서 야간근무를 하며 자신이 바라던 의예과 학부 과정을 이수하기 위해 학비를 벌었고, 이후 공군에 들어가 의과대학 학비를 마련했다. 그러나 택배회사나 군대가 그의 결혼식 비용까지 댈 수는 없었다. 결국 엄마에게 털어놓고 의논을 하자 그의 엄마는 묘안을 생각해냈다. 결혼식에 참석했던 그 누구도 그날을 잊을 수 없다. 정말 아름다운 예식이었다. 피로연은 교회 예배당의 아래층에서 열렸는데, 잔뜩 정성을 들인 떠들썩한 파티였다. 내 친구는 그날에 대해 종말론적이기는 하지만 자랑스럽게 설명했다. "내가 항상 말하잖아. 세상에 종말이 와서 인류를 다시 살려야 한다면, 우리 엄마가 해낼 수 있을 거야. 엄마와 친구 두어 명만 있으면 전 세계를 다시 살릴 수 있을 거라니까."

나는 밀워키에 있는 보즈웰 북 컴퍼니의 주인인 다니엘 골딘Daniel Goldin에 대해서도 똑같은 감정을 느낀다. 종말론적 은유까지 완전히 똑같다. 사실 서점의 종말은 물론이고 출판의 종말이 왔다고 호들갑을 떨지 않고 넘어가는 날이 하루도 없지 않은가. 미국 출판 산업이 필요로 하는 건 그저 책 몇 권 파는 일에 관심이 있는 사람이 아니라 문명을 구원하는 수단으로서 책을 파는 사람이다.

그렇다면 나는 이렇게 말하겠다. 세계에는 미래가 있고, 그 미래는 밀워키에 있는 다우너Downer라는 이름의 거리에서 시작한다고.

나는 다니엘과 보즈웰 북 컴퍼니가 지금과는 다른 상황일 때 만났다. 당시 보즈웰 북 컴퍼니는 전국적으로 잘 알려진 해리 W. 슈워츠 북샵 Harry W. Schwartz Bookshop의 작지만 사랑받는 지역 체인 중 하나였고, 다니엘은 그곳의 바이어였다. 그러나 전설적인 서점주 데이비드 슈워츠David Schwartz가 세상을 떠나고 얼마 되지 않아 서점은 몰락의 길로 접어들었다(새삼 강조하지만, 서점에 대해 쓰는 것은 어쨌거나 종말론적 행위일 수밖에 없다). 이때 다니엘이 팔을 걷어붙이고 나서서 자신은 물론 식구들 돈까지 긁어모아 서점에 쏟아부었다. 이 서점은 전면이 벽돌로 되어 있었으며, 밀워키의 위스콘신 대학교 캠퍼스에서 남쪽으로 몇 블록, 그리고 우리 집에서 몇 블록 떨어지지 않은 다우너 거리에 자리 잡고 있었다.

밀워키 출신이 아닌 사람에게 '다우너downer'라는 이름이 더는 상징적이거나 웃기거나 불길하게 느껴지지 않는다면(다우너는 '진정제', '우울한 일' 등의 뜻을 가지고 있다) 이미 거기에 동화되었다는 징후다. 또한 이 서점을 '보즈웰 서점'이 아니라 '다니엘네'로 부르기 시작했다면 진정한 주민으로서 자부심과 문학적 앙가주망engagement을 느낀다는 표시다.

예를 들어 딸아이가 "아빠, 우리 다니엘네 가도 돼요?"라고 말한다든지, "어느 토요일 아침 날이 밝자마자 나는 세 살 난 딸아이를 다니엘네 서점과 이웃한 스타벅스에 데리고 갔다"고 얘기하는 경우다. 주말 새벽 스타벅스에 자주 가는 사람들은 다들 알겠지만, 그 시간에 그곳을 찾는 사람들은 네 부류로 나눌 수 있다. 병원에 가는 의사, 밤을 꼬박 새운 힙스터(자신만의 고유한 패션과 음악문화를 좇는 사람들), 힙스터들과 어울리길 바라면서 LSAT(로스쿨 입학 자격시험)을 준비하는 사람들, 그리고 세 살짜리 아이와 아빠다.

아, 또 다른 부류도 있다. 서점 주인이다. 내가 이제 막 아장아장 걷기 시작하는 아이를 붙잡고 사람들이 수백만 원을 들여 만든 책 한 권에 몇 천 원을 지불하는 대신 원가 몇 백 원밖에 안 하는 커피 한 잔에 기꺼이 몇 천 원을 내고 사 마신다든지, 사람들은 대체로 아침 7시면 커피를 마셔야 하지만 책을 사러 가는 건 오전 나절은 지나야 하기 때문에 스타벅스는 이 시간에 문을 열고 다니엘은 열지 않는다는 등 커피숍과 독립 서점 간의 차이에 대해 장황하게 설명하자마자 다니엘이 나타난다.

"안녕!" 그가 내 딸의 이름을 부르며 인사한다.

딸애도 똑같이 인사한다. "안녕, 다니엘 아저씨. 책 보고 싶어요."

아내의 대학 시절 룸메이트는 작가의 딸이었다. 그 작가는 캘빈 트릴린 Calvin Trillin이었는데, 그가 자녀에게 준 많은 선물 가운데 나 역시 똑같이 내 아이들에게 준 것은 이 한 가지 법칙이었다. 책방에서 아이가 원하는 만큼 책을 사준다는 것! 그리고 정작 중요한 것은 장난감 가게나 아이스크림 가게, 조랑말 마구간에서는 이 법칙이 통하지 않는다는 것이다. 딱 서점에서만 원하는 만큼 사주는 것이다. 우리도 자녀를 이런 식으로 키웠고, 이 법칙은 정말 훌륭했다. 신용카드에 부담이 가기는 하지만 아이들 책은 그나마 덜 비싸고, 아이들의 사고력을 향상시킨다는 장점은 서점이나 공공도서관이나 별 차이가 없다. 어느 신용카드 회사가 내세우는 말마따나 그 가치는 가격을 매길 수 없다.

"알았어요." 다니엘은 이렇게 말하고 딸의 손을 잡더니 열쇠를 찾아 서점의 문을 딴다. 그는 우리가 서점 안에 들어가자 문을 잠그고 몇 시간 동안 서점 문을 열지 않는다. 그가 이렇게 한 것은 처리해야 할 업무가 남아서가 아니다. 커피를 벌컥벌컥 들이키는 의사, 시험 준비생, 밤

샘을 한 힙스터 중 그 누구도 다니엘처럼 몇 시간이고 자신의 일에 열정적으로 임하는 사람은 없다.

> *9/0*
>
> 생각해보면, 세상은 서적상에게
> 많은 것을 요구하지 않는다. 단지 선반에 잘 고른
> 책들과 로봇을 진열해두고, 언제나 문을 열어두며,
> 먼 거리를 여행할 준비를 갖추고,
> 앞으로 닥칠 모든 장애물을 향해 웃어주는 것 정도다.

　다행인지 불행인지 내 딸은 이러한 사실은 전혀 모른 채 베스트셀러와 서점 추천 도서, 캘린더, 철학, 역사, 유머, 유리 케이스에 든 빈티지 밴드 깡통을 휘젓고 다니다가 마침내 밝은 창 쪽의 넓은 공간, 즉 아동 코너로 들어간다. 그곳에 들어가자마자 아이는 핑크색 표지의 공주 이야기책을 집더니 자리를 잡고 읽기 시작한다.

　지금은 오전 7시 35분이다.

　나는 다니엘에게 이 시간에 불쑥 쳐들어온 것에 대해 사과하지만, 그는 그저 웃더니(그는 언제나 웃는데, 내가 책이나 책 판매, 다가오는 종말에서 살아남기 등 그에게 배운 여러 가지 중 하나가 바로 '언제나 웃어라'다) 말한다. "토요일을 시작하는 데 이보다 더 좋은 방법이 있어요?"

　내 딸아이가 고개를 들어 웃어 보이고 다시 책을 읽기 시작한다. 그리고 우리는 대답한다. "아니요, 이보다 더 좋은 방법은 없지요!"

나는 다니엘에게 특별히 신경 써주어서 고맙다고 말했고, 우리는 서로 웃었다. 일전에 밀워키에서 남서쪽으로 약 한 시간 거리에 있는 친구가 일하는 도서관에서 자선 낭송회를 연 적이 있는데, 이때 그는 나와 함께 도서관에 가주었을 뿐만 아니라 육체적, 정신적으로 많은 도움을 주었다. 도서관 측은 행사장에서 팔 수 있도록 책을 더 가져다달라고 요청했고, 나는 다니엘에게 재고가 좀 남아 있는지 물었다. 그러자 그는 두말없이 함께 가겠다고 했을 뿐만 아니라 판매까지 도맡고 나섰다.

목이 좀 쉬긴 했지만 낭송회는 순조롭게 진행되었다. 청중은 나이든 사람들이었고, 나에게 큰 소리로 질문하는 것을 부끄러워하지 않았다. 그렇지만 책을 사는 것에 대해서는 약간 소극적이었다. 이는 도서관 행사에서 그리 낯선 일은 아니다. 내 딸과는 달리 도서관 후원자들(특히 나의 절친들)은 도서관과 서점의 차이를 잘 알고 있다. 서점과 달리 도서관에서는 책이 무료라는 걸 말이다. 그렇게 우리는 두 권을 팔았다. 나는 한 권을 사서 나를 초대해준 도서관 사서에게 주었다. 그리고 또 한 권은 기대에 차서 구경하던 그녀의 어머니에게 주었다.

나는 저녁 늦게 다니엘을 그의 집 앞에 내려주었다. 너무나 미안해서 이 여행에 경비가 얼마나 들었는지, 그리고 다음 날 그가 얼마나 일찍 출근해야 할지에 대해 생각하기도 싫었다. 그저 최대한 감사의 마음을 전했다. 그는 단지 웃으며 눈동자를 굴렸고, "알았어요"라고 말했다.

당연히 다니엘은 이른 아침에 내 딸을 위해 서점 문을 열어주었다. 두 권의 책을 팔기 위해 당연한 일인 양 나와 함께 야밤에 몇 시간씩 운전을 해주었다. 당연히 그는 꼭 다우너 거리가 아니더라도 미국의 서적 판매업을 구할 사람이 될 것이다. 왜냐하면 그는 책을 사랑할 뿐만 아니라 서적 판매도 사랑하기 때문이다. 그는 소매업을 사랑한다. 그는 존 매든John Madden이 풋볼 경기장에 쏟아부은 열정과 관심에 뒤지지 않게 거의 모든 백화점의 매장 설계나 자기 가게의 매장 설계를 논할 수 있다. 이 테이블과 저 선반에는 무엇이 어울리고, 처음으로 도둑을 맞은 책은 무엇이며(이안 K. 스미스의 『4일 다이어트』였다), 로봇을 진열해두는 것이 좋은지 나쁜지 등등에 대해 이야기하면서 말이다.

이 마지막 문제(그냥 모든 문제)에 대해 우리는 동의했다. 한번은 내가 시인 매시어 하비Matthea Harvey가 참여하는 지역 낭송회를 열었다. 행사 시작 몇 분 전에 매시어가 로봇 마니아라는 것을 알아냈고(브루클린 출신 시인 중 그렇지 않은 사람이 있던가?), 바로 다니엘의 서점으로 달려가 다우너에 이중 주차를 했다. 그리고 안으로 뛰어 들어가 소리쳤다. "나 로봇이 필요해!"

대략 60초 뒤에 나는 작고 푸르고 신기하게 움직이는 나무로 만든 로봇을 하나 얻었다. 두말할 필요도 없이 매시어는 너무 기뻐하며 로봇을 받아들고 연단 위 그녀 옆에 두었다.

생각해보면, 세상은 서적상에게 많은 것을 요구하지 않는다. 단지 선반에 잘 고른 책들과 로봇을 진열해두고, 언제나 문을 열어두며, 먼 거리를 여행할 준비를 갖추고, 다이어트 책 좀도둑이든 사서의 엄마든 문학적 종말이든 앞으로 닥칠 모든 장애물을 향해 웃어주는 것 정도다. 결국 우리는 그들에게 모든 것을 요구하는 것은 아닐까? 나의 낭송회를 위해 그날을 비워두라, 나를 위해 이 분홍색 공주 책을 남겨두라, 우리 모두를 구하라······.

대학 시절 내 친구는 이제 의사가 되었고, 행복한 결혼 생활을 누리고 있다. 따라서 용감했던 그의 어머니가 무에서 유를 창조해내어 교회 지하에 마련했던 행복한 저녁 파티에 대한 기억도 여전히 남아 있다. 얼마 전 너무 젊은 나이에 돌아가시긴 했지만.

내가 다니엘에게 가까운 시일 안에 결혼 피로연을 열어달라고 요청할 가능성은 희박하지만, 이제 내 친구의 어머니가 돌아가셨으니 그가 꼭 알아야 할 것이 하나 있다. 만약 세상이 잠깐이라도 멈춘다면 내가 그에게 달려가 세상을 다시 살려달라고 요청하리라는 걸.

나는 가끔 우리 문명이 예전에 끝나지 않았을까 생각할 때가 있다(분명 그렇게 느껴진다). 그리고 우리의 문명이 절대 회복되지 않거나 점점 추락해간다는 생각으로 절망에 빠질 때, 나는 딸과 함께 다우너 거리의 따뜻한 불빛이 새어나오는 다니엘네 창문으로 걸어가 안을 들여다보고 안도의 한숨을 쉰다. 여기에 세상이 있다고.

리암 캘러난은 『클라우드 아틀라스(The Cloud Atlas)』와 『올 세인츠(All Saints)』의 저자로, 일단 서점에 들어가면 반드시 무엇인가를 사 가지고 나온다.

RON CARLSON
론 칼슨

체인징 핸즈 북스토어
애리조나주, 템피

먼저 옛날의 템피가 어떤 곳인지 알아야 한다. 그 시절에는 프랜차이즈 식당과 반짝이는 상점들로 가득한 '토니 테마파크'가 없었다. 큰길에는 가게 앞에 요상한 물건을 늘어놓은 상점들이 생겼다 없어지기를 반복했고, 연하늘빛 호수도 당시엔 호수라고 부르기에도 민망할 정도로 일년에 두세 번 정도 급한 볼일 때문에 집을 비울 때마다 물에 잠길 뿐 늘

바싹 마른 사막 같은 바닥을 드러내곤 했다. 그 시절에는 애리조나 주립대학교도 오늘날의 주립대학이 아니라 그저 두서없이 들어선 커뮤니티 칼리지(미국 대학교육 확충 계획의 하나로, 지역사회의 필요에 부응하여 일반 사회인을 대상으로 단기대학 정도의 교육을 제공하기 위한 대학)에 지나지 않았다. 메인Main 동부의 산에 올라가면 동쪽으로는 사막이, 남쪽으로는 사막과 농원이, 서쪽으로는 연무를 뚫고 피닉스Phoenix가, 북쪽으로는 곳곳에 스카츠데일Scottsdale의 군락들이 보였다. 이곳은 험하고 완전히 고립된 장소였다.

항구나 오아시스는 어디 있지? 이런 곳에 그 누가 머물며 흔적을 남길까? 내가 말하고 싶은 것은, 그 시절에 나는 언제나 꼬박꼬박 체인징 핸즈의 달콤한 공간으로 걸어 들어가 새 책과 중고 책에서 희망과 용기를 얻었다는 사실이다. 서점은 몬티스 멕시칸 레스토랑에서 한 블록 반 정도 떨어진 메인 스트리트에 있었다.

일단 서점 문을 열고 들어가면 다른 세상이 펼쳐진다. 이곳은 예술이 있고, 위안을 준다. 직접 짠 선반과 테이블, 괴상한 메자닌(보통의 이층보다는 낮고, 일층보다는 좀 높은 중간층을 이르는 말)으로 올라가는 계단에는 1천 권이나 되는 양장본이 진열돼 있다. 우리는 속도를 줄인다. 좋은 책방에 있는 사람들은 걸음걸이부터 다르다. 눈에 익은 책이나 새로운 소설집을 못 보고 지나쳐버릴까 조심스러워 절대 성큼성큼 걷지 않는다. 나는 서점에 갈 때면 언제나 내가 아는 누군가(그들의 책이 아니라)를 꼭 만난다. 아래층에는 선반마다 중고 책들이 가득하다. 예외 없이, 서점을 세운 게일 생크스Gayle Shanks나 밥 솜머Bob Sommer를 만난다. 이들은 나에게 이런저런 책을 팔려는 생각보다는 언제나 나의 글쓰기는 어떻게 되어 가는지, 1월에 책이 나오는지, 봄에 낭송회를 할 수 있는지에 관해 묻는다.

> 좋은 책방에 있는 사람들은 걸음걸이부터 다르다.
> 눈에 익은 책이나 새로운 소설집을
> 못 보고 지나쳐버릴까 조심스러워
> 절대 성큼성큼 걷지 않는다.

저녁마다 우리는 낭송회에 참석한다. 친구들, 학생들, 이방인들로 이루어진 그룹이 메자닌에 둘러앉는다. 피나 조셉Pinna Joseph은 언제나 양손에 좋은 책을 들고 그곳에 나타난다. 그리고 똑같은 질문을 한다. "글쓰기는 잘 되세요?" 이곳은 정말 책으로 가득한 장소이기도 하지만 나만을 위한 장소라는 느낌을 강하게 받는다. 1994년, 이곳에서 이야기책을 읽을 때 문득 이런 생각이 떠올랐다. 이 전초기지는 마을의 심장이라고. 그리고 이사를 가기는 했어도 여전히 여러 의미에서 템피의 심장으로 남아 있다고.

현재 서점은 템피 남쪽의 사랑스러운 새 공간으로 이사했다. 흔히 미국인들이 고향을 새롭게 조성하는 일에 밀려난 것이다. 보도에는 벽돌이 깔리고, 커피숍이 여섯 개가 생겼고, 맥주값은 2달러로 올랐다. 아니, 3달러다. 나는 캘리포니아에 살지만 아직도 1년에 두 번은 체인징 핸즈에 간다. 지난번에 나는 『헤밍웨이의 보트Hemingway's Boat』라는 멋진 전기를 샀고, 나이 많은 학생인 신디 다흐Cindy Dach를 만났다. 그녀는 이 제 서점의 공동 소유자가 되었다고 했다. 수천 권의 책들이 유혹을 하는데도 불구하고 우리는 눈을 맞추면서 서가에서 이야기를 나누었다. 그녀는 나에게 책이 어떻게 되어 가냐고 물었다. 이곳은 특별한 장소다. 이 서점에는 영혼이 깃들어 있다.

론 칼슨은 20년 동안 애리조나에서 살았고, 어빈의 캘리포니아 대학 글쓰기 프로그램을 맡고 있다. 가장 최근에 발표한 소설은 『더 시그널(The Signal)』이다.

KATE CHRISTENSEN
케이트 크리스텐센

워드

뉴욕주, 브루클린

서점은 물리적 장소다. 그렇지만 서점은 마음속에 존재하기도 한다.

　나는 메인주의 포틀랜드에 살지만, 내가 가는 서점은 브루클린의 그린포인트에 있다. 책을 살 때 나는 워드에서 주문한다. 내 오랜 이웃을 보러갈 때마다 그곳에 들러 (크리스틴, 스테파니, 젠, 자미, 누가 되었든) 인사를 하고 잠시 머물면서 책을 둘러본 다음 내 책에 사인을 한다. 그리고 나면 마치 영원히 이곳을 떠나지 않을 것처럼 마음이 편안해진다.

워드는 유일하게 '내 것'이라고 주장하는 서점이다. 워드가 처음 문을 열었을 때 나는 바로 근처 모퉁이에 살았다. 서점에 첫발을 들여놓은 날, 내가 쓴 책이 쌓여 있는 것을 보고 그 책들에 서명을 해도 되겠느냐고 물었다. 결국 한 시간 반 동안 그곳에 머물러 있었다. 그 이후로는 마음 내킬 때마다 들르곤 했다. 거의 예외 없이 한 권이나 두세 권을 사가지고 나온다. 그 유혹을 뿌리치기가 힘들다. 서점은 늘 그때그때 내가 읽고 싶어 하는 책을 보유하고 있었다.

워드가 문을 연 뒤, 나는 사람들이 이따금 집안의 중요한 잔치를 치르듯이 모든 책 행사를 그곳에서 했다. 이혼한 뒤로도 나는 여전히 그린포인트에 살고 있었는데, 정신적으로 매우 힘든 데다 사람들 눈치를 봐야 하는 게 너무 싫었다. 나는 시간만 나면 워드에 갔고, 전 남편을 비난하는 친구들에게서 도망쳐 있을 수 있었다. 설령 그곳에서 친구들을 우연히 만나더라도 서점은 내 영역이었다. 그들은 물러나야 했고, 나는 혼자 있을 수 있었다. 왜냐하면 주인인 크리스틴 오노라티Christine Onorati가 내 편이 되어주었기 때문이다(이건 진짜다. 그녀는 내가 어떠한 범죄를 저지르더라도 자기 집 지하실에 숨겨주겠다고 말했다. 나는 그녀에게 고마워했고 절대로 그런 일은 없을 것이라고 약속했다).

내가 최근에 발표한 소설 『아스트랄The Astral』(워드에서 한두 블록 떨어진 실제 건물에 관한 이야기다)을 위한 자료조사를 할 무렵, 하루는 실제 아스트랄 아파트에 살았거나 현재 살고 있는 이들의 연락처를 얻으려고 서점 안을 수소문했다. 그날 서점에 있던 사람들 중에서 그 아파트에 살았거나 과거에 살았던 세 명을 만날 수 있었다. 나는 두어 시간 동안 질문도 하고 이야기를 수집하면서 시간을 보냈다. 나는 아스트랄에 발을 들여놓은 적도 없다. 필요한 모든 정보는 모두 워드에서 얻었다.

/ℓ

서점은 물리적 장소다.
그렇지만 서점은 마음속에 존재하기도 한다.

나는 워드를 개인적 이유 외에 또 다른 이유로 사랑한다. 워드는 그야말로 멋진 서점이다. 직원들 모두 책을 많이 읽고 책에 대한 열정을 가지고 있다. 젊고 활기 넘치며, 책에 관해서라면 일가견이 있다. 그리고 친절하다. 이들은 그린포인트 지역사회뿐 아니라 넓게는 작가 세계에 직접적으로 관여한다. 이들은 농구 대회를 개최하기도 하며, 좋아하는 책의 종류에 따라 사람들을 만나게 해주는 데이트 보드도 갖고 있다. 이들은 파티 같은 낭송회를 연다. 축제 분위기가 나고 친밀하며 재미있다. 와인과 피자 또는 쿠키가 마련되어 있고, 때로는 음악도 있다.

나는 이들이 멀리 떨어져 있다는 게 안타깝다. 메인주에도 지점을 열기만을 손꼽아 바란다.

케이트 크리스텐센은 『아스트랄』, 『식도락가의 한탄(The Epicure's Lament)』, 『더 그레이트 맨(The Great Man)』, 『블루 플레이트 스페셜(Blue Plate Special)』 등의 소설을 집필했다. 특히 『더 그레이트 맨』은 2008년 펜/포크너 문학상을 수상했다. 그녀는 《뉴욕타임스 북 리뷰》, 《북포럼》, 《엘르》 등 여러 잡지에 리뷰와 에세이를 기고하고 있으며, 메인주 포틀랜드에 살고 있다.

CARMELA CIURARU
카멜라 시우라루

커뮤니티 북스토어

뉴욕주, 브루클린

우선, 타이니^{Tiny} 얘기를 해보자. 이 가공할 만한 고양이를 내세워 서점에 경의를 표한다는 것이 이상해 보일 수도 있지만, 타이니는 보통 고양이가 아니다. 타이니는 손님들과 주인 모두에게 전례 없는 수준으로 두려움과 경외심, 애정을 불러일으키며, 깐깐한 매력을 물씬 풍긴다. 어떠한 이유로든 그를 방해하는 것은 위험을 자초하는 것이다. 보통 나는 그를 '선생님'으로 부르고 싶은 충동을 억제하고 경의를 표하면서 멀찌감치 떨어져 있는 편이다. 그럼에도 내가 가장 좋아하는 서점에 그의 독특한 존재감이 없다는 것은 상상할 수도 없다.

커뮤니티 북스토어는 1971년부터 브루클린의 이웃인 파크 슬로프Park Slope의 소중한 자원이 되어 왔다. 자치구에서 가장 오래된 독립 서점이자 뉴욕에서 가장 오래된 서점이다.

나는 서점이 장난감 가게와 주류 판매점 사이에 끼여 있다는 게 마음에 든다. 정말 멋지지 않은가? 또한 한 블록에 은행, 세탁소, 건강식품 전문점, 식료품점이 몰려 있어서 이 앞을 지나갈 수밖에 없다. 나는 쓸 돈도 없고 시간 여유가 없을 때조차도 걸음을 멈추고 싶은 충동을 도저히 억누를 수가 없다. 이곳의 책들은 최상이며, 이곳에서 일하는 사람들은 친절하고 똑똑하다.

최고의 독립 서점답게 커뮤니티 북스토어는 다소 중독성 있는(적어도 애서가들한테는) 책을 파는 것 이상의 일을 한다. 서점은 일종의 성역이다. 특히 글을 쓰는 나의 능력(또는 무능력) 때문에 좌절감에 빠져서 스트레스를 해소하려고 얼마나 많은 날을 서점에 들르곤 했는지 셀 수조차 없다. 책상에서 무엇인가를 생산하기를 포기한 이런 날에 서점에 들르면 나는 오랜 친구처럼 환영을 받는다. 이들이 "오늘 어때요?"라고 물어오면, 나는 무심코 "좋아요!"라고 답한다. 그리고 그 대답은 곧 사실이 된다.

최근에 읽은 책이라든가 요즘 서점에서 일어나는 일들, 그리고 내가 기르는 멋진 개 프레디의 별난 행동에 대해 한바탕 수다를 떨고 나면 한결 기운이 나서 집으로 돌아와 작업할 준비가 된다(프레디를 가끔 서점에 데려가기도 하는데, 그는 언제나 먹을 것이나 칭찬, 아니면 엄청난 관심을 받는다). 직원들은 아마도 자신들이 손님의 기분을 북돋워준다는 것도 모를 것이다. 이들은 누구에게나 친절하다. 서점에 처음 온 손님이든 백 번도 넘게 온 단골손님이든 차별하지 않는다. 자신의 존재 자체가 존중받고 있다고 느껴지는 장소가 있다면 바로 이곳일 것이다. 체인 서점에 가면 전혀 다른 대우를 받게 되며, 약간 우울해지기조차 한다. 한번은 한 대형 체인 서점에서 헤밍웨이의 『파리는 날마다 축제A Moveable Feast』가 있는지 물었더니, "헤밍웨이 스펠링이 어떻게 되죠?"라고 되묻는 것이 아닌가.

커뮤니티 북스토어의 직원들 역시 열정적이고 아는 게 많은 독서가들이다. 이곳은 알고리즘이 없는 장소다. 손님과 좋아하는 책에 관해 열정적으로 이야기를 나누는 실제 사람들이 책을 추천한다. 손님의 문학적 선호에 대해 그 누구도 심하게 비판하지 않는다. 또한 나도 그러했듯이 마비스 갤런트Mavis Gallant 같은 '작가의 작가'를 발굴하여 문학적 역량을 한층 강화할 수 있다. 그렇다고 『헝거 게임The Hunger Games』 같은 상업적 작품을 계산대에 가져가도 흉볼 사람은 아무도 없다. 적어도 한 명의 직원은 손님이 고른 책이 그 어떤 종류의 것이든 아마 읽었을 것이다. 이들의 취향은 매우 다양하다. 또 한 가지 덧붙이고 싶은 것은, 이 서점의 가장 감동적인 미덕은 지역 작가들을 끊임없이 후원한다는 것이다. 나는 참 운도 좋다. 그 작가들 중 한 명이니까 말이다.

책을 구경하는 것은 굉장한 즐거움을 준다. 왜냐하면 자신이 찾고 있는 책을 추적하다보면 또 다른 매력적인 책을 한 권(두 권, 아니 세 권) 더 찾을 수 있기 때문이다. 물론 베스트셀러와 새로 발간된 책은 눈에 띄게 진열해놓았고, 만화책이나 대형 아트북, 문학 저널, 예쁜 공책 등도 역시 마찬가지다. 유로파 에디션Europa Editions이나 달키 아카이브Dalkey Archive와 같은 소규모 출판사를 위한 매대도 따로 마련되어 있다.

이 서점은 지역사회를 전적으로 후원한다는 점에서 '커뮤니티'라는 이름값을 톡톡히 한다. 단골 고객들을 포상하기 위해 단골 고객 클럽도 만들었다. 또한 지역 내 학교에 기부금도 후하게 내며, 주변 어디든 책을 무료로 배달해준다. 직원들은 무료로 포장도 해준다. 내가 직접 책을 포장하면 그 결과는 완전히 달라진다. 사실, 끔찍할 정도다. 내가 책을 싸면 언제나 손놀림이 서툰 어린아이가 포장한 것처럼 보인다. 아니면 범죄 현장에서 허겁지겁 도망치는 무장 강도, 아니면 원숭이, 아니면 쓸데없이 많은 테이프를 사용하고 똑바로 자르는 법을 배우지 못한 사람이 싼 것 같다.

2011년에 커뮤니티 북스토어를 매입한 스테파니 발데즈Stephanie Valdez와 에즈라 골드스타인Ezra Goldstein은 모든 일을 제대로 처리했다. 이들은 지역의 문학 문화를 유지하기 위해 온 힘을 쏟았다. 스테파니는 공식적으로 공동 소유자가 되기 얼마 전에 나에게 자신의 희망과 가게에 대한 계획을 말해주었다. 물론 변화가 있었다. 하지만 그렇게 많이 변하지는 않았다. 서점은 바닥에 새로 원목을 까는 등 미관을 개선했지만 지나치게 화려하지는 않았다. 그녀는 서점이 훌륭한 특징을 유지하길 원했다. 나는 서점에 대한 그녀의 원대한 비전에 함께 기뻐했지만, 동시에 그녀의 친절함과 지성, 따뜻함에 감동받았다. 나는 새로운 주인의 관리 아래 내가 사랑해 마지않는 서점이 그저 생존하는 차원이 아니라 번성할 거라 믿어 의심치 않았다.

> 책을 구경하는 것은 굉장한 즐거움을 준다.
> 왜냐하면 자신이 찾고 있는 책을 추적하다보면
> 또 다른 매력적인 책을 한 권(두 권, 아니 세 권) 더
> 찾을 수 있기 때문이다.

이를 증명이라도 하듯이 서점은 번성했다. 그 어느 때보다도 활기 넘쳤다. 서점에서 일하는, 놀랄 만한 천부적인 재능을 가진 예술가 하크네스가 손으로 직접 그린 우아한 새 로고와 차양도 생겼다. 새롭게 디자인된 책갈피와 토트백, 티셔츠도 마련되었다. 서가에는 더 많은 책이 들어차고, 더 많은 행사와 손님들로 북적거린다. 아무 때고 서점에 가면 깊은 생각에 빠져 책을 둘러보는 사람들을 발견할 수 있을 것이다. 아니면 안쪽 방에 모여 아이들에게 책을 읽어주는 사람들도 있다(이곳은 내가 사랑하는 공간으로, 아동 서적이 가득 차 있으며 아름다운 뒤뜰 발코니로 이어진다).

타이니는 배를 살짝 드러내고 한쪽 구석에서 잠을 자고 있을지도 모른다. 어떤 사람들은 가장 좋아하는 작가가 쓴 최신 소설에 대해 이야

기를 나누거나 최근의 가족 여행에서 있었던 일들을 공유할 것이다. 이곳은 독자와 작가를 모두 고무시키는 장소이며, 사람들이 가장 좋아하는 아지트이기도 하다.

사람들이 나에게 어디 사냐고 물을 때마다 나는 내가 좋아하는 것들을 언급하곤 한다. 프로스펙트 공원, 이웃의 진보적인 분위기, 역사적인 건축물 그리고 자랑스럽게 말한다. "아주 멋진 독립 서점이 있지요."

카멜라 시우라루는 『필명: 필명의 (비밀) 역사(Nom de Plume: A (Secret) History of Pseudonyms)』의 저자다. 그녀는 전국 도서비평가 서클과 펜 아메리칸 센터의 회원이며, 2011년 뉴욕예술재단 논픽션 부문에서 펠로우십 수상자로 선정되었다.

MEG WAITE CLAYTON
메그 웨이트 클레이튼

북스

캘리포니아주, 팔로알토

어린 소녀 시절 매주 신부님께 죄를 고백할 때면 나는 기본에 충실했다. 일단 부모님 말씀을 잘 듣지 않았다는 걸 인정하면서, 내가 상상한 것보다 훨씬 그럴듯하게 들리도록 구체적인 숫자까지 추가해 이야기를 꾸며댔다. 나는 모범생이었다. 모범적 성향이 투철해서 굳이 가지 않아도 되는 주중 새벽미사를 드리러 성당에 갔다. 초등학교 저학년 때는 그 조그만 어깨를 뒤틀어가며 필기체 쓰는 법을 연습했다. 결국 시험지를 거꾸로 돌리지 않고는 필기체의 적절한 기울기를 만들 수 없었지만 (수녀님들이 적잖이 당황했다), 펜습자를 제외한 모든 과목에서 A를 받아 집으로 돌아왔다. 그리고 심지어 후텁지근한 여름 오후에도 친구들과 학교 놀이를 하곤 했다.

한밤중에 내가 이불 속에서 한 짓이 죄라면, 나는 그것을 고해실에서 표현할 때에서야 가까스로 깨달았다. 그리고 현장에서 들켰다면 나는 아마 오빠 패트릭을 팔아넘겼을 것이다. 오빠가 침대보 밑에 손전등과 책을 꿍쳐 둔다면, 여동생이 그와 똑같이 행동해도 분명 죄가 아닐 것이다. 이 버릇은 내가 부모가 되어서도 줄곧 죄의식을 동반한 탐닉이 되었다. 모두가 잠든 뒤에 다시 손전등을 켠다는 일말의 죄책감이 독서를 더욱 즐겁게 만들어주었다. 그리고 이것은 내가 가장 좋아하는 서점인 팔로알토의 북스에 대한 나의 애정을 형성하게 만든 일종의 방과 후 일탈 행위였다.

서점과 나의 관계는 북스를 기점으로 두 시기로 나뉜다. 어린 시절 자전거를 타고 일리노이주의 노스브룩에 있는 북 빈Book Bin(주디 블 독자들이 다음에는 무엇을 좋아할지 아는 출판인들이 경영하는)에 다닐 때부터 시작된 서점 습관은 당시 카페가 딸리지 않은 잡화점이었던 앤 아보 보더스Ann Arbor Borders를 뻔질나게 들락거리던 대학 시절까지 이어졌다. 막 성년이 된 무렵에는 더튼스 북스Dutton's Books(편히 잠드소서)에서 시간을 보냈다. 이곳 주인은 선견지명이 있었던 듯 나에게 아일랜드계 가톨릭 작가인 앨리스 맥더머트Alice McDermott의 작품을 소개해주었다. 나는 나중에

이 작가에 대해 연구했다. 그리고 이러한 서점 습관을 내슈빌의 데이비스—키드Davis-Kidd에서 두 아이에게 물려주었다. 그 서점의 소설 코너에서는 앤 패쳇의 작품뿐 아니라 저자도 직접 만났다.

팔로알토에 다니게 되었을 즈음에, 나는 아직 소설은 아니지만 에세이를 출판한 작가였다. 그래서 서점에 발을 들여놓을 때면 매력적인 읽을거리를 찾을 수 있고, 언젠가는 선반에 내 책이 진열될 자리가 마련되기를 바랐다. 팔로알토의 북스는 당시 스탠포드 대학 건너편의 쇼핑몰 안에 있었는데, 150주년을 맞은 지역 자체 서점 체인에 속해 소규모로 운영되고 있었다.

북스는 캘리포니아 역사와 맥을 같이 한다. 어떤 남자가 골드러시(새로 발견된 금광으로 사람들이 몰려드는 것) 때 벼락부자가 되어, 책을 팔아 자수성가한다. 서점은 화재, 이전, 소유권 변경 그리고 시장의 지각 변화에도 불구하고 번성했다. 서점은 체인 서점으로 성장했고, 단독 소유주가 맡았던 1950년대 이후 경제 위기 상황을 겪으며 믿을 만한 직원들의 손에 맡겨졌다. 직원 둘, 즉 마이클 터커Michael Tucker와 마이클 그랜트Michael Grant는 파산 구조조정을 통해 네 군데의 체인 지점과 함께 1997년에 서점을 맡았다. 15년 후, 마이클과 최고의 출판인 마지 스코트 터커Margie Scott Tucker가 맡아 성공적으로 운영하고 있는 12곳의 서점은 200여 명의 열정적인 출판인을 고용하고 있다. 이들 서점은 한 달에 30회가 넘는 낭송회와 매주 12회나 되는 문학 행사를 연다. 이 행사를 통해 작가들은 온라인에서보다 더욱 개인적인 방법으로 독자들과 만나게 된다.

나는 팔로알토로 이사 온 지 며칠 뒤에 생필품을 구입하러 외출했다가 우연히 서점을 보았다. 우리는 아직 이삿짐을 다 풀지도 않은 상태였고, 새 선반에 책들을 알파벳순으로 정돈하는 것은 엄두도 못 내고 있었다. 그리고 막 출판 대리인으로부터 내 첫 번째 소설을 부유한 뉴욕 출판업자에게 팔았다는 놀라운 소식을 들은 참이었다. 쇼핑몰 안에 서점이 있다는 사실을 발견한 나는 괜히 커피를 샀다고 후회하면서 갈망의 눈길로 서점 밖에서 기웃거렸다.

계산대의 점원이 나에게 들어와서 둘러보라고 권했다. 내가 커피를 버릴 쓰레기통을 찾는다고 했더니 그냥 들고 둘러봐도 괜찮다고 했다. 나는 그날 오후 생필품은 내팽개치고 쇼핑백 가득 읽을거리만 사서 가게를 나섰다. 서점에 갈 때마다 나도 모르게 가방이나 커피 컵, 지갑을 끊임없이 바닥에 내려놓는 짓을 반복하다가 그대로 놔두고 오곤 한다. 물론 이것은 무의식적인 행동이다. 말할 필요도 없이 나는 이를 핑계로 다시 서점으로 되돌아간다.

그 후 일 년쯤 지났을 때, 남편이 쇼핑몰의 공중전화에서 전화를 했다. 서점에 내가 꼭 봤으면 하는 게 있다는 것이었다. 남편이 나를 북스의 앞쪽 진열대로 데려갔을 때, 내 소설이 그곳에 있었으면 하는 탐욕스러운 기대로 한껏 부풀었다.

처음에는 눈에 들어오지 않았다. 너무나 흥분한 나머지 눈앞에 있던 내 소설을 보지 못했던 것이다. 마침내 발견했을 때, 나는 고함을 질렀다. 내 책(내가 쓴 책!)을 실제로 타인이 읽을 거라는 사실 앞에서 그 무엇도 나의 울부짖음과 웃음을 멈추게 할 수는 없었다. 맥이 나를 일으켜 세우더니 마치 사제가 교회 제단 앞에서 우리가 남편과 아내가 되었음을 선언했을 때 그랬던 것처럼 내 주변을 빙글빙글 돌았다. "이게 이 사람 첫 번째 소설이에요." 그는 멍하니 쳐다보는 매장 안의 손님들에게 설명했다. "이 책을 지금 여기서 처음 봤거든요. 다른 어디에서도 본 적이 없어요."

나는 서점에 갈 때마다 나도 모르게 가방이나 커피 컵,
지갑을 끊임없이 바닥에 내려놓는 짓을 반복하다가
그대로 놔두고 오곤 한다. 말할 필요도 없이
나는 이를 핑계로 다시 서점으로 되돌아간다.

유모차를 끌던 젊은 엄마가 줄거리를 묻더니 한 권을 사서 카운터 앞에서 나에게 바로 사인을 해달라고 했다. 그녀는 만^灣 건너편 플레젠튼 Pleasanton에서 왔던 걸로 기억한다. 점원은 나에게 펜을 주었고, 나는 예의 과장된 필체로 그녀의 이름을 적은 뒤 몇 마디 덕담과 함께 서명을 했다. 점원이 다른 책들도 사인해줄 수 있냐고 물었다. 사인해줄 수 있냐고? 작가라면 가장 즐거운 글쓰기가 출판된 책의 표지에 자신의 이름을 적는 게 아니겠는가.

가장 힘들었던 부분은 잉크에 눈물이 떨어지지 않도록 하는 것이었다.

집에서 나는 초등학교 2학년 때 성적이 신통치 않았던 펜습자 연습을

다시 했다. 백 번씩 쓰다 보면 분명 지금보다는 훨씬 낫지 않겠는가! 그보다 더 힘든 건 사인을 하려고 책을 기울일 때마다 책 가장자리에 팔뚝이 걸리는 일이었다.

북스의 직원 가운데 아무나 붙잡고 지금 읽고 있는 책이 무엇인지 물어보라. 그러면 책에 대해 많은 것을 알게 될 것이다. 어쩌면 당신이 쓴 책을 언급할지도 모른다.

어느 일요일, 나는 피츠Peet's 테이크아웃 커피를 든 채 계산대의 제이슨에게 물었다. 두 집 건너에 있는, 내가 종종 글을 쓰곤 하는 커피숍 이름을 따서 『수요일의 자매들The Wednesday Sisters』의 조연 이름을 피트 부인이라고 지으면 어떻겠냐고 말이다. 나는 그의 의견을 전적으로 수용한 것은 아니더라도 분명 어느 정도는 받아들였다. 새로운 문학적 목소리가 독자와 만날 수 있게 도와주는 것은 이들과 같은 점원, 특히 광범위하게 책을 읽고 생각도 깊으며 의견을 나누기 좋아하는 점원이다. 내 소설을 직접 팔고 서점의 맨 앞에 놓아두는 이들의 지원이 없었다면 나는 진작 변호사가 되는 편이 나을 뻔했다. 이들이 사라진다면 독자로서 우리의 선택은 매우 편협해질 것이며, 우리의 삶 역시 그와 마찬가지일 것이다.

팔로알토 북스는 이제 다른 장소에 있다. 나의 서가에서 불과 1킬로미터 남짓 떨어진 밝은 공간으로 옮겼고, 더 이상 책을 사면 안 되는 내가 아직 읽어보지 못한 책들로 가득하다. 나는 주로 걷거나 자전거를 타고 서점에 간다. 운전면허증이 없어서라기보다는 그냥 그러고 싶어서다. 그 느낌은 어렸을 적 새로운 주디 블룸 책을 보러 자전거를 타고 북 빈에 가던 때와 다르지 않다. 프로도는 미리 생각해둔 책을 사는 동안 바깥 벤치에 묶여 얌전히 앉아 있다. 그런데 서점 주인과 잡담을 끝내고 돌아올 무렵이면 새로 산 개 줄을 그새 씹어놓는다. 그들은 개를 데리고 들어와도 된다고 얘기하지만, 커피 봉지를 잠시 맡기는 것과 책도 읽을 줄 모르는 30킬로그램이나 나가는 골든 리트리버를 맡기는 것은 완전히 차원이 다른 문제다.

서점에서 내가 가장 좋아하는 시간은 매달 네 번째 화요일이다. 이 네 번째 화요일 북클럽 낭송회는 7시에 시작하는데, 마지도 우리와 함께 한다. 멋진 사람들, 멋진 대화, 멋진 책들……. 우리는 음료수를 마시고 쿠키나 컵케이크를 먹는다. 더군다나 이렇게 희고 깨끗한 서점 공간에서 먹으면 안 되는 것들도 먹는다. 간혹 그다지 멋진 책이 아닐 때도 있다. 일부는 좋아하고 또 다른 사람들은 좋아하지 않는 책일 때도 있다. 때로는 우리가 모두 실망스러워 하는 책일 때도 있다. 하지만 사람들과의 대화가 결코 기대에 못 미치는 일은 없었다. 입구의 표지판에는 8시에 서점이 문을 닫는다고 적혀 있지만, 그 시간에 서점을 떠나는 사람은 아무도 없다. 어떤 때는 점원들이 서점 문을 닫고 퇴근해야 할 시간을 넘기고 9시까지 남아 있을 때도 있다. 미안한 줄도 모르고.

어쩌면 나는 실제로 성당 신자석보다는 책 선반에서 늘 더 많은 위안을 받아왔다는 사실을 쏙 빼고, "영업 시간이 넘도록 있었습니다"라고 고해실의 아늑한 어둠속에서 신부님에게 고백할지도 모르겠다. 자신의 죄를 고백할 때 사람은 더 나아지려고 노력하기 마련이다. 그런데 나는 영업 마감 시간까지 서점을 떠날 의향이 전혀 없다. 마지가 늦게까지 남아 있다면 그것은 분명 죄가 아니다. 그리고 불이 다 꺼져야 할 영업 시간이 한참 지나서까지 서점에 남아 있다는 사실에는 특히 달콤한 뭔가가 있다.

메그 웨이트 클레이튼은 『네 명의 브레드웰스 부인(The Four Ms. Bradwells)』, 『수요일의 자매들』, 『수요일의 딸(The Wednesday Daughter)』, 벨웨더상 최종 후보작이었던 『빛의 언어(The Language of Light)』 등을 출판한 베스트셀러 작가다. 그녀의 소설은 독일어, 리투아니아어, 중국어 등으로 번역되었다. 그녀의 에세이와 단편은 공영 라디오에서 방송되었고, 《로스앤젤레스 타임스》, 《산호세 머큐리 뉴스》, 《라이터즈 다이제스트》, 《러너즈 월드》, 《리터러리 리뷰》 같은 상업 및 문학 출판물에 소개되었다. 미시건 대학교 법대를 우수법학도로 졸업했다. 그녀는 지금 캘리포니아 팔로알토에서 살고 있다.

JON CLINCH
존 클린치

노스셔 북스토어
버몬트주, 맨체스터

밴조 연주 음악을 듣는 순간 내가 도착했다는 것을 알았다.

도착했다는 말은, '진짜 도착했다'는 뜻이다.

내가 버몬트 맨체스터에 있는 노스셔 북스토어로 걸어 들어간 것이 백 번은 되리라. 분명 처음으로 서점에 갔을 때의 일은 기억하지 못한다. 그때가 아마 10년 전쯤일 것이고, 서점 안에 밴조 연주가 흐르기

5년 전쯤일 것이다. 당시 아내와 나는 펜실베이니아에 살았고, 가능한 자주 버몬트에 있는 우리의 공간을 왔다 갔다 했다. 노스셔는 중요한 의미를 지닌 중간역이었다. 북쪽으로는 필라델피아 교외보다 훨씬 좋고 훨씬 멋진 곳에 도착했다는 기표記標였으며, 남쪽으로는 영원히 언제까지나 머무르는 것에 대해 생각하게 만드는 거부할 수 없는 이유였다.

마침내 우리는 이곳에 도착했다. 통계학자들은 사람들이 직장이나 교통, 초고속 인터넷을 중심으로 군집한다고 이야기하겠지만, 우리 같은 부류는 보다 더 중요한 것을 중심으로 모인다. 예를 들면 서점 같은 것이다.

어쨌든 나는 노스셔 같은 서점을 본 적이 없다. 세상에 이런 서점만 있다면 얼마나 좋을까. 교외에 사는 다른 많은 독자들처럼 나 또한 쇼핑몰 안의 반즈앤노블, 서글픈 염가본 판매의 거점인 월든북스, 막판 떨이 책들을 처리하는 앙코르 같은 체인점에 전적으로 의존했다. 그 당시는 보더스가 대세였다. 보더스를 기억하는가? 아마존과 비슷하지만 자신과 같은 부류의 사람들이 최근 무엇을 구매했는지 알려주는 번쩍이는 배너만 빼고, 책이든 배낭이든 바비큐 그릴이든 보더스는 다른 어떤 곳보다 좋은 상품을 보유하고 있었다.

노스셔는 달랐다. 노스셔는 확실히 크다. 그 안에서 길을 잃을 만큼 (대체 뭔 놈의 건물이 이다지도 큰 건지. 집이었나? 집 두 채를 튼 건가? 상업 구역인가? 그것도 아니면 뭐지? 나는 아직도 무슨 용도였는지 감을 잡기가 어렵고, 아무래도 내가 범접할 수 없는 보르헤스적인 특징이 있지 않나 싶다). 그렇지만 크기와 범위는 사실 별것 아니다. 중요한 것은 발을 들여놓자마자 이곳은

'책들이 존중받기 위한 곳이라는 걸 깨닫게' 된다는 것이다. 이 모든 것 뒤에는 일종의 존경스러운 지적 분위기가 떠돌고 있으며, 매장 안으로 들어가는 것은 주최자가 누구든지 간에 대화에 참여하게 된다는 걸 의미한다.

이곳은 트웨인과 포크너의 사진으로 장식된 체인 서점이 아니며, 뱀파이어 책은 거의 찾아볼 수도 없다. 이곳은 문학이 그저 쇼윈도 장식으로 그치는 그런 장소가 아니다. 모든 면에서 노스셔는 계시啓示다.

이곳은 언제나 사람들로 붐빈다. 지역 사람들과 관광객, 그리고 무엇보다 직원들로 넘친다. 고매한 직함에 걸맞은 진짜 직원들이다. 그리고 언제나 대화가 넘친다. 도서관의 관습적인 숨죽임이나 쇼핑몰에서 흘러나오는 교묘하게 사람을 자극하는 녹음된 음악은 잊어버려라. 이곳에 있는 사람들은 당신이 이야기하고 있는 대상이 책이라는 것, 책이야말로 당신이 이야기해야 할 대상이라는 것을 일깨워준다. 왜냐하면 책에 대해 더욱 많이 이야기할수록 당신과 이야기하고 있는 사람들을 더잘 이해할 수 있기 때문이다. 그게 전부다.

말이 나왔으니 하는 말이지만, 나는 노스셔 점원이 자신이 좋아하는 책과 손님이 좋아할 것이라고 확신하는 책 중에서 어떤 것에 흥분하는지 금세 깨우쳤다. 분명 친구가 너무나 좋아할 것이라는 걸 막 '깨닫고' 한 무더기의 책을 들고 친구에게 다가가는 것이리라. 누군들 흥분하지 않겠는가? 이것이야말로 진짜 선물이 아닌가? 모두를 위한 선물, 쌍방모두에게 선물이 된다. 그리고 이렇게 될 수 있는 유일한 방법은 대화밖에 없다.

그렇지만 내가 결코 원하지 않았던 대화는 (적어도 그 시절에는) 생각만 해도 살이 떨리는 "내가 책을 썼어"라는 말이었다. 그런데 『핀, 지구의 왕Finn, Kings of the Earth』이 나왔을 때 내 출판인이 말을 흘렸고, 그것을 노스셔에서 일하던 친구가 꽤 대단한 일로 받아들이더니 그 다음에는 되돌릴 수 없게 되어버렸다.

서점으로 들어가는 것은 주최자가 누구든지 간에 대화에 참여하게 된다는 걸 의미한다.

나는 완전히 새롭고 다른 차원에서 접근해야 했지만 찾아온 기회를 망치고 싶진 않았다. 왜냐하면 낭송회와 사인회 등 노스셔의 작가 행사는 누구나 갈망하는 하나의 포상이었다. 온갖 영향력이 있는 작가들이 모두 뉴잉글랜드로 가는 도중 이곳에 들렀고, 언젠가 나도 그렇게 되리라는 희망에 들뜨기도 했다. 그러니까 "내가 책을 썼어"라는 말과 함께 어느 정도의 공포가 따라온다는 말은 믿어도 좋다. 나는 단단히 마음의 준비를 했고, 어쨌든 작가 행사를 치러냈다.

그 결과로 무엇이 바뀌었냐고?

별로 없다. 즉, 좋다는 말이다.

나는 전에 나를 도와준 몇몇 좋은 친구들의 이름을 알게 되었다. 지금까지 만나보지 못한 몇몇 사람들도 만났다. 그리고 어쩌다 보니 노스셔의 영업 관리자 에릭 바룸Erik Barnum과 음악에 대해 이야기하는 사이가 되었다. 에릭과 나는 둘 다 포크 음악가들을 지켜워할 뿐만 아니라, 위대한 작사가 겸 작곡가이자 바이올린 연주자이며 미시시피 증기선 조종사인 존 하트포드John Hartford를 좋아한다는 사실을 알게 되었다.

다시 밴조와 더불어 노스셔에서 첫 번째 낭송회가 열렸던 그날 밤으로 돌아가보자.

이 행사는 마크 트웨인의 미시시피 강을 배경으로 한 책 『핀』에 대한 북 투어의 끝이었다. 내가 행사 전 토론을 위해 독자들과 마주 앉자마자 장내 음악이 하트포드의 1967년 앨범 〈마크 트웽Mark Twang〉으로 바뀌었다. 내가 『핀』에서 구현하고자 했던 작업에 어울릴 만한 특히 미국적이고 멋진 사운드 트랙은 없다고 생각했다. 그런데 여기에 있었다. 우리를 감싸는 공기 속에. 세심한 주의를 기울일 줄 아는 최고의 서점 주인이 있었기 때문이다.

말한 대로, 나는 노스셔에 '도착'했다.

다시 한 번.

존 클린치는 『핀, 지구의 왕』과 『아우슈비츠의 도둑(The Thief of Auschwitz)』 등의 작가다.

MICK COCHRANE
믹 코크런

토킹 리브스 북스

뉴욕 주, 버펄로

환경의 영향을 받는 건 비단 작가만이 아니다. 우리 주변 곳곳에는 사람을 움츠러들게 하고 외롭고 우울하게 만드는 장소가 널려 있다. 병원 대기실이라든가 그만그만한 패스트푸드점, 특히 몰 오브 아메리카the Mall of America를 비롯한 모든 쇼핑몰 등이 그렇다. 반면에 안락하고 편안하며, 사람을 무방비 상태로 만들곤 하지만 갈수록 구미가 당기고, 마

097

음을 즐겁게 하며 무한한 가능성으로 이끄는 장소는 극히 드물다.

지금은 고인이 된 A. 바틀렛 지아마티A. Bartlett Giamatti는 나와 마찬가지로 문학도이자 교수, 열정적인 야구팬이었다. 그는 평생 글을 쓰면서 특별한 매력과 끈질긴 유혹을 느끼는 세 가지 장소, 상상력의 원천이라고 할 수 있는 세 곳의 낙원을 그럴싸하게 설명했다. 하나는 르네상스 문학 서사시에 나오는 정원이고, 둘째는 대학의 자유롭고 질서 있는 공간이며, 셋째는 야구장의 푸르른 세상이다. 나는 그와 마찬가지로 강의실이나 야구장의 외야 관람석에서 남들 못지않게 많은 시간을 보내고 있지만, 나에겐 지아마티가 언급하지 않은 다른 장소, 이를테면 기분전환이 필요하거나 재충전이 필요할 때마다 자주 들르는 또 다른 장소가 있다. 그곳은 학구적인 건물도 아니고 야구장도 아닌 서점이다. 그냥 아무 서점이 아니라 '나의' 서점, 바로 토킹 리브스 북스다.

서점의 공동 창립자이자 주인인 조나톤 웰치Jonathon Welch는 책을 잘 안 보는 사람들이 책이 지닌 비범한 힘에 대해 묘사하는 방식으로 서점 이름을 지었다고 설명한다. "그들에게는 책의 페이지가 지혜와 지식, 정신을 전달하면서 '이야기하는 잎들'로 보입니다." 1971년 이래로 "독립적이고 특이함을 추구한다"가 바로 이 서점의 모토이다.

서점은 조나톤이 누구인지, 우리(우리로 말하자면 토킹 리브스를 사랑하고 자주 들락거리는 그의 충성스런 단골, 회원, 고객을 말한다)가 누구인지 잘 드러내준다. 현재 서점의 창문에는 지역 콘서트, 낭송회, 다른 문화 행사나 정치 행사를 알리는 포스터와 전단지들이 다닥다닥 붙어 있다. 1989년 봄, 아야톨라 호메이니Ayatollah Khomeini가 살만 루시디에 대한 파트와fatwa

(이슬람법에 따른 결정이나 명령)를 발표함과 동시에 체인 서점들은 살만 루시디의 소설을 선반에서 치우기 시작했지만, 토킹 리브스의 창문에는 『악마의 시The Satanic Verses』가 버젓이 붙어 있었다. 독립적이고 특이하며, 덧붙여서 두려움 없다는 모토가 이보다 더 잘 어울릴 수 있을까?

몇 년 전 정문 바로 안쪽에 마분지로 만들어진 실물 크기의 스티븐 콜베어Stephen Colbert 패널이 세워졌다. 그는 좋아서 어쩔 줄 모르는 얼굴로 사람들을 맞는데, 나는 아직도 서점에 들어갈 때마다 깜짝깜짝 놀란다. 뭐랄까, 진짜 사람 같아 절로 웃음이 난다. 서점에는 사내 라디오 방송이 없다. 대부분 NPR이지만, 어떨 때는 패츠 도미노Fats Domino나 밥 말리Bob Marley의 음악 등을 켄이나 다른 직원들이 그때그때 마음 내키는 대로 튼다. 가끔 서점에 동물도 보인다. 고양이가 철학 코너의 의자에 몸을 동그랗게 말고 있기도 한다.

토킹 리브스에는 훌륭한 문학잡지와 멋진 배지와 엽서 콜렉션이 있지만, 어디까지나 책이 주축을 이룬다. 메인 스트리트 본점에만 대략 5만 권 정도가 있다. 천만다행히도 서점이 가전제품 가게나 장난감 가게로 바뀔 가능성은 전혀 없다. 토킹 리브스의 미션은 체인 서점뿐만 아니라 그 어디에서도 찾을 수 없는 책을 보유하는 것이다. 여기에는 니콜라스 스파크스Nicholas Sparks나 『영혼을 위한 닭고기 수프』 같은 종류의 책은 거의 없고, 문학 소설을 비롯해 독창적이고 실험적이며 기이하고 희귀한 온갖 종류의 대안 문학들이 있다. 앤 콜터Ann Coulter가 쓴 책은 한 권도 없으며, 다른 곳에선 볼 수 없는 시집들이 많을 뿐 아니라(버펄로는 예로부터 시의 고장으로 명성이 자자하다) 애도니지오Addonizio부터 자가예프스키Zagajewski까지 엄청난 시의 장벽을 이루고 있다. 토킹 리브스가 내세우는 목표는 삶을 변화시키는 책들, 즉 "우리에게 새로운 세계를 열어주고, 우리의 마을을 더욱 명확하게 밝혀주는" 책들, "우리의 비전, 우주와 그 생명체, 문화, 방법들의 이해를 넓히고, 심오하게 하는" 책들을 고객에게 선사하는 것이다.

> 안락하고 편안하며,
> 사람을 무방비 상태로 만들곤 하지만
> 갈수록 구미가 당기고, 마음을 즐겁게 하며
> 무한한 가능성으로 이끄는 장소는 극히 드물다.

토킹 리브스 메인 스트리트 본점과 엘름우드Elmwood에 새로 생긴 2호점은 우리의 위대하고, 후줄그레하고, 관대하고, 때때로 눈부시고, 때때로 서투르고, 종종 오해를 사곤 하는 도시의 심장부에 있다. 6천여 명정도의 회원은 이스트사이드, 웨스트사이드, 해안가 콘도, 대학가 아파트, 치크터와가Cheektowaga에서 이스트 오로라East Aurora에 이르기까지 뉴욕 서부의 구석구석에서 찾아온다. 이들이 하나같이 수긍하는 건 토킹 리브스를 사랑한다는 것이다. 시장과 《버펄로 뉴스》의 편집장도 이 서점의 회원이다. 내 아들의 야구 코치도, 내가 가르치는 대학의 글쓰기 과정 학생들도 대부분 회원이다. 현재 버펄로 세이버스Buffalo Sabres(뉴욕주 버펄로에 위치한 프로페셔널 아이스하키 팀)의 골키퍼도 버펄로 빌스Buffalo Bills(뉴욕에 있는 미식축구 팀)의 쿼터백도 인기가 오르락내리락하는 마당에, 문학 행사에서 내가 마이크를 잡고 조나톤 웰치의 이름을 소개할 때마다 모두들 그에게 열광적인 환호를 보낸다.

토킹 리브스는 지구상에서 내가 유일하게 단골로 가는 집이며 사랑한다고 말할 수 있는 장소이다. 존과 그의 아내 마사, 그리고 서점에서 전화받는 사람들 대부분은 내 이름을 알고 나도 그들의 이름을 안다. 존은 내가 원하는 책이 무언지 미리 알고 따로 보관해둔다.

토킹 리브스는 내가 필요할 때 그곳에 있었다. 지난 11월, 거의 문 닫기 직전에 메인 스트리트 서점에 간 적이 있었다. 정말 급하게(일종의 도스토예프스키적 응급상황!) 『도박꾼The Gambler』이 필요했다. 존은 한 권도 아니고 두 권의 다른 판본이 있는 곳으로 나를 데리고 가더니 각각의 번역에 대한 짧고 핵심적인 설명을 해주었다.

조나톤 웰치는 늘 알고 지낸 것처럼 느껴지는 그런 사람이다. 엄마가 갓 태어난 동생을 소개해주었을 때를 잘 기억하지 못하는 것 이상으로 그와의 만남에 대한 뚜렷한 기억은 없다. 확실한 것은 그에게 처음 책을 산 때가 1980년대 미네소타에서 버펄로로 이사 온 직후라는 것이다. 그 책은 게리 길드너Gary Gildner의 멋진 회고록 『바르샤바 스파크The Warsaw Sparks』로, 야구팀을 감독하면서 폴란드에서 풀브라이트 장학금을 받은 시인에 대한 이야기다. 내가 기억하기로 낭송회는 파데레프스키 드라이브Paderewski Drive에 있는 폴란드 커뮤니티 센터에서 열렸고, 존도 그곳에 참석했다. 그는 도시에서 열리는 수많은 낭송회와 사인회에 어김없이 책 상자와 신용카드 기계를 들고 모습을 보인다. 문학이라는 명목으로 서너 명만 모여도 존과 토킹 리브스 역시 거기에 끼어 있곤 했다.

존의 사무실은 교수의 방처럼 책이 가득했고, 소방대장이 경계할 만큼 신문이 쌓여 있었다. 바닥부터 천장까지 출간된 책과 교정지, 카탈로그가 쌓여 있었다. 그의 전화는 끊임없이 울렸다. 고객, 판매 대리인, 낭송회와 사인회에 관심이 있는 작가들……. 그의 왼쪽 손등에는 볼펜으로 급하게 써놓은 메모가 가득하고, 여기저기 포스트잇이 붙어 있다.

그러나 아무리 바빠도 존은 나를 위해 시간을 내어 반갑게 맞아준다. 내 관심을 끌 만한 스튜어트 오난^{Stewart O'Nan}의 신작 소설에 대해 얘기하거나 그로브 프레스^{Grove Press}에 있는 그의 친구 모건 엔트레킨이 지금 어떤 일을 벌이고 있는지 알려준다. 월드 북 나이트^{World Book Night}가 무엇인지 설명해준다. 내가 다니는 대학의 작가 시리즈에 누구를 초대할 것인지 묻고 날짜를 표시해둔다. 그는 최고의 교수나 다름없다. 절대 시계를 보는 법이 없으며, 상대방으로 하여금 훨씬 똑똑하다는 생각을 갖게 해준다. 상대방이 갈망하는 열정을 끌어내 채우도록 만든다.

존과 나는 공통점이 많다. 둘 다 중서부 출신으로, 그는 위스콘신에서 왔고 나는 미네소타에서 왔다. 또 한 가정의 아빠고, 99퍼센트 정치적이며, 사람들의 관계를 변화시키는 기술에 대해 약간 회의적이다. 우리는 감히 말로 옮길 수 없을 정도로 진지하게 글쓰기와 스토리텔링과 책을 사랑한다. 각자 나름 교육자이며 책 전도사다. 나는 소설가고 그는 예술가다. 그것도 진정 위대한 예술가라고 생각한다. 존 가드너^{John Gardner}는 진정한 서적상의 소명은 진정한 소설가와 다르지 않다며 다음과 같은 말을 했다. "이것은 하나의 직업이라기보다는 요가라든가 세상의 존재 '방식', 즉 우리가 살아가는 삶의 대안이다. 이를 통해 얻는 혜택은 종교와(정신과 마음의 변화된 질, 그 어떤 비소설가도 이해할 수 없는 충만함) 비슷하며 엄격한 태도로 정신적인 것 외에는 달리 추구하는 것이 없다. 소명의식을 갖고 이 일을 하는 사람들은 영적 이익을 얻는 것으로 만족한다."

토킹 리브스는 존의 서점이자 나의 서점이며, 우리의 서점이다. 토킹 리브스는 존의 창조적인 걸작이며, 그만의 방대하고 충만하고 포괄적이고 전면적인 서사시이자 그의 『풀잎Leaves of Grass』(월트 휘트먼의 시집)이며, 용감하고 어수선하고 독립적이고 독창적이고 깨끗한, 일주일에 엿새 동안 문을 열고 메인 스트리트에 불을 밝히는 장소다. 토킹 리브스는 바로 우리 자신을 파는 아덴Arden(셰익스피어의 희곡 『뜻대로 하세요』에 나오는 아덴의 숲을 말함)이다. 이곳은 우리 자신을 찾을 수도, 잊을 수도 있는 마법의 섬이다.

믹 코크런은 성인 독자를 위한 소설 『플레시 운즈(Flesh Wounds)』와 『스포츠 (Sport)』, 청소년 독자를 위한 『나비를 던진 소녀(The Girl Who Threw Butterflies)』와 『피츠(Fitz)』의 저자다. 그는 뉴욕 버펄로의 카니시우스 칼리지에서 로워리 상주작가로 있다. 이곳에서 작문을 가르치고, 문학 창작 프로그램을 감독하며 현대 작가 시리즈를 관장하고 있다.

RON CURRIE JR.
론 커리 주니어

롱펠로 북스
메인 주, 포틀랜드

고백컨대, 나는 서점에 특별히 관심을 갖지 않았다는 점에서 좋은 문학
시민이 아니다. 오랫동안 자신이 가장 좋아하는 서점에 대해 지지하고
감사하는 마음을 표명하는 다른 작가들을 지켜보면서, 난 왜 이런 점이
부족할까 의아했다. 독립 서점에 보내는 열광도 이해하지 못했고, 그게
왜 중요한지도 이해하지 못했다. 나는 편하다는 이유로 자주 아마존을

통해 책을 샀다. 싸기도 하고 사람들과 이야기해야 하는 번거로움도 덜 수 있었기 때문이다. 그리고 오프라인 서점에서보다 훨씬 쉽게 쇼핑을 하면서 동시에 자위를 할 수도 있는 장점이 있었다.

오늘날에는 이것이 일반적인 관행이기 때문에 나는 교육 환경을 탓할 수밖에 없다. 우리 부모님 탓이 아니라 내가 자라온 사회의 문제인 것이다. 우리 동네에는 독립 서점이 없었다. 어렸을 적에 나는 책을 주로 도서관에서 보거나, 학교의 도서 전시회를 통해 구매하는 게 고작이었다. 일단 선생님이 조잡한 신문 용지에 인쇄된 도서 카탈로그를 돌리면 그중에 원하는(또는 살 형편이 되는) 책을 고르는 것이다. 그러고 나서 한 6주 정도를 즐겁고도 괴로운 기대 속에 기다리다 보면 마침내 어느 날 수업 시간을 방해하며 책이 도착하게 된다.

맙소사, 뭔가를 기다릴 때의 심정을 기억하는가? 그 숭고한 즐거움은 이제 우리에게서 영원히 잊혔다.

어쨌든, 당시 청소년이었던 나는 금전적, 지리적 제한 때문에 십대 후반 내내 우연히 발견한 마을의 헌 책방에서 책을 사기로 했다. 지하에 있는 허접한 가게였는데도 나는 이곳에서 책을 많이 샀다. 그러면서도 이 가게에 대한 충성심은 고사하고 일말의 진가도 느끼지 못했다. 어쩌면 알게 모르게 주인이 맘에 들지 않아서였을 수도 있다. 주인은 좀 뚱뚱하고 거만한 사람이었다. 그리고 내가 별로 좋아하지 않는 콧수염을 기르고 있었으며, 늘 좀도둑 대하듯 의심스러운 눈초리로 나를 흘깃거리곤 했다. 수년 동안 그에게 산 책이 수백 권이었는데도 말이다. 한번은 내가 저자의 서명이 되어 있는 『카치아토를 쫓아서Going After

105

^{Cacciato}』초판을 사려고 하자 너무 터무니없는 가격을 불렀다. 그는 가격을 깎아주기는커녕 손톱을 죄다 뽑아버리고 싶을 정도로 오만하게 굴었다. 결국 내 인내심은 폭발했고, 그날 이후로 다시는 그곳에 가지 않았다. 비록 책장 곳곳에 숨겨진 보석들이 날 부르는 소리가 가끔 들려오기는 했지만 말이다.

그리고 나는 아마존과 자위를 오가는 일상으로 옮겨갔고, 이것으로 충분히 만족스러웠으며, 누군가에게 덤벼들고 싶은 충동을 억제하느라 애쓰지 않아도 되었다. 그러고 나서 나의 첫 번째 책이 출간된 직후 메인주 포틀랜드에 있는 롱펠로 북스의 공동 소유자인 크리스 보우^{Chris Bowe}를 만났다.

그는 왜소한 체구의 열정적인 사내였다. 보스턴 외곽에 수없이 널린 가난한 동네 출신으로(다들 알겠지만 그곳은 작고 다부진 사람들이 뿌리를 내리고 사는 곳이다), 그는 나의 책을 사랑했고 세상이 내 책을 사랑하게 할 수 있다면 무엇이든 할 기세였다.

크리스와의 만남을 이야기하자면, 나는 그 어느 누구와도 그러한 방식으로 책에 대해 이야기해본 적이 없다. 출판 대리인이나 편집자, 심지어 다른 작가하고도 말이다. 크리스는 작가라든가 책 제목에 집요한 열정을 갖고 있다. 그는 담배 연기를 내뿜으며 그 글이 맘에 들든 안 들든 똑같은 열정을 토로한다. 드디어, 내 일생에 처음으로 '서적상'이 나타난 것이다.

크리스가 유독 헌신적이고 특별한 천재적 열정의 표본이라 할지라도, 그에게 배운 것은 서적상이란 일반적으로 다른 직업을 가진 어떤 사람들보다도 책을 위해 '산다'는 점이다. 만약 좋은 서적상이 당신이 쓴 책을 사랑한다면, 그는 그것을 팔기 위해서 무슨 짓이라도 할 것이다. 그는 서점 문턱을 넘어선 모든 사람에게 책을 강요할 것이며, 그 사람들이 뭐라고 항변할 틈도 주지 않고 계산대로 밀어붙일 것이다. 그는 책의 재고를 유지할 자금 유통을 위해서라면 자신의 어머니에게까지 매춘을 강요할 사람이며, 수백 권의 책에 사인하라고 시킨 뒤 몽땅 다 팔아치울 것이다. 그런데 그가 이런 일을 하는 데는 정당한 이유가 있다. 이렇게 함으로써 지역사회를 구축하고, 저자와 독자가 직접 만날 수 있고, 모두가 매우 행복해질 수 있기 때문이다. 간단히 말해 이는 금전적인 면이나 인간관계에서 분명히 좋은 사업이기 때문이다.

이것이 서적상이란 무엇이고, 이들이 무엇을 하며 왜 중요한가에 대한 배움의 제1부였다.

배움의 제2부는 롱펠로에서 처음 낭송회를 할 때 찾아왔다. 당시 내 경력으로는 체인 서점에서 낭송회를 열면 손가락으로 셀 수 있을 정도의 사람들만이 모였다. 직원들이 만반의 준비를 갖추고 작가를 배려할 때도 있었지만, 어떤 때는 내가 낭송하기 5분 전에야 서점의 확성기를 통해 안내방송을 하기도 했다. 결국 내가 직접 나서서 청중을 주목하게 할 수밖에 없었다(진짜 개떡 같은 경우 중에, 낭송하다가 단상에서 내려와 휴대폰으로 통화하면서 큰 소리로 웃는 여자에게 제발 조용히 해달라고 정중하게 요청한 적도 있었다).

롱펠로에선 이러한 일은 일어나지 않는다. 우선, 롱펠로는 적어도 50명 이상이 모일 수 있도록 관리를 하며, 길고 음습한 겨울이 지난 후 상큼한 봄에 낭송회를 연다. 마이클 셰이본Michael Chabon이나 닐 게이먼Neil Gaiman이 아닌 이상 어떤 작가도 50명이라는 숫자는 그야말로 성황을 이루었다고 할 수 있다. 게다가 이들은 그저 충동적으로 온 것이 아니라 (서점을 구경하러 우연히 들른 것이라든가) 나의 팬들이며, 낭송회 전에 책을 다 읽으라는 크리스의 강요를 받고 온 사람들이다. 그 길고 지루한 겨울이 끝난 어느 멋진 금요일 날 저녁, 바로 창밖에는 노천 탁자에 사람들이 모여 성대한 거리 축제와 라이브 음악을 즐기고 있는데도 사람들은 기쁜 마음으로 서점에서 열리는 작은 낭송회에 나를 보러 와주었다. 그리고 솔직히 말해, 사람들의 주의를 끌기 위해 나와 내 글이 한 일은 아무것도 없었다. 모두 크리스와 서점 직원들의 끊임없는 노력으로 이루어진 것이다.

> 좋은 서적상이 당신이 쓴 책을 사랑한다면,
> 그는 그것을 팔기 위해서 무슨 짓이라도 할 것이다.
> 그는 서점 문턱을 넘어선 모든 사람에게 책을
> 강요할 것이며, 그 사람들이 뭐라고 항변할 틈도 주지
> 않고 계산대로 밀어붙일 것이다.

약속된 시간에 크리스는 청중 앞에 나서서 나랑 대화하며 보여주었던 그 거침없는 기세와 신념으로 모여 있는 사람들에게 내 책에 대한

의견을 밀어붙이기 시작했다. 마치 그것이 피할 수 없는 분명한 결론이라도 되는 듯, 그것을 증명하기 위해서는 오로지 시간만이 필요하다는 듯이 그는 관객들에게 앞으로 작가로서 긴 생명력과 뛰어난 역량을 발휘하게 될 저자(바로 나)를 직접 볼 수 있는 특권을 가진 거라고 말했다. "여러분은 지금 커트 보네거트Kurt Vonnegut(미국 최고의 풍자 소설가)의 데뷔 초기 모습을 보는 셈이지요"라고 사람들에게 말했다. 이렇듯 낯간지러운 칭찬을 마치고는 나에게 단상을 내주었다. 그 와중에도 그는 내가 낭송을 하는 동안 목을 축일 수 있도록 차갑고 신선한 팝스트 블루리본(미국의 유명한 맥주 브랜드) 맥주가 준비돼 있는지 확인하는 것이었다. 이게 결정타였다.

이 일이 있은 뒤, 나는 크리스와 롱펠로가 요구하는 것은 무엇이든 다 했다. 또 앞으로도 무엇이든 할 것이다. 나는 셀 수 없을 만큼 책에 사인을 했고, 롱펠로가 후원하는 자선행사와 명절 세일 행사, 도서관 행사에 참여했으며, 롱펠로를 통해 마련된 북 클럽과 이야기를 나눴고, 개인적으로 서점을 둘러볼 때 직원이 누군가를 데리고 와서 인사하라고 소개시켜주면 독자와 오랫동안 담소를 나눴다. 이들이 원한다면 난 화장실 청소도 마다하지 않았으리라. 어쩌면 내가 이제 모든 책을 롱펠로에서 산다는 것이 가장 중요한 일일 것이다.

왜냐하면, 이제야 깨달았기 때문이다. 서적상이 나보다 훨씬, 훨씬 더 중요하다는 사실을 말이다. 이들이 매일 쏟아붓는 엄청난 노력에 비하면 내 업적은 정말 보잘것없었다. 물론 나는 글을 쓰지만, 이들은 옷을 다림질하고 머리를 매만지고 엉덩이를 톡톡 두드려 격려한 다음 그것을 세상에 내보낸다. 크리스 보우 같은 서적상은 현대 미국 문학에서 위대하게 뛰는 심장이며, 이들이 없다면 내가 하는 일은 아무 소용이 없게 된다.

론 커리 주니어는 『신이 죽었다(God Is Dead)』와 『모든 것이 중요해지는 순간 (Everything Matters)』의 저자다. 그는 뉴욕 공립도서관에서 수여하는 영 라이온 상과 미국예술문학아카데미 문학 부문에서 에디슨 M. 메트칼프상을 수상했 다. 그는 메인주에 산다.

ANGELA DAVIS-GARDNER
안젤라 데이비스 가드너

퀘일 리지 북스 앤드 뮤직

노스캐롤라이나주, 롤리

노스캐롤라이나주 롤리에 있는 퀘일 리지 북스 앤드 뮤직의 주인으로 사람들로부터 존경받고 있는 낸시 올슨Nancy Olson은 일주일에 평균 네 권의 책을 읽는다. 정규 이메일 뉴스레터를 통해 그녀의 추천 도서 목록을 받아보는 사람들은 4천 명에 이른다. 28년 동안 서점을 운영해온 낸시의 임무는 책에 대한 그녀의 열정을 고객들에게 고스란히 전달하는 것이다. "나는 사람들 목구멍으로 책을 쑤셔 넣고 싶어요"라고 말하며 그녀는 웃는다.

흰 머리에 푸른 눈, 보조개가 패도록 활짝 미소 짓는 얼굴, 끊임없이 샘솟는 유머 감각을 가진 그녀는 온화한 여성이다. 오늘 그녀는 반짝이는 글자로 "READ"라고 쓰인 라인석 핀을 꽂고 있다.

우리는 언제나 그렇듯이 커피숍에 앉아 책에 관한 이야기를 나눈다. 그녀는 막 완성한 소설에 대해, 만약 사람들이 이 책을 알기만 하면 미국의 고전이 될 것이라고 한다. 그녀는 출판 전 작품에 대한 문학적 견해를 제시하는 전능한 중재자라 할 수 있는 《퍼블리셔스 위클리Publishers Weekly》가 자신이 추천한 작품을 검토하지 않았다고 분개한다. 그녀는 직접 전화를 걸어 출판 후에 검토해줄 수 있는지 물었다(그녀는 《퍼블리셔스 위클리》로부터 공인을 받은 바 있다. 2001년에 《퍼블리셔스 위클리》는 그녀를 올해의 서적상으로 선정했다). 《퍼블리셔스 위클리》는 소설을 검토하는 데 동의했고, 현재 두 권이 진행 중에 있다.

"오, 안젤라, 이 책 좀 읽어보세요." 그녀는 몸을 기울이며 말한다. "난 다 봤으니 빌려줄게요. 당신이 어떻게 생각하는지 알고 싶어요."

그녀의 말은 마치 최면 같다. 나는 그녀와 헤어지자마자 집으로 와서 책에 흠뻑 빠진다. 그녀의 말대로 정말 좋은 책이다.

낸시는 책과 사람을 이어주는 데 천부적인 재능이 있다. 사람들은 가끔 그녀에게 묻는다. "무엇을 읽어야 할까요?" 그녀는 단골들을 너무나 잘 알기 때문에 보통은 바로 의견을 제시한다. 만약 잘 모르는 사람이 친구나 이모에게 책을 선물로 주려고 할 경우에는 좋아하는 취향을 물어보고, 어떨 때는 서점 안을 서성이며 적절한 답을 얻을 때까지 고객과 함께 고민한다.

일생 동안 열정적으로 책을 읽어온 그녀의 머릿속에는 바로 꺼내서 볼 수 있는 유용한 카탈로그가 들어 있다. 그녀는 또한 자신이 어떤 책을 갖고 있는지도 알고 있다. 서점에 있는 책들은 모두 낸시와 직원들이 직접 고른 것으로, 크고 작은 출판사에서 펴낸 책들이다.

낸시는 또한 집중력이 매우 뛰어나다. 그녀가 서점에서든 밖에서든 누군가에게 인사를 건네면 신체적으로, 감정적으로 일단 멈춤 모드가 된다. 그 사람을 받아들이는 것이다. 그녀는 상대가 어떻게 지내는지, 무엇을 읽고 있는지 알고 싶어 한다.

E.M. 포스터E.M. Forster는 "오로지 연결하라"라는 말을 했다.

연결이야말로 이 서점의 수호신이다. "독자와 작가를 한데 모으라"라는 서점의 모토는 그저 공허한 구호가 아니다.

나는 물론이고 많은 사람들이 서점을 제2의 고향으로 생각한다. 이곳에서 일하는 사람들은 한 가족 같다. 나는 서점에 자주 가는데, 며칠 뜸했다 싶으면 직원이 걱정스러운 얼굴로 어디 아팠냐고 묻는다. 아예 점심을 싸들고 서점을 찾는 이들도 있다. 화학요법을 받고 온 한 여성은 오후 내내 소파에서 잠을 자며 쉬기도 한다. 어떤 사람들은 작가들의 낭송회를 보러 매일 밤 찾아온다. 그중에는 유명인사도 많이 있다. 서점은 북 투어를 하는 작가들에게는 주요한 목적지다(이들이 서명한 사진이 아늑한 화장실 벽면에 가득 붙어 있다).

여기에는 커피숍이 없다. 지난 번 확장 공사 때 낸시는 고객들에게 책을 더 원하느냐 커피를 원하느냐고 물었다. 백이면 백, 책을 더 원한다는 답변이었다.

낸시의 목적은 어느 곳에서도 찾을 수 없는 책과 함께 주목이 예상되는 책들도 제공하는 것이다(베스트셀러들은 문 반대편을 보고 있는 선반에 있다). 서점에는 해외 소설, 글쓰기와 출판에 관한 인상적인 책들, 다양한 문고판이 절충되어 탁자 위에 놓여 있다(최근 샤누쉬 파시프르가 쓴 『여자들만의 세상』이라는 이란 소설을 발견했다. 그리고 엘리 프레이저의 『필터 버블: 새롭게 개인화된 웹이 독서와 생각을 어떻게 바꿀까』도). 고전 소설은 현대 미국 및 영국 문학과 함께 꽂혀 있다. 제인 오스틴Jane Austen은 선반 하나를 통째로 차지하고, 안토니 트롤로프Anthony Trollope는 조안나 옆에 위치한다. 『전쟁과 평화War and Peace』는 여러 판본을 갖추고 있다. 때때로 유명한 작가들이 쓴 책들 틈에서 새롭고 실험적인 매력적인 작품을 우연히 발견하기도 한다.

아동문학 전문가 캐롤 모이어Carol Moyer가 관리하는 아동 도서 전용의 넓고 분리된 공간이 있다. 음악 섹션은 재즈와 미국 전통 음악과 함께 롤리에서는 유일하게 방대한 클래식 음악 컬렉션을 제공하고 있다.

테이블과 안락의자 네 개가 놓여 있는 독서 공간은 낭송회와 각종 모임을 위한 장소로 재빨리 전환될 수 있다.

서점은 코란, 의료 서비스, 플래너리 오코너Flannery O'Connor와 같은 다양한 주제에 대한 토론 그룹, 청소년 그룹을 포함한 작가 그룹, 다양한 어린이 프로그램, 콘서트, 분기별 타운홀 미팅 등을 주최한다. 지역 클래식 음악 방송국 WCPE가 후원하는 프로그램에서 노스캐롤라이나심포니의 지휘자와 부지휘자는 다가오는 공연에 대해 이야기한다. 음악 감독 그랜트 르웰린Grant Llewellyn은 공연 악곡 중에서 발췌한 말러 「9번 교향곡」을 미리 관객들에게 들려준다. 멘델스존부터 번스타인에 이르 기까지 셰익스피어가 작곡가에게 미친 영향은 또 다른 강의 주제다.

매년 열리는 중고 책 판매 행사에서는 북스 포 키즈Books for Kids를 위한 기금을 모은다. 북스 포 키즈는 책을 살 형편이 안 되는 아이들을 위해 설립된 비영리재단으로, 1999년부터 5만 명의 아이들이 이 프로그램을 통해 책을 받았다(이 재단은 자원봉사자들에 의해 운영된다. 열정적인 자원봉사자 들은 책을 선반에 정리하고 포장하면서 서점의 일일 운영을 돕는다).

no
"퀘일 리지 북스 앤드 뮤직이 없었다면 어땠을까?"
이렇게 멋진 서점이 없었다면
나는 물론이고 수도 없는 사람들이 안식처,
지적 고향을 잃었을 것이다.

처음부터 낸시 올슨은 노스캐롤라이나 작가들과 남부 작가들을 전폭 적으로 지지했다. 그녀가 서점으로 초대하여 처음으로 낭송회를 연 작 가는 질 맥코클Jill McCorkle로, 그는 알곤킨 북스Algonquin Books에서 막 두 권 의 소설을 출간한 터였다. 그런데 하필 노스캐롤라이나 주립대학교와 노스캐롤라이나 대학교 간 풋볼 경기가 벌어지던 날 오후에 행사 일정을 잡았던 것이다. 물론 아무도 나타나지 않았다.

"그때 이후로 많은 것을 배웠어요. 그렇지만 질은 매우 고마워했지요. 우리는 한 시간 정도 서점을 둘러보면서 책에 대해 이야기했어요. 우리는 평생 친구가 되었어요"라고 낸시는 웃으며 말한다.

그녀는 나를 포함하여 그녀가 망각의 늪에서 구해낸 책들을 쓴 수많은 작가들과 평생 친구가 되었다.

작가의 경력은 무서운 속도로 흥망성쇠를 거듭한다. 내가 초기에 쓴 두 소설은 반응이 좋았지만, 세 번째 『플럼 와인Plum Wine』은 뉴욕에서 몇 년이나 순회를 했음에도 판권이 팔리지 않았다. 마침내 한 대학 출판사와 연이 닿아 아름답게 디자인된 책으로 1천 부를 발행하게 되었다. 그렇지만 이 출판사는 책을 홍보할 돈이 없었다. 이전 책들에 대해 훌륭한 평을 해주었던 《뉴욕타임스》, 《워싱턴포스트》, 《로스앤젤레스 타임스》는 이 책을 간과했다.

작가 친구가 많지만 그들이 쓴 책에 항상 끌리는 것은 아니라고 솔직하게 말하는 낸시 올슨은 이 책을 열렬히 지지했다. 론칭 파티가 끝난 후, 서점은 내 책을 가지고 '밀어붙이기'(한 직원이 말해주었다) 식 프로모션을 진행했다. 고객들은 『플럼 와인』에 대해 듣지 않고는 서점 문을 나설 수가 없을 정도였다. 낸시는 이 책을 북 센스Book Sence(북미의 독립 서점들이 대형 체인 서점과 경쟁하기 위해 참여하는 미국서적상협회의 마케팅 및 브랜딩 프로그램)에 '선정'했고, 그러자 독립서적상조합이 이 책을 출판했다. 북 센스에 선정되고 전국의 서점에 선을 보이자 그때부터 소설은 팔리기 시작했다. 낸시는 이 책에 특히 눈독을 들인 뉴욕의 한 에이전트에게 책을 보냈다. 눈 깜짝할 사이 『플럼 와인』의 문고판과 앞서 발간했던 두 권의 문고판, 그리고 새 소설까지 합쳐 네 권에 대한 계약이 성사됐다. 낸시 올슨은 소설가로서의 나의 경력을 구제해준 것이다.

또한 낸시는 다른 수십 명의 작가도 후원해왔다. 그녀는 NPR 라디오 인터뷰 도중에 노스캐롤라이나의 신출내기 소설가 론 래시를 칭찬했고, 론은 이날 편집자들로부터 여러 통의 전화를 받았다(이후 그는 많은 상을 받았고, 그의 소설을 각색한 영화가 만들어지고 있다). 낸시는 잰 캐런Jan Karon의 첫 번째 소설 『내 고향 미트포드At Home in Mitford』에서 넓은 독자층을 확보할 수 있을 것이라는 가능성을 보았고, 원래 작은 기독교 출판사에서 출간했던 책을 에이전트에게 보냈다. 잰의 미트포드 시리즈는 현재 수백만 부가 팔리고 있다.

찰스 프레지어Charles Frazier는 『콜드 마운틴의 사랑Cold Mountain』을 출간하기 10년 전부터 서점에 자주 왔고, 낸시와 친해졌다. 낸시는 첫 번째 소설에서 과연 기대할 만한 게 있을까 내심 걱정을 했지만 소설을 읽으며 전율이 일었다고 한다. 퀘일 리지가 출판을 맡았는데, 나오자마자 엄청난 부수가 팔렸다. 찰스 프레지어가 『콜드 마운틴의 사랑』으로 전미 도서상을 수상하는 바로 그 순간에 낸시도 자리를 함께했다.

이제는 낸시 올슨이 출판계에서 중요한 목소리를 낼 수 있는 위치가 되었지만, 그녀와 남편 짐은 1984년에 아주 적은 예산으로 서점을 시작했다. 그들은 서적 판매는 물론 어떤 종류의 소매업에서도 일한 경험이 전혀 없었다.

낸시가 워싱턴 D.C.에서 공무원으로 있다가 막 은퇴했을 때, 그녀와 짐은 서점을 내는 문제에 대해 심각하게 고민하기 시작했다. 서점은 낸시의 오랜 꿈이었다. 그들은 전국 24개의 서점을 돌아다니며 조사했다. "내가 무엇을 좋아하고 싫어하는지 알게 되었다"고 그녀는 말한다. 낸시는 롤리로 결정했다. 당시 독립 서점은 한 개도 없고 대학교를 포함하여 7개의 전문대학이 있었던 롤리는 그녀의 눈에 개발되지 않은 옥토로 보였다.

그 이후로 서점은 34평에서 280여 평 규모로 성장했으며, 7만 권의 책을 보유하고 있다. 고객들은 다른 주(州)에서도 차를 몰고 찾아오며, 외국에서도 주문이 들어온다(이 지역에 살던 과학자나 교수가 스웨덴이나 이탈리아로 이주했다고 해서 낸시의 서점을 저버리진 않는다).

얼마 전 《뉴스위크》가 미국에서 가장 훌륭한 서점 중 하나로 꼽은 퀘일 리지 북스 앤드 뮤직은 괄목할 만한 성공을 거두었다. 요즘 같은 불경기에도 서점은 꿋꿋이 버티고 있지만, 많은 시간이 흐르고 문화가 바뀌면서 서점 사업과 경기도 점점 침체되고 있다.

"퀘일 리지 북스 앤드 뮤직이 없었다면 어땠을까?"

생각할 수도 없는 질문이지만 많은 사람들이 이렇게 묻는 것을 들었다. 이렇게 멋진 서점이 없었다면 나는 물론이고 수도 없는 사람들이 안식처, 지적 고향을 잃었을 것이다.

퀘일 리지는 우리 지역사회에 없어서는 안 될 중요한 자산이기 때문에 어떠한 형태로든 오랫동안 남아 있을 가능성이 많다. 그렇지만 '끝'이 있다는 가능성은 살아 있는 존재(서점도 살아 있는 생명이다)를 더욱 소중하게 만드는 것이 아니겠는가?

그러므로 읽고, 읽고 또 읽고, 책을 사라. 서점에서.

안젤라 데이비스 가드너는 최신작 『나비의 아이들(Butterfly's Child)』을 비롯한 네 권의 소설을 출간했다. 그녀의 소설 『플럼 와인』은 NPR에 소개되었고, 동부와 서부의 이해 관계에 기여한 공로로 기리야마 환태평양 도서상(Kiriyama Pacific Rim Book Prize) 위원회가 뽑은 우수 도서로 선정되었다. 그녀는 노스캐롤라이나 롤리에 살고 있다.

IVAN DOIG
이반 도이그

유니버시티 북스토어

워싱턴주, 시애틀

"집 같구나, 집 같아! 들어서면서 난 알아챘지!" 보는 순간 사람의 마음을 영원히 사로잡을 듯이 매력적인 술집에 들어서며 리처드 휴고^{Richard Hugo}가 던진 의기양양한 인사말은 더 이상 좋을 수 없다. 이미 고인이 된 위대한 시인 친구는 《더 뉴요커》에 실린 「딕슨의 유일한 술집^{The Only Bar in Dixon}」에서 몬태나의 한 술집에 경의를 표했는데, 나 또한 그와 마찬가지 심정으로 나의 서점이자 시애틀의 유일한 서점인 유니버시티 북스토어에 경의를 바치지 않을 수 없다. 여러 해 동안 낭송회와 강연을 해오면서 나는 서적상(그리고 사서)을 정보의 바텐더로 두 팔 들어 환호했고, 워싱턴의 유니버시티 북스토어만큼 낭송회에 취하기 쉬운 곳은 없다.

1900년에 대학 총장실 옆의 작은 방에서 시작해 내가 시애틀 캠퍼스에 도착할 즈음인 1960년대에는 도시 한 블록을 차지할 정도로 성장한 명물 유니버시티 북스토어는 내게 책에 관한 한 말 그대로 딴 세상이다. 노스웨스턴 대학 시절에 다니던 두 군데의 서점은 50센트를 더 받고 중고 책을 되팔 수 있을 때만 겨우 내 관심을 끌었다. 그런데 이 푸르고 영광스러운 노스웨스트에서 약간 나이가 든 대학원생을 기다리는 서점이 있다니, 야호! 이곳은 학교의 작은 숲(커다란 소나무 한 그루만 한)에서 조금만 걸어가면 있었다. 내가 3년 동안 끊임없이 다양한 책을 읽었던 곳은 적을 두고 있는 워싱턴 대학교의 캠퍼스가 아니라 지역에서 가장 크고 가장 많은 책을 보유한 서점이었다. 손으로 직접 적은 목록에 따라 나는 유니버시티 북스토어에서 시와 많은 소설을 비롯해 타키투스Tacitus의 『연대기Annals』부터 머레이 모건Murray Morgan이 쓴 그랜드 쿨리Grand Coulee의 동시대 영웅 전설 『댐The Dam』에 이르기까지 모두를 섭렵했다.

유니버시티 북스토어와의 문학 연애는 갈수록 좋아졌다. 미드웨스트에서 잡지사 편집자로서 경력을 쌓고 있던 아내 캐롤과 나는 그간 쌓은 모든 경력을 포기하고, 박사 학위를 따고 저널리즘 교수가 될 때까지만 머무를 생각으로 퓨젯 사운드Puget Sound에 도착했다. 박사 학위는 제때 땄지만 우리는 이곳을 떠나지 않았다. 내가 쓴 14권의 책이 발목을 붙든 것 같다. 그중 첫 번째 소설인 몬태나 회고록『하늘의 집: 웨스턴 마인드의 풍경This House of Sky: Landscapes of a Western Mind』을 시애틀의 책 박사 리 소퍼Lee Soper와 유니버시티 북스토어 무역부의 놀랍도록 직관적인 바이어 마릴린 마틴Marilyn Martin이 즉시 지지하고 나섰기 때문이다. 신참 작가에게 이것이 얼마나 큰 신분 상승인지. 책은 유니버시티 북스토어에서 본격적으로 팔리기 시작했고, 전국 총 판매량의 15퍼센트 정도를 차지하더니 순식간에 카진, 볼딩, 메티슨과 함께 전미 도서상 후보에 올랐다. 고객으로서의 만족감은 말할 것도 없고.

> 나는 서적상(그리고 사서)을 정보의 바텐더로
> 두 팔 들어 환호했고, 워싱턴의 유니버시티
> 북스토어만큼 낭송회에 취하기 쉬운 곳은 없다.

이때부터 2012년 작『바텐더 이야기The Bartender's Tale』에 이르기까지 유니버시티 북스토어와 나는 편하고도 고무적인 관계를 유지해왔다. 각각의 경우는 다음과 같다.

─상상력이 난무하는 서점의 안쪽 방과 직원은 북 투어를 하는 작가에게 비밀스러운 즐거움이다. 낭송회와 질의응답 세션, (바라건대) 책에

사인을 받으려고 길게 줄 서 기다리는 독자들을 만나기 전에 공항에서 내려 호텔을 거쳐 바로 투어에 나선 작가는 이 작은 공간에서 기다리게 된다. 이곳에도 역시 교정본과 벽처럼 쌓인 만화책, "책은 욕조에 떨어뜨려도 죽지 않는 유일한 감전이다" 같은 메모가 붙어 있다. 그리고 물론 책에 미친 족속들, 서적상들이 있다. 이들의 지령에 따라 안쪽 방에서 포스터와 벽, 문과 탁자, 그리고 한 번 이상 직원들에게 사인을 할 것이다. 그러나 가장 기대해도 좋은 안쪽 방은, 리와 마릴린의 뒤를 이은 마크 마우서Mark Mouser와 이벤트 매니저 스테샤 브랜든Stesha Brandon의 조용한 사무실이다. 그곳에는 이 모든 것이 시작된 나무가 무성한 캠퍼스를 내려다보는 창이 있고, 앞에는 서명이 되지 않은 책들이 높이 쌓여 있을 것이다. 작가의 눈에 이것은, 즉 책과 나무로 울창한 숲은 오랫동안 마음속에 그려오던 장면이리라.

　―내 기억이 맞는다면, 유니버시티 북스토어의 낭송회를 위해 마련된 아름다운 공간에서 사인을 받으려고 서 있던 어떤 젊은 여자가 자신의 발목에 문신을 한다면 어떤 문구가 좋겠느냐고 물었다. 그녀는 나를 놀리는 것이 아니었다. 그녀는 실제로 깔끔한 푸른색 잉크로 어떤 문장이 새겨진 늘씬한 발목을 내보이며, 이 문장과 어울리는 내 책 속 한 문장이었으면 좋겠다고 말했다. 특정한 말의 조합이 빠르게 머릿속을 스쳐갔지만 '그녀와 나'는 하나를 생각해냈다. 그리고 지금도 어딘가에서 한쪽 발목에는 『흐르는 강물처럼』의 명구절인 "나는 강에 넋을 잃고 있다 am haunted by waters"를, 다른 한쪽에는 『악동들의 파티에서 춤을Dancing at the Rascal Fair』에서 따온 "어디서나 사랑의 음악을 느껴라Feel love's music everywhere"라는 구절을 새긴 채 걷고 있을 신비스런 여인을 생각하면 마음이 따뜻해진다.

소설들이 있고, 디킨스, 닥터로우, 도이그, 도스토예프스키가 꽂혀 있는 유니버시티 북스토어 2층의 어떤 책꽂이와 함께 이따금 작가도, 쇼핑객도, 고객도, 그저 둘러보는 사람도 되는 서점에서 이렇게 다행히도 모든 것이 흘러간다.

이반 도이그는 『바텐더 이야기』를 비롯한 소설과 논픽션을 쓴 저자다. 서부 문학협회에서 수여하는 평생 공로상을 수상했으며, 태평양북서부서적상협회에서 주는 6개의 상과 월러스 스태그너상, 『흐르는 강물처럼』의 오디오 낭송 관련 상을 포함하여 많은 상을 받았다. 그는 워싱턴 시애틀에서 살고 있다.

LAURENT DUBOIS
로런트 듀보이스

레귤레이터 북숍

노스캐롤라이나주, 더럼

"레귤레이터에 가도 돼요?" 아홉 살짜리 아들 안톤을 학교에서 데려오면서 듣게 되는 무수한 질문 중에 나는 이 질문이 가장 마음에 든다(화요일 오후 수업이 끝나면 아들은 가고 싶은 곳을 끝없이 주워섬기지만 나는 여간해서는 쉽게 승낙하지 않는 편이다). 아들 녀석도 이제는 "좋아!"라는 대답을 쉽게 받아낼 수 있다는 것쯤은 알고 있다. 레귤레이터로 외출을 하면

으레 들르게 되는 명소들이 있다. 우리는 자주 가는 9번가에 있는 식당 다인Dain에서 저녁을 먹고, 이곳의 유일한 디저트인 오레오와 우유 한 잔 아니면 옛 탄산음료 가게를 힙스터의 천국으로 바꾼 옥스 앤드 래빗 Ox & Rabbit에서 밀크셰이크를 먹는 것으로 마무리한다. 길거리를 어슬렁 거리다보면 아는 친구들을 만나게 된다. 그렇지만 이건 어디까지나 메인 코스를 위한 애피타이저일 뿐이다. 레귤레이터로 들어서자마자 안톤이 어린이 코너를 향해 달려가는 동안 나는 완더(그는 네덜란드 청소년 축구아카데미에서 활동했다)나 서점의 너그러운 주인 톰과 지난 밤 축구 경기에 대해 이야기를 나눈다.

서점에서 온라인으로 주문한 책 한 보따리가 으레 나를 기다리고 있다. 이 책들을 챙기면서 꽤나 진지한 질문을 받는 즐거움을 누린다. 이를테면, 왜 서아프리카의 자아성찰적인 민족지와 멕시코의 축구에 관한 신간, 아이티의 비정부기구에 대한 비판적 에세이 모음집, 그리고 아미타브 고시Amitav Ghosh의 고전을 읽느냐는 질문들이다. 나는 바쁘지 않는 한 웬만해서는 도착하자마자 바로 주문한 책값을 지불하지 않는다. 입구 쪽 진열대를 도저히 그냥 지나칠 수가 없기 때문이다. 이곳은 다양한 신간으로 꾸며져 있으며, 그중 많은 책에는 최근 서점에서 북투어를 한 저자들의 서명이 있다. 레귤레이터는 탈공업화 도시로의 변모를 꾀하며 파격적인 우리의 지적 문화를 정의하는 데 도움을 주었다.

레귤레이터는 1976년에 문을 열었다. 이곳은 2006년에 설립자 중 한 명이자 현재 주인인 톰 캠벨Tom Campbell이 썼듯이 "작고, 그야말로 희한한 서점"이다. 그 당시 듀크 대학교에서 두 블록 떨어진 더럼의 9번가가 어떤 곳인가는 이웃하고 있는 바로 길 건너편의 커다란 방직 공장이 충분히 말해준다. 그곳은 식사를 하거나 볼일을 보려고 9번가로 나온 일꾼들로 넘쳤다. 맥도널드 약국, 공구점, 아침과 점심을 제공하던 여러 그릴 식당 등 1976년에 9번가에 있던 상점들은 이제 모두 자취를 감추었다. 레귤레이터는 그 거리에서 현재까지 남아 있는 가장 오래된 가게이며, 커피나 장난감, 힙합 티셔츠, 레코드, 요가 교실, 그리고 물론 책을 찾는 듀크 대학교 학생과 더럼 주민들의 요구를 충족시켜주고 있다.

그 무렵 레귤레이터가 있던 건물에는 레귤레이터 프레스^{Regulator Press}라는 작은 지역 인쇄소가 있었다. 틀림없이 그곳에서 일하던 듀크 대학교 졸업생이 역사 수업에서 주워들었을 법한 이 이름은, 미국 독립 혁명 수년 전에 영국을 상대로 봉기를 일으켰지만 뜻을 너무 일찍 펼친 노스캐롤라이나 반란군 무리(이 지역에서 유명하다)를 기리는 것이다. 톰 캠벨이 설명해주었는데, 그 이름은 "지방색이 짙고 반항적"인 당시 인쇄소의 정신을 드러낸 것이라고 한다. 그 정신은 지금까지도 이어지고 있다.

이 이름은 지역의 역사를 간직하고 있고, 서점은 고객에게 노스캐롤라이나에 관한 다양한 책을 제공한다. 5년 전에 더럼으로 이사를 온 뒤 나는 레귤레이터에서 이곳의 유구한 역사에 대해 배웠다. 이 도시의 역사는 사실 담배를 빼면 아무것도 없다. 이곳에서는 더 이상 브라이트리프^{Brightleaf}(더럼 지역의 유명한 담배 이름)를 말리고 가공하는 냄새가 나지 않는다. 그래도 붉은 벽돌 공장은 곳곳에 눈에 띈다. 비록 지금은 공장이 있던 자리에 아파트나 원룸 맨션, 사무실, 상가, 식당이 들어서긴 했지만. 더럼은 남북전쟁 이전에는 존재하지 않았기 때문에 농장이라기보다는 공장 지역의 성격이 강하다. 더럼은 성공하여 이름을 날린 아프리카계 미국인 중산층의 본거지가 되었고, '블랙 월스트리트'라고 자랑스럽게 뽐내며 부커 T. 워싱턴^{Booker T. Washington}(흑인 사회의 대표적인 지도자로, 미국의 교육자이자 연설가)의 모델로서 자부심을 지니고 있다.

이 나라에서 흑인 사업으로 유서 깊고 규모가 큰 노스캐롤라이나 뮤추얼^{North Carolina Mutual}은 과거에 한 노예에 의해 세워졌다. 또한 미국에서 가장 오랜 역사를 지닌 흑인 대학 중 하나인 노스캐롤라이나 센트럴 대학교가 이곳에 자리를 잡았다. 더럼은 헤이티^{Hayti}로 알려진 지역과 인접해 있는데, 카리브 해에 있는 나라 아이티^{Haiti}와 비슷한 이름이 붙은 이유는 아프리카인의 후예가 스스로 통치하며 자치 기관들을 세운 곳이기 때문이다.

공교롭게도 나는 아이티의 역사를 전공한 학자라서 더럼에 살면서 아이티에 있는 나 자신을 발견하는 것과 아이티에서 이곳을 찾은 방문객을 집으로 초대할 수 있다는 건 특별한 즐거움이다. 더럼은 오랫동안 노스캐롤라이나에서 무엇인가를 찾은 다양하고 대단히 복잡한 사연이 있는 이민자들은 물론, 나와 같은 탐구자들을 받아들여 왔다.

빠르게 변화하는 여타 지역사회와 마찬가지로 더럼도 최근에 상당히 자의식이 강해졌다. 예를 들면, 뉴욕 친구들의 거만한 코멘트에서 유래한 약간 공격적인 문구가 적힌 티셔츠나 범퍼 스티커도 눈에 띈다. "더럼, 모두를 위한 곳은 아니다." "더럼을 더럽게 유지해^{Keep Durham Dirty}"라는 문구도 있는데, 여기에는 앞으로 이곳으로 이주해올 사람들이 지금까지 자신이 누려온 것들을 파괴하지나 않을까 하고 두려워하는 마음이 담겨 있다. 가끔 더럼이 브루클린에서 빠르게 고급화되는 지역처럼 느껴질 때가 있다. 그렇지만 지방색을 지키려는 열망은 긍정적인 면으로 작용하기도 한다. 한 가지 정말 놀라운 사실은 더럼 시내에서 단 하나의 체인점도 찾아볼 수 없다는 점이다(맥도널드는 어쩔 수 없이 예외다). 이 도시는 점점 번성하는 음식 문화로 오히려 유명해졌다. 거의 매주 새로운 음식을 파는 트럭이 나타나는가 하면, 몇 달 뒤에는 이것이 가게가 된다. 그러면 또 새로운 트럭이 나타나고, 같은 양상이 반복된다.

필자 아들의 작품으로, 레귤레이터에 있는 책 중 가장 좋아하는 책의 캐릭터를 그렸다. 왼쪽부터 『윔피 키드』의 그레그, 『알 수 없는 보르닥』의 보르닥, 『빅 네이트』의 네이트.

이 지역에서 나는 재료를 사용한 맛깔난 음식이 넘쳐나는 건 물론이고, 이제는 어디서 컵케이크 또는 팽 오 쇼콜라(초콜릿 빵)를 사야 할지 고민 스러울 지경이다.

이 모든 지역 비즈니스 중에서도 특히 레귤레이터가 중심지가 되고 있다. 더럼은 여러 가지 면에서 듀크 대학교와 광범위한 지역사회의 접점이며, 서점은 여기서 중추적인 역할을 한다. 더럼을 무대로 펼쳐지는 무수한 삶의 관문으로 기능하며, 개방적이고 활기찬 방식으로 독자와 이야기꾼들을 한데 모은다.

내 아들의 독서 생활 역시 레귤레이터를 중심으로 이루어진다. 어떤 책이 발매되는 날이면('빅 네이트' 시리즈의 마지막 권이 가장 최근에 나온 책이다) 우리는 학교에서 서점까지 빛의 속도로 달려간다. 9번가에 주차하자마자 차 문을 박차고 나간다. 간신히 아들을 뒤쫓아 카운터까지 가면 "여기 있다, 안톤!"이라는 말과 함께 책을 이미 손에 들고 있다. 그러면 앉은 자리에서 미친 듯이 읽기 시작한다. 만약 기다리고 있는 책이 없다면 그는 "안녕하세요?" 인사를 하고 재빨리 카운터를 지나간다. 그리고 얼마 안 있어 책장 사이에서 책에 푹 빠져 앉아 있는 아들을 발견한다.

그럴 때면 나는 거의 필요 없는 존재로 전락하지만(물론 내 지갑은 빼고), 아들이 읽고 있는 책에서 특별히 재미있거나 주목할 만한 페이지는 살펴본다. 때때로 아들은 학교 도서관에 어떤 책이 꼭 있어야 한다고 목소리를 높인다. 아들이 다니는 학교는 해마다 이틀 동안 서점에서 행사를 주최한다. 이곳에서 아이들은 가장 좋아하는 책뿐만 아니라 자신이 쓴 글을 읽기도 하고, 학부형들은 교사가 추천하는 책을 사기도 한다. 나는 책을 선택하고, 주고, 읽고, 쓰고 하는 일련의 거대한 거미줄 속에서 각자의 역할을 이행하는 것이 너무 좋다. 부모가 둘 다 작가인 아들은 이미 책을 읽고 쓴다는 것에 대한 개념을 인식하고 있는 것이다. 그렇지만 레귤레이터는 이러한 경험을 더 큰 환경에서 지역사회의 경험으로 만들어주는 연결고리다.

아동 서적과 청소년 서적, 최신 논픽션 '사회' 섹션들이 만나는 레귤레이터 뒤쪽 공간은 언제나 21세기 살롱 같은 분위기를 풍긴다. 이곳에는 안락한 소파와 의자, 푹신푹신한 긴 벤치가 있고, 언제나 삼삼오오 모여 앉아 책을 읽는 사람들을 발견할 수 있다. 이들은 때때로 자신들이 읽는 책에 대해 담소도 나눈다. 안톤과 나는 이곳에서 몇 시간이나 웅크리고 앉아 여러 권의 책을 뒤적이거나 똑같이 그러고 있는 다른 사람과 잡담을 나누기도 한다.

때때로 작가를 만나기도 하는데, 그럴 때 우리는 책을 사서 그 작가에게 사인을 받는다. 아래층에서 낭송회라도 열리는 날은 짧은 블루스 음악 콘서트나 열띤 정치 논쟁, 떠나갈 듯한 웃음소리가 넘치기도 한다. 살아야 할 가치가 있는 장소에서 다양한 형태의 일상을 구성하는 정치 모임이나 북 그룹 모임, 그 밖의 비공식 모임이 열린다. 서점의 임무란 궁극적으로 일종의 공간을 창조하는 것이 아닌가 싶다. 레귤레이터에서 열리는 여러 모임은, 매주 책은 물론이고 경이로운 작가와 사상가들을 서점으로 불러 모으는 행사를 통해 이 임무를 수행한다. 그렇지만 거기에는 누구나 편하게 이야기할 수 있는 공간을 만들기 위한 목적도 있다. 시간을 내어 이곳에 2분이든 2시간이든 머물러 보라. 그렇게 시간을 보내다가 서점 문을 나설 때는 뭔가 세상이 달라져 있다는 기분을 느끼게 될 것이다.

로런트 듀보이스는 듀크 대학의 로맨스 연구와 역사부 마르첼로 로티 교수 (Marcello Lotti Professor)로 재직 중이다. 그는 『아이티: 역사의 여진(Haiti: The Aftershocks of History)』, 『축구 왕국: 월드컵과 프랑스의 미래(Soccer Empire: The World Cup and the Future of France)』, 『아이티 혁명사(Avengers of the New World: The Story of the Haitian Revolution)』의 저자이며, 밴조의 역사에 대해 쓰고 있다.

TIMOTHY EGAN
티모시 에건

엘리어트 베이 북 컴퍼니

워싱턴주, 시애틀

물론, 바닥은 삐걱거리는 소리가 나는 게 좋다. 약간은 서늘하고, 눅눅하거나 습하진 않아도 적어도 제본된 책 중 한 권이 어디엔가 돌돌 말려 있을 것 같은 생각을 불러올 수 있을 정도는 돼야 한다. 탁자에 책이 있다면, 오늘의 추천 도서 같은 책이 아니라 틀에 박히지 않은 엉뚱한 발상을 엿볼 수 있는 것이어야 한다. 출판업자가 추천하는 필독도서

따위를 무시하는 듯하면 더욱 좋다. 종교 서적에서 그리 멀지 않은 곳에 성애물 섹션이 있는 보기 드문 진열 방식이라면 더할 나위 없다.

이 모든 것이 시애틀에 있는 엘리어트 베이 북 컴퍼니에서는 당연하다. 어쨌든 전에는 그랬다. 서점이 퓨젯 사운드Puget Sound 옆에서 어려움을 겪고 있을 적에는……. 생존을 위해 새 보금자리로 옮기고 나면 매력적인 분위기를 잃지는 않을까 걱정했다. 그러나 이제 이렇게 말하게 되어 기쁘다. 그 개성은 사라지지 않았다.

그런데 이사한 뒤에 보니 다른 훌륭한 서점과 마찬가지로 물리적 공간은 그다지 중요하지 않다는 것을 깨닫게 되었다. 누군들 자신이 어디에 있었는지조차 불분명한 그 모든 밤을 다 기억하겠는가.

> 영국인 이주자 조나단 레이번이 말했듯이,
> 이곳에서 우리 삶은 주변의 자연에 의해 좌우된다.
> 하지만 그에 못지않게 중요한 것은 서로 만나서
> 속내를 털어놓을 수 있는 내부 공간이다.

이 서점에는 닳아서 반들반들해진 사우스웨스트 협곡의 바위에 거칠게 경의를 표한 테리 템페스트 윌리엄스도 있고, 숨이 넘어가도록 웃게 만드는 셔먼 알렉시Sherman Alexie도 있다. 그리고 이곳, 저곳, 어디에나 1월의 화요일 밤마다 만날 수 있는 잘 알려지지 않은 많은 시인이 있다.

이들은 이곳, 즉 작가들이 성전이라고 확신하는 엘리어트 베이에서는 더 이상 무명이 아님을 깨닫는다.

《뉴욕타임스》의 편집주간을 지낸 멋진 작가 조 렐리벨드Joe Lelyveld는 (사실을 까발리자면 조는 예전 나의 상사이다. 게다가 좋아하는 친구이기도 하다) 얼마 전 엘리어트 베이의 청중에게 당신들은 정말 행운아라고 말했다. 왜냐고? 그의 말로는 맨해튼만 한 거리를 아무리 돌아다녀도 엘리어트 베이의 독자들처럼 열렬한 독자를 가진 서점을 만나기는 어려울 것이라는 얘기였다.

그는 나를 설득할 필요가 없었다. 한동안 나는 이야깃거리를 찾아 미국 서부를 돌며 1년에 거의 8만 킬로미터를 여행한 적이 있는데, 한 세기 전에 세워진 카네기 도서관은 그것 외에는 모든 것을 잃어버린 숱한 마을에 여전히 서 있었지만 제대로 운영되고 책이 잘 구비된 독립 서점은 구경하기조차 힘들었다. 고향으로 돌아와 무수히 많은 책과 밤마다 작가들이 바뀌는 엘리어트 베이 같은 서점을 보게 되면 독립 서점에 충성하는 열성 당원이 안 될 수가 없다. 엘리어트 베이는 내게 단순한 안식처나 도피처 정도가 아니라 기적이나 다름없었다.

시애틀에 사는 우리는 때로 약간은 으스대면서 시애틀을 미국에서 가장 문학적이고 가장 책을 많이 읽는 도시라고 생각한다. 1인당 구매 부수, 고등교육 수준, 방문 작가에 대한 지지도를 보면 시애틀은 거의 모든 부분에서 최고를 차지한다. 이것이 모두 엘리어트 베이가 이룬 일인가? 물론 아니다. 그렇지만 엘리어트 베이가 크게 일조한 것만은 부인할 수 없는 사실이다.

정보화되고, 계몽되었으며, 독서율이 높은 지역사회는 정신적 지주를 필요로 한다. 사람들은 자연과 가까워지기 위해 시애틀로 이주한다. 영국인 이주자 조나단 레이번Jonathan Raban이 말했듯이, 이곳에서 우리 삶은 주변의 자연에 의해 좌우된다. 하지만 그에 못지않게 중요한 것은 서로 만나서 속내를 털어놓을 수 있는 내부 공간이다. 특히 장마철에는 이런 내부 공간의 분위기가 한결 살아난다.

그와 같은 '기관'(엘리어트 베이에 대해서는 신중할 필요가 있는 단어)들이 시간이 흐름에 따라 다양한 디지털 포맷의 콘텐츠와 랩이 생겨나면서 급격한 변화에 직면했다. 하지만 여전히 남아 있는 것들도 많다. 엘리어트 베이의 세상에서는 활자화된 글이 그 무엇보다 중요하다. 마땅히 그래야만 하고, 언제나 그러할 것이다.

티모시 에건은 퓰리처상을 수상한 기자이자 여러 책을 낸 저자다. 가장 최신작은 『대화재: 테디 루스벨트와 미국을 구한 화재(The Big Burn: Teddy Roosevelt and the Fire That Saved America)』로, 《뉴욕타임스》 베스트셀러이자 태평양 북서부 서적상협회에서 주는 상과 워싱턴주 도서상을 수상했다. 그 밖의 저서로는 전미 도서상을 수상하고 《뉴욕 타임스》 편집자 추천 도서로 선정된 『최악의 시간(The Worst Hard Time)』 등이 있다. 그는 《뉴욕타임스》 온라인 논평 칼럼니스트로, 일주일에 한 번 '오피니어네이터' 특집기사를 쓴다. 그는 이민자 3세로 시애틀에 살고 있다.

DAVE EGGERS
데이브 에거스

그린 애플 북스

캘리포니아주, 샌프란시스코

샌프란시스코 베이 에리어Bay Area에서 서점 하나만 고르려 하니 묘한 기분이 든다. 왜냐하면 이곳에서 20년을 살면서 버클리의 블랙오크Black Oak · 페가수스 북스Pegasus Books · 코디Cody 서점과 모에Moe 서점, 마린 카운티의 북 패시지Book Passage와 디포Depot, 샌프란시스코의 북스Books Inc · 모던 타임즈Modern Times · 도그 이어드Dog Eared · 시티 라이츠City Lights 등 자주 다닌 서점이 수두룩하기 때문이다. 베이 에리어는 미국에서(아마도 전 세계에서) 독립 서점이 가장 많은 곳일 것이다. 어쨌든 나는 샌프란시스코에서 나와 처음으로 연을 맺은 그린 애플 북스 얘기를 안 할 수가 없다. 게다가 애플 서점의 주인들은 지금 당신이 읽고 있는 이 책에서 독립 서점에 대해 언급한 사람들이니 이들에게 우선권을 주고 싶다.

> 진짜 신기한 점은 모든 것이,
> 심지어 고양이 달력조차도 이곳에 있으면
> 더욱 재미있어 보여 갖고 싶어진다는 것이다.

나는 남동생 토프와 함께 몇 년 동안 리치몬드의 라우렐 빌리지Laurel Village에 살았다. 이때 우리가 다녔던 서점이 그린 애플 북스다. 대부분의 훌륭한 서점들이 그렇듯이 밖에서 보면 그린 애플은 아주 교묘할 정도로 단순하고 소박하며, 심지어 처음 보면 정말 누구라도 과일 가게라고 오해하게끔 만든다. 물론 서점 이름부터 그렇고, 차양도 전 세계적으로 농산물을 상징하는 색깔인 초록색이다. 밖에는 실제로 흔히 과일을 담는 통도 몇 개 놓여 있다. 처음 얼마간은 차를 몰고 갈 때라든가 길 건너에서 지나가다 보고 '음, 여기도 과일 가게가 있네' 하고 지나쳤다. 그런데 알고 보니 서점이었다. 그것도 세계적 수준의 서점. 사람들은 이 서점을 깊이 사랑한다. 나도 이 서점을 사랑한다.

그린 애플 북스는 1967년에 리처드 사보이Richard Savoy라는 전직 군인이 신용조합에서 수백 달러를 대출받아 샌프란시스코의 리치몬드 지구 클레멘트 거리에 점포를 빌리면서 시작되었다. 당시 이곳은 다양한 인종들로 넘쳤고, 더 애비뉴The Avenues라고 알려진 거리에는 특히 중국인과 러시아인이 많았다. 초창기엔 문고판과 만화책, 잡지들을 팔았는데, 처음부터 성공적이었고 해가 갈수록 점차 성장하여 모든 장르의 책도 함께 판매하게 되었다. 그러다 사세가 확장되어 2층을 올리고 그 옆 상점까지 규모를 넓혔다. 처음 20평에서 시작한 것이 240평 규모가 되었다. 사업 경험이 전혀 없는 남자가 연 독립 서점치곤 나쁘지 않았다.

사보이는 42년 동안 서점을 운영했다. 2009년, 그는 운영권을 오랫동안 서점에서 함께 일한 직원 세 명(케빈 훈생거, 케빈 라이언, 피트 멀비힐)에게 물려주었고, 이들이 서점을 공동 소유하여 운영하게 되었다. 나는 이들을 15년 동안이나 알고 지냈기 때문에 세상에서 이들보다 더 순수한 책방 주인은 없다고 자신 있게 말할 수 있다. 이들은 자신들이 운영하는 서점을 알고, 고객을 알고, 말할 것도 없이 책에 대해 잘 안다. 그린 애플이 소유하고 있는 모든 것을 안다. 말하자면, 새 책과 중고 책, 진기한 골동품, 재미있고 신기한 물건들, 명품 커피 테이블, 문고판 스릴러물 등을 훤히 꿰고 있다는 얘기다. 진짜 신기한 점은 모든 것이, 심지어 고양이 달력조차도 이곳에 있으면 더욱 재미있어 보여 갖고 싶어진다는 것이다.

서점 분위기는 미적 감각이 살아 있으며, 모든 것이 직관적이고 세심하게 연출되어 있다. 우선, 분위기에 대해 몇 마디 하자면 거의 100년이 넘은 그린 애플의 바닥은 걸을 때마다 삐걱거린다. 위층 계단을 오를 때마다 먼지가 풀썩거린다. 이곳은 오래됐고, 좋은 의미에서 고풍스런 냄새가 난다. 문고판과 햇빛 냄새, 즉 볕에 바랜 문고판의 냄새가 난다. 이 건물이 세워지던 1904년의 냄새는 물론이고 그간 흘러온 모든 세월의 냄새, 잉크와 가죽 신발의 냄새가 난다.

선반 가운데가 휘어져 있기도 하며, 통로는 좁고 위층의 방들은 거의 다 작다. 한마디로 토끼굴이자 미로다. 윈체스터 미스터리 하우스Winchester Mystery House와 같은 왠지 기이하고 비논리적인 공간으로 통할 것만 같은 건물이다. 그렇지만 절대 비좁다고 느껴지진 않는다. 오히려 천장이 15미터나 되는 교회의 기다란 스테인드글라스에 새겨진 이야기 속으로 걸어 들어갈 때의 느낌이 있다. 웅장하고 가능성이 느껴지는 공간 말이다.

이 서점에서 프러포즈도 이루어졌다. 전에 근무하던 직원 둘이 서로 사랑하여 결혼했다. 그리고 언젠가 한 사람이 이 서점에서 죽었다(그는 심장병이었고 사람들이 기억하는 한, 그가 죽고 나서 바로 새 한 마리가 날아 들어와 잠시 앉아 있더니 창밖으로 날아갔다고 한다). 이 서점은 어린이, 관광객, 패트리샤 하이스미스Patricia Highsmith를 찾는 나이든 여성들, 학생들, 중고 책을 팔려는 사람들(서점에는 여섯 명의 바이어가 상주한다), 열정적인 젊은 독자들, 휴가 막판 쇼핑객들, 로빈 윌리엄스Robin Williams가 자주 들른다.

물론 확인해볼 필요는 있겠지만 나의 비공식 조사에 따르면 빈손으로 서점을 나간 사람은 한 명도 없다. 개인적으로 나도 무엇인가를 사지 않고서 서점 문을 나선 적이 없다.

우리는 이 서점에서 교훈을 얻는다. 서점은 잘 정돈되어 있어야 하며, 철학책이든 논픽션이든 빠른 차에 대한 책이든 어떤 종류의 책을 찾더라도 독립되어 있어야 한다고 생각한다. 그렇지만 이러한 섹션을 긴밀하게 연결하여 뒤섞거나 심지어 중복되게 하는 것에도 그에 못지 않은 장점이 있으며, 심지어 더 큰 장점이 되기도 한다. 그린 애플에 들어서면 새로 나온 베스트셀러가 코앞에 있고, 바로 왼쪽으로 눈에 확 들어오는 대형 아트북이 있다. 그리고 이곳에서 몇 센티미터 떨어지지 않은 곳에 새로 나온 문고판 중에서 선별한 50권 정도의 책이 놓여 있다. 양장본으로 읽지 못했던 책들을 기억나게 하는 이 문고판을 지금 놓친다면 어리석은 짓일 것이다. 좀 더 안쪽으로는 유머 책, 좀비와 상어 싸움 같은 화제가 된 책들이 있다.

다시 말하지만, 그린 애플에서는 모든 것이 꼭 필요한 것처럼 보인다. 손으로 직접 쓴 진심 어린 수천 장의 추천서가 없더라도 이 건물은 그들이 가지고 있는 모든 것에 신비함과 불가항력의 마법을 걸어둔 것처럼 느껴진다. 어쩌면 이것은 1906년과 1989년의 지진을 겪으면서도 꿋꿋이 버텨낸 초자연적 상처를 지닌 건물의 역사에서 기인하는 것일 수도 있다.

내가 이렇게까지 생각하는 건, 서점이 책이나 작가나 언어처럼 비정통적이고 기이하다면 아마도 굳건하게 살아남을 것이고 사람들은 이곳에서 계속 책을 살 것이라는 바람 때문인지도 모른다. 만약 그렇다면 서점은 끝까지 살아남을 것이고, 소규모 출판업자도 끝까지 살아남을 것이고, 책들도 끝까지 살아남을 것이다. 그걸 바라지 않는 멍청이는 없을 것이다.

데이브 에거스는 『자이툰(Zeitoun)』과 『왕을 위한 홀로그램(Hologram for the King)』의 저자다. 『자이툰』은 미국 도서상과 데이튼 문학평화상을 수상했다. 그의 소설 『뭐라니, 뭐(What Is the What)』는 미국 비평가협회상 최종 후보에 올랐으며, 프랑스의 메디치상을 받았다.

LOUISE ERDRICH
루이스 어드리크

메이거스 앤드 퀸 북셀러스

미네소타주, 미니애폴리스

2004년 11월, 조지 부시가 대통령에 재선되었다. 낙담과 종말론적 경악을 금할 수 없다. 그렇지만 좋은 면만 생각하기로 했다. 나는 혼자 몸으로 좋아하는 책을 쓰면서, 훌륭한 딸들과 복잡하고 엉망인 집에서 행복하게 살고 있었다. 집 근처에 있는 멋진 느릅나무는 가뭄을 견뎌냈다. 나는 다시 달리기를 시작했다. 그런데 어떤 남자가 나에게 커피 한

잔 하자고 말을 붙였다. 지금까지 친구가 아닌 남자가 데이트를 신청한 적이 없었다. 한 번도.

나는 그 방면에 전문가인 친구 S에게 어떻게 해야 할지 자문을 구했다. 그녀는 우리 나이에 관심이 있는 남자와 커피를 마시는 것은 키스하는 것과 같다고 말해주었다. 친구는 나에게 약속 시간보다 몇 분 일찍 도착해 은은한 조명이 있는 테이블을 고르라고 조언했다. 그녀는 나에게 일단 남자가 사랑에 빠지게 되면 그 다음에는 여자가 어떻게 보이든 상관하지 않을 거라 말했다. 나는 그가 나와 사랑에 빠지길 원치 않았다. 그렇더라도, 그보다 먼저 던 브라더스Dunn Brothers에 도착해 가능하면 좋은 인상을 주기에 적합한 테이블을 고르고, 차이라테를 시키고 기다렸다. 그는 키가 크고, 상큼한 은빛 여우와 같은 매력을 풍겼다. 사우스다코타 식 웃음을 머금고 있는 그의 한쪽 볼에는 보조개가 팼다. 그렇지만 내 취향은 아니었다. 그는 사업가였다. 건축에 필요한 타일을 수입하는 일을 한다고 했다. 물론 내가 타일을 좋아하지 않는 건 아니지만 타일에는 아이러니가 없다. 나는 집에 갈 준비를 했다. 그러자 그가 말했다. "뭐 할까요? 메이거스 앤드 퀸에 갈래요?"

그날 책으로 가득한 통로를 걸으면서 그를 흘깃 쳐다보고, 책에 빠졌다. 얼마 있다가 다시 서로를 확인했다가, 또다시 책에 빠져들곤 했던 기억이 난다.

그는 검은색 코르덴 재킷에 다림질한 청바지를 입고 있었다. 세상에, 다림질한 청바지라니? 실제로 내가 다림질 냄새를 좋아한다는 사실이 떠올랐다. 그런데 몇 년 동안 다림질한 기억이 없었다. 우리는 계속 책들을 둘러보았다. 사람들은 누군가를 좋아하는 것과 똑같은 이유로 독립 서점을 좋아한다. 이를테면 외모, 개성, 흥미로운 생각, 냄새 등에 이끌리는 것이다. 메이거스 앤드 퀸은 미니애폴리스로 이사를 온 이래로 내 남자친구였다. 나는 '이 남자에게 본인 스스로를 내가 사랑하는 풍경의 일부로 만들려는 직관이라도 있는 걸까' 궁금해졌다.

재고가 있다는 사실에 가슴이 찢어지기는 했어도 내 책들에 사인을 하면서 메이거스 앤드 퀸에 처음 가기 시작했을 때, 나는 헤네핀 애비뉴Hennepin Avenue 건너편에 있는 보더스가 데니 메이거스를 망하게 하지 않을까 걱정했다. 길 건너에 있는 오르 북스Orr Books도 마찬가지였다. 오르 북스는 작지만 아기자기하게 꾸며진 서점으로, 열정적인 추종자들을 거느리고 있었다.

서점을 내려고 하면서 나는 데니에게 조언을 구했다. 그는 나를 망하게 하거나 그만두게 하려는 12단계 프로그램을 보내는 일은 하지 않았다. 대신 지하에 있는 책들을 보여주며 맘껏 고르라고 했고, 사실상 아무 대가 없이 나에게 책을 넘겨주려고 했다. 나는 이것이 진짜 서적상의 모습이라는 것을 깨달았다. 그는 다른 소규모 서점이 생긴다는 걸 진심으로 기뻐하면서 서점을 시작할 정도로 책에 미친 누군가를 지원해준 것이다. 그는 아마도 내가 그의 서점 바로 옆에다 서점을 열었더라도 똑같이 해주었을 것이다. 선반에 올려놓을 첫 번째 책들을 직접 고르면서 나는 우리의 서점이 모두 어느 정도는 살아남으리라는 느낌이 들었다.

첫 번째 데이트에서 우리는 각자 필요한 책을 샀다. 차를 세워둔 곳으로 돌아오면서 그는 자신이 고른 책을 선물로 주었다. 드루이드 Druids(고대 켈트족의 지식층을 가리킴)에 관한 책이었다. 나는 살짝 신경이 쓰였는데, 그가 내 강렬한 눈빛으로 쳐다보더니 나무를 좋아하느냐고 물었다. 나는 내 느릅나무에 대해 이야기했다. 그가 결정적인 데이트 망치기 선수인 내 포드 윈드스타 미니밴을 보더니 난처한 표정을 지었다. 그는 다시 용기를 내어 그가 고른 다른 책을 나에게 주었다. 시어도

> *No*
>
> 사람들은 누군가를 좋아하는 것과 똑같은 이유로
> 독립 서점을 좋아한다. 이를테면 외모, 개성,
> 흥미로운 생각, 냄새 등에 이끌리는 것이다.
> 메이거스 앤드 퀸은 미니애폴리스로
> 이사를 온 이래로 내 남자친구였다.

어 로스케Theodore Roethke의 시 모음집이었다. 주차장에 선 채로 그는 시를 암송하기 시작했다. "나는 그녀를 알아보았네……." 나는 그의 눈을 들여다보고 어떤 아이러니가 있는지 살펴보았다. 아무것도 없었다. 그렇지만 나는 이미 많은 아이러니를 가졌다. 혹시 내가 오해했을지도 모른다. 아마도 아이러니한 남자가 아니라 다림질한 남자가 필요했을지도 모르겠다.

4년 뒤 나는 내가 할 수 있었던 유일한 일을 했다. 서점을 사랑하는 연인들, 나는 그와 결혼했다.

그는 여전히 청바지를 다림질한다.

그리고 메이거스 앤드 퀸은 이제 오바마에게 투표할 수 있을 정도로 나이가 들었다.

18세 생일을 축하해!

루이스 어드리크는 『라운드 하우스(The Round House)』, 『영양 부인(The Antelope Wife)』, 아동 도서 『박새(Chickadee)』 등의 저자다. 그리고 그녀는 미니애폴리스에 있는 버치바크 북스(Birchbark Books)의 주인이기도 하다.

JONATHAN EVISON
조나단 에비슨

이글 하버 북 컴퍼니

워싱턴주, 베인브리지 아일랜드

내 전 생애를 보내다시피 한 작은 아일랜드는 지난 수십 년간 눈에 띄게 변했다. 십대 때 어슬렁거리던 볼링장은 예전에 사라진 지 오래고, 지피 마트Jiffy Mart와 아일랜드 바자Island Bazaar도 마찬가지다. 뚱뚱한 체육선생님이 운영하던 햄버거 가게도 쇼핑센터에 자리를 내주었다. 엄마가 29년 동안이나 근무한 아메리칸 마린 뱅크American Marine Bank도 사라졌다. 지방색이 강한 이름을 가졌던 식당, 신발 가게, 주유소도 죄다 사라졌다. 이처럼 지역 기관과 오랜 관계가 있는 이름과 개성도 독립기념일 퍼레이드, 《리뷰》의 리틀 리그 후원 광고 등과 함께 사라졌다.

이제 베인브리지 아일랜드에는 세이프웨이Safeway가 있다. 라이트에이드Rite-Aid와 맥도널드가 생겼다. 풀스보Poulsbo의 다리 너머에는 월마트가 있다. 실버데일에는 반즈앤노블이 있고, 코스트코까지 생겼다. 이런, 이제 한 남자가 1년 365일 24시간 내내 엔진오일부터 치킨 맥너겟까지 무엇이든 구할 수 있는 시대가 되었다. 그리고 아마존이 믿을 수 없는 가격으로 패스트푸드를 팔기 시작하자 그 남자는 가짜 소고기 치즈버거를 사러 집 밖으로 나갈 필요조차 없어졌다.

오프라인 소매점으로 남아주어서,
내가 그곳의 분위기에 빠지고, 선반들에 홀리고,
아무도 없을 때 내가 쓴 책을 맨 앞에 올려놓게 해준
이글 하버 북 컴퍼니에게 감사한다.

이럴 수가! 생각해보자. 우리는 점점 더 뚱뚱해지고, 게을러지고, 막연하게 불만을 느끼며 다른 사람들과 상대할 필요도 없어진다. 게다가, 동네 가게에 이삼 달러씩 더 지불하면서 발품을 팔지 않아도 되므로 하루에 TV를 볼 시간이 이삼십 분 늘고, 남은 몇 달러로 로또나 휴대폰 앱을 살 수 있다.

나는 지금까지 이글 하버 북 컴퍼니에 대해 쓰려고 이렇게 길게 말했다. 이글 하버 북 컴퍼니를 철저히 지역적으로, 베인브리지 아일랜드답게 만드는 이름, 얼굴, 개성들에 감사한다. 똑같은 정신과 에너지로 당신보다 앞서간 빅토리아, 제니스, 몰리, 앤드류, 제인, 앨리슨, 잰, 메리, 폴에게 감사한다. 오프라인 소매점으로 남아주어서 나를 그곳의 분위기에 빠져들게 하고, 선반들에 홀리게 하고, 아무도 없을 때 내가 쓴 책을 맨 앞에 올려놓을 수 있게 해준 이글 하버 북 컴퍼니에 감사한다.

나는 이글 하버 북 컴퍼니가 내 삶에서 10분을 빼앗아 운전할 수 있게 해주고, 힘들이지 않고 편안하게 집에 앉아 싸게 사는 대신에 몇 달러를 더 쓰게 해주는 것에 감사한다. 왜냐하면 중요한 것은 노력이기 때문이다. 노력은 건강하거나 의미 있는 어떤 것의 생존에 없어서는 안 된다. 나는 이 몇 달러를 온라인 쇼핑 아니면 동네에 들어선 대형 마트에 쓰지 않게 해준 것에 대해 이글 하버 북 컴퍼니에 거듭 감사한다. 서점의 수익금 일부를 교실 안까지 전달하고, 지역 행사를 지원하고, 지역 작가들에 대한 후원 및 북 클럽 행사를 추진하며, 지역사회에 담론과 토론의 장소를 제공하는 것에 대해 감사한다. 나를 위해 잘 알려지지도 않은 제목의 책을 주문해주어서 감사한다. 질문에 답해주고, 제안을 하고, 내 아이가 일주일에 세 번 서점의 어린이 코너를 맘껏 이용할 수 있게 해주고, 추천해준 책으로 아이의 마음을 사로잡은 것에 감사한다.

무엇보다 서점을 대변하면서 본연의 모습을 지켜준 것에 감사한다. 점점 똑같아지고 개성이 없어지는 세상에서 독특함을 지니고 매력적으로 남아준 것에 감사한다.

조나단 에비슨은 《뉴욕타임스》 베스트셀러 『룰루에 대한 모든 것(All About Lulu)』, 『이곳의 서쪽(West of Here)』, 『개정된 부양의 기준(The Revised Fundamentals of Caregiving)』의 저자다. 그는 아내와 아들과 함께 워싱턴 베인브리지 아일랜드에서 살고 있다.

KATHLEEN FINNERAN
캐슬린 피너런

레프트 뱅크 북스
미주리주, 세인트루이스

우리 삶의 다른 많은 것과 마찬가지로, 20대 중반에 내가 자란 세인트
루이스의 교외에서 도시의 작은 아파트로 이사할 때까지 나는 이것을
발견하지 못했다. 나는 문학에 대해서는 잘 몰랐고, 세상에 대해서는
더더욱 몰랐다. 뭘 모르면 자신이 많이 안다고 생각하기 쉽다. 거의 아
는 게 없을 때 나는 레프트 뱅크 북스라는 이름이 파리 센강 좌안^{Left Bank}

의 이름을 땄고(맞다), 그곳에 머물며 글을 썼던 헤밍웨이, 피츠제럴드, 스타인과 여러 망명 작가들에게 경의를 표한다고(아니다) 생각했다.

나는 밤에 교정자로 일하면서 작가가 되기를 꿈꿨다(아는 것은 없고 생각은 많았다). 나는 작가가 된다는 것이 어떤 의미인지도 잘 몰랐기 때문에 일단 『작가 마켓Writer's Market』(출판을 위한 가장 믿을 수 있는 가이드! 완전 개정판, 새롭게 업데이트! 자신이 쓴 글을 팔게 해주는 3천 가지 목록!)이라는 두꺼운 책을 사야 한다고 생각했다. 쓰기도 전에 그저 팔 생각만 한 것이다.

계산대에서 일하던 여자가 나보고 작가냐고 물었다. 나는 그렇다는 대답이 무심결에 나올 정도로 오만(또는 순진)하지 않기를 바랐지만, 내 대답과는 상관없이 그녀는 내게 다른 책을 권했다. 바로 《시인과 작가들Poets & Writers Magazine》이었다. 그녀는 선반에서 책을 꺼내더니 뒤쪽에 있는 "원고, 콘테스트, 컨퍼런스, 전속, 작업실 구함" 등으로 가득한 광고 섹션을 보여주었다. 나는 존중받고, 진지하게 받아들여지고, 이해받고 있다는 느낌을 받았다. 그렇다. 이 짧은 거래 시간 동안 이런 감정을 모두 느꼈다. 그리고 그녀가 단지 교묘하게 매출을 올리려는 것이 아니라 개인적으로 나와 내 미래에 응대하고 있다고 생각할 만큼 순진했다(그리고 역시 오만했다).

사실 그녀는 이 두 가지를 동시에 하고 있었다. 이것이 바로 레프트 뱅크 북스가 40년 넘도록 존재할 수 있었던 이유 중 하나다. 이날 계산대에 있던 여자는 크리스 클라인디엔스트Kris Kleindienst로, 그녀도 역시 예비 작가였고, 예술가 베리 리브만Barry Leibman과 함께 서점의 공동 소유주였다. 이 둘은 원조 서점의 직원이었다. 레프트 뱅크 북스라는 이름은 서점이 문을 열 무렵인 1968년 봄 파리에서 일어났던 시위를 기념하여 지은 것이며, 캠퍼스 부근에 자리를 잡은 워싱턴 대학의 학생 운동가들이 시작한 지하 신문과 좌파 문학의 본거지였다.

그날 나는 그 여자가 누군지 몰랐지만, 그녀는 그날 이후 나에게 엄청난 영향을 미쳤다. 나는 서점의 단골이 되었음은 물론 그녀의 취향과 지성과 가치의 수혜자가 되었다. 책 선정에 대한 그녀의 독특한 취향 덕분에 좋은 서점이 불러일으키는 일종의 나른한 기운 속에서 서점을 둘러볼 때면 마치 보물찾기를 하는 기분이 되곤 했다. 알게 모르게, 그리고 의도한 것도 아닌데 그녀는 나중에 내가 공부한 작가들 못지않게 나의 멘토가 되었다.

레프트 뱅크에 가면 나는 언제나 가게 밖에서부터 둘러본다. 서점 입구의 지역 광고판을 가득 메우고 있는 포스터, 엽서, 전단, 임대 광고 등(이를테면 '투표 등록!' '예술을 지키자!' '여성을 위한 골반 워크숍' 등)을 살펴보지 않고는 안으로 들어갈 수가 없다. 그 입구! 이곳이 없었다면 20대 때 잘 알려지지도 않은 낭송회, 콘서트, 연극, 전시회에 갈 수 있었을까? 내가 가진 것보다 더 많은 개성과 사랑, 삶을 기약할 수 있게 해준 꿈에 그리던 아파트로 이사 가는 것을 상상이나 할 수 있었을까? 과연 세인트루이스의 참된 시민이 될 수 있었을까?

일단 긴 타원형 창문이 달린 문을 지나면 나는 언제나 서점의 지하로 이어지는 계단을 내려간다. 한쪽에는 사무실과 아트 갤러리가 있고, 다른 쪽엔 중고 책 코너가 있다. 에세이는 내게 늘 취약한 부분이다. 자서전 역시 마찬가지다(회고록이 타당한 명성을 얻게 되기까지는 10년은 더 걸릴 것이다). 시간이 지나면서 글쓰기라는 게 출판에 관한 것이 아니라 자기 자신의 감각을 읽고, 보고, 생각하고, 듣고, 계발하는 것이라는 사실을 깨달을 만큼의 지각이 생겼다. 또한 종이에 말을 옮기는 것이라는 것도 알았다. 나는 레프트 뱅크의 지하에서 중고 책을 몇 상자나 얻었고, 때때로 서점 1층에서 새로운 책들에 돈을 펑펑 쓰기도 했다. 특히 '순수문학Belles Lettres'이라는 라벨이 붙은 선반의 책들은 닥치는 대로 샀다.

수년 동안 순수문학 코너는 계산대의 반대편에 있었다. 나중에는 더 뒤쪽으로 물러났지만. 순수문학 코너에서 한동안 붙어살다시피 했기 때문에 나는 종종 계산대의 그늘에 가려지곤 했다. 이곳은 서점 한가운데쯤에 약간 도드라져 있었다. 점원들이 높은 나무 스툴에 앉아 서류작업을 하거나 특별 주문을 내는 중간중간 다른 뒤치다꺼리를 할 때 보면 그 자리가 유난히 더 높아 보였다. 이 공간적인 배열이 마음에 들었다. 특히 순수문학 코너에 서 있을 때면 내 어깨 위로 가벼운 사담이나 서점 운영과 관련한 허물없는 얘기들이 오고갔다.

레프트 뱅크에 첫발을 들여놓은 이후 나는 곧바로 크리스가 추천한 대로 잡지를 구독했다. 몇 년 뒤에는 버몬트에서 열리는 여름 글쓰기 워크숍 광고를 보고 원고를 보냈다. 이듬해, 워크숍에서 닿은 연줄로 뉴욕시에서 사무직 일자리를 얻게 되어 미드웨스트를 떠나 '서점의 땅' 맨해튼에 자리를 잡았다.

이상하게도 나는 서점에 자주 가지 않았다. 한 가지 빼고는 거의 책과 상관없는 삶을 살았다. 그 한 가지는 바로 글쓰기였다. 뉴욕으로 이사를 간 지 몇 주 후, 버몬트의 여름 글쓰기 워크숍에서 쓴 에세이를 바탕으로 회고록을 내자는 제안을 받았다. 이후 몇 년이 지난 지금까지도 내가 얼마나 책을 안 읽었는지 생각하면 얼굴이 화끈거린다. 결핍이라는 건 두려움에서 나오는지도 모른다. 내가 읽은 책에 견줄 만한 글을 절대 쓸 수 없을 거라는 두려움, 나의 목소리를 찾기 전에 다른 사람의 목소리를 빌려올 것이라는 두려움, 밤과 주말에만 글을 써야 하는 제한된 시간 때문에 독서에 빠져들면 안 된다는 두려움이 그것이었다. 이 무렵 나는 주로 다른 작가들이 그들의 작품을 읽는 것을 들으러, 아니 솔직히 말하면 그들이 작품을 읽는 것을 보러 갔다. 그렇지만 세인트루이스로 돌아가 서점을 둘러보는 일은 그만두었다. 지금 부모님의 지하실 상자에 보관되어 있는 레프트 뱅크에서 구입한 책들과 함께.

드디어 내 책이 나왔을 때, 사실 출판업계에서는 있는 듯 없는 듯 사라질 책으로 평가했다. 그렇지만 세상에서 잊히기 전 딱 하룻밤 동안 이 책은 어마어마한 관심을 끄는 행운을 누렸다. 레프트 뱅크에서 낭송회 일정이 잡혀 있었기 때문에 나는 낭송회 하루 전날 세인트루이스로 날아갔다. 그런데 다음 날 아침 유일한 사본인 견본쇄를 뉴욕에 두고 왔다는 걸 깨달았다. 출판사로부터 아직 양장본을 받지 못한 나는 공황 상태에 빠졌다. 오전 나절을 책의 어느 부분을 읽을 것인지 시간에 맞춰 분량을 정하고 리허설을 하면서 보낼 계획이었다. 실제 낭송회를 해본 경험은 없었지만, 그날 저녁에 나타나 갑자기 낭송을 한다면 내가 허둥댈 게 불 보듯 빤하고 인상적인 데뷔는 결코 꿈도 꾸지 못할 일이라는 걸 알았기 때문이다.

교외의 부모님 집에서 묵고 있던 나는 책을 사기 위해 새로 생긴 대

형 마트로 달려갔지만 그곳에는 내 책이 없었다(일주일 정도 뒤 들여오기는

했지만. 이 책이 남동생의 자살에 관한 이야기였기 때문에 그들은 이 책을 문학이나

회고록 선반에서 멀리 떨어진 '가족 심리학' 섹션에 두었으므로 거의 아무도 찾지 않

았다). 나는 더 먼 곳에 있는 쇼핑몰은 물론이고 내가 청소년 시절에 자

주 가던, '문학'이라고 표시된 선반 하나에 온갖 잡동사니 책들이 있던

작은 체인 서점까지 가 봤지만 행운은 따라주지 않았다. 결국 차를 몰

아 레프트 뱅크로 향했다. 내가 그날 밤 낭송을 해야 하니 그들은 아마

책을 가지고 있을지도 몰랐다.

나는 그날 아침 내가 좋아하는 타원형 모양의 창문이 달린 문을 지나

기 전에 광고판을 자세히 살펴보지 않았다. 내 낭송회를 알리는 전단

을 보고 그 자리에 멈춰 섰기 때문에 그걸 똑똑히 기억한다. 그것은 내

가 본 내 책에 대한 최초의 홍보물이었고, 나는 눈물이 터지고 말았다.

울면서 서점에 들어가기 싫었기 때문에 센트럴 웨스트 엔드 주변을 좀

걸어 다녔다. 서점과 마찬가지로 이 주변 역시 살아남기 위해 안간힘을

썼고, 레프트 뱅크를 주축으로 한 도시의 선구적인 소매점과 식당들 덕

분에 활성화된 곳이었다.

나는 다시 서점으로 돌아가 안으로 들어갔다. 10년 넘게 발걸음을 하

지 않았는데도 내가 기억하는 모습 그대로였다. 20세기 초의 테라코타

외관 장식과는 딴판으로 조명이 은은하고, 조용하고 단순하고 직설적

이었다. 새로운 논픽션이 왼쪽 선반에 진열되어 있었다. 어린이 책 코

너를 지나서 오른쪽에 있는 신간 소설 코너는 언제나 적당히 헝클어진

모습으로 호기심을 자극했다. 정면의 아래층으로 내려가는 계단에는

머리 위로 '아래층에 책 더 있음'이라는 표지판이 붙어 있고, 서점에서 기르는 검은 고양이 스파이크가 모델인 검은 고양이 실루엣의 패널이 있다. 스파이크는 어딘가에 잠들어 있거나 살금살금 걸어 다니곤 했다.

> 책 선정에 대한 그녀의 독특한 취향 덕분에
> 좋은 서점이 불러일으키는 일종의 나른한 기운 속에서
> 서점을 둘러볼 때면 마치
> 보물찾기를 하는 기분이 되곤 했다.

　나는 순수문학 코너로 걸어가면서 내 책이 그곳에 없을 거라고 직감했다. 내 책은 이 선반에 꽂힐 책이 아니었지만 나도 모르게 발걸음이 그쪽으로 향했던 것이다. 책을 쓰는 내내 나는 한 번도 이 세상에 내 책이 존재하는 것, 또는 내 책과 함께 이 세상에 존재하는 것이 어떤 기분일지 생각해본 적이 없었다. 서점에 있으면서 '나의 일부분, 나의 웅크린 자아나 아니면 좀 더 밝은 진정한 구석도 여기에 있겠지'라고 생각한 것은 이번이 처음이었다. 나는 순수문학 코너를 잠시 둘러본 뒤, 이 새로운 환경(사람으로서의 내가 이곳에 있고, 책으로서의 내가 이곳에 있는)에 적응되었다고 느꼈을 때 내 책을 찾으러 앞으로 나아갔다.

　여기저기 둘러볼 필요도 없었다. 눈을 들어 올려다보니 계산대 바로 옆에 내 책이 한 무더기 쌓여 있었고, 그 위 표지판에는 오늘 저녁 서점

에서 나의 낭송회가 열린다고 쓰여 있었다. 나는 선반에서 책을 한 권 집어 들고 점원에게 내밀었다. 그녀가 말을 건네자 멋쩍은 기분이 들었다. 무슨 말을 했는지 정확히 기억은 나지 않지만, 아마 낭송회에 관해 이야기했거나 낭송회에 올 거냐는 말을 한 것 같다. (사람으로서의 내가 이곳에 있고, 책으로서의 내가 이곳에 있는데) 나는 당황한 나머지 머쓱한 얼굴로 서 있었다. 이게 바로 내가 쓴 책이라는 말을 해야 할까?

(몇 년이 지나자 책은 절판되었고, '새 것이나 다름없음'이라는 표시와 함께 5달러 아래로 파는 온라인 중고 책 판매 사이트를 지속적으로 확인하게 되었다. 거의 두 달에 한 번은 필요한 곳에 쓰기 위해 몇 권씩 사야 했기 때문이다. 한번은 온라인으로 책을 사자마자 판매자에게 메일이 한 통 날아왔다. 판매자는 내 이름이 저자의 이름과 동일하다는 사실을 알리지 않을 수 없었다고 했다. 그녀는 나에게 저자를 아느냐고 물었다. 내가 저자라고 답장을 썼다. 몇 분 뒤, 그녀는 자신이 듣는 수업에서 내 책이 필독서라는 설명에 덧붙여 이제 수업이 끝나서 그 책을 가지고 있을 필요가 없다고 했다. 그녀는 "당신에게 팔게 되어서 기뻐요. 다시 읽고 싶은 책은 아니네요"라고 썼다.)

나는 내가 저자임을 밝혀야 한다고 결심했다. 결국 몇 시간 뒤에 돌아올 것이 아닌가. 낭송회를 할 때까지 그녀가 일을 하고 있다면 나를 알아보고, 왜 그때 소개하지 않았을까 의아해 한다면 그건 더욱 어색한 일이 아니겠는가. 나는 그녀에게 이 책은 내가 썼고, 왜 책을 사야만 하는지 설명했다. 그녀는 반갑다며 기뻐했다(몇 년 뒤 온라인에서 나의 정체를 드러내야만 했던 그 여자보다 훨씬 더). 그녀는 책을 내려놓고 내 옆으로 오더니 주인 중 한 명인 크리스를 만나야 한다고 말했다. 그는 내 책을 좋아하며 오늘 밤 청중에게 나를 소개할 거라고 했다. 그녀는 뒤쪽 사무실에서 랜덤하우스에서 온 출판 대리인과 회의를 하고 있는 크리스에게 나를 데려갔다.

출판 대리인이 랜덤하우스에서 왔다는 사실이 중요할 수도 있고 중요하지 않을 수도 있다. 그렇지만 그녀는 내가 본 최초의 (그리고 유일한) 랜덤하우스 대리인이었고, 그녀가 와 있다는 사실에 좀 놀랐다. 어렸을 적에 혼자서 갖가지 무작위random의 것들을 멋대로 상상하며 시간을 보낼 때 가장 궁금해 하던 것 중 하나가 랜덤하우스였다. 어릴 때 가지고 있던 책 중에 가장 좋아한 책은 베넷 서프Bennett Cerf의 『웃음의 책Book of Laughs』이었다. 알록달록하고 다양한 무늬의 기린 한 마리가 그려져 있는 노란색 표지의 책은 지금 생각해도 저절로 미소가 지어지고 어쩔 땐 웃음이 터져 나온다. 어렸을 적, 자신을 베넷 서프처럼 웃기다고 생각했지만 실제로는 전혀 그렇지 않은 오빠와 함께 이 책을 읽으면서 많은 시간을 보냈다.

우리에겐 베넷 서프의 다른 책도 몇 권 더 있었다. 『수수께끼 책Book of Riddles』, 『수수께끼와 더 많은 수수께끼Riddles and More Riddles』, 『동물 수수께끼 책Book of Animal Riddles』, 그리고 좀 더 컸을 땐 『심한 말장난의 보고 Treasury of Atrocious Puns』를 읽었다. 『심한 말장난의 보고』를 제외하고(어른들을 위한 어려운 글자놀이 책이어서 우리가 이해하지는 못했지만 그래도 어쨌든 웃겼다) 다른 모든 책들은 '어린이를 위한 랜덤하우스 북스'에서 출판되었다. 나는 '랜덤하우스'라는 낱말에 끌렸고, 내가 생각하는 것보다 훨씬 더 많이 궁금해 했다. 나는 내 여동생과 함께 쓰는 방에서 혼자 "랜덤하우스, 랜덤하우스"라며 입 밖으로 크게 소리 내어 말한 적도 있었다. 반복해서 말하기에 운율의 재미가 있는 단어였다. 5학년 때 가장 좋아하는 작가에 대해 써오라는 숙제가 생기면 나는 두말할 것도 없이 베넷 서프를 선택했고, 내 어린 자아에 닿은 랜덤하우스라는 매력적인 단어의 미스터리를 풀기 위해 조사도 했다. 서프에 따르면 "무작위random로 몇 권의 책을 출판하기 위하여" 그와 그의 친구들이 인수한 기업의 이름이었다.

내 이름을 알아본(내 이름을 알아보다니!) 랜덤하우스의 대리인은 호텔에서 그날 아침 《USA 투데이》에 실린 내 책의 서평을 읽었다며 축하의 인사를 건넸다. 그녀가 말해주지 않았다면 그날 아침 《USA 투데이》에 내 책의 첫 서평이 실린 걸 알지도 못하고 넘어갔을 것이다. 고맙습니다. 고마워요, 랜덤하우스 대리인님. 고맙습니다. 고마워요, 샘 아이엠(바로 뒤에 나오는 『그린 에그스 앤드 햄』의 내레이션 주인공). 맞다, 나는 5학년 때 닥터 세우스Dr. Seuss가 쓴 『그린 에그스 앤드 햄Green Eggs and Ham』도 가지고 있었다. 베넷 서프는 단 50단어만으론 좋은 책을 쓸 수 없다고 닥터 세우스에게 장담했지만 말이다.

크리스는 예전에 레프트 뱅크를 어슬렁거리던 시절의 나를 기억하지 못했고, 여기에는 그럴 만한 이유가 있었다. 내가 작가로 나서기 위해 처음 『작가 마켓』을 사던 때를 빼면 그녀가 실제로 나를 대면한 적은 거의 없었다. 서점에 갈 때마다 그녀는 열심히 일하고 있었다. 사실 그 당시 나는 그녀에게 경외심과 더불어 약간 위축된 마음을 갖고 있었다. 우리는 얼추 비슷한 나이였는데, 그 무렵 나는 삶에서 아무것도 해놓은 게 없었고 그녀는 너무 많은 것을 이루고 있었기 때문이다. 서점을 공동 소유하고 있었을 뿐 아니라 이 도시에 활력을 부여하는 데 제법 기여를 하고 있었다.

그녀를 공식적으로 만난 낭송회 날, 그녀는 서점에서 증정하는 것이라며 내게 책값 받기를 거절했고, 얼마나 많은 사람들이 올 것 같은지 물었다. 나는 가족들의 수와 세인트루이스를 떠난 뒤 계속 연락하고 지내는 친구들의 수를 세었고, 최대로 부풀려 4, 50명쯤일 거라고 말했다. 그녀는 내가 낭송할 장소를 보여주었다. 낭송회 때는 선반 여러 개를 서점 뒤쪽까지 밀어내고 어린이 섹션과 내가 사랑하는 순수문학 코너 사이의 공간에 의자를 더 놓게 되어 있었다.

그녀는 연단을 보여주면서 기분이 어떨지 책을 들고 가서 한번 서 보라고 했다. 내가 대중 앞에서 낭송을 한 경험이 없다는 것을 알아챈 그녀가 긴장하지 않도록 자잘한 것까지 신경 써주는 것이라는 생각이 들었다. 이렇게 준비를 시켜준 뒤 그녀는 《USA 투데이》가 아직도 남아 있는지 몇몇 가판대에 전화를 했다. 그녀는 이미 늦은 오후라 내가 신문을 구하지 못하면 어쩌나 걱정했다. 그러다 보니 랜덤하우스에서 온 대리인과의 볼일을 방해한 셈이 되었지만, 그녀는 그날 나보다 더 중요한 일은 없다는 듯이 나를 대했다.

몇 시간 후 낭송회를 위해 다시 서점으로 가니 150명이 넘는 사람들이 가득 메우고 있었다. 애초의 계획보다 더 많은 선반이 치워지고 더 많은 의자가 놓였지만 옆쪽과 통로에 사람들이 계속 서 있어야 했다. 어린 시절에 내가 알았던 사람들, 형제들의 지인들, 심지어 부모님의 소싯적 친구들까지 왔다. 부모님의 이웃과 교구에서 온 사람들도 있었다. 초등학교, 고등학교, 대학교 선생님들도 있었다. 내가 잘 모르는 사람들도 왔다. 부모님 결혼식에서 들러리를 섰던 사람도 아내와 함께 왔다. 그들은 결혼한 이후로 부모님과 연락이 끊겼었다. 그분은 특별히 아버지에게 자신의 아들도 자살했다는 말과 함께 위로를 전하러 온 것이었다. 가장 감동했던 건 남동생 친구들이 와주었다는 것이다. 이제 30대가 된 그들은 동생의 장례식에 참석한 15세 때 이후로 본 적이 없었다.

그런 밤은 다시 없을 것이다. 나는 그날 밤이 생애에 가장 기억에 남는 밤이 될 거라고 생각한다. 또한 이 낭송회는 레프트 뱅크와 크리스, 새로운 공동 소유자이며 크리스의 파트너인 제렉 스틸Jarek Steele과 더욱 가깝고 깊은 관계를 맺는 계기가 되었다.

나는 이들에게 책 판매에 대한 몇 가지 사실을 배웠다. 예를 들어, 내 책처럼 대대적인 홍보도 없이 몇몇 서평만 받고서 '조용히' 출판되더라도 '직접 판매'를 통해 세상에 빛을 볼 수 있는 길이 열려 있다는 것. 직접 판매는 훌륭한 서적상의 장점이자 무기인 것이다. 크리스의 프로모션이 없었다면 내 책의 수명은 훨씬 짧았을 것이다. 내 책은 북 센스 76선에 선정되었고, 다른 독립 서점들의 집중적인 관심에 힘입어 3년 뒤 문고판으로 나왔다. 출판 당시에는 계획에도 없던 일이었다.

그때 이후 나는 세인트루이스로 돌아와 다시 레프트 뱅크 북스의 단골이 되었다. 얼마 전 시내에 2호점이 생겼지만 습관적으로 (그리고 집에서 가까워서) 센트럴 웨스트 엔드의 본점에 자주 간다. 나는 더 이상 문

앞의 광고와 전단들을 보면서 뭉그적거리지 않는다는 사실을 인정한다. 이제 50대를 바라보는 나이가 되었고, 좋든 싫든 내 하루를 이미 익숙한 것 말고 다른 걸로 채워야 한다는 필요성에 조바심을 덜 느끼게 되었다.

20대 때와 달리 요즘은 중고 책보다 새 책을 더 많이 산다. 서점 뒤쪽의 유리문이 달린 고풍스런 두 개의 서가 사이에 나무 벤치가 있는 '희귀본과 소장본' 코너에 여전히 마음이 끌리는 건 사실이다. 이들 선반 위에 있는 재고는 그다지 빨리 회전되지 않는다. 이기적인 생각인지 몰라도 기분은 좋다. 나는 제인 애덤스Jane Addams가 쓴 초판 아니면, 거의 초판이라 할 수 있는 『헐하우스에서의 20년Twenty Years at Hull-House』, 랭스턴 휴즈Langston Hughes의 『영광의 탬버린Tambourines to Glory』, 줄리아 차일드Julia Child의 『프랑스 요리 정복하기Mastering the Art of French Cooking』, 『아나이스 닌의 일기The Diary of Anaïs Nin』 일곱 권짜리 시리즈, 아동용 책 『베티, 바비, 버블즈Betty, Bobby, and Bubbles』, 조지 오웰George Orwell의 『1984』, J.D. 샐린저J.D. Salinger의 『프래니와 주이Franny and Zooey』, 그리고 내가 가장 좋아하는 버지니아 울프Virginia Woolf의 『파도The Waves』 등을 보는 걸 좋아한다(살 여유는 없다). 특히 버지니아 울프의 『파도』 안쪽에 "J, 이 책이 좋다니 나도 기뻐. 우리는 (우리에게) 알려지지 않은 작가를 함께 찾을 거야. ─R"이라는 글귀가 적혀 있다.

나는 이것을 읽을 때마다 J와 R을 생각하며 행복감을 느낀다. 분명히 이들은 울프의 소설을 훌륭하다고 생각했고, 기뻐했으며, 둘이 함께 알려지지 않은 작가들을 계속 찾아나갔을 것이다. 나 역시 '희귀본과 소장본' 코너의 맨 밑 선반에서 세인트루이스 출신의 작가 콘스턴스 우당 Constance Urdang의 서명과 함께 이스트코스트 또는 웨스트코스트에 살던 에리카에게 보낸 글이 적혀 있는 『묘지에서의 소풍The Picnic in the Cemetery』을 찾았을 때 행복했다. 우당은 "에리카에게, 미국 중서부에서"라고 적어놓았다. 그녀의 재치에 저절로 입가에 미소가 떠올랐다. 그녀의 남편이자 시인인 도널드 핀클Donald Finkel과 모나 반 듀인Mona Van Duyn, 하워드 네메로브Howard Nemerov, 존 모리스John Morris, 작가 스탠리 엘킨Stanley Elkin과 윌리엄 가스William Gass를 비롯하여 나의 20대 시절 세인트루이스에 문학적 빛을 던져준 모든 작가가 나를 미소 짓게 했듯이.

지금도 그렇다. "에리카에게, 미국 중서부에서"

나야말로 미국 중서부에서 다시 한 번 행복을 맛보고 있다. 책을 훑어보거나 다른 사람의 말을 엿듣거나 서점 창밖으로 지나가는 사람들을 보면서 '희귀본과 소장본' 코너 벤치에 앉아 있을 때, 한쪽 모퉁이의 '자서전과 회고록' 코너에 나의 또 다른 자아(책으로서의 나)가 있다는 사실에 더없이 편안해진다. 그렇게 말할 수 있어서 너무 기쁘다. 나는 레프트 뱅크를 이중 자아가 존재할 수 있는 유일한 서점이라고 확신한다.

캐슬린 피너런은 『텐더 랜드: 패밀리 러브 스토리(The Tender Land: A Family Love Story)』의 저자다. 그녀는 세인트루이스의 워싱턴 대학교에서 글쓰기를 가르치고 있다.

FANNIE FLAGG
패니 플래그

페이지 앤드 팔레트

앨라배마주 페어호프

친애하는 독자에게

오랫동안 작가 생활을 하고 평생 책을 사랑한 사람으로서 저는 지난 수년간 개인적으로, 또 직업적으로 수백 개의 크고 작은 독립 서점과 체인 서점을 들를 기회가 있었습니다. 이러한 사정을 안다면, 아마도 그중에서 서점 하나만 골라 글을 쓰는 일이 결코 쉽지 않을 거라고 생각하실 겁니다. 그러나 그렇지 않습니다. 제게는 (책을 쓰는 것과는 달리) 쉬운 일입니다.

저는 주저하지 않고 이 세상에서 가장 좋아하는 서점은 페이지 앤드 팔레트라고 말하겠습니다. 이곳은 앨라배마 페어호프에 있으며, 오랫동안 한 가족이 운영하고 있는 독립 서점입니다. 운 좋게도 이 서점은 제가 사는 곳에서 2분 거리에 있습니다.

서점 얘기를 하기 전에 우선 페어호프에 대해 말해둘 것이 있습니다. 페어호프는 아름다운 모빌만灣이 내려다보이는 고지대에 자리한 사우스 앨라배마의 매력적인 마을입니다. 동네 상점들이 대형 쇼핑몰의 희생양이 되어 문을 닫고 있는 미국 전역의 작은 마을들과는 달리, 페어호프 시내는 여전히 분주하고 활기 넘치죠. 만약 당신이 우연히 이곳에 와서 섹션 스트리트Section Street를 걷게 된다면, 시내에서 벌어지는 모든 활동의 주 무대가 페이지 앤드 팔레트 서점이라는 걸 금방 아시게 될 겁니다. 그리고 서점 안으로 들어가면 한눈에 알 수 있는 게 또 있지요. 바로 페어호프 사람들, 즉 여행객이든 주민이든 모두 다 책읽기를 좋아한다는 사실입니다. 이유가 뭘까요?

물론 이곳 사람들이 매우 지적이고 호기심이 많은 건 사실입니다. 하지만 저는 이 모든 것이 1968년, 베티 조 울프Betty Joe Wolff라는 한 여성과 그녀의 책에 대한 사랑에서 시작되었다고 생각합니다.

사실, 오늘날 여전히 책을 읽고 책을 사는 사람이 많은 건 순전히 베티 조 때문인지도 모릅니다. 제가 알기로, 고객들은 문을 열고 들어와

"안녕하세요, 베티 조. 좋은 책 있으면 추천 좀 해주세요!"라고 외칩니다. 밝은 초록색 눈빛을 한 갈색 머리의 베티 조는 언제나 환한 미소를 지으며 고객이 여섯 살짜리 아이든 일흔 살 노인이든 맞춤한 책을 찾아주지요.

비록 소도시의 작은 서점이긴 하지만 페이지 앤드 팔레트는 제가 아는 그 어떤 서점보다 넉넉한 마음을 가졌습니다. 베티 조의 고객들은 늘 이 점을 고마워하며 변함없는 단골이 되지요. 지금도 페어호프의 나이 든 세대는 킨들로 책을 본다거나 아마존에서 책을 주문하는 일은 감히 생각도 못합니다. 한번은 시장 부인이 제게 이런 말을 하더군요. "페이지 앤드 팔레트가 추천한 책이 아니면 왜 읽고 싶은 생각이 안 드는 거죠?"

저는 개인적으로 베티 조의 많은 고객 중 한 명이 되면서 그녀를 알게 되었습니다. 그때가 1981년으로, 제 첫 소설이 출판되던 때입니다. 베티 조는 제 책의 첫 사인회를 열었는데, 저는 이날을 절대 잊을 수 없습니다. 앞서 말했듯이 페이지 앤드 팔레트는 가족이 운영하는 서점입니다. 당시 베티 조의 열 살짜리 말라깽이 쌍둥이 손녀 카린과 켈리는 저를 위해 사인할 책도 펼쳐주고 손님들에게 쿠키도 나눠주었지요. 어느덧 책을 일곱 권이나 내고 30년 가까운 세월이 흘렀어도 이곳은 여전히 제가 가장 좋아하는 북 사인회 장소입니다.

저자의 입장에서 북 사인회는 길고 지루할 수도 있습니다. 그렇지만 페이지 앤드 팔레트의 사인회는 언제나 특별하고 환상적이며, 재미있는 이벤트입니다. 어떤 일이 일어날지 상상도 못합니다. 예를 들어, 『천국을 기다릴 수 없어』Can't Wait to Get to Heaven』가 출판되었을 때, 서점에서는 마을 사람들에게 천사 복장을 하고 사인회에 오라고 주문했습니다. 후 광이랑 흰색 가운, 날개도 달고 말이에요! 저에게는 완전히 깜짝 파티 였습니다.

물론, 시대가 변했습니다. 서점 안에 멋진 카페와 커피숍이 들어섰 고, 어떨 때는 행사장에 800명이 넘는 사람들이 몰립니다. 그렇지만 그 느낌은 하나도 달라진 게 없습니다.

> 비록 소도시의 작은 서점이긴 하지만
> 페이지 앤드 팔레트는 제가 아는 그 어떤 서점보다
> 넉넉한 마음을 가졌습니다.

베티 조는 말로는 은퇴했다면서도 여전히 매일 서점에 옵니다. 정말 잘된 일은 그 조그맣던 쌍둥이 손녀가 이제 아름다운 여성으로 성장하 여 서점을 물려받은 것입니다.

이제 카린과 그녀의 남편이 서점을 경영하고, 켈리와 그녀의 남편은 옆집에서 예술품 상점을 경영합니다. 이 둘은 여전히 베티 조의 유산을 지켜나가고 있지요.

페어호프를 방문한다거나 책을 사랑한다면 페이지 앤드 팔레트로 가 세요. 이곳에서 아름다운 남부 작가 섹션을 둘러보거나 카페에 앉아 커피를 마시며 샌드위치를 먹는 시간을 즐겨 보세요. 장담하건대, 저나 윈스턴 그룹Winston Groom, 마크 칠드레스Mark Childress, 캐롤린 헤인즈Carolyn Haines, W.E.B. 그리핀W.E.B. Griffin, 지미 버핏Jimmy Buffett 또는 릭 브래그 같은 이 지역 출신 작가들이 서점 안에서 어슬렁대는 모습을 볼 수 있을 거예요. 또한 지금처럼 편의와 편리가 판을 치는 세상에 페어호프 사람들이 여전히 계산대 뒤에 말할 상대가 있는 진짜 서점에 가서 책을 사는 모습을 보고 깜짝 놀랄 거예요.

왜 고객과 작가들이 이다지도 오랫동안 이 서점의 단골로 남아 있는지 아세요? 저는 그 이유가 페이지 앤드 팔레트는 처음부터 주인이나 직원 할 것 없이 모두 애정을 갖고 노력했기 때문이라고 생각합니다. 이들은 고객과 작가를 진심으로 생각합니다. 전국 서점들이 하루가 다르게 문을 닫는 요즘, 페이지 앤드 팔레트의 승승장구하는 모습은 많은 것을 말해줍니다. 우린 그들이 우리를 사랑하고, 우리 역시 그들을 사랑하고 있다는 걸 잘 압니다. 그뿐입니다.

패니 플래그로부터

추신: 앞서 말한 대로 페이지 앤드 팔레트 북 사인회에서는 무슨 일이 벌어질지 알 수 없습니다. 지난번 북 사인회가 시작되기 직전, 카린은 제가 청소도구를 넣어두는 창고에 들어간 줄도 모르고 문을 잠가버렸고 결국 열쇠 수리공을 불러야 했습니다. 그나마 다행인 건 제가 무

사히 빠져나왔고 훌륭히 행사를 마칠 수 있었다는 거지요. 다음번 행사도 무척 기다려집니다(출판사도). 그러면 또 다른 이야기가 탄생하겠지요.

패니 플래그는 『프라이드 그린 토마토(Fried Green Tomatoes at the Whistle Stop Cafe)』와 『이 세계에 온 걸 환영해, 귀여운 아가씨!(Welcome to the World, Baby Girl!)』, 『천국을 기다릴 수 없어』 등 여러 편의 소설을 썼다. 그녀는 캘리포니아와 앨라배마에서 살고 있다.

IAN FRAZIER
이안 프레이지어

왓충 북셀러스

뉴저지주, 몬트클레어

몬트클레어는 뉴욕시 교외에 있는 길고 좁다랗게 생긴 마을이다. 언덕
과 계곡으로 이루어진 이곳은 마을 대부분이 계곡 사이에 자리 잡고
있으며, 언덕 위에는 대저택들이 늘어서 있다. 통근 열차가 1854년부
터 계곡을 가로질러 운행 중인데(이 마을은 뉴욕시가 생기면서 교외로 조성
된, 오랜 역사를 지닌 곳이다), 종종 칵테일 잔의 얼음을 흔드는 열차의 기

적소리는 마지막 남은 교외의 유품이라고 할 수 있다. 언덕은 왓충 산맥이라 불리는 오래된 산들의 끝자락에 해당한다. 왓충은 왓치ー웅의 축약된 발음이다. "와치 잇(조심해)!" 발음에서 잇 대신에 웅이 들어간 꼴이다. TV 시리즈 〈소프라노스Sopranos〉 가족이 저지Jersey 식 억양으로 말하는 것을 상상하면 된다. 물론 그들이 진짜 이런 식으로 말했다는 것이 아니고. 어쨌든 이곳에서 〈소프라노스〉의 일부분을 촬영하기는 했다.

작가인 나는 주로 집에서 일을 한다. 어쩌다 시내에 볼일이 있으면 왓충 광장에서 버스나 열차를 탄다. 광장은 수수한 편으로, 제1차 세계 대전에 참전했던 군인들을 기념하는 깃대와 몇 개의 벤치, 지붕이 있는 버스 정류장, 생울타리와 잔디가 있다. 광장 한쪽에는 '와ー청'이라는 중국 식당을 비롯한 많은 가게가 줄지어 있다. 한번은 식당에서 일하는 사람들에게 '와ー청'이 중국어로 무슨 뜻이냐고 물었더니, 아무 뜻도 없다고 했다.

왓충 북셀러스는 광장 한쪽을 차지하고 있다. 서점은 이 자리에, 아무튼 이 부근에 16년 동안 있었다. 우리가 몬테클리어에서 산 것보다 3년이나 더 오래 존재한 것이다.

약간 과장이 섞이긴 했지만 우리가 이곳으로 이사를 온 이유는 바로 이 독립 서점 때문이다. 몬테클리어에 다섯 개의 독립 서점이 있었지만 나머지는 사양길에 접어들었고, 그중 두 개만 주민이 3만 4천 명에 불과한 작은 마을에서 그럭저럭 명맥을 유지하고 있다. 왓충 북셀러스는 대번에 내가 가장 좋아하는 서점이 되었다. 밤에 시내에서 귀가할 때면 다른 상점들은 모두 닫혀 있는데 왓충 북셀러스의 창에서만 불빛이 흘러나온다. 그러면 나는 역 계단을 내려가 어떤 책이 진열되어 있는지 살펴보러 간다. 기차에서 내리는 사람들을 태우러 온 차가 떠나는 동안 잠시 숨을 돌리면 그제야 시끄러운 뉴욕을 벗어나 이 평화로운 장소에 안착했다는 즐거움에 젖는다. 나는 문을 닫고 직원과 손님들도 없는 늦은 시간까지 따뜻하고 지적인 불빛을 밝히며 서 있는 서점에 감사한다.

글로 벌어먹고 사는 사람으로서, 나는 서점의 주인인 마고 세이지—엘Margot Sage-EL에게 일종의 동료의식을 느낀다. 책을 쓰는 것과 그 책을 파는 것은 둘 다 시간을 보내기에는 어딘가 잘못된 방식인 듯하다. 물론 좋아서 하는 일이긴 하지만. 로버트 프로스트Robert Frost는 "즐기는 일과 필요가 하나가 될 때만/ 일이 대단한 이해관계를 위한 놀이일 때만/ 그 행위는 진정성을 지닌다/ 천국을 위해서, 그리고 미래를 위해서"라고 썼다. 집세를 내려고 시를 썼던 시인처럼 독립 서점도 사랑과 필요성의 기로에 존재한다. 나는 언제나 마고의 서점 불빛에서 용기를 얻는다. 왜냐하면 이 불빛은 적어도 지금까지는 때때로 위험을 감수해야 하는 공동의 사업이 여전히 지속되고 있다는 것을 알려주기 때문이다.

나는 책을 사고, 저자의 사진과 종이 재질을 조사하고, 완성품의 전반적인 품질을 판단하러 서점에 간다. 이것을 판단하려면 책을 직접 만져봐야 한다. 내 책이 출판되어 나오면 이곳에서 낭송회를 연다. 내 아내도, 몬테클리어의 다른 작가 친구들도 예외가 없다. 낭송회는 겨우

차 한 대가 들어가는 차고만 한 공간에서 진행된다. 청중이 15명이 넘어가면, 작가와 청중이 서로 얼굴을 볼 수 없게 선반들이 놓인 별도의 장소를 마련할 수밖에 없다. 내게는 이런 경우에 최고의 청중을 갖는 셈이다. 다른 작가의 낭송회에 가면 나는 작가의 얼굴이 보이지 않는 자리도 마다하지 않는다. 이것이 바로 내가 무엇보다 독자가 되고 작가가 된 이유이다. 구석에 있지만 문학이라는 장대한 모험의 일부가 되기 위해서.

나는 책을 사고, 저자의 사진과 종이 재질을 조사하고,
완성품의 전반적인 품질을 판단하러 서점에 간다.
이것을 판단하려면 책을 직접 만져봐야 한다.

서점에서 나는 어떤 사이버 공간이 아니라 몬테클리어의 왓층 광장에 위치한 오프라인 공간에 있음을 느낀다. 내가 아는 아주 박식한 작가는 최근에 책과 책의 미래에 대한 피해갈 수 없는 토론에서 "책은 대중이다"라고 말했다. 나는 왜 이것이 멋진 생각인지 확실하게 설명할 수는 없다. 그렇지만 "책은 대중이다"라는 말은 농담이 우스갯소리인 것만큼이나 확실한 진실이라는 걸 분명히 안다. 작가의 내면에 있는 것들을 취해 독자들에게 꺼내놓음으로써 독자들이 읽고 스스로 내면화할 수 있기에 책은 곧 대중이다. 그 어떠한 책도 이러한 전달이 있을 때까

지는 존재하지 않는다.

글은 작가 안에만 존재하는 것도, 독자 안에만 존재하는 것도 아니고 둘 사이의 중간쯤 반짝이는 수평면에 존재한다. 조우가 이루어지는 곳이 바로 책이다. 책은 물리적 사물이자 사람이 거리에서 우연히 마주치는 것과 같은 물리적 현상이다. 사이버 공간에서 책을 불러와 전자책을 읽을 순 있지만, 이러한 경험은 진짜로 중요한 것을 교환하기에는 너무 개인적이다. 책을 읽는 것은 물리적으로 책을 소유하고 책과 어울리는 것이다. 어느 시점이 되면, 마치 자랑스러운 친구나 보여주기에 민망하지 않은 상처를 떳떳하게 드러내듯 대중 속에서 그 경험을 내보이고 서로 공유해야 한다.

왓층 북셀러스에는 책과 함께하는 일상적인 삶의 리듬이 있다. 아이들이 뛰어다니고(이런 서점은 아이들이 넓은 독서 세상을 만날 수 있는 곳이다), 책에 대해 나누는 얘기가 들리고, 둘러보는 사람들의 조용한 콧노래와 계산대에서 선물 포장지를 자르고 싸는 바스락거리는 소리가 있다. 또한 책 냄새가 난다. 그 신선하고 은근히 유혹적인 냄새가.

마고의 서점 같은 독립 서점은 작가와 긴밀하게 협력할 수 있기 때문에 책의 대중적 측면에서 보더라도 진정한 출판이 이루어지는 곳이다. 나는 종종 책 홍보를 위해 미국을 여행하면서 낭송회를 하는데, 가끔 독자에게 미래에 책과 서점이 어떻게 될 것 같으냐는 질문을 받는다. 그때마다 나는, "글쎄요, 우리는 지금 모두 여기 서점에 있잖아요, 안 그래요?"라고 대답한다. 책은 미래를 암시하지만 우리는 지금 책을 쓰고, 책을 읽는다. 그리고 책들은 막연한 미래가 아닌 바로 지금 대중 속에 자기 입지를 세운다.

왓충 북셀러스는 책을 사랑하는 우리 모두가 지금 꿋꿋하게 서 있을
수 있는 장소다.

이안 프레이지어는 논픽션 『그레이트 플레인즈(Great Plains)』, 『온 더 레즈(On
the Rez)』, 『시베리아 여행(Travels in Siberia)』과 코믹 소설 『저주하는 엄마의 책
(The Cursing Mommy's Book of Days)』 등 10여 권을 저술했다. 그의 글은 《뉴요
커》를 비롯한 여러 잡지에서도 종종 볼 수 있다.

Mindy Friddle
민디 프리들

픽션 애딕션

사우스캐롤라이나주, 그린빌

북 투어는 저자에게는 외로운 싸움일 수도 있다. 한동안 책상에 붙박여 있다가 갑자기 길을 떠나게 된다. 수개월 동안 작중 인물과 상상의 대화에 푹 빠져 있다가, 마침내 상업적인 세계로 떠밀려나오는 것이다. 마치 낡은 카펫 아래 숨어 있던 연약한 생명체가 깜짝 놀라 눈을 깜박이며 뛰쳐나오듯이. 그리고 사인을 하기 위해 펜을 들고 미소 지어야 한다. 비록 오랫동안 사용하지 않아 안면 근육은 굳어 있지만 진짜 사람과 대화를 나누어야 하는 것이다. 재치 있는 질문은 물론이고, 매력까지 발산하면서. (대부분의 저자들은 북 사인회에서 그들이 가장 많이 듣는 질문을 똑같이 할 것이다. "화장실이 어디죠?")

그래서 나의 북 투어에서 바람직한, 즉 '내 책'을 사는 열렬한 독자와 잘 들어주는 청중이 있는 행사를 발견했을 때 경사 난 것이나 다름없었다. 그 행사는 북 유어 런치Book Your Lunch라는 작가 시리즈로, 사우스캐

> 나는 북 유어 런치의 특별 작가가 되는 영광을 얻었다.
> 나는 행사장을 가득 메운 사람들을 둘러보았다.
> 대부분이 잘 모르는 사람들이었다.

롤라이나주의 내 고향 그린빌에 있는 오프라인 독립 서점 픽션 애딕션의 주인인 질 헨드릭스Jill Hendrix의 아이디어였다. 북 유어 런치는 독자들과 다양한 작가들(미스터리 작가부터 수상 경력이 있는 소설가, 논픽션 작가에서 요리책 저자까지)을 한데 모을 수 있는 환상적인 방법이다. 픽션 애딕션은 사전에 표를 파는데, 행사에 참여하는 작가들은 자신의 책을 낭송하거나 짧은 연설을 한다. 이어 질의응답 시간을 가진 뒤 맛있는 점심을 먹고 나서 현장 북 사인회가 열린다.

나는 북 유어 런치의 탄생에 참여하는 행운을 누렸다. 말하자면 이

독특한 행사가 세상의 빛을 볼 때 산실에 있었다고나 할까. 이 모든 것은 약 3년 전 질과 마주 앉아 브레인스토밍을 할 때 시작되었다. 나는 작가이며, 브레인스토밍을 사랑한다. 질은 픽션 애딕션이 어떻게 하면 성공적인 작가 행사를 만들어낼 수 있을지 의견을 물었다. 그러더니 그녀는 내 아이디어를 스프레드시트와 윈-윈 비즈니스 모델로 만들어 실천에 옮겼다. 우리는 사우스캐롤라이나 폴리스 아일랜드Pawley's Island(내가 북 투어를 했던 또 다른 환상적인 장소)의 여러 레스토랑에서 금요일에 열리는 리치필드 북스Litchfield Books의 획기적인 문학 만찬인 무버블 피스트Moveable Feast에 대해 이야기를 나누었다. 과연 픽션 애딕션이 지역 사회 자체의 작가 행사에 이 같은 만찬을 잘 조율해서 치를 수 있을까? 우리는 적당한 이름을 찾다가 북 유어 런치라는 이름을 고안해냈다('북'에는 책이란 뜻도 있지만 예약이란 뜻도 있으므로 이중적 의미를 잘 살렸다는 뜻). 질이 웹사이트의 도메인 이름을 얻었을 때 픽션 애딕션의 만찬 시리즈가 탄생하게 되었다.

2010년, 피카도르Picador에서 내 두 번째 소설 『시크리트 키퍼Secret Keepers』를 문고판으로 출간했을 때 북 유어 런치의 특별 작가가 되는 영광을 얻었다. 나는 행사장을 가득 메운 사람들을 둘러보았다. 대부분이 잘 모르는 사람들이었다. 나는 마이크를 사용해야 했는데, 마이크를 사용한다는 건 내가 생각하는 한 성공적인 낭송회라는 신호였다. 이어서 픽션 애딕션은 내 책을 한 무더기 팔았고, 공짜 점심을 먹자마자 진행되었던 북 사인회는 인생에서 가장 즐거웠던 행사였다.

이제 이 행사가 시작된 지도 2년 반이 지났고, 50회를 넘겼다. 한 달에 두 번꼴로 열린 셈이다. 픽션 애딕션은 북 유어 런치 덕분에 판매고가 늘었고, 금융위기에 따른 불경기를 무사히 넘겼다. 많은 작가들은 사우스캐롤라이나 그린빌에 처음으로 방문하여 새로운 독자층을 구축한다(작가 도로시아 벤튼 프랭크는 만찬 행사에서 가장 책이 많이 팔려 상까지 받았다. 250명의 독자가 몰렸고, 300권이 팔렸다!). 여기저기 입소문이 나자 출판사와 작가들이 이제 북 유어 런치에 참가하기 위해 픽션 애딕션에 정기적으로 연락을 해온다. 생각해보라, 독자와 출판사와 작가와 독립 서점이 모두 행복하다! 나는 이것을 "윈-윈-윈-윈"이라고 부른다.

민디 프리들의 소설 『가든 엔젤(The Garden Angel)』은 내셔널 퍼블릭 라디오 독립 서적상의 추천 도서다. 또한 『시크리트 키퍼』는 2010년 윌리 모리스상을 수상했다.

DAVID FULMER
데이비드 풀머

이글 아이 북숍
조지아주, 디케이터

나는 3개 대륙에 있는 독립 서점들을 자주 다녔다. 아니, 4개 대륙이
었나? 그중에는 시티 라이츠^{City Lights}, 고담 북 마켓^{Gotham Book Mart}, 셰익
스피어 앤드 컴퍼니^{Shakespeare & Co} 같은 유명한 곳도 있다. 그보다는 덜
유명하지만 뉴욕시의 파트너스 앤드 크라임^{Partners & Crime}, 미스티리어
스 북숍^{Mysterious Bookshop}과 뉴올리언스의 포크너 하우스 북스^{Faulkner House}

^{Books}라면 충분히 기억에 남을 만한 서점들이다. 어떤 서점에서는 거의 주먹다짐을 할 뻔한 적도 있고, 또 어떤 서점에서는 먹잇감을 본 짐승처럼 달려드는 여성 팬도 있었다. 오해는 하지 마시길, 수십 년에 걸친 경험담을 이야기하고 있는 것이니까. 사실 그런 경험이 죄다 모험으로 가득한 것만은 아니다.

나는 이글 아이 북숍과 아주 길고 행복한 역사를 함께해왔다. 이글 아이 북숍은 내가 살고 있는 애틀랜타와 맞닿은 조지아주 디케이터에 있다. 이 서점은 고객에서 책을 낸 작가로, 글쓰기 강사로 이어지는 내 삶의 역사나 다름없으며, 거기에 얽힌 이야기를 담고 있다.

역사는 내가 즐겨가는 커피숍 초코라테를 나와 수크루를 만나러 가던 어느 날 아침에 시작되었다. 수크루는 여섯 번씩이나 내 책 파일을 복구해준 컴퓨터 박사다. 나는 이글 아이를 무심코 지나치다 걸음을 멈췄다. 전면이 일반 가게의 두 배는 되었다. 전에도 이게 여기에 있었던가? 그동안 모르고 지나쳤나?

컴퓨터 가게에 들어섰을 때 테이블 위에는 여전히 내장을 환히 드러내놓은 환자가 누워 있었다. 수크루는 터키어로 뭐라고 꿍얼거렸다. 나는 자리를 피해주는 게 낫겠다 싶어서 오는 길에 보았던 서점으로 갔다.

눈앞에 펼쳐진 것은 결코 허접한 가게나 병원 대기실 같은 곳이 아니었다. 서점에 발을 들여놓는 순간 널찍하고 환하며 탁 트인 곳임을 알아보았다. 나는 통로를 따라 걸으면서 어떤 독자의 취향이라도 수용할 수 있는 책들, 그것도 수만 권이나 되는 책들을 발견했다. 새 책과 헌책이 중간중간 섞여 있었다. 코너에 있는 어린이 섹션은 아기 오리가 재잘대는 듯한 소리가 났다. 이어서 삼면이 가로막힌 안쪽 방으로 들어가니 바닥부터 천장까지 온통 진귀한 책들로 가득했다. 1911년에 출판된 H. 어빙 핸콕H. Irving Hancock의 '딕과 친구들Dick and Company' 시리즈 같은 책들이 (진짜로) 있었다. 그뿐 아니라 러시아의 조선술造船術에 관한 두꺼운 책들과 너무 생생한 색으로 칠해져 있어서 먹어도 될 것 같은 카페 테이블만 한 크기의 세계 지도책도 있었다. 무엇보다도 이 서점은 독립 서점 중에서도 가장 절충적인 형태를 띤 시설이라고 할 수 있었다.

나는 단골이 되었다. 처음에는 내 방 책꽂이와 딸 이탈리아의 방에 놓을 책이 필요해서였다. 내가 소설가로서 입지를 굳히기 전까지는 그저 서점의 고객에 지나지 않았다. 나는 북 론칭 행사를 이곳에서 했고, 친구와 친구의 친구들을 이곳으로 불러 모았다.

> 독립 서점은 말 그대로 고유하고,
> 그들만의 흔치 않은 개성으로 영혼을 축복한다.
> 이것이 사라지지 않기를 바란다.
> 왜냐하면 그들은 종이로 된 책을 구원할 테니까.

다시 말해 비공식적으로 가족의 일원이 되었다고나 할까? 직원들도 층이 다양했다. 젊은 직원과 나이 든 직원, 남자와 여자도 있었고, 가끔은 개도 있었다. 진짜 개 말이다. 마치 어떤 시리즈물의 다양한 출연자들을 보는 것 같았다. 이 사람들은 패널이 아니라 진짜 사람들이며 모두들 제각기 서점에서 어떤 흥미로운 일을 한다. 상상력을 발휘해보시길!

애틀랜타의 서점을 돌면서 희귀본만 골라 훔치던 악명 높은 도둑을 실제로 본 것도 이글 아이에서였다. 미스터리 작가인 나는 이 남자의 작업 방식이 궁금했다. 도시의 모든 서적상이 그의 얼굴을 아는데도 그는 버젓이 책을 훔치고 다녔다. 어느 날 오후, 나는 그와 같은 시간에 이글 아이에 있었는데도 그가 감쪽같이 사라질 때까지 이 사실을 몰랐다. 그는 괴짜였고, 그곳에는 다른 괴짜들도 많았다. 독립 서점에는 별의별 독립적인 인간들이 들끓는다.

나는 2년 정도 픽션숍Fiction Shop이라는 글쓰기 프로그램을 운영했다. 그런데 이상하게 일이 꼬여 강의실이 없어져버렸다. 나는 이글 아이와 제휴하여 서점 뒤쪽의 독서실을 사용하게 되었다. 일종의 살롱(과거에 상류 가정 응접실에서 흔히 열리던 작가, 예술가들을 포함한 사교 모임)으로 쓸 생각이었다. 그런데 이게 먹혔다. 관심 있는 사람들이 각지에서 모여들었다. 꽤나 번거로웠을 텐데도 직원들은 이들을 환영했다. 이들은 수업 전후나 쉬는 시간에 들락날락하면서 돈을 썼다. 이렇게 왔다 갔다 하는 분위기가 즐거웠다.

그러던 어느 날, 사건이 발생했다. 8주에 걸쳐 진행되는 수업 중에 꽤 감당하기 버거운(어떻게 설명해야 할지 모르겠다) 학생이 있었다. 그녀는 약간 통제 불능이었다. 요즘말로 두뇌 화학물질의 불균형이라 해야 할까? 어떤 날은 그야말로 완벽한 숙녀였다. 그런데 어떨 때는 정신이 나가 혼잣말을 중얼거리거나 다른 사람을 붙잡고 계속 떠들었다. 과제를 읽어야 할 차례가 오면 그녀는 그대로 얼어붙거나, 즉석에서 다시 글을 썼다. 그녀는 자신이 수업을 방해한다는 사실을 알아채지 못했고, 그냥 혼자 중얼거리게 내버려두거나 다른 학생으로 순서를 넘겨도 자각하지 못했다. 쉬는 시간이 되면 그녀는 어디론가 사라지곤 했는데, 어떤 때는 30분이나 보이지 않을 때도 있었다. 그녀가 어디로 갔는지 도무지 알 수가 없었다.

수강생들과 나는 이 상황을 6주나 견뎌야 했다. 7주째에 그녀는 미치광이 상태로 나타났다. 이날 밤, 그녀는 말도 안 되는 얘기를 횡설수설 늘어놓았다. 나는 사슬에 묶인 개처럼 소리 질렀다. "안드레아!" 물론 그녀의 실명은 아니다. "그만 좀 해!"(느낌표를 쓴다고 학생들을 꾸짖은 사람 입에서 나온 말이라니) 교실의 모든 학생들은 얼어붙었고, 서점 안이 쥐죽은 듯 조용해졌다. 문득 자신이 불쌍한 여학생을 괴롭히는 괴물 같다는 생각이 들었다. 지금 생각하니, 그녀가 약을 들고 다닌 데는 그만한 이유가 있었던 것 같다.

다행인 것은, 그녀는 완전히 미치지 않았고 수업은 별다른 사고 없이 끝났다는 점이다. 수업이 끝난 뒤 나는 프런트에 가서 점원과 다른 고객들에게 소리를 질러서 미안하다고 사과했다.

그런데 의외로 작은 박수가 터져 나왔다. 점원은 "그렇게 오래 버틴 게 용한 거죠"라고 말하는 것이었다. 과연 이런 일을 대형 체인 서점에서는 생각이나 할 수 있을까?

또 다른 사연은 가족과 관련이 있다. 내 딸아이는 생애의 절반을 이글 아이에서 보냈다. 우리는 아이가 집에서 읽을 책과 학교에서 볼 책을 샀다. 서점은 우연히 아이의 엄마 집과 우리 집 사이에 있어서, 일주일에 한 번은 들를 수밖에 없었다. 이탈리아는 이곳을 좋아해 언젠간 여기서 일할 거라고 말한다. 아마 그렇게 될지도 모른다. 그러면 이 아빠도 좋겠지. 이 서점은 그런 장소다.

지금까지 얘기한 모든 일은 독립 서점에서만 일어날 수 있다.

독립 서점은 말 그대로 고유하고, 그들만의 흔치 않은 개성으로 영혼을 축복한다. 이것이 사라지지 않기를 바란다. 왜냐하면 그들은 종이로 된 책을 구원할 테니까.

데이비드 풀머는 미스터리 작가로 호평을 받고 있으며, 샤무스 최우수 장편 소설상, 로스앤젤레스 타임스 북상, 배리 어워드, 팔콘 어워드 수상 후보에 올랐으며, 샤무스 최우수 신인상과 벤자민 프랭클린 어워드를 수상했다. 또한, 《뉴욕 매거진》의 '한 번도 읽어본 적 없는 최고 소설'에 오른 것을 비롯하여 여러 매체에서 최고 작품의 영예를 차지했다. 그는 애틀랜타에 살고 있다.

HENRY LOUIS GATES JR.
헨리 루이스 게이츠 주니어

하버드 북스토어

매사추세츠주, 캠브리지

하버드를 방문하는 졸업생들이 대체로 아쉬워하는 것 중의 하나가 많은 동네 구멍가게들, 특히 수많은 독립 서점이 사라졌다는 것이다. 하버드 광장은 책벌레들과 애서가(독자와 수집가 모두)들의 메카로 유명하며, 옛 추억에 젖어 기억의 편린을 떠올리고자 찾아온 졸업생들은 자신의 젊은 시절을 함께한 유서 깊은 서점들이 어디로 갔을까 궁금해 한다. 당연한 질문이다. 결국, 이 배움과 학식의 수도가 독립 서점을 지켜주지 않는다면 과연 누가 지킬 것인가?

나는 하버드 북스토어가 그저 유지되고 있는 것이 아니라 번성하고 있다는 사실에 매일 신께 감사한다. 캠브리지에서 일한 지 20년쯤 되며, 10년을 이 서점에서 몇 블록 떨어지지 않은 곳에서 살았다. 걸어서 5분 거리에 서점에 있었기 때문에 전설적인 초저녁 강의와 책 사인회를 할 때면 그렇게 유용할 수가 없었다. 20년 동안 이 놀라운 오프라인 서점에서 산 책만 해도 셀 수조차 없다. 사실 아주 오래전인 1970년, 의예과 수업을 들었을 때 이곳에 처음 들렀다(예일 대학교는 여름학교가 학교의 브랜드 가치를 떨어뜨린다고 생각하지만 얼마나 수익성이 있는지 나중에야 깨달았다). 사실 나는 그곳에서 산 책들 때문만이 아니라, 살까 말까 망설이며 수도 없이 손때를 묻히고 사지 않은 수천 권의 책 때문에 하버드 북스토어를 소중히 여긴다.

나는 사람들이 둘러볼 수 있게 만든 서점이 어떻게 수익을 내는지 종종 궁금증을 가졌다. 매사추세츠 애비뷰Massachusetts Avenue와 플라임튼 스트리트Plympton Street 사이에 떡 버티고 있는 서점은 한길 쪽으로 창이 나 있어서 어느 통로에서든지 밖이 내다보였다. 책을 보다가 잠깐 눈을 들어 거리를 조용히 지나가는 동네 사람들과 관광객을 볼 수 있었다. 아니면, 거리를 지나는 사람들은 안중에도 두지 않고 들여다보던 책을 통해 수천수만의 장소와 시간으로 이동하거나, 현실에서는 절대 불가능한 수많은 사람이나 사물로 변신할 수도 있었다. 이 서점은 아무리 우수한 온라인 서점일지라도 발뒤꿈치도 못 따라갈 만큼 거의 무한대에 가까운 공간성을 확보하고 있다. 그리고 하버드 북스토어는 학력이 높고 박식한 직원들 덕분에 내가 방문한 그 어떤 서점과도 다른 고유한 지적 분위기를 간직하고 있다.

> 이 통로들을 오르내릴 수 있을 정도로
> 운 좋은 우리들은 각자 이 마법 같은 장소에 깃든
> 생기가 넘치는 아이디어의 세상에 참여하고 있는 것이다.

　　하버드 야드의 정문 건너편 모퉁이에 있는 하버드 북스토어는 또한 지역사회 의식도 창출한다. 이곳은 하버드 학생들, 교수진, 직원들이 캠브리지의 주민이나 전 세계에서 온 여행객과 서로 어울릴 수 있는 장소로, 다양성과 혼성이 조화를 이루는 서재다. 하버드 북스토어는 하버드 광장의 또 다른 명소인 미스터 바틀리Mr. Bartley의 고메 버거Gourmet Burgers(이곳은 영광스럽게도 내 이름을 딴 버거를 만들어주었다) 바로 옆, 그리고 술에 취한 학부생들에게 50년 동안 기름진 야식을 제공해온 전설적인 홍콩 레스토랑에서 두 가게 떨어진 매사추세츠 애비뉴에 자리하고 있다. 플라임튼 스트리트에서는 그롤리어 포우이트리 북숍Grolier Poetry Book shop이 아마도 이 동네에서는 가장 '문명화된' 이웃으로, 하버드 북스토어의 고상한 귀족 사촌뻘이다.

　　여러 모험적인 가게 중에서도 하버드 북스토어는 작가나 학자들뿐 아니라 배움을 사랑하는 온갖 종류의 사상가들을 위한 장소로서, 전설적인 하버드 광장 정체성의 중심이다. 때때로 나는 바틀리의 카운터에 앉아서 벽 하나를 사이에 두고 서점 안에서 벌어지는 온갖 움직임을 듣는 것과, 서점에서 선반 사이를 둘러보면서 바틀리의 거부할 수 없는 유혹적인 그릴 냄새를 맡는 것 중에 어떤 것이 더 즐거울지 상상해보곤 한다.

서점 2층 통로를 둘러보거나, 지하에 있는 경이로운 헌책들을 숙독하는 것은 우리에게 가장 심오하고 편안한 느낌을 준다. 이 통로들을 오르내릴 수 있을 정도로 운 좋은 우리들은 각자 이 마법 같은 장소에 깃든 생기가 넘치는 아이디어의 세상에 참여하고 있는 것이다.

그리고 하버드 광장은 역사 자체가 그곳에 뚜렷이 각인되어 있다. 하버드 야드를 빙 둘러 매사추세츠 애비뉴를 가로지르는 돌담에는 말 그대로 아이비로 틀이 짜인 명판이 있다. 이는 로버트 베이컨Robert Bacon(1880년 하버드 졸업생이자 39대 국무장관)과 시어도어 루스벨트Theodore Roosevelt(역시 1880년 하버드 졸업생이자 25대 미 대통령)를 위한 것이다.

매사추세츠 애비뉴 바로 아래 퀸시 스트리트와 하버드 스트리트의 교차로에 하버드 대학교의 15대 총장 조시아 퀸시Josiah Quincy를 기리는 공원이 있다. 서점 바로 길 건너편은 홍콩 레스토랑의 창립자 센리Sen Lee를 기리는 작은 공원이 있다. 센리는 1929년, 열세 살의 나이에 중국에서 미국으로 이민을 왔다. 여기서 그는 공립학교에 다녔고 제2차 세계대전에 참전했으며, 세탁소를 시작했다가 1954년에 이 식당을 차렸다.

이곳은 하버드의 역사와 캠브리지시, 매사추세츠주, 미국, 그리고 경이롭고도 다채로운 세상의 소우주인 우리의 마음과 삶 그 자체이기도 하다. 그리고 광장의 중앙에 굳건하게 자리 잡고 있는 하버드 북스토어보다 더 좋은 역사의 동반자는 없을 것이다.

하버드 북스토어는 지난 20년 동안 나에게 특히 친절하고 넉넉한 인심을 보여주었다. 내가 서점의 아늑한 왼쪽에서 책을 읽으려고 들를 때마다, 아니면 '직원들이 선정한 책'으로 뽑힌 내 책을 볼 때마다, 내 책이 운 좋게도 '70선'에 들었을 때마다 언어로 표현할 수 없을 정도로 기뻐한다는 사실을 직원들이 알아주었으면 좋겠다. 팁 오닐Tip O'Neill이 모든 정치가 지역적이라고 주장했듯이, 모든 영예도 지역적이라고 생각한다. 그리고 무엇보다 내가 상상하기 위해 쫓아다닌 이 서점에서 독자와 서적상이 따뜻하게 포용해주는 것보다 작가로서 더 고마운 일은 없다.

헨리 루이스 게이츠 주니어는 알폰소 플레처 대학의 교수이자, 하버드 대학교 아프리카계 미국인 연구학과 W.E.B. 드보아 인스티튜트의 디렉터로 있다. 그는 16권의 책을 펴냈으며, 12편의 다큐멘터리를 제작했다. 다큐멘터리 중에는 잘 알려진 인물들의 역사와 족보를 연구한 PBS 시리즈 〈헨리 루이스 게이츠 주니어와 함께 하는 뿌리를 찾아서(Finding Your Roots with Henry Louis Gates Jr.)〉가 있다. 그는 51개의 명예학위를 받았으며, 맥아더 천재 장학금을 포함하여 많은 수상 경력이 있다. 또한, 1997년 《타임》지가 뽑은 '가장 영향력 있는 미국인 25인'에 선정됐으며, 2009년에는 《에보니》의 '파워 150인'과 2010년 '파워 100인' 목록에 올랐다. 게이츠의 에세이 선집인 『헨리 루이스 게이츠 주니어 리더(The Henry Louis Gates Jr. Reader)』가 2012년에 출판되었다.

PETER GEYE
피터 게이

미코버 북스
미네소타주, 세인트폴

어렸을 적, 할머니는 내 생일이면 어김없이 나를 데리고 쇼핑을 하셨다. 우리는 버스를 타고 시내로 갔고, 나는 10달러 한도 내에서 잡화점의 장난감 코너에서 파는 싸구려 장난감을 고르곤 했다. 그러고 나면 할머니는 종종 IDS타워 꼭대기에 올라가 핫초콜릿과 쿠키를 사주시거나, 데이톤 백화점 안의 식당에서 점심을 사주셨다. 정말 멋진 시간이었다. 내 기억에서 가장 행복한 시간.

문제는, 그 모든 세월과 숱한 선물에도 불구하고(내가 예닐곱 살 때부터 시작해 고등학교를 졸업한 뒤 한두 해까지도 매년 갔다), 내 기억에는 오로지 한 가지 선물밖에 남아 있지 않다는 것이다. 그때가 아마 고등학교를 졸업한 바로 다음 해로, 당시 나는 문학가의 길로 나서기 위해 열정을 불태우고 있었다. 우리는 박스터 서점Baxter's Books으로 갔고, 조잡한 장난감을 사곤 했던 예의 그 10달러를 가지고 소로우의 『월든Walden』과 단테의 『지옥Inferno』을 샀다. 두 권 다 시그넷 클래식Signet Classics판으로, 순수한 의도로 스스로 선택한 최초의 책이었다. 나는 책을 집으로 가지고 와 여름 내내 조금씩 읽었고, 내 생에 처음으로 내가 바라는 쪽으로 나아가고 있다고 생각했다. 그때 산 책들을 아직도 책꽂이에 꽂아두고 있다.

숱한 세월이 흘러 그동안 나는 상당한 애서가가 되었다. 아내와 내가 5년 전 마지막으로 이사했을 때 책만 50상자였다. 내가 책을 사랑하는 데는 많은 이유가 있다. 책이 나에게 보여주는 세상과 나에게 가르쳐주는 것, 내 손과 내 책가방이 느낌을 주는 방식과 내 집을 장식하는 방식, 내 아이들로부터 책들이 이끌어내는 질문과 미스터리, 차갑거나 따뜻한 진실, 거짓, 약속 때문에 사랑한다. 그렇지만 대부분은 일상에서 벗어나 어딘가로 데려가 줄 수 있다는 사실 때문에 가장 사랑한다.

책벌레로서, 내가 책을 사 모으는 것은 당연한 일이고 부정할 수 없는 사실이다. 하지만 아내는 결혼한 지 15년이나 됐지만 왜 아직도 둘만의 데이트에서 꼭 책방이 마지막 코스가 되어야 하는지 이해할 수 없다고 한다.

지난 수년간, 나의 문학에 관한 기호가 진화하면서 서점에 대한 취향 또한 변했다. 미네소타 대학교에 다닐 때는 딩키타운Dinkytown에 있는 북하우스Book House나 사우스이스트 4번가 위쪽의 비어마이어Biermaier 서점에 다녔다. 이 서점들은 카뮈나 도스토예프스키와 같은 책들을 발견한 곳이다. 비어마이어는 지금은 없어졌지만 딩키타운을 지날 때면 여전히 북하우스에 들르곤 한다.

대학을 졸업한 후 나는 미니애폴리스 시내에 살았고 직장도 시내에 있었다. 집으로 돌아오는 길에 나는 하루도 빠지지 않고 쇼핑몰에 있는 제임스 앤드 메리 로리 북셀러스James & Mary Laurie Booksellers에 들렀다. 서점 안쪽에 희귀본을 모아놓은 별실은 파라다이스였고, 주급이 좀 올랐을 땐 금요일마다 몇 달째 눈독을 들이던 희귀본 선반의 초판을 샀다.

아내와 나는 신혼 때 미니애폴리스의 업타운 지역에 살았다. 적어도 일주일에 두세 번은 세든 집에서 헤네핀 앤드 레이크Hennepin and Lake까지 걸어가 저녁을 먹었다. 저녁을 먹은 뒤에는 어김없이 메이거스 앤드 퀸Magers & Quinn 또는 오르 북스Orr Books에 들렀다. 결혼 후 일 년에 두 번씩은 이런 데이트에서 사들인 책을 꽂기 위해 책 선반을 새로 사느라 돈을 써야 했다. 오르 북스는 비어마이어와 마찬가지로 지금은 없어졌지만, 메이거스 앤드 퀸은 여전히 멋진 서점으로 남아 있다.

그런데 요즘 트윈 시티에 끌리는 서점이 또 하나 생겼다. 세인트폴에서 가장 독특한 지역 중 한 곳에 숨어 있는, 미니애폴리스 시내와 세인트폴 시내의 중간에 위치한 미코버 북스다. 여기는 과거의 모든 서점들이 품었던 질문에 답이 될 만한 서점이다. 미코버와 나, 우리는 완전히 만족스러운 관계다. 마치 오래 신어 가장 편안한 신발같이.

은근한 매력과 아늑한 분위기, 좋은 위치에 있다는 장점 외에도 미코버는 성실하고 적극적인 서점이다. 거기에는 톰 빌레버그^{Tom Bieleberg}와한스 웨이얀트^{Hans Weyandt}가 공동으로 서점을 운영한다는 게 중요하다. 둘 중 한 사람은 반드시 서점에 나와 있다. 나는 둘 다 서점을 비운 걸한 번도 본 적이 없다. 그것도 서점 안쪽 사무실에 틀어박혀 있는 것이아니라 카운터에 서 있거나 어린이 코너에서 고객과 이야기를 나눈다.

> 그곳에 서서 책을 보고 있자니, 한스가 개인적으로
> 나에게 추천해주기 위해 책을 주문하지 않았나 하는
> 생각까지 들었다. 물론 그런 건 아니겠지만
> 생각만으로도 기분이 좋아졌다.

가게 주인이 자리를 지키고 있다고 해서 더 훌륭한 서비스나 멋진 경험을 선사하는 건 아니지만, 내게는 이들이 서점에 있다는 사실 자체가좋은 서비스를 의미한다. 그 어떤 가게도 마찬가지일 것이다.

지난번에 들렀을 때 한스는 새 책이 진열된 탁자 주변을 어슬렁거리는 나를 알아봤다. 그는 인사를 건넸고, 우리는 야구와 사업, 아이들 얘기며 새로 나온 책에 대해 이야기를 나눴다. 그러더니 그는 갑자기 서점 주인의 본색을 드러냈다. 탁자 앞을 왔다 갔다 하더니 쌓여 있는 책

중에 한 권을 골랐다.

"이 책 보셨나요? M. 알렌 커닝햄M. Allen Cunningham의 새 책이 나왔어요." 그는 책을 건넸다.

나는 표지를 살펴봤다.

"안 봤는데요, 무슨 얘기입니까?"

"그가 출판사를 차렸어요. 이건 한정판으로 나온 책입니다. 글 쓰는 데도 도움이 될 거고 읽을거리로도 정말 괜찮아요. 그 작가 팬이시죠?"

나는 "맞아요. 감사합니다"라고 대답했다.

어쩌면 별로 특별할 것도 없지 않느냐고 생각할 수도 있다. 하지만 이 대화에서 엿볼 수 있는 두어 가지 변수를 생각해보자. 무엇보다 한스는 우리가 몇 년 전에 나눴던 대화 가운데서 내가 커닝햄의 팬이라는 사실을 기억해냈다. 그가 『실종일Date of Disappearance』을 건네주기 전까지 정작 나는 그런 얘기를 나누었다는 사실을 까맣게 잊고 있었다. 그걸 기억하고 있다니, 정말 놀라웠다. 한스는 사람들이 어떤 책을 좋아하는지에 대해 매일 스무 번도 넘는 대화를 나눌 텐데 말이다. 그렇지만 더욱 놀라운 사실은 『실종일』이란 책이 서점 탁자에 진열돼 있었다는 사실이다. 영세한 출판사에서 한정판으로 300부만 인쇄한 책을 말이다. 장담컨대, 이 나라의 다른 어떤 서점도 이 사실을 몰랐을 것이다. 이는 미코버의 주인들이 가진 지식의 깊이에 대해 말해줄 뿐만 아니라, 소규모 출판사와 잘 알려지지 않은 작가들에 대한 그들의 지칠 줄 모르는 헌신을 단적으로 보여주는 예다.

그곳에 서서 책을 보고 있자니, 한스가 개인적으로 나에게 추천해주기 위해 책을 주문하지 않았나 하는 생각까지 들었다. 물론 그런 건 아니겠지만 생각만으로도 기분이 좋아졌다. 사실 그는 고객으로서 내가 상상할 수 있는 최고의 대우를 받고 있다는 기분을 느끼게 해주었다. 그런데 미코버의 주인들이 얼마나 훌륭한 서적상인가를 드러내주는 사례는 따로 있다.

한스가 내 최근 소설의 교정 작업을 끝마쳤을 때, 그는 이메일을 보내거나 내가 서점에 들렀을 때 말해주려고 기다리지 않았다. 그는 우리 집으로 전화를 걸어 책이 너무 좋다고 말해주었다. 책이 출간되면 이 책을 고객들에게 추천하여 직접 판매할 계획이라고 말했다. 자화자찬 같지만 굳이 이런 이야기를 하는 이유는, 미코버의 주인들이 책의 판매 과정에 적극적으로 관여하고 있다는 것을 설명하기 위해서다. 물론 그가 내 책을 좋아해주고 책이 출판되면 직접 판매를 해준다는 것은 굉장히 큰 의미다. 그렇지만 더 큰 진실은 그들이 독특한 책 쇼핑 경험을 제공하려고 얼마나 헌신하고 노력하는가 하는 점이다. 또한 분명한 사실은 한스가 그토록 무수히 많은 전화를 해주었기에 나 역시 그만큼 그의 서점을 사랑한다는 것이다.

작가로서 경력을 쌓기 시작하면서 지난 몇 년 동안 이 나라 최고의 서적상을 만날 기회가 많았다. 나는 대체로 그들에게 좋은 인상을 받았으며, 그들의 열정과 헌신과 넉넉함에 항상 놀라곤 한다. 나는 미코버만큼 훌륭한 서점과 서적상이 많을 것이라 확신한다. 다른 서적상도 지역 작가들을 후원하고 격려할 것이라는 사실을 믿어 의심치 않는다. 나는 서점이 새 책을 비축해둘 때 독자 하나하나를 생각한다고 믿는다. 몇 년 동안 선반에 같은 책을 놓아두는 이유는 그들이 책과 작가를 사랑하고, 언젠가 딱 맞는 고객이 와서 그 책을 사갈 것을 알기 때문이라고 생각한다. 미코버가 차로 15분 거리에 있다는 것만으로도 나는 행운아다. 내 개인 책꽂이에 꽂힐 신간들은 대부분 나와 함께 미코버에서 강을 건너온 책들이다. 이 책들은 20여 년 전에 나온 시그넷 클래식과 함께 내 선반에 놓이게 되는 것이다.

그리고 만약 아내가 엄청난 양의 책을 보고 놀라면 나는 이게 오히려 다행인 줄 알라고 대꾸할 것이다. 책을 사 모으고 여가 시간에 읽어치우는 대신, 기괴한 애완동물이나 오토바이를 사 모았으면 어쩔 뻔했냐고. 게다가 이런 책들이 지금의 나를 만들어왔다는 사실을 생각하면 금상첨화 아닌가. 대체로 아내는 그런 남자를 달갑게 여기는 편이다. 나는 이 점에 대해 소로우와 단테, 그리고 이후에 내가 만나게 된 수많은 다른 작가와 M. 알렌 커닝햄에게 감사한다.

또한 미코버의 주인들에게도 감사한다.

피터 게이는 『세이프 프롬 더 시(Safe from the Sea)』, 『라이트하우스 로드(The Lighthouse Road)』로 수상한 경력이 있는 저자다. 그는 미니애폴리스에서 태어나고 자랐으며, 그곳에 뿌리를 내리고 아내, 세 자녀와 함께 살고 있다.

ALBERT GOLDBARTH
앨버트 골드바스

워터마크 북스 앤드 카페
캔자스주, 위치타

나는 스카일러에게 결혼하지 말고 이대로 지내자고 설득했다. "지금이
딱 좋은데, 왜 사서 일을 만들려고 그래?" 그렇지만 분명히 이 언어는
화성어다. 그녀는 분명히 금성에서 왔는데 말이다.

　생각할 필요도 없고, 의문의 여지도 없이 내가 그렇게 말한 건 바로
어떤 곳 때문이다. 워터마크 북스, 바로 위치타 최고의(그리고 유일한) 풀

서비스 독립 문학 서점. 내가 1987년 처음 이 도시에 왔을 때, 서점은 생긴 지 이미 10년도 넘었었다. 그때만 해도 서점은 위치타에서 꿈틀거리는 작은 소용돌이에 지나지 않았는데, 시간이 흐를수록 공화당 상원의원 밥 돌Bob Dole을 추종하는 군중에서부터 섹시한 로커 팻 베네타Pat Benatar에 열광하는 군중에 이르기까지 모든 사람들을 포용하며 지역사회를 풍요롭게 했다. 이 책의 낙원이 없었더라면 위치타 지역은 아마도 사회적, 지적 가능성이 훨씬 희박한 캔자스 목초지를 유지하면서 35년을 보냈을 것이다.

때때로 서로 생각하는 게 전혀 달라서 오히려 일이 더 쉽게 풀리는 것에 감사하게 된다. 지금은 고인이 된 무지몽매한 시장이 표현의 자유를 해치는 일련의 조치와 함께 주 예술위원회 재정 원조를 철회하는 바람에, 구속받지 않는 낭송회의 특권과 즐거움을 유지하는 데 워터마크 북스의 절대적인 역할이 더욱 부각되었다. 책이 가진 미덕이 강압적으로 밀어붙이는 군대에 맞서 싸운다는 우화적인 비유까지 굳이 들먹이지 않아도 문을 열고 들어오면서, 직원들의 추천 도서를 둘러보면서, 오늘의 수프를 확인하면서 어떻게 웃음 짓지 않을 수 있겠는가?

어느 날 오후에는 요리책 출판 사인회가 열려 기세 좋은 아줌마들의 질문 공세가 쏟아진다. 또 어떤 날은 빈티지 전자 기타 쇼를 위해 3개 주州에서 사람들이 자전거를 타고 몰려들기도 한다. 젤리로 만든 올리비아 북의 스카이라인 위로 올라가 올리비아 인형을 붙잡으려는 다섯 살짜리 꼬마도 있고, 『싯다르타Siddhartha』에 푹 빠져 있는 25세 여성도 보인다. 혼자 온 사람도 있고 북 클럽 회원들도 있다. 《뉴욕타임스》

베스트셀러 작가는 리본으로 묶은 소책자를 낸 지역 출신 시인 제니 해서웨이Jeanine Hathaway와 이야기꽃을 피운다. 벽에 걸린 예술품과 주전자에 담긴 커피가 있고, 캐롤 코넥Carol Konek도 보이고, 댄 로이저Dan Rouser의 모습도 보인다. 참, 팀도 저기 있다. "어떻게 지내세요?" 다들 책으로 둘러싸인 편안한 분위기에 이끌려 모여든다. 생김새는 다르지만 한마음을 가진 이웃들이다.

그동안의 수많은 변화 중에서도 위치타 출신의 여성들로만 이루어진 록 그룹 더 인에비터블The Inevitable에서 한때 기타리스트로 활동했던(감미로운 선율을 담은 깁슨 SG 기타를 연주했다) 사라 백비Sarah Bagby가 워터마크 북스의 주인으로서 미국서적상협회 이사가 되었다는 것이 가장 믿기 어려운 사실일 것이다. 그렇지만 미국은 이런 이야기들로 이루어진 나라다. 최근 백악관에서 찍은, 오바마 대통령과 나란히 책을 펼쳐 놓은 채 웃고 있는 그녀의 사진도 걸려 있다.

꿀

다들 책으로 둘러싸인 편안한 분위기에 이끌려 모여든다.
생김새는 다르지만 한마음을 가진 이웃들이다.

1989년 11월 27일, 우리들 몇 명은 워터마크 북스에서 큰 행사를 준비하고 있었다. 사라도 그곳에 있었다. 그리고 그녀의 남편 에릭도(당시 그는 메이플 그로브 묘지를 관리하고 있었는데, 엉겁결에 접이식 의자를 이 행사를 위해 빌려주게 되었다) 자리를 함께했다. 셜리와 로버트 킹 부부는 신부 측 하객이었다. 텍사스 샌안토니오에서 올라온 존 크리스프는 바로 나, 신랑 측의 하객이었다. 우리는 미키마우스가 자신이 꿈에 그리던 미니마우스에게 구애하며 〈야호! 미니Minnie's Yoo Hoo〉를 감미롭게 부르는 1930년대 만화영화를 화면에 띄우고 보니 레이트Bonnie Raitt의 〈베이비 마인Baby Mine〉을 틀었다. 스카일러 러브레이스와 앨버트 골드바스는 서로를 신랑과 신부로 맞이하겠느냐는 질문에 "예"라는 대답으로 결혼 서약을 했고, 지켜보고 있던 수천 권의 책들은 증인으로서 고개를 끄덕여주는 듯했다.

시간은 흐른다. 가는 시간은 막을 수가 없다. 나는 언제나 완벽한 남편감은 아니었다. 그렇지만 믿거나 말거나 아주 가끔은 제대로 된 일을 할 때도 있다. 2012년 1월 신작이 출판되었을 때, 당연히 나의 소박한 북 투어는 워터마크 낭송회에서 시작되었다. 위치타 수준으로는 꽤 많은 150명 정도의 사람들이 참석했다. 스카일러에게는 비밀로 했다. 두 시간 예정의 행사가 한 시간쯤 진행되었을 때, 텍사스에서 때마침 날아온 존 크리스프가 갑자기 연단으로 훌쩍 올라와 시에 대해 한참 이야기를 늘어놓고 있는 나를 가로막았다. 이것이 내가 준비해둔 대사 "스카일러 러브레이스, 이리 와요!"라고 말할 신호인 것이다. 셜리 킹도 연단으로 재빨리 올라왔고, 스카일러의 친구 신디와 희귀본 판매상인 크리스 스톰도 뒤따라 올라왔다. 사라가 사회를 봤다. 세련된 모자를 쓰고 있었다. 베스 골레이는 와인이 나오는 것을 확인했다. 우리의 워터마크 결혼이 있은 지 22년이 지난 뒤, 낭송회 2부가 시작되기 전에 밴 모리슨^{Van Morrison}의 〈크레이지 러브^{Crazy Love}〉에 맞춰 스카일러와 앨버트는 서로에게 "예"라고 대답하며 결혼 서약을 갱신했다.

모든 것이 변한다는 사실을 나도 안다. 존의 고관절 중 하나는 이제 플라스틱이다. 2012년, 워터마크 북스는 1989년의 그 자리에서 세 번째 이사를 했다. 그렇지만 우리는 변함없이 워터마크에 있다. 또한 이곳은 위치타에서 보더스와 반즈앤노블보다 오래 살아남은 서점이기도 하다.

"힘겨울 때나 즐거울 때나 워터마크 선반의 책을 언제까지나 영원히 우리의 동반자로, 삶의 강화제로, 사랑으로, 한숨으로, 희망으로, 진정제로, 어두울 때 빛으로 받아들입니까?"

"예."

앨버트 골드바스는 40년 동안 괄목할 만한 시집을 출판했다. 이들 중 두 권은 미국비평가협회상을 수상했고, 최근에 그레이울프 프레스에서 『에브리데이 피플(Everyday People)』을 펴냈다. 그는 또한 에세이와 소설을 쓴 작가다. 철저한 컴퓨터 불신자로, 여태껏 컴퓨터 자판을 쳐본 적이 없다.

JOHN GRISHAM
존 그리샴

댓 북스토어 인 블라이드빌
아칸소주, 블라이드빌

1989년 내 첫 번째 소설이 출판되었을 때, 용감하지만 허황된 포부 아래 입소문도 내고 새로운 경력도 시작할 겸 책을 한 트렁크 신고 길을 나섰다. 몇 권 팔지도 못한 채 한 달 만에 두 손을 들고 말았다. 이때 정말 뼈저린 교훈을 얻었는데, 책을 파는 것이 쓰는 것보다 훨씬 어렵다는 사실이었다. 도서관이나 커피숍, 식료품점은 그런대로 호의적이었지만, 대부분의 서점은 카탈로그조차 만들 수 없을 정도로 가난한 작은 출판사에서 펴낸 무명작가의 첫 번째 소설을 거들떠도 보지 않았다. 초판으로 찍은 5천 권은 거의 팔리지 않았고, 두 번째 소설을 출간하자는 얘기는 나오지도 않았으며, 문고판이나 외국어 버전은 꿈도 꾸지 못했다.

내 작가 경력은 초반부터 위기를 맞았다. 그렇지만 소수의 현명한 서적상은 다른 사람들이 보지 못한 무엇인가를 보았고, 『타임 투 킬A Time to Kill』을 전폭 지지했다. 모두 다섯 명이었는데, 그중 한 사람이 아칸소에 있는 댓 북스토어 인 블라이드빌의 메리 게이 시플리Mary Gay Shipley였다. 나는 언제나 메리 게이가 나를 좋아한다고 생각했는데, 그 이유는 내가 블라이드빌에서 그리 멀지 않은 아칸소 존즈보로Jonesboro에서 태어났기 때문이다. 어렸을 때 나는 블라이드빌의 메인 스트리트에 있는 할아버지의 음반 가게에 자주 갔기 때문에, 억지스럽긴 하지만 나와 메리 게이는 공통점이 있었다.

나는 곧 내 첫 소설이 베스트셀러 목록에 오른 걸 보는 꿈을 접었다. 차 트렁크에서 책을 꺼내 파는 일도 지쳤다. 대신 나는 두 번째 소설 『야망의 함정The Firm』을 끝내는 데 온 힘을 쏟았다. 메리 게이는 이 책의 견본을 읽은 뒤 이제 모든 게 달라질 것이라고 말해주었다. 나는 그녀의 서점에서 사인회를 여는 데 동의하고, 1991년 3월 17일 성 패트릭 데이에 도착했다. 그녀의 남편인 폴은 초록색 팝콘을 비롯해 온통 초록 일색인 것들에 맞춰 초록 맥주를 준비했다.

3월인데도 바람이 많이 불고 을씨년스러운 날이었다. 썩 유쾌한 날

씨는 아니었지만 메리 게이는 사람들을 불러 모았고, 다수의 훌륭한 관객이 모였다. 나는 책에 사인을 하고 사진도 찍고 관객들과 일일이 이야기를 나누었다. 어쨌든 대체로 멋진 시간을 보냈다. 책이 팔리자 기분이 날아갈 것만 같았다. 그날은 내게 또 다른 의미가 있는 날이기도 했다. 『야망의 함정』이 《뉴욕타임스》 베스트셀러 목록 12위에 오른 것이다.

나는 삶이 바뀔 것이라 생각했다. 얼마나 바뀔지는 알 수 없었지만 말이다. 서점 뒤쪽의 어린이 책 코너에는 구식 스토브 주위로 안락의자가 놓여 있었는데, 이날 늦게까지 우리는 스토브에 둘러앉아 내 소설을 읽었다. 소설을 쓰게 된 계기에 대해서도 이야기했다. 나는 시간에 개의치 않고 관객들의 질문 하나하나에 답을 해주었고, 관객들은 좀처럼 돌아갈 생각을 하지 않았다.

소수의 현명한 서적상은 다른 사람들이 보지 못한 무엇인가를 보았고, 『타임 투 킬』을 전폭 지지했다.

『야망의 함정』이 순위에 오르자마자 사인회를 원하는 서점들의 요청이 쇄도했지만 모두 거절했다. 물론 복수심에서 그런 것은 아니다. 단지 글 쓰는 데 더 집중하고 싶었고, 가장 큰 이유는 북 투어가 그다지 즐거운 경험만은 아니었기 때문이다. 그렇지만 나는 처음에 나를 알아봐준 다섯 개의 서점, 특히 댓 북스토어 인 블라이드빌에게는 변함없는 애정을 보였다.

나는 다음 해 『펠리칸 브리프The Pelican Brief』로 돌아왔고, 그 다음에는 『의뢰인The Client』을 냈다. 1994년 『가스실The Chamber』이 출판되었을 즈음에는 사인회가 10시간 이상 계속되었고, 모두가 정신없이 일해야 했다. 우리는 규칙을 좀 바꿔 관객의 수를 줄였다. 그래도 사인회는 마라톤같이 느껴졌다. 결국, 우리는 행사를 모두 그만 두었고, 나는 지난 몇 년간 메리 게이의 뒷문으로 몰래 숨어들어가 새 책 2천 권에 사인을 했다. 그렇게 하는 게 시간도 훨씬 덜 걸리고 번잡하지도 않았다.

지역마다 이런저런 소문이 떠돈다. 나는 거기서 등장인물에 사용할 아이디어를 한 가지 이상 얻는다. 옛 친구들이 들려줄 때도 있고, 어머니와 이모님 세 분을 모시고 여러 차례 점심을 함께하며 듣기도 했다.

블라이드빌은 오래된 마을로, 목화 산업도 사양길로 접어들었으며 메인 스트리트의 많은 상점이 텅텅 비어 있다. 메리 게이는 직접 발로 뛰며 오로지 순수한 마음으로 서점을 그나마 유지하고 있다. 독립 서점들이 하루가 다르게 사라지고 있는 마당에 그녀가 얼마나 오랫동안 서점을 유지할지, 혹은 다른 사람이 인수하게 될지는 잘 모르겠다. 그렇지만 한 가지 분명한 사실은 그녀와, 그녀 같은 사람들이 오늘날의 나나 다른 신진 작가를 키우는 데 커다란 역할을 했다는 것이다. 이들의 용기와 지지가 없다면 첫 번째 소설이 빛을 볼 가능성은 더욱 희박해진다.

스토브 옆에 둘러앉아 초록 맥주를 마시며 아일랜드에 대한 모든 것을 축복하고 새로 탄생할 아일랜드인 베스트셀러 작가에게 건배를 보내던 추운 3월의 어느 일요일 이래로 20여 년이 지났지만, 이 기억은 작가로서 가장 즐거운 추억 중 하나로 남아 있다.

존 그리샴은 소설과 논픽션 및 어린이 독자를 위한 소설을 출간했다. 그는 버지니아와 미시시피에서 살고 있다.

PETE HAMILL
피트 해밀

스트랜드 북스토어
뉴욕주, 뉴욕

1957년 여름, 「제대 군인 원호법」에 따라 멕시코에서 1년을 보낸 후 고향으로 돌아왔을 때 나는 천국에 임시 거처를 얻었다. 그곳은 뉴욕시 4번 애비뉴와 11번가에 위치한 아파트로, 바로 그곳에 북 로우Book Row (뉴욕시 맨해튼의 고서점 거리)가 있었다. 나는 친구의 친구와 함께 아파트에 세들었는데, 그는 쿠퍼 유니언Cooper Union에서 남쪽으로 몇 블록 거리에

209

있는 학교에 다녔다. 우리는 숱한 밤을 맥주를 마시며 예술에 대해 이야기했고, 내 마음은 이미 작가를 꿈꾸고 있었다. 나의 대학은 북 로우였고 나의 개인 교실은 스트랜드인 셈이었다.

나의 서점은 애비뉴 바로 건너편에 있는 4번 애비뉴 81번지로, 양옆으로 다른 서점들이 늘어서 있었다. 내가 살고 있는 아파트 창밖으로 이 서점들이 모두 내려다보였다. 나는 비가 오나 눈이 오나 끝도 없는 문학적 보물들을 살펴보며 선반과 탁자 사이를 넘나들었다. 예이츠의 첫 번째 시집과 발자크의 『잃어버린 환상Lost Illusions』을 산 곳도 바로 여기다. 그리고 셔우드 앤더슨Sherwood Anderson을 가이드로 삼아 오하이오의 와인즈버그Winesburg로 가는 길을 찾았다. 또한 헤밍웨이가 앤더슨을 패러디한 『봄의 분류The Torrents of Spring』도 찾아냈다. 광고 에이전시의 미술부서에서 보조로 일하던 내가 손에 넣을 수 있는 것은 이것뿐이었다.

그리고 늦은 가을, 나는 디자이너로서 기술을 갈고 닦기 위해 (그리고 다른 많은 것을 배우기 위해) 프랫 인스티튜트와 가까운 브루클린으로 이사를 갔다. 북 로우와 스트랜드에 갈 수 있는 시간은 토요일밖에 없었다.

그러던 1958년의 어느 토요일, 스트랜드는 없어졌다. 누군가가 4번 애비뉴의 동쪽 부지를 매입한 것이다. 한 달에 110달러씩 세를 내는 스트랜드의 임대차 계약과 주변의 아카디아Arcadia, 프렌들리Friendly, 루이스 슈먼Louis Schueman, 웩스Wex의 계약도 끝나버렸다. 대체 그까짓 싸구려 책들을 누가 필요로 한단 말인가? 그렇게 모든 걸 뉴욕의 진짜 신, 부동산이 지배해버렸다.

한동안 나는 우울했다. 스트랜드, 그리고 그 이웃들과 함께 없어진 것은 '운 좋게 발견하는 재미'였다. 책 한 권을 찾으러 서점에 들어갔는데 다른 책을 발견했을 때의 그 굉장한 놀라움과 즐거움이 사라진 것이다. 어빙 슐먼Irving Shulman의 『앰보이 듀크The Amboy Dukes』를 찾으러 갔다가 에밀리 디킨슨을 들고 나오거나, 아니면 두 권을 다 들고 나오곤 했다. 전철에서 잃어버린 말콤 카울리Malcolm Cowley의 『망명객의 귀환Exile's Return』을 절박한 마음으로 찾다가 포크너의 『죽음의 기간As I Lay Dying』 양장본을 발견하기도 했다. 서점에 들어설 때마다 나는 언제나 똑같은 느낌을 받았다. 무한한 가능성의 느낌. 그것은 마치 스물한 살 때 춤을 추던 기분 같았다.

그러던 어느 날, 스트랜드가 죽지 않았다는 소식이 들렸다. 브로드웨이 12번가로 이사갔다는 것이다. 뉴욕의 블록이 모두 각기 다른 작은 마을(또는 촌락)로 여겨지던 때에 이 소식은 이상하게 불길한 징조로 다가왔다. 우리는 모두 1957년 브루클린 다저스와 뉴욕 자이언츠가 미국 대륙의 끝 쪽으로 가게 되는 경악스런 광경을 지켜보지 않았던가(LA 다저스의 연고는 원래 브루클린이었으나 1957년에 LA로 가게 되었고, 뉴욕 자이언트도 이때 샌프란시스코로 연고지를 옮김). 하지만 우리의 불안감은 이내 사라졌다. 스트랜드는 빠르게 번창하기 시작해 4층으로 규모를 넓혔고, 거의 북 로우처럼 되었다.

1960년 6월, 나는 《뉴욕 포스트》에서 수습기자로 일하게 되었다. 그리고 모든 위대한 선배 저널리스트에게 관심을 쏟기 시작하면서 다시 스트랜드를 찾았다. 나는 《뉴욕 포스트》에서 야근한 덕분에 스트랜드에서 보낼(특히 월급날) 시간이 생겼고, 서점의 왼편에 있는 아주 깊숙한 장소로 들어갈 수 있었다. 그곳에서 A.J. 리블링A.J. Liebling, 조셉 미첼Joseph Mitchell, 에이우드 브라운Heywood Broun, 웨스트부룩 페글러Westbrook Pegler, 마사 겔혼Martha Gellhorn, 데이몬 러니온Damon Runyon, H.L. 멩켄H.L. Mencken, 지미 캐논Jimmy Cannon, I.F. 스톤I.F. Stone, W.C. 하인즈W.C. Heinz, 존 라드너John Lardner, 폴 갈리코Paul Gallico, 레베카 웨스트Rebecca West 등을 찾을 수 있었다. 이 목록은 끝도 없으며, 이 모두에게서 나는 많은 것을 배웠다.

> 서점에 들어설 때마다
> 나는 언제나 똑같은 느낌을 받았다.
> 무한한 가능성의 느낌.
> 그것은 마치 스물한 살 때 춤을 추던 기분 같았다.

《뉴욕 포스트》에서 나는 머레이 켐톤Murray Kempton을 만났다. 나는 그의 칼럼을 무척 좋아했다. 그리고 스트랜드에서 1955년에 나온 그의 경이로운 책 『우리 시간의 일부Part of Our Time』를 찾았고, 그에게 사인을 받았다. 그리고 선반 위에 놓인 무한한 가능성에 빠져서 스트랜드의 사이드 통로를 돌아다니면서 그에 대해서 다시 찾아보기 시작했다.

내가 돈을 지불하지 않은 또 다른 스승은 역시 《뉴욕 포스트》에 있던 조 워시바Joe Wershba였다. 그는 나중에 TV 뉴스쇼 〈식스티 미니츠60 Minutes〉의 프로듀서가 되었다. 조는 나와 비슷했다. 자신이 좋아하지 않는 서점은 절대 들어가지 않았고, 스트랜드를 가장 좋아했다. 그가 새로 나온 책이나 오래된 책을 나에게 읽어보라고 권하면 언제나 그의 조언을 따랐다. 이제 나는 그 신성한 선반에 내 책이 놓여 있는 것을 볼 정도로 오래 살았다. 일찍이 스트랜드를 떠나오기는 했으나 돌이켜보면, 당시 나와 교분을 나눴던 많은 이들은 비록 작가는 아니었지만 모두 거인의 어깨에 올라서 있는 사람들이었다.

피트 해밀은 베테랑 신문기자이자 칼럼니스트, 편집자, 소설가다. 그는 베스트셀러 『8월에 내리는 눈(Snow in August)』, 『포에버(Forever)』, 『타블로이드 시티(Tabloid City)』와 회고록 『드링킹 라이프(A Drinking Life)』 등의 책을 썼다. 그는 아내 후키코와 함께 트리베카에 살고 있다.

DANIEL HANDLER, LISA BROWN
다니엘 핸들러, 리사 브라운

북스미스

캘리포니아주, 샌프란시스코

칵테일
아워

다니엘 핸들러,
리사 브라운

나중에 북스미스
안 갈래?

갈래.
너도 갈 거야?

물론이지.

거기 정말 좋아.
그러니까
뭐랄까……

다 있다고?
거기에는 내가 원하는
책이 다 있어.
게다가 그곳 선반에서
보기 전에는
내가 전혀 몰랐던
책도 있지.

나는
"직원들도 훌륭해"
라고 말하려고 했어.

정말 언제나 친절하지.

HIC

만약 네가
술김에
같은 책을
샀다가
바꾸러 가도
아마
놀리지
않을 거야.

혹시 네 얘기 아냐?

쳇!

너, 서점 건너편에 우리가 잘 가는
바가 있어서 좋아하는 건
아니겠지?

글쎄.

빨리 마셔.
전에 얘기했던
그 남자가 쓴 책
사고 싶어.

응,
나도 살래.

북스미스
꽤 근사한데!

술 취해서 하는
말 아니지?

다니엘 핸들러는 『베이직 에이트(The Basic Eight)』, 『말조심해(Watch Your Mouth)』, 『부사(Adverbs)』, 『우리 왜 헤어졌지(Why We Broke Up)』 등의 소설을 썼으며, 마이클 L. 프린츠상을 받았다. 필명 레모니 스니켓(Lemony Snicket)으로 활동하면서 어린이 책을 많이 썼다.

리사 브라운은 『뱀파이어 소년의 굿나잇(Vampire Boy's Good Night)』, 『고함을 멈출 수 없는 랏케(The Latke Who Couldn't Stop Screaming)』, 『베이비(Baby)』, 『음료를 섞어줘(Mix Me a Drink)』, 청소년을 위한 독립전쟁 괴담 『죽은 자를 찍다(Picture the Dead)』를 쓰고 삽화를 그린 베스트셀러 작가다. 그녀는 가끔씩 《샌프란시스코 크로니클》에 〈스리 패널 북 리뷰(Three Panel Book Review)〉 만화를 그리고 있다. 그녀는 샌프란시스코에 산다.

Elin Hilderbrand
엘린 힐더브랜드

난터켓 북웍스

매사추세츠주, 난터켓

지난 19년 동안 나는 가장 특별하고 멋진 방식으로 축복받은 사람이었다. 나는 독립 서점이 하나도 아니고 둘이나 있는 섬에 살았다. 나는 아마존도, 반즈앤노블도, 허드슨 뉴스도, 북스어트릴리언Books-a-Trillion도, 차이나베리Chinaberry 카탈로그도 필요 없다. 내가 뉴욕에 살 때는 셰익스피어 앤드 컴퍼니에 갔고, 보스턴에 살 때는 워터스톤스Waterstone's에 갔다. 그리고 언제나 아이오와 시티의 프레리 라이츠와 덴버의 태터드 커버를 꿈꾸며 살 것이다. 그렇지만 이 중에서 난터켓 북웍스 말고 내 것이라는 생각을 가져본 서점은 없다.

서점 이야기를 하는 자리이니만큼 나는 난터켓 북웍스에 대해 말하려고 한다. 그에 못지않게 미첼 북 코너도 독특하고 멋진 곳이긴 하다. 내가 보증한다.

난터켓 북웍스는 1층짜리 단독 건물로, 작은 시골집처럼 생겼다. 수십 년 전에는 아이스크림 가게였거나 안젤라 랜스베리Angela Lansbury 같은 사람이 살았던 가정집일지도 모른다. 이곳은 유명한 호텔인 제어드 코핀 하우스Jared Coffin House와 유명한 식당인 브라더후드 오브 시이브스Brotherhood of Thieves 사이의 고풍스럽고 나무가 많은 브로드 스트리트에 있다.

사실 처음 북웍스를 발견했을 때 나는 빈자리가 나길 기다리며 브라더후드 밖에서 아주 아주 긴 줄에 서 있었다. 북웍스는 책을 둘러보기에 좋았고, 나는 신출내기 작가였다. 서점 둘러보기는 내가 가장 좋아하는 돈 안 드는 오락이었다. 북웍스는 안락했지만 토끼 사육장 같은 분위기는 아니었다. 책 선반이 겹겹이 있고, 구석구석에 앉을 공간과 함께 민예품과 선물, 카드, 멋진 보석과 특이한 핸드백 등이 있었지만 대부분은 책들이었다.

1994년 여름, 난터켓에서 두 번째 여름을 맞았다. 이때 나는 난터켓에 놀러간 것이 아니라 살러 갔다. 틈만 나면 10단 변속 자전거를 타고 북웍스에 갔다. 나는 글을 쓰는 것 말고는 하는 일이 없었는데, 글쓰기는 너무 힘든 작업이었고 종종 힘이 빠졌다. 그리고 무엇을 하든 글을 쓰는 것보다는 좋았기 때문에 책도 많이 읽고, 자전거도 많이 타고, 둘러보기도 많이 둘러봤다.

그해 여름 나는 로리 무어Lorrie Moore의 단편 소설을 읽고 감상에 빠져 모든 의욕을 상실했다. 왜냐하면 내가 죽었다 깨어나도 이보다 더 잘 쓸 것 같지 않았기 때문이다. 나는 문학 섹션 H 코너에 서서 헤밍웨이와 힐러맨 사이에 힐더브랜드라는 이름이 쓰인 책들이 놓여 있는 상상을 했다. 그렇게 선 채로 상상하는 것이 언젠가 그곳에 놓일 책을 쓰는 것보다 좋았다.

그에게 책이란 다운로드하거나 삭제할 수 없는 것이다.
책은 사랑받고 소중히 간직되는 것이다.

세월이 지났고 많은 것이 변했다. 나는 아이오와 대학교의 작가 워크숍(나는 여기서 프레리 라이츠에 자주 갔지만 기껏해야 일주일에 한 번 정도였다. 당시 좀 쓸 것이 많았다)을 수강했다. 그리고 난터켓으로 돌아간 직후 내 첫 번째 소설 『비치 클럽The Beach Club』이 채택되어(내 환호성이 들리는가) 막 책으로 나왔을 때, 어린아이가 딸린 내 나이 또래의 한 젊은 여성이 난터켓을 인수했다. 그녀의 이름은 웬디 허드슨Wendy Hudson이었다. 정말 이런 우연도 없다. 독립 서점 주인인 웬디의 성장과 소설가인 나의 성장은 마치 거울을 보는 것 같았다. 우리는 금세 친구가 되었고, 더 가까워

졌으며, 이제 그녀는 내 절친한 친구 모임에서 중요한 한자리를 차지하고 있다.

우리 둘은 서점이란 오프라인 상점이어야 한다는 사실을 잘 알고 있다. 심지어 반즈앤노블도 오프라인 서점을 유지하려고 하지 않는가. 좋은 서점이란 책을 골라주는 직원이 있는 편안한 공간이어야 하고, 때때로 낭송회와 사인회도 열려야 한다. 그렇지만 나는 어디까지나 위대한 서점은 일하는 사람들에게 달렸다고 주장한다. 웬디가 난터켓 북웍스를 인수했을 때, 그녀는 친절함과 지식으로는 그 누구도 따를 수 없는 직원들을 끌어들였다. 가장 인기 있는 직원을 꼽는 건 불가능하지만 그래도 내가 가장 좋아하는 직원은 있다.

딕 번즈Dick Burns는 영화 〈백 투 더 퓨처Back to the Future〉에 나오는 그 괴짜 박사처럼 생겼다. 그는 T.S. 엘리엇을 낭송하는 데 적합한 낭랑한 목소리를 가졌다. 그도 책에 대해 많이 알지만, 각자 중요한 몫을 하는 대부분의 서점 직원들 또한 그렇다. 딕의 감성은 나만의 것이기 때문에 그는 특별하다. 그의 의견을 존중하고 소중히 여긴다. 몇 년 전, 그는 존 오하라John O'Hara의 오래된, 그렇지만 거의 잊힌 소설 『사마라에서의 약속Appointment in Samarra』을 추천해주었는데, 즉시 내가 가장 좋아하는 소설 3위 안에 들었다. 딕과 나는 앨리스 먼로Alice Munro와 메릴린 로빈슨Marilynne Robinson에 대해 마치 우리 이웃인 양 이야기한다. 때때로 흠모하고, 때때로 헐뜯는다. 한번은 내가 그에게 호의를 베푼 적이 있다. 우리는 둘 다 톰 래크먼Tom Rachman의 소설 『불완전한 사람들The Imperfectionists』을 읽고 있었다. 《뉴욕타임스 북 리뷰》에 전면 기사가 난 뒤 우리 둘 다목 빠지게 기다리던 책이었다. 그는 자신이 산 책이 초판이 아니라는 사실에 낙담했다. 그래서 나는 책을 바꾸자고 제안했다. 그가 내 초판을 갖고 내가 그의 책을 갖는 것이다.

나는 어떤 사람이 그토록 즐거워하는 모습을 본 적이 없다. 또 초판을 가졌다고 그렇게 기뻐하는 사람도 본 적이 없다. 이건 그만의 장점이다. 딕에게는 책이 가장 중요하다. 그에게 책이란 다운로드하거나 삭제할 수 없는 것이다. 책은 사랑받고 소중히 간직되는 것이다. 이것이 난터켓 북웍스의 분위기를 형성하는, 활자화된 글에 대한 사랑이자 감사다.

마지막으로 이 말을 해야겠다. 나는 정치적인 인간이 아니다. 나는 누구를 위해 캠페인을 해본 적이 없다. 워싱턴에서 행진을 한 적도 없다. 누군가 슈퍼마켓 계산대 앞에서 계산이 끝난 카트를 치우고 가든, 뒷사람 생각도 않고 그대로 놔두고 가든 아무 상관하지 않는다. 제철이 지난 토마토를 사든 유기농 우유를 너무 비싸다고 묵살하든 신경 쓰지 않는다. 그렇지만 나는 책은 독립 서점에서 사라고 호소한다. 난터켓 북웍스 같은 서점과 딕 번즈 같은 사람은 요즘 세상에서 찾기 힘든 품성을 지녔다. 그들은 진국이다. 그들은 큰 꿈을 가지고 10단 기어 자전거에 올라 이제 막 달리기 시작하는 작가들에게 안전한 세상을 만들어주기 위해 동분서주하고 있다.

엘린 힐더브랜드는 2012년 6월에 출판된 『서머랜드(Summerland)』 등의 소설을 썼다. 그녀는 19년 동안 난터켓섬에 살았으며, 세 아이의 엄마다. 엘린은 달리기와 NFL 풋볼, 요리, 여행, 좋은 샴페인에 열정적이다. 그녀가 가장 좋아하는 소설가는 제인 스마일리, 리처드 루소, 팀 윈튼이다.

ANN HOOD
앤 후드

아일랜드 북스
로드아일랜드주, 미들타운

내 생애 처음으로 간 서점은 로드아일랜드의 위릭 몰Warwick Mall에 있는 월든북스Waldenbooks였다. 서점이라는 델 처음 가본 나는 즉시 서점과 사랑에 빠졌다. 아마 책들이 온라인으로 판매되기 오래전인 1971년 아니면 1972년 즈음이었을 것이다. 이때까지 읽었던 책은 도서관이나 교실 뒤 책꽂이에 꽂힌 것이었기 때문에 독립 서점과 체인 서점의 차이를 알지 못했다. 단지 카드와 잡지, 계산대에 있던 푸른 눈의 귀여운 남자애를 지나치면 수백 권의 책이 나를 기다리고 있다는 사실만 알았다. 단 몇 달러로『이방인The Outsiders』문고판을 산 다음 집으로 와서는 마음에 드는 부분에 밑줄을 치고, 다시 읽고 싶은 부분에는 귀퉁이를 접어 표시를 해두었다. 아무도 내 뒤에 기다리는 사람이 없기에 돌려주지 않아도 되고, 내가 책에 무슨 짓을 하든 뭐라고 할 사람은 아무도 없었다. 그 책은 내 것이었으니까.

당시 책에 대한 나의 취향은 혼란스럽고 다양했다. 교양 있는 책과 그렇지 않은 책을 구분하지 못해 제멋대로 책을 샀다. 이번 주는『안나 카레니나Anna Karenina』를 샀고, 다음 주는 제임스 미치너James Michener의 『하와이Hawaii』를 샀다. 사촌 글로리아의 생일 때 처음으로 양장본을 샀는데,『러브스토리Love Story』였다. 나는 그 책을 책등이 접히지 않도록 반만 펴고 읽었다. 다 읽은 다음에 포장해서 선물할 생각이었다. 책들 하나하나의 등을 만지고, 저자의 사진을 보고, 첫 번째 줄과 표지의 글을 읽으면서 책들 앞에 서 있노라면 쇼핑몰의 소음 따윈 들리지 않았다. 몇 년이 지나서야 그와 같은 감정이 사랑이라는 걸 알았다. 좋아하는 것 외에는 아무것도 보이지 않는 것 말이다.

어느덧 나는 어른이 되었고, 보스턴으로 이사했다. 주말이 되면 워싱턴 스트리트를 걸어 그 엄청난 반즈앤노블에 가서 몇 시간이고 어슬렁거리며 시간을 보냈다. 나의 독서 취향은 그다지 많이 향상되지는 않았지만 그곳에서 스티븐 킹Stephen King과 존 어빙John Irving을 발견했다. 당시 TWA의 승무원으로 일하고 있던 나는 두꺼운 책을 좋아했다. 시차 때문에 고생하거나 비행이 지연될 때, 그리고 갑자기 밀려드는 외로움을 극복하는 데는 두꺼운 책이 안성맞춤이었다. 그래서 나는 제임스 미치너와 해롤드 로빈스Harold Robbins와 함께 『레미제라블Les Miserables』과 『닥터 지바고Doctor Zhivago』를 샀다. 어느 비오는 날 오후, 서점을 나서는데 세일 중인 E.E. 커밍스E.E. Cummings의 시 선집 양장본을 발견하고 바로 샀다. 몇 년 뒤, 이 책은 열두 권 정도 놓여 있는 내 책 선반의 한자리를 차지했다. 대학시절에 읽었던 책 몇 권과 반즈앤노블에서 세일 때 산 에드거 앨런 포Edgar Allan Poe, 오그덴 나시Ogden Nash와 함께.

나는 다시 뉴욕으로 이사를 갔고, 그리니치 빌리지 거리를 돌아다니면서 스리 라이브스Three Lives라는 작은 서점을 발견했다. 별로 들어가고 싶지 않았다. '볼 만한 책이 얼마나 있겠어?' 그렇지만 창문가에 놓인 저자의 사인본과 그 옆에 데보라 아이젠버그Deborah Eisenberg와 로리 콜윈Laurie Colwin의 낭송회 일정이 붙어 있었다. 이때까지만 해도 두 가지 멋진 일이 나에게 일어나리라고는 생각도 하지 못했다. 작가가 직접 책에 서명을 해주는 일과 작은 서점에서 책을 낭송하는 일 말이다.

서점 안의 분위기 역시 요상했다. 진열대에는 들어보지도 못한 작가들의 제목도 낯선 책이 가득 쌓여 있었다. 여행책과 요리책, 시집은 따로 진열돼 있었다. 반즈앤노블이 정면에 쌓아놓은 베스트셀러들은 거의 찾아볼 수가 없었다. 나는 평생 책을 읽어온 나름 책을 사랑하는 사람이라고 생각해왔지만 이런 서점에서는 어떻게 책을 골라야 하는지 도무지 알 수가 없었다. 그래서 도망치듯 서점을 나왔다.

그러나 다음 날 밤 차가운 빗속을 뚫고 차를 몰아 다시 찾아갔다. 책 냄새와 훈훈한 기운, 젖은 털외투를 걸친 사람들로 꽉 찬 서점에 들어서자 사람들은 앉을 자리를 내주었다. 바로 코앞에 두 사람의 작가가 있었다. 나는 자신들의 단편을 읽는 작가들의 모습을 넋이 나간 채 쳐다보았다. 서점 안의 사람들을 따라 책 두 권을 사는 것은 어렵지 않았다. 그렇지만 사인을 받으려니 왠지 쑥스러운 생각이 들어서 책이 젖지 않도록 코트 안쪽에 멘 가방에 넣고 재빨리 자리를 떴다.

오래전 그 밤에, 언젠가 작가가 되어 서점에 모인 사람들 앞에 서서 새로 나온 내 책을 읽으리라고 생각이나 했겠는가? 미국(세계!) 저 건너편에 있는 작은 독립 서점들이 독자가 다음에 읽을 책을 고를 수 있도록 돕고, 지역사회를 한데 모으고, 작가들을 초대해 책에 서명할 기회를 준다는 걸 어찌 알았겠는가? 그날 나는 비로소 그토록 많은 시간을 보낸 고향의 월든북스와 휑뎅그렁한 보스턴의 반즈앤노블은 이 짧은 시간이 나에게 안겨준 흥분을 주지 못했다는 사실을 깨달았다.

그 이후로 나는 TWA 승무원 생활을 마감하고 작가의 길로 나섰다. 25년이라는 시간 동안 나는 셀 수 없을 정도로 많은 서점에 다녔고, 서점에 들어설 때마다 첫사랑 같은 열병에 다시 빠졌다. 그중에서도 아일랜드 북스는 정말 최고의 서점이다. 엄밀히 말하면 로드아일랜드의 미들타운에 있지만, 뉴포트에서도 그리 멀지 않아서 뉴포트 사람들도 충분한 혜택을 누리고 있다. 서점은 스트립 몰의 작은 공간에 아늑히 자리 잡고 있다. 그리고 완벽하다.

내 생각에, 아일랜드 북스는 서점이 가져야 할 모든 것을 갖추었다. 주인인 주디 크로스비Judy Crosby는 책에 대해 잘 알고 책을 사랑한다. 사실, 그곳에서 책을 읽을 때마다 그녀는 자신이 가장 좋아하는 신간을 내 손에 쥐어주고는 꼭 읽어봐야 한다고 말한다. 그녀는 일곱 살짜리 내 딸 애너벨이 볼 만한 책을 보내준다. 주디가 없을 때는, 아니 그녀가 있을 때도 팻이 계산대 뒤에서 모든 일을 조용히 처리한다. 다른 어떤 서점 직원이 새로 나온 내 단편 소설이나 《뉴욕타임스》에 실린 논평을 읽었겠는가? 그리고 스크랩해서 다른 사람들도 읽을 수 있도록 복사해 놓겠는가? 다른 어떤 서점이 내가 피노 그리지오보다 샤르도네를 좋아 한다는 것을 알고 언제나 나를 위해 남겨두겠는가?

> 나는 셀 수 없을 정도로 많은 서점에 다녔고,
> 서점에 들어설 때마다 첫사랑 같은 열병에 다시 빠졌다.

아일랜드 북스의 팬들은 충성스럽고 독점욕이 강하다. 한번은 내가 그곳에 갔었다는 말을 했더니, 한 여자가 얼굴을 찌푸리며 "거긴 내 서 점인데요"라고 말한 적도 있다. 그곳에서 낭송회를 하면 앉을 자리가 없다. 작가에 대해 들어본 적이 없어도 사람들은 온다. 주디가 사람들을 초대하고, 사람들은 그녀를 믿기 때문이다. 그녀와 팻은 선반을 옮기고 자리를 만든다. 그들은 과자를 굽고 치즈와 크래커와 와인을 준비한다. 날씨가 따뜻하면 은은한 조명 아래 밖에다 다과를 마련한다. 누구도 돌아갈 생각을 않는다. 왜냐하면 아일랜드 북스는 머물고 싶게 만들기 때문이다.

아일랜드 북스가 얼마나 멋진지 증명하는 훌륭한 사례가 있다.

어느 날 오후, 다음 날 저녁에 열기로 한 내 행사의 코디네이터로부터 이메일을 받았다. 판매할 책을 가져오라는 내용이었다. 그렇지만 작가에겐 판매할 책이 없다. 증정본 20여 권은 부모님이나 친구들에게 나눠주고 나면 남는 게 없다. 24시간 안에 어떻게 책 몇 상자를 구할 수 있겠는가. 나는 주디에게 절박한 처지를 이메일로 알렸다. 사실 말도 안 되는 생각이었다. 그녀가 가지고 있는 내 책을 되도록 많이 '빌릴 수' 있는지 물었으니 말이다. 나는 기대도 하지 않았다. 주디와 서점이 아무리 멋지다 해도 파는 책을 몇 상자씩이나 빌려주겠는가? 집에서 40분이나 떨어진 미들타운으로 돌아와 팔린 책값을 주겠다는 내 말만 믿고?

이쯤 되면 여러분은 이미 답을 알고 있을 것이다. 물론 그녀는 그렇게 해주었다. 나는 그 책들을 팔았고, 행사가 끝난 뒤 함께 앉아 정산했다. 나는 그녀의 서점에 남아 있는 내 책에 모두 사인을 해주었다. 그러고 나서도 곧바로 집으로 돌아가지 않았다. 조금이라도 더 서점에 있고 싶어서.

앤 후드는 『뜨개질 모임(The Knitting Circle)』, 『붉은 실(The Red Thread)』 등을 쓴 베스트셀러 작가다.

PICO IYER
피코 아이어

초서 북스
캘리포니아주, 산타바바라

좁은 통로를 따라 책이 무더기로 쌓여 있고, 책꽂이 상단에도 책이 탑처럼 쌓여 있다. 탁자 위에도 창가에도 책이 쌓여 있으며, 서점 한가운데 특별 코너에도 '직원들이 뽑은 책'이 놓여 있다. 아주 오래된 책들, 이미 절판된 책들, 다른 체인 서점이라면 이미 오래전에 폐지로 만들었거나 떨이로 팔아버렸을 책들도 있다. 『모비딕』도 일곱 개의 버전이 있는데, 모두 황당할 정도로 싸다.

책 주변으로는 크리스마스카드가 있다. 카드 위에는 아름답기도 하고 의외라는 느낌을 주기도 하는 액자에 넣은 사진 아홉 점이 걸려 있다. 황금빛 사리를 걸치고 팔찌를 한 여성, 터번 아래 보이는 노인의 눈, 바라나시 언덕의 계단을 빗자루로 쓸고 있는 여성…… 이것들은 모두 서점 주인인 마흐리 컬리Mahri Kerley가 인도 여행에서 찍은 사진이다. 이곳에는 여느 국립도서관에서도 찾아볼 수 없는 책들이 있으며, 일반 서점 정도 크기의 공간이 장난감, 게임류와 함께 어린이 서적 코너로 할당되어 있다. 이곳에서 한 친절한 여성 직원이 멀리 런던에 사는 대녀代女의 열세 살짜리 오빠에게 꼭 맞는 책을 골라줄 것이다.

아시아에서 온 오랜 친구는 아주 작은 문고판도 선물용으로 포장해주기 때문에 책이 마치 교토의 사찰에서 막 건너온 것처럼 보인다. 메인테이블에 그레이엄 그린Graham Greene의 미니 전시대를 마련한 또 다른 활기찬 직원은, 케네스 렉스로스Kenneth Rexroth의 무릎에서 그녀가 배운 것을 말해준다. 내가 니콜슨 베이커Nicholson Baker의 책을 살 때 다른 직원은 그의 아버지가 제2차 세계대전 때 양심적 병역 거부자였다며, 이에 대해 어떻게 생각하는지 듣고 싶다고 말했다.

가장 어린 직원은 갓 대학을 졸업한 자그마하고 우아한 남자로(그는 일전에 나에게 베르너 헤르조그에 대한 매우 난해한 책을 소개하기도 했다), 그는 지금 내 손에 토마스 베른하르트Thomas Bernhard의 『비트겐슈타인의 조카Wittgenstein's Nephew』를 쥐어주었다. "이거 꼭 한번 읽어보셔야 해요"라고 말했다. 많고 많은 작가 친구들이 몇 번이나 내게 베른하르트를 권했지만 그 누구도 성공하지 못했다. 그렇지만 초서에서 일하는 직원이 권하는 책을 어떻게 거절할 수 있겠는가?

나는 호주 소설가의 책을 두 권 사고, 어떤 책이든 다 읽은 계산대의 남자 직원에게 이 두 작가가 어떻게 W.G. 시볼드W.G. Sebald를 비교했는지 다시 와서 말해주겠다고 약속했다.

서점은 본질적으로 내가 무언가를 배우고자 선택하는 소설과도 같다. 서점 자체는 겉표지, 보유 장서는 실제 경험으로 들어서는 관문인 목차와도 같다. 궁극적으로 장소를 노래하게 하고 내 마음속에 영원히 살아 있게 하는 것은 뭔가 차원이 다른 것이다. 그것은 보다 깊이가 있으며, 즉 그 안에서 만나는 인물들과 내 안에서 일어나는 감정 등이 어우러진 서점의 이야기를 삶의 이야기로 바꾸는 일종의 패턴이다. 서점을 둘러보고 나올 때 내가 기억하는 것은 막 구입한 책들이 아니라 제럴딘 브룩스Geraldine Brooks의 『3월March』을 내 손에 건네준 프런트 데스크에 있던 두 명의 열렬한 지지자다. 이들은 내가 『아합의 아내Ahab's Wife』를 좋아했다는 것과, 예전에 『먹고 기도하고 사랑하라Eat, Pray, Love』를 찾고 있는 나를 푸드 섹션으로 데려가 M.F.K. 피셔M.F.K. Fisher의 책과 사랑에 빠지도록 만든 문과 대학원생을 내가 좋아했다는 사실도 기억하고 있기 때문이다.

그렇다면 산타바바라에 있는 '나의 서점' 초서가 십대 때 어슐러 르 귄Ursula K. Le Guin의 어스시Earthsea 시리즈를 탐독한 이래로 35년 동안 나의 성역이고 부적이며, 영적, 사회적, 문학적 고향이자 영감이 되어 왔다는 사실이 놀라울 것도 없지 않은가? (나는 지금 대녀의 오빠를 위해 이 책을 사러 다시 초서로 간다.)

　이곳은 사실상 나의 사무실이자, 교실이자, 신전이자, 데이트 장소이자 (무관하지 않게) 길을 잃기 위한 이상적인 장소다. 수천 명의 사람이 환영받는다고 느끼고, 한데 어우러져 같은 마음을 가진 사람들에게 둘러싸이는 곳이다. 내가 이렇게 구구절절 늘어놓는 것은 이곳이 그저 단순한 가게가 아니라 오래 사귄 친구네 집 같다는 것을 설명하고자 함이다. 지난 수년 동안 나는 사인을 하는 테이블 근처에서 마우리의 남편 (지금은 작고한)과 우연히 마주쳤고, 밴쿠버에서 다니러 오는 그녀의 아들을 봐왔다. 그녀의 집에서 저녁을 먹고, 그녀의 서점에서 세상을 공유하는 것과 맞먹는 보물 같은 책들을 발견한다. 때때로, 그녀는 집으로 가져가서 볼 수 있도록 프런트 데스크에 내가 좋아할 만한 가제본을 남겨두기도 한다.

　초서 이야기의 제1장은 아무것도 모른 채 서점을 처음 찾는 독자에게 서점이 어떻게 비칠 것인지와 공간 자체에 대해 설명할 것이다.

　그가 초서의 문을 열고 들어서면, 먼저 문학과 지역 소식을 다루고 있는 무료 신문과 잡지 무더기가 눈에 띌 것이다. 막 나온 신간에 대해 알고 싶다면 무료로 제공되는 이번 주《뉴욕타임스 북 리뷰》도 볼 수 있다. 그는 내셔널 북 크리틱스 서클 어워드 또는 맨 부커 국제상의 수상자를 기록해놓은 작은 안내 공지를 여기저기서 볼 수 있을 것이다. 그는 전 세계의 달력과 마주칠 것이고, 한쪽 벽을 따라 오디오북과 스페인어로 된 책도 볼 수 있다.

그는 곧 서점이 단순히 책만을 위한 장소가 아니라 추억과 동반자, 사기에는 너무 비싼 사진집, 집으로 들고 가기에는 너무나 무거운 백과사전 같은 더욱 풍성한 어떤 것을 보관하는 장소라는 것을 알게 된다. 초서는 런던의 존 소온Sir John Soane 박물관처럼 상상 속의 도면 배치를 현실에 구현해놓은 장소다. 모퉁이를 돌 때마다 잊고 있던 열정이나 엉뚱한 관심, 더 큰 연상의 흐름으로 이어지는 샛길과 마주칠 것이다. 그리고 그 흐름은 의식의 선로를 따라 다음 모퉁이에 닿게 되는데, 이는 절대로 마주칠 일이 없을 거라 생각했던 것일 수도 있다. 초서의 많은 책은 한곳에만 진열된 것이 아니어서 아브라함 헤셸Abraham Heschel을 찾다가 태즈메이니아 선禪 시인이자 현자인 존 테런트John Tarrant가 쓴 『어둠속의 빛Light Inside the Dark』을 우연히 발견할 수도 있고, 직원에게 아서 밀러Arthur Miller의 자서전을 찾아달라고 했다가 바로 옆에 놓인 쿠바 미사일 위기에 대한 흥미진진한 책에 혹할 수도 있을 것이다.

초서는 학교를 위한 기금을 모으기 위해 도서전을 연다거나 교사들에게 20퍼센트 할인된 가격으로 책을 팔지만, 절대로 떨이로 팔거나 할인을 하지 않는다. 이는 초서가 책의 가치를 소중히 여기며, 절대로 단순한 상품처럼 다루지 않는다는 것을 의미한다.

산타바라라에는 우아한 작은 산책로와 주문 제작 상품을 파는 세련된 상점가가 많다. 그러나 초서는 비교적 덜 화려한 지역의 다소 특징 없는 쇼핑몰 안에 자리 잡고 있다. 서점의 한쪽 옆은 풍선과 피냐타(미국 내 스페인어권 사회에서 아이들이 파티 때 눈을 가리고 막대기로 쳐서 넘어뜨리는, 장난감과 사탕이 가득 든 통)를 파는 글렌다의 파티 코브Party Cove가 있고, 다른 한쪽엔 아직은 CVS(미국 내 거대 약국 체인점)가 운영하지 않고 지역적으로 운영되는 작은 약국이 있다. 서점으로서 이보다 더 좋은 위치가 있을까? 축제를 열려는 사람들을 끌어모으는 곳과 아픈 영혼을 위한 약을 제공하는 이웃 사이에 있으니 말이다.

산타바바라를 처음 방문하는 여행객은 거의 서점과 마주칠 일이 없지만, 이제까지 30년 넘도록 사람들은 쇼핑하러, 친구들을 만나러,《로스앤젤레스 타임스》를 사러, 살만 루시디와 버즈 올드린Buzz Aldrin의 낭송회를 들으러, 지역 출신의 작가 슈 그래프턴Sue Grafton의 사인을 받으러 산타바바라 곳곳에서 서점을 찾아온다.

이곳 카운티는 특이하게도 전반적으로 책이 잘 공급되는 곳이다. 시내의 도서관과 미술박물관 건너편에 있는 북 덴Book Den은 캘리포니아에서 가장 오래된 중고 책 서점이고, 남쪽의 조용하고 부유한 몬테치토에 작고 아름답게 지어진 텔코로테Tecolote 서점은 86년 동안 새로운 책들을 직접 판매해왔다(5년 전, 이전 주인이 은퇴하려고 했을 때 이 서점을 인수하려고 한데 뭉친 지역 주민들이 서점을 살려냈다). 그러나 초서는 다소 독특하다. 마을회관과 도서관의 역할도 하며, 지역 자부심의 원천이기도 하다. 나는 서점에 가면 몇 시간이고 머물게 되는데, 그 이유는 오랫동안 연락이 끊겼던 동창과 여지없이 마주친다거나, 이곳이 그 어떤 웹사이트보다 훨씬 완벽한 장소라는 걸 새삼 느끼며 앉은 자리에서 읽어야 하는 책(테리 캐슬이나 시그리드 누네즈, 이바나 로웰 등)을 통로에서 찾거나, 고대 그리스어의 불규칙 동사 'baino'의 주요형을 확인해야 하기 때문이다.

초서는 내가 외국 여행에서 산타바바라로 돌아오면 가장 먼저 가는 곳이다. 그리고 에티오피아나 이스터 아일랜드 등지로 떠나기 전 여행 가방을 책으로 가득 채우기 위해 마지막으로 들르는 곳이기도 하다. 이 곳에서 일하는 내 친구들은 종종 산타바바라 주민인 우리 엄마보다 나를 더 자주 본다. 엄마를 보러 온다는 핑계로 자꾸만 이곳에 오게 된다. 나는 초서의 계산대 바로 옆에서 낭송회를 했고, 25년 전쯤에 이곳에서 최초의 사인회를 열었다. 앞쪽 탁자에서 여행의 본질에 대해 공개 토론을 했으며, 제인 스마일리Jane Smiley의 낭송회 때 관객들 틈에 끼어 있는 T.C. 보일T.C. Boyle을 본 적도 있다.

이곳에서 오랫동안 일한 직원 한 사람은 제왕나비의 계절별 무늬에 대해 알려주었고, 다른 직원은 페루에서 보낸 자신의 어린 시절 얘기를 들려주었다. 종종 나는 내가 쓴 책을 몇 권씩 사는 바람에 프런트 데스크에 있는 친구들을 놀라게 할 때가 있다. 내 치과 주치의나 엄마의 산부인과 주치의 등에게 줄 선물이었다. 때때로 낯선 독자들이 내 사인을 원할 경우 계산대에 책을 두고 가도록 하고 있다.

초서는 내가 전화를 걸으러 가는 곳이며, 병원 예약 시간 중간에 한두 시간을 보내러 가는 곳이다. 밴 모리슨의 인생 이야기를 훑어보는 곳이며, 지방에 갈 때 잡지를 주문하는 곳이다. 멀리 떠나 있을 때면, 특히 일본의 아파트에서 시간을 보낼 때면 다음번 초서에 가면 살 책의 목록을 작성하면서 차분하게 가을의 저녁 시간을 보낸다.

나는 운 좋게도 영국 옥스퍼드에서 태어나고 자랐다. 그곳 브로드 스트리트Broad Stree는 골목골목 중고 책을 파는 서적상들, 화집을 파는 상점들, 오로지 동화만을 판매하는 가게들, 세계에서 가장 큰 서점 중 하나인 블랙웰Blackwell's의 본거지였다. 나중에는 보스턴과 뉴욕에서 살았는데, 역시 세계적인 규모의 독립 서점들이 있는 곳이다. 20년이 넘도록 새 책을 내고 투어를 했던 작가로서 시애틀에서 토론토까지, 코르테 마데라에서 아이오와 시티까지, 파사디나에서 마이애미까지 안 가본 데 없이 다니며 북미에서 가장 잘 알려진 독립 서점들을 알게 되었다. 그러면서 발견한 건 이들 서점 모두 각각의 고유한 색채와 정신을 가졌음에도 오케스트라의 협연 파트너로서, 또는 연주자로서 동일한 목적을 위해 나름의 역할을 수행하고 있다는 점이다. 줄리언 반스Julian Barnes의 『예감은 틀리지 않는다The Sense of an Ending』에서 교사가 회상한 것처럼, 소설은 "시간이 지남에 따라 개발되는 캐릭터"이다. 서점도 마찬가지다.

이곳은 그저 단순한 가게가 아니라 오래 사귄
친구의 집과 같다. 수천 명의 사람이
환영받는다고 느끼고, 한데 어우러져
같은 마음을 가진 사람들에게 둘러싸이는 곳이다.

경쟁 사회에서 서점도 어느 정도는 긴장감을 안고 살아갈 수밖에 없으며, 근래에 이야기를 들어보면 적잖은 갈등을 겪고 있는 게 사실이다. 친구들이 전자책과 온라인 할인에 대해 얘기할 때 오프라인 서점에 가지 않아야 될 이유가 매일 새롭게 늘어나는 게 현실이고, 출판업자들은 때때로 타이타닉호의 승객처럼 공황상태에서 전력 질주하는 것처럼 보이기도 한다. 내가 지난 25년 동안 많은 시간을 보냈던 교토에 있는 내 문학의 고향인 마루젠 서점은 갑자기 소리 소문도 없이 문을 닫아버렸다. 지구상에서 찾을 수 있는 가장 통찰력 있고 고상한 영어 서적 컬렉션을 자랑하던 파리의 빌리지 보이스Village Voice도 최근 같은 운명을 맞이했다. 어느 정도는 서점을 위해 존재하는 지역사회라고도 할 수 있는 캠브리지, 매사추세츠나 버클리를 방문할 때마다 오래된 서점들과 친구들이 사라진 것을 발견하게 된다.

친구들은 클릭 한 번만으로 내가 사는 가격의 반값에 전자책으로 볼 수 있다고 말한다. 또 컴퓨터는 다음에 무엇을 사야 할지도 알려준다. 그렇지만 이러한 편리가 나에게는 맞지 않고, 이단으로 생각될 때도 있다. 한번은 빌리지 보이스에서 프런트 데스크에 있던 마이클이라는 남자에게 조지 페인터George Painter가 쓴 프루스트의 전기가 있는지 물었다. 이 책은 절판되었는데, 그는 다음 날 다시 오면 자신이 갖고 있는 책을 그냥 주겠다고 말하는 것이었다(내가 원하는 게 문고판인지, 양장본인지 물어본 그는 약속을 지켰다).

한마디로 말해 서점은 그저 장사만 하는 곳이 아니다. 서점은 열정을 공유하는 장소이자 대화를 통한 정신적 교류가 이루어지는 곳이다. 당신이 싯다르타 무케르지Siddhartha Mukherjee의 『암: 만병의 황제의 역사The Emperor of All Maladies』를 사는 것을 보고 누군가 당신에게 자신도 암에 걸렸었지만 심각한 증상이 모두 치명적인 것은 아니라고 말해줄 때, 계산대에서 오가는 것은 책과 돈이 아니라 바로 사람과 사람 사이의 정신적 교류인 것이다.

따라서 디지털 판매와 대형 할인점의 혜택에 맞서 싸운 용감한 작은 독립 서점들의 역사에서 파산에 대한 이야기를 찾길 기대한다면, 결국 맨 마지막 줄과 여기까지 이끈 모든 문장들에서 그 기대를 꺾는 무엇인 가를 찾게 될 것이다.

'나의 서점' 이야기의 제2장은 8년 전에 시작된다. 이때 시내에 여행 책과 여행 장비를 팔던 작은 서점이 문을 열었다. 내가 이 경이로움으 로 가득한 장소를 둘러보러 들어가자마자 매니저가 나를 불러 세웠다. 그는 지역사회를 독려하고 대중들에게 책의 특별한 즐거움을 알려주기 위해 내 책이 나오면 대규모 낭송회를 열고 싶다고 했다. 행사를 번듯 하게 치르기 위해 거리 아래쪽에 있는 공공 도서관에 장소를 빌리고 사 방에 광고를 할 것이라고 말했다.

작가, 독자, 우리 도시를 사랑하는 사람으로서 어떻게 내가 우리를 후원해온 서점을 지지하지 않을 수가 있겠는가? 책이 없다면 내 생계 뿐만 아니라 살 이유조차 없어지는데 말이다.

그래서 즉시 알겠다고 했고, 새 책이 나오기로 되어 있는 넉 달 뒤로 날짜를 잡았다. 그날 나는 그 새로 생긴 잘난 서점으로 갔는데 대초에 하기로 한 광고는 찾아볼 수 없었고 도서관도 예약이되어 있지 않았다. 가장 황당했던 건 매니저가 판매할 새 책을 하나도 갖다놓지 않았다는 사실이었다.

나는 이 따뜻한 봄날 저녁 다른 일을 접고 이곳에 와준 독자들을 바라봤다. 그들은 몇 줄이나 되는 회색 접이식 의자를 가득 채우고 있었다. 나는 내 마음속의 119에 전화를 했다.

"물론이지!" 초서에 있던 오랜 친구 데이비드가 전화를 받자마자 대답했다. 그는 초서에서 찾을 수 있는 내 책을 모두 가지고 20분 동안 운전을 해서 찾아왔으며, 너무 게을러서 책을 갖다놓지도 않은 경쟁 서점이 책을 팔 수 있도록 도와주기까지 했다.

요점은 어떤 서점이 이익을 보았느냐가 아니다. 그는 아마도 이렇게 말할 것이다. 독자가 원하는 책을 갖도록 하는 게 중요한 것이라고.

많은 위대한 소설의 끝에는 방금 읽고 배운 모든 것을 포괄적으로 볼 수 있는 종결부가 있다. 일단은 이것을 초서에 대한 나의 마지막 말로 남기려 한다.

몇 년 전 보더스가 산타바바라 시내 중심부로 침투해, 대형 공용 주차장과 상영관이 다섯 개가 있는 극장 옆 쇼핑가 중앙 교차로에 거대하고 아름다운 3층짜리 성채를 세웠다. 아이들은 늘 바깥에서 어슬렁거렸고(보더스는 아주 늦게까지 문을 열었다), 음악가들이 즉흥 콘서트를 열어 사람들을 끌어모았다. 안에는 무료 화장실이 있었고, 커피와 케이크를 파는 세련된 카운터도 있었다. 맨 꼭대기 층은 CD로 가득 차 있어서 책을 싫어하는 내 친구들조차 들락거리기 시작했다. 통로마다 잡지가 가득 들어차 있었고, 컴퓨터가 원하는 책을 금방 찾아주었다. 독서대와 편안한 의자, 수완 좋은 소매업자라면 효과적으로 활용할 줄 아는 독립 서점들의 모든 소품도 거기에 있었다.

보더스 바로 길 건너편에는 문어발처럼 퍼지던 반즈앤노블이 말끔한 쇼핑몰 안에 자리를 잡았다.

이와 달리 마을 반대쪽의 작은 몰 안에 처박혀 있고, 다국적이지도 않으며, 오로지 마흐리만이 지키고 있는 작은 초서를 위해 사람들은 응원의 글을 벽에 걸었다. 우리 모두가 대기업 횡포의 전형적인 희생자라는 것을 잘 알고 있었다.

2001년 1월, 보더스는 영원히 문을 닫았다. 거의 같은 날, 길 건너편에 있던 반즈앤노블도 산타바바라의 무시무시한 임차료와 십여 개의 여행 기념품 가게에 떠밀려 사업을 접었다. 하지만 초서는 더욱 커져만 갔다. 이웃들이 허락한다면 주변의 몰로 더 크게 규모를 확장할 수도 있지 않을까 생각될 정도였다.

이것은 우화 같기도 하고, 마흐리와 26명의 직원이 연기한 톰 행크스 영화 같기도 하다. 이 작은 서점은 보더스보다 다섯 배나 큰 공간에 15만 권이 넘는 책을 보유하고 있다. 직원들은 체인점 사업 모델과는 판이하게 모두 정규직원이며, 이 중 많은 직원이 초서에서 25년 넘게 일했다. 이는 모두 의심의 여지없이 100퍼센트 건강보험료 지불과 크리스마스 보너스 덕분일 것이다. 보더스와 반즈앤노블이라는 두 거대 공룡이 문을 닫았을 때, 마흐리는 지역사회에 책이 많은 게 적은 것보다는 낫다면서 유감을 표시했다. 1974년, 그녀와 그녀의 남편이 많지 않은 유산을 가지고 작은 문고판 서점으로 처음 초서를 열었을 때는 서점을 유지하기 위해 생명보험까지도 손을 대야 했었다.

마지막으로 초서에 방문했을 때 작가가 되기 위해 동부에서 막 산타 바바라로 온 24살의 새로운 직원이 이란에 관한 책을 사는 나를 보더니 얼굴이 환해졌다. "아, 당신이 바로 그 긴 문장을 쓰는 작가군요"라며 말을 건넸고, 우리는 운율과 흐름, 스타카토가 없는 작품이 어떻게 멜빌, 파묵, 토마스 브라운 경의 작품에서 효과적으로 표현되었는지에 대해 열띤 대화를 나눴다.

'나의 서점'은 나 자신을 찾는 장소일 뿐만 아니라 나의 고향이자 나의 열정과 내가 하고자 하는 일을 위해 노력하는 이유를 찾을 수 있는 곳이다.

피코 아이어는 소설과 논픽션을 쓰는 작가다. 『카트만두에서의 비디오 나이트(Video Night in Kathmandu)』, 『숙녀와 승려(The Lady and the Monk)』, 『글로벌 소울(The Global Soul)』 등의 작품이 있으며, 최근에는 우리의 내면에 존재하는 작가적 기질을 탐구한 『내 머릿속의 남자(The Man within My Head)』를 썼다. 1992년 이래로 일본의 시골에서 살지만, 리오에서 부탄에 이르기까지 서점 순례에 많은 시간을 보낸다.

WARD JUST
와드 저스트

번치 오브 그레이프 북스토어
매사추세츠주, 빈야드 헤븐

저녁 식사 중에 누군가가 에밀 졸라에 대해 끊임없이 말하고 있었다. 그의 도발성과 저돌적인 대사, 격렬함과 폭넓은 의식, 논란의 포용 등에 대해. 토론 대상이 되었던 소설은 『테레즈 라캥Therese Raquin』으로, 1867년 출간 당시 엄청난 파문을 일으켰으며 지금도 많은 논란거리가 되고 있다. 에로틱한 삶에 대한 아름다운 묘사, 은밀하기에 더욱 에로

틱한 삶, 그리고 그로 인한 살인. 교회와 성직자들의 거센 비난이 쏟아지자 졸라는 자신을 변호하기 위해 재판再版에 장황한 서문을 써야만 했는데, 그는 이것을 매우 즐겼다. "이 책에 쏟아진 비난은 적대적이고 분개에 찬 내용들이다. 어떤 의로운 사람들은 그에 못지않게 의로운 신문에 쓰기를, 엄지와 검지로 책을 집어 들고 역겨움에 얼굴을 찡그리며 책을 불에 던졌다……."

과연! 누가 이 책을 거역할 수 있을까? 그래서 시내로 나가 번치 오브 그레이프 북스토어로 갔다. 그곳에 『테레즈 라캥』이 졸라의 또 다른 소설 『쟁탈전The Kill』과 나란히 놓여 있었다. 그런데 이것이 전부가 아니었다. 졸라 옆에는 이스라엘 소설가 A.B. 예호슈아A.B. Yehoshua가, 그 줄 바로 위에 버지니아, 토마스, 제프리 같은 문학사의 '울프'들이 놓여 있었다. 나는 여섯 권의 책을 들고 서점에서 나왔는데, 그 안에 '독립'이라고 부르는 풀서비스 서점의 정의가 있다.

이런 일은 언제든지 발생한다. 만약 번치 오브 그레이프에 그 책이 없다면 주문을 해줄 것이다. 종종 아주 어설픈 설명만 듣고도 말이다. 내 기억력이 예전 같지 않고 그나마도 믿을 만한 것이 아니어서 점원들은 졸라가 대주교를 괴롭혔던 것과 똑같은 명민함과 명랑한 기분으로 상당한 상상력을 동원해야 했다.

"어제 저녁에 소설에 대해 들었는데, 제목을 잊었네."

"저자가 누군데요?"

"그것도 기억이 안 나는데…… 미드웨스트 어디 영어 교수라고 하던

데, 아니다 캔자스였나?"

"최근 책인가요?"

"아니, 출판된 지 몇 년 됐어."

"흠……."

"그거 문고판으로 있어. 《뉴욕타임스 북 리뷰》에 나온 책인 거 같은데."

"아! 존 윌리엄스John Williams의 『스토너Stoner』네요. 멋진 소설이죠."

"맞아, 그 책이야!"

"금요일까지 갖다놓을게요."

목적이 있어서 갔든 그저 둘러보기 위해 갔든, 서점에 들어서면 그동안의 내 독서 편력이 눈앞을 스쳐 지나간다. 시카고 북부 교외의 부모님 집에서 커다란 창가 의자에 앉아 《라이프Life》지에서 처음으로 『노인과 바다』를 읽었을 때가 생각나는데, 나는 바다와 노인에 사로잡혀 오랫동안 독서등을 끄지 못하고 있었다. 60년이 지난 지금도 그때의 그 노인은 수많은 인쇄를 거쳐 이곳에 살아 있다.

책꽂이를 한두 시간이나 훑고 나서야 따로 빼놓은 책이 생각난다. 결함은 작가에게 있는 것이 아니라 나에게 있다는 걸 깨닫고 나중에 더 늙고, 더 인내심이 생기거나, 세상을 조금 더 이해할 수 있게 되었을 때 다시 데려가리라 스스로에게 약속한다. 크누프에서 출판된 로베르트 무질Robert Musil의 두 권짜리 소설 『특성 없는 남자The Man Without Qualities』는 지금까지도 내 서재에 남아 있다. 정정하자면, 남아 있는 많은 책 중 한 권이다. 또한 친구들이 갖고 있는 킵 브람홀Kib Bramhall의 낚시 기술에 대한 명상이라든가 존 랜달Jon Randal의 오사마 빈 라덴에 대한 책들을 보면 마음이 편안해진다. 충분히 시간을 들여 책장을 둘러보라. 그러면 당신의 일생이 눈앞에 펼쳐진다.

와드 저스트는 『정원에서의 추방(Exiles in the Garden)』, 『건망증(Forgetfulness)』을 비롯하여 전미 도서상 후보작 『에코 하우스(Echo House)』, 미국역사가협회에서 수여하는 쿠퍼상 소설 부문 수상작 『위험한 친구(A Dangerous Friend)』, 《시카고 트리뷴》지가 주관하는 하틀랜드상과 2005년 퓰리처상 최종 후보작인 『끝나지 않은 계절(An Unfinished Season)』 등의 소설을 집필했다.

LESLEY KAGEN
레슬리 케이건

넥스트 챕터 북숍

위스콘신주, 메퀀

처음으로 성적표를 받은 아이처럼, 나는 땀이 밴 작은 손에 『어둠 속의 휘파람Whistling in the Dark』의 가제본을 움켜쥐고 넥스트 챕터 북숍으로 냅다 달렸다.

격려와 환호가 한바탕 이어진 뒤 점원들은 늘 해오던 일로 돌아갔고, 나는 베스트셀러 매대로 살금살금 다가갔다. 누가 보고 있지는 않은지 곁눈질로 살피면서 거물 베스트셀러들 옆에 내 책을 살그머니 내려놓았다. 그저 어떻게 보일지 확인하고 싶어서였다. 언젠가 내가 저 자리를 차지할 수 있을 거라는 생각은 단 한 번도 해본 적이 없다. 내가 상을 받거나 《뉴욕타임스》 베스트셀러 작가가 된다고? 관두자. 나는 내 책을 믿고 사랑했지만, 정상의 희박한 공기를 맛보려면 그저 탄탄한 이야기만으로는 안 된다는 것쯤은 알았다. 인맥이 중요하다. 출판업자의 지원도 있어야 한다. 혹은 내가 위스콘신 메퀀에 사는 머지않아 보정 브래지어가 필요한 57세의 칙칙한 갈색머리 아줌마가 아니라, 문학 석사 학위를 받고 LA 아니면 뉴욕에서 온 멋진 가슴과 금발을 자랑하는 아름다운 20대 여성이라면 도움이 될지도 모르겠다. 내가 소설을 완성하기 전에 마지막으로 써 본 글은 헬렌 켈러의 독후감이었다.

몇 주 후 점심을 먹으면서 수다를 떨던 중 근처 매디슨에 우연히 들른 참이었던 편집자가 빵에 버터를 바르면서 내게 물었다.

"궁금한 게 있는데요. 책을 내면서 한 가지 소원을 빌라면, 뭐라고 하겠어요?"

나는 잠시 생각에 잠겼다. 독립 서점의 애호가이자 지지자로서 나는 이미 내 요정에게 소원을 들어달라고 간청했다.

"무엇보다 내 책이 북 센스 목록에 선정되었으면 좋겠어요. 그럴 가능성이…… 있을까요?"

이때 테이블 건너편에서 갑자기 크루아상이 목에 걸리는 사태가 벌어졌다. 나는 이것을 내 편집자가 다소 드라마틱하지만 확실히 효과적인 방식으로 '어림없는 소리'라고 말하는 것이라 받아들였다.

그렇지만 상황은 바뀔 수 있다. 한 달 뒤 그녀는 자동응답기에 놀란 목소리로 메시지를 남겼다.

"믿을 수가 없어…… 당신 책이…… 5월의 북 센스 목록에 올랐어! 어떻게 이런 일이! 정말 놀라운 일이야!"

라노라 하라돈Lanora Haradon, 이것이 답이었다. 넥스트 챕터 북숍의 주인은 지뢰투성이인 험난한 출판의 길에서 내 손을 잡아주었다. 내 원고는 100명이 넘는 저작권 대리인에게 거절당했고, 단지 한 출판사만이 계약을 하자고 나섰다. 이러한 상황에도 라노라는 나와 내 소설을 믿어주었으며, 그것은 단지 입바른 말이 아니었다. 나 모르게 이 작은 악동은 다른 독립 서적상들에게 내 책을 격찬했고, 북 센스 목록 선정을 위해 추천장을 써주었으며, 다른 서적상들에게도 그렇게 해달라고 부추긴 것이다.

> 작가가 다른 작가들의 희망이 겹겹이 채워져 있는
> 책꽂이를 보면서 서점의 한가운데 서 있는 것보다
> 더 겸허해지는 순간은 없다.

몇 달 뒤 진짜 책이 서점에 도착했을 때, 라노라는 당장 오라고 내게 전화를 했다. 그녀는 무릎이 후들거리는 나를 테이블로 안내했고, 내 손에 샤피펜을 쥐어주었다. 그리고 몇 분 뒤 『어둠 속의 휘파람』 두 박스를 가지고 나타났다. 그렇다…… 나는 나의 서점에서 내 책에 사인을 하고 있었다. 나름 냉정한 고객이었던 내가 울음을 터뜨렸다. 물론 소설의 론칭 파티는 제2의 집인 서점에서 했다. 라노라는 이야기의 배경이 1959년인 것을 감안하여 피그즈 인 어 블랭킷pigs in a blanket 요리(소시지나 돼지고기를 양배추나 베이컨으로 돌돌 만 요리), 버튼 캔디, 그리고 물론 어느 시대나 분위기를 활기차게 만들어주는 싸구려 와인을 준비하면 재미있을 거라고 생각했다. 그녀가 이 소설에 대해 진심 어린 연설을 하러 연단에 섰을 때, 나는 귀를 꼭 틀어막아야 했다. 분에 넘치는 칭찬이라 감당하기 어려울 지경이었다.

친구들, 가족들, 다른 애서가들에게 둘러싸여 벌어진 이 떠들썩한 파티는 긴 터널을 지나 마침내 종착역에 도착한 것에 대한 축하였다. 그 누가 더 바랄 수 있을까? 나는 아니다. 절대. 작가가 다른 작가들의 희망이 겹겹이 채워져 있는 책꽂이를 보면서 서점의 한가운데 서 있는 것보다 더 겸허해지는 순간은 없다. 나는 그토록 바라던 북 센스 추천 목록에 올랐지만 그저 보통 이상만 팔린다면 물 위를 걷는 것 같은 기적이라고 생각했다. 그런데 일주일이 지나자 넥스트 챕터 직원이 매장에서 직접 50권을 팔았다. 다음 주에도 또 50권을 팔았다. 그리고 이 책은 서점에서, 미국에서, 전 세계에서 계속 팔리고 있다. 『어둠 속의 휘파람』은 결국 《뉴욕타임스》 베스트셀러 목록에 올랐고, 미국 중서부 독립서적상협회에서 주는 상까지 받았다. 이 상은 지금 다른 예기치 못했던 여러 선물들과 함께 침대 옆에 놓여 있다(중국 만리장성에 앉아, 네덜란드의 풍차 아래서, 잘은 모르지만 터키의 어떤 명소에서 독자들이 내 책을 읽고 있을 거라는 상상을 하면 몇 시간 동안 잠을 이루지 못한다).

5년이 지나 세 권의 소설을 더 펴낸 지금도 책에 사인을 하거나, 작가 행사에 참석하거나, 이 모든 것을 가능하게 만들어준 직원들과 책에 대한 담소를 나누러 서점 문을 들어설 때마다 〈내 인생의 등불을 밝혀준 당신You Light Up My Life〉의 후렴구가 터져 나오거나 감사의 마음에 무릎을 꿇거나 하지 않으려고 갖은 애를 쓴다(지금까지 겨우겨우 그저 흥겨운 허밍이나 가벼운 인사로 버텨왔지만 더는 어떻게 될지 나도 잘 모르겠다).

감사해요, 라노라.

감사해요, 넥스트 챕터 북숍.

레슬리 케이건은 두 자녀의 엄마이자 배우이며, 한때 식당을 경영했고, 노련한 기수로 활동하기도 했다. 또한 《뉴욕타임스》 베스트셀러 작가이기도 하다. 그녀의 저서로는 『어둠속의 휘파람』, 『100가지 불가사의의 땅(Land of a Hundred Wonders)』, 『투모로우 리버(Tomorrow River)』, 『굿 그레이스(Good Graces)』가 있다.

STEPHANIE KALLOS
스테파니 칼로스

서드 플레이스 북스

워싱턴주, 레이크 포레스트 파크

서드 플레이스(제3의 장소) 정의

third place \ˈthərd ˈplās\

1: 도시 사회학자 레이 올덴버그^{Ray Oldenburg}가 만든 용어. 그에 따르면 집(첫 번째 장소)과 직장(두 번째 장소)이라는 일반적인 두 사회적 환경과 구분되는 사회적 주변 환경을 일컫는 지역사회 건물의 개념에 사용. 교

외 거주자들이 필요로 하는 것은 사람들이 쉽게, 비싼 돈을 들이지 않고, 정기적으로 즐겁게 모일 수 있는 수단이다. 즉, 모퉁이에 있고, TV를 대체할 수 있는 실제 삶, 자동차를 타지 않고 결혼과 가정생활의 밀실 공포증에서 쉽게 벗어날 수 있는 장소다.

2: 거대한 미송 몸통에서 잘라낸 크고 견고한 탁자가 놓여 있고, 다양한 음식과 음료를 제공하는 밝게 불이 켜진 널찍한 공공장소, 빠른 고객 회전율에도 개의치 않는 직원들을 고용한 곳.

3: 서드 플레이스의 화려한 편의시설로는 서점, 볼링장, 라이브 뮤직 그리고/또는 주크박스, 업라이트 피아노, 빈백 의자 그리고/또는 이발소 의자, 매점, 즉석 사진 촬영 부스, 맥주와 와인 라이선스, 나무를 태우는 스토브, 커다란 체스판 등이 있음.

4: 결혼, 이혼, 주택 매매, 부모나 친구의 죽음, 자녀와 손자들의 출생, 해고, 실직, 직업 훈련을 통해 10년 이상 속해온 5명으로 구성된 글쓰기 그룹, 즉 보통 사람들이 매달 만날 수 있는 장소.

5: 작가 그룹에서 첫 번째 소설의 각 장, 두 번째 소설의 제1장, 여섯 편의 단편을 비평해주며 7년을 보낼 수 있게 한 장소. 이 모든 것이 실제로 내가 쓴 글이 출판되리라고는 감히 꿈도 꾸지 못했던 1996년에 시작됨.

6: 철이 바뀔 때마다 작가 그룹은 모든 작가들이 더욱 나아지기 위해 꼭 들어야 하는 다음 두 가지 말을 현명하고, 통찰력 있고, 친절한 목소리로 제공해주는 곳. (1)계속해라. 포기하지 마라. 정말 좋다. (2)계속해라. 포기하지 마라. 별로 좋지 않다.

7: "별로 좋지 않다"는 조언이 그다지 통렬하게 느껴지지 않는 이유는 라테나 허브티, 허니 베어 베이커리에서 제공하는 칼로리가 넉넉한 패스트리를 먹는 와중에 듣기 때문.

8: 내가 1997년 11월부터 1998년 4월까지 매달 첫 번째 토요일에 둘째 아이를 돌보면서, 카페인을 제거한 커피를 홀짝이며, 유기농 설탕을 넉넉하게 뿌린 과일 파네토네와 수유에 도움이 되는 회향을 오물거리며, 작가 그룹으로부터 지금 이 둘째아이를 임신하기 전부터 쓰기 시작해서 아이가 일곱 살이 되었을 때에야 겨우 출판된 첫 번째 소설의 비평을 듣는 곳.

9: 아이들이 체스 말보다 약간 더 커지자마자 거대한 체스 세트를 가지고 놀기 시작한 곳.

10: 2003년 가을, 첫 번째 소설의 출판이 결정된 후 커다란 원목 테이블에 붙어 앉아 몇 주 동안 하루에도 몇 시간씩 소설을 교정하던 곳. 메모는 거칠고 거의 알아볼 수 없는 낙서나 다름없는데, 그 이유는 (아이스링크의 냉방 장치가 폐경기의 일과성 열감을 진정시켜 준다는 사실을 알게 되어) 개인 스케이팅 교습을 신청하고 수업 10분 만에 넘어져 오른쪽 요골에 골절상을 입었기 때문. 생애 처음으로 뼈가 부러짐. 하필 교정을 보고 있던 소설 제목도 『브로큰 포 유Broken for You』다.

11: 2007년 1월 7일 새해 첫 번째 토요일 아침, 아버지가 돌아가신 지 1년 뒤 밤샘 간호 끝에 어머니가 돌아가신 걸 보고 평소대로 작가 그룹을 만나러 가는 곳. 그곳에 가는 이유는, 어릴 적 기억 중 하나가 책을 펴는 올바른 방법을 보여준 것이 엄마의 손이었기 때문에, 독서에

대한 신성한 사랑을 물려준 사람이 엄마이기 때문에, 내 첫 번째 소설의 초고를 읽을 때 엄마가 눈물을 훔치셨기 때문에, 엄마라면 내가 그곳에 가기를 원했을 것이기 때문에, 오늘 같은 날 이 장소와 이 사람들처럼 나를 위안해줄 존재가 세상에 없기 때문에.

12: 나는 앞으로 무명으로 남을 유명한 미국 영화 스타의 딸에게 영원히 불만을 품을 것이다. 왜냐하면 커다란 제3의 장소에서 열린 그녀의 최신 동화를 프로모션하는 행사에서 그녀는 책을 파는 직원들에게 무례하게 굴었기 때문.

13: 나는 앨런 알다Alan Alda를 지금보다 더욱 사랑할 것이다. 그가 자서전을 프로모션하는 비슷한 행사에서 직원들에게 친절하게 대했기 때문.

14: 책에 구입한 날짜와 장소를 적어놓는 습관 때문에 다음 책들을 어디에서 샀는지 알 수 있다. *Edwin Mullhouse and A Girl Named Zippy*, *Four Letter Word*, *Invented Correspondence from the Edge of Modern Romance*, *Strange as This Weather Has Been and Defining the Wind*, *The View from the Seventh Layer*, *How Green Was My Valley*, *Poemcrazy*, *Stuffed*, *Saul Bellow: Letters*, *The Brief History of the Dead*, *The Face on Your Plate*, *The Face of a Naked Lady*, *Woe Is I*, *Words Fail Me*, *Writers on Writing Volume II*, *A Writer's Time*, *Reading Like a Writer*, *Pitching My Tent*, *Border Songs*, *The Great Good Place* (서드 플레이스라고 적힌 책이 집에 더 많이 있다. 이 책들은 사무실 책꽂이에 있는 것만 모은 것이다.)

15: 이곳은 내가 2008년 12월 두 번째 소설을 론칭하기 위해 무대에 섰던 곳이다. 이 소설은 슬픔을 겪은 후 쓴 것으로, 돌아가신 부모님과

자살한 작가 친구에게 바친 책이다.

16: 이곳은 내가 관객에게 네브래스카 응원가를 가르쳐준 곳이다. 옆에서 서드 플레이스 직원/ 친구 셰럴 매키온과 PGW 대리인/ 친구 신디 하이드맨이 가사가 적혀 있는 커다란 포스터를 들고 있었다. "네브래스카만 한 곳은 없다네, 네브래스카여, 여자들은 가장 아름답고 남자들은 가장 늠름하다네……."

17: 내가 사랑하는 작가이자 친구인 짐 린치^Jim Lynch가 일어나 질문을 함으로써 질의응답 시간이 시작된 곳이다. "어떻게 죽음에 대해 그런 권위를 가지고 글을 쓸 수 있습니까?"(지금 이 에세이를 쓰면서 생각해보니 이런 질문은 제3의 장소에서만 나올 수 있다.)

18: 이곳은 직원이 당신을 알고 이름을 불러주며, 다음 소설은 어떻게 되어 가는지 물어주고, 눈물을 쏟거나 다음 소설이 어떻게 잘 안 되어 가고 있는지 우물거려도 개의치 않는 장소다(편안하게. 그들은 티슈를 건네주고 책을 직접 판매해준다).

19: 이곳은 2012년 7월 5일 이 에세이의 최종 교정을 보려고 문을 연 지 얼마 안 된 시각에 랩톱을 들고 들어온 곳이다. 두 아들(이제 14살, 17살이다)과 자동차 여행을 떠나기 몇 시간 전이다. 나는 12온스 무설탕 헤이즐넛 소이라테를 크고 둥근 미송 원목 탁자(보통 사람들이 좋아하는 것) 위에 놓는다. 부드럽게 구부러진 반들반들한 가장자리를 손가락으로 만져보고, 촘촘히 새겨진 나이테를 세면서(줄 간격이 정확한 연습장의 선 같다) 내 삶의 역사는 이 에세이에서 말한 대로 1과 4분의 1인치 정도의 공간만을 차지한다는 것을 깨닫는다. 쇼팽의 발라드가 스피커에

서 흘러나온다. 한 줄기의 빛이 채광창 아래 테이블에 둘러앉아 뜨개질 하는 일곱 명의 중년 여성을 비춘다. 광고탑은 이제 평면 텔레비전이지 만, 내용은 달라진 게 없다. 서머 스토리 타임스Summer Story Times, 독일어 ·스페인어·프랑스어 대화 그룹 가입 초청 안내문, 7월 생산자 직거래 장터에서 중고 악기를 기부하라는 공고가 붙어 있다. 나는 데드라인을 며칠이나 넘겼지만 편집자는 늦어지는 것을 이해한다. 게다가 내가 자 라고 위안받고 도전을 받았던 이 장소, 지도 위에서 측정할 수 있는 것 보다 훨씬 큰 인연을 맺게 해준 장소, 내가 꿈꾸던 감사하고 충만한 삶 의 모양으로 성장하는 모습을 지켜보던 장소에 대한 이 송가, 이 감사 의 러브레터를 제대로 쓰는 것이 너무나 중요하다.

내가 사랑하는 작가이자 친구인 짐 린치가
일어나 질문을 함으로써 질의응답 시간이 시작된 곳이다.
"어떻게 죽음에 대해 그런 권위를 가지고
글을 쓸 수 있습니까?"

20: 접시를 치우러 가다가 이 글을 쓸 때 11살짜리 두 남자아이가 내 뒤에 앉아 있었다는 걸 알았다. 여름철 학교 밖에서 거의 붙어 다니다 시피 하는 사이다. 두 아이는 자전거를 타고 와서, 아이들을 위한 작은 놀이 공간을 둘러싼 낮은 카운터에서 점심을 먹는다. 한 아이는 안색이

창백하고 주근깨가 있으며 얼굴 모양이 아이다호 감자 같다. 또 한 아이는 치아 교정기를 낀 덩굴제비콩처럼 생겼다. 덩굴제비콩이 말한다. "내가 '어디서?' 그랬더니, 걔가 '4시간 전'이래. 내가 '어디서?'라고 물었더니 걔가 '4시간 전'이라는 거야." 꼬마들은 고개를 젖히며 깔깔대고 웃었다. 그들의 대화가 들리지 않을 정도로 자리를 벗어날 때까지 덩굴제비콩은 이 얘기를 세 번 더 말했고, 그때마다 아이들은 자지러지게 웃었다. 쟤들은 왜 여기 앉아 있는 거지? 주차장으로 가기 위해 에스컬레이터를 타면서 궁금해졌다. 왜 다른 테이블을 놔두고 여기에 와 있냐고? 그러고 나서 깨닫는다. 몇 년 전 이 아이들이 더 어렸을 적에 부모들이 책을 읽다가 수다 떠는 동안 여기서 놀았기 때문이다.

21: 〔이곳에 당신의 정의를 써 넣으시오.〕

스테파니 칼로스는 배우이자 교사로, 20년 동안 연극계에 몸담았다가 글쓰기로 전향한 작가다. 그녀는 여러 단편소설과 두 권의 소설 『브로큰 포 유』(수몽크 키드가 〈투데이 쇼〉 북클럽을 위해 선정)와 『싱 뎀 홈(Sing Them Home)』(《엔터테인먼트 위클리》가 2009년 최고 서적으로 선정)을 출판했다. 그녀는 남편, 아들과 함께 노스 시애틀에 살고 있다.

LARRY KANE
래리 케인

체스터 카운티 북 앤드 뮤직 컴퍼니
펜실베이니아주, 웨스트 체스터

시작하기 전에 면책 조항을 발동시켜야겠다. 내가 가장 좋아하는 서점은 집에서 60킬로미터쯤 떨어져 있다. 나는 거기서 많은 책을 샀지만 5킬로미터쯤의 거리에 있는 두 곳의 반즈앤노블에서도 자주 책을 산다. 나는 내가 가장 좋아하는 서점에 4종의 책을 팔았다. 방송 저널리스트 경력에 대한 자서전, 비틀즈와 함께하는 독특한 여행에 대한 두 권의 베스트셀러, 뉴스 편집실에서 있었던 살인 미스터리에 관한 책이다. 비틀즈가 어떻게 탄생했는지 그에 얽힌 신비를 다룬 다섯 번째 책은 가을에 출판될 예정이다. 나는 이 책을 전국 투어에서뿐만 아니라 그곳에서도 팔 것이다. 그 책은 의심의 여지없이 내가 가장 좋아하는 서점에서 나를 더욱 유명하게 만들어주겠지만, 아마도 북 커뮤니티에 있는 내 친구들 사이에서 논란을 좀 일으킬 수도 있다.

내가 가장 좋아하는 서점인 체스터 카운티 북 앤드 뮤직 컴퍼니라는 이름을 들으면 푸르른 초목으로 둘러싸인 전원과 장작 타는 냄새, 시원한 여름 공기 속을 가르는 저녁 나절의 부엉이 울음소리, 펜실베이니아 체스터 카운티의 겉으로 보기에는 물리학적으로 완전무결한 걸작의 이미지가 떠오를 것이다. 느낌상으로도 크게 다르지 않을 것이다. 이런 이미지가 이름에 걸맞기는 해도 체스터 카운티 북 앤드 뮤직 컴퍼니는 위의 이미지들과는 상당히 다르다.

그렇지만 서점은 구식의 가치와 근대 기술이 멋들어지게 조화를 이루어 흥겨운 현대식 버전으로 재탄생했다고 할 수 있다. 그 이유는 서점 직원들이 최고의, 그리고 최선의 서적 판매 가치를 활용한다는 것이다. 목록이나 컴퓨터 화면이 아니라 사람과 사람이 직접 얼굴을 맞대고 만남으로써 책 자체만큼이나 신나고 흥겨울 수 있는 판매의 기술 말이다.

우선, 체스터 카운티는 숲 속에 있지 않다. 서점은 펜실베이니아주 웨스트 체스터의 루트 202에 있는 스트립 몰 안에 있다. 그렇지만 상관없다. 서점은 어디에나 있을 수 있으니까. 모든 위대한 기관과 마찬가지로 서점은 물리적 구조 때문에 번성하는 것이 아니라 사람들의 힘으로 번성하는 것이다.

출판업은 절체절명의 도전에 직면해 있고, 가장 큰 문제는 출판업에 종사하는 사람들이다. 이들이 필라델피아 지역에서 두드러지는 두 곳의 독립 서점(실로우 홉우드가 경영하며 번창일로에 있는 작은 독립 서점인 도일스타운 북숍과 체스터 카운티)에서 일하든 체인 서점에서 일하든, 소매업자들은 신예 작가의 소설을 선택하는 데 소극적인 대형 출판사의 태도 때문에 어려움을 겪고 있다. 재능이 있는 사람들이 종종 버려지는데, 대형 출판사들이 판매가 보증된 승자만을 원하기 때문이다. 그로 인해 '위험 없이는 얻는 것도 없다'는 의식이 팽배해 있다. 결국 덤터기를 쓰는 것은 전자기술의 시대에 종이책을 팔면서 가뜩이나 힘들어 하는 소매업자들이다. 이 점에서는 직접 고객을 상대하며 말로 책을 파는 사람들을 존경해야 한다. 그리고 이 때문에 체스터 카운티 북 앤드 뮤직에 대한 특별한 애정이 있는 것이다. 나는 가끔 반즈앤노블에 있는 훌륭한 친구들에게 체스터 카운티에서 판매 기술을 좀 배우라고 말한다. 그리 미묘할 것도 없는 섬세한 기술이 책에 대한 경험을 그토록 특별하게 만드는 것이다.

공간 구성도 무시할 수는 없다. 독자가 문을 열고 들어가면 장식 판자를 댄 커다란 서점이 있고, 그곳은 음악 CD와 다시 유행하는 레코드판이 있는 커다란 가게로 연결된다. 이 음악 코너는 전자 서비스가 절대 제공할 수 없는 것을 제공한다. 바로 분위기다. 이 분위기를 좋아한다면, 어린이 섹션을 포함하여 체스터 카운티의 음악 코너에 대한 모든 것을 좋아하게 될 것이다. 섹션들은 각각 구분이 되어 있어 구경하는 사람들은 자기만의 속도로 '자유롭게' 둘러볼 수 있다.

다시 서점으로 돌아오면서 오른쪽으로 고개를 돌리면 식당으로 통하는 문을 볼 수 있다. 그저 매점 수준이 아니라 진짜 식당이다. 책과 음악과 음식의 조화는 도일스타운 자치구 내에서, 그리고 도일스타운 북숍에서 걸어갈 수 있는 거리에 있는 많은 레스토랑 가운데 단연 최고라 할 수 있다. 체스터 카운티의 직원은 이곳에서 음식과 음료를 해결한다. 게다가 정말 맛있다. 주방장의 솜씨도 환상적이라고 말하지 않을 수 없다. 조금 바보스럽게 들릴 수도 있지만 나는 이곳의 피넛버터젤리 샌드위치 광팬이다. 피넛버터젤리야 어지간하면 다 맛있지 않냐고 반문할 수도 있지만 그렇지 않다. 정말로 먹고 싶을 때 딱 원하는 음식을 맛보는 기분을 아는가? 비록 어린이 메뉴지만 말이다.

다시 서점으로 돌아가면 중앙에 계산대와 서비스 데스크가 있는데, 바로 여기가 빛이 흘러나오는 곳이다. 이곳에 체스터 카운티의 전통이 있다. 그토록 많은 양서들을 론칭하고, 동시에 고객의 수요를 충족시키면서 그들의 삶을 행복으로 채우는 그 전통 말이다. 나는 이것이야말로 서점의 존재 이유가 아닌가 싶다.

독서와 추천 R&R이라는 전통은 현재 매니저인 테아 코트로바^Thea Kotroba가 서점에 처음 온 28년 전쯤부터 시작되었다. 이 전통은 미국 북동부에서 가장 중요한 서적상이자 독자였던 어떤 남자의 유산이며, 다음 세대의 서적상들에게까지 이어졌다.

1990년대에 서점에 합류한 조 드라비악^Joe Drabyak은 R&R의 기술을 새로운 경지로 끌어올렸다. 일부 고객은 '조의 목록'을 보고 한 무더기

씩 책을 샀다. 그토록 조는 훌륭했다. 그러나 그는 좋은 책의 출판을 위해 싸우는 일에서도 훌륭했다. 뉴 애틀랜틱 독립서적상협회의 회장이었던 조는 누구보다도 미국 독립 서점의 생존을 위해 애썼다. 작가와 출판업자들은 인재를 알아보는 그의 능력에 매료되었다. 나를 포함한 몇몇 사람은 2010년 10월 3일 조의 장례식에서 추도사를 했던 걸 영광으로 생각한다. 조는 60세의 나이에 암으로 세상을 떠났지만, 그가 체스터 카운티에 남긴 유산은 서점 안에 활자화되어 여전히 살아 있다. 최근 출판된 여덟 권이나 되는 책에 그의 이름을 딴 허구의 인물이 나온다.

그리 미묘할 것도 없는 섬세한 기술이
책에 대한 경험을 그토록 특별하게 만드는 것이다.

조에 대해서 할 얘기는 많지만 체스터 카운티 북 앤드 뮤직 주인인 캐시 시모누아Kathy Simoneaux에게 그 기회를 넘기려 한다. 그녀는 조가 죽음을 맞은 직후에 다음과 같은 말을 했다. "지금 나는 그를 직원으로, 서적상으로, 독립서적상협회 회장으로, 서적 판매업계의 기둥으로 생각할 수 없습니다. 단지 그를 알게 된 것을 행운이라고 말할 수밖에 없는, 매력적이고 멋지고 재미있는 사람으로 기억합니다."

재미있다는 말은 절제된 표현이다. 조는 진짜 웃겼고, 베테랑 작가나 신인 작가에게 영감을 주었다. 서점에 영향을 미쳤던 그의 개성은 기념비적이었다.

세계에서 가장 책을 많이 읽는 사람이자 자기만의 방식으로 책을 선정하는 테아 코트로바는 "구멍이 뚫린 듯 그의 빈자리가 크게 느껴지겠지만 우리 모두가 이 전통을 이어나가야 한다는 데 생각을 같이합니다"라고 말했다. 이러한 전통에는 개인적으로 추천하는 책, 자신만의 베스트셀러 목록, 눈을 맞추며 이야기하기, 개인적인 매력, 비디오 게임을 손에 넣으려는 요즘 세대와 같은 흥분으로 책을 팔고 사고 읽고자 하는 결연한 의지 등이 있다.

그리고 조는 말을 전파하는 재주가 있었다. 그가 살아 있을 때, 그리고 그가 죽은 뒤에도 동료 직원들은 이 정신을 이어받았다. 모두가 자신만의 '선정 목록'을 개발했다. 따라서 체스터 카운티 북 앤드 뮤직에 들어서면 직원들은 만반의 준비가 되어 있다. 조안 프리츠는 어린이 코너를 담당하고 있는데, 그녀는 어린이 코너에 진열된 책에 대해 훤히 꿰고 있다. 마이클 포트니는 소설에 다양한 취향을 가진 예술가인데, 그가 추천해준 책을 다 읽지 않고 중간에 그만둔 적이 없다. 줄리아 러빙은 실적이 뛰어난 파트타임 직원이다. 팀 스킵은 훌륭한 책을 알아보는 눈이 있으며, 번역된 책을 읽는 걸 좋아한다. 『용 문신을 한 소녀The Girl with the Dragon Tattoo』가 갑자기 생각난다. 그리고 테아? 그녀는 특히 남을 기쁘게 해주려고 할 때 완벽함이 빛을 발한다.

남다른 점? 충성스런 독자들과 그들의 고객을 아는 판매자들이다. 완벽한 조합 아닌가. 이렇게 재능 있는 사람들을 골라 멋진 전통을 간직한 서점과 음악 궁전과 미국 음식을 적절히 섞어보라. 그러면 자석처럼 끌어당기는 조합을 얻을 수 있다.

물론 단점도 있다. 이 장소는 너무나 매력적이고 유혹적이어서 도전적이기까지 하다. 서점에 들어서서 존재감을 '느끼고', 음식을 먹고 책 속에서 길을 잃거나 조금 둘러보다 보면 위대한 책을 읽을 때처럼 시간이 훌쩍 흘러가 있다. 갑자기 고개를 들어 시계를 보면 이미 늦었거나 약속을 놓쳤다. 이러한 서점에 가는 것은 뒤에 스케줄이 있다면 매우 위험할 수 있다. 위험을 감수하고 서점에 가라. 그리고 조의 존재감이 여전히 그곳에 머물러 있으면서 글쓰기 운명과의 멋진 데이트로 가는 길을 밝혀주고 있다는 사실을 기억하라.

글을 끝내기 전에 또 다른 면책 조항을 발동시키려 한다. 나는 '조가 선정한 목록'에 세 번이나 들었다. 이것이 내가 가장 좋아하는 서점에 대한 나의 견해에 영향을 주진 않았지만, 확실히 흐뭇한 일이기는 하다. 그것은 곧 서점에서 내 책을 소개하며 팔고 있다는 것이니까. 만약 내가 쓴 책이 없었다면 집에서 60킬로미터나 떨어진 서점에 드나들지 않았을 것이다. 당신이라면 책 한 권을 사러 60킬로미터나 여행하겠는가?

래리 케인은 미국에서 가장 존경받는 TV 저널리스트 중 한 명이다. 비틀즈의 1964년과 1965년 투어를 밀착 취재한 유일한 기자로서, 딕 클락이 서문을 쓴 『티켓 투 라이드(Ticket to Ride)』와 2005년 《뉴욕타임스》와 《로스앤젤레스 타임스》 베스트셀러였던 『밝혀진 레논(Lennon Revealed)』을 썼다. 그의 책은 전 세계에 번역되어 팔리고 있다.

LAURIE R. KING

로리 R. 킹

북숍 산타크루즈

캘리포니아주, 산타크루즈

책은 활기찬 지역사회의 정맥을 타고 흐른다. 이 사실은 작가가 되기 훨씬 전에 알았지만, 최근에 1929년 파리를 배경으로 하는 소설을 쓰기 위한 조사를 하면서 새삼 이 생각이 떠올랐다.

제1차 세계대전 후 파리에서 휴가를 보냈던 미군은 그곳에 마음과 정신의 일부가 남아 있다는 것을 깨달았다. 노래 가사에도 있듯이 "어떻게 그들이 다시 농사나 지을 수 있겠는가."

더 실질적으로 말하자면, 20세기 초의 환율이라면 이 젊은이들은 달러를 가지고 허드슨이나 오하이오에서 사는 것보다 센강 옆에서 사는 게 훨씬 넉넉했을 것이다. 아마도 소설 또는 시집 한 권을 쓰거나, 아니면 방을 가득 채울 수 있는 그림을 그리기에 충분할 정도로 오랫동안.

그래서 잃어버린 세대(제1차 세계대전 무렵 환멸과 회의에 찬 미국의 젊은 세대)는 방값이 싸고 와인도 풍족했던 센강 좌안으로 몰려들었다. 그리고 그곳 서점에서 그들의 심장을 발견할 수 있었다.

실비아 비치Sylvia Beach라는 자그마한 미국 여성 역시 전쟁 중에 파리와 사랑에 빠졌고, 그곳에 머물기 위한 구실을 찾아 나섰다. 시티 오브 라이트The City of Light(파리의 별칭)는 영어로 된 책을 팔 서점이 필요했다(아, 책을 파는 족속의 끝없는 낙관주의란!). 그리하여 서점이자 대여 도서관인 셰익스피어 앤드 컴퍼니가 어떨 때는 조금씩, 어떨 때는 한꺼번에 영어권 외국인이 밀려들던 시기에 센강 좌안에 문을 열게 되었다. 이곳의 상가 역시 세가 쌌다. 프랑스인이나 외국인 고객 모두 책을 위해서 이곳에 왔고, 대화를 위해 머물렀다. 어니스트 헤밍웨이, 앙드레 지드, T.S. 엘리엇, 에즈라 파운드, F. 스콧 피츠제럴드, 알레이스터 크로울리, 만 레이, 거트루드 스타인 등 각계각층의 다양한 예술가들이 만나 책 속에서 한데 어울렸다. 이들은 최신 소설을 샀고(혹은 빌리는 게 대부분이었고), 우편물(그렇게도 소중한 고향에서 보내온 수표들!)을 수령했다. 그리고 실비아에게 자신들의 원고를 보여주었다. 물론 예술가인 이들은 실비아에게 돈을 빌렸고, 음식도 얻어먹었으며, 그녀를 설득해 가게 위층에 있는 아파트에서 숙박도 했다.

제임스 조이스James Joyce를 따라갈 만한 작가는 없었다. 실직한 영어 교사에다가 아내와 두 자녀가 딸렸고, 절대 끝나지 않은 소설까지. 셰익스피어 앤드 컴퍼니는 그를 정신적으로, 예술적으로, 금전적으로 지원했다. 『율리시스』가 천재의 작품이라는 데는 누구나 동의했지만 이 책은 너무 다루기 힘든 나머지(게다가 외설적이라는 판정을 받았다) 그 어떤 출판사도 섣불리 건드리지 못했다. 그래서 실비아는 직접 출판업에 뛰어들어 몇 년 동안을 그 책에만 전념하였다. 작가의 교정은 도무지 끝이 없었고, 결국 실비아는 파산 상태에 이르렀지만 친구들의 후원금 덕분에 영어권 문학에서 가장 중요한 작품이 탄생하게 되었다. 그녀는 그것으로 충분했다.

다행히 『율리시스』의 탄생에 모든 서점이 산파 노릇을 한 것은 아니다. 모든 서적상이 그토록…… '헌신적'이었던 것은 아니다. 이 단어에 '미쳤다'는 뉘앙스가 떠오르기는 하지만 말이다. 그러나 내가 아는 모든 서점은 지역사회의 중심에서 문학을 굳건히 지원하고 있다.

북숍 산타크루즈를 예로 들어보자.

나는 북숍 산타크루즈가 1966년 문을 열고 몇 년이 지나서야 알게 되었다. 당시 나는 학생으로 이 도시에 왔고, 어슬렁거리다 메인 스트리트에 있는 오래된 벽돌 건물로 들어서게 되었다. 당시 닐과 캔디 쿠너티가 주인이었고, 기분 좋게 삐걱거리는 나무 바닥에 늘 누군가 자리를 차지하고 있던 안락의자가 여기저기 놓인 편안한 서점이었다. 이곳은 마을 주변의 언덕처럼 비밀 통로나 신비한 동굴을 숨기고 있는 듯한 그런 건물이었다. 나는 지하에 마술사가 살고 있다고 생각했다. 아니면 연금술사라든가. 이곳은 내가 알게된 최초의 서점이었다. 우리 집은 본래 지겹도록 이사를 다니는 편이어서 거의 도서관만 이용했기 때문이다. 나는 이곳에서 23살 때 처음으로 장정본을 샀다. 제임스 클라벨James Clavell의 『쇼군Shogun』으로, 도서관에 있던 책은 두 권으로 돼 있었는데 첫 권을 찾을 수가 없었다. 다행히도 북숍 산타크루즈가 나를 구해주었다.

그 뒤에도 여러 차례 서점의 도움을 받았다. 이 붉은색 벽돌 건물은 산타크루즈의 보물이 숨겨진 곳이며, 즐거움이 기다리는 곳이며, 지식이 숨어 있는 곳이며, 가장 재미있는 사람들을 찾을 수 있는 곳이며, 도시의 심장이 있는 곳이다.

나는 단골이었다. 책을 한 권 사서는 서점 뒤에 있는 커피숍에서 커피를 마시며 읽곤 했다. 11월 초에 열리는 서점 생일파티에도 매년 참석했다. 지난 몇 년 동안 내가 사들인 책을 통해 내 삶의 변화 과정을 추적해볼 수 있다. 세계의 종교에서 텃밭 가꾸기로, 목공일에서 여행가이드로, 이어 임신 관련 책과 아이의 그림책으로 이어진다(엄마와 달리 내 아이들은 책을 소유하며 자랐다). 몇 년 동안 북숍은 내 삶을 풍요롭게 해주는, 없어서는 안 될 삶의 일부였다.

그러다 로마 프리에타Loma Prieta 지진이 발생했다.

지진은 산타크루즈를 덮쳤다. 1989년 10월 17일 오후 5시 4분, 사람들이 죽고, 길은 갈라졌고, 건물은 무너져 내렸다. 북숍 산타크루즈의 안락한 벽돌집도 예외일 수 없었다. 벽은 위태롭게 흔들렸다. 상점의 영광스러운 보물들은 책꽂이에서 쏟아져 내려 산더미처럼 쌓였고, 도시의 붉은색 경고문 때문에 손을 댈 수가 없었다. 건물 철거 차량들은 고속도로가 다시 열리기만을 기다렸다. 충격에 빠진 지역사회는 도처에서 수돗물을 끓이고, 카펫에서 유리 파편을 집어내고, 어둠속에서 잠자리에 들었으며 여진이 일어날 때마다 두려움에 떨었다.

도시의 심장이 흔들렸다.

> 지난 몇 년 동안 내가 사들인 책을 통해
> 내 삶의 변화 과정을 추적해볼 수 있다.

닐과 캔디는 기운을 내어 정신을 가다듬고, 그들 종족의 축복받은 미친 듯한 낙관주의로 북숍의 생일파티를 진행할 거라고 선포했다. 지진이 일어난 뒤 처음으로 나타난 희망의 빛줄기였다. 파티가 끝난 직후, 시내 주차장에 임시 천막들이 세워졌고('파빌리온'이라는 공식 명칭은 결코 인기를 끌지 못했다) 수백 명의 충실하고 고마운 친구들이 북숍의 보물을 구조하러 나타났다. 이들은 안전모를 쓴 채 책을 안전한 곳으로 옮겼고, 먼지와 상처를 닦아냈다. 11월이 끝날 즈음, 끊임없는 혼란과 끔찍한 뉴스에 시달려온 지역사회에서 북텐트 산타크루즈Booktent SantaCruz가 문을 열었다.

우리는 3년 동안 크리스마스와 생일 선물을 위해 듬성듬성 이가 빠진 책꽂이를 싹 비워냈고, 아직 갖고 있지 않은 어린이 동화를 찾았고, 강아지와 고양이에 대한 책에 투자하는 등 북숍을 살리는 데 도움이 되는 것이라면 무엇이든 하면서 북텐트에서 책을 샀다. 마침내 새 서점이 문을 열게 되었을 때, 다시 한 번 지역사회가 나서서 의기양양하게 어둡고 칙칙한 텐트에서 밝고 현대적이며 널찍한 새 서점으로 책을 옮겼다.

샌터크루즈는 심장을 다시 찾았다.

북숍 산타크루즈의 부활은 내 첫 소설이 출판되기 두 달 전에 일어났다. 그때 이후로 나는 이곳에서 몇 번의 낭송회를 가졌고, 무수히 많은 책을 사고(그리고 사인하고!) 저녁식사나 영화 관람 약속 전 만남의 장소로 활용했으며, 옆 커피숍에서 수 리터의 커피를 마셨다. 요즘 나는 손자를 위해 어린이 코너에서 책을 산다. 비록 텃밭 가꾸기와 강아지에 대한 책에는 시들해졌지만 양장본 소설은 여전히 많이 산다.

북숍 산타크루즈가 폐허에서 일어나는 것을 본 사람들, 어둡고 삐걱거리는 나무 바닥을 기억하는 사람들은 이 장소를 예사롭게 여기지 않는다. 이 서점을 소중히 여기고, 행사에 참석하고, 우리 삶의 일부로 받아들인다. 큰 재난을 한 번 겪었지만 그것을 이겨낸 활기찬 지역사회가 있다. 삶과 아이디어로 가득 찬, 정맥을 흐르는 책들과 함께.

북숍 산타크루즈, 사람들이 책을 사러 가서 에너지를 충전하기 위해 머무는 곳.

90년 전 셰익스피어 앤드 컴퍼니처럼.

로리 R. 킹은 『양봉가의 도제(The Beekeeper's Apprentice)』, 『해적왕(Pirate King)』, 『시금석(Touchstone)』의 저자다.

KATRINA KITTLE
카트리나 키틀

새턴 북셀러스
미시건주, 게일로드

내 '고향 서점'은 우리 집에서 700킬로미터 떨어져 있다. 미시건주 게일로드에 있는 새턴 북셀러스는 내가 도움을 얻기 위해 찾는 곳이자 변함없이 좋아하는 서점이다. 애서가이자 작가로서 꿈에 그리던 서점이라고나 할까. 새턴 북셀러스는 내 진짜 고향인 오하이오 데이턴에는 존재하지 않는 형태의 서점이다. 데이턴에는 대형 체인 서점들이 전부 들어서 있어 원하는 책은 모두 얻을 수 있지만, 정작 내가 서점에서 갈망하는 다른 필수적인 요소들은 찾을 수 없다.

내가 갈망하는 게 뭐냐고? 가장 중요한 것은 열정적인 서적상이다. 질 마이너Jill Miner와 직원들은 내가 여태껏 본 직원들 중 가장 유행에 민감하고 영리한 직접 판매자들이다. 2006년 질 마이너가 그레이트 레이크 북 어워드 소설 부문에 내 세 번째 소설을 선정했기 때문에 새턴 북셀러스를 만날 기회를 얻었다는 것을 말하고 넘어가야겠다. 그녀는 그레이트 레이크 독립서적상협회 컨벤션에서 내 수상 소감을 듣기 위해 온 사람들에게 나를 소개했다. 저녁 먹는 자리에서 그녀는 "우리 서점에 오셨으면 해요. 저희가 어떻게 하면 될까요?" 이 점이 질의 가장 훌륭한 (많은) 장점 중 하나다. 그녀는 일을 성사시키는 능력이 있다.

이날의 저녁식사가 있은 뒤 1년도 안 되어 나는 새턴의 품안으로 첫발을 들여놓았다. '들어오세요!'라고 요구하는 길가 표지판에서부터 칠판이 걸린 벽, 서점 안에 세워진 통나무 오두막 속 커피숍까지 흔히 볼 수 있는 찍어낸 듯한 체인 서점의 분위기는 찾아볼 수 없었다. 질은 행사 팸플릿과 책을 초콜릿과 함께 포장지에 싼 재미있는 마케팅 아이디어를 보여주었다(기발하지 않은가? 게다가 초콜릿과 책은 내가 가장 좋아하는 조합이다). 질은 낭송회에 많은 사람들이 올 게 틀림없다고 말했다. 그렇지만 줄줄이 놓인 빈 의자들을 보자 마음이 불안해서 독특한 진열대, 직원 추천 도서 등을 구경하며 통로 사이를 돌아다녔다. 이따금 의자들이 좀 채워졌는지 확인하면서…… 여전히 빈 의자가 많았다. 나는 '뭐, 행사를 망친다 해도 적어도 구경은 잘했지'라고 스스로를 위로했다.

나는 '부모님을 동반하지 않은 아이들에게는 에스프레소와 풀어놓은 강아지를 드립니다.' '조용하지 않으려면 자리를 비켜주세요.' 직원 전용 구역으로 들어가는 문 위에 걸린 '정신병원 입구'라고 위협하는 표지판들 옆에서 사진을 찍었고…… 그러다 강박적으로 시계를 확인하고 그 (비어 있는!) 의자들을 다시 쳐다보았다. 모든 작가가 한 번쯤은 독자가 세 명밖에 참석하지 않은 소박한 낭송회를 경험하게 된다. 나는 질이 그토록 내 책에 대해 입소문을 내며 노력했음에도 불구하고 실망할까 봐 걱정이 되었다. 서점은 고객들이 끊이지 않았지만 모두 각자 필요한 책을 사서 돌아갈 뿐이었다. 나는 당장이라도 화장실에 숨고 싶은 마음이 굴뚝같았지만, 청중이 적더라도 훌륭하게 행사를 마치리라 마음을 다잡았다.

행사가 시작되기 10분 전에 나는 통나무 오두막 커피숍에서 음료를 마시고 있었다. 그나저나 그 커피숍은 정말로 훌륭했다. 서점의 직원들이 책을 추천할 때 고객에 맞게 추천하는 것처럼 주문한 커피를 고객의 취향에 맞춰 만들어주었다. 바리스타는 마침 스무디를 개발 중이었는데, 시음할 기회를 주었다. 망고와 코코넛, 그리고 럼이 어우러진 스무디는 말로 표현할 수 없을 정도로 맛있었다.

스무디 한 잔에 머리가 얼얼해져 움찔하며 뒤를 돌아봤을 때, 나는 눈앞에 펼쳐진 광경에 놀라 그저 눈만 깜박거렸다. 모든 좌석이 빈틈없이 다 찬 것이다. 직원들은 의자를 더 놓았지만 그것도 모자랐다. 서점이 너무 꽉 차다 보니 손을 뻗으면 맨 앞자리가 닿을 정도였다. 거의 무릎이 맞닿았다고 봐도 무방했다! 사람들은 통로에 서거나 바닥에 앉아 어깨를 나란히 하고 모여 있었다.

질 마이너와 직원들은 어떻게 하면 멋진 작가 행사를 벌일지 알았다. '벌이다'라는 단어를 쓴 이유는 행사가 마치 파티 같았기 때문이다. 그리고 훌륭한 주인의 손에 맡겨진다면 자잘한 것 하나까지도 세심하게 처리된다. 예를 들어, 낭송회 중에는 커피숍에서 주문을 할 수 없다. 커피 가는 소리나 바리스타 스쿠프로 탕탕 내리치는 소리와 경쟁해본 작가라면 이것이 얼마나 사려 깊고 정중한 제스처인지 알 것이다.

이 행사에 왔던 독자들은 새턴 북셀러스에 대해 많은 것을 알려주었다. 이 많은 사람들은 모두 서점의 충성스럽고 열성적인 팬이었으며, 질과 직원들이 추천하는 것이라면 무엇이든 믿고 따랐다. 낭송회 후에 진행된 질의응답 시간은 시끌벅적하고 흥겨웠다. 관객의 절반이 서점의 입소문 덕분에 책을 이미 읽고 왔으므로 토론은 깊이가 있었다. 나는 황홀경에 빠져 거의 기절할 지경이었다.

*

그나저나 그 커피숍은 정말로 훌륭했다.
서점의 직원들이 책을 추천할 때
고객에 맞게 추천하는 것처럼
주문한 커피를 고객의 취향에 맞춰 만들어주었다.

행사가 끝난 뒤 재미있고 영리한 직원들 덕분에 끊임없이 웃으면서 (진짜로 웃긴 여직원이 있었는데 정말 〈새터데이 나이트〉 라이브쇼 진행자로 나서도 손색이 없을 정도였다) 남아 있는 책에 사인을 하고, 나는 질에게 도움이 필요하다고 말했다. 비행기에서 읽을 책을 생각보다 빨리 읽어치워 호텔에서나 다음 날 비행기에서 읽을 것이 아무것도 없다고. 서점은 잠시 침묵에 잠겼다. 모든 직원들은 예리하게 반짝이는 눈으로 나를 쳐다보았다. 두 번 생각할 필요도 없이 자신 있게 말할 수 있다. 이 직원들이 얼마나 자신의 직업을 사랑하고 내 요청을 진지하게 받아들이는지.

질은 "최근 읽은 책 중에서 가장 좋았던 책이 뭐예요?"라고 물었다. 그녀와 다른 직원들은 내 대답을 주의 깊게 듣더니 그걸 토대로 아주 멋진 안을 제시했다. 나는 그날 레슬리 케이건의 『어둠속의 휘파람』과 마리사 데 로스 산토스Marisa de los Santos의 『빌롱 투 미Belong to Me』를 들고 서점을 떠났다. 나는 그전에 이들 작가의 작품을 읽어본 적이 없다. 이제 이들은 내가 최고로 좋아하는 작가일 뿐만 아니라 가장 아끼는 친구들이 되었다.

모두 새턴 덕분이다.

사실 그렇게 놀랄 필요도 없었다. 바로 이게 훌륭한 서점 직원들이 일상적으로 하는 일이니까. 이들은 지식이 있어야 한다. 읽지 않았다 하더라도 서점 직원은 현재 나오는 책들의 제목을 알고 있어야 한다. 그러나 체인 서점에서는 다음과 같은 일을 흔히 겪었다. 한번은 대형 할인몰 같은 체인 서점에서 친구에게 줄 선물로 『먹고 기도하고 사랑하라』를 사러 갔다. 나는 그때 너무 시간에 쫓겨 책을 찾을 수가 없었다. 그래서 점원에게(쉽게 찾을 수도 없었다) 어디에 있는지 알려달라고 했다. 그녀는 나를 쳐다보고 눈을 끔벅거리더니 물었다. "그거 요리책이죠?"

음, 새턴에서라면 있을 수 없는 일이다.

나는 지금까지 새턴 북셀러스에서 낭송회를 네 번 했다. 관객들이 낭송회장을 가득 채우고 서 있었던 것은 요행이 아니었다. 내 행사에 왔던 사람들은 모두 다음번 행사 때도 찾아주었다. 나는 새 소설 발매와 함께 새턴에 다시 가기를 기대하고 있다. 나는 그 행사가 옛 친구들과의 재회를 기뻐하는 듯한 방식으로 펼쳐지기를 기대한다. 그리고……
정말로 그럴 것이다.

카트리나 키틀은 『이방인의 친절함(The Kindness of Strangers)』과 『동물들의 축복(The Blessings of the Animals)』, 청소년을 위한 책 『행복해질 이유(Reasons to be Happy)』 등을 쓴 작가다. 그녀는 오하이오 데이튼에 살면서 달리기와 정원 가꾸기, 가르치는 일을 하고 있다.

SCOTT LASSER
스코트 레서

익스플로러 북셀러스

콜로라도주, 아스펜

스키 타기, 화려함, 호화로움, 음식, 문화, 아름다운 자연 등 아스펜에
는 사랑할 수밖에 없는 것들이 넘치지만 익스플로러 북셀러스보다 더
좋은 것은 없다. 익스플로러는 이 도시에 없어서는 안 될 명소이며, 아
스펜의 특징들, 즉 몸과 마음과 정신을 살찌운다. 다시 말해, 세계적 수
준의 서점이 없다면 세계적 수준의 마을도 없다.

내가 처음 익스플로러 북셀러스에 간 것은 1983년으로, 아스펜에서 첫 겨울을 맞이했을 때였다. 나는 일주일 내내 스키를 가르쳤으며, 4일 동안은 남는 시간에 웨이터 일을 했다. 적어도 일주일에 한 번, 비번인 날은 익스플로러에 갔다. 나는 대학 등록금 마련을 위해 돈을 모으고 있어서 대개 아무것도 사지 않았다. 그렇지만 서점에 들어서는 것은 또 다른 세계에 발을 들여놓는 것이다. 서점은 내가 아스펜에 그나마 작은 뿌리라도 내릴 수 있게 만들었다. 대형 체인 서점이 들어서기 전인 그 시절에 익스플로러는 보유하고 있는 서적만으로도 타의 추종을 불허했다. 빅토리아식 서점 전체가 책으로 가득했고, 기품이 흘렀다. 문학, 논픽션, 아동 서적은 따로 분류되어 있었고, 인기 있는 소설은 계단 옆 코너에 한데 모아놓았다. 그 자리에 커피숍이 들어서기 전까지는.

내 인생 최초의 공개 낭송회도 그 계단에 앉아서 했다(요즘은 그 계단을 올라가면 예술, 음악, 스포츠, 주류 판매 허가를 받은 레스토랑이 있다. 그야말로 천국이다). 낭송회는 살만 루시디 처형을 명령하는 격문인 파트와가 내려진 지 한 달 뒤에 루시디를 지지하는 서점에서 주관한 행사의 일환이었다. 나는 뒤쪽에 서서 루시디와 표현의 자유는 그의 작품을 읽음으로써 그 의의가 빛을 발할 것이라는 주최자의 말을 들었다. 그리고 그녀는 군중 속에서 나를 지목하며 말했다. "스코트, 먼저 시작해주시겠어요?" 나는 계단 앞으로 나아가, 낡은 『한밤중의 아이들Midnight's Children』을 한 권 건네받고서 15분 동안 인도의 지명을 잘못 발음해가며 낭송했다. 다행히 아무도 개의치 않는 눈치였다. 어차피 루시디를 위해 모인 사람들뿐이었으니까.

근본적으로 서점은 지역사회를 위해 앞장서야 한다. 그날 익스플로러는 그렇게 했다. 사실 매일 그렇게 하고 있다. 사람들은 그럴싸한, 입에 발린 말이라고 생각할지도 모른다. 사실 지금 같은 전자책 시대에 서점은 분명 초라해 보인다.

> *
>
> 서점에 들어서는 것은
> 또 다른 세계에 발을 들여놓는 것이다.
> 서점은 내가 아스펜에
> 그나마 작은 뿌리라도 내릴 수 있게 만들었다.

하지만 그렇지 않다. 짐작했겠지만 이 이야기는 복잡하다. 수십 년 동안 익스플로러는 캐서린 탈버그Katherine Thalberg가 소유하고 운영해왔다. 그녀는 이 놀라운 서점을 창조했을 뿐만 아니라 육식 거부 운동, 모피 반대 캠페인, 좌파 정치 활동에 활발히 참여해왔다(바닥에서 종종 그녀의 개들을 볼 수 있는데, 녀석들은 당근을 먹고 있다). 탈버그 씨가 젊은 나이에 암으로 사망하자 가게는 그녀의 세 자녀에게 돌아갔다. 이들은 건물을 시세에 따라 팔아버리고 싶어 했다. 아스펜의 시가로는 400만 달러 정도 되었다. 익스플로러를 잃는다고 생각하자 아스펜 주민 모두가 거의 패닉 상태가 되었다. 익스플로러가 없으면 아스펜은 더 이상 아스펜이 아니기 때문이었다.

그렇지만 400만 달러라니! 제정신이 아니고서야 누가 그 가격에 사겠는가? 조지 부시의 지지자이자 스위프트 보트Swift Boat의 후원자인 억만장자 샘 와일리Sam Wyly 같은 이가 아니라면 말이다. 그것도 아스펜에서……. 와일리가 돈을 벌기 위해 익스플로러를 살 리도 없을뿐더러, 만약 그렇게 된다면 그가 서점을 엄청나게 좋아하게 되었을 경우나 가능한 일일 것이다.

이야기를 좀 이상한 쪽으로 몰고 간 것 같은데, 어쨌든 익스플로러는 위기를 견뎌냈다. 새로운 매니저의 이름은 존 에드워즈John Edwards로 (우리가 알고 있는 그 정치인 존 에드워즈는 아니다) 지역 주민들과 관광객 모두에게 즐거움을 안겨주며 이 마을을 가치 있는 삶의 터전으로 만들어나가고 있다. 나의 조언은, 새로운 지역으로 이사를 가려거든 딱 한 가지 질문만 하라는 것이다.

"거기 좋은 서점이 있나요?"

스코트 레서는 『디트로이트에 대해 좋은 말만 해(Say Nice Things about Detroit)』 등의 소설을 썼다. 그는 현재 아스펜, 콜로라도, 로스앤젤레스, 캘리포니아에서 산다.

ANN HAYWOOD LEAL
앤 헤이우드 레알

뱅크 스퀘어 북스

코네티컷주, 미스틱

그 아이는 학기가 시작되고도 몇 주 지나서 우리 반에 전학을 왔다. 다른 1학년생들은 입학할 때의 흥분과 기억이 사라진 지 이미 오래였지만 레이몬드는 또 다른 첫날을 맞이하고 있었다. 벌써 다섯 번째 학교라니, 1학년이 감당하기에는 너무 버거웠을 것이다. 사회복지사사에게 들으니 이번은 그에게 특별하다고 했다. 더는 위탁가정에서 지내지 않아도 되는 첫날이었다. 아이는 친척과 함께 살 예정이었고, 이번에는 이전과 다르기를 모두 희망했다. 그저 한 번 머물다 가는 임시 정류장이 아니라 자신의 베개를 가질 수 있는 그런 보금자리였으면 했다.

나는 아이를 교실 뒤쪽의 독서 공간으로 데리고 갔다. 아이는 내 건너편 쪽 책상에 의자를 바짝 당겨 앉았다. 호기심에 차 눈이 동그래졌다. 아이 앞에 책을 들이밀자 거칠게 움켜쥐곤 날카롭고 신경질적인 리듬으로 책을 두드리며 펼치려고 하지 않았다.

"우리, 같이 읽을 거야. 내 차례가 오면 네가 나를 톡톡 쳐." 아이는 손을 뻗어 곧바로 나를 톡 쳤다. 따뜻하고 끈적끈적한 손가락 끝이 내 손등에 느껴졌다. "선생님이 읽어요." 아이는 내 앞으로 책을 밀고는 다시 의자에 기대앉았다.

아이는 오전 자유 독서 시간에 친구들 주변을 어슬렁거렸고, 선반 앞에서 머뭇거리며 책을 꺼내려 하지 않았다. 그러더니 갑자기 무엇인가를 찾는 듯 알록달록한 플라스틱 쓰레기통을 마구 뒤적거렸다. 아마도 굴러다니는 레고를 찾는지도 모른다. 책이 아닌 다른 것을. 반 아이들은 고른 책을 가지고 책상에 앉거나 카펫에 엎드려 그 아이를 이상하다는 듯 쳐다보았다.

레이몬드는 자유 독서 시간이 그다지 맘에 들지 않았는지 갑자기 카펫 위에서 몸을 꺾고 회전하면서 브레이크 댄스를 추었다. 그 와중에도 가냘픈 팔다리로 거침없이 몇몇 아이들을 잡아채곤 했다. 아이들의 시선을 책에서 떼어놓으려는 듯 보였다.

고맙게도 그때 잭이 끼어들었다. "원하면 집에 있는 네 책을 갖고 와도 좋아." 잭은 자신이 가져온 『판타스틱 미스터 폭스Fantastic Mr. Fox』를 자랑스럽게 들어보였다. 레이몬드는 잠시 동작을 멈추고 생각에 잠겼다. 마치 잭이 잘못된 게임 규칙이라도 들이댄 것처럼 미심쩍은 눈초리로 쳐다보았다.

잭이 레이몬드를 향해 눈을 가늘게 뜨더니 나에게로 걸어왔다. 서너 명의 아이들이 그 뒤를 따랐다. 고자질은 1학년생들의 팀 스포츠다. "쟤, 책이 없어요." 잭은 책을 경건하게 가슴에 끌어안고 말했다. "새로 온 애, 책이 없어요." 다른 아이들도 동조하면서 고개를 끄덕였다.

나중에 알고 보니 레이몬드는 실제로 자기 책을 가져본 적이 없었다. 아이는 가벼운 여행에 익숙해져 있었다. 다음번 양부모 집으로 갈 때는 옷을 가장 먼저 챙겼다. 비닐봉투에 다른 것을 넣을 여유가 없었던 것이다.

나는 레이몬드에게 20여 권의 책을 건넸지만, 아이는 쳐다보지도 않았다. 나는 게임의 강도를 높여야 했다. 방과 후, 나는 새로운 이야기에 빠져들고 싶을 때면 언제나 들르는 곳으로 갔다. 바로 다리 건너에 있는 뱅크 스퀘어 북스다. 나는 애니 필브릭Annie Philbrick이나 페이션스 바니스터Patience Banister, 또는 레온 아치볼드Leon Archibald가 레이몬드에게 딱 맞는 책을 골라줄 거라는 것을 믿어 의심치 않았다.

뱅크 스퀘어 북스의 출입문을 열고 들어갈 때면 언제나 가장 좋아하는 이야기 속으로 걸어 들어가는 듯한 느낌을 받는다. '직원들이 뽑은 책'은 마치 활기찬 파티에 세심하게 선정된 손님들 같다. 모두 재미있고 잘 어울린다고나 할까.

주인과 직원은 모두 '어떤 표현'을 공유한다. 그것은 누군가가 그들만큼 무엇인가를 좋아할 때 나타나는 은근한 미소 같은 이해의 표시로 명확하게 드러난다. 너는 우리 편이라는 것이.

나는 어린이 코너에서 레온 아치볼드를 발견했다. 그는 레이몬드에 관한 이야기를 주의 깊게 듣더니 조용히 고개를 끄덕이며 "한번 찾아봅시다" 하고 말했다. 우리는 찬찬히 책꽂이를 둘러보았다. 레온은 이따금 걸음을 멈추고 생각에 잠기곤 했다. 『10개의 사과 쌓기^{Ten Apples Up on Top}』와 『나는 읽을 수 있어^{I Can Read}』 등 몇 권을 골랐다. 레온은 한 권 한 권 책꽂이에서 빼내 레이몬드가 다른 세계로 들어갈 수 있는 고리를 만들어주고 있었다. 그래서 레이몬드가 비닐봉투에 자신만의 책을 넣어 가지고 다닐 수 있도록. 나는 레이몬드에게 매주 한 권씩 책을 주겠다는 계획을 세웠고, 다음 날 아침 『10개의 사과 쌓기』부터 시작하기로 마음먹었다.

뱅크 스퀘어 북스의 출입문을 열고 들어가면,
언제나 내가 가장 좋아하는 이야기 속으로
걸어 들어가는 듯한 느낌을 받는다.

"이거 가져도 돼." 나는 책을 아이 앞에 내밀었다. 그는 의심스러운 듯 눈을 가늘게 뜨고선 나에게 "무슨 뜻이죠?"라고 묻는 듯한 표정을 지었다. 마치 내가 속임수를 써서 잘못된 길로 이끈다는 듯이. "이거 네 거야. 이제 네 책이라고." 나는 다시 말했다.

레이몬드는 책을 집으로 가져가지 않았다. 보조 교사 린다가 언제나 그를 위해 꿍쳐두는 간식 봉지와 함께 책상 안에 안전하게 넣어두고 갔다. 그리고 아침에 오자마자 가장 먼저 책을 꺼내 책상에 얌전히 올려놓는 계속 읽었다. 아이의 입은 새로운 단어를 발음할 때마다 천천히 움직였고, 단어가 익숙해질수록 아이의 긴장도 풀려갔다. 아이가 책을 받은 지 2주 정도가 지나면 책은 간식 때문에 온통 끈끈해졌다. 마치 너무 사랑받아서 온갖 것이 다 묻어 있는 테디 베어 곰 인형같이.

어느 날 아침 책상에서 뭔가를 찾고 있는데, 옆에 누가 서 있는 것을 느꼈다. "이거 선생님한테 읽어주고 싶어요." 레이몬드는 아침 작문을 끝내고 책상에 앉아 있어야 했다. 그렇지만 아이는 책을 손에 꼭 쥐고서 내 옆에 서 있었다. "저 연습해야 되거든요." 아이는 긴장한 모양인지 책과 나를 번갈아 쳐다보았다. "이거 엄마한테 읽어주려고요." 그는 숨을 헐떡였다. "엄마가 좋아할 거예요."

레이몬드는 엄마를 자주 보지 못했다. 그녀는 레이몬드가 읽는 것을 들어본 적이 없었고, 나는 이것이 레이몬드에게 매우 중요한 일이라는 걸 알았다. 그래서 우리는 책 읽는 연습을 몇 번이고 되풀이했다. 그날 오후, 레이몬드는 초조한 듯이 책을 가방에 넣었다. 그는 옷걸이 근처에 모여 있는 아이들을 곁눈질로 노려봤다. 마치 이 책을 건들지 말라고 무언의 경고를 하듯이.

레이몬드는 그날 엄마에게 책을 읽어주지 못했다. 나는 레이몬드의 엄마가 수감되어 있는 교화시설에 책을 가지고 들어가지 못할 것이라는 생각을 미처 하지 못했다. 그렇지만 그는 엄마에게 책을 '읽어'주기는 했다. 왜냐하면 '나의 서점'이 레이몬드에게 완벽한 책을 찾아주었고, 그 글이 레이몬드의 마음속에 들어앉았기 때문이다.

마음속의 고향 같은 책을 찾는 일은 하나의 재능이다. 애니 필브릭, 페이션스 바니스터, 레온 아치볼드, 그 외 뱅크 스퀘어 북스의 직원들은 중매쟁이 역할을 한다. 자신들은 잘 모르겠지만.

앤 헤이우드 레알은 『하퍼로 알려진(Also Known as Harper)』, 『주운 사람이 임자(A Finders-Keepers Place)』 등의 소설을 썼다. 태평양 연안 북서부 출신인 앤은 현재 코네티컷 남동부에서 초등학교와 글쓰기 워크숍에서 교사로 일하며 글을 쓰고 있다. 『하퍼로 알려진』은 2009~2010년 시카고 공립 도서관에서 최고 소설로 뽑혔으며, 2009년 ABC 〈굿모닝 아메리카〉의 여름 도서 목록에 선정되었다.

CAROLINE LEAVITT
캐럴라인 리비트

맥넬리 잭슨 북스
뉴욕주, 뉴욕

나는 오랫동안 맨해튼 시내에 살았다. 즉, 서점들에 파묻혀 살았다는 얘기다. 그렇지만 사랑에 빠져 결혼을 하고 아이를 가져야겠다고 생각했을 때, 맨해튼에서 우리에게 필요한 방 4개(두 개의 가정용 사무실과 하나의 침실, 아이 방)가 딸린 집은 믿을 수 없을 정도로 비쌌다. 결국 우리는 차로 7분 거리에 있는 호보켄으로 밀려났고, 그곳에서 맨해튼의 원룸 스튜디오 가격으로 1865년에 지은 3층짜리 벽돌집을 구할 수 있었다. 게다가 집에서 가까운 거리에 독립 서점도 세 개나 있었다.

물론 반즈앤노블이 들어와 독립 서점들을 잠식해버렸다. 그리고 당연히 몇 년 뒤에 반즈앤노블은 호보켄에 중고 책 서점 하나만 남기고 사라졌다. 그것으로는 부족했기 때문에 우리는 맨해튼의 서점에서 더욱더 많은 시간을 보내기 시작했다.

2004년, 맥넬리 잭슨(당시는 맥넬리 로빈슨)이 소호에 서점을 열었을 때 나는 서점을 떠나고 싶은 마음이 없을 정도였다. 불빛이 환하게 비치고 책이 가득한(2층 건물이다!) 서점에는 요거트와 바나나 앙트레 옆에 문학 작품의 인용구가 쓰여 있는 메뉴판이 독특한 카페도 있었다. 나는 서점 통로를 몇 시간이나 돌아다녔고, 때로는 아들도 데리고 다녔다.

가장 큰 즐거움이라면 무엇을 발견할지 모르는 채 서점을 둘러보는 것이었다. 하지만 그에 못지않은 또 다른 즐거움은 나름 전문가가 된 아들이 즐겁게 서점을 돌아다니는 모습을 보는 것이었다. 맥넬리 로빈슨은 스트레스를 받을 때면 신경안정제가 되어주었고(새롭고 멋진 읽을거리보다 더 나를 진정시켜주는 것은 없다), 피로할 때면 피로회복제가 되어주었으며(사람들을 구경하는 것도 책을 둘러보는 보는 것만큼이나 재미있다), 내게 영감을 주었다.

그렇지만 독자로서 서점을 사랑하는 것과 작가로서 사랑하는 것은 완전히 다른 일이다. 작가로서 다가갔을 땐 서점 전체가 마치 다른 생명체처럼 느껴진다. 차라리 글쓰기를 그만두고 치과대학에나 들어가야 하나 고민하면서 미칠 듯한 두려움에 휩싸여 절박한 마음으로 맥넬리 잭슨 북스에 들어서면, 그 많은 다른 이의 소설들 앞에서 나는 더욱 결연해진다.

작가에게 낭송회는 잘만 되면 책도 팔고 여러 독자들과 연결되는 기회가 된다. 그렇지만 단 두 명만 앉아 있는 (그나마 한 명은 무료 와인과 쿠키를 먹으러 온) 그런 낭송회에 가보지 않은 작가가 어디 있겠는가? 나는 맥넬리 잭슨 북스에서 내 아홉 번째 소설 『너의 사진들Pictures of You』의 론칭 행사를 했는데, 그때 서점 측에서 "우리는 뭔가 색다른 것을 하려고 해요"라고 해서 솔깃해졌다.

> 맥넬리 로빈슨은 스트레스를 받을 때면
> 신경안정제가 되어주었고,
> 피로할 때면 피로회복제가 되어주었으며,
> 내게 영감을 주었다.

서점은 나와 훌륭한 소설가 제니퍼 길모어Jennifer Gilmore의 대담을 마련했고, 우리는 높은 스툴에 앉아 즐겁게 의견을 주고받았다. 낭송회가 있기 1주일 전, 많은 A급 유명인이 트위터를 한다는 사실을 발견하고 그저 재미로 이들을 모두 초대했다. "맥넬리 잭슨 북스에서 열려요"라고 트위터에 올렸다. 왜냐하면 이 이름이 미끼로 작용하기 때문이었다. 팀 허튼Tim Hutton은 나타나지 않았다. 셰어Cher, 모비Moby, 오노 요코

Yoko Ono(그녀에겐 기대를 좀 걸고 있었다)도 나타나지 않았다. 그러나 많은 독자들이 와주었고, 공기마저도 감동적으로 느껴졌던 그날을 아직까지도 또렷하게 기억한다.

맥넬리 잭슨 북스는 작가들을 사랑한다. 모든 작가들을 평등하게 사랑한다. 우리 친구 중 한 명이 세계의 음악에 대한 책을 정식 출판할 기회를 얻지 못했을 때, 그는 포기하지 않고 자비로 출판했다. 보통 자비출판된 책은 서점에 진열되지도 않거니와 낭송회를 하기도 힘들다. 그렇지만 맥넬리 잭슨은 그에게 이 두 기회를 모두 마련해주었고, 직원두 명이 낭송회에 와서 질문까지 해주었다.

당신이 유머 감각 있는 사람이 되길 원한다면 이 서점에 오는 건 최상의 선택이다. 맥넬리 잭슨은 재미있는 트위터 계정과 웹사이트를 갖고 있다. 게다가 멋진 행사 코디네이터도 있다.

당연히, 맥넬리 잭슨은 훌륭한 서점이다. 당연히, 나는 서점에 가고 싶다. 등불 같은 책 표지에 싸인 책 사이에 있고 싶다. 그 이상 더 무엇을 바랄까?

당연히, 호보켄에 있는 지점도 정말 사랑한다.

캐럴라인 리비트는 《뉴욕타임스》 베스트셀러 작가로, 『너의 사진들』, 『내일인가(Is It Tomorrow)』 등의 소설을 썼다. 《피플》과 《보스턴 글로브》의 도서 비평가이자 숍토피아 온라인의 칼럼니스트이며, UCLA 고급 작가과정 온라인의 작문 교수로 있다.

MIKE LEONARD
마이크 레너드

북 스털 앳 체스트넛 코트
일리노이주, 위네트카

일리노이 위네트카에 있는 북 스털의 주인 로베르타 루빈Roberta Rubin에게.

미안해요, 로베르타.

당신은 나에게 지난 30년 동안 있었던 당신의 멋진 서점과의 관계에 대해 간단한 에세이를 써달라고 부탁했고, 나는 동의했지요.

그게 실수였네요. 제 능력 밖의 일이란 걸 절감합니다.

철물점에 대해 쓰는 것이었다면 문제가 없었을 거예요. 사람들은 망치나 잔디 물뿌리개, 대걸레에 관심이 있고, 보통 콤마 오용(무엇이 되었든지)에 대해 화를 내지 않으니까요. 그렇지만 당신은 정원 손질 도구나 화장실 솔을 팔지 않잖아요. 당신은 멋진 사업을 꾸려나가고 있고, 책꽂이마다 많은 추억이 있지요.

톨스토이, 오스틴, 멜빌, 울프, 루시디……

어떻게 내가 나의 눈을 똑바로 쳐다보는 셰익스피어에 대한 명구나 생각을 가다듬게 하는 논평을 생각해낼 수 있을까요? 그뿐이 아니에요. 모든 책 표지에 있는 그 많은 이름이 다 그래요. 그 모든 소설가, 회고록 집필자, 시인, 정치가들 말이에요. 그 모든 유명한 주방장, 가망 없는 운동선수, 유명한 심리학자, 인기 잃은 록 스타들이요. 말들로 넘쳐나는 모든 위협자들. 격언들. 지켜야 할 말들. 아름다운 말들. 통찰력 있는 말들. 좋은 생각을 자아내게 하는 말들.

제길! 저는 그런 말을 못합니다.

당신의 서점은 우리 지역사회의 심장입니다. 위대한 사상가들이 모이는 진지한 만남의 장소죠. 저는 적어도 일주일에 한 번은 그곳에 들러 통로 사이를 어슬렁거리거나 훌륭하고 멋진 직원들과 담소를 나눕니다. 그리고 언제나 무엇인가를 갖고 나오죠. 새로운 책이나, 어떤 영감이나, 좋은 감정 같은 것 말이에요.

그러나 정서적인 친밀감은 말로 옮기기 어렵습니다. 그래서 저는 다른 방법을 찾았습니다.

:—)

(폭로: 웃는 얼굴 이모티콘을 지금 처음 써봤습니다. 이 에세이가 끝나면 저는 절대 이모티콘을 사용하거나 이모티콘이라는 단어를 사용하지 않을 것이라 맹세합니다.)

아마도 설명이 도움이 될 것입니다.

1982년에 당신은 일리노이주 위네트카Winnetka에서 세 블록 떨어진, 나무가 즐비한 거리에 있는 이미 한물간 서점을 인수했습니다. 첫날부터 당신은 정말 볼만했습니다. 비좁은 통로를 신바람 나게 뛰어다니며 한 손으로는 책 꾸러미를 들고 다른 손은 복음 설교자처럼 흔들어댔습니다. 문학의 중요성과 북 스털이라고 이름 지은 작은 서점의 원대한 계획에 대해 열변을 토하면서요.

한편, 동쪽으로 720킬로미터쯤 떨어진 곳에 위험이 도사리고 있었습니다.

탁, 탁, 탁.

커다란 위험은 때때로 거의 소리를 내지 않고 다가옵니다. 진짜 화가 난 개가 속으로 그르렁거리는 것처럼요.

카네기 멜론 대학의 전산학자인 스콧 팰먼Scott Fahlman이 조용히 세 획으로 된 메시지를 쳤을 때는 화가 나지도 않았고 위협적인 기분도 아니었습니다. 지금 일각에서는 이 순간을, 힘겨운 소모전을 예고한 사람의 사고와 뉘앙스가 담긴 글쓰기에 대한 최초의 공격으로 보고 있지요.

이때가 1982년 9월 19일입니다. 북 스털이 문을 연 해지요.

메시지요?

:—)

스콧 팰만의 의도는 순수했습니다. 당시 인터넷은 초기 단계로, 기껏해야 공대생들만 사용하는 정도였죠. 일반 사람들의 사용 범위를 완전히 벗어나 비트의 알고리즘으로 이동하는 사람들이 모이는 이종교배 단계였습니다. 그 원시적인 프로그램 연산 풀에서 새로운 언어가 나왔습니다. 처음에는 조금씩 솟아나오다가 초기 컴퓨터 게시판이 새로 고안된 단어들, 이상하게 생긴 두문자어, 괴상한 부호들로 흘러 넘쳤습니다. 유머도 있었습니다. 적어도 유머를 시도하긴 했었죠.

Q: 프로이트 바이러스란 무엇입니까?

A: 컴퓨터가 자신의 마더보드와 결혼하려는 강박증입니다.

:—) :—) :—) :—) :—)

프로그래머의 농담이 컴퓨터 과학자의 게시판에서 아무런 효과가 없었어요. 아무도 이것이 농담인 줄 눈치 채지 못했다고 해서 정말 실패한 유머일까요? 그것이 바로 스콧 팰만이 웃는 얼굴로 부가적으로 해결하고자 했던 문제입니다. 바로 일종의 경고죠.

조심해, 앞에 농담이 있어!

유머나 풍자 섞인 말, 아이러니가 넘치는 발언이 종종 의도한 표적을 비껴갈 때가 있습니다. 특히 이 표적이 정확하지만 세속적이고, 잘 잊히고, 무식하게 노력하는, 슬프게도 토끼를 따라 절벽까지 간 엘머 퍼드Elmer Fudd(루니툰 만화에 나오는 토끼에게 항상 당하는 사냥꾼 캐릭터) 같은 표적이라면 말이죠.

:—(

(스콧 팰만은 찌푸린 얼굴 기호도 만들었습니다.)

그게 30년 전입니다.

그때 이후로 인터넷이 탄생하여 이메일을 낳았고, 이메일은 텍스트 메시지로 진화해 완전히 새로워진 약칭들로 탄생하게 되었습니다. 이제 중요한 것은 속도지요. 그리고 단순화입니다.

재접했어?('인터넷에 다시 접속했어?'라는 뜻의 인터넷 신조어) 멘붕이야?('멘탈 붕괴'라는 뜻의 인터넷 신조어)

'멘붕'의 모습을 보여줄게요.

:-/

하지만 이것이 표준 글쓰기의 뉘앙스와 미묘함을 축소시키지 않나요?

⟨:-)

(바보 같은 질문에 대한 기호)

바로 여기에 저의 어려움이 놓여 있네요.
측정할 수 없는 것에 대한
적합한 상찬의 말이 떠오르지 않아요.

미안해요. 로베르타. 저는 지금 사방을 돌아다니고 있어요.

아마도 주의력 결핍 과잉행동장애가 도지나 봐요. 아니면 훌륭한 옛날 방식의, 명확한 사고 부족 같은 좀 더 기본적인 문제일지도 모르겠어요. 저는 전력이 있어요. 고등학교를 5년 다녔지요. 대학에 들어가는 것도 정말 힘들었어요. 서른 살이 되어 마침내 운이 트여 저널리스트가 될 때까지 오랫동안 막일을 했어요. 저는 언제나 힘들게 살았지요.

저는 느리게 생각하는 사람이랍니다.

늦되었죠.

59세에 작가로 데뷔했어요.

5년 전에 내 책이 나왔을 때, 당신은 그 책을 서점 앞쪽에 진열해두고 사람도 꽤 많이 온 사인회 행사도 몇 차례나 마련했지요. 또 사람들에게 나를 실제보다 더 좋게 말해주었어요. 정말 겸허해지는 경험이었지만 시간이 가면 시들해지겠거니 생각했습니다.

하지만 그렇지 않네요. 당신이 그렇게 내버려두지 않았습니다.

당신은 매일매일 책을 홍보하고 칭찬하고 밀어붙였습니다. 저는 숫자에 밝은 사람이 아니기 때문에 한 번도 판매 부수에 대해 물어볼 생각을 한 적이 없습니다. 그러다 지난 달, 이 에세이를 위해 자료 조사를 하면서 내 책이 거의 2천 부가 팔린 것을 알고 깜짝 놀랐습니다.

한 서점에서. 그것도 무려 2천 권이 팔리다니.

이것이 다가 아닙니다.

1982년 이래로 북 스털의 규모는 두 배로 커졌고, 보유 서적도 대략 4만 8천 권이나 되며, 낭송회와 사인회를 연 작가도 수만 명에 이릅니다. 확실히 인상적인 숫자지만 당신의 가치를 모두 말해주는 것은 아니군요. 바로 여기에 저의 어려움이 놓여 있네요. 측정할 수 없는 것에 대한 적합한 상찬의 말이 떠오르지 않아요.

생의 마지막을 보내고 있었던 나이 들고 말 많은 내 아버지에게 보여준 당신의 존경과 애정.

네 살짜리 내 손자의 옹알거림에 무릎을 꿇고 눈높이를 같이하던 당신의 순수함.

내 글의 가치에 대한 당신의 지칠 줄 모르는 믿음.

이런 것들을 어떻게 말로 표현해야 할까요? 아주 적절한 뉘앙스가 담긴 근사한 말로 표현할 수 있다면 좋으련만, 도무지 생각나지 않고 데드라인은 다가오네요.

그러니까 레베카, 당신이 마땅히 받아야 할 화려한 문학적 부케를 주지 못하는 것에 대해 사과드립니다. 당신은 우리의 삶을 훨씬 더 풍요롭게 만들어주었지만, 내가 줄 수 있는 유일한 선물은 말하기 민망스러울 만큼 그저 고맙다는 말밖에 없네요.

바로 미소 짓는 얼굴밖에 드릴 게 없네요.

이것을 누가 글로 표현할 수 있을까요.

마이크 레너드는 1980년 10월에 NBC 뉴스에 합류했다. 일리노이 위네트카를 본거지로, 우리의 삶을 정의하는 이야깃거리를 찾아 미국 전역과 전 세계를 여행했다. 마이크의 이야기는 NBC의 〈투데이〉, 〈나이틀리 뉴스〉, 〈데이트라인〉 외에도 NBC 스포츠, MSNBC, 쇼타임, PBS에서도 방송된다. 그는 『우리 인생 최고의 쇼(The Ride of Our LivesRoadside Lessons of an American Family)』의 저자다.

ROBERT N. MACOMBER
로버트 N. 매콤버

뮤즈 북숍
플로리다주, 딜랜드

방금 신기한 경험을 했다. 속옷과 양말을 이상한 모양으로 접어 이미 꽉 찬 여행 가방에 어떻게든 쑤셔 넣으려고 하는 찰나에 재닛 볼룸Janet Bollum과 뮤즈가 생각 난 것이다. 그래, 정말 이상한 연관성이라는 것을 알지만 이해해주시길. 여기에는 원인과 결과가 있으니까. 더 정확히 설명하자면 '기대하지 않은 결과'라고나 할까. 꽤 괜찮은 기대하지 않은 결과.

내가 세계에서 가장 좋아하는 지역인 남태평양으로 6주 동안 여행을 가기 위해 짐을 쌌다. 아름다운 섬과 친절한 사람들, 그리고 매력적인 문화, 이 모든 것이 나 같은 소설가에게는 완벽한 양식이 된다. 그리고 무엇보다 가장 마음이 들뜨는 건 이번에는 매우 호화롭게 여행을 한다는 것이다. 피지, 쿡 아일랜드, 통가, 프랑스령 폴리네시아의 소시에테 제도 등을 항해하는 매우 고급스러운 개인 크루즈(매년 세계를 여행하는 160개의 편안한 객실이 있는 배다)가 나를 16일 동안 승선할 게스트 작가로 초대했기 때문이다. 이 여행이 끝나면 나는 혼자가 되어 사모아의 우폴루섬Upolu Island에 잠시 머무른 다음(로버트 루이스 스티븐슨의 집과 가깝다), 미국령 사모아의 파고파고Pago Pago에 들렀다가 오래된 마을 호놀룰루에 간다. 이 일정은 모두 다음 소설에 대한 자료 조사와 마무리 작업을 위한 것이다.

재닛 볼룸과 뮤즈가 여기에 큰 역할을 했다. 바로 이들이 내가 성공한 이유의 일부였다. 뮤즈는 플로리다 딜랜드의 쾌적한 대학가에 위치한 독특하고 작은 서점이다. 체인 서점에서 볼 수 있는 화려함이나 과대광고, 판촉물은 어디에도 없다. 그저 5만 권의 서적을 보유하고 있는 친근한 오아시스이다. 재닛은 이 서점을 32년 동안 운영하고 있으며, 미국에서 두 번째로 오래된 독립 서점이다. 그곳에서 사인회를 한 다른 모든 작가들과 마찬가지로 나 역시 서점을 좋아한다. 뮤즈 북숍은 귀중한 문헌이 놓인 서가와 매대를 둘러보고, 책에 대해 이야기하고, 가장 좋아하는 작가를 만나고, 재닛과 직원들에게 책에 대한 의견을 구하러 오는 애서가들의 지성소至聖所이다.

또한 플로리다 중부 지역의 내 독자층이 형성된 곳이기도 하다. 10년 전 재닛 볼룸이 다른 지역 출신의 신진 작가인 나를 선정하여 세 번째 소설 사인회를 뮤즈에서 열어주었기 때문이다. 그녀가 소문을 내면 독자들은 오게 돼 있다. 왜냐하면 독자들은 자신이 무엇을 좋아하는지 그녀가 잘 알고 있다는 걸 믿기 때문이다. 그들은 이미 나의 책을 좋아할 준비가 된 것이다. 그 이후로 일곱 권의 소설이 나올 때마다 나는 뮤즈로 돌아갔고, 매번 더 많은 독자들이 나와 함께해주었다.

> 방금 신기한 경험을 했다. 속옷과 양말을
> 이상한 모양으로 접어 이미 꽉 찬 여행 가방에
> 어떻게든 쑤셔 넣으려고 하는 찰나에
> 재닛 볼룸과 뮤즈가 생각 난 것이다.

재닛은 어떻게 하면 사인회를 제대로 진행하는지 안다. 지루함을 꾹꾹 눌러 참고 있는 부루퉁한 표정들과 지친 분위기의 체인 서점 사인회와는 달리, 재닛은 뮤즈에서 열리는 작가 사인회에 오는 독자들을 반드시 즐겁게 해준다! 음악과 간식, 음료, 웃음, 왁자지껄한 대화, 가장 좋아하는 작가와 즐거운 시간을 함께하는 독자들. 바로 이러한 것이 독자층과 저자의 성공을 구축한다.

성공한 저자들은 뭔가 특별한 청탁을 받기도 한다. 게스트 작가로서 남태평양을 항해하는 편안한 크루즈에 초대되는 것과 같은.

내가 성공할 수 있도록 도와주고 꽤 멋진 '기대하지 않은 결과'를 가져다주어서 고마워요, 재닛과 뮤즈.

로버트 N. 매콤버는 소설가이자 국제적인 강사, TV 논객, 컨설턴트로 활약하고 있다. 그는 플로리다의 마틀라차섬에서 살고 있다.

JILL MCCORKLE
질 맥코클

플라이리프 북스

노스캐롤라이나주, 채플 힐

바이블 벨트Bible Belt(기독교 신앙이 독실한 미국 남부와 중서부 지대)를 머릿속
에 그려보라. 그런 다음 중앙에 반짝이는 별들이 박힌 버클을 놓는다.
이곳이 트라이앵글 지역이다. 그 버클의 중심이 채플 힐이고, 미국 최
초의 공립 대학교 부지이자 상원의원 제시 헬름즈Jesse Helms가 한때 울
타리를 치고 주립 동물원으로 부르자고 제안한 곳이다. 예술에 대한 커

져가는 관심, 높은 교육 수준, 독립적인 마인드 덕분에 이 트라이앵글은 미국 어느 곳에도 뒤지지 않게 되었다. 그리고 성공적인 독립 서적상을 보더라도 미국에서 가장 모범적인 주에 해당한다고 할 수 있다. 산기슭부터 해안에 이르기까지 번창하는 서점이 점점이 퍼져 있다.

다른 업종들이 문을 닫고 많은 사람들이 점점 전자책에 의존하는 이 시기에, 이들 서점이야말로 활자 예술인 책의 역사와 사업을 보존하며 지역사회를 강화하는 가게들이다. 그러면서도 미래로의 전환에 대한 준비도 게을리하지 않고 있다.

사람들이 여전히 오프라인 서점과 책, 그리고 책을 읽는 사람들을 좋아한다는 증거는 많다. 멀리 갈 필요도 없이 채플 힐의 플라이리프 북스에 들어서기만 해도 금세 알 수 있다. 사람, 책, 책에 대한 대화, 낭송회…… 플라이리프는 우리에게 공동 목적지 같은 곳이다. 나 역시 정기적으로 서점을 방문하는 많은 고객 중 한 명이다. 특별한 목적이 있어서 가기도 하지만 그저 잠시 들러 서점을 둘러보고 그날 열리는 행사를 구경할 때도 있다.

나는 1980년 대학을 졸업한 이래로 이 도시를 드나들었다. 그때 사람들의 끊임없는 요구사항 중에 좀 덜 습한 여름(불가능), 더 많은 주차 공간(거의 불가능), 더 많은 전미全美대학체육협회의 경기 유치(가능), 쉽게 갈 수 있는 시내의 독립 서점(달성) 등이 있었다. 3년이 채 안 됐지만 서점은 이미 오래도록 사랑받고, 사람이 많이 드나든 건물 특유의 편안하고 아늑한 분위기를 간직하고 있다.

"세워라, 그러면 우리가 가리라"라고 지역 주민들은 말했고, 드디어

2009년 제이미 피오코Jamie Fiocco, 랜드 아놀드Land Arnold, 사라 카Sarah Carr
가 힘을 합쳐 일을 성사시켰다. 이 젊고 적극적인(그리고 서적 사업의 구석
구석을 꿰뚫고 있는 재능과 전문성으로 똘똘 뭉친) 삼총사는 도전을 받아들이
고 성공을 위해 뛰어들었다.

함께 경영하는 이들의 이름은 승승장구하는 로펌이나 회계 회사처럼
들릴 수도 있고, 이들이 이루어낸 성공을 보면 다들 그만한 그릇이 되
나 보다 생각하겠지만, 이들은 사실 작가에서부터 출판인, 독자에서 지
역사회에 이르기까지 엄청난 열정을 쏟아부었다. 이러한 노력의 결과
로 서점은 지역에 없어서는 안 될 필수적인 요소가 되었다. 작년 크리
스마스 특수 기간에만 이들의 매출은 작년 한 해 판매고를 넘어섰다.

그러니 앞으로 이 벨트 버클이 점점 더 커지고 반짝인다고 상상해보
라. 단지 바지가 흘러내리지 않게 잡아주는 벨트 버클이 아니라 헤비급
챔피언이 차는 벨트인 것이다. 크고 강력한 별이 반짝거리는.

나는 더 이상 채플 힐에 살지 않지만 플라이리프는 여전히 내가 자주
가는 서점이고, 매일 오가는 길에 쉽게 들르곤 한다. 양옆으로 요기를
할 수 있는 멋진 식당이 있고, 서점은 그곳에 영원히 있었던 것 같은 느
낌을 준다. 서점에서 쏟아져 나오는 사람들은 포스터스 마켓Foster's Marget
의 옥외 테이블에 앉아 책을 읽는다. 서점 안은 바닥부터 천장까지 책
꽂이마다 책이 그득그득 차 있고, 새로 나온 신간과 직원들이 뽑은 추
천 도서들이 커다란 테이블에 넘쳐난다. 이곳에는 인상적인 중고 책 코
너와 널찍한 낭송회 공간이 마련되어 있어서, 전국을 순회하는 작가들
의 레이더망에 포착된 지 오래다. 당연히 낭송회며 북클럽 프로그램은

모임 일정이 매주 잡혀 있고, 사람들은 불나방처럼 이 놀라운 장소로 속속 모여든다. 앞으로 있을 행사를 알리는 색색의 포스터와 공지문, 이미 열렸던 행사의 기념품들이 걸려 있다. 게다가 환상적인 어린이 코너가 있다. 아이를 데리고 갈 때마다 가슴이 두근두근 설레는데, 이러한 코너는 좀 더 둘러보고 쇼핑을 하고 싶게 만들기 때문이다. 신생 독자를 유치하는 건 말할 것도 없다.

> 나에게 플라이리프에 가는 것은 가장 좋아하는 책을
> 펼치는 것과 같다. 멋지고 번창하는 독립 서점의
> 이상한 나라에서 "옛날 옛적에"로 시작하여
> "행복하게 살았답니다"로 끝나는 그런 책 말이다.

플라이리프 북스가 이사 오기 전에 이곳은 체육관이었다. 그래서 나는 가끔 역기를 드는 소리, 심장 박동 소리를 상상한다. 살가죽이 늘어진 약해빠진 몸뚱이가 탄탄하고 조각 같은 몸매로 바뀌는 모습과 함께 말이다. 플라이리프는 이제 이렇게 궁극적인 단련 프로그램을 찾는 사람들의 메카가 되었다. 바뀐 게 있다면 사람들이 두개골 중심의 커다란 회색 근육에 초점을 맞춘다는 것이다. 근육이 더욱 강하고 유연해질수록, 상상력은 세 배 네 배로 커진다. 사람들의 심장은 종이와 잉크 냄새에 중독되어 인쇄기에서 막 나온 따뜻한 책을 보면 쿵쾅쿵쾅 뛴다. 그리고 나처럼 돋보기가 없으면 아무것도 보이지 않는다 해도 절대로 중간에 끊기는 일 없이 책을 둘러볼 수 있는 거대한 장서가 마련되어 있다. 또 서점에는 아름다운 장신구류와 지역 예술인이 만든 작품들도 있다. 실제로 최고 수준의 지갑이나 여행 가방 등이 구비되어 있다.

나는 언제나 책이 한가득 든 가방을 둘러메고 한 달이나 두 달쯤 조용한 곳에 틀어박혀 아무것도 안 하고 책만 읽고 싶다는 생각을 하곤 한다. 그렇지만 물론, 지금 여기서 실제로 하는 일도 좋다. 이를테면 책 한두 권, 새로운 잡지, 여벌의 유리잔을 사 가지고 집에 오는 일 말이다.

플라이리프는 '진짜로 손에 들고 페이지를 넘겨야 하는' 책의 시작과 끝에 있는 백지다. 이 백지는 앞으로 다가올 일을 기약하는 막의 오름과 같고, 외부 세계로 다시 돌아가기 전에 차분한 휴식으로 천천히 막이 내리는 것과 같다. 한마디로 문을 열고 들어서면서 용솟음치는 지적 기운을 느끼고, 돌아갈 때는 지식으로 충만한 편안한 기분이 되어 서점을 떠나는 것이다. 제이미나 랜드, 사라가 기다리고 있다가 나를 반갑게 맞이해줄 수도 있을 것이다. 나에게 플라이리프에 가는 것은 가장 좋아하는 책을 펼치는 것과 같다. 멋지고 번창하는 독립 서점이라는 이상한 나라에서 "옛날 옛적에"로 시작하여 "행복하게 살았답니다"로 끝나는 그런 책 말이다. 미래 세대를 위해 점점 더 빛이 나고 커져가는 챔피언 벨트를 가진 누군가가 있다면 나는 그에게 나의 전부를 걸 것이다.

질 맥코클은 『삶 후의 삶(Life After Life)』 등의 수필집과 소설을 펴낸 작가다. 그녀의 작품은 시사 잡지 《애틀랜틱》, 《아메리칸 스칼러》, 보스턴의 문학잡지 《플라우셰어스》, 『베스트 미국 단편집』, 『베스트 미국 에세이집』 등 많은 출판물에 실렸다. 그녀는 노스캐롤라이나 힐스버러에 살고 있다.

MAMEVE MEDWED
마메브 메드웨드

포터 스퀘어 북스

매사추세츠주, 캠브리지

나는 『어떻게 엘리자베스 바렛 브라우닝이 내 삶을 구했는가How Elizabeth Barrett Browning Saved My Life 』라는 소설을 쓴 적이 있다. 이 책의 론칭 행사를 우리 집에서 조금 떨어진 곳에 있는 포터 스퀘어 북스에서 치렀다. 이 곳은 내게 또 다른 집이나 마찬가지로, 이제 나와 내 친구들의 모든 론 칭 행사는 이곳에서 열린다. 이 소설은 나의 상상에서 탄생했다. 그렇지만 현실에서 논픽션으로 제목을 바꾸면 '내 삶을 바꾼 포터 스퀘어 북스'가 될 것이다. 결국 작가와 독자가 사는 곳에서 두 블록 떨어진 곳에 있는 서점은 모유이며, 핫 퍼지 선디(버터와 초콜릿으로 만든 캔디를 듬뿍 얹은 아이스크림)이며, 목적지이며, 공동체이며, 읽을 것이 없다는 외로움과 공포에 대한 해독제이다. 이 서점은 나와 우리 이웃에게 일어난 최고의 행운이다.

잠시 과거로 돌아가보자. 내가 자란 메인주의 뱅고르Bangor에는 새 책을 파는 서점이 딱 하나 있었는데, 매우 작았고 5킬로미터나 떨어진 시내까지 나가야 했다. 그 사촌뻘 되는 중고 책 서점은 퀴퀴한 곰팡이 냄새가 나는 습한 지하에 자리를 잡고 있었다. 우리 집에는 고전들이 책꽂이를 채우고 있었고, 백과사전은 가구만큼이나 오래된 것이었다. 우리는 책을 사지 않았다. 보스턴 상류층의 모자처럼 그냥 책이 있었다. 보고 싶은 새 책이 있으면 도서관에서 빌렸다. 장거리 전화를 사치라고 여겼던 것처럼(시아버지는 아들이 우리의 데이트 약속을 잡으려고 스코히건에서 전화를 걸어오면 전화기 옆에 있던 시계를 쳤다) 사전이나 수험서가 아니면 절대 책을 사지 않았다.

내가 캠브리지로 이사를 왔을 때 우리가 처음 세든 아파트는 도서관 본관에서 두세 걸음 거리에 있었다. 우리는 빠듯한 학생 신분의 예산으로 살아야 했기 때문에 하버드 광장에 있던 서점은 언감생심이었고, 활동적인 (그리고 경쟁적인) 독서가임을 증명해주는 캠브리지 공공도서관의 대기 목록은 너무나도 길었다. 내가 요청한 책이 맨 상단에 있다는 것을 알려주는 반신용 엽서를 보고 기뻐했던 기억이 난다. 하지만 돌려

줘야 할 책이 아닌 내 책을 소유하고 싶었다.

두 번째 아파트는 하버드 광장까지 걸어갈 수 있는 거리였다. 직장도 얻었고, 새 책꽂이도 마련했기 때문에 생일과 그 밖의 기념일을 마음껏 즐기기 시작했다. 당시 하버드 북스토어에는 창가 자리가 있었는데, 양말 원숭이 인형과 손때가 묻은 닥터 수스 책들이 놓여 있어서 겉으로 보기에는 어린이 코너 같았다. 그렇지만 쿠션 위에 아이들이 없을 때는 새로 나온 앤 타일러Anne Tyler의 책을 들고 그곳에 뭉개고 앉아 바틀리 버거Bartley's Burger 가게의 늘어선 줄을 확인할 수 있었다. 우리는 서점 주인인 프랭크 크레이머Frank Kramer가 "안녕하세요"라고 인사했을 때 우리가 단골의 지위를 얻었다는 걸 알았다.

우리는 영화를 보고, 모퉁이에 있는 워즈워스 북스WordsWorth Books로 가서 11시까지 죽치곤 했다. 아늑한 창가 자리는 고사하고 변변한 의자 하나 없었지만, 통로 사이 바닥에 앉아 영화 상영 전에 소설을 읽기 시작하여 영화가 끝난 뒤에 책을 돌려줘도 아무도 뭐라 하지 않았다.

비오는 날이면, 리딩 인터내셔널Reading International에서 잡지를 뒤적이며 비가 그치기를 기다렸다. 카운터에 앉은 존은 《피플》과 《플라우셰어스》를 닥치는 대로 읽어치워도 개의치 않는 듯했다. 손님이라도 맞을 때면 리딩 인터내셔널은 으레 만남의 장소였다. 시와 유명인사들 기사에 정신이 팔려 있으면서도 커다란 앞쪽 창을 통해서 브래틀 스트리트Brattle Street를 향해 내려오는 손님을 포착할 수 있었다.

이런 안식처 같은 독립 서점들은 안타깝게도 살아남지 못했다. 너무나 빨리 책꽂이의 책들은 사라졌다. 책 무더기들은 자리를 잃었다. 한

때 비좁았던 통로는 넓어지고 듬성듬성 빈 곳이 많아졌다. "아, 안 돼." 나와 남편은 나지막이 부르짖었다. 위즈워스는 문을 닫았고, 리딩 인터내셔널은 건강 식품점이 되었다가 아메리칸 어패럴American Apparel로 바뀌었다. 반즈앤노블은 쿱Coop을 인수했다. 창가 자리에 진열대가 들어선 하버드 북스토어는 점점 책이 가지치기를 당하는 현실에서 외롭게 목소리를 높이고 있었다.

아, 그리고 직원들!
지식이 풍부하고 재미있고 현명한 그들은
내가 놓친 책이나 놓쳐서는 안 될 보물을 찾아주러
서점 안을 누비고 다닌다.

곧 우리는 다시 이사를 갔다. 소방서, 주유소, 중국 음식점, 정신병원, 음료 가게와 멀지 않은 곳에 살았지만, 그곳에는 우리가 가장 소중히 여기는 공공시설이 없었다. 우리는 서점 하나 없는 지역에 자리를 잡았다. 그렇지만 이 상태는 오래 가지 않았다. 2004년, 집에서 5분 거리에 포터 스퀘어 북스가 생겼을 때 우리는 샴페인을 터뜨렸다. 건배를 하며 춤을 췄다. "이제 우리만의 문학 도피처가 생겼으니 하버드 광장에 가지 않아도 되겠다." 친구 스티브가 말했다. 우리 이웃에게 얼마나 좋은 일인가. 지역 작가들에겐 또 얼마나 요긴한 것인가.

우리의 책은 포터 스퀘어 북스의 창문을 장식했다. 조명이 밝게 비치는 방에서 열리는 론칭 행사에는 와인과 치즈가 곁들여졌다. 인접한 카페는 만남의 장소이자 커뮤니티 센터였다. 우리는 통로에서, 라테 머신 옆에서 이웃들과 마주치곤 했다. 카운터 아래 놓여 있는 스툴에 앉아 작가들은 랩톱을 두드려 문장을 다듬고, 책 표지 파일을 공유했다.

아, 그리고 직원들! 지식이 풍부하고 재미있고 현명한 그들은 내가 놓쳤거나 놓쳐서는 안 될 보물을 찾아주러 서점 안을 누비고 다닌다. 때때로 이들은 가제본이 잔뜩 쌓인 밀실로 데려가 들어오라는 제스처를 취하며 "마음껏 보세요"라는 마법 같은 말을 던진다. 이들은 서점의 가족이며, 우리의 프라이빗 북 클럽이다. 캐롤은 우리에게 어린이 서적을 권한다. 엘렌은 다가오는 작가 행사의 계획을 짜고 티타임에 우리를 초대한다.

우리는 조시, 개리와 함께 웃고, 두 명의 제인과 데일과 수다를 떨고, 네이선과 잡담을 한다. 우리는 아이들과 손자, 손님들을 데리고 간다. 저녁마다 서점 행사에 들른다. 그곳의 연단 뒤에는 거의 매일 또 다른 훌륭한 작가가 자리하고 있다. 우리는 일찍 도착해 커피를 한 잔 마시고 자리를 잡는다. 실컷 즐기고 교화되고 도전을 받은 뒤, 막 사인을 받은 책을 들고 집으로 온다. 최근에는 우리 아들이 미국 반대편에서 건너와 이 문 안에서 그의 첫 책의 론칭 행사를 열었다. 이 책꽂이들 앞에서, 우리 모두 앞에서, 집처럼 느껴지는 이 장소에서.

글을 쓰는 외로운 아침 시간이 지나면, 나는 이웃에 전화를 한다. "산책할래요?" 하고 물으면 그녀는 "그래요"라고 대답한다. 그녀는 이미 내 말이 서점에 가자는 의미라는 걸 안다.

포터 스퀘어 북스는 우리의 카페 드 플로르Cafe de Flore이자 레 뒤 마고 Les Deux Magots다(둘 다 프랑스의 유명한 노천 카페다). 우리는 야외 테이블에서 오랜 시간을 보낸다. 우리는 빳빳한 새 책장을 넘기며 비스코티를 먹어 치운다. 우리는 충동구매를 하며 선주문을 한다. 책꽂이와 통로, 카드 매대, 벤치는 우리 집만큼이나 친숙하다. 가끔 이메일이 날아온다. "한동안 못 뵈었네요." 엘렌이 콕 집어 말한다. 네이선은 "오늘 밤 오세요? 진짜 좋은 행사예요"라고 써 보낸다.

이보다 좋을 수는 없다. 포터 스퀘어 북스가 살아남았을 뿐만 아니라 번성하기까지 한 것은 영원한 선물이다. 킨들이나 아마존, 그 어떤 체인 서점도 모두가 내 이름을 아는 이곳을 대신하지 못한다. 우리는 이 지역에서 쇼핑을 한다. 우리는 지역 주민이다. 우리는 스스로를 단골이라고 부르는 것에 자부심을 느낀다.

마메브 메드웨드는 『메일(Mail)』, 『호스트 패밀리(Host Family)』, 『오류의 끝(The End of an Error)』, 『어떻게 엘리자베스 바렛 브라우닝이 나의 삶을 구했는가』, 『남자들과 엄마들(Of Men and Their Mothers)』 등을 쓴 작가다.

WENDELL AND FLORENCE MINOR
웬델 & 플로렌스 마이너

히코리 스틱 북숍

코네티컷주, 워싱턴 디포

웬델의 견해.

미국에서 가장 아름다운 작은 마을에 있는 완벽한 독립 서점을 상상해 보자. 아마도 노먼 록웰Norman Rockwell이 작은 마을 번화가의 바쁜 주말을 그림으로 묘사한《새터데이 이브닝 포스트》표지가 떠오를 것이다. 이 작품에서는 좋아하는 작가의 사인을 받으러 마을 서점에 가는 사람들에게 초점이 맞춰져 있다. 이런 서점이 실제로 있고, 바로 히코리 스틱이다.

히코리 스틱은 60년 이상 코네티컷주 워싱턴 디포의 중심이자 정신적 지주였다. 그 오랜 역사 속에서 히코리 스틱은 주인이 네 번 바뀌었고, 지금 주인은 그 이름도 대단한 프랜 케일티Fran Keilty다. 이 세상에 책을 사랑하는 완벽한 서점 주인이 존재한다면, 아마 프랜일 것이다. 끝없이 변화를 거듭하는 디지털 시대에 맞춰 미국 전역의 독립 서점은 고객의 구미에 적응하고 살아남기 위해 투쟁해왔다. 프랜 케일티 덕분에 히코리 스틱은 대단한 적응력으로 세상을 깜짝 놀라게 했을 뿐 아니라, 전보다 더 열심히 지역사회를 위해 봉사하고 있다.

이러한 업적은 히코리에 가볼 기회가 없었던 사람에게는 허풍처럼 들릴 수도 있다. 저자/일러스트레이터 팀으로서 나와 플로렌스는 전국 방방곡곡의 독립 서점에서 수많은 사인회를 했다. 그렇지만 히코리 스틱만큼 만족한 곳은 없었다. 프랜과 그녀의 멋진 직원들은 작가와 일러스트레이터들의 작품을 홍보하고 광고하는 일이라면 그 어떤 수고도 아끼지 않는다. 리치필드 힐즈Litchfield Hills는 창의적인 재능을 가진 사람이 많은 축복받은 곳이다. 그동안의 역사는 또 어떤가! 히코리에서 사인회를 한 유명한 작가로는 톰 브로커, 프랭크 들레이니, 프랜신 드 플레시스 그레이, 앤 호지맨, 앤 리어리, 프랭크 맥코트, 대니 샤피로, 로즈 스타이런 등 전부 거론하려면 끝도 없다. 그밖에 히코리에서 사인회를 한 리치필드 카운티 출신이 아닌 작가 몇몇만 들자면 메리 히긴스 클락, 진 크레이그헤드 조지, 브루스 매콜, 윌리엄 마틴, 스튜어트 우즈 등이 있다.

배리 블럿, 키누코 크래프트, 머서 메이어, 마릴린 싱어, 레인 스미스, 낸시 타후리, 모 윌렘스 등의 이 지역 출신 아동 작가와 일러스트레이터는 히코리의 멋진 어린이 코너에 자리를 잡은 운 좋은 작가들이며, 다들 많은 독자가 참석한 성공적인 사인회를 열었다.

플로렌스의 견해.

프랜은 전문 서적판매상이면서도 따뜻하고 살가운 친구 같은 매우 희귀한 조합의 인물이다. 히코리에 들어서면, 내 집에 온 듯 마음이 편안해지며 또 오고 싶게 만드는 분위기가 있다. 그녀와 친절한 직원들은 원하는 책을 찾도록 도와주며, 없는 책은 즉시 주문해준다. 또한 내가 관심을 가질 수도 있는 동일한 종류의 다른 책을 추천해준다.

> 오프라인 서점은
> 우리 모두의 더 나은 삶을 위한 여정에서
> 다른 무엇으로도 대체할 수 없는 중요한 부분이다.

지역사회를 위한 프랜의 봉사는 널리 알려져 있으며, 이 때문에 존경을 받는다. 웬델과 나는 프랜이 (그녀의 남편 마이클 케일티와 함께) 학교, 도서관, 갤러리 등 다양한 서점 외 활동과 더불어 얼마나 많은 사인회에서 관대하게 책을 제공했는지 셀 수조차 없다.

책은 당연히 주축이고, 일주일 내내 카드와 선물을 고를 수 있다는 것은 보너스다. 휴가 시즌이면 히코리는 평소보다 갑절의 노력을 기울인다. 12월마다 워싱턴은 하루를 '디포의 홀리데이'로 지정한다. 이날은 모든 가게가 밤늦게까지 문을 열고 사람들이 친구와 이웃들과 어울리면서 홀리데이를 위해 쇼핑할 수 있도록 하는 축제날이다. 이날 밤 히코리 스틱은 마이클의 주관 아래 음악과 에그녹, 쿠키 등을 대접하며 넉넉하고 따뜻한 인심을 베푼다. 마치 가족모임 같은데, 그도 그럴 것이 히코리 스틱은 워싱턴 사람들에겐 가족 같은 존재이기 때문이다.

히코리 스틱에 있으면 나는 사탕 가게에 있는 아이가 된 기분이다. 나는 서점이 없는 마을에 산다는 것은 상상도 할 수 없고, 뉴욕을 떠나 비할 데 없이 아름답고 멋진 히코리 스틱이 있는 도시에 살게 되었다는 점에서 행운이라고 생각한다. 히코리 스틱은 훌륭한 서점이 가져야 할 모든 것, 그리고 그 외에도 많은 것의 모범이다.

미래에 대한 우리의 견해.

우리는 종종 사람들로부터 '벽돌과 모르타르로 된 오프라인 상점'이 마치 역사의 쓰레기통에 던져진 것처럼 취급당하는 애기를 듣는다. "사이버 공간에서 책을 쉽게 구할 수 있는데 구식 서점이 왜 필요하겠어?" 하지만 '즉석 디지털 커뮤니케이션'이 확산되는 시대 추이에 따라 사람과 사람 사이의 직접 대면 경험이 단절되어갈수록 우리는 상실감을 더욱 크게 느낄 수밖에 없다. 많은 사람들은 히코리 스틱 같은 장소가 없다는 것이 얼마나 커다란 손실인지 깨닫기 시작했다.

전자책이 현대 생활에서 점점 자리를 굳혀가고 있지만, 우리는 아름다운 그림과 함께 제본된 촉각적 사물로서의 책이 당분간은 우리와 함께 있을 것이라고 믿는다. 또한 지적이고 친절한 직원과 온갖 종류의 책이 멋지게 장식된 히코리 스틱 같은 서점은 보는 것만으로도 아름답다. 오프라인 서점은 우리 모두의 더 나은 삶을 위한 여정에서 다른 무엇으로도 대체할 수 없는 중요한 부분이다. 우리는 우리가 사랑해 마지않는 히코리 스틱이 없는 삶을 상상조차 할 수 없다.

웬델 마이너는 샬롯 졸로토의 『바다를 담은 그림책(The Seashore Book)』을 포함하여 50권이 넘는 그림책에 일러스트를 그렸다. 진 크레이그헤드 조지의 『독수리는 돌아왔다(The Eagles Are Back)』, 버즈 올드린의 『달 착륙(Reaching for the Moon)』, 메리 히긴스 클락이 쓴 『유령선(Ghost Ship)』의 삽화를 그렸다.

플로렌스 마이너는 ABC 뉴스의 전 필름 에디터이며 『웬델 마이너: 글의 예술(Wendell Minor: Art for the Written Word)』의 공동 편집자다. 그녀는 현재 남편과 함께 그림책 작업을 하고 있다. 두 사람의 합작품으로는 『네가 펭귄이라면(If You Were a Penguin)』과 『네가 판다곰이라면(If You Were a Panda Bear)』 등이 있다.

웬델과 플로렌스는 재미있고 교육적이며 아이들에게 꿈을 심어주는 책을 만드는 데 주력하고 있다. 이들은 소피와 신더라는 고양이 두 마리와 함께 코네티컷에 살고 있다.

BARRY MOSER
배리 모서

레무리아
미시시피주, 잭슨

내 아이들이 건물의 실내장식은 책장으로 가득 채우는 것이라고 생각하는 사람으로 자란다면 이보다 더 만족스러울 수는 없겠다.

— 애나 퀸들렌Anna Quindlen

몇 년 전 나는 연설문을 쓰고 있었고, 영화 〈위대한 산티니The Great Santini〉의 주인공 불 미첨 중령의 대사를 인용하고 싶었다. 나는 당시 팻 콘로이Pat Conroy의 책을 읽지 않았기 때문에 내가 인용하고자 하는 대사가 단지 영화가 아니라 책에도 있는지 알고 싶었다.

나는 스미스 칼리지, 애머스트 칼리지, 햄프셔 칼리지, 마운트 홀리요크 칼리지, 그리고 매사추세츠 대학교의 메인 캠퍼스가 있는 미국에서도 가장 서점이 많은 지역에 살고 있었다. 게다가 이들 서점은 모두 16킬로미터 반경 안에 있었다. 그렇지만 콘로이의 책을 찾으려고 주변을 돌아다녀도 쉽게 눈에 띄지 않았다. 새 책이든 중고 책이든, 대형 서점이든 독립 서점이든 이 지역의 서점에서는 단 한 권도 찾을 수 없었다. 그래서 나는 존 에반스John Evans에게 전화를 걸기로 마음먹었다. 존은 미국에서 가장 훌륭한 서점을 소유하고 있었다. 미시시피주 잭슨에 있는 레무리아 서점으로, 주로 남부 작가들이 쓴 책과 남부적인 것이라면 무엇이든 다루고 있었다. 나는 존에게 전화해서 이 책이 있는지 물었다. 그의 대답은?

"그럼, 배리, 당연히 있지. 문고판, 양장본, 서명이 되어 있는 초판, 어떤 걸 원하는데?"

이러한 대답은 북스 어 밀리언Books-a-Million이나 대형 체인 서점은 물론이고 아마존 같은 온라인 거대 기업에서도 들을 수 없다. 이러한 서비스 매너는 전적으로 독립 서적상의 고유 영역이다.

나는 존을 알고 지낸 지 오래되었다. 우리는 1983년 텍사스 댈러스에서 열린 전미서적상협회 파티에서 만났다. 내가 새로 삽화를 그려 넣은 『이상한 나라의 앨리스Alice's Adventures in Wonderland』가 출판된 해였다. 그는 내게 자신의 딸 사라멜에게 줄 포스터에 사인을 해달라고 부탁했다. 나는 사람 이름에 매우 관심이 많았는데, 사라멜은 처음 듣는 이름이었다. 그래서 나는 "사라멜에게"라고 사인을 했다. 존은 그 자리를 떠나 아마 나처럼 가까운 곳의 술집에 들어갔을 것이다. 물론 나와는 다른 술집이지만.

2년 뒤, 전미서적상협회 회의가 샌프란시스코에서 열렸고 그와 다시 마주쳤다. 이번에는 샌프란시스코 시의회 건물의 대리석 계단에서였다. 이때 큰 파티가 진행되고 있었고 재즈 음악이 시끄럽게 흘러나왔다. 우리는 댈러스에서 만난 이후로 연락한 적이 없었다. 내가 사라멜의 안부를 묻자 그는 2년 전에 들었던 이름을 기억한다는 사실에 깜짝 놀란 듯했다. 우리는 한동안 이야기를 나눴다. 요란하게 울리는 재즈 음악 사이로 그의 이웃 중 한 명이 쓴 책을 읽었는데 지금까지 읽은 책 중 가장 영향력 있는 책인 것 같다고 말했다.

"무슨 책인데요?" 그가 물었다.

"유도라 웰티Eudora Welty의 『한 작가의 시작One Writer's Beginnings』이요." 내가 대답했다.

"아, 아!" 존이 흥분해서 말했다. "그녀도 당신의 열렬한 팬이에요."

나는 그가 누구에게 이야기하는지 보려고 뒤를 돌아봤다. 분명 다른 사람에게 이야기하는 거라고 생각했다. 그러나 내 얘기였다. "뭐라고요? 농담하지 마세요"라고 말했다. "아니에요. 그녀는 당신의 허클베리 핀을 좋아해요. 두 사람을 엮어줄게요. 프로젝트라도 해보세요."

그날로부터 일 년 뒤 나는 미시시피 잭슨으로 날아갔다. 그는 약속한 대로 우리를 연결해주었다. 화창한 오후였고, 미스 웰티는 자신의 집에서 매우 우아한 모습으로 우리를 맞아주었다. 그날 오후, 우리는 내가 선물로 사간 버번위스키를 꽤 많이 마실 정도로 오래 머물렀다. 우리의 합작을 위한 예비 계획을 짜기에 충분한 시간이었다. 그렇게 해서 나온 작품이 1987년 페니로열 프레스가 출판한 『도둑 신랑The Robber Bridegroom』이다.

이때부터 레무리아는 내가 새 책을 홍보하러 떠날 때면 으레 들르는 곳이 되었다. 나의 출판인이 투어 경비 지급을 그만둘 때까지 말이다. 그러기 전까지 언제나 레무리아를 일정에 포함시켰고, 맨 마지막 일정으로 잡았다. 미리 말하지만 존은 버번위스키를 매우 좋아하고 나도 그렇다. 사실, 우리가 버번을 너무 좋아하기 때문에 나는 여행 일정의 마지막을 잭슨으로 잡는다. 그래야 상태가 좋지 않더라도 여차하면 집에 갈 수 있기 때문이다. 아무도 이틀 동안 술 취한 상태에서 책을 홍보하고 싶지는 않을 테니까.

존과 그의 아내 멜은 내 친구가 되었다. 그것도 친한 친구가 되었다. 나는 꼬맹이 사라멜이 예술에 재능 있는 훌륭한 여성으로 성장해가는 것을 봐왔고, 사라멜의 남동생 오스틴이 사업 파트너 리처드 패트릭과 함께 미시시피의 글럭스타트에서 정말 훌륭한 캣헤드 보드카Cathead vodka를 만드는 건장한 청년으로 커가는 과정을 지켜봤다. 존은 그를 자랑스러워했다. 나도 마찬가지다.

존은 윌리 모리스Willie Morris도 소개해주었다. 그게 1994년이라고 생각한다. 이 소개는 또 다른 합작품으로 이어졌다. 당시 존은 노스 잭슨 리틀 리그North Jackson Little League 야구팀을 코치하고 있었다. 당시 꼬마 오스틴 에반스Austin Evans가 소속되어 있었다. 존은 윌리에게 리틀 리그 시즌의 개막식에 사용할 기도문을 써달라고 따라다녔는데, 윌리는 선뜻 써주지 않았다.

나는 그가 이렇게 질질 끄는 이유가 공개적으로 종교를 드러내지 못하도록 금지하는 연방법 때문만은 아니란 걸 알았다. 아마도 진짜 이유는 그해가 존이 코치를 맡은 마지막 시즌이기 때문이지 않을까라고 짐작했다. 아무튼 윌리는 결국 기도문을 써주었고, 존은 매우 기뻐하며 기도문을 나에게 읽어보라고 보냈다. 무척 마음에 들어서 내 사업 파트너 제프 드위어에게 보냈는데, 그는 기도문이 아이들을 위한 책, 아니 리틀 리그 아이들의 부모나 조부모를 위한 책이 될 것이라는 걸 알아보았다. 우리는 하코트 브레이스Harcourt Brace의 루벤 페퍼Ruben Pfeffer에게 이 아이디어를 보냈고, 그는 이 아이디어를 샀다(루벤 자신도 리틀 리그 코치였다).

나는 『리틀 리그 시즌 개막식을 위한 기도문A Prayer for the Opening of the Little League Season』의 디자인에 착수했고 스케치를 했다. 물론 스케치를 제대로 하려면 잭슨으로 날아가 연습과 경기를 봐야 했고, 경기장과 장비, 선수들, 부모들, 코치, 심판과 모리스 씨의 사진을 찍어야 했다. 책 레이아웃이 끝나고 스케치가 자리를 잡았을 무렵, 애초에 구상한 32페이지 책을 만들려면 4페이지가 모자랐다. 그래서 나는 윌리에게 전화를 걸어 빈자리를 메울 수 있도록 시 하나만 더 써달라고 부탁했다. 그는 기꺼이 그렇게 하겠다고 했다. 그는 특별히 생각한 게 있는지 물었다. 나는 "흠, 그래요. 어렸을 때 야구를 하려고 했거든요. 그런데 공을 잘 보려면 안경이 필요한지 몰랐어요. 그래서 저는 한 번도 공을 쳐본 적이 없어요. 단 한 번도요. 아마도 게임 역사상 타율이 0인 아이는 저밖에 없을 거예요"라고 대답했다. 윌리는 이 이야기를 재미있다고 생각했고 추가로 다음과 같은 시를 써주었다.

한 번도 안타를 치지 못하고,
수없이 스트라이크 아웃을 당하고,
길고 긴 나날을 벤치를 지켜야 하는 선수들 중
가장 작은 선수에게도 위안을, 그들의 순간이 곧 올지니.

책이 출판되었을 때, 하코트 브레이스는 윌리와 나에게 이 책을 홍보하도록 북 투어를 보냈다. 잭슨에서 채플 힐, 애틀랜타에서 뉴올리언스까지, 멤피스에서 블라이드빌까지 딕시(미국의 남부 여러 주를 가리키는 말) 전역을 돌았다. 우리는 채플 힐 외곽 리서치 트라이앵글의 공영 라디오에서 생방송을 하기도 했다. 윌리 모리스는 타율 0.000의 근시안이었던 아이 모서에 관한 매우 재미있는 이야기를 청취자들에게 전달할 기회를 결코 놓치지 않았다.

『리틀 리그 시즌 개막식을 위한 기도문』의 헌정사는 다음과 같다.

야구를 사랑한 문학인 또는 문학을 사랑한 야구인, 아니면 이 모두인 우리의 친구 존 에반스를 위해 -W.M & B.M.

적어도 내가 기억하는 이런 일화가 매우 많다. 그렇지만 독자들의 인내심이 점점 없어질까 걱정되므로, 하나만 더 하도록 하자.

1995년부터 1999년까지 나는 20세기판 킹 제임스 성경의 삽화를 최초로, 단독으로 그리는 작업을 하고 있었다. 이 작업은 출판계의 어떤 특화된 분야, 특히 한정판에서는 꽤 의미 있는 일이었다. 바이킹 스튜디오Viking Studio가 이 정보를 알게 되어 베니로열 프레스에서 책이 나옴과 동시에 양장본으로 출판했다. 바이킹 출판사는 1999년 가을, 20여 개 도시를 순회하는 북 투어를 진행했다. 적어도 그런 줄 알았다. 그리고 언제나처럼 투어의 마지막을 레무리아에서 치르도록 일정을 잡아달

> 레무리아는 내가 새 책을 홍보하러 떠날 때면
> 으레 들르는 곳이 되었다.
> 나의 출판인이 투어 경비 지급을
> 그만둘 때까지 말이다.

라고 요청했다. 그러면 12월 초에 끝나게 된다.

그런데 사건이 터졌다.

내가 사인을 하러 서점에 갔을 때, 존은 정말 깜찍한 여성을 소개해주며 이 크고 두꺼운 책에 사인하는 것을 돕게 했다. 그녀는 약간 도도

하고 잘난 척하는 타입이었지만, 곧바로 일에 집중했다. 그녀는 나와 함께 사인한 사람들 중에서 최초로 내 속도를 따라온 사람이었다. 판화가라서 그런지 나는 사인을 정말 빠르게 할 수 있다. 내가 그렇지 않냐고 묻자 그녀는 한쪽 눈썹을 치켜올리고 나를 똑바로 바라보더니 "별로 안 빠르신데요. 존 그리샴이 훨씬 빨라요"라고 대답했다. '흠, 입을 닫아라 이 말인가.' 나는 그렇게 했다. 어쨌든 나는 그녀의 이름을 물어보았고, 그녀는 에밀리라고 했다.

몇 주 뒤, 존은 서점의 뉴스레터에 실을 인터뷰를 해달라며 전화했다. 그는 에밀리에게 인터뷰를 듣고 메모해 기사로 작성하라고 요청했다. 나는 내용을 미리 볼 수 있게 해달라고 부탁했다. 내가 존의 질문에 제대로 답변했는지 검토하기 위해서였다. 그녀는 그렇게 해주었다.

지금부터 하려는 이야기는 너무 길고 복잡하다. 그렇지만 요약해서 말하면, 장장 6개월 동안 에밀리와 나는 2천 통에 가까운 이메일을 주고받았다. 간단히 두어 줄로 끝나는 것도 있었고, 몇 페이지나 되는 것도 있었다. 이런, 우리는 편지를 주고받는 아주 케케묵은 방식으로 사랑에 빠졌던 것이다. 한번은 내가 그녀의 성을 몰랐다고 고백해야 했고, 어쨌든 내가 그녀의 성을 아는 것이 매우 중요하게 생각되었다. '크로'라고 했다. 에밀리 크로.

다음 해인 2001년 1월, 나는 그녀가 사랑하는 존과, 그녀가 사랑하는 레무리아, 그녀가 사랑하는 딕시에서 그녀를 훔쳐 윌리 모리스가 언젠가 노스이스트라고 불렀던 '양키의 왕국'으로 데려왔다. 2년 뒤 우리는 결혼했다. 적도에서 17.5도 떨어진 영국령 서인도 제도의 안티구아에서, 하지의 해질녘에. 우리는 그 이후로 웨스턴 매사추세츠의 책으로 가득한 방이 있는 큰 집에서 커다란 마스티프종 개와 북쪽으로 여행을 와서 신경이 날카로워진 고양이 두 마리와 함께 행복하게 살고 있다.

그러니 어떻게 레무리아가 나의 서점이 되지 않을 수 있겠는가.

배리 모서는 거의 300권의 아동용, 성인용 도서에 삽화를 그린 수상 경력이 있는 일러스트레이터이자 디자이너다. 그는 20세기판 킹 제임스 성경의 목판화를 단독으로 작업한 것으로 유명하다. 그는 스미스 칼리지에서 프린터 투 더 칼리지라는 직함을 달고 있으며, 예술학부의 어윈 앤드 폴린 앨퍼 글래스 교수로 일하고 있다. 그의 작업을 워싱턴 D.C.의 국립미술관과 뉴욕의 메트로폴리탄 미술관, 런던의 빅토리아 앤드 앨버트 미술관에서 만날 수 있다. 그는 웨스턴 매사추세츠에서 살고 있다.

HOWARD FRANK MOSHER
하워드 프랭크 모셔

갤럭시 북숍

버몬트주, 하드윅

5년 전, 버몬트 노스이스트 킹덤Northeast Kingdom에 있는 우리 집에서 고물이 다 된 1987년형 쉐보레를 타고 450만 킬로미터를 달려야 하는, 의욕적이지만 다소 미쳤다고도 볼 수 있는 100여 개 도시를 목표로 한 북 투어를 떠났다. 그리고 석 달 동안 3만 2천 킬로미터를 더 달려 거의 200여 개에 이르는 독립 서점을 돌았다. 내가 집으로 돌아온 날, 우리

지역 신문사의 한 기자가 전화를 걸어 그동안의 긴 여정에서 가장 좋아하는 서적상, 가장 좋아하는 서점, 가장 좋아하는 마을이나 도시를 꼽을 수 있겠냐고 물었다.

"물론이죠, 오랫동안 알고 지낸 서적상 린다 람스델Linda Ramsdell, 린다의 갤럭시 북숍, 그리고 노스이스트 킹덤 남부 관문에 있는 버몬트의 하드윅이죠. 그곳에 갤럭시가 있거든요."

잠깐, 아마 다들 궁금할 것이다. 노스이스트 킹덤이 대체 이 세상 어느 구석에 붙어 있단 말인가? 그리고 어떻게 이 이름이 붙었을까? 자주 언급되는 '킹덤'은 에섹스, 올리언스, 칼레도니아 등 버몬트 북동쪽 끝에 위치한 세 카운티로 이루어진 곳이다. 1950년대에 당시의 주지사 조지 에이컨(나중에 상원의원이 되었다)이 이름 붙인 킹덤은 낙농장과 작은 마을들이 여기저기 흩어져 있고, 아름다운 얼음 호수와 송어가 사는 차가운 강, 크고 작은 산과 수목이 울창한 언덕이 장관을 이루는 곳이다. 동시에 종종 '버몬트 최악의 지역'이라고도 언급되곤 하는 노스이스트 킹덤은 경제적으로 침체된 애팔래치아의 북부 지역으로, 겨울이 끝없이 계속되고 학교는 늘 자금난에 허덕이며, 벌이가 괜찮은 일자리도 드물고 뉴잉글랜드에서 가장 높은 농촌 빈곤율을 기록하고 있다.

킹덤 출신의 시인이자 작가, 소설가인 데이비드 버드빌David Budbill은 하드윅에 대해 이렇게 말했다. "하드윅은 살기가 힘든 곳이며 항상 그래왔다. 이곳은 거대한 화강암 산지의 중심이었던 100년 전에도 힘들었고, '작은 시카고'라고도 불렸다. 그리고 내세울 것이라고는 아무것도 없는 지금도 힘들다."

그렇지만 하드윅은 허먼 멜빌이 『모비딕』에서 언급한 "드물고 진정한 장소" 중 하나로서, 작지만 6개월 이상 자력으로 생존할 수 있는 놀랍도록 절충적인 서점을 가진 지구상의 유일한 지역이며, 전국적으로 유명한 서적상을 기대할 수 있는 마지막 장소다.

린다가 언젠가 나에게 말한 "하드윅의 서점은 모순어법이 아니다"라는 말이 무슨 뜻인지 이제야 알겠다. 하지만 도대체 어떻게 아마존과 대형 체인 서점이 판을 치고 소설과 논픽션을 읽는 독자가 감소하고 있는 이 시대에, 독특한 뉴잉글랜드 마을이라기보다는 근면한 서부의 목초지처럼 보이는 이러한 지역사회에서 갤럭시 북숍이 사반세기가 넘도록 번성하며 유지되어 왔을까?

> 갤럭시는 여전히 따뜻한 분위기의
> 시골 가게 느낌을 준다. 방문객들은 모두
> 난로 주변 대신 린다가 가장 좋아하는
> 책들을 진열한 테이블에 모여 앉는다.

이는 모두 비전과 결의에 찬, 단정하고 매력적이며 잘난 체하지 않는, 유머가 풍부하고 매우 친절한 노스이스트 킹덤의 여성이자 세계 최고의 애서가이며 서적상인 린다 람스델로 귀결된다.

나에게 갤럭시에 대한 린다의 개인적 비전을 한마디로 설명하라고 한다면, '연결'이라고 하겠다. 노스이스트 킹덤의 버몬트 사람들처럼 독립심이 강한 그린 마운틴 스테이트Green Mountain State의 주민들은 아마도 경작해온 밭, 장작을 패고 단풍 당밀을 채취한 숲, 그들이 살고 일해온 지역사회와 같은 자연 환경과 깊이 연관되어 있을 것이다. 이들은 무엇보다도 풀뿌리 주민회의로 이루어진 민주주의의 요새로서 버몬트의 깊고 독특한 역사와 연결되어 있으며, 직계 가족 및 대가족, 그리고 이웃들과 연결되어 있다. 린다 람스델과 갤럭시 북숍은 이러한 전통의 귀감이 되고 있다.

우선, 노스이스트 킹덤에서 태어나고 자란 버몬트 토박이인 린다는 혈통에서 흠잡을 데가 없다. 린다는 하드윅에서 북쪽으로 16킬로미터쯤 떨어진 크래프스베리 아카데미Craftsbury Academy를 졸업하고 브라운 대학에서 수학했다. 1988년, 대학을 마치고 1년이 지난 뒤 그녀는 킹덤으로 돌아와 하드윅의 옛 소방서에 서점을 열었다.

"달리 할 일이 없었어요. 이것저것 생각해보지 않고 갤럭시를 열었어요." 이것은 그녀가 수익을 크게 따지지 않고 가슴이 시키는 대로 했다는 뜻의 버몬트식 표현이다. 의심의 여지없이 킹덤 토박이들은 똑같은 이유로 이 화강암으로 덮인 산과 궁핍한 언덕으로 돌아온다. 열렬한 크로스컨트리 스키어이자 하이커, 사이클리스트이기도 한 린다는 다채롭고 아름다운 시골 전경이 내려다보이는 1930년대에 지어진 농가의 흙길에서 자랐다. 즉, 이곳은 뉴욕이나 보스턴 사람들이 며칠을 즐기기 위해 50주를 일해서 방문해야 하는 곳이다. 킹덤에서는 지형이 성격을 형성한다. 적어도 나는 린다가 다른 곳에서 산다는 것을 상상하기 힘들다.

여러 모로 갤럭시는 킹덤과 린다가 밀접하게 연결된 것을 반영하는 연장선이다. 1988년 이래 세 번을 이사한 뒤 지금은 식료품점이 있던 곳에 자리를 잡았다. 한번은 은행 건물이던 곳에 세를 들었는데, 이곳에서 갤럭시는 드라이브 스루(차를 탄 채로 이용할 수 있는 식당, 은행 등을 말함) 창구를 통해 책을 파는 미국에서 유일한 서점이 되기도 했다. 갤럭시는 여전히 따뜻한 분위기의 시골 가게 느낌을 준다. 킹덤 주민과 방문객들은 모두 난로 주변 대신 린다가 가장 좋아하는 책들을 진열한 테이블에 모여 앉는다.

갤럭시의 노스이스트 킹덤과 버몬트 섹션은 지역 문학 작품과 정보의 보고다. 윌로비호Lake Willoughby에서 식물 수집을 즐겨했던 로버트 프로스트와, 갤웨이 킨넬Galway Kinnell과 리랜드 킨지Leland Kinsey가 킹덤을 배경으로 쓴 시를 찾아보고, 에드워드 호글런드Edward Hoagland가 지역 축제, 철도, 옛날 나무꾼에 대해 쓴 에세이 컬렉션 사이를 둘러보고, 킹덤에서 가르쳤던 기억을 담은 가렛 카이저Garret Keizer의 회고록을 살펴보고, 7대째 농장에서 자란 수상 경력이 있는 작가 나탈리 킨지—워녹Natalie Kinsey-Warnock이 쓴 어린이와 청소년을 위한 이야기를 아이에게 사줄 수도 있다.

지난 수년간 린다는 지역 및 국가에서 가장 촉망받는 작가들의 낭송회를 진행했다. 이들 낭송회는 내가 참석했던 여러 행사 중에서도 단연 최고였다. 나는 노스이스트 킹덤의 농부, 교사, 사업가, 벌목꾼, 고등학생과 대학생, 계절별로 찾아오는 방문객, 은퇴자들과 함께 월리스 스테그너Wallace Stegner, 하워드 노먼Howard Norman, 리처드 루소, 조디 피콜트Jodi

Picoult, 크리스 보잘리언Chris Bohjalian, 제프리 렌트Jeffrey Lent, 기시 젠Gish Jen 같은 저명한 작가들을 만나고 낭송을 들을 수 있었던 것을 기쁘게 생각한다.

린다가 생각하는 책 판매에 대한 철학의 중심에는 원하는 건 무엇이든 읽을 수 있어야 한다는 기본 권리에 대한 믿음이 자리 잡고 있다. 뉴잉글랜드 독립서적상협회의 전 회장이자 전미서적상협회의 이사로서 린다는 서적상과 사서는 연방기관에 구매 기록과 대출 기록을 제출해야 한다는 역겨운(그리고 역겨운 이름의) 「미국 애국법」 215조의 폐기 법안 발의를 위해 다른 서적상 및 사서들과 함께 버몬트 국회 대표들에게 청원했다. 2002년, 당시 대표였던 버니 샌더스(지금은 미 상원의원)와 함께 워싱턴 D.C.에서 열린 기자회견에서 린다는 모든 독자, 작가, 서적상을 대표해 "우리는 놀랍도록 다양한 관점을 가진 책과 사람들을 이어주는 표현의 자유를 지지한다. 우리는 모든 독자를 환영하기 위해 문을 활짝 열 것이며, 정부 개입의 위협 없이 그들이 원하는 것을 읽을 수 있는 자유를 찬양한다"고 선언했다.

고향인 킹덤을 지키며 갤럭시에서 오랫동안 린다와 함께 일한 박식한 서적상인 샌디 스콧은 지역 학교와 도서관, 교회, 노스이스트 킹덤 학습 서비스, 하드윅 에어리어 푸드 팬트리Hardwick Area Food Pantry, 헤드 스타트Head Start, 그리고 AWARE(학대 및 강간 위기 여성 지원센터) 같은 비영리 기관에 책을 기부하거나 도서 행사를 합작으로 진행하여 지역과의 연계를 도모한다.

그렇다면 내가 찾아다닌 100여 개 도시의 200여 서점은 어땠을까?

킹덤의 주민이 '우주에서 가장 위대한 독립 서점'으로 간주하는 이곳과 무슨 관계가 있을까?

여행 마지막 날, 아주 이른 아침에 하드윅을 지나 킹덤으로 들어서면서 메인 스트리트를 흘긋 쳐다보는 순간 갤럭시 북숍의 화려한 간판이 눈에 들어왔다. 그 간판 아래서 나는 몇 달 전 신간의 표지 사진을 찍었었다.

내가 진정한 통찰력을 갖고 있는지는 모르겠다. 그러나 한순간 깨달음을 얻었다. 전에 없이 강렬하고 확실한 기운이 내가 집에 도착했다는 걸 알려주었다. 그저 단순히 버몬트와 노스이스트 킹덤의 집이 아니라 25년 동안 진정한 의미의 집이 된 책을 제공해준 바로 그 장소에.

내 진정한 친구이자 이웃, 아이비리그 졸업생이자 뼛속까지 킹덤 토박이, 탁월한 서적상, 노스이스트 킹덤은 물론이고 수많은 타 지역 독자들에게도 영혼의 고향이었던 갤럭시 북숍의 주인 린다 람스델에게 모든 곳의 책을 사랑하는 사람들을 대신해 감사하는 마음을 전한다.

하워드 프랭크 모셔는 소설과 회고록을 여러 권 쓴 작가다. 그는 버몬트의 노스이스트 킹덤에서 성년기를 보냈다.

ARTHUR NERSESIAN
아서 넬스시안

세인트 마크 북숍
뉴욕주, 뉴욕

그리니치 빌리지에는 언제나 훌륭한 독립 서점이 많았다. 1920년대의
이름난 모든 중견 및 신예 작가들을 초대해서 (시어도어 드라이저와 셔우드
앤더슨 등을 포함하여) 정문에 사인하게 한 크리스토퍼 스트리트의 프랭크
셰이스 북숍Frank Shay's Bookshop부터, 윌렌츠 형제가 소유했던 맥더걸 거
리 근처의 전설적인 8번가 북숍Eighth Street Bookshop에 이르기까지 말이다.

8번가 북숍은 결국 문을 닫고 말았는데, 직원들의 노조 결성을 허락하지 않아서라고 한다.

이 두 서점은 32년 동안 지속되었고, 35주년을 맞은 세인트 마크 북숍은 지역에서 가장 오래 존속하는 독립 서점으로 기록을 세웠다. 이미 오래전에 사라진 소호의 스프링 스트리트 북스Spring Street Books와 웨스트 빌리지의 말로프 북스토어Marloff Bookstore는 서점이 어떻게 다가올 재정적, 문화적 위험에 대한 경고를 했는지 보여주었다. 스프링 스트리트 북스가 파산할 때쯤 한때 부유한 예술 커뮤니티로 알려졌던 동네의 예술가들도 대부분 파산했다. 웨스트 빌리지의 말로프 북스토어가 술집으로 변했을 때, 그 주변 역시 유흥가로 변했다. 이들은 수년 동안 이 지역에서 명멸했던 수많은 서점 중 몇몇에 지나지 않는다.

새로운 서점은 때때로 옛날 서점에서 싹트기도 한다. 로저 에샤Roger Jescha와 찰스 두들리Charles Dudley는 1977년 세인트 마크 북숍 직원으로 합류하기 전에 8번가 북숍에서 일을 시작했다. 사실 세인트 마크의 주인인 로버트 콘탠트Robert Contant와 테리 맥코이Terry McCoy도 10년 가까이 영업을 했던 이스트 사이드 북스토어East Side Bookstore에서 만나 함께 경험을 쌓았다. 이들이 세인트 마크스 플레이스 13번지에 세인트 마크 북숍을 열었을 때(지금 서점 자리는 세 번째 이사한 곳이다) 그 주변은 여전히 길들여지지지 않고 열정적이었으며, 시쳇말로 가겟세가 진짜 더럽게 쌌다.

이들이 그 사실을 알았든 몰랐든 서점은 적절한 시기, 적당한 장소에 문을 열었다. 때마침 이스트 빌리지가 남부 맨해튼의 새로운 예술 중심지로 자리를 잡게 된 것이다. 세련되지 않아 가겟세가 저렴하고 다소 복작거리던 거리는 이후 30년 동안 영화, 문학, 시각 및 공연 예술 분야에서 엄청난 변화를 맞이했다. 랩톱과 사이버 카페의 시대가 도래하기 전에는 세인트 마크 북숍이 바로 인터넷이었다. 작가나 예술가, 그리고 그 어떤 것에 대해 알고 싶다면 서점에 들르면 모든 게 해결되었다.

이곳은 여전히 최고의 책과 저널들을 보유하고 있으며, 오프라인 서점의 미래가 불확실한 시대에 인터넷의 취약점을 명확하게 보여준다. 구글에서 어떤 사람을 찾거나, 잘 모르는 모호한 작품을 사려 할 때, 다른 작가나 편집자를 검색해볼 수 있는 것도 아니고 구매를 유도하는 새로운 저널이나 선집에 대한 정보를 얻은 적은 없다. 세인트 마크 북숍은 우연과 무계획의 교차점으로, 옛 작가들과 그들 작품의 가장 좋은 부분을 왜 대부분의 책에서 만나게 되는지 이유를 찾을 수 있는 곳이다.

신진 작가와 시인들의 경우, 서점에서는 전용 매대를 마련해 이들의 작품을 진열하고 독자를 얻을 수 있는 기회를 제공한다. 마찬가지로, 로어이스트사이드의 《내셔널 포에트리 매거진》, 《언타이틀드》, 《비트윈 C & D》, 《포터블 로어이스트사이드》 같은 지역 문학 저널의 편집자들은 최근 발간된 저널을 한 아름 들고 서점을 찾아와 트위드 재킷을 입은 문학계의 편집자들과 함께 어깨를 나란히 할 기회를 얻는다. 지금은 대부분의 저널 편집자들이 온라인에서 활동하기 때문에 솔직히 말해 그들이 베스트셀러와 '잇'북을 찾으러 온 독자들의 관심을 낚아챌 가망은 없다. 그러나 세인트 마크 북숍은 고객이 잘 모르는 소설을 집어 들고 몇 페이지를 읽은 뒤 책이 맘에 쏙 들어 평생 열렬한 독자가 되는, 그런 방식으로 승부를 보는 곳이다.

비록 나는 언제나 체인 서점을 고마워했지만, 직원에게 군소 출판사 바이어의 연락처를 물으면 체인 서점 본사의 내선 번호를 건네받았다. 그것도 다른 주州에 있는.

1980년대, 내가 첫 소설을 끝내고 출판 대리인을 확보했을 때 그는 내 원고를 주요 출판사들에 돌렸고, 1년 뒤 모든 곳에서 가차 없이 거절당했다. 몇 년이 지난 뒤 내 책을 자비로 출판해서 헛된 글쓰기의 묘비명으로 삼으리라 마음먹었다. 모든 주요 출판사가 내 소설을 거절했기 때문에 애당초 판매에 대한 기대를 접었다.

No

세인트 마크 북숍은 우연과 무계획의 교차점이다.

당시 세인트 마크의 바이어였던 수잔 월마스가 내 작은 제안을 받아들여, 앞쪽 진열대에 있는 대형 출판사에서 나온 책들 사이에 내 책을 꽂아두었다. 그 후 몇 주 동안 내가 들를 때마다 그녀는 책을 더 요청했다. 곧 재고가 바닥났고, 다시 책을 찍어야 했다. 결국 3쇄를 찍었고 마침내 신생 독립 출판사인 아카식 북스Akashic Books에서 러브콜을 받았다. 편집장은 내 소설을 회사의 처녀작으로 풀판해도 되겠느냐고 물었다. 그 뒤로는 대형 출판사가 판권을 샀다. 이 책은 12만 권이 팔렸고, 10개가 넘는 언어로 번역되었다. 얼마 전 나는 열 번째 소설을 출판했는데, 이 모든 일들이 세인트 마크 북숍이 없었다면 상상도 못했을 일이다.

이 이야기가 어떻게 서점이 한 작가에게 행운을 안겨주었는지에 대한 극적인 예처럼 들릴지 모르겠지만, 더욱 현실적인 그림은 매일 일어나는 백만 가지 작은 행운이다. 지명도가 낮은 작가들은 대형 출판사에 낙점되기 전에 규모가 작은 문학 저널과 출판사에서 시작해 점차 대형 작가로 성장하는 것이다. 수년 동안, 세인트 마크 북숍은 서적상의 역할 외에도 기존 작가들이 시장을 찾고, 젊은 작가들이 기회를 얻을 수 있는 중요한 구심점이 되어 왔다. 나는 특정 웹사이트에만 초점을 맞추는 인터넷이 어떻게 문학의 미래에 절충적인 서비스를 전달할지 정말 상상하기 힘들다.

아서 넬스시안은 뉴욕시에서 태어나고 자랐다. 2013년, 버스 코러스 프레스에서 그의 열 번째 소설 『글래디스 오브 더 헌트(Gladyss of the Hunt)』를 출판했다.

KATE NILES

케이트 닐스

마리아 북숍

콜로라도주, 두랑고

마리아 북숍에는 진열대 위쪽 높은 벽에 오래된 설피雪皮가 장식처럼 걸려 있다. 나바호 양탄자와 지역 예술가의 작품도 보인다. 남서부적인 분위기가 가게 곳곳에 서려 있는데, 우리가 살았던 산과 사막이 이곳 책으로 가득한 명상의 천국에 잘 어울리기 때문이다.

나는 일찍이 독립 서점의 몰락에 대해 읽었지만 적어도 여기는 아니라고 생각했다. 콜로라도의 서부 기슭에 살아서 좋은 점은 주택 시장의 몰락이나 암흑가의 살인사건도 없고, 다른 곳의 트렌드에 대해 다소 둔감해진다는 것과 거대한 아마존 킨들(아마존이 출시한 e북 리더기)의 촉수가 이곳까지는 손을 뻗칠 수도 없다는 것이다.

물론 이런 느낌은 다소 근거 없는 이야기에 지나지 않는다. 나는 마리아 북 바이어와 좋은 친구고, 그녀가 다른 서적상들과 마찬가지로 재앙의 조짐을 느끼고 있다는 걸 안다. 그렇지만 마리아 북숍은 계속 빛날 것이다.

나는 책을 펴낸 작가로서 이곳에서 첫 번째 낭송회를 가졌다. 40명 이상이 낭송회를 보러 왔는데, 서점의 직원이 오더니 그녀가 기억하는 한 가장 큰 낭송회라고 말해주었다. 그리고 이 말이 작가로서의 내 자신에 대한 믿음을 심어주었고, 그 이후로 서점은 내가 성장할 수 있도록 물심양면으로 도와주었다. 아무도 내 책을 사지 않을 때도 마리아 북숍의 누군가는 가끔 한두 권 샀다. 일일이 확인하지는 않지만, 가늘고 길게 팔린다면 그것도 괜찮다.

한번은 꿈에서 버지니아 울프가 나에게 갈색 종이로 싼 책 여섯 권을 건네주면서 "네 거야"라고 말했다. 나는 그 여섯 권 중에 지금까지 세 권을 썼다. 50세에 이른 지금 나는 침체의 늪에 빠져 있고, 어떻게든 다시 시작하려고 몸부림치는 이 중년의 과도기에 내가 믿을 것이라고는 이런 꿈 밖에 없다. 또, 나를 작가로 보아주는 마리아의 직원들을 믿어야 한다. 그들은 어떤 유명 작가가 낭송회를 하고 나면 "그 질문을 한 게 당신이었어요?"라고 소곤거린다. 그러니까 "왜 저 여자는 치료사를 구하지 않을까요?"라는 의미다. 우리는 낄낄대며 한바탕 웃고는 다른 작가의 글을 칭찬하면서 한결 나아진 기분을 느낀다.

또 한 번 행사가 성황을 이룬 적이 있다. 에드 애비Ed Abbey 추모 낭송 회로, 지금은 없어졌지만 내가 이따금 기고하던 잡지사가 후원을 했다. 나와 한 무리의 사람들. 나와 아트 굿타임스Art Goodtimes, B. 프랭크 B. Frank, M. 마이클 파헤이M. Michael Fahey, 켄 라이트Ken Wright, 데이브 필라 Dave Feela. 이들은 거의 대부분 강물을 가르며 모험을 한 뒤 맥주를 마시고 글쓰기로 원기를 되찾는 사람들이다.

나는 땅에 대한 이들의 무법적인 경배를 사랑한다. 나는 아트의 염색한 넥타이로 나타낸 시인의 지위, 데이브의 우스꽝스러운 시를 사랑한다. 그렇지만 나는 평상시에 그들과 거의 어울리지 못한다. 그렇기 때문에 그곳에 갔던 것이다. 여성과 가족을 야생의 모험에서 분리한 캑터스 에드Cactus Ed의 여성 혐오증과 그의 자신만만한 20세기 중반의 남성 우월주의에 대해 20년 동안 자체적으로 편집하며 가다듬은 직설적인 1,200자 소론을 읽기 위해서. 내가 틀린 것일 수도 있다. 그렇지만 내가 읽어나가는 동안 설피가 아주 가볍게 인정한다는 듯이 발가락을 향해 끄덕이는 것을 보았다.

또 다른 낭송회. 칼 말란테스Karl Marlantes의 『마터호른Matterhorn』 낭송 회. 나이든 남자들, 베트남 참전 군인으로 이루어진 그 가슴 아리는 관 객들……. 나는 군중 속에서 존 매케인John McCain이 필사적으로 선거 운동을 하러 이곳에 내려왔을 때 분노하던 몇몇 사람들, 그들에게 행해진 것과 다른 사람에게 절대로 행해져서는 안 되는 것에 대해 애국적인 분노를 표출하며 전몰장병 추모일마다 참석하는, 내가 아는 몇몇 남자들을 본다. 칼 말란테스의 낭송과 가족에 대한 농담, 출판 과정과 밤새 끝나지 않을 것 같은 책에 대한 이야기. 내 안의 작가가 이 모두에 감사하는 행사였다.

> ✎
>
> 일찍이 독립 서점의 몰락에 대해 읽었지만
> 적어도 여기는 아니라고 생각했다.

나는 얼마 전 중년의 나이에 본업을 교사에서 심리치료사로 바꿨다. 심리치료사 자리가 나서 면접을 볼 때, 면접관 중 한 명이 내게 다른 곳에서 얻은 모든 것을 포기하고 다시 낮은 자리부터 시작해도 괜찮겠느냐고 물었다. 그때 나는 다소 전문가적인 말투로 대답했지만, 나중에서야 그 어떤 직업 전환도 거대 출판사가 만연한 시대에 진실한 작가가 되는 것만큼 매서운 시련은 아니라는 걸 깨달았다. 그나마 책을 출판할 수 있었던 건 행운이었다. 난 그걸 안다. 권위 있는 상도 한두 번 받았다. 규모가 작긴 하지만 열성적인 팬클럽도 있다. 하지만 이젠 1천 달러 이상의 선수금을 받긴 어려울 것 같다. 받아도 책 홍보에 금세 다 써버리겠지만. 아, 원대한 성공에 대해 꾸었던 꿈들! 이룰 수 있다고 잘못 전해진 신화들!

으레 나는 너무 자기 연민에 빠지는 듯해서 자제하지만, 바보 같다는 느낌은 어쩔 수 없다. 그러나 그런 기분을 나만 느끼는 건 아니었다. 나보다 앞서 책을 출판한 수상 경력이 있는 다른 작가가 포 코너스에 있는 또 다른 벽돌과 모르타르로 된 축복받은 지역사회 계몽의 등불에서 열린 내 낭송회에 왔을 때, 나는 그녀에게 지금 무엇을 하고 있느냐고 물었다. 그녀는 입술을 깨물며 비통한 기분을 떨쳐내려고 안간힘을 썼다. 그녀는 "뉴욕의 상황이 어떤지 보면서 기다리고 있어요. 출판되지 않은 소설이 여섯 권이나 되죠. 저는 막 출판 대리인을 해고했어요. 그녀가 나에게 쓰레기를 쓰라고 종용했거든요. 내 이름이 조나단이 아닌 이상, 내가 브루클린 출신이 아닌 이상, 생각도 하지 말아야죠."

아멘. 포 코너스의 자매여, 아멘. 우리가 브루클린을 이해하지 못하는 것처럼 브루클린도 왜 여기에 설피가 있는지 절대 이해하지 못할 것이다. 불굴의 의지를 나타내는 지역의 상징이 두랑고의 한 서점 벽에 걸려 있는 이유를.

나는 마리아 북숍에 있는 설피야말로 세상에서 가장 축복받은 존재라고 생각한다. 이 설피는 1890년대에는 광부가, 1910년대에는 집배원이 신거나 노새 잔등에 가죽을 실어 날랐던 상인이 신었을 구식 골동품이다. 나무를 둥글게 구부려 틀을 만들고 납작한 바구니처럼 얼기설기 뼈대를 엮은 모양인데, 스스로도 숱한 이야기를 간직하고 있으며 마리아 북숍에서 많은 것을 보고 들었다. 작가들, 독자들, 질문자들, 헤어진 연인들, 책장이 떨어져 나간 문고판, 카운터 뒤에서 자신의 이름이 새겨진 책을 가질 기회 등등.

이것이 중요한 것이다. 그렇지 않은가? 독립 서점은 보통사람들을 위해 남아야 한다. 서점이야말로 사람들이 한 손에 저널을 들고도 남의 시선을 의식하지 않는 곳이다. 재향군인, 반항적인 대학생, 과격한 스포츠광, 비탄에 잠긴 작가들이 모두 같은 지붕 아래 모여서 서로의 생각을 논하는 걸 두려워하지 않는다. 세상에! 어쩌다 이것이 중요해져버린 나라가 되었을까? 어쩌다 우리에게 남은 것이 이것뿐인 나라가 된 것일까? 킨들 촉수를 가진 그 어떤 아마존 사용자도 이 자리를 차지할 수는 없을 것이다.

마리아는 저녁 9시까지 영업한다. 이 부근에서는 폐점 시간이 늦은 편이다. 그러니 보통 수요일 같은 날 저녁 두랑고 시내를 걷다보면 아마도 엘 란초 바에서 새어나오는 취객이 떠드는 소리를 들을 수 있을 것이다. 이것이 바로 엘 란초 바가 거기 있는 이유다. 그저 그 앞을 지나가는 몇몇 손님들을 위해서 말이다. 그리고 9번가와 10번가 사이의 블록 중간에서 불빛이 비친다. 서점 앞에 할인 매대가 놓인 채.

케이트 닐스는 『바스켓 메이커(The Basket Maker)』, 『존의 책(The Book of John)』, 『마음의 지형(Geographies of the Heart)』 등을 쓴 작가다. 예전에 고고학자이자 교사로 일했던 그녀는 현재 사회사업 분야에서 일하고 있다. 그녀는 가족과 함께 콜로라도 두랑고에 살고 있다.

ANN PACKER
앤 패커

캐피톨라 북 카페
캘리포니아주, 캐피톨라

캐피톨라 북 카페는 별 매력 없는 쇼핑센터의 모퉁이에 자리 잡고 있
다. 서점이 피자 가게 옆에, 재봉틀 수리점에서 대각선상에 있다는 걸
모르면 찾기가 힘들다. 이곳은 캘리포니아 북부에서 가장 훌륭한 독립
서점 중 하나이기도 하지만, 책을 홍보하기 위해 북 투어를 다니는 작
가들에게는 정말 천국 같은 곳이다. 나는 책이 나올 때마다 여기로 북

투어를 왔는데, 첫 번째 방문을 떠올리면 지금 생각해도 정말 멋진 일이 아닐 수 없다.

그때가 1994년으로, 단편 소설집 『멘도치노와 그 밖의 이야기Mendocino and Other Stories』를 홍보하고 있었다. 내가 아이오와 작가 워크숍에서 문학 석사 학위를 받은 지 6년이 되었고, 위스콘신 대학의 펠로우십 과정을 마친 지도 4년이 지난 뒤였다. 보통, 대학에서 열리는 낭송회에서는 저명한 작가나 아니면 그렇게 저명하지 않은 작가라도 장편 소설의 일부분이나 단편 소설 한 편을 골라 꽤 많은 분량을 읽는다. 바로 그런 게 문학 행사라고 생각한다. 하지만 서점에서는 저자가 20분 동안 책을 읽고 사인회를 하는데, 한낱 홍보 행사일 뿐이다.

이곳은 모퉁이와 통로에서 길을 잃을 만큼 넓고,
적당히 아늑해서 친밀감을 안겨준다.
그 어떤 가게도 이보다 편안하고 아늑할 수 없다.

안타깝게도 당시 나는 작가와 저자의 차이점에 대해 제대로 알고 있지 못했다. 그래서 처음 캐피톨라 북 카페에 방문했을 때(서점에서 처음 홍보를 하는 것이었다) 나는 단편 소설 한 편을 전부 읽었고, 적어도 45분이 걸렸다. 낭송이 끝나자 사람들이 출구를 향해 우르르 달려 나갔다. 아니면 내 기억이 그런지도 모르겠다. 내가 응분의 대가를 치렀다고 말이다. 어찌됐든 내가 너무 오랫동안 시간을 끈 것만은 분명했다.

몇 년이 지난 후, 저자 에스코트를 맡은 이들이(두 번째 북 투어를 할 때까지 전혀 몰랐던 부류의 사람들이다. 내가 낯선 도시에서 낯선 도시로 이동할 때 깔끔한 차를 탄 이러한 사람들이 배웅을 나왔다. 그리고 나를 라디오 방송국에서 서점, 호텔까지 태워다 주었다) 서점에는 지침이 있다고 귀띔해주었다. 즉, 20분이면 적당하며, 30분이면 위험하고, 40분이면 거의 인질극 수준이라는 것이었다.

그런데…… 캐피톨라 북 카페의 멋진 사람들은 나를 다시 불러주었다. 그리고 계속해서. 베스트셀러를 썼을 때도 불러주었고, 그만그만한 책을 썼을 때도 불러주었다. 이들은 밀실에 녹화를 할 수 있는 회견장을 따로 마련해 지역의 라디오 방송국 기자들과 인터뷰를 할 수 있게 해주었다.

한번은 북 그룹 행사의 일정을 잡아주어, 10명 정도로 구성된 열렬한 독자들과 함께 즐거운 라운드 테이블 토론을 벌이기에 앞서 낭송회와 사인회 행사를 할 수 있었다. 내 소설 중 한 권이 문고판으로 출판되어 근처 서점에 방문했을 때였는데, 캐피톨라 북 카페의 직원 한 사람이 일 년 전에 똑같은 책이 양장본으로 출판되었을 때 내 낭송회를 놓쳤다며 참여해주었다. 참으로 멋지고 따뜻한 사람들이 아닐 수 없다.

그리고 서점! 이곳은 모퉁이와 통로에서 길을 잃을 만큼 넓고, 적당히 아늑해서 친밀감을 안겨준다. 새롭게 발굴한 작품과 언제나 사랑을 받는 고전이 조화를 이룬 소설 코너는 마땅히 받아야 할 관심을 못 받은 작가들의 초기작으로 고객을 유도하길 좋아하는 직원들의 감각을 반영하고 있다. 그리고 캐피톨라 북 카페라는 이름답게 당연히 카페가 있다. 이곳에서 독자들은 여전히 무슨 책을 살지 고민하면서 커피나 스낵을 즐길 수 있다. 그 어떤 가게도 이보다 편안하고 아늑할 수 없다. 내가 사는 곳에서 한 시간 거리에 있지만 캐피톨라 북 카페는 고향 같은 서점 중 하나다. 이곳의 직원과 주인에게 깊고 변함없는 감사를 보낸다.

앤 패커는 『말이 없는 노래(Songs Without Words)』, 『더 다이브 프럼 클라우센즈 피어(The Dive from Clausen's Pier)』, 『멘도치노와 그 밖의 이야기』의 저자다. 2012년에 나온 『스윔 백 투 미(Swim Back to Me)』에는 중편 1편과 단편 5편이 실려 있다. 그녀는 캘리포니아 샌 카를로스에 살고 있다.

Chuck Palahniuk
척 팔라닉

파웰스 시티 오브 북스

오리건주, 포틀랜드

처음 소설이 출판되면 책 좀 읽는다는 치들은 이런 질문을 던진다. "테터드 커버에서 낭송회를 하나? 다크 델리카시스? 코디는 어때? 바바라는? 파웰은?"

북 투어는 예전의 보드빌 공연, 말하자면 슈베르트 순회공연만큼이나 피곤한 일이다. 뉴욕의 스트랜드 북스토어에서 마이애미의 북스 앤드 북스, 잭슨의 레무리아까지 동에 번쩍 서에 번쩍 움직여야 한다. 연일 이어지는 하룻밤 행사를 위해 아침 일찍 비행기와 기차를 갈아타야 하는 것이다. 세인트루이스의 레프트 뱅크 북스, 캔자스시티의 레이니 데이 북스, 애시빌의 말라프롭스⋯⋯. 마크 트웨인은 말년에 모든 재산을 잃고 이런 식의 북 투어를 끊임없이 다니며 생활을 유지해야 했다. 이런 생활이 그를 죽음으로 몰고 갔다. 스트레스가 그를 죽인 것이다.

파사데나의 브로만, 샌프란시스코의 북스미스, 시애틀의 엘리어트 베이 북스⋯⋯. 어쨌든 오리건 포트랜드의 파웰스 시티 오브 북스는 꿈의 장소다. 크기가 도시의 한 블록만 한 건물은 방마다 색깔로 구분된 이름이 붙어 있다. 각각의 방은 웬만한 독립 서점의 크기와 같다. 예를 들어 그린 룸은 서점의 정문이다. 몇 년 동안 파웰은 퍼플 룸에서 북 행사를 주관했다. 바로 옆방인 로즈 룸의 음료 분수는 전설적인데, 오래 일한 직원의 말에 따르면 서점의 창립자인 월터 파웰Walter Powell의 유령이 거의 화요일 밤마다 이곳에 나타난다고 한다.

오렌지 룸은 서점이 중고 책을 사놓는 방으로, 서점 관계자들 말로는 사회성이 떨어지는 직원들이 이곳에서 일한다고 한다. 파웰의 오렌지 룸은 우리 뇌의 회백질과 같은 곳이다. 책을 무척 사랑한 파웰의 유골함은 몇 년 동안 선반에서 선반으로 옮겨지며 여기저기 이동했다고 한다. 그는 자신이 가장 좋아했던 장소에 영원히 남고 싶어 했다. 거리 쪽으로 나 있는 오렌지 룸 문 앞에는 책 무더기 모양으로 조각된 기둥이 서 있다. 이제 그 유해는 이 돌기둥 안에 봉인되었고, 영원한 안식처를 찾았다.

펄 룸은 3층에 있다. 이곳은 레어북Rare Book 룸이 한 귀퉁이를 차지하고 나머지는 예술, 건축, 영화, 성애물들이 들어차 있다. 관계자에 따르면, 펄 룸은 서점에서 자연스럽게 이성을 유혹할 수 있는 장소라고 한다. 그 외에도 이곳은 갤러리로 쓰이는데, 매일 밤 작가들은 넓게 트인 아름다운 공간에서 자신의 작품을 선보일 수 있다.

하지만 누구도 책 행사를 어떻게 해야 하는지 알려주지 않는다는 게 문제다. 출판사가 책을 홍보하기 위해 작가를 보낼 수는 있지만, 이들은 실제 독자들 앞에서 무엇을 해야 하는지는 알려주지 않는다. 따라서 관객들에게는 상상조차 할 수 없을 만큼 지루한 연극이 될 수도 있다.

스스로 찾아보라. 파웰에서 며칠 밤을 지내보라. 사고의 연속이다. 그렇지만 멋진 사고들이다. 전면 폭로하자면, 나는 파웰에서 몇 년 동안 작가 행사를 조직하고 홍보를 맡았던 조안나 로즈Joanna Rose와 함께 글쓰기를 공부했다. 그녀와 나는 매주 톰 스펜바우어Tom Spanbauer의 워크숍에서 공부를 했고, 우리의 소설(나는 『파이트 클럽』, 그녀는 『리틀 미스 스트레인지』)이 몇 달 간격으로 출판되었다. 그녀의 뒤를 이어서는 스티브 피델Steve Fidel이 작가 낭송회를 기획했는데, 나중에 그는 평화봉사단에 들어가 부다페스트로 봉사활동을 떠났다. 로즈와 피델은 수백 명의 작가와 함께 일을 했다.

파웰의 친구들을 통해 나는 에이미 탄Amy Tan이 예전엔 사람들은 물론이고 책과의 접촉도 꺼렸다는 사실을 알았다. 세균이나 바이러스와 관련된 어떤 병 때문이었는데, 그녀의 사인회에서 사람들이 책을 펴서 그녀에게 밀어주면 몸을 약간 구부려 팔 길이만큼 떨어진 곳에서 사인을 했다는 것이다. 그러다 북 투어를 계기로 변하게 되었다. 한번은 비행기에 오르면서 다리를 다쳤는데, 비행기에서 내리자마자 응급실에 가야 할 상황이었다. 진통제의 도움으로 그녀는 그날 밤 파웰에서 행사를 마쳤고, 그 뒤 모든 것이 바뀌었다. 그녀는 아무렇지 않게 책을 만졌고 팬들과도 포옹했다. 그녀는 기분이 들떠 연신 웃어대며 요크셔종인 작은 애완견 두 마리를 번갈아 쓰다듬었다. 이것을 보고 모두들 즐거워했다.

파웰에서는 문학의 신들이 그다지 좋은 몰골을 하고 있지 않은 것을 볼 수 있다. 이들은 몇 주씩 매일 밤 호텔을 바꿔 가며 자느라 파김치가 되어 있다. 제대로 먹지도 못하고, 가족들도 보고 싶고, 숙취에 시달린다. 그런 사람들이 이곳에 있다. 브렛 이스톤 엘리스Bret Easton Ellis가 자신의 창작집 『인포머스The Informers』를 홍보하러 왔을 때였다. 그 무렵 그의 소설 『아메리칸 사이코American Psycho』가 많은 사람들의 분노를 사고 있었다. 정치적으로 분노한 사람들이 서점으로 전화해서 폭탄을 설치하고 파이를 던지고 빨간색 페인트를 퍼붓겠다고 위협했다. 그날 밤 엘리스는 경호원들에게 둘러싸여 지내야 했다.

조나단 프란젠Jonathan Franzen이 『교정The Corrections』을 홍보하려고 나타났을 때, 그는 그를 안내해 시내를 돌아다녔던 지역 홍보 담당자를 야유하는 농담을 했다. 그는 몰랐지만 포틀랜드 사람이면 누구나 할리라는 그 여성을 좋아했다. 오늘날까지도 포틀랜드의 문학인들은 그의 이름이 나오면 땅에 침을 뱉는다. 포틀랜드의 독자들이 한을 품으면 오뉴월에도 서리가 내린다.

파웰처럼 작가 행사를 잘 관리하는 서점은 거의 없다. 모든 이를 위한 좌석이 마련되어 있다. 마이크도 잘 작동된다. 요란한 소리를 내는 에스프레소 기계와 경쟁할 필요도 없다. 심지어 안내 방송까지도 중단한다. 단 한 번 예외가 있었는데, 다이애나 아부—제이버^{Diana Abu-Jaber}가 그녀의 사랑스러운 소설 『천국의 새들^{Birds of Paradise}』을 홍보하고 있을 때였다. 그녀의 낭송은 매우 고무적이었고, 마법 같았다. 독자들은 다이애나가 극적인 긴장으로 몰고 갈 때 함께 흥분했다. 그녀의 목소리 외에는 전혀 아무것도 들리지 않았다. 그런데 갑자기 "안내 말씀 드립니다. 파웰의 직원들 중에 『호밀밭의 파수꾼^{The Catcher in the Rye}』을 갖고 계신 분 있나요?"라는 안내 방송이 나왔다.

내러티브의 마력이 깨졌다. 애써 참고 있던 웃음이 간간이 터져 나왔다. 그렇지만 다이애나는 계속 진행했다. 낭랑한 목소리로 유혹하는 듯 그녀는 클라이맥스를 향해 갔다. 그런데 절정에서 갑자기 또 안내 방송이 나온 것이다. "안내 말씀 드립니다. 파웰의 직원들 중에 『호밀밭의 파수꾼』을 갖고 계신 분 있나요?"

그녀는 또다시 긴장을 깨뜨리지 않으려고 애썼지만 안내 방송이 두 번이나 더 그녀를 방해했다. 질의응답 시간이 되자 그녀는 가슴이 터질 것 같아 눈물을 쏟기 일보 직전이었다.

그런데 정작 더 큰 드라마가 펼쳐질 거라는 사실은 아무도 몰랐다. 누군가 파웰에서 아이를 잃어버리면 서점은 봉쇄된다. '호밀밭의 파수꾼'은 직원들의 암호였고, 밖으로 통하는 모든 문을 차단하고 아이가 건물 밖으로 사라지거나 납치되는 것을 막기 위한 조치를 취하라는 뜻이었다. 다른 위기 상황을 나타낼 때 쓰는 책 제목들도 있다. 그건 그렇고, 『천국의 새들』은 꼭 읽어보길 바란다. 멋진 책이다.

빈틈없고 완벽한 쇼를 보는 것보다 더 멋진 파웰의 마법은 많은 작가들을 실제로 볼 수 있다는 것이다. 특히 완전 녹초가 되어 까탈부리거나 진통제에 의지하는 작가들의 모습은 실제 인간이 책을 쓴다는 것을 보여주는 산 증거다. 이렇게 심오한 이야기가 이토록 피폐한 인간에게서 나왔다는 사실은 일종의 반전이 돋보이는 기적이다. 작가들은, 심지어 뛰어난 작가들조차도 허둥대고 불량하게 행동할 수 있지만 파웰에서는 이들과 일일이 악수할 수 있다. 『조이 럭 클럽The Joy Luck Club』과 『인피니트 제스트Infinite Jest』를 쓴 바로 그 손과. 정말 멋진 일이다.

포틀랜드에 데이비드 세다리스David Sedaris가 나타났던 일이 생각난다. 데이비드는 내게 대중 낭송회에서 무엇을 해야 하는지 조언을 해준 유일한 사람이다. 영광스러운 조언이다.

솔직하게 말하자면, 데이비드는 우리 두 사람이 일주일 동안 머물던 바르셀로나에서 조언을 해주었다. 우리는 조나단 레뎀Jonathan Lethem, 마이클 셰이본Michael Chabon, 하이디 줄라비츠Heidi Julavits와 함께 그곳에 갔고, '북미문화연구소'라는 곳에서 언론 인터뷰도 하면서 일주일을 보냈다. 다소 자금이 넉넉했던 프로젝트였기 때문에 마이클은 이 모든 경비를 CIA가 대고 있으며, 우리의 진짜 목적은 미국을 위한 선의를 도모하는 것이라고 추측했다. 2001년 9·11 테러가 있은 후라 별로 타당성이 있는 추측은 아니었다. 어쨌든 어느 날 오후 데이비드와 내가 쇼핑을 나갔을 때였다.

한 노천 벼룩시장에서 크리스털 샹들리에 골동품으로 가득한 상자를 꼼꼼히 살펴보면서 속으로 나치가 만든 만卍 자가 새겨진 카드 한 벌에 200유로를 쓸까 말까 고민하고 있을 때, 난데없이 데이비드가 말했다. "네가 진짜 게이라니 못 믿겠어."

그래서 나는 그에게 내가 주름을 잡은 바지와 분홍색 실크 셔츠를 입

> 파웰에서는 문학의 신들이
> 그다지 좋은 몰골을 하고 있지 않은 것을 볼 수 있다.
> 특히 완전 녹초가 되어 까탈부리거나
> 진통제에 의지하는 작가의 모습은
> 실제 인간이 책을 쓴다는 것을 보여주는 산 증거다.

고 있다는 사실을 상기시켰다. 오랜 세월을 함께한 내 파트너도 마찬가지였다. 내가 크리스마스 트리에 걸 18세기 크리스털 샹들리에를 흥정하며 "이 순간에 더욱 게이로 보이려면 입속에 거시기를 물고 있을 수밖에 없겠네"라고 말하자 데이비드는 웃음을 터뜨렸다. 말 그대로 박장대소였다. 나는 아직도 그 장면을 생각하면 즐겁다. 내가 데이비드 세다리스를 웃기다니!

그 외에도 그는 북 투어를 할 때 지금 출판된 책은 절대 읽지 말라고 조언해주었다. 언제나 출간이 예정된 책에서 골라 읽으라는 것이었다. 이렇게 함으로써 독자들이 차기작을 맛볼 수 있는 기회를 얻게 된다고

했다. 이는 독자들에게 어떤 특권의식 같은 것을 부여한다. 그리고 작가가 생각한 만큼 실제로 재미있는지 테스트해볼 수 있는 기회이기도 하다.

마지막 요점을 직접 증명해 보여주기라도 하듯이, 내가 다음에 데이비드를 만난 것은 포틀랜드였다. 그는 낭송회에서 있었던 일화를 들려주고 있었다. 완전히 몰입해서 듣는 관객들 앞에서 그는 검시관 사무실의 식당에서 테이블에 둘러앉은 사람들이 음식을 먹는 장면을 묘사했다.

이들은 자기 직업에 대해 얘기하면서, 입속으로 샌드위치와 감자 칩을 꾸역꾸역 집어넣으며 커다란 창문을 통해 옆방에서 실시하는 부검 장면을 본다. 여덟 살이나 아홉 살 정도 된 그저 잠자고 있는 것처럼 보이는 소년의 시신이다. 그는 자전거에서 떨어져 지금은 죽은 상태다.

행사에서 데이비드는 죽은 아이의 금발과 상처 하나 없는 몸에 대해 설명하며 독자들을 몰아가고 있었다. 데이비드가 느린 동작으로 의사가 아이의 이마를 갈라 오렌지 껍질을 자르듯 그 예쁜 얼굴을 벗기는 모습을 자세히 설명할 땐 핀 떨어지는 소리까지도 들릴 정도였다.

식당에서 관찰하고 있던 어떤 이가 벗겨진 두개골과 노출된 심홍색 근육을 가리킨다. 그의 입에는 여전히 반쯤 씹은 참치 샌드위치가 물려 있다. 그는 "자, 저거 보여? 저 붉은색 말이야. 내가 레크리에이션실에 칠하려고 하는 색이야"라고 말한다.

이 이야기에 대한 모든 것이 먹혀들었어야 했다. 배경이나 속도, 결과. 데이비드 세다리스는 훌륭한 이야기꾼이다. 그렇지만 여기는 오리건주 포틀랜드다. 진정으로 감정 이입이 가능한 진지한 사람들의 수도다. 마지막 결정적인 구절에서 아무도 웃지 않았다. 수백 명은 그저 바라보기만 할 뿐이었고, 눈에는 눈물이 그렁그렁 맺혀 있었다. 몇몇은 크게 코를 훌쩍였다. 좋다. 한 명이 웃었다. 바로 나였다. 말도 안 되지만 정말 재미있는 이야기였다. 그렇지만 베타 테스트는 실패했다. 두말할 필요도 없이 이 이야기는 다음 책으로 나오지 않았다. 무신경하게 킬킬대는 내 웃음소리에 훌쩍이던 수백 명이 고개를 돌려 나를 째려봤다.

데이비드는 바르셀로나에서 나의 농담에 웃어주었다. 나는 포틀랜드에서 그의 농담에 웃어주어야 했다. 그리고 이제 그를 좋아했던 그 모든 독자는 그들이 싫어해도 무방한 누군가가 생겼다.

아, 맞다. 나는 그 나치 카드를 사지 않았다.

파웰스 시티 오브 북스는 오리건 포틀랜드 웨스트 번사이드 스트리트 1005번지에 있다.

척 팔라닉은 『파이트 클럽』을 비롯한 여러 소설과 논픽션을 썼으며, 이 책들은 모두 베스트셀러가 되었다. 그는 태평양 연안 북서부에서 살고 있다.

Ann Patchett

앤 패챗

맥린 앤드 이킨 북셀러스

미시건주, 피토스키

야구 경기를 보기 위해 전국을 여행하는 사람들이 많을 거라는 생각을 해본다. 그리고 이 사람들은 경기장 근처에 있는 모텔과 맛있는 칠리 핫도그 등 알아야 할 모든 것에 대해 알려줄 수도 있을 것이다. 이들이 미국의 도시에 대해 아는 것은 경기와 관련된 것들이다. 주차장의 편의성, 팝콘의 신선함 등. 시간이 지나면서 우리를 여행하게 만드는 그 무엇은 우리에게 일종의 전문성을 제공할 수 있을 것이다. 이것은 놀이 공원이 될 수도 있고, 독립전쟁 유적, 정박지, 박물관 등일 수도 있다.

나에게는 독립 서점이다.

대부분의 내 여정은 서점이 기준이다. 나는 소설가이고, 집에서 책을 쓰고 있지 않을 때는 거의 서점 뒤쪽에 있는 작은 테이블에 앉아 있는 편이다. 나는 어떤 서점이 최고의 생일 카드를 보유하고 있는지, 어떤 서점이 아직도 시를 진지하게 다루는지, 또 어떤 서점이 특이한 커피 테이블을 보유하고 있는지 말할 수 있다. 나는 그저 서점에 들어갔다 나오는 것이 아니다. 몇 시간씩 서점에 머물면서 재고를 살펴본다. 밤이 되면 기억하지 못할 호텔로 가서 홀로 저녁을 먹고, 다음 날 아침 또 다른 서점을 살펴보기 위해 다른 도시로 날아간다. 나는 소설 섹션, 보도자료 테이블을 기억할 수 있다. 어떤 서점이 어떤 도시에 있었는지는 기억하지 못한다. 야구팬과 마찬가지로 주차장 밖에 있는 그 모든 세부 사항은 흐릿해진다. 이 특별한 서점만 빼고.

내가 처음 미시건 피토스키에 가게 된 건 2001년이었다. 나는 썩 내키지 않았다. 이곳은 뉴욕, 보스턴, 시카고, LA 등지의 여행 일정 사이에 끼어 있었다. 이 서점에 가기 위해 디트로이트로 날아가 트래버스시로 가는 비행기로 갈아타고, 차를 빌려 한 시간 반을 운전해서 낭송회와 사인회를 한 다음 다시 렌터카로 돌아가는 일을 거꾸로 반복해야 했다. 어찌나 일정이 빡빡하던지 식당에서 저녁 먹을 시간조차 없었다. "정말 좋은 서점이 아니기만 해봐." 홍보 대리인에게 말했다. 정말 훌륭한 서점을 충분히 많이 봤기 때문이었다. 그녀는 어쨌든 가야 한다고 말했다.

바로 여기에 보편적인 진실이 숨어 있다. 정말로 훌륭한 장소는 종종 가는 도중에 진이 다 빠지는데, 바로 그 때문에 그곳이 정말로 훌륭한 장소가 되는 것이다. 와이오밍의 빅 혼 마운틴^{Big Horn Mountains}에 있는 스피어—오—윅웜^{Spear-O-Wigwam} 목장에 가거나(가는 내내 비포장 도로) 메인^{Maine} 해안의 아일 오 호트^{Isle au Haut}에 가보라(우편선을 타고 가야 한다).

피토스키는 그 정도로 힘겹지는 않았지만, 확실히 인적이 드문 곳이기는 했다. 나는 과수원 안쪽의 과일 좌판, 채소 좌판, 파이 좌판이 늘어선 2차선 고속도로를 따라 렌터카를 타고 달렸다. 내가 달려본 길 중에 가장 아름다운 길이라고 생각할 무렵 피토스키에 도착했다. 집집마다 현관이 널찍널찍하고 지붕은 경사가 심했으며, 대부분 중학교 1학년 소녀들이 좋아할 만한 색으로 칠해져 있었다. 창가에는 피튜니아 화분이 대롱거리고 있었다. 태양은 마을을 내려다보며 미시건 호수와 보트에, 수영하는 사람들과 기슭에 다이아몬드 같은 빛을 흩뿌리고 있었다. 태피와 퍼지 캔디를 함께 파는 두어 곳의 아이스크림가게, 창문에 걸린 'LAKE'라고 써진 티셔츠를 파는 선물가게가 있는 작은 시내는 미국인이 흔히 생각하는 소박한 휴가를 떠올리게 했다. 나무가 많아 곳곳에 그늘이 지고, 조용하며 시원했다. 10분이 채 안 돼 나는 피토스키에서 어떻게 남은 일생을 보낼까 고민하기 시작했다.

예를 들어, 당신이 전혀 예기치 않게 빼도 박도 못할 상황에 처해 사랑에 빠졌다고 하자. 그런데 알고 보니 당신과 사랑에 빠진 그 사람이 르 코르동 블루^{Le Cordon Bleu}를 졸업했고, 악보를 보지 않고 쇼팽의 야상곡을 연주하며, 하버드의 재원에 맞먹는 신탁 자금을 가지고 있다. 더는 나아질 것이 없다고 생각한 그 순간, 모든 것이 훨씬 나아지는 것이다. 이 꿈같은 작은 도시의 서점으로 걸어 들어가는 순간 내가 그동안 알아왔던 모든 서점들은 기억 속에서 사라졌다.

줄리 노크로스Julie Norcross는 1992년에 두 할머니의 이름을 따 맥린 앤드 이킨 북셀러스를 설립했다. 그녀의 고향 마을처럼 그녀 또한 첫눈에 사랑에 빠졌던 사람들과의 러브스토리를 간직하고 있을 거라는 생각이 들었다. 그녀는 훌륭한 선구자적 능력을 지닌 사람이었다. 만일의 경우를 위해 그녀는 뗏장집을 지었지만, 농담을 하고 마티니를 마시며 사업을 운영할 줄도 알았다. 그녀의 아들 매트 노크로스도 서점에서 일했는데, 어머니만큼 매력적이고 책에 대해 박식한 젊은이였다. 가족의 이름을 딴 가업, 나쁠 일이 뭐가 있겠는가? 서점은 따뜻하고 편안한 지적 분위기가 흐른다. 가장 좋아하는 스웨터 같은 서점이라고나 할까. 맥린 앤드 이킨의 책들은 오라고 손짓하듯 잘 정돈되어 있고, 일단 책의 부름을 들으면 가서 앉을 수 있는 커다란 의자가 많이 있다. 이곳은 여름을 행복하게 보낼 수 있는 그런 서점이다.

그렇지만 그날 나는 몇 분밖에 둘러볼 여유가 없었다. 트래버스시 공항으로 돌아가 종이컵에 든 체리를 샀고(공항에서!) 비행기를 기다리는 동안 먹었다. 나는 나와 내가 사랑하는 장소를 갈라놓는 세상을 저주했고, 체리 컵에 대고 다시 돌아갈 것을 맹세했다. 맹세한 것은 반드시 지킨다는 것이 내 큰 장점이다. 그 이후로 나는 새 책이 나올 때마다 홍보 담당자에게 맥린 앤드 이킨에 가장 먼저 가고 싶다고 말한다(작가들이 북투어 장소를 결정할 수 있다고 생각하시는 분은 다시 생각하시길. 작가들은 군인 같아서 행군 명령을 받으면 그대로 따라야 한다). 다음번에 내가 가장 좋아하는 서점에 갔을 때 제슬린이라고 하는 멋진 직원이 새로 와 있었다. 나는 제슬린을 너무 좋아했는데, 그녀를 좋아한 건 나뿐만이 아니었다. 내 다음 소설 덕분에 매트와 제슬린은 데이트를 했다. 마지막으로 내가 갔을 때, 이들은 결혼했다. 줄리는 은퇴했고, 이제 이 둘이 서점을 꾸려나가고 있다.

> 내가 이 꿈같은 작은 도시의 서점으로
> 걸어 들어가는 순간 내가 그동안 알아왔던
> 모든 서점들은 기억 속에서 사라졌다.

이 모든 것은 삶이 계속 변화를 겪으면서 지속된다는 걸 말해준다. 하지만 피토스키에서는 꼭 필요한 품위, 어떤 아름다움이 변하지 않고 남아 있을 방법이 있다고 느끼지 않을 수 없다. 줄리 노크로스는 멋진 서점을 열었고, 매트와 제슬린 노크로스는 반짝반짝하게 닦아 더 빛나게 만들었다. 모든 고객들은 자신만의 고유한 관심사를 가지고 영역을 구축했고, 책을 가지고 갔으며, 빠진 것을 요청했다. 호숫가 주변에서 읽을 책이 필요한 여행객들이 여름 내내 찾아왔으며, 창문에 눈이 쌓일 때 벽난로 앞에서 읽을 책이 필요한 단골손님들은 겨울 내내 찾아왔다. 노크로스 가족은 이 모든 이들을 돕기 위해 그곳에 있었다.

내 생각에 최고의 서점은 독자들의 지역사회를 기반으로 하는 서점이다. 피토스키는 바로 그런 마을이고, 맥린 앤드 이킨은 그런 서점을 만들어나간다. 아니면, 그 반대일지도 모르겠다. 서점이 마을을 만드는지도. 충분히 가능하다. 솔직히, 맥린 앤드 이킨은 스스로 그 장소를 목적지로 만들어버리기에 충분하다. 호수나 파이나 박공지붕 집이 없더라도 나는 책을 사기 위해 피토스키로 갈 수 있다(지금 자신의 서점을 소유한 사람으로서 말하는 것이다). 책을 읽는 사람들, 책꽂이에서 책을 꺼내면서 "찾던 책이 이거죠?"라고 말하는 사람들에게 둘러싸이는 건 얼마나 기분 좋은 일인지! 내가 지금 읽고 있는 책이 무언지 알고 싶어 하고, 자신들이 읽는 책을 말해주는 사람들, 그래서 우리가 말하는 동안 책들이 주변을 둘러싸게 되는 상황. 이것이 내가 개인적으로 생각하는 천국이다.

요즘같이 개인용 전자휴대용품이 판을 치는 시대에 이러한 서점은 어디서나 흔히 볼 수 있는 미국의 모습이 아니다. 피토스키 마을 자체같이, 좋은 서점은 약간의 향수를 느끼게 하며, 시공간을 잊게 만든다. 책을 보고 있는 이 모든 사람들을 보라! 드물기도 하고 아름답기도 하지만 다들 평범한 모습이다. 생각만으로도 목이 메어 온다. 그렇지만 이것이 애초에 이 나라 곳곳을 찾아다니는 이유이기도 하다. 책과 서점이야말로 내가 유일하게 권위를 가지고 말할 수 있는 분야다. 그래서 자신 있게 말하는데, 미시건주 피토스키의 맥린 앤드 이킨으로 가라.

앤 패쳇은 『벨 칸토(Bel Canto)』, 『진실과 아름다움(Truth & Beauty)』, 『놀라움의 상태(State of Wonder)』 등의 소설과 논픽션을 썼다. 그녀는 테네시 내슈빌에 살고 있으며, 파르나소스 북스 공동으로 운영하고 있다.

EDITH PEARLMAN
에디스 펄맨

브루클린 북스미스

매사추세츠주, 브루클린

공정한 사람들의 주장에도 불구하고, 독서는 미덕이 아니다. 웹스터 사전에는 미덕이 "권장할 만한 특징이나 특질" 또는 "정의의 표준에 대한 준수"라고 나와 있다. 그렇다고 독서가 악덕도 아니다. 비록 아이들에게 책을 강조하는 교사들이 독서는 해적이나 사자 조련사가 가장 좋아하는 취미라고 넌지시 암시하지만 말이다. 사실 독서는 단순한 중독이다. 우리가 죽거나 세상이 사라져야만 치료되는 중독. 독서에 사로잡힌 우리는 진정으로 가치 있는 활동(예를 들어, 감사의 편지를 쓴다거나 부엌 바닥을 닦는 것. 필립 로스의 말을 빌리자면 "심오하고 단순한 기쁨")을 내팽개친 채 절대 이것을 포기하지 못할 것이다.

나의 서점인 브루클린 북스미스는 우리의 습관을 만족시킨다. 북스미스는 다른 여러 가게들 사이에 끼여 마을의 중심에 서 있다. 서점은 빛으로 가득하다. 맑은 날씨에는 햇빛이 환하고 흐린 날에는 형광등이 빛을 발하며, 철학 코너에서는 현자들의 깨우침이, 여행 코너에서는 등대가, 우주론에서는 별들이 반짝인다. 늦게까지 문을 열기 때문에 늦은 밤 기분전환이 필요한 사람들까지도 충족시켜준다. 어린이 코너에서는 한 나이든 부인이 흔들의자에 앉아 바닥과 무릎에 앉은 아이들에게 책을 읽어준다. 대부분 그녀가 처음 보는 아이들이다.

아래층에는 중고 책 코너가 있다. 어떤 책을 찾으러 아래층으로 내려가서 설령 그 책을 못 찾았다고 하더라도, 몇 년 동안 주인을 기다리고 있던 다른 책 서너 권을 만날 수 있다. 방문 작가가 넘쳐나는 독자들 또는 술냄새를 풍기며 잠깐 눈을 붙이러 온 동네 사람 대여섯 명을 상대로 낭송회를 할 수 있는 작은 강연 공간이 있다. 브루클린 북스미스는 이렇게 다양한 독자층을 포용한다. 서점은 인기가 그 책의 가치를 반영하는 건 아니라는 사실을 알고 있다. 스스로 중독된 이곳의 직원들은 고객이 원하는 책을 찾아주거나 없으면 주문을 해준다. 고객층은 다양하다. 다양성은 북스미스가 의도한 게 아니라 그냥 저절로 그렇게 되었다. 마을은 모든 연령대와 다양한 인종이 모여 있고, 교육 수준과 열광의 수준이 제각각인 사람들의 고향이기 때문이다. 이곳에서는 누구나 환영받는다. 목소리를 적당하게 낮추고 옷을 걸쳐 입고 있다면 말이다.

독서는 단순한 중독이다.
우리가 죽거나 세상이 사라져야만 치료되는 중독.

나도 몇 십 년 동안 그런 손님이었다. 서점에 걸어 들어가면서 문 옆의 신문 가판대를 흘긋 쳐다보면 어제보다 약간 나빠졌지만 여전히 돌고 있는 세계의 헤드라인 뉴스를 알 수 있다. 엄숙한 고독 속에 잠겨 있는 익숙한 책과 새로운 책들의 냄새를 맡으며 나는 책꽂이로 다가간다. 아, 어쩌다 친근감이 느껴지면(드물다) 나는 사람들에게 인사를 한다. 좀 혼자 있고 싶을 때면(자주) H.G 웰스의 소설이 있는 매대 뒤로 숨어 들어가 바로 투명인간이 된다.

그렇지만 이 축복받은 서점 자체가 사라져버린다면, 굳이 신문의 도움이 없더라도 세상의 종말이 온 것을 알게 될 것이다.

에디스 펄맨은 네 권의 단편 소설집을 냈다. 가장 최근 소설집 『쌍안시 (Binocular Vision)』는 2011 PEN/맬러머드상 단편 소설 부문 최우수상을 수상했고, 소설 부문 2012 전국도서비평가서클상을 수상했다.

JACK PENDARVIS
잭 펜다비스

스퀘어 북스

미시시피주, 옥스퍼드

어느 날 저녁 아내와 나는 시티 그로서리City Grocery 레스토랑에 갔는데, 영화 〈애니멀 하우스Animal House〉의 디—데이D-Day(브루스 맥길)가 저녁을 먹고 있었다. 당연히 우리는 그에게 음료를 보냈다.

식사를 마치고 우리 테이블로 건너온 그는 예의바르고 우아했다. 내가 기억하는 그는 오토바이를 타고 계단을 오르고, 목젖을 두드리며 윌리엄 텔의 서곡을 불렀는데 말이다. 그는 이 마을을 지나치는 중이라고 했다.

"당신네 살구색 서점이 정말 좋더군요." 그는 말했다.

나는 그 말에 잠시 멍해졌다. 스퀘어 북스를 말하는 건가? 그는 스퀘어 북스를 말하는 것이어야 했다. 왜냐하면 스퀘어 북스는 미시시피주 옥스퍼드의 심장이기 때문이다. 이 마을에서 가장 쓸 만한 것이라 할 수 있다. 서점에 무슨 일이 생긴다면 나머지 다른 것들도 같이 망한다.

그런데 스퀘어 북스의 색깔이 무엇인지 모르겠다. 아주 희미하게 마시멜로 서커스 피넛(주황색 땅콩 모양의 마시멜로)이 연상되었지만 저녁 먹고 집으로 돌아가는 도중(스퀘어 북스는 시티 그로서리의 바로 윗 블록에 있었다) 디-데이의 말이 맞았다는 것을 알았다. 그렇다, 확실히 스퀘어 북스의 외관은 그 기분 나쁜 문제의 캔디보다 더 어두웠으며, 더 풍부하고 신비한 빛이 감돌고 있었다. 그럼에도 건물에서 부드럽고 폭신한 서커스 피넛의 인상을 느낄 수 있다는 점은 변함이 없다. 만지면 시원하고 상쾌해질 것만 같다. 물론 내가 이것을 끌어안고 키스를 한다거나 달콤한 사랑을 나누겠다는 건 아니다. 술에 취하지 않은 이상.

스퀘어 북스를 한 입 깨물어 먹고 싶다. 영양분이 풍부하고 맛있을 것만 같다. 이것을 어떻게 설명해야 할까? 작가는 거리를 둘 줄 알아야 한다고 했다. 윌리엄 워즈워스는 대상을 씹어 먹고 싶어 하는 나의 욕망을 인정하지 않을 것이다. 그렇지만 그는 죽었다. 스퀘어 북스에 관해서라면 나는 도저히 평정을 유지할 수가 없다.

이것이 바로 나만의 평정이다. 그래서 문제다. 나는 그곳에 산다. 내

내장 기관과 뇌 기능이 멈춰도 내 다리는 자동적으로 스퀘어 북스로 걸어갈 것이다. 하루라도 안 가면 온몸이 떨린다. 내가 죽을 때 나의 육신은 좋은 향기를 내뿜으며 성흔聖痕과 함께 문고판 더미 속에서 떠오를 것이다.

스퀘어 북스가 뭐가 그렇게 대단한가?

책?

물론 책들이 있다. 서점이야 특히 책이 있어서 좋은 게 아닌가?

그 밖에 내가 확신을 갖고 말할 수 있는 것은 무엇인가?

2층이라는 것?

그렇지만 이것은 잘못됐다. 1층과 2층 사이에는 이상한 중간층이 있는데, 그곳은 유사시에는 미시시피의 영성과 성애물이 모두 선반을 차지한다.

나는 이 지역의 대학에서 몇 개의 강의를 맡고 있고, 스퀘어 북스의 꼭대기 층에서 살다시피 한다. 아주 매력적인 곳으로, 젊은이들의 생각과 느낌을 듣게되는 그로테스크한 가능성을 경감시켜 준다. 이곳에는 탁자와 의자가 있다. 커피나 심지어 아이스크림도 가지고 갈 수 있다. 한번은 내 생일날, 주인 리처드 호워스Richard Howorth가 자발적으로 루트비어 플로트(바닐라 아이스크림에 루트비어를 부어 아이스크림이 뜨도록 한 디저트)를 만들어주고 돈도 받지 않았다. 다른 사람한테도 해줄지는 모르겠다. 그가 무료 루트비어 플로트를 주었다고 해서 현재 그 자리에 앉아 있는 건 아니다.

현재 그 자리가 어디냐고? 그는 마을의 시장이다. 따라서 마을 사람들이 얼마나 책을 사랑하는지 알 수 있으며, 리처드가 그 답례로 주민을 위해 많은 것을 해주었다는 것을 알 수 있다. 오바마 대통령은 그를 테네시강 유역 개발공사의 이사에 임명했는데, 이것이 무엇을 증명하는지는 모르겠다.

약간 이야기의 궤도를 벗어난 듯하다. 스퀘어 북스로 들어가면, 자체의 정부와 물리적 법칙들이 존재하는 모든 것이 다 완비된 우주에 있게 된다. 어느 날, 매니저 린이 망가진 작은 인형 팔들을 무더기로 쌓아놓고 정리하고 있는 것을 보았다.

"뭐 하세요?" 내가 물었다.

"이거 껌 기계에 넣으려고요." 그녀가 말했다.

좀 혼란스러웠다.

"걱정하지 마세요. 껌 기계에 어린이용이 아니라고 써 붙일 거예요." 린이 대답했다.

선선한 바람이 불고 햇빛이 비치는 발코니로 나가면 작가를 볼 가능성이 많다. 흡연이 더는 허용되지 않지만, 어쩌겠나. 작가들은 담배 피는 것을 좋아한다. 나는 배리 한나Barry Hannah, 윌리 모리스Willie Morris, 존 그리샴, 도나 타르트Donna Tartt, 래리 브라운Larry Brown이 발코니에 모이곤 했다는 이야기를 들은 적이 있는데, 이들 중 대부분이 엄청난 골초였을 거라는 생각이 든다.

톰 웨이츠Tom Waits가 '미시시피 작가' 코너에 숨어 있는 것이 발견되었다. 우리는 모두 그가 무엇을 샀는지 알고 싶었다. 아마도 래리 브라운 책일 거라는 데 모두 동의했다. 이것은 리처드를 실망시킨 추측이었다. 실망? 한번은 순진한 점원이 나에게 지난번 왔을 때 정말로 칼 융의 『레드 북The Red Book』을 샀는지 물었다. 두 사람이 함께 맞들어야 할 정도로 방대한 분량의 그의 일그러진 꿈에 대한 기록 말이다. 막 기쁜 마음으로 대답하는 중에 리처드가 담배 연기를 확 뿜으며 나타났고, 그 불쌍한 직원은 놀라 자빠질 정도로 기겁을 했다.

"손님이 뭘 샀는지에 대해서는 말하지 않기로 돼 있잖아." 리처드가 말했다.

그는 진지하다. 그는 열정적이다. 그는 사제다. 그는 책에 관해서는 농담하지 않는다. 글쎄…… 이 말은 취소한다. 스릴러 작가는 주로 자신의 총천연색 컬러 사진으로 책 뒤표지 전면을 장식한다는 사실을 아시는지? 한번은 리처드가 책이 진열된 탁자로 가 책을 모두 뒤집어버렸다. 세상을 향해 비정상적으로 노려보며 웃고 있는, 거대하고 무시무시한 저자 사진들이 피라미드처럼 쌓일 때까지.

"사람들이 알아볼 때까지 얼마나 걸리는지 봅시다." 그가 말했다.

예전에 리처드는 래리 브라운과 책에 대해 이야기했다. 스퀘어 북스는 브라운의 모교다. 서점과 공공 도서관이 바로 그가 글쓰기를 배운 곳이다.

나는 그를 모른다.

그렇지만 배리 한나는 스퀘어 북스에서 여러 번 마주쳤다. 나는 그가 사망하기 이틀 전에 서점에서 만났다. 그는 자신이 쓰는 방식에 대해 말했다. 한번은 그가 나에게 "누구나 침례교도로 천국에 가고 싶어 하지만 아무도 침례 받기를 원치 않는다"라고 말했다.

루이스 노단Lewis Nordan과 윌리엄 게이William Gay를 포함하여 많은 훌륭한 작가가 최근 침례교 천국으로 갔다. 나는 이 둘을 서점에서 본 적 있다. 우리의 이웃인 딘 포크너 웰스Dean Faulkner Wells도 운명을 달리했다. 그녀는 윌리엄 포크너의 조카딸로, 포크너는 그녀를 친딸처럼 키웠다. 포크너가 살았던 집이 있는 로완 오크에 가보면, 포크너가 웃고 있는 유일한 사진이 딘의 결혼식 날 찍은 사진이다. 마지막으로 그녀를 본 곳도 스퀘어 북스에서였다.

> 뇌 기능이 멈춰도
> 내 다리는 자동적으로 스퀘어 북스로 걸어갈 것이다.

리처드가 무서워하는, 참견하기 좋아하는 젊은 점원인 마이클 바이블도 사라졌다. 죽은 것은 아니지만 할리우드에서 픽시(귀가 뾰족한 작은 사람 모습의 요정)같이 생긴 대리인이 와서는 말 그대로 황금 마차에 태워 데리고 가버렸다. 그리하여 마이클은 미시시피 옥스퍼드의 라나 터너 Lana Turner가 되었고, 스퀘어 북스는 슈왑Schwab이 돼버렸다(배우인 라나 터너는 할리우드에 있는 슈왑의 약국에서 일하다 캐스팅되었다). 마이클은 지금 『8월의 빛Light in August』을 각색한 영화를 찍고 있다. 그가 일 좀 하려고 하면 귀찮게 하는 게 나로선 굉장한 즐거움이었는데 말이다.

마을을 걷다 보면 이제는 많은 것들이 예전 같지 않다. 우리 같은 남겨진 작가들은 스스로를 기만하지 않는다. 다행히도 스퀘어 북스에 들어서면 강렬한 감정이 되살아난다. 아무도 죽지 않았다. 모두가 파티에 있다. 중요한 것은 책이라고, 바보야.

어느 새해 아침, 스퀘어 북스는 블러디 메리를 무료로 나눠주고 있었지만, 소문이 돌지 않아서 조용한 발코니엔 나와《뉴욕타임스》칼럼니스트 존 T. 에지^John T. Edge 밖에 없었다. 우리는 음료를 마시면서 이 모든 것이 얼마나 좋은가 하고 생각했다.

조만간 집에 가야 하겠지만, 우리는 온종일 그곳에 앉아 있을 수 있다고 생각했다.

잭 펜다비스는 산문집과 소설을 쓰는 작가다. 그는 《옥스퍼드 아메리칸》과 《더 빌리버》의 칼럼니스트이기도 하다.

FRANCINE PROSE
프랜신 프로즈

스트랜드 북스토어

뉴욕주, 뉴욕

내가 기억하는 한 스트랜드 북스토어의 슬로건은 '18마일의 책들'18 Miles
of Books'이었다. 열정적인 독자와 작가에게 이것은 천국의 설명서 또는
오즈의 에메랄드 시티 지도처럼 들렸다.

내가 고등학생이었던 1960년대, 지금 맨해튼의 4번 애비뉴를 구성하
는 몇 개의 블록은 중고 책방이 줄지어 들어서 있었다. 이들 서점은 보

물창고였고, 책뿐만 아니라 인쇄물, 사진, 우편엽서 등 잡동사니로 가득했다.

아마도 가장 유명한 고객은 예술가 조셉 코넬Joseph Cornell이었을 것이다. 그는 아름답고 초현실적인 그림자 상자 안에 여러 이미지와 오브제를 담기 위해 4번 애비뉴의 서점을 샅샅이 뒤지고 다녔다. 내가 친구들과 토요일 아침마다 그 서점들에 갔을 때 혹시나 조셉 코넬과 마주치지나 않았는지 가끔 궁금할 때가 있다.

스트랜드는 이러한 서점들 중 마지막까지 남은 곳이다. 이곳은 내가 특정한 책을 사러 가기도 하지만 무엇을 살지 모르거나 딱히 살 게 없어도 그저 서점에 있고 싶을 때 찾아가는 곳이다. 이곳은 궁극적으로 둘러보기 위한 장소이다. 즉, 온라인으로 책을 주문한다면 절대 하지 못할 일이다.

스트랜드에서 나는 어떤 우연의 힘이 테이블에서 테이블로 나를 이끌도록 내버려둔다. 그러는 동안 내가 관심이 있을 거라고는 생각지도 않았던 주제들, 예를 들면 중세 의학이나 스키타이의 황금문명, 필립 라킨Philip Larkin의 시, 아이비 콤튼—버넷Ivy Compton-Burnett의 소설, 베를린의 어린 시절을 회상하는 발터 벤야민Walter Benjamin의 회고록에 미칠 듯한 매력을 느낀다. 이곳에 있다 보면 몇 시간 훌쩍 지나버리는 것은 예사고, 마지막에는 항상 책을 사게 된다. 이렇듯 스트랜드는 내가 너무 오래 있었다고 느끼게 만들거나, 그곳에서 보낸 시간이 낭비라고 생각하게 만드는 다른 많은 서점과는 다르다. 나는 다른 서점에서는 가능한 빨리 쫓기듯 나가게 되는데, 계산대에 손님은 왜 그렇게 적고 나처럼 서둘러 문밖으로 나가는 손님은 왜 그렇게 많은지 충분히 이해가 간다.

나는 스트랜드 근처에 살게 된 것을 행운이라고 생각한다. 글을 쓰다가 휴식을 취할 때면 꽤 자주 스트랜드에 간다. 마치 건강한 사람들이 헬스클럽에 가거나 건강하지 않은 사람들이 밖에 나가 담배를 꼬나물 듯이 거의 매일 아침 생각을 가다듬기 위해 서점에 갈 수가 있다. 이제는 이곳에서 일하는 친구도 생겼다. 나는 이들의 조언과 대화를 소중히 여기며, 이들을 알게 된 것을 매우 기쁘게 생각한다.

> ✺
>
> 이곳은 내가 특정한 책을 사러 가기도 하지만
> 무엇을 살지 모르거나 딱히 살 게 없어도
> 그저 서점에 있고 싶을 때 찾아가는 곳이다.

희귀본이 있는 방은 특히나 놀랍다. 세계의 불가사의 같다. 내가 소장한 책 중 가장 뿌듯한 책은 제인 보울스Jane Bowles의 초판 소설이다. 내가 학기 중에 학생들에게 읽어주던 책인데, 학기 말에 학생들이 돈을 모아 선물로 사준 것이다.

스트랜드가 책을 판매할 뿐만 아니라 중고 책과 서평용 증정본도 구매한다는 사실을 말하지 않으면 나와 스트랜드와의 관계를 진실하게 밝히는 것이 아니라고 생각한다. 나는 재미있게 읽었지만 보관할 공간이 없어서 소유하지 못하는 책들을 스트랜드에 판다. 내가 살고 있는 곳이 뉴욕의 아파트이니 별 수 없다! 스트랜드가 이렇게 가까운 거리에 있지 않았다면 진작 이 아파트를 나가야 했을 것이다. 집에 내가 발 디딜 공간도 없었을 테니 말이다.

그러니 '18마일의 책'이라는 말은 단순히 서점이라기보다는 여러 의미에서 나에게 즐거움이 되어줄 뿐만 아니라 내가 읽고, 쓰고, 살아갈 수 있게 해주는 시설에 대한 설명이다.

프랜신 프로즈는 『나의 새로운 미국 생활(My New American Life)』, 『골든그로브 (Goldengrove)』, 『변한 남자(A Changed Man)』, 『블루 엔젤(Blue Angel)』, 『작가처럼 읽기(Reading Like a Writer)』, 『앤 프랭크: 책, 삶, 사후(Anne Frank: The Book, the Life, the Afterlife)』 등을 쓴 소설가이자 비평가다. 그녀는 《뉴요커》, 《하퍼스》, 《더 애틀랜틱》, 《콘데 나스트 트래블러》, 《아트 뉴스》, 《파켓》, 《모던 페인터스》, 《뉴욕타임스 매거진》 등에 에세이와 글을 기고했다.

RON RASH
론 래시

시티 라이츠 북스토어
노스캐롤라이나주, 실바

독립 서점을 인수하는 것은 호경기라 해도 위험한 모험이다. 하물며 크리스 윌콕스Chris Wilcox가 2009년에 시티 라이츠 북스토어를 산 것은 특히나 큰 모험이었다. 경기가 엉망인데 어떻게 작은 동네 서점이 살아남을 수 있을까?

작가들과 마찬가지로 서적상도 몽상가이기는 하지만 나름 단호한 경향도 있다. 다른 독립 서점이 줄줄이 파산하는 상황에서 크리스는 인내할 줄 알았다. 각고의 노력(크리스는 언제나 서점에 있는 듯했다)과 잦은 낭송회와 사인회는 분명 시티 라이츠가 성공할 수 있었던 이유 중 하나였다. 방 하나 전체를 애팔래치아Appalachia에 관련된 책으로 채운 것도 한몫을 했다.

서점은 기분 좋게 만드는 무언가가 있다. 벽난로가 있어서 그런지 고객들의 마음을 편안하게 해주며, 심지어 사색까지도 가능하다. 그렇지만 무엇보다 시티 라이츠의 분위기를 밝게 유지하는 데 큰 역할을 하는 것은 직원들이다. 크리스 자신이 엄청난 다독가고, 직원들 역시 그러하다. 독서의 가치가 점점 빛이 바래고 있는 이 나라에서 시티 라이츠는 문학의 오아시스다. 이곳에서 책은 중요하다. 독자 역시 중요하다.

시티 라이츠는 문학의 오아시스다.
이곳에서 책은 중요하다.
독자 역시 중요하다.

서점에 들어설 때마다 크리스나 직원들은 특별히 나만을 위한 책을 추천해준다. 시티 라이츠는 고객을 잘 알고 있는데, 이것이야말로 진정으로 독립 서점을 위대하게 만드는 요소가 아닌가 싶다. 그러니 언젠가 웨스턴 노스캐롤라이나에 들를 기회가 있다면 시티 라이츠를 꼭 방문해 보시도록!

벽난로에서 불꽃이 활활 타고 있겠지만, 그렇지 않더라도 서점은 따뜻하게 당신을 맞아줄 테니.

론 래시는 2009 PEN/포크너상 최종 후보 작가이며, 《뉴욕타임스》 베스트셀러 소설 『세레나(Serena)』의 저자다. 그 외에도 『에덴에 한 걸음 다가가기(One Foot in Eden)』, 『강의 성인들(Saints at the River)』, 『더 월드 메이드 스트레이트(The World Made Straight)』 등의 소설로 상을 받기도 했다. 네 권의 시집과 네 권의 창작집을 냈으며, 그중 『버닝 브라이트(Burning Bright)』는 2010 프랭크 오코너 국제단편소설상을 받았고, 『케미스트리(Chemistry and Other Stories)』는 2007 PEN/포크너상 최종 후보에 올랐다. 오 헨리상을 두 번 수상했으며, 웨스턴 캐롤라이나 대학에서 학생들을 가르치고 있다.

Tom Robbins
톰 로빈스

빌리지 북스
워싱턴주, 벨링햄

잉크로 세례를 받고 책 커버로 단단히 무장을 한 나는 좋은 서점을 신전으로, 대성당으로, 신성한 제단으로, 성스런 숲으로, 집시들의 마차로, 티우아나^{Tijuana}(멕시코의 국경도시)의 나이트클럽으로, 놀이공원으로, 정신 건강을 위한 스파로, 사파리 캠프로, 우주 정거장으로, 꿈의 실내 구장으로 섬기는 고양이들 중 하나다. 지난 몇 년 간 벨링햄의 빌리지 북스는 내게 이 모든 역할을 해주었다. 특히, 서점이 말 그대로 나의 터무니없는 꿈을 이루어주었기에 마지막 역할은 의미가 깊다.

지난번 단편 모음집 『거꾸로 날아가는 들오리Wild Ducks Flying Backward』를 홍보하러 투어를 떠났을 때, 한 독자가 지금 나의 경력과 생의 단계에서 간절히 원하지만 아직도 이루지 못한 것이 있느냐고 물었다. 나는 즉흥적이지만 정직하게 대답했다. "네, 백 보컬이요."

이 생각을 하면 할수록 백 보컬은 점점 더 나의 흥미를 자극했다. 길고 몸에 착 달라붙는 드레스를 입은 섹시한 여성 트리오가 가는 곳마다 나를 따라다니며 무슨 말을 할 때면 "우우~ 아아~" 하고 화음을 맞춰 멜로디를 넣어준다면 어떨까? 예를 들어, 내가 치과에서 치근관을 치료하고 있으면 이들은 의자 뒤에 서서 미소를 띤 채 몸을 흔들거리며, "꾸르륵" 소리나 "끙" 하고 앓는 소리에 맞춰 즉흥 화음을 넣는 것이다. 은행에서, 슈퍼마켓에서, 세무서에서 이 아가씨들은 내 어깨 너머로 모타운(미국 디트로이트의 별칭) 천국에서 내려온 천사처럼 내가 하는 말을 3부 화음으로 바꿔 즉흥 반주를 넣어주는 것이다.

어디인지는 정확하게 기억이 안 나지만, 덴버나 미니애폴리스 아니면 앤 아버의 호텔방에서 나는 빌리지 북스의 박식한 주인 척 로빈슨Chuck Robinson에게 전화를 걸어 다음 주에 열릴 내 낭송회에 백 보컬을 데려가도 괜찮겠느냐고 물었다. 수화기 반대편에서 긴 침묵이 흐르더니 이윽고 건조하고 조심스러운 웃음소리가 들렸다. "해봅시다" 하고 그가 말했다. 척은 바로 그런 사람이다.

다음으로 전화를 건 곳은 내가 머리를 자르는 미용실이었다. 나는 그곳에서 일하는 멋진 스타일리스트에게 아이디어를 설명했다. 제니퍼, 수잔, 미셸은 결코 훌륭한 가수들이 아니었지만 재미있는 것을 좋아하는 명랑하고 활달한 여성들이다. 이들은 바로 승낙했다. 불행히도 우리는 단 한 번의 짧은 리허설밖에 하지 못했다. 그렇지만 쇼는 진행되었다.

한마디로 책장 넘기는 속도로
공상을 현실로 만들어준
문학의 3차원 초대형 입자 가속기다.

프로모션 행사에 능숙하고, 재고에 철저한 빌리지 북스는 언제나 내 행사를 위해 많은 청중을 모아주었지만 그날은 특히 입추의 여지가 없는 만원이었다. 나는 『거꾸로 날아가는 들오리』에서 몇 구절을 읽은 뒤, 연단에서 나와 함께할 '나의 백 보컬'을 불렀다. 청중은 내가 농담을 하는 줄 알았을 것이다. 그렇지만 몇 분 뒤 내가 싸구려 개 사료 통조림 같은(싸구려 개 사료 통조림이 말을 할 수 있다면) 단조롭고 건조하며 듣기 싫은 목소리로 책을 읽어나갈 때 백 보컬은 뒤에서 "다~다~디~다~잉" 하고 코러스를 넣어주었다. 청중들은 이 새로운 시도에 꽤 만족한 듯 보였다. 비록 앙코르는 많이 받지 못했지만 말이다.

결국, 이 행사가 나에게 어떤 의미가 되어주었든 빌리지 북스는 특별한 가게, 용기 있는 가게, 진정성이 있는 가게라는 것을 증명해주었다. 한마디로 책장 넘기는 속도로 공상을 현실로 만들어준 문학의 3차원 초대형 입자 가속기다.

톰 로빈스는 독특하면서도 유명한 소설과 창작집, 시와 에세이를 저술했다. 그의 책은 22개국에서 출판되었으며, 호주에서 최고 베스트셀러 목록에 올랐다. 또한 연극과 영화로도 각색되었다. 남부 출신으로, 시애틀 북부의 작은 마을에서 살고 있다.

Adam Ross
애덤 로스

파르나소스 북스

테네시주, 내슈빌

때 아니게 푸근했던 어느 초봄 저녁이었다. 나는 내슈빌에 새로 생긴 독립 서점 파르나소스에 있었다. 이곳에서 롤링 스톤즈Rolling Stones의 색소폰 연주자 바비 키스Bobby Keys가 자신의 회고록 『매일 밤이 토요일 밤 Every Night's a Saturday Night』의 론칭 행사를 하고 있었다. 그다지 놀라울 것도 없이 청중의 반은 40대 후반에서 50대 초반의 세션 플레이어들(스튜디오 녹음이나 공연 무대에서 악기를 전문적으로 연주하는 이들), 투어 음악가들, 작사가들이었는데, 로큰롤 전쟁의 전설을 보기 위해 수요일 밤에 모여든 것이다. 공동 저자 빌 디텐하퍼Bill Ditenhafer의 짧은 소개가 끝나자 키스가 일어나, 좋게 표현해도 퉁명스럽고 무미건조한 스타일로 텍사스에서 보낸 자신의 어린 시절에 대해 설명했다. 그는 운명이라고 생각했던 풋볼 선수가 되지 못하자 군악대에서 색소폰을 불었다고 한다. 또, 키이스, 믹과 관련된 야한 일화(유명한 샴페인 욕조 사건을 포함하여) 몇 가지를 말해주었고, 컨트리 뮤직 마을의 색소폰 연주자로서의 삶에 대해서 한탄했다.

질의응답 시간이 끝나고 나는 또 다른 즐거움이기도 한, 오랫동안 보지 못했던 친구들을 만났다. 그중에 막 휴가를 가려 한다는 친구가 낭송회에 대한 내 의견을 물었고, 나는 에드워드 세인트 어빈Edward St. Aubyn의 『패트릭 멜로즈 노블즈The Patrick Melrose Novels』와 제임스 설터James Salter의 『광년Light Years』의 낭송회에 대해 말해주었다. 전자에 대해서 나는 온통 호평밖에 들은 적이 없으며, 후자는 나의 세계를 뒤흔들어놓았다. 그녀는 고맙다고 말하고 나중에 상황을 알려주겠다면서 계산대로 돌아갔다.

위대한 지역 서점에서 유별난 일은 없다. 그렇지만 이러한 밤에는 평범함이 비범함이 된다. 지난해 이맘때쯤 내슈빌은 특별한 게 없는 미국의 주요 도시에 불과했다.

파르나소스의 개점 행사를 다룬 기사는 어마어마했다. 《뉴욕타임스》(제1면에!), 《퍼블리셔스 위클리》, 《가든 앤드 건》, 《크리스천 사이언스

모니터》,《서던 리빙》,《살롱》,《USA 투데이》에 기사가 나갔으며,《타임》지는 공동 소유주 앤 패쳇을 세계에서 가장 영향력 있는 인물 100명에 선정했다. 그녀는 NPR의 〈마켓플레이스〉와 〈프레시 에어〉에 출연하기도 했다. 그리고 무엇보다 중요한 것은 미국의 유명한 토크쇼 〈콜버트 리포트〉에 서적상으로 출연했다는 것이다. 이것은 단지 단편적인 일화에 지나지 않는다. 패쳇은 이미 유명인이었지만 그녀의 유명세는 소설가로서고, 과거에 그녀가 이른바 '집중적인 미디어의 관심'을 받는 것을 즐겼다 하더라도 그린 힐에 70평짜리 서점을 열기 위한 그녀의 노력에 초점이 맞춰졌다는 것은 아무도 기대하지 않았던 만큼 후폭풍도 컸다. 이러한 관심은 거의 내슈빌 출신의 배우 니콜 키드먼Nicole Kidman이나 가수 테일러 스위프트Taylor Swift 같은 스타에게나 주어지는 것이다. 결과를 말하자면, 파르나소스는 문을 연 지 6개월밖에 안 됐지만 현재 미국에서 가장 유명한 서점이 되었다.

물론 그 이유는 주인과 관련이 있다. 타이밍도 기가 막혔다. 패쳇은 자신의 여섯 번째 소설『놀라움의 상태State of Wonder』의 발간에 맞춰 파트너 카렌 헤이스Karen Hayes와 사업을 시작했는데, 이 소설은 많은 팬과 평론가들 사이에서 오렌지상과 PEN/포크너상을 수상한 세계적인 베스트셀러『벨 칸토』이후 최고라고 평가받고 있었다. 출판업계의 격동 상태, 인쇄업의 미래에 대한 의문, 아마존의 커져가는 힘, e북의 대두, 로커보어locavore(지역에서 키운 음식을 먹자는 운동), '월 가를 점거하라Occupy Wall Street', 대형 할인 체인점 전쟁과 금융 위기가 독립 서점에 미친 황폐화 등의 혼란 속에서 파르나소스는 서점 그 이상의 존재가 되었다. 배트맨처럼 하나의 상징이 된 것이다. 많은 저널리스트와 학자들이 분석해낸 요소에 나의 해석을 추가한다면 이는 불필요한 반복이 될 것이다.

> 파르나소스는 서점 그 이상의 존재가 되었다.
> 배트맨처럼 하나의 상징이 된 것이다.

그렇지만 책을 사랑하는 분들께 이 점은 꼭 강조하고 싶다. 내슈빌에서 35년 동안 존재했던 의사擬似 독립 서점인 데이비스—키드 북셀러스 Davis-Kidd Booksellers는 2010년 12월에 문을 닫았고, 앤 패쳇이 파르나소스를 연다는 소식이 전해지기 전까지 이곳은 미국의 문학적 삶과 단절된 도시였다. 책을 사는 것과 연관된 인간적이고 의미 있는 기쁨에 관해서라면 선택의 여지라고는 전혀 없는 도시였다는 말이다. 참고로 보더스 역시 문을 닫았다. 가장 가까운 반즈앤노블도 마을에서 30킬로미터 떨어져 있었다. 맥케이McKay, 엘더스 북스토어Elder's Bookstore, 북맨북우먼 BookManBookWoman 같은 중고 책 서점은 멋진 경험을 선사해주었지만 애써 찾아갈 만한 곳은 아니었다. 작가들을 위한 지도에 명소라고 나와 있지도 않을 뿐더러 직원들은 책이 새로 나왔다고 흥분하지도 않으며, 몰라서 지금껏 읽어보지 못한 책을 손에 쥐어주지도 않는다.

"사람들을 위해 책을 강요할 수 있어서 너무 좋아요"라고 패쳇은 서적상이 된 기쁨에 대해 말한다. "사람들을 코너에 몰아넣고 '이 책 꼭 읽어봐야 돼요'라고 말하는 것이 얼마나 기쁜 일인지 예전에는 정말 몰랐어요. 나는 일생을 친구나 가족에게 책을 강요하면서 살았는데, 이제 그 범위가 더 넓어졌어요. 얼마나 즐거운지 몰라요."

즐거움은 파르나소스와 밀접한 관련이 있는 단어다. 왜냐하면 내슈빌의 애서가들은 1년 동안 이러한 감정 없이 지내야만 했기 때문이다. 서점이 존재하지 않던 1년은 회복될 수도 없고 절대 잊지 않을 해이기도 하다. 이것이 남부의 주민들에게 큰 경고의 목소리로 다가왔고, 파르나소스의 성공(사업이 번창했다)은 이 공백을 메워주어서 책을 읽는 독자들에게 얼마나 다행이었는지를 증명해주고 있다. 그렇지만 다른 도시에 사는 주민들은 명심해야만 한다. 주민들의 힘으로 지역 서점을 보호하지 못한다면 데이비스—키드와 비슷한 운명을 맞이하게 되리라는 것을. 그리고 내슈빌과는 달리 이러한 도시들은 해피엔딩으로 끝나지 않을 수도 있다.

애덤 로스는 『미스터 피넛(Mr. Peanut)』, 단편집 『신사와 숙녀들(Ladies and Gentlemen)』 등의 소설과 논픽션을 쓴 작가다. 아내와 두 딸과 함께 내슈빌에서 살고 있다.

CARRIE RYAN
캐리 라이언

파크 로드 북스

노스캐롤라이나주, 샬롯

내가 자란 마을의 독립 서점인 오픈 북Open Book에 대한 기억은 이렇다. 어린이 코너는 뒤쪽에 있고, 서점은 뒤쪽으로 갈수록 좁아지는 요상한 모양새였다. 그곳은 통로가 아니라 종착지였다. 그래서 뒤쪽에 있을 때면 책꽂이 사이의 공간에 아늑하게 자리를 잡을 수 있었고, 주변 세상이 온통 책과 글밖에 없었다. 공기에서는 도련하지 않은 책 가장자리와 오래된 책등에 쌓인 먼지 냄새, 그리고 운율의 냄새가 났다. 그곳은 마치 미지의 세계에 자리한 모험으로 가득한 비밀 장소 같은 작은 요새처럼 느껴졌다.

내 기억 속에 서점의 나머지 부분은 거의 남아 있지 않다. 아마도 어른들을 위한 다른 요새도 있었겠지만 보물은 언제나 뒤쪽 끝에 모두 모여 있었다. 낸시 드류Nancy Drew의 신간이 꽂혀 있던 흰색 철제 회전선반과 스위트 밸리 트윈스 앤드 하이Sweet Valley Twins and Highs, 크리스토퍼 파이크스Christopher Pikes와 R.L. 스타인스R.L. Stines 사이에 진열되어 있던 고전들을 기억한다.

토요일 아침이 되면 그곳이 내 집이었고, 몇 시간을 책장을 넘기며 보낸 뒤 주말 저녁을 함께 보낼 책을 골라 돌아갔다. 내가 물었더라면 직원은 새로 도착한 책을 골라주어 선택의 폭을 좁혀주었을 게 분명하지만, 그래도 스스로 책을 찾아내기로 결심했다. 오래되고 친숙한 책 사이에서 새 책을 찾아내는 것은 부활절 달걀 찾기 같았다.

그리고 마침내 책꽂이의 모든 책들이 익숙해졌다. 그 책들을 읽었든 안 읽었든, 나중에 어른이 되어 매일 아침 엘리베이터를 기다리며 서 있는 얼굴을 알아보게 된 것과 똑같은 방식으로 책등과 표지를 알아볼 만큼 충분히 시간을 보냈던 것이다.

어른이 되면서 알게 된 것은 내가 오픈 북의 책꽂이에 꽂혀 있던 꿈을 찾아낸 유일한 소녀가 아니라는 것이다. 그곳은 많은 사람들을 연결해주는 장소였고, 점원들은 우리들 중 한 명이 좋아할 것이라 생각되는 책이 들어오면 그 사람이 곧 오리라는 것을 확신하고 따로 챙겨두었다.

이것이 내가 대학에 들어가면서 마을을 떠날 때, 그리고 이 도시 저 도시로 이사를 다니면서 가장 그리워했던 것이다. 결코 깨닫지 못했던 사실은 오픈 북에서 나는 점원에게 거의 묻는 법이 없었지만 그들이 나를 위해 책을 선별하여 준비해 두었다는 것이다. 그들은 책을 주문할 때마다 모든 독자들을 염두에 두고 있었다. 그저 이름 없는 한 무리로서가 아닌, 한 명 한 명을 기억하고 있었던 것이다.

무엇을 사고 어떤 책을 선반에 놓으라고 서점에 지시하는 회사는 없었다. '추천 책'이기 때문에 그걸 판매해야 한다고 강요하지 않았다. 그들은 자신들이 그 책을 사랑하기 때문에 고객도 역시 사랑할 것이라 믿고 책을 갖다 놓았던 것이다.

이것이 지난 몇 년 동안 잃어버리고 살았다고 아쉬워하는 부분이다. 고객의 이름을 불러주는 서적상 말이다. 누가 당신에게 독서 목록을 알려주고, 한 번 쓱 쳐다만 보고도 카탈로그에서 책을 골라 "이 책 누가 좋아할지 알지?"라고 말할 수 있을까? 지역사회에 개인적으로 깊게 관여하고 있는 서적상이 아니라면 말이다. 그런데 그런 일이 오픈 북에서 실제로 일어났던 것이다. 그런데 내가 독서와 사랑에 빠졌던 그 공간이…… 사라졌다. 나는 이미 다른 도시로 이사를 왔지만 그 상실감을 아직도 느끼고 있다. 학교를 같이 다녔지만 서로 연락이 끊긴 친구가 죽었다는 소식을 들은 것처럼.

그때쯤 나는 새로운 독립 서점을 찾았다. 노스캐롤라이나주의 샬롯에 있는 파크 로드 북스로, 두 팔을 벌려 나의 지역사회 전입을 환영해 주었다. 서점에 갈 때마다 계산대 뒤의 누군가가 미소를 지으면서 "안녕하세요, 캐리!"라고 인사를 건넨다. 날이면 날마다 우리는 새로 나온 책이나 다음 시즌에 나올 책에 대해 이야기한다. 내가 계산대에 서서 이야기를 하는 동안 다른 직원은 손님들의 이름을 부르며 인사하고, 그들 가족의 안부를 묻고, 책을 추천해주고 있다.

공기에서는 도련하지 않은 책 가장자리와
오래된 책등에 쌓인 먼지 냄새,
그리고 운율의 냄새가 났다.

우리가 어떤 책을 좋아할지, 어떤 브랜드의 시리얼을 살지, 어떤 종류의 음악을 들을지 예측할 수 있는 알고리즘이 있다. 커다란 통로와 익명의 계산원이 있는 대형 할인점 같은 가게가 있다. 그렇지만 이러한 것들이 파크 로드 북스를 들어설 때의 느낌이나 서점에서 기르는 개 욜라가 꼬리를 흔들며 나를 반기는 것을 대신할 수 있겠는가? 함박웃음을 지으며 계산대에 기대 "당신이 좋아할 만한 책을 막 읽었는데, 무슨 책인지 알아요?"라고 말해주는 주인이자 서적상인 샐리 브루스터를, 앞에 서 있는 고객이 지역 신문에서 본 최근 리뷰에 관해 이야기하는 것을 듣고 그녀의 북 클럽이 이 책을 좋아할지 궁금해 하는 직원을, 전화를 걸어 어떤 팬이 책을 한 권 샀는데 와서 사인을 해줄 수 있냐고 물어보는 아동 서적 바이어인 셰리 스미스를 대신할 수 있을까?

파크 로드 북스 같은 독립 서점은 책을 사는 장소 그 이상이다. 이곳은 모이고, 공유하고, 배우고, 새로운 사람들을 만나기 위한 장소다. 이곳은 집이다. 한번은 멀리 여행을 떠났는데, 향수병에 걸려 독립 서점을 찾아간 적이 있다. 왜냐하면 모든 독립 서점에는 공통점이 있기 때문이다. 바로 집으로 돌아간 것과 같은 느낌 말이다.

이것이 내가 독서와 사랑에 빠진 경위다. 그 좁은 공간에 앉아, 모든 것으로부터 떨어져 탐험할 세상을 결정하는 것. 내 첫 소설이 나왔을 때 파티를 연 곳도 파크 로드 북스다. 다른 책들 사이에 껴 있는 내 책을 처음으로 본 곳이기도 하다. 그 옛날 나처럼 어린 소녀들이 언젠가 이 책을 찾아내 집으로 들고 가 이것을 바탕으로 꿈을 세우지는 않을까 상상해 본다.

이제 나는 파크 로드 북스로 달려갈 때마다 어린이 코너에 살짝 들어가 본다. 때로는 어떤 책이 새로 들어왔는지 보기 위해, 때로는 눈을 감고 아이 때의 기억과 냄새를 되살려보기 위해서. 그렇지만 대부분은 내가 그랬던 것처럼 책등을 손가락으로 쓸어보고 오늘은 어떤 책을 가지고 갈까 고민하는 사람들의 모습을 훔쳐보기 위해서다.

캐리 라이언은 『손과 치아의 숲(Forest of Hands and Teeth)』, 『무한 반지: 분열과 정복(Infinty Ring: Divide and Conquer)』 등을 쓴 작가다. 또한 『예언: 계시와 예측의 14가지 이야기(Foretold: 14 Tales of Prophecy and Prediction)』의 편집자이기도 하다. 노스캐롤라이나주 샬롯에 살며 전업 작가로 일하고 있다. 이곳에서 작가이자 변호사인 남편과 뚱뚱한 고양이 두 마리, 커다란 구조견 한 마리와 함께 살고 있다.

LISA SEE
리사 시

브로만 북스토어
캘리포니아주, 파사데나

1995년, 나의 첫 책 『황금산에 올라On Gold Mountain』가 출판되었을 때 두 차례의 론칭 행사를 가졌다. 하나는 내가 사는 로스앤젤레스에서 가까운 더턴 북스토어Dutton's Bookstore에서였고, 다른 하나는 파사데나에 있는 브로만 북스토어에서였다. 두 행사 모두 치즈와 크래커, 와인이 곁들여졌고, 나는 낭송을 했다. 더턴의 파티는 야외 파티오에서, 브로만의 파티는 실내 2층에서였다. 더턴의 파티는 친구들을 위한 것이었고, 브로만의 파티는 가족들을 위한 것이었다(당시에는 팬이 없었기 때문에 행사를 계획할 때 이들을 고려하지 않았다). 첫 번째 책일지라도 일부 작가에게 가족 파티는 별일 아닐 수도 있다. 그렇지만『황금산에 올라』는 중국 피가 섞인 우리 가족의 이야기이기 때문에 좀 버거웠다. 잠재적 재앙이었다.

『황금산에 올라』를 쓰기 위해 나는 5년 동안 우리 가족의 동업자, 친구, 정적들을 인터뷰했다. 증조부의 고향인 중국 남부까지 날아갔고, 국가문서기록원에서 500여 장이 넘는 가족과 관련된 조서, 탑승권, 건강진단서, 사진들을 찾아내기도 했다. 또, 친척들의 옷장, 지하실, 다락, 차고 등을 뒤지며 미국의 중국인 이민자, 특히 우리 가족 이야기에 도움이 될 만한 자료라면 어떤 것이라도 찾아다녔다.

그중에서도 가장 중요한 건 친척들의 입을 열게 했다는 사실이다. 이는 어떤 상황에서도 쉽지 않았는데, 그럼에도 나는 부모님, 할머니, 이모, 삼촌을 비롯한 친척들에게 슬픔, 곤경, 수치, 설움의 순간을 털어놓도록 요청했다.

하지만 아무도 납치되었다거나, 남편이 조롱거리가 되었다거나, 최악의 인종차별을 당했다거나, 사랑하는 부모와 자식과 연인을 잃은 경위에 대해 자세히 말하고 싶어 하지 않았다. 이들은 또한 중혼重婚, 밀수, 타 인종 간 결혼금지법 피해가기 같은 아슬아슬한 경계선에 있는 위법 사실이나 극도의 비상식적인 위법 사항에 대해서도 입을 열지 않았다. 이러한 사실을 말하게 하는 건 짐작했던 것보다 더 힘들었지만 모두에게서 공개한 사실에 대해 이의를 제기하지 않겠다는 서명을 받아내야 한다는 것쯤은 알고 있었다. 나는 이들이 순순히 서명을 한 이유가 진짜 책으로 출판될 것이라고는 전혀 기대하지 않았기 때문이라고 생각한다.

『황금산에 올라』는 어떤 의미에서 내 가족의 회고록이다. 모두 알고 있듯이 회고록은 사기성이 짙다. 사람들이 기억하고 싶지 않은 것, 다르게 기억하는 것, 비밀로 간직하고 싶은 것들이 빠져 있기 때문이다.

우리 증조부모님이 브로만을 아는지 모르겠지만, 증조부모님이 브로만과 길에서 우연히 마주쳤다고 해도 놀랍지 않다. 애덤 클라크 브로만 Adam Clark Vroman이 파사데나의 콜로라도 대로에 서점을 연 지 1년 뒤인 1895년, 증조부모님은 로스앤젤레스에 도착해 F. 수 원 컴퍼니 F. Suie One Company라는 중국 골동품점을 열었다. 1901년, 증조부모님은 브로만 북스토어에서 멀지 않은 곳에 분점을 냈다. 당시 우리 가족은 파사데나에서 살면서 8년이 넘도록 왕래하곤 했다. 1981년, F. 수 원 컴퍼니는 브로만 북스토어의 바로 동쪽에 있는 콜로라도 대로로 영구히 이사를 갔다. 오늘날 브로만 북스토어와 F. 수 원 컴퍼니는 파사데나뿐 아니라 미국에서 오랜 역사를 자랑하는 가족 경영 독립 소매점이 되었다.

내가 론칭 파티를 브로만에서 연 것은 단지 이동의 편의를 위해서라거나 브로만 북스토어가 《뉴욕타임스》에 판매량을 보고할 거라는 사실을 염두에 둔 비즈니스 마인드 때문이 아니다(나는 결코 후자에 대해서는 생각해본 적도 없다. 판매량 보고라니? 이게 다 뭔 소린지!) 그저, 그렇게 하는 것이 옳다고 생각했다. 짐마차로 둥그렇게 원진圓陣을 치듯이, 브로만에서는 내가 안전하게 보호받고 있다는 느낌을 받을 수 있을 거라고 생각했다.

나는 신경이 예민해져 있었지만, 서점의 직원들 모두가 나를 반갑게 맞아준다는 느낌을 받았다. 우선 책이 다 팔릴까 의심될 정도로 엄청나게 쌓여 있었는데, 그들은 걱정하지 말라고 했다. 팔리지 않더라도 일부는 보유해두고 나머지는 반품할 것이라 했다. 서점 측은 사인회 도중 내 머리가 작동하지 않거나 400명이나 되는 친척들의 이름이 기억나지 않을 때를 대비해(아무리 컨디션이 좋은 날이라도 스펠링을 적기가 힘든 이름도 있다), 사람들에게 사인회 줄에 들어서기 전에 이름을 적으라고 미리 요청해 두었다.

또한 낭송하는 대신 그냥 말을 하는 게 좋겠다고 해서 나는 행사 내내 이 제안을 따랐다. 그래서 말은 조금만 하고, 스스로 시인하는 바이지만 눈물도 흘렸다. 결국 사람들이 책을 사려고 줄을 섰다. 분명히 말하지만 내 친척들은 책을 사거나 읽는 사람들이 아니다. 이들 중 고등학교 이래로 책을 읽은 적이 없는 사람도 있었을 것이다. 그렇지만 좋은 사람들이고, 나를 사랑하기 때문에 자신들이 해야 할 일을 충실해 해냈다.

이어서 삼삼오오 구석에 모여 책을 펼치면서 끼리끼리 나누는 대화에서 작은 정보들을 얻게 되었다. "이것 봐, 엄마 사진이네! 엄마 사진! 우린 없잖아." "여기 애기 때 사진이 있어! 내가 처음 찍은 사진은 군에 입대할 때인 줄 알았는데." 나는 국가문서기록원에서 아무도 생각지 못했던 가족들의 출입국 사진을 찾아냈다. 나는 이 사진을 통해 가족들이 영원히 사라져버렸다고 생각하고 있던 역사를 되돌려주었다. 얼마 뒤 사람들이 다시 줄을 섰고, 이번에는 세 권, 네 권, 열 권씩 손에 들고 있었다. 브로만 북스토어는 이날 준비한 『황금산에 올라』를 다 팔았다.

브로만 북스토어는 내 가족의 서점이다.

그 뒤로 17년이 지났다. 또 다른 론칭 파티를 열었던 더턴 북스토어는 서던 캘리포니아의 많은 서점과 마찬가지로 문을 닫았다. 다행히도, 브로만 북스토어는 계속 번창해갔다. 이 서점에 대해 존경하는 것 중 하나는 기브백Gives Back 프로그램이다. 즉, 고객들이 구매 금액에서 일정액을 떼어 원하는 지역 기관에 기부를 하는 것이다. 공영 라디오, 아트센터, 가족 복지 기관, 예비 작가 교실, 노숙자, 동물 복지 기관 등이 이 프로그램을 통해 도움을 받았다. 지금까지 브로만 북스토어는 고객을 대표해서 53만 달러를 지역사회에 기부했다. 브로만 북스토어는 자선급식 행사, 무료 HIV 테스트, 애완동물 입양, 자선 복권과 학교 도서전시회를 위한 기금 모금 등의 행사를 통해 지역사회의 심장 역할을 하고 있다. 또한, 서던 캘리포니아에서 가장 오래되고 가장 큰 독립 서점의 명성을 지키고 있을 뿐 아니라 몇 년 전에는 웨스트 할리우드에 있는 북 수프Book Soup의 주인이 사망하여 문을 닫을 위기에 처하자 이 서점을 인수했다. 브로만 사람들은 서적업계의 영웅이다!

개인적으로 나는 책이 나올 때마다 브로만 북스토어에서 론칭 행사를 했다. 지난 수년 동안 연단에 서서 친척들을 보았다. 한때는 활력이 넘치고 강인했던 이들이 어느새 지팡이, 보조기, 휠체어에 의지하기 시작했다. 큰삼촌은 머리가 벗어지기 시작했고, 큰 숙모는 백발이 되었다. 내가 사랑하고 지금의 나를 만들어준 이들이 하나둘씩 사라져갔다. 세상을 떠난 이들의 빈자리는 독자들이 메워주었지만 여전히 내 친척들은 의자에 앉거나 구석에 옹기종기 모여 있다. 여전히 "봐, 엄마 사진이야!"라고 속삭이는 소리가 들린다. 나는 여전히 파사데나의 아름답게 정돈된 서점의 벽을 따라 책꽂이며 서가에서 이들을 느낀다. 브로만 북스토어는 이웃에 있는 서점은 아니지만, 내 가족의 서점이다. 나는 이 점에 대해 항상 고맙게 생각한다. 나는 언제까지고 브로만의 단골로 남을 것이며, 브로만도 역시 나의 충실한 지지자로 남을 것이다.

리사 시는 『드림 오브 조이(Dreams of Joy)』, 『눈꽃과 비밀의 부채(Snow Flower and the Secret Fan)』, 『모란의 사랑(Peony in Love)』, 『상하이 소녀들(Shanghai Girls)』과 회고록 『황금산에 올라』 등은 《뉴욕타임스》 베스트셀러 목록에 올랐다. 중국계미국여성연맹은 그녀를 2001년 올해의 여성으로 선정했다. 그녀는 로스앤젤레스에서 살고 있다.

브라이언 셀즈닉

워윅스

캘리포니아주, 라호이아

나는 이사를 가고 싶지 않았다. 그런데 남자친구가 캘리포니아 대학교 샌디에이고 캠퍼스에 놓치기 아까운 교직을 제안받는 바람에 함께 가게 되었다. 우리는 라호이아에 아파트를 구했는데, 해안에서 한 블록, 서점에서 두 블록 떨어진 거리여서 그렇게 나쁘지 않다고 생각했다. 서점은 바로 한 세기가 넘게 자리를 지키고 있는 워윅스였는데, 문을 열고 들어가는 순간 마치 집에 온 듯한 기분이 드는 곳이었다.

라호이아는 해안 마을이다. 서퍼들은 물론 주민 모두가 해안으로 모인다. 닥서 수스도 이곳에서 살았다. 모든 나무가 마치 그가 그린 것처럼 보인다. 이 태양과 모래로 이루어진 마을에 놀랄 만큼 지적이고 예술가적인 삶이 있다. 이곳에는 멋진 극장과 음악과 박물관이 있다. 그리고 서점도. 워윅스는 모든 위대한 서점과 마찬가지로, 이 지역사회의 뛰는 심장이다. 이곳에서는 일 년 내내 낭송회와 사인회, 각종 행사가 열린다. 이곳 직원들은 모든 것을 읽을 뿐만 아니라 모든 것에 의견을 낸다.

워윅스 같은 독립 서점은 내게 집이나 마찬가지다. 1990년대 초 나는 뉴욕시에 있는 아동 서점 이요Eeyore's에서 일했다. 그곳에서 일하면서 책과 출판에 대한 모든 것을 배웠다. 그림책을 아름다운 예술의 한 형태라고 인정하게 되었고, 보스였던 스티브 젝의 철저한 지도 아래 가능한 많은 책을 읽음으로써 아동 도서의 역사에 대해 공부할 수 있었던 곳도 바로 그곳이었다. 또, 서점에 작가들이 오는 것도 좋았다. 우리는 언제나 재고분에 사인을 해달라고 했고, 몇몇 저자와는 친구가 되었다. 『앰버 브라운Amber Brown』 시리즈와 『고양이가 내 체육복을 먹어버렸어요The Cat Ate My Gymsuit』를 쓴 폴라 댄지거Paula Danziger는 내가 첫 책을 냈을 때 특별히 보살펴주었다. 이제 몇 년이 흘러 작가로서 워윅스로 걸어 들어가면서, 나는 두 곳이 연결된 느낌이 들어 즐겁다.

나는 2004년에 처음으로 워윅스에 드나들기 시작했는데, 『휴고 카브레의 발명The Invention of Hugo Cabret』을 쓸 때쯤이다. 나는 스케치 몇 점을 들고 가 직원들에게 보여주고 피드백을 얻었다. 당시 나는 어린이를 위한 프랑스 무성 영화를 도대체 누가 읽고 싶어 할지 알 수가 없었다. 최신 작 『원더스트럭Wonderstruck』을 작업할 때는 커버 디자인을 두고 출판사 와 교착 상태에 빠졌는데, 서점의 아동 도서 바이어였던 잰 아이버슨과 나머지 직원들이 멋진 피드백을 주어 최종 커버를 결정할 수 있었다. 이들이 없었다면 이 일을 해낼 수 없었을 것이다. 『원더스트럭』이 완성 되었을 때, 전 직원을 집으로 초대해 자축 파티를 열었다. 우리는 와인 을 마시며 치즈를 먹고, 음악을 들으며 스튜디오 벽에 걸어놓았던 250 점의 그림을 감상했다.

우리가 이 동네에 살던 9년 동안 워윅스가 보내준 지지에 너무 감 사한다. 이들은 발보아 공원의 샌디에이고 자연사박물관에서 『원더스 트럭』의 멋진 행사를 비롯한 낭송회를 열어주었다. 그렇지만 워윅스 에서 내가 가장 좋아하는 시간은 그저 서점에 들러서 책을 사고 인사 를 나누는 것이다. 서점 안쪽 사무실의 반회전문을 노크하면 언제든지 이야기를 나눌 수 있다. 각양각색의 직원들이 어떤 책을 읽으며, 이들 이 추천하는 책은 무엇인지도 알 수 있다. 이런저런 얘기를 하며 서로 의 안부를 묻고, 읽고 있는 책에 대해 공유한다. 몇 달 전에 나는 처음 으로 이디스 워튼Edith Wharton의 책을 읽기 시작했다. 『순수의 시대The Age of Innocence』와 『환락의 집The House of Mirth』을 다 읽고 『옛 뉴욕Old New York』을 사면서 나는 한 직원과 워튼의 책 중 최고는 무엇이며, 릴리 바트Lily Bart 가 왜 그렇게 최악의 결정을 내렸는지에 대해 열띤 논쟁을 벌였다.

이런 서점과 서적상들에게 정말 감사한다.

서점에서 일했던 건 이미 20년도 지난 일이지만, 아직도 내 마음은 서적상 같다. 물론, 실제로 내가 서적상이었을 때는 항상 피곤했다. 책꽂이를 정리하는 것도 싫었고, 사람을 돌아버리게 만드는 고객도 있었다. 서점에 살짝 들어와 자기 책을 모두 앞쪽에 끄집어내놓고 가는 작가들도 있었다. 도둑 문제도 처리해야 했고, 입고가 늦어지는 책에 대한 대처도 해야 했다. 손녀에게 선물할 책을 열심히 골라주어도 도무지 만족하지 않는 할머니도 있었다. 정말 힘든 일이었다.

이 태양과 모래로 이루어진 마을에
놀랄 만큼 지적이고 예술가적인 삶이 있다.

그렇지만 내가 원하는 책은 모두 읽었고, 항상 책에 대해 이야기할 수 있는 사람들에게 둘러싸여 있었다. 우리가 추천해준 책을 사랑하며, 늘 그렇게 해주기를 원하는 단골 고객들도 있었다. 집에 가기 전에 다 읽으려고 바닥에 앉아 책을 읽기 시작하는 아이들도 있었다. 출판사에서 막 도착해 아직 아무도 보거나 읽지 않은, 좋은 냄새가 폴폴 나는 책 상자도 있었다.

이렇듯 어려움 속에도 많은 즐거움과 뿌듯함이 있었다. 이제 그 시절이 모두 지나고 서점은 힘겨운 시기를 보내고 있다. 그렇지만 서점은 살아남을 것이다. 지역사회에 손을 뻗치고, 스스로를 꼭 필요한 존재로 만든 서점은 살아남을 뿐만 아니라 번창할 것이다. 물론 서점은 그 직원 못지않게 훌륭하지만, 위윅스는 그중에서도 단연 최고다.

브라이언 셸즈닉은 『휴고 카브레의 발명』과 『원더스트럭』 등의 저자이자 일러스트레이터다. 그는 『휴고 카브레의 발명』으로 칼데콧 메달을, 『공룡을 사랑한 할아버지(The Dinosaurs of Waterhouse Hawkins)』로 칼데콧 아너를 받은 것을 포함하여 여러 상을 수상했다. 『휴고 카브레의 발명』을 각색해 마틴 스콜세즈가 감독한 3D 영화 〈휴고〉는 다섯 개 부문에서 아카데미상을 받았다. 그는 브루클린, 뉴욕, 라호이아, 캘리포니아를 왔다 갔다 하며 살고 있다.

MAHBOD SERAJI
마보드 세라지

케플러 북스

캘리포니아주, 멘로 파크

서점은 언제나 흥미로움의 원천이었고 내 호기심을 자극했다. 나는 이란에서 자랐는데, 어릴 적 학교에 갈 때마다 집 근처에 있는 작은 서점 밖에 서서 창가에 진열된 유명한 작가들의 책을 쳐다보곤 했다. 잭 런던Jack London의 『늑대 개White Fang』, 표도르 도스토예프스키Fyodor Dostoyevsky의 『죄와 벌Crime and Punishment』, 에밀 졸라Emile Zola의 『제르미날Germinal』,

사데크 헤다야트Sadegh Hedayat의 『눈먼 올빼미The Blind Owl』 등등.

이 거장들이 명작을 쓰는 데 얼마나 걸렸을지 궁금했다. '자신들이 얼마나 많은 사람들을 감동시켰을지 알기는 할까?' 하는 생각이 들었다. 어렸지만 나는 책 표지에 적힌 자신의 이름을 보는 것보다 더 멋진 일은 없다고 느꼈다. 언젠가 작가가 되겠다는 은밀한 꿈을 간직한 채, 남몰래 좋아하는 작가들을 존경하고 갈망했다.

나는 19세 때 이란을 떠났고, 살면서 한 가지만은 변하지 않았다. 바로 책과 서점에 대한 애정이다.

삼십 년 하고도 몇 년이란 세월이 빠르게 흘렀다. 나는 시카고에서 베이 에리어로 이사를 갔고, 캘리포니아주 멘로 파크의 케플러 서점 근처에서 일을 했다. 나는 모르고 있었지만 케플러는 이 지역의 랜드마크였고, 오랫동안 지역사회의 중심이었다. 창밖에 서서 책꽂이의 책들을 바라보면 어린 시절 동네에 있던 아늑한 서점이 이내 떠올랐다. 그때 이후로 케플러는 점심시간마다 찾는 메카가 되었다. 매일 그곳에 가는 것은 이를테면 어린 시절 순수했던 환상의 세계에 대한 성지 순례나 다름없었다.

내가 이 유명한 문화 중심지에서 낭송회를 해달라고 초대장을 받은 것은 첫 번째 소설 『테헤란의 지붕Rooftops of Tehran』이 출판되고 한 달이 지난 2009년 6월이었다. 이전에 그렇게 많이 드나들었던 그 문을 이번에는 저자로서 넘어간다는 생각을 하니 그저 기쁘다는 말로는 표현이 안 될 정도였다. 또, 너무 떨리기도 했다. 경영 컨설팅과 대중 연설을 직업으로 삼고 있었지만, 이 경험은 실리콘 밸리의 중역들이 가득한 방에 서 있는 것과는 비교가 안 되는 경험이라는 것을 알 수 있었다. 이곳은 케플러였고, 이곳의 청중들은 분기별 실적과 월가의 기대치, 한 주당 이익률에만 관심이 있는 평범한 기업 중역보다 훨씬 더 섬세하다! 이곳은 사람들이 공동체 의식을 느끼고 더 큰 전체의 일부가 되려고 찾아오는 공간이다. 그런데…… 내가 초대 연사라니!

> 그때 이후로 케플러는 점심시간마다 찾는
> 메카가 되었다. 매일 그곳에 가는 것은
> 어린 시절 순수했던 환상의 세계에 대한 성지 순례였다.

케플러에서의 경험은 정말 대단했다. 직원들은 정중하고 친절했으며, 행사에 필요한 자잘한 부분까지 세심하게 신경을 써주었다. 많은 청중들 역시 행사에 대해 충분히 잘 알고 있었고, 친절했으며, 통찰력 있는 질문을 할 준비가 되어 있었고, 열정으로 나를 포용해주었다. 오래전 테헤란의 작은 서점 창문에 진열되어 있던 책들을 갈망의 눈초리로 쳐다보던 그 꼬마가 지금 캘리포니아 멘로 파크에 있는 케플러 북스에 있다는 사실이 믿어지지가 않았다.

삶의 여정을 따라가면서 우리는 특별한 장소들을 만나게 된다. 내 집처럼 편안한 기분이 들어 그 안에 머물고 싶은 안식처이자 그곳의 일원이 되는 싶은 그런 곳 말이다. 작가로서, 독자로서, 아니면 그저 열렬한 지지자로서 케플러는 나에게 언제나 이러한 장소가 되어주었다. 어린 시절의 꿈을 이루기 위해 내가 했던 모든 일들을 기억나게 해주는 멋진 장소가.

마보드 세라지는 아이오와 대학교에서 영화와 방송으로 문학 석사 학위를 받고 교수 설계와 기술로 박사 학위를 받았다. 그는 경영 컨설턴트로 일하고 있으며, 샌프란시스코 베이 에리어에 살고 있다.

NANCY SHAW
낸시 쇼

니콜라 북스
미시건주, 앤 아버

나는 미시건주 앤 아버에 있는 니콜라 북스에서 책을 산다. 나는 고객을 존중하며, 히트작을 낸 작가와 문인들뿐 아니라 신진 작가들을 청중과 만날 수 있게 대화의 장을 마련해주는 서점이 좋다. 녹스Nox의 연주와 로리 킹Laurie King, 다바 소벨Dava Sobel, 그리고 만화 『스피드 범프Speed Bump』까지.

니콜라 루니^{Nicola Rooney}와 직원들은 책을 읽고 추천해준다. 내가 어떤 책을 찾고 있으면 순식간에 그 책을 가져다준다. 박물관에 가지 않고도 박물관 카드를 훑어볼 수 있다. 내 친구의 책들도, 내 책도 이곳에 있다. 그리고 우리가 단지 상품처럼 느껴지지 않아서 좋다.

> *᛫*
>
> 내 책 속에 나오는 양들이 한번은 시골 가게로
> 쇼핑을 갔다. 내 생각엔 양들이 니콜라 북스에 와서
> 고객 서비스를 즐겨보고 싶었던 것 같다.

이곳 벽난로 옆 소파에 앉아 있으면 여행 가이드가 나를 에딘버러에서 과테말라까지 데려다준다. 데이비드 와이즈너^{David Wiesner}와 에릭 로만^{Eric Rohmann}은 완전히 다른 세상으로 나를 데려간다. 아니면 벽난로 장식 위쪽 벽에 만들어진 동화 같은 문을 올려다볼 수도 있다. 그 프레임은 동화책 책등의 이미지를 하고 있다. 그 작은 문은 이곳의 모든 알코브(벽면의 한쪽을 오목하게 들어가게 만들어 책상이나 침대를 놓거나 서재 같은 반독립적 공간으로 사용하는 곳)와 마찬가지로 세계로 통하는 관문이다.

내가 만든 캐릭터들이 어린이 코너의 선반에 놓여 있다. 내 책 속에 나오는 양들이 한번은 시골 가게로 쇼핑을 갔다. 내 생각엔 양들이 니콜라 북스에 와서 고객 서비스를 즐겨보고 싶었던 것 같다. 양들이 스마트폰을 처음 접했을 때 어떤 일이 벌어졌을까? 스마트폰을 요리조리

만져본 양들은 웨스트게이트 쇼핑센터를 찾아가 실망하면서 스마트폰을 다시 돌려준다.

양들이 전화를 해

풀밭에 떨어져 있는 게 뭐지?

네모 모양에 유리 화면이 붙어 있는걸.

양들은 이것을 살펴봐. 저 소리는 뭐지?

양들이 울리는 벨소리를 들은 걸까?

화면에 무엇인가 나타났어.

아이콘들, 핫 링크들. 대체 무슨 소리야?

양들은 앱을 해봐.

사진도 찰칵 찍어 보고,

문자도 보내지.

다음엔 뭘 하지?

양들은 스크린을 터치하여 온라인으로 들어가.

사이버 쇼핑이다, 진짜 신기한걸!

아이템들을 쇼핑카트에 척척 담아.

와! 이 전화 진짜 스마트하네!

글렌 벡Glenn Beck, 『양자 물리학』, 『복스Vox』,

『다빈치 코드』, 『주식 고르기』.

이런! 이 책들은 양들의 취향이 아니야.

어떻게 하지? 양들은 투덜거렸어.

양들은 책을 다시 싸서

반품해버렸지.

책을 돌려보내고 돌아오는 길에

양들은 특별한 상점을 보게 되었어.

니콜라 북스에서 양들은 신이 났지.

그림책도 많고 다른 책도 많아!

직원들은 아주 친절하게 도와줘!

양들은 최고의 책들을 고르고

아주 만족해서 서점을 나왔어.

양들은 터벅터벅 걸어가 전화기를 내던져.

이제 전화기는 홀로 풀밭에 있어.

양들은 큰 소리로 매~애, 매~애 하고 울면서

동네에서 쇼핑하는 걸 즐거워해.

낸시 쇼는 『엘레나 이야기(Elena's Story)』, 『라쿤 튠(Raccoon Tune)』을 비롯하여
『지프를 탄 양들(Sheep in a Jeep)』, 『가게에 간 양들(Sheep in a Shop)』 등 양에 관
한 책을 썼다. 그녀는 미시건 대학교와 하버드 대학교에서 학위를 받았다.

제프 스미스

———

더 북 로프트 오브 저먼 빌리지

오하이오주, 콜럼버스

책과 서점 중에 어느 것을 더 좋아하는가? 이것은 요즘 들어 생각해봐야 할 문제인 것 같다. 이 둘 다 우리에게서 점점 사라져가는 듯 보이기 때문이다.

나에게 이 둘은 함께 간다. 어렸을 적부터 서점은 내가 자유를 경험한 최초의 장소라고 할 수 있다. 여기에서 자유란 좋아하는 취향과 흥미를 찾아다니면서 통로와 코너 사이를 왔다 갔다 할 수 있는 능력을 말한다. 물론 그 나이 때 나는 공상 과학과 판타지가 가장 좋아하는 장르였다. 그렇지만 역사, 과학, 고전 등 다른 분야의 책들도 좋아했다. 나는 펭귄 북스를 발견했던 그날을 아직도 생생히 기억한다.

그렇지만 나는 지금 내 서점인 오하이오주 콜럼버스에 있는 더 북 로프트 오브 저먼 빌리지에 대해 말하고자 한다. 이곳은 단순한 독립 서점이 아니라 친근감 넘치는 소매점의 최고봉이다. 빅토리아 시대의 옛 벽돌 건물이 나란히 이어져 있는 이곳에는, 역사적인 독일인 마을의 고풍스러운 작은 거리에 한때 잡화점, 술집, 입장료 5센트짜리 극장이 들어서 있었다.

걸어서 3가를 벗어나 철문으로 들어서면, 벽돌이 깔려 있는 오래된 길이 나온다. 이 길을 쭉 따라 가면 번잡함에서 벗어나 새로운 세계로 들어서게 된다. 길은 서점 입구로 통하는 작은 정원까지 이어지는데, 분수 옆의 야외 테이블에는 책들이 잔뜩 쌓여 있다. 건물 안으로 들어가면, 출입구와 계단들이 여러 방향으로 나 있으며 역시 구석구석마다 책들이 쌓여 있다. 값비싼 타셴Taschen 출판사의 전문서적을 비롯하여 문고판, 노트, 카드, 달력, 베스트셀러, 절판된 책들, 오디오 자료 등을 할인된 가격으로 판매하고 있다. 가난한 젊은 예술가라면 당연히 고맙게 생각할 만하다.

북 로프트는 상상력이 완전한 자유를 구가하는 곳이다. 이곳에서 쇼핑을 했던 30여 년 동안 내가 원하던 것을 찾지 못했던 적이 없다. 나는 중세의 지형과 고대 종교를 다룬 그래픽 소설(만화 형태의 소설)뿐만 아니라 현대 물리학, 전쟁, 자연, 예술, 그 밖에 영감과 참고자료가 필요한 수많은 것들에 대해 쓰기 때문에 나의 리서치는 종종 모든 분야를 넘나든다. 또한 허먼 멜빌의 팬으로서 나는 다섯 가지 버전의『모비딕』을 소장하고 있는데, 그중 네 권에는 아직도 북 로프트의 작은 오렌지색 스티커가 붙어 있다.

북 로프트는 상상력이 완전한 자유를 구가하는 곳이다. 이곳에서 쇼핑을 했던 30여 년 동안 내가 원하던 것을 찾지 못했던 적이 없다.

각각의 방과 복도에는 다양하게 분류된 책이 가득 차 있고, 코너에 있는 작은 스피커에서는 그 범주에 맞는 각각의 사운드트랙이 흘러나온다. 서점은 깨끗하고 절대 먼지가 쌓인 적이 없지만 고서점 같은 느낌이 들며, 인쇄물 냄새가 난다. 서점을 사랑한다면 여러 의미에서 이곳에서 길을 잃을 수 있다. 이곳은 전통이 스며 있으며, 시내에서도 사람들이 이곳을 찾아온다. 또, 서점 옆에는 멋진 커피숍이 있다.

그렇게 오랜 세월이 지났음에도 여전히 내가 둘러보지 못한 방도 있다. 내가 아직 접근하지 못한 범주, 장르, 주제가 있지만 언젠가는 꼭 둘러볼 것이다.

북 로프트는 내가 만화와 그래픽 소설에 대해 통달할 수 있게 해준 최초의 서점 중 한 곳이다. 물론 다른 사람에게는 별것 아닐 수도 있겠지만 책꽂이에서 『본BONE』을 발견한 그날은 나에게는 정말 뜻깊은 날이었다. 나는 이 자리에 있어준 북 로프트에 감사한다. 건승과 함께 앞으로도 계속 번창하기를 기원한다!

제프 스미스는 1990년대 자비출판운동의 공동 창시자이며, 그래픽 소설 포맷을 처음으로 도입했다. 그는 세 명의 사촌형제들이 신화와 고대 미스터리 속에서 모험을 하는 만화 『본』의 작가로, 이 책으로 상을 받았다. 2009년, 스미스는 〈만화가: 제프 스미스, 본, 그리고 만화의 변화하는 얼굴(The Cartoonist: Jeff Smith, BONE, and the Changing Face of Comics)〉이라는 다큐멘터리의 주인공이 되었다. 『본』과 『RASL』 외에도 『샤잠! 더 몬스터 소사이어티 오브 이블(Shazam: The Monster Society of Evil)』, 『리틀 마우스 겟츠 레디!(Little Mouse Gets Ready!)』 등의 저서가 있다.

LEE SMITH
리 스미스

퍼플 크로우 북스

노스캐롤라이나주, 힐스버러

"그게 내 삶을 구했어요"라고 샤론 휠러Sharon Wheeler가 말했다. 2003년 4월 그녀가 서점 사업에 뛰어들었을 때를 떠올리며 한 말이다.

당시 그녀는 여전히 남편 조가 뇌종양과 신장암을 앓고 있다는 사실에 괴로워하고 있었다. 샤론은 노스캐롤라이나주 벌링턴에서 교사로 일하다 막 사표를 낸 참이었다. 그녀는 친구와 함께 힐스버러에서 아이 쇼핑을 하던 중 문득 '아직은 더 일할 수 있는데'라는 생각이 들었다.

그녀는 서점으로 걸어 들어가 "이런 데서 일한다면 내 모든 것을 바칠 수 있을 것 같아요!"라고 말했다. 그러자 서점 주인은 "일하세요!"라고 대답했다. 그렇게 시작해서 그녀는 일주일에 며칠씩 일했다. 조는 2년 뒤에 죽었다. 그리고 한참 뒤 서점이 문을 닫았을 때 샤론은 '내 서점을 열 때가 되었구나' 하고 깨달았다. 2009년, 샤론은 힐스버러로 이사를 갔고, 역사적인 도시의 한복판인 킹 스트리트의 작은 점포 안에 퍼플 크로우 북스를 열었다.

처음에 그녀의 장성한 딸들은 이사 가는 걸 별로 달가워하지 않았다. 그렇지만 이제 그녀의 딸 애쉬튼은 "엄마는 항상 되고 싶어 했던 사람이 된 것 같아요"라고 말한다. "무엇인가 할 일이 있을 때, 즉 누군가 나에게 의지하고 있다는 게 삶의 목표를 주지요"라고 샤론은 설명한다. "벌링턴에 살았을 때 남편은 주변 사람들 모두와 잘 알고 지냈어요. 그런데 막상 힐스버러로 이사오고 보니 아는 사람이 아무도 없었지요. 나는 이 지역사회 전체에 빚을 졌어요. 스스로 날개를 펼 수 있도록 도와주었거든요."

퍼플 크로우는 그 후 성장을 거듭하고 있다.

"아마존과 킨들의 공세에도 이만한 규모의 마을에서 서점을 해서 먹고 살 수 있다는 사실이 정말 놀라워요! 저는 사람들이 책을 읽는 이유가 서로 끈을 맺고 싶어서라고 생각해요. 이것이 바로 독립 서점이 제공하는 서비스 중 하나죠. 사람들은 책과 더불어 개인적 관계를 만드는 걸 좋아해요. 이곳이야말로 그런 관계가 가능한 곳이죠. 저 역시 사람들을 알리고 노력합니다. 이 서점은 〈치어스Cheers〉(술집을 배경으로 한 미국의 시트콤)에 나오는 술집을 생각나게 해요. 사람들은 누군가 자신의 이름을 불러주는 장소에 있고 싶어 합니다. 그게 서점의 성공 비결이죠. 바로 사람들의 이름을 불러주는 곳이요. 저는 사람들이 예전에 비해 의사소통을 덜 한다고 생각해요. 이 모든 전자 기기들, 트위터니 이메일이니 이런 것들이 의사소통을 방해하고 있어요. 저는 진정한 의미에서 서로 관계를 맺는 것을 바라지요"라고 샤론은 강조한다.

"이곳의 단골 고객들은 독서를 사랑하고, 벽돌과 모르타르로 된 오프라인 서점을 지지합니다. 진짜 책 말이죠. 또한 이왕이면 자신이 사는 지역에서 쇼핑하기를 원하죠. 이들은 전통을 소중히 여깁니다."

서점에서 일하는 낸시 베스트가 끼어들었다. "제 생각엔 사람들이 샤론을 보러 오는 것 같아요. 샤론과 이야기하고 싶어서요!"

"사람들이 여기 와서 저에게 하는 이야기를 듣고 깜짝 놀란답니다." 샤론은 그 말에 수긍하며 웃었다. "그렇지만 저는 이야기를 좋아해요. 그저 그들의 이야기를 좋아하는 거죠!"

그녀는 카운슬링을 전공하여 석사 학위를 받았다. "저는 아주 가난한 학교에서 일했어요. 아이들에게 도움을 주기 위해 항상 책을 사용했지요. 아이들에겐 책을 읽는 것이 무엇보다 중요하죠. 그리고 교도소에 간 아빠를 둔 아이들도 있고 마약을 하는 엄마를 둔 아이들도 있다는 사실을 깨닫게 해주는 것만큼 중요한 일은 없어요. 책은 다른 세상을 알려주고, 다른 가능성을 깨닫게 해주지요. 그 모든 이야기와 장소가 다 내 것입니다. 이것이 책이 주는 선물이죠"라고 샤론은 말한다.

샤론은 책을 사용하여 인성교육을 가능케 하는 커리큘럼을 개발했고, 상까지 받았다. "삶에 의미를 부여하며, 보다 좋은 것은 모두 아동 문학에서 찾을 수 있어요. 어린이 책은 우주의 모든 질문에 대한 대답을 들려줄 수 있죠." 그녀는 말했다. 내 성화에 못 이겨 그녀는 가장 좋아하는 책들을 말해주었다. 『샬롯의 거미줄Charlotte's Web』, 『팀메이트, 재키 로빈슨과 피 위 리스의 실화Teammates, a true story of Jackie Robinson and Pee Wee Reese』, 『야구가 우리를 살렸다Baseball Saved Us』, 그리고 『핑크 앤드 세이Pink and Say』라는 남북전쟁에 관한 책을 집어 들면서 "패트리샤 폴라코Patricia Polacco가 쓴 것이라면 뭐든지 좋아해요"라고 덧붙였다.

퍼플 크로우에는 갈고리 발톱이 달린 구식 목욕통이 하나 있는데, 밝은 색 베개와 인형들이 가득 차 있어서 아이들이 이 안에 들어가 책을 읽을 수 있다. 아니면 기다리기 따분한 남편들이 잠깐 눈을 붙일 수도 있다!

나는 새로운 책을 찾거나, 평화로운 분위기에 잠기거나, 딸랑거리는 종소리를 내며 누가 문을 열고 들어올지 기다리면서 퍼플 크로우에서 혼자 어슬렁거리는 것을 좋아한다.

샤론은 단골 고객들에게 반갑다며 일일이 인사를 한다. 이들 중에는 버지니아주에서 차를 몰고 온 손님도 있다. 샤론은 손녀딸이 독서를 좋아한다는 손님의 설명을 주의 깊게 듣는다. "걔는 그리스와 이집트 신화를 좋아해요. 그리고 시리즈물도 좋아하고……."

샤론은 책을 고르는 데 오래 걸리지도 않는다. 지역 출신으로 화제의 작가인 존 클로드 베미스John Claude Bemis가 쓴 책을 골라준다. 존은 중학교 교사로 일하다 작가가 되었고, 자칭 '미국의 해리포터'라고 내세우는 유명한 『클락워크 다크Clockwork Dark』 3부작을 썼다. 존의 신작 『하늘에서 떨어진 왕자The Prince Who Fell from the Sky』가 2012년 6월에 나왔을 때, 퍼플 크로우는 아주 큰 장소에서 론칭 파티를 기획했다. 구경거리가 넘치는 이 지역 농산물 직거래 장터에서 말이다. 존은 음악가이기도 하다!

샤론은 새로운 고객을 지역 작가들의 작품만 따로 모아둔 서가로 안내한다. "모두 힐스버러 출신 작가들이 쓴 책이에요. 30명이 넘지요. 그래요, 이렇게 작은 마을에서 말이에요!" 마이클 말론Michael Malone, 프랜시스 메이스Frances Mayes, 알란 거게이너스Allan Gurganus, 질 맥코클, 젤다 록하트Zelda Lockhart, 할 크로우더Hal Crowther, 그레이그 노바Craig Nova 등 이름을 다 대자면 끝이 없다. 엘리자베스 우드맨이 경영하는 신생 출판사 에노 퍼블리셔스Eno Publishers는 많은 작가들의 추천을 받아 『힐스버러의 볼거리 27선27 Views of Hillsborough』이라는 책을 냈다.

사실 힐스버러는 《가든 앤드 건》지가 '남부에서 가장 문학적인 작은 마을'로 뽑은 곳이다. 옥스퍼드, 미시시피, 밀리지빌, 조지아를 물리치고 말이다. 과연 그런지 나는 잘 모르겠지만 말이다!

힐스버러 작가들은 딱히 남과 잘 어울리지 않는다고는 할 수 없지만 매우 도회적이다. 예를 들어 크리스마스 때마다 마이클 말론과 알란 거게이너스는 실크해트(서양의 남성 정장용 모자)를 쓰고 디킨즈의 〈크리스마스 캐롤A Christmas Carol〉을 선보인다. 알란 거게이너스는 스크루지 영감으로 분장하고, 마이클 말론이 나머지 역할을 다 맡는다! 이 쇼는 너무나 인기가 많아 두 번을 공연해야 하며, 수익금은 모두 지역사회에 기부한다. 매년 열리는 스토리텔링 페스티벌도 작가들을 끌어 모은다. 그리고 퍼플 크로우 길 건너편에 있는 커피숍 컵 어 조Cup A Joe에서는 소설이나 시를 쓰는 작가를 언제나 발견할 수 있다.

나는 새로운 책을 찾거나, 평화로운 분위기에
잠기거나, 딸랑거리는 종소리를 내며
누가 문을 열고 들어올지 기다리면서
퍼플 크로우에서 혼자 어슬렁거리는 것을 좋아한다.

이 킹 스트리트의 작은 구역은 사실 '뉴 사우스New South'의 소우주다. 바로 옆에 있는 듀얼 서플라이 철물점은 그곳의 주인 웨슬리 우즈가 여덟 살인가 아홉 살 때 바닥을 쓸고 재고를 정리하는 일부터 시작했다고 하는데, 그 당시와 거의 변한 게 없어 보인다. 그곳에는 아직도 컴퓨터가 없다. 길 건너편에는 이블린 로이드가 1980년대에 아버지에게서 가게를 물려받아 계속 운영하고 있는 작은 약국이 있으며, 사냥용 활과 낚시도구를 팔면서 계절별로 사슴과 칠면조 등을 파는 캐롤라이나 게임 앤드 피시Carolina Game and Fish가 있다. 이들은 여기저기 피어싱을 한 바리스타가 라테와 카푸치노를 파는 세련된 컵 어 조 바로 옆 길가에서 사슴과 칠면조 고기의 무게를 단다.

샤론은 전통적인 친절함과 최신 책으로 쉽게 양쪽 세계를 왔다 갔다 한다. "힐스버러에는 마을이 지니고 있는 매우 독특하고 평화로운 삶의 리듬이 있지요. 내가 성공하도록 용기를 북돋워주는 힐스버러의 기운을 항상 느낍니다. 우리는 모두 서로를 응원하고 있어요. 하늘나라에 있는 조도 이것을 느낄 것이라고 생각해요."

딸랑! 허리가 꼿꼿한 노신사 한 분이 들어와 원본 그대로 출판한 『몬테크리스토 백작』을 찾았다. 그는 별로 운이 없었다.

딸랑! 이번에는 한 여성이 『그레이의 50가지 그림자Fifty Shades of Grey』가 있느냐고 속삭이듯 말했는데, 그녀 역시 운이 없었다. 샤론은 이 책들을 방금 여성 특별 행사에서 모두 팔았다. 그녀는 주문을 넣고, 손님이 떠나자 나를 보고 웃는다. "모든 사람들이 자기가 읽고 싶은 책을 읽어야 할 권리가 있다고 생각해요. 안 그래요?"

당연하죠!

딸랑! 관광객들이 들어온다. "봐!" 한 사람이 소리친다. "진짜 서점이잖아!"

찰칵! 그들은 사진을 찍는다.

리 스미스는 『구전 역사(Oral History)』, 『예쁘고 상냥한 숙녀들(Fair and Tender Ladies)』, 『다시 부인과 푸른 눈의 이방인(Mrs. Darcy and the Blue—Eyed Stranger)』, 『라스트 걸스(The Last Girls)』 등을 쓴 작가다.

LES STANDIFORD
레스 스탠디포드

북스 앤드 북스

플로리다주, 코럴 게이블즈

5시 무렵, 술 한잔 걸치기 좋은 시간이었다. 그때가 1981년쯤으로, 마이애미의 여름 오후는 푹푹 쪘다. 적란운이 서쪽으로 몇 킬로미터 떨어진 에버글레이즈 상공에 떠 있고, 금방이라도 소나기가 한바탕 퍼부을 기세였다. 더는 사무실에 붙어 앉아 있을 이유가 없었다. 일은 엉망이었다. 모든 것이 까발려지는 이런 마을에서 누가 사립탐정을 필요로 할 것인가.

그때 그녀가 들어왔다.

"죄송합니다만⋯⋯." 그녀는 문가에 모습을 드러내며 말했다. 그녀는 컬을 말아 잘 손질한 갈색 머리에, 남자들이라면 소네트를 바치고 싶게 만드는 몸매를 가졌다. "노크를 했는데 여직원이 퇴근한 것 같군요." 그녀가 말했다.

퇴근이 아니라 일 년 동안 여직원 따위는 없었다고 그녀에게 말하고 싶었지만, 굳이 클라이언트의 신뢰를 해쳐서 좋을 일이 뭐가 있겠는가. 나는 의자를 가리켰다.

그녀는 의자에 앉더니 다리를 꼬았다. 나는 잠자코 기다리다 입을 열었다. "무엇을 도와드릴까요?"

티슈로 눈가를 살짝 두드린 다음 그녀가 입을 열었다. "남자 친구 때문에요."

"언제나 남자친구가 문제지요." 나는 중얼거렸다.

그녀는 나를 애처롭게 쳐다봤다. "그의 애정이 식었어요."

나는 고개를 끄덕였다. "그러니까 그가 바람을 폈나요? 그 상대가 누군지 알아봐 달라는 거죠?"

그녀는 고개를 가로저었다. "아니에요, 그보다 더 심각해요. 그가 서점을 열고 싶어 해요. 온통 그 생각뿐이에요."

나는 뒤로 기대앉아 상황을 차분히 정리해보았다. "그러니까, 그가 제정신을 차리길 원한다는 거죠? 왜 직접 말 못하나요?"

그녀는 시선을 떨궜다. "모든 게 너무 창피해요." 그녀는 말했다. 밖에서는 경적 소리가 들렸다. '갑자기 웬 경적소리지?' 나는 의아한 생각이 들었다.

"그는 로스쿨을 다녔거든요. 그런데 일이 잘 안 풀리자 고등학교에서 영어를 가르치기 시작했어요. 책 읽는 걸 좋아하고 책에 대해 말하기 좋아한다는 건 저도 알아요." 그녀는 고개를 흔들며 나를 쳐다보았다. "이제 그는 책을 팔려고 해요. 그는 책과 사랑에 빠졌다고요." 눈물이 그녀의 뺨을 타고 흘렀다. "책과 말이에요." 그녀는 절망스럽게 말했다.

나는 책상을 돌아 나와, 그녀의 어깨에 손을 얹었다. "들어봐요."

내가 말했다. "저는 단지 가공의 인물이라서 편견이 있을 수도 있어요. 그렇지만 당신의 남자친구…… 이름이 뭐라고 그랬죠?"

"케플런이요, 미첼 케플런Mitchell Kaplan." 그녀가 말했다.

"그래요, 케플런 씨가 하는 일은 중요한 일이에요. 책은 중요해요." 내가 말했다.

"그렇지만 여긴 마이애미예요. 사람들은 낚시를 하고 보트를 몰아요. 사람들은 생각도 못할 범죄를 저지르죠. 책 따위는 읽지 않아요." 그녀가 말했다.

"아마 변할 겁니다. 케플런 씨는 똑똑한 사람이에요." 내가 말했다.

"그걸 어떻게 아시죠?" 그녀가 물었다.

"흠, 그가 당신을 선택했잖아요, 안 그래요?"

그 다음에 어떻게 되었는지 말할 필요도 없이, 케플런은 서점 사업을 시작했다. 그는 르줜Le Jeune에서 한 블록 떨어진 아라곤의 코럴 게이블즈에 있는 1920년대에 지어진 건물을 임대하고, 그 토끼굴 같은 곳을 예술 작품과 책으로 가득 채웠다. 대부분은 새 책이었고 더러 희귀본도 끼여 있었다. 사람들은 보트를 세워놓고 서점에 들렀다. 사람들은 확실히 책을 좋아했다. 그렇지만 그 못지않게 분위기도 맘에 들어 했다. 이들은 서점을 둘러보고, 마이애미의 범죄에 대한 책을 비롯한 읽을 만한 책에 대해 케플런과 이야기를 나눴다.

서점에서 가장 큰 방이라야 신발 상자 크기밖에 되지 않았지만, 케플런은 낭송회를 할 작가를 끌어 모으기 시작했다. 처음에 뉴욕의 출판사들은 더 나은 노후 생활을 보내기 위한 방법이나 아파트를 어떻게 범죄로부터 보호할 것인가에 대해 쓴 작가들만 보내려고 했지만 케플런은 거절했고, 그러는 사이 지역의 작가들을 불러들였다. 오래지 않아 괜찮은 북 투어라면 북스 앤드 북스를 빼놓지 않게 되었다.

케플런은 사람들을 가게로 불러들이는 것에 만족하지 않았다. 그는 마이애미 데이드 칼리지의 총장 에드워드 에두아르도 패드런과 협력하여 마이애미 북 페어를 발족했다. 이 행사는 마이애미 시내의 거리를 차단하여 텐트를 세우고, 사람들이 책을 사고팔며, 일주일 동안 여러 분야의 작가 500여 명이 낭송회를 한다는 계획이었다. 그의 여자 친구가 내 사무실을 찾아온 날 이 계획에 대해 말하지 않은 것은 참으로 다행이었다. 그렇지 않았다면 나는 그를 강제로 정신병원에 집어넣었을 것이다. 재미있는 사실은, 거의 케플런의 계획대로 이루어진 마이애미 북 페어가 엄청난 성공을 거두었다는 것이다.

10년 넘게 케플런은 서점을 꽤 잘 운영해왔다. 그는 고등학교 교사 수준의 호사를 누렸으며, 링컨 로드에 있는 마이애미비치에 두 번째 서점도 열었다. 당시 그곳에 가게라고는 중고 청소기를 파는 가게와 자동차 안테나 수리점밖에 없었다. 그럼에도 케플런은 마이애미비치에서 계속 번창해갔다. 정말 굉장한 이야기처럼 들리겠지만, 그는 사람들에게 책과 가까워질 수 있는 기회를 주고 싶었고 다시 한 번 그 꿈을 증명해보였다. 링컨 로드에 있는 서점은(이곳에 그는 주변에서 가장 좋은 노천카페를 하나 열었다) 커져만 갔다.

1990년대 초가 되자 상황이 약간 불안해졌다. 1980년대에 미국의 기업들은 노상강도처럼 신발이건, 비타민이건, 낚시 도구건, 여성 속옷이건 간에 업종을 가리지 않고 체인과 프랜차이즈 점포를 내기 시작했다. 따라서 사람들이 체인 서점의 주식을 사서 돈을 벌 수 있다는 발상을 하는 건 시간문제에 불과했다. 어느새 미국에는 도넛 가게만큼이나 많은 서점이 들어서게 되었고, 독립 서점들은 차례로 무너져갔다. 또한 이것이 바로 나를 창조한 저자가 우리 둘 사이를 영원히 갈라놓는 방식으로 케플런의 일에 끼어든 지점이기도 하다.

"이봐요, 거물." 나의 저자가 마침내 수화기를 들었을 때 내가 말했다. 나는 며칠 동안 그에게 전화를 했었다. 그게 바로 캐릭터의 운명이다.

"무슨 일이야, 엑슬리?"

"내가 듣기로 당신이 케플런에 대한 소설을 쓰기로 했다면서?"

"그래 맞아." 나의 저자는 말했다. "미첼이 이른바 서점 전쟁에서 괜찮은 스릴러물이 나올 것 같다고 얘기했는데, 나도 그렇게 생각해. 그에게 책에서 죽을 수도 있다고 말했는데도 그는 괜찮다고 했어. 그래서 그렇게 하려고."

"나는 어떤데? 나도 이 이야기에서 역할이 있나?"

"미안해. 이번엔 존 딜^{John Deal} 책이 될 거라서 말이야. 자네에게 맞는 배역이 없네. 다음번에 기회가 있을 거야."

나는 상처를 받았다. 그렇지만 그저 상상력의 산물에 지나지 않는 내가 무엇을 할 수 있겠는가. 게다가 책이 출판되었고(왜 '북 딜' 대신 '딜 온 아이스'라고 했을까? 당최 알 수가 없다) 나의 저자는 케플런의 서점에서 낭송회를 열기로 했다. 모두들 이 책을 좋아하는 듯했다. 심지어 서점 주인이 살해당하는 부분도. 내가 생각하기에 그 대목에서 웃었던 몇몇 사람은 아마도 범죄자였을 것이다.

그렇지만 진짜로 멋진 이야기는, 현실에선 케플런이 죽지 않았을 뿐만 아니라 에너자이저 토끼처럼 계속 승승장구했다는 사실이다. 몇 년 전, 그는 마침내 본점을 확장하여 아라곤 위쪽 블록에 나의 저자가 '책의 사원'이라고 부르는 새로운 가게를 열었다. 이곳은 두 개의 건물로 이루어진 넓은 장소로, 가운데 안뜰에는 주말에 캄보(재즈나 댄스 음악을 연주하는 소규모 악단)가 공연을 할 수 있는 카페도 있었다. 그렇지만 처음 본점이 지니고 있던 예스러운 매력도 여전히 간직하고 있었다. 이사하는 날, 200명쯤 되는 고객들이 모여 옛날 서점에서 새로운 서점으로 책을 나르는 걸 도와주었다. 이러한 장면을 소설에서 쓰면 완전히 꾸며낸 현실성 없다고 비난받을지도 모르는 믿기지 않는 광경이었다.

새 서점은 대성공을 거두었고, 전국에서 사람들이 모이기 시작했다. 대통령들도 이곳에서 책에 사인을 했고, 눈에 띄지 않게 서가를 어슬렁거리는 유명 인사나 작가들을 언제나 볼 수 있었다. 케플런은 발 하버에 또 다른 분점을 열었고, 마이애미 국제공항, 포트로더데일, 그랜드 케이맨, 웨스트햄프턴 비치에도 파트너십을 맺어 북스 앤드 북스 지점을 냈다. 놀라운 사실은 이것이 모두 많은 독립 서점과 체인 서점들이 문을 닫을 때 이루어낸 성과라는 것이다.

> 케플런은 사파리 셔츠나 통밀 컵케이크와는
> 다른 방식으로 책들이 중요하다는 것을 이해한 것이다.

어떻게 그가 이것을 가능하게 했는지 궁금하다면 내 생각은 이렇다. 몇 십 년 전 내 사무실에 찾아온 그 아름다운 숙녀에게 말한 것처럼, 케플런은 사파리 셔츠나 통밀 컵케이크와는 다른 방식으로 책들이 중요하다는 것을 이해한 것이다. 북스 앤드 북스에 들어가는 누구라도(서점은 마치 종착역과 같다. 정말로) 서점 주인이 정말로 책에 대해 잘 알고 소중히 여긴다는 사실을 단번에 알 수 있다. 이 점에 대해 의심스런 생각이 든다면 그와, 아니면 그와 함께 일하는 뼛속까지 서적상인 직원들과 이야기를 하면서 몇 분만 걸어보라.

그래서 이 이야기는, 얼마 전에 케플런이 전미 도서상 선정위원회에서 수여하는 '미국 문학계에 지대한 공헌을 한 문학인상'을 수상하는 걸 보러 나의 저자와 내가 뉴욕을 가는 것으로 끝난다. 이것은 공식 행사였지만, 나의 저자가 혼자서 중얼거리지 않는 이상 나는 거의 보이지 않으므로 그냥 잠옷 위에 걸치는 가운과 슬리퍼를 신고 갔다. 나는 보이지 않았기 때문에 그곳에서 대접하는 샴페인을 실컷 마실 수 있었고, 케플런이 연단에 올라가 상을 받은 뒤 '매우 취약한 문학적 생태'라고 표현한 것에 대한 그의 헌신을 이야기할 때쯤에는 좀 취했다는 것을 솔직히 인정해야겠다.

그렇지만 나는 보고 듣고 생각한 것이 확실하게 기억난다. 이날 밤 최고의 영광을 누리던 케플런 옆자리의 미녀는 몇 십 년 전 내 사무실로 찾아와 걱정스런 마음을 토로하던 그 여자와 놀랍도록 닮아 있었다. 내가 나의 저자에게 계속해서 말했듯이, 이것은 멋진 이야기가 될 것이다.

레스 스탠디포드는 '존 딜' 미스터리 시리즈와 『아담을 집으로: 미국을 바꾼 납치(Bringing Adam Home: The Abduction that Changed America)』 등의 소설과 책을 썼다. 그는 마이애미에 있는 플로리다 인터내셔널 대학의 문예창작 프로그램 책임자로 있으며, 마이애미에서 아내 킴벌리와 함께 살고 있다. 그는 미첼 케플런을 북스 앤드 북스가 그저 케플런의 막연한 이상이었던 30년 전에 만났다.

NANCY THAYER
낸시 테이어

미첼 북 코너

매사추세츠주, 난터켓

어느 날 아침에 눈을 뜨면 모든 것이 변해 있다. 전동 타자기는 유행이 지났다. 컴퓨터가 세상을 지배하고 있다. 난터켓섬의 도서관에는 새로운 아동관이 들어섰다. 고속 페리로 한 시간 안에 난터켓에 도착한다. 그렇지만 나는 미미 비먼Mimi Beman과 일생을 변함없이 함께했다고 생각한다.

미미는 난터켓섬의 메인 스트리트에 미첼 북 코너를 소유하고 있었다. 1986년, 그녀를 보자마자 주눅이 들었다. 그전에 내가 알던 서점 주인들이 조용하고 조심스러웠다면, 미미는 엄청나게 강력한 포스로 다가왔다.

그녀는 의견을 큰 소리로 말했다. 내가 서점에 들어서면 그녀는 숫제 고함을 질렀다. "여기 제2의 엘리자베스 조지가 오셨다!" 어떤 때는 새내기 작가의 가제본을 손에 쥐어주기도 했다. "이거 좋아할 거야. 한번 읽어봐요." 그녀는 마치 스파이처럼 입술을 움직이지도 않고 이렇게 말하곤 했다. 그녀는 언제나 옳았고 모든 단골 고객에게 이렇게 했다.

어떤 문제든지 미미에게 의견을 구하면
반드시 답을 얻을 수 있었다.
그것도 명료한 답을.

미미는 에너지가 넘쳤다. 새벽 너덧 시에 일어나 8시까지 독서를 했다. 그런 다음 서점의 문을 열었다. 그녀는 인쇄되어 있는 책은 죄다 읽은 듯했으며, 기억력도 뛰어나 고객 한 사람 한 사람과 그들이 좋아하는 작가를 모두 기억했다. 그녀는 사람과 책을 연결해주는 걸 좋아했다. 이 섬을 사랑했다. 그녀의 직원인 젊은이들을 사랑했고, 내 딸을 포함하여 서점에서 일하는 많은 여성에게 여러 모로 멘토가 되어주었다.

작가에게는 그녀가 신의 선물이다. 그녀는 작가를 스타처럼 만들어주는 멋진 사인회를 주관했다. 테이블에 언제나 책을 테마로 한 꽃다발을 마련해두고 그 옆에는 시원한 물과 작은 초콜릿 상자를 놓아두었다. 그녀는 굉장한 위안이 되어주었고 무엇을 축하하는 데 화끈했다. 도서관 측에서 연사를 소개할 때마다, 미미는 언제나 그곳에 작가의 책을 한 무더기 가져가 연설이 끝난 후 격려와 환호의 말을 건넸다. 열 권이 넘게 팔리건 전혀 팔리지 않건 개의치 않았다. 신진 작가가 그녀의 서점을 찾아오면 미미는 시간을 내어 그 책을 읽고 비평과 전문가적 의견을 제시했고, 언제나 솔직했다.

어떤 문제든지 미미에게 의견을 구하면 반드시 답을 얻을 수 있었다. 그것도 명료한 답을. 한번은 자신이 유명인이라고 생각하는 사람이 해리포터 책이 공식 발매되기 전날 밤 이 책을 사겠다고 찾아왔다. 미미가 안 된다고 하자 그는 "당신 내가 누군지 알아요?"라고 말했다. 미미는 "알지요. 나는 당신이 누군지 알아요. 내일 아침까지 해리포터 책을 얻을 수 없다는 것도요"라고 말했다.

미미는 컴퓨터 화면에서 깜박이는 불빛도 아니고 기계음도 아니었다. 미미는 자신의 가게에 늘 붙어 있는 친구이며, 새로운 작가에 대해 열변을 토하거나 어떤 작가에 대해 왜 싫어하는지 분명하게 말하는 것을 들을 준비가 되어 있었다. 그녀는 우렁차게 말했다. "다시 봐서 반가워요! 겨울 동안 어떻게 지냈어요? 아들은 하버드에 들어갔나요? 무릎 수술은 잘됐고요?" 그녀는 상대방의 대답을 들어주고 염려해주었다. 그녀는 정말로 신경을 썼다. 마을 소식을 모르는 게 없었으며, 사람들과 공유하고 싶어 했다.

미미는 몇 마디 조언으로 우리의 삶을 변화시키는 고등학교 교사 같았다. 그녀는 우울한 오후를 즐거움으로 밝혀주는 브랜트 포인트 등대였다. 그녀는 베아트릭스 포터Beatrix Potter를 소개시켜준 엄마였고, 술집에서 야한 농담을 건네던 백전노장이었다. 그녀는 여름 오후 작은 마을 길을 산책하면서 남녀노소를 불문하고 마주치는 이들과 서슴없이 이야기를 나누던 이웃이었다. 그녀는 가장 쓸쓸한 우리의 나날을 진심으로 끌어안아주던 사람이었다. 언제나 그 자리에 있었고, 우리는 그곳에 가면 언제든지 그녀를 만날 수 있을 것이라고 믿었다. 매일매일 위안과 지혜와 유머와 행복을 전달해주면서.

미미는 2010년 3월, 62세의 나이로 영원히 우리들 곁을 떠났다. 그녀는 우상과도 같은 문학의 대변자였고, 독서의 시금석이었다. 개인적인 친밀감은 줄어들고 기술적으로 더 빨라진 시대로 바뀌면서, 우리는 그녀 없는 세상에서 어쩔 줄 몰라 하고 있다.

낸시 테이어는 『서머 브리즈(Summer Breeze)』, 『히트 웨이브(Heat Wave)』, 『비치콤버스(Beachcombers)』, 『서머 하우스(Summer House)』, 『문 셸 비치(Moon Shell Beach)』, 『핫 플래시 클럽(The Hot Flash Club)』, 『핫 플래시 스트라이크 어게인(The Hot Flash Club Strikes Again)』, 『핫 플래시 홀리데이스(The Hot Flash Holidays)』, 『핫 플래시 클럽 칠스 아웃(The Hot Flash Club Chills Out)』 등을 썼다. 그녀는 난터켓에 살고 있다.

MICHAEL TISSERAND
마이클 티서랜드

옥타비아 북스
루이지애나주, 뉴올리언스

2005년 뉴올리언스에 홍수가 나고 하루 정도 지났을 때, 나는 장인어른과 통화를 하고 있었다. 그는 내 속마음을 털어놓을 만한 상대는 아니었지만 누구를 고르고 자시고 할 시간적, 정신적 여유가 없었다. 쉰 목소리로 내가 잃어버린 것들에 대해 늘어놓았다. 직장, 학교, 친구와 만날 시간 등등. "모두 사라졌어요." 미칠 듯한 두려움과 싸우면서 말을 이어갔다. "모두 사라진 것은 아니야." 장인은 과학자처럼 냉정한 어조로 대답했다. 사실 그는 라트비아 이민자로, 난민 수용소에서 지내던 어린 시절을 간직하고 있었다.

내 기억에는 그 당시 가장 짧고 그나마 가장 위안을 주었던 대화였던 것 같다. 몇 주가 지나도록 여전히 집으로 가는 길은 고속도로 진입로에서 막혀 있고, 절망감이 위협했다. 불안감은 고조되었고 미래에 대한 계획은커녕 그저 어림짐작도 하기 어려웠다.

지금 그때 일을 떠올리는 데는 나름 이유가 있다. '카트리나Katrina'라고 불리던 무시무시한 태풍과 살인적인 제방 붕괴가 있은 뒤 3개월이 지난 2005년 11월 어느 토요일 저녁, 옥타비아 북스의 문을 걸어 들어간 기분이 어떤지에 대해 설명하려는 것이다. 옥타비아는 뉴올리언스 최초의 서점으로 재개장했다. 그날 밤 수백 명의 인파가 이 작고 네모난, 책꽂이가 늘어선 방으로 몰려들었다. 그날은 내 친구 톰 피아자Tom Piazza가 격앙 상태에서 쓴 책 한 권 분량이나 되는 논문 「왜 뉴올리언스가 중요한가Why New Orleans Matters」의 낭송회가 열리는 날이었다.

그날 밤, 기대는 했지만 그 이상의 상봉이 있었다. 사람들은 그날 마신 와인보다 더 많은 눈물을 흘렸다. 낭송회에서 특별히 기억나는 것은 전 영부인 바바라 부시에 대한 신랄한 비판이었다. 그녀는 휴스턴의 임시 대피소를 방문해서 이재민들에게 "어쨌든 혜택 받지 못한 사람들이었으니 지금 이러한 거처가 생긴 것이 오히려 다행이다"라는 말을 했다. 나는 그 좁고 눅눅하고 사람들과 책으로 가득한 방에 서 있던 기분을, 슬픔과 분노로 교차하던 그 기분을 절대 잊을 수 없으며 잊고 싶지도 않다.

그날 밤 나는 툴레인 대학교의 재즈 역사학자 브루스 레번Bruce Raeburn
과도 만났다. 옥타비아에서 우리는 재즈 뮤지션(그리고 저평가된 저자이기
도 한) 대니 바커Danny Barker의 침수된 집에 뛰어들 계략을 꾸몄다. 바커
는 이미 몇 년 전에 죽었지만, 그의 가족은 그 집과 유품을 보존하고 있
었다. 우리는 그곳에 값을 매길 수 없을 정도로 귀한, 지금은 카트리나
의 잔해 속에 썩어가고 있을 기념품과 서류들이 가득할 거라는 걸 알았
다. 우리가 계획을 짜는 동안, 주변에서도 다른 구조 계획을 짜는 소리
가 들렸다. 우리나 그들이 세우는 구조 계획은 집과 관련되어 있었다.
대부분은 충격에 빠진 사람들을 확인하고 구하려는 계획이었다.

그날 같은 밤들이 몇 주, 몇 달 동안이나 비슷한 강도로 계속되었다.
카트리나와 관련된 책들이 나올 때마다 옥타비아에서의 낭송회는 하나
의 의식이 돼버렸다. 크리스 로즈Chris Rose, 더글러스 브린클리, 제드 혼
Jed Horne, 조시 뉴펠드Josh Neufeld, 앤더슨 쿠퍼Anderson Cooper, 데이브 에거
스, 네이버후드 스토리 프로젝트Neighborhood Story Project의 작가들, 그 외 10
여 명의 작가들이 접이식 의자 앞의 나무 연단에 올라섰고, 돌아가면서
낭송을 했다. 루이 암스트롱의 노래, 친구와 악수를 하고 "사랑해"라고
말하는 그 노래가 우리의 찬송가였다.

이것이 바로 옥타비아 북스가 나의 서점인 이유다.

옥타비아는 독립 서점이 예외가 아니라 지배적이던 도시에 생긴 비
교적 새로운 서점이었다. 톰 로웬버그Tom Lowenburg와 그의 아내 주디스
라피트Judith Lafitte가 2000년에 함께 서점을 열었다. 나는 톰이 '저렴한 에

너지를 위한 연맹'의 지역 운동가로 일할 때부터 알고 지냈다. 그와 주디스는 상냥하고 다소곳한 서점 주인이지만, 서점 주변에는 운동가적인 분위기가 떠돌고 있다. 나는 옥타비아에서 폐점 후에 열리는 커뮤니티 모임에 참여했고, 톰은 최근 검열과 관련된 어처구니없는 법안을 무효화시키는 일을 돕고 있다. 그는 또한 대형 할인 체인점이 판치는 세상에서 지역 가게의 생존에 대해 스스로 독학을 한 전문가이기도 하다.

뉴올리언스에서 추천할 만한 서점이 옥타비아뿐인 것은 결코 아니다. 나는 메이플 스트리트 북숍Maple street Bookshop도 아주 좋아한다. 처음 출판된 책의 론칭 파티를 했을 때, 이곳 주인과 춤을 췄다. 또, 가든 디스트릭트 북숍Garden District Bookshop도 좋아한다. 이곳에서는 조지 맥거번과 함께 영감을 주는 북 행사를 주관했다. 포크너 하우스 북스Faulkner House Books도 있는데, 이곳은 윌리엄 포크너가 이웃인 셔우드 앤더슨과 자신의 초기 경력에 대해 논의했던 그 방을 보존하고 있다. 포크너 하우스는 지역의 문학 및 음악 페스티벌 등을 후원하는 '해적 골목 포크너 소사이어티'의 본거지이기도 하다. 베라 워런―윌리엄스 원더풀 커뮤니티 북 센터도 중요하다. 이곳에서 시민 평등권 운동의 선구자 루비 브리지스Ruby Bridges의 자서전을 산 적이 있다. 나는 이 책을 당시 초등학교 1학년이던 딸에게 주었다. 딸애는 브리지스에게 편지를 썼고, 브리지스는 답장을 보내주었다. 그 답장은 이제 우리 집의 가보가 되었다.

이곳에는 또한 퀴퀴한 냄새가 나는 프렌치 쿼터French Quarter 서점부터 새로 생긴 블루 사이프러스 북스Blue Cypress Books에 이르기까지 멋진 중고책 서점도 있다. 또, 우리 아이들이 창문의 표지판을 보고 "북스, 북스,

북스"라고 부르는 바람에 정작 뭐라고 불러야 할지 모르는 장소도 있다. 이 서점은 한센의 스노 블리츠Hansen's Sno-Bliz라는 아이스크림 가게가 있는 거리 건너편에 있다. 이 아이스크림 가게는 70년 동안 이 도시에서 가장 맛있는 스노볼(시럽이 가득한 빙수)을 팔았다. 아이들이 북스, 북스, 북스에 푹 빠져 있을 때, 나는 스노볼을 사러 줄을 서는 것이 어느덧 우리 가족의 전통이 되어버렸다. 최근에 갔을 때 열 살짜리 아이는 연유가 들어가고 '라자냐 스타일'로 층이 진 딸기 스노볼을 한 손에 쥔 채 다른 손에는 외계인이 존재한다는 사실이 과학적으로 증명되었다고 주장하는 책 한 권을 들고 있었다. 정말 행복한 오후였다.

우리는 서점에 들어설 때 더는 울지 않는다.
우리는 책을 사지, 구조 계획을 짜지 않는다.

뉴올리언스는 이웃의 도시이고, 옥타비아 북스는 거리의 이름을 딴 것이며, 이 거리는 많은 19세기 건달 중 한 사람의 딸인 옥타빈 리커 Octavine Ricker의 이름을 딴 것이다. 이 이름은 여전히 우리 도시에서 많이 볼 수 있다(근처 레온틴 스트리트도 옥타빈의 여동생 이름을 딴 것이다). 서점은 거의 그만그만한 샷건 하우스(모든 방이 앞뒤로 쪽 곧게 연결된 집)에 둘러싸여 있다. 모퉁이에 있는 한 집은 크리스마스만 되면 전구로 눈이 부실 정도의 장식을 해놓는다. 한번은 릭 브래그가 낭송회를 했는데, 반짝이는 전구가 주변 지역에서 가장 인상적이었다고 말했다. 옥타비아 북스는 두 번째로 밀려났다. 옥타비아를 둘러싼 이웃은 수많은 술집과 요가 스튜디오 한두 개, 다섯 블록 떨어진 도밀리스 포─보이 앤드 바Domilise's Po-Boy and Bar, 열두 블록 떨어진 한센 같은 음식점, 열여섯 블록 떨어진 벽에 타일을 붙인 굴 전문점 케이스멘토 레스토랑Casemento's Restaurant 등이 있다.

옥타비아의 분위기는 최근 몇 년간 좀 변했다. 예전에는 앞쪽에 카트리나 테이블이 있었다. 나는 습관적으로 이곳에 서서 새 책이 있는지 살펴보곤 했다. 나는 이것이 아직도 있는지, 아니면 '지역에 관한 책', 또는 이와 비슷한 다른 것으로 바뀌었는지 잘 모르겠다. 최근에 여러 명의 지역 작가가 '이것은 엄밀히 말하면 카트리나와 관련된 책이 아니다'라고 양해를 구하며 낭송회를 하는 걸 봤다.

우리는 서점에 들어설 때 더는 울지 않는다. 우리는 책을 사지, 구조 계획을 짜지 않는다.

그럼에도 우리가 가장 필요할 때 톰과 주디스가 우리에게 준 것을 잊지 못한다. 나는 이것을 2008년 8월 28일, 옥타비아에서 다른 낭송회를 할 때 느꼈다. 바로 며칠 전, 허리케인 구스타브Gustav가 아이티를 강타한 뒤 쿠바를 지나 멕시코만으로 올라오고 있었다. 나는 옥타비아에 전화를 걸어 『스파이더위크가의 비밀The Spiderwick Chronicles』을 공동 집필한 토니 디터리지Tony DiTerlizzi의 강연회가 차질 없이 진행되는지 물었다. 그렇다고 했다. 아내가 짐을 꾸리는 동안 나는 두 아이를 서점으로 데리고 갔다. 디터리지는 아시아 신화에 등장하는 용과 유럽 신화에 등장하는 용이 어떻게 다른지에 관해 강의하고 있었다. 우리 아이들은 차례로 이젤 앞에 나가 자신들이 상상하는 용을 그렸다. 다들 아직 규모가 얼마인지 모르는 다른 괴물 태풍의 영향권에서 벗어날 준비를 하고 있을 때, 옥타비아가 지닌 상징성은 그곳에 있는 부모들의 머릿속에서 사라지지 않았다.

대피 생활은 다행히도 오랫동안 지속되지 않았다. 다음번에는 언제 또 일어날지, 또 얼마나 계속될지 알 수 없다. 우리는 뉴올리언스에 살고, 옥타비아 북스도 이곳에 있다. 어떤 일이 일어나더라도 우리는 함께 헤쳐 나갈 것이라 믿는다.

마이클 티서랜드는 『지데코의 왕국(The Kingdom of Zydeco)』, 『사탕수수 학교: 어떻게 뉴올리언스의 교사와 태풍 피해를 입은 학생들이 기억에 남을 만한 학교를 만들었는가(Sugarcane Academy: How a New Orleans Teacher and His Storm-Struck Students Created a School to Remember)』의 저자다.

LUIS ALBERTO URREA
루이스 알베르토 유레아

앤더슨 북숍
일리노이주, 네이퍼빌

내가 살던 동네에는 서점이 없었다. 서점뿐만 아니라 도서관도 없었다. 국경과 가까운 바리오(스페인 또는 스페인어권 국가에서 도시의 한 구역을 일컫는 말)를 벗어나 작고 따분한 교외로 이사했을 때, 거기서 평범한 서점을 발견하는 기쁨을 누렸다.

서점은 슈퍼마켓 뒤로 늘어선 작은 점포들 사이에 있었다. 위쪽에는 이발소가 있었는데, 히피들이 무시하는 나이든 이발사가 매주 똑같은 할아버지 크루커트(아주 짧게 깎은 남자 머리 모양)로 이발을 해주었다. 그 옆에는 동전을 넣고 이용하는 세탁소가 있었다.

서점은 그런 가게 중 하나였는데, 이름이 아주 귀여웠다. 북 누크 오어 세컨드 타임 어라운드 오어 샐리스 리—리더스Book Nook or Second Time Around or Sally's Re-Readers. 이곳에는 문고판 중고 책이 아주 많았고, 몇 센트만 주면 살 수 있었다. 아니면 주인 샐리와 흥정해서 읽지 않는 책 한두 권과 바꿀 수도 있었다. 내게는 천국이었다. 우리 엄마는 쓸모 없어진 문고판을 잔뜩 내놓고 받은 신용전표(다음 물건 구입 시 사용할 수 있도록 현금 대신에 써 주는 전표)로 가득한 작은 플라스틱 상자를 가지고 있었다. 나는 그곳에서 존 D. 맥도날드John D. MacDonald의 『트래비스 맥기Travis McGee』를 찾았다. 그리고 엘모어 레너드Elmore Leonard도.

화려하지도 않지만 먼지 때문에 계속 재채기가 나는, 커피 자국으로 얼룩진 모든 코너는 마법 같았다. 사람들이 거들떠보지도 않는 시들이 꽂힌 낡은 책꽂이도 있었다. 예프젠코도 있었다! 장담하건대, 이는 본스 마켓 뒤에 숨어 있는 러시아인을 찾는 것만큼이나 놀라운 일이었다.

1982년에 보스턴으로 이사를 했는데, 사방에 서점이 널려 있었다. 나는 순식간에 모든 서점을 섭렵했다. 캠브리지, 서머빌, 월섬 등 보스턴에 있는 서점을 몽땅. 외딴 곳에 떨어진 서점에 가려고 지하철 레드 라인과 그린 라인에서 두 시간을 보내기도 했다. 아마도 어릴 적 책을 접하지 못했던 시간을 보충하려고 그랬던 것 같다.

그리고 놀랄 것도 없이, 나는 작가가 되었다. 책에 대한 모든 것이 신성하고 재미있고 자아를 충족시켜주었다. 이어서 내가 딴 박사 학위에 걸맞게 새로운 책들이 추가되었다. 나는 지하 선반학 박사였다.

그러다 많은 책을 내게 되었고, 이 책들은 다른 사람들이 좋아하는 여러 서점에 놓였다. 나는 투어를 했고, 전국에 있는 온갖 훌륭한 서점들을 방문하게 되었다. 인디애나주의 일부 사람들에게 보더스라는 새로운 책의 신세계가 알려지기 시작하던 그때야 비로소 나는 내 책을 팔아주는 건 독립 서적상이라는 것을 깨달았다. 나 같은 작가들한테는 이웃의 작은 서점들이야말로 나를 잘 모르고, 내 주제에 그다지 관심이 없는 독자들과 그나마 연결될 수 있는 유일한 방법이었다.

나는 그들이 사용하는 '직접 판매'라는 새로운 용어를 알게 되었으며, 차차 익숙해지게 되었다. 처음에는 한두 명이 오던 사인회에 여섯명, 일곱 명, 심지어 여덟 명까지 광적인 팬들이 찾아오게 되었다. 사람들이 몰려들다니! 그리고 직접 판매를 하는 직원들은 훌륭한 행사를 치르는 것처럼 행동하면서 그들에게 하이쿠 책이나 말하는 물고기에 관한 괴상한 유럽 책을 팔았다. 어쨌든 우리는 그 과정을 통해 많이 발전했고, 어려운 시기를 버텨냈다. 그 많던 소중한 공간들은 이제 텅텅 비었다. 나는 모든 사람이 책의 불모지에서 자라 이웃 서점들을 더욱 생각하게 되기를 바란다.

그런 다음 나는 시카고로 이사를 했다. 계획에 없던 일이었다. 원래 계획은 몇몇 달콤한 서점이 있는 로키 산맥 기슭으로 가족들을 불러올 생각이었다. 그런데 일리노이 대학교에 그만 정신을 뺏겨버렸다. 대학교가 나에게 종신직을 제안했던 것이다. 도시에서 글을 쓸 수 있다면?

예스! 잘릴 염려도 없는 직업이잖아? 나는 그곳으로 갔다.

얼마 뒤 우리는 네이퍼빌에 자석처럼 이끌렸다. 로키 산맥에서 40킬로미터나 더 가까웠다(나는 요즘 뭐든지 천천히 하고 있다).

이곳은 마을의 작은 보석이다. 사람들이 말하듯이 흐르는 강물 같은 곳이라고나 할까. 자신을 보안관이라고 생각하는지 살찐 야생 칠면조가 집을 둘러보면서 바늘 크기만 한 뇌를 방해하는 갓길 주차 차량을 꾸짖으며 돌아다니고, 옛 카우보이 건물과 중심가에 늘어선 나무에 불빛이 반짝이는, 내가 한 번도 가져보지 못한, 그 멋진 작은 시내에 있는 앤더슨 서점.

안으로 들어갔다. 너무 좋았다. 그곳에서 자주 많은 시간을 보냈다. 서점이 최고의 상을 받았을 때는 못내 자랑스러웠다. 미국 전역에서 행해지는 다양한 문학 행사에 베키 앤더슨Becky Anderson과 함께 갔다. 이들이 후원하는 수천 번의 사인회에 갔으며, 낭송회 전에 지하로 내려가 수많은 문학 영웅들을 만났다. 고마워요 베키.

그렇지만 이 이야기는 나에 대한 글이 아니다. 이 이야기는 내 딸에 대한 이야기다. 딸아이는 아장아장 걸을 때부터 앤더슨 서점에 드나들었다. 이것이 나에게 어떤 의미인 줄 아는가? 내 딸은 그 안에서 넘어지고, 책을 깨물며, 서점 앞쪽에 있는 나무 열차를 가지고 놀았다.

그것은 앤더슨의 서점에서 시작되었다. 딸애가 커다란 동물 인형과 기차에서 책꽂이에 관심을 돌리기까지는 그리 오랜 시간이 걸리지 않았다. 책들! 내 딸은 책을 발견했다. 그 애는 발음도 제대로 하지 못하면서 무서운 괴물 이야기를 좋아했다. 딸아이는 18개월 무렵에 급격하게 관심을 가지더니, 우리가 읽어주는 걸 듣고 기억한 뒤 책을 집어 들어서 우리에게 다시 읽어주었다. 큰 소리로, 완벽하게! 고마워요, 베키.

> ⌒
> 이곳은 마을의 작은 보석이다.
> 사람들이 말하듯이 흐르는 강물 같은 곳이라고나 할까.

내 딸은 이제 열두 살이다. 아이는 어린 시절을 칠면조와 나무와 앤더슨의 책꽂이 사이에서 보냈다. 나는 우리가 같이 들어갔던 책꽂이 코너로 그녀의 인생을 분류할 수 있다. 괴물 이야기책에 이어 『미스터 퓨터Mr. Putter』, 팝업, 『굿나이트 문Goodnight Moon』을 읽었다. 그리고 최초의 챕터북, 수시로 사건에 휘말리게 되는 4학년짜리 괴짜 여자아이에 관한 시리즈물, 『윔피 키드』와 『소름Goosebumps』 시리즈! 판타지 이야기! 『트와일라잇』! 캣니스 장편…… 서점의 어느 코너에 들어서더라도 아이는 화학자처럼 진지한 모습으로 주제와 표지 그림, 무게와 색상의 완벽한 조화를 찾으러 그 모든 책꽂이를 찬찬히 들여다보고 있다. 그녀를 위로 올라가게 해줄 마법의 계단을 만들면서.

내가 약간 감상적이 되어도 이해해주시길. 이제 우리는 그녀가 성인 코너로 이동해 주저주저하며 살펴보는 모습을 목격한다.

우리가 이번 주에 무엇을 했는지 아는가? 앤더슨 서점으로 가서 R.L. 스타인을 만났다. 딸아이는 뛸 듯이 기뻐했다. 마치 록 스타라도 만난 것처럼. 딸아이는 자기가 가장 좋아하는, 너덜너덜해진 괴물 이야기책을 들고 갔다. 둘은 즉시 런던탑이 얼마나 끔찍한지에 대해, 그리고 타워의 요소를 어떻게 딸애가 가지고 있는 너덜너덜한 괴물 이야기책에 집어넣었는지에 대해 열심히 토론을 했고, 딸애는 그 사실을 알고 있었다고 소리 질렀다. 딸애는 알고 있었다! 그리고 딸애는 R.L. 스타인이 정확하게 타워의 어떤 부분을 생각하고 있었는지 말했다.

내가 어렸을 때는 이것을 갖지 못했다.

고마워요, 베키.

루이스 알베르토 유레아는 『악마의 고속도로(The Devil's Highway)』, 『벌새의 딸(The Hummingbird's Daughter)』, 『아름다운 북부로(Into the Beautiful North)』 등을 쓴 작가다. 라난 문학상과 크리스토퍼상을 수상했으며, 전미 도서상, 키리야마상, 국립 라틴아메리카계 문화센터의 문학상, 서부지역 도서상, 콜로라도 도서상, 에드가상, 미국도서관협회의 우수 표창을 받았다. 그는 라틴 문학 명예의 전당에 이름이 올랐다.

ABRAHAM VERGHESE
아브라함 베르게스

프레이리 라이츠

아이오와주, 아이오와 시티

나는 1990년부터 1991년까지 아이오와 작가 워크숍에 참가했다. 나는 그때 많은 시간을 프레이리 라이츠에서 보냈고, 지금도 내 서가에 꽂혀 있는 숱한 책들은 그때 산 것이다. 게다가 그중 상당수는 그곳에서 오래 근속한 훌륭한 직원들이 "이거 꼭 읽으세요"라며 쥐어준 책들이다.

당시 서점을 소유하고 있던 짐 해리스^{Jim Harris}를 비롯하여 잰 와이즈

밀러^{Jan Weissmiller}, 폴 잉그램^{Paul Ingram}, 그리고 다른 많은 직원들은 우리의 감성을 형성시켜주었고, 특히 스스로도 자기 자신에 대한 믿음이 없었던 그 당시에 우리를 진지한 작가이며 위대한 잠재력을 가진 사람으로 대해주었다는 점에서 우리의 스승이라 할 수 있다.

프레이리 라이츠는 처음 갔을 때 12년 정도밖에 안 된 비교적 신생 서점이었다. 서점으로 가득한 마을에서 프레이리 라이츠는 새 책과 중고 책을 함께 팔며 작가 워크숍과 특별한 관계를 맺고 있었고, 험난한 여정을 이어가는 듯 보였다. 이때는 인터넷이 있기 전이었다(적어도 나에게는). 2008년에 NPR이 경제적 이유로 방송을 중단하기 전까지 서점은 여러 해 동안 WSUI의 줄리 잉글랜더^{Julie Englander}가 진행하던 주간 낭송회인 〈라이브 프롬 프레이리 라이츠〉를 이곳 2층에서 방송했다.

2010년, 《뉴욕타임스》 전면에 난 사진을 보고 나는 무척 뿌듯했다. 프레이리 라이츠의 새 주인인 잰 와이즈밀러가 오바마 대통령을 모시고 서점을 안내하고 있는 사진이었다. 오바마 대통령은 의료 보건 투어 도중 아이오와 시티 연설에서, 프레이리 라이츠 같은 사업체들이 어떻게 직원들의 건강보험을 들어주고 있는지 설명하면서 서점을 언급한 뒤 예정에도 없이 불쑥 방문한 것이었다.

나는 거의 매년 프레이리 라이츠를 기쁜 마음으로 방문하고 있다. 지금은 서점 규모가 더욱 커지고 웅장해졌다. 새로운 것은 온라인 방송(매주 열리는 낭송회를 스트리밍으로 방송해준다)과 2층에 멋진 커피숍이 생겼다는 것이다. 잰이 새롭게 알아낸 사실에 따르면 이곳은 1930년대부터 지역의 문학 모임이 있어왔던 곳으로, 칼 샌드버그^{Carl Sandburg}, 로버트 프로스트, 셔우드 앤더슨Sherwood Anderson, E.E. 커닝스 같은 작가들이 모였다고 한다.

변하지 않은 거라면 바로 서점이 가진 신비함의 핵심인 글에 대한 존중과 침묵이다. 여전히 '라이브 프롬 프레이리 라이츠'라는 이름으로 일주일에 너덧 번 열리는 낭송회에는 언제나 사람들로 가득하다. 주로 사오십 명이 모이며, 어떤 때는 100명까지 몰린다. 아이오와 시티 청중만 한 청중은 그 어디에도 없다. 이름만 대면, 어떤 작가든 서점

> 격정거리를 초월하여
> 예술로 바꿀 수 있는 장소를 상상할 필요가 있을 때마다
> 나는 이곳의 문을 열고 들어간다.

에서 바로 낭송회를 열 수 있다. 수잔 손탁Susan Sontag, 글로리아 스타이넘Gloria Steinem, 애니 프루Annie Proulx, J.M. 쿳시J.M. Coetzee, 캐서린 스토킷Kathryn Stockett, 시인 마크 스트랜드Mark Strand, 조리 그레이엄Jorie Graham, 갤웨이 킨넬Galway Kinnell 등등 셀 수 없이 많다. 또 한 번 감격스러웠던 일은, 2008년에 《USA 투데이》가 프레이리 라이츠를 '2008년 명소 서점'으로 선정했다는 것이다. 함께 선정된 서점으로는 포틀랜드의 파웰 북스토어, 워싱턴 D.C.의 폴리틱스 앤드 프로즈 북스토어, 뉴욕의 스트랜드, 샌프란시스코의 시티 라이츠 등이었다.

인구 7만 명이 사는 아이오와 시티의 작은 커뮤니티에 비해 프레이리 라이츠는 그 존재감이 크고 특별하며, 특히 지역사회에 깊숙이 관여하고 있다. 이러한 협력 작업은 짐 해리스가 1978년 서점을 샀을 때 그의 선견지명에서부터 시작되었다. 그때부터 시작된 이 전통은 잰과 세 권의 시집을 출판한 워크숍 졸업생 제인 메드가 2008년에 서점을 인수한 뒤에도 계속되고 있다. 프레이리 라이츠는 작가 워크숍과 연결되어 있을 뿐만 아니라, 이곳 의과대학 활동에도 깊이 관여하고 있다. 프레이리 라이츠는 아이오와 대학교 카버 의과대학의 '자기 성찰 컨퍼런스'를 지원하고 있다.

나는 언제나 프레이리 라이츠에서 낭송회를 하는 날을 꿈꿔왔다. 그리고 마침내 첫 번째 책 『나의 조국My Own Country』으로 그 순간을 맞이하자 목이 메었다. 이 공간에서 낭송회를 한다는 건 커다란 의미였다. 그것은 개인적 성취에 대한 확인 절차였고, 자신만의 서점이 있는 작가라면 누구라도 이해할 수 있는 일이었다. 나는 『커팅 포 스톤Cutting for Stone』으로 또 다시 낭송회를 가졌다.

독립 서점은 내 책의 성공에 지대한 영향을 미쳤고, 폴이나 잰이 퍼뜨리는 입소문은(이들이 좋아하는 책이라면) 거의 신드롬에 가까운 반응을 불러왔다. 온라인 리뷰와 비교할 때, 10년, 20년 이상 서점에서 일한 사람들의 신뢰도는 매우 막강하다. 이들은 매일 교정본을 읽고, 진짜로 좋은 책을 알아보는 능력이 있다. 서점을 방문할 때마다 나는 내 아이를 위해 책을 추천해주는 아동 서적 바이어 캐롤, 잰, 자신의 힘으로 명성을 쌓았고 워크숍에서 교수직을 받아야 마땅한 폴과 이야기를 나눈다. 폴은 언어학 학위를 따고 두 곳의 대학 서점에서 일을 한 후, 책과 함께하는 것이 자신의 삶임을 깨닫고 프레이리 라이츠로 와서 1989년부터 일한 사람이다.

나는 이들을 알게 되어서 너무 기쁘고, 또 겸허해진다. 비록 멀리 떨어져 있지만 평화로운 장소, 재미없는 일상의 지루함과는 거리가 먼 장소, 걱정거리를 초월하여 예술로 바꿀 수 있는 장소를 상상할 필요가 있을 때마다 나는 이곳의 문을 열고 들어간다. 미소 짓는 잰을, 나를 보고 기쁘게 맞이해주는 폴을 상상한다. 이곳이 천국인가? 아니, 프레이리 라이츠다.

아브라함 베르게스는 『나의 조국』, 『테니스 파트너(The Tennis Partner)』, 『커팅 포 스톤』의 저자다. 아이오와 작가 워크숍을 졸업했다. 《뉴요커》, 《뉴욕타임스》, 《월간 애틀랜틱》, 《에스콰이어》, 《그란타》, 《월스트리트 저널》 등에 그의 에세이와 단편들이 실렸다. 그는 캘리포니아주 팔로알토에 살고 있다.

AUDREY VERNICK
오드리 버닉

북 타운

뉴저지주, 매너스콴

나는 내 이야기의 배경에 별로 신경을 쓰지 않았다는 것을 안다. '무엇'
이나 '누구'처럼 '어디'는 그렇게 중요하지 않았다. 그래서 첫 번째 소
설을 세상에 처음 내보낼 때가 됐을 때, 배경이 무엇보다도 중요하다는
사실을 깨닫고 무척 놀랐다.

나는 매력적인 대로大路가 있는 고풍스러운 마을에 사는 사람들을 뭅

455

시 부러워했다. 내 이름을 불러주면서 반갑게 맞아주는 피자 가게, 내가 좋아할 만한 신간을 들고 주인이 계산대 뒤에 서 있는 서점, 문을 열고 들어서자마자 커피를 잔에 따라주는 커피숍이 있는 마을 말이다. 언젠가는 내 아이를 해변 근처에서 키울 것이라고 상상해왔다. 그곳엔 서핑용품을 파는 가게가 있고, 뒤쪽으로는 푸른 바다가 광활하게 펼쳐져 있다. 어렸을 때 그린 그림 속의 풍경이지만, 이 이미지는 어른이 된 내가 간절히 바라는 모습이기도 하다.

그렇지만 인생을 살면서 실제로 체결한 부동산 거래는 머리와 가슴이 계획한 방식과는 거의 상관이 없었다. 나는 이렇다 할 대로도 없는 교외 마을에서 살게 되었다. 삶은 우리의 기대를 방해하곤 한다. 때를 제대로 못 만난 이력을 가진 작가로서 나는 이것에 익숙해져야만 했다.

이번 소설의 론칭 행사는 유일하게 타이밍이 맞았던 경우였고(내 딸이 열두 살 때 출판된 사춘기 직전의 소녀를 위한 책), 나는 축하하고 싶었다. 그리고 진짜로 서점에서 행사를 해야 했고, 동네에 서점이 없는 축복받지 못한 사람이 해야 할 일을 했다. 나는 한 서점을 선택했다.

운 좋게도 북 타운은 내 선택을 기다리고 있었을 뿐만 아니라 그곳에서 일하는 사람들은 실제로 열성적인 듯 보였다. 나의 소설 『물 풍선 Water Balloon』을 론칭하기에 완벽한 장소였다.

이 행사를 더욱 절실하게 만들었던 것은, 나와 서점이 둘 다 모두 새내기로서 조심스럽게 책 홍보의 세계로 발을 들여놓고 있었다는 사실이었다. 북 타운은 새로 생긴 작은 서점이었으며, 이제 막 단골 고객 유치에 나서고 있었다. 우리의 합작 사업은 마치 다섯 살짜리 우리 아들이 처음으로 스쿨버스에 올라탈 때 또래인 친구가 내미는 손을 잡는 것과 같았다.

나는 매너스콴이 어디에 있는지 알았고 한두 번 간 적도 있지만, 그곳이 아이들의 마음을 끄는 마을인 것까지는 알지 못했다. 사실 먼저 깨달은 것은 나의 십대 아들이었다. 그곳에 사는 친구를 방문하면서 아이는 깊은 만족감을 느꼈다. 이것은 내가 아들의 별나고 익숙한 고향이 아들에게 제공해주기를 바라는 감정이었다.

북 타운은 하나의 멋진 소우주다. 뉴저지주의 매너스콴이 가질 수 있는 온갖 멋진 모습을 작은 소매 공간에 축소해놓았다고나 할까. 서점은 방대한 분량의 책을 보유해두지 않는다. 그래서 서점을 둘러볼 때는 마치 가장 똑똑하고 재미있는 친구의 잘 정돈된 서가를 둘러보는 느낌을 받는다. '아, 나 저 책 읽고 싶었는데!' '아, 나 저 책 읽었어! 진짜 좋아했는데!' 딱 이런 느낌이다. 놀랍게도 주인 리타 마지오Rita Maggio가 고용한 직원들은 내가 실제로 책을 원할 때만 나타나 도와주는 거의 마법사같이 놀라운 능력을 지녔다.

이것은 우연이 아니다. 만약 리타가 매너스콴을 어떻게 생각하고 있는지를 그려본다면 그녀의 서점이 바로 그 모습 같을 것이다. 그녀는 빵집에서 나는 빵 굽는 냄새가 지나가는 사람들에게 영향을 미치는 것과 같은 방식으로, 서점도 그 따뜻함을 전달해야 한다는 것을 알고 있다. 그녀는 모든 마을이 좋은 서점을 가져야 할 권리가 있다고 믿는다. 그렇지만 북 타운은 좋은 서점 그 이상이다. 론칭 행사에 앞서 몇 주 동안, 우리는 가족처럼 함께 의논했다. 서로의 아이디어를 덧붙이고 절충해 우리 모두를 들뜨게 하는 뭔가를 만들었다.

그날 저녁, 우리는 스파클링 사이다와 집에서 만든 쿠키로 축하했다. 쿠키는 풍선 모양으로 만들려고 했지만 통통한 물고기처럼 보였다. 나의 편집자는 풍선으로 만든 부케를 선물로 보내왔다. 소녀 취향의 상품도 마련되어 있었다. 결국 이 상품은 전혀 소녀스럽지 않은 열다섯 살짜리 내 아들 친구에게 돌아갔다. 남자아이에게 말이다. 그날 밤을 떠올리면 눈앞에 온통 노란색 불빛이 반짝인다. 사실을 확인하기 위해 사진을 살펴보지는 않았지만 그게 문제가 되진 않는다. 어디까지나 나의 이야기이고, 나의 배경이니까.

북 타운은 하나의 멋진 소우주다.

모임의 시간이 끝나고 낭송회가 시작되려 할 때 리타는 청중들에게 나를 소개했다. 그녀는 분명히 나의 책을 읽었다. 이것은 나를 놀라게 하기에 충분했다. 책은 갓 나온 신간이었고, 나의 작가 친구, 에이전트, 출판사의 직원들 외에는 그 어떤 사람에게서도 책에 대한 이야기를 들어본 적이 없었다. 그녀는 나라도 책을 사서 읽고 싶은 마음이 들게 설명했다. 북 타운 같은 서점의 책꽂이에서 찾아야 하는 책, 참하고 책을 많이 읽는 소녀의 가방에서 찾을 수 있는 책처럼 설명했다. 매우 감동적이었고, 나를 겸허하게 만드는 순간이었다.

첫 번째 챕터를 읽는 도중 고개를 들어 노란 불빛으로 가득한 아름다운 서점을 쳐다봤다. 그곳은 나의 가족, 친구들, 아들의 친구들, 딸의 친구들과 그들의 교사들로 가득 차 있었다. 그리고 어른들과 사춘기 직전의 소녀들 같은 다른 청중도 있었다. 북 타운 친구들 말이다. 나와 내 책에 대해 잘 모르는 사람들이지만 낭송회에 와서 나를 축하해준 것이다.

북 타운은 이 독특한 작은 마을의 메인 스트리트에 있는 매력적인 서점이다. 따뜻하고 마음이 푸근해지는 지역사회의 심장이다. 스스로 이서점을 선택하고 마치 자신의 서점인 양 사랑하는 한 초짜 소설가를 구성원들이 모두 전폭적으로 지지해주는 바로 그런 종류의 서점이다.

오드리 버닉이 작가로서 가장 행복해 하는 순간은 책 주인공을 배가 뿔록 나온 돼지로 할 것인지 아니면 네모난 입을 가진 하마로 할 것인지에 대해 편집장과 진지한 대화를 나눌 때다. 그녀는 논픽션 『타석에 선 형제들(Brothers at Bat)』, 『너의 버펄로가 유치원에 갈 준비가 되었니?(Is Your Buffalo Ready for Kindergarten?)』, 8~12세 아이들을 위한 소설 『물 풍선』 등 많은 그림책을 썼다. 또한 성인을 위한 단편 소설도 출판했다. 그녀는 사라 로렌스 칼리지에서 예술학 석사 학위를 받았고, 뉴저지주위원회 펠로우십을 두 번 받았다. 그녀는 남편과 아들, 딸과 함께 해변에서 산다.

MATT WEILAND
매트 웨일랜드

그린라이트 북스토어

뉴욕주, 브루클린

빛

(에드가 리 마스터스, 로저 에인절, 비스티 보이즈에게 사죄하며)

외로운 사람, 말 많은 사람, 임대료 통제 대상은 어디 있지?

시끄러운 사람, 브루클린 사람, 순수한 마음은 어디 있지?

술 취한 사람, 거리의 악사, 밤의 순찰 경찰은?
모두, 모두 그린라이트에서 구경하고 있다.

어떤 이는 G열차를, 다른 이는 C열차를 타고 온다.
어떤 이는 코니에서 콜택시를 타고 온다.
어떤 사람은 택시를 타고, 또 어떤 사람은 버스를 타고 온다.
어떤 사람은 잔뜩 녹이 슨 오토바이를 몰고 온다.
어떤 사람은 가게 웹사이트에서 지도를 찾는다.
모두, 모두 그린라이트에서 구경하고 있다.

수줍은 소녀, 잘나가는 소녀, 다섯 살이 넘은 남자아이는 어디 있지?
아장아장 걷는 아기, 신생아, 아직 태어나지 않은 아이는?
위플볼을 가진 십대, 연을 들고 있는 아이.
모두, 모두 그린라이트에서 구경하고 있다.

어떤 이는 메이지와 함께 차를 끓이고 있다.
그녀의 친구가 곰에게 읽어주는 동안
어떤 이는 욕실 옆에서 "내! 내 속옷!"이라고 말한다.
어떤 이는 매대 주변에서 닥터 수스 책을 빙빙 돌리고 있다.
어떤 이는 모 윌렘스의 문고판을 찾고 있다.
어떤 이는 베이글 딜라이트의 모든 것을 물어뜯고 있다.
모두, 모두 그린라이트에서 구경하고 있다.

네이선 잉글랜더와 줌파 라히리는 어디 있지?

시리에게 속삭이는 여름 인턴은 어디 있지?

제니퍼 이건과 사샤 프레레 존스는 어디 있지?

축구 코치는 어디 있지? 원뿔형 표지 땜에 늦나?

댄 제인스와 댄 야카리노는 어디 있지?

피노의 대형 포도주병을 든 그린 그레이프에서 온 남자는 어디 있지?

에이미 월드먼과 넓은 라펠 칼라의 옷을 입은 투레는 어디 있지?

티나 페이를 읽고 있는 비쩍 마른 디자이너는 어디 있지?

조니 템플과 메간 오룩은 어디 있지?

SF광, 개조되지 않은 얼간이는 어디 있지?

제니퍼 이건과 제임스 하나햄은 어디 있지?

숀 위슬리와 콜손 화이트헤드는 어디 있지?

거리의 행동 양식을 갈망하는 맨해튼 사람들은 어디 있지?

백일몽을 꿈꾸는 댄서, 반짝 빛나는 라임라이트.

모두, 모두 그린라이트에서 구경하고 있다.

어떤 이는 새로운 양장본 소설이 가득한 책꽂이를 둘러보고 있다.

어떤 이는 고통을 떨쳐내려 가게를 재빠르게 걷는다.

어떤 이는 지난 주 유대교회에서 본 남자에게 말을 건넨다.

어떤 이는 흑인 농부 출신의 여자와 시시덕댄다.

어떤 이는 한 블록 떨어진 낮 레이스에서 페퍼로니 피자 한 조각을 낚아챘다.

얼굴이 빨갛게 달아오른 그의 여자 친구는 『그레이의 50가지 그림자』를 사고 있다.

이곳은 점차 붐비고 있어, 서점은 정말 볼 만해.

모두, 모두 그린라이트에서 구경하고 있다.

희끗희끗한 비둘기와 용감한 작은 다람쥐는 어디 있지?

그 놀라운 비지 벽화를 그린 남자는 어디 있지?

자기가 아우구스투스 황제라고 생각하는 거리의 천재는 어디 있지?

사회 정의를 위한 블랙 베테랑은 어디 있지?

페케냐와 아바나에서 온 수셰프는 어디 있지?

보스턴과 애틀랜타에서 온 관광객들은 어디 있지?

롤플레잉 게이머들, 엘프, 수도승, 기사.

모두, 모두 그린라이트에서 구경하고 있다.

어떤 이는 『말괄량이 길들이기』를 훑어보고 있다.

어떤 이는 요리책 코너를 지나면서 스모크 조인트 바비큐를 생각한다.

어떤 이는 『달려라, 토끼』를 비롯한 업다이크 초기작을 사간다.

그는 미래 $n+1$을 위한 에세이를 쓸 수 있겠지.

정말 이곳엔 사람이 많아지고 있어. 갑갑한 기분이 들기 시작해.

모두, 모두 그린라이트에서 구경하고 있다.

브렛, 엘리노어, 알렉시스, 젊은 조는 어디 있지?

Z—O로 끝나는 성을 가진 작은 아이는 어디 있지?

제시카와 레베카, 몽상가와 비탄에 빠지지 않는 사람들은 어디 있지?

성공한 사람, 파트너, 주인들은 어디 있지?

다 여기 있네, "와!"라고 말하며.

앨리스 트릴린같이 사기가 충천하여 구경하고 있는 사람들.

모든 출판사, 아주 작은 출판사에서 나온 책들도 있어.

빵 굽기, 분재, 자선, 체스에 관한 책들.

창문 아래 있는 책들, 문 뒤에 놓인 책들.

천장까지 닿는 책들, 바닥 아래 있는 책들.

모든 관심사와 흥밋거리를 위한 책들, 목적에 맞는 책들.

모두가 풀턴 686번지에 있는 서점에서 우리가 둘러보고 있는 책들이야.

이곳엔 사람들이 가득 찼어. 그렇지만 언제나 기분 좋지.

모두, 모두 그린라이트에서 구경하고 있다.

매트 웨일랜드는 W.W. 노턴 앤드 컴퍼니의 편집차장이다. 그는 또한 에코, 그란타, 파리 리뷰, 배플러, 공영 라디오에서도 일한다. 그는 숀 위슬리와 함께 『주에서 주로: 파노라마와 같은 미국의 풍경(State by State: A Panoramic Portrait of America)』을 편집했다. 그는 미니애폴리스 출신으로, 현재는 아내와 아들과 함께 브루클린에서 살고 있다.

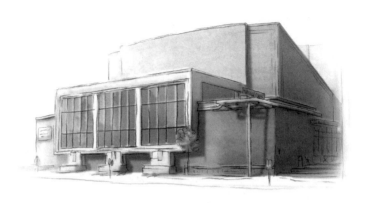

STEPHEN WHITE
스티븐 화이트

태터드 커버 북스토어
콜로라도주, 덴버

'비밀은 세 사람 중 두 사람이 죽었을 때만 지켜질 수 있다.' 또는 둘 중 한 명이 입 밖에 내지 않은 말의 가치를 알고 있는 서적상이거나.

이 속담은 벤자민 프랭클린Benjamin Franklin이 한 말이다. 그 옆에 달린 어색한 조건은 내가 한 말이다. 몇 년 전, 덴버에 살고 있는 책을 사랑하는 수천 명의 사람들이 테터드 커버와 사랑에 빠진 방식으로 나도 테터드 커버와 사랑에 빠졌을 때, 나는 망할 놈의 비밀을 지킬 수 있는 훌륭한 서점이 필요하게 될 날이 오리라고는 상상도 못했다.

그렇지만 그날은 왔고, 테터드는 나를 실망시키지 않았다.

테터드가 나를 실망시키지 않은 이유는 조이스 메스키스^{Joyce Meskis} 때문이었다. 당시엔 그녀를 알지 못했다. 조이스는 책을 판매하고, 고객을 대하는 올바른 방법이 있다는 것을 믿었다. 그녀는 자신의 비전을 안내하는 서적 판매에 대한 원칙을 가지고 있었고, 이 원칙을 지키기 위해 최선을 다하고자 굳은 결심을 했다.

솔직히 말해볼까? 1970년대 세컨드 애비뉴^{Second Avenue} 북쪽에 있던 본점의 단골이 되었을 때, 주인의 비전이나 원칙 따위는 내 눈에 들어오지도 않았다. 그녀가 만들어낸 서점, 내가 책을 바라보며 계단에 몇 시간이고 앉아 시간을 보낼 수 있는 장소가 그저 좋았을 뿐이다.

조이스는 내게 조금만 앉아 있을 자리를 만들어 달라고 요청해야 하는 그런 사람 중 한 명이었다.

아마도 내 이름을 기억할 사람이 많지 않겠지만(내 첫 번째 편집자는 나에게 필명으로 태어날 불운한 운명을 가졌다고 말했다) 나는 스무 권이나 되는 소설과 몇 편의 시나리오, 한 편의 단편 소설, 몇 편의 에세이를 썼다.

그렇지만 나의 첫 번째 소설이 테터드의 책꽂이에 꽂히기 훨씬 전인 성년 시절 대부분에 나는 책에 매료되어 있었다. 덴버에서 책을 사랑한다는 의미는 테터드 커버에 어느 정도 빠져 있다는 소리다.

글쓰기는 내 일생의 목표가 아니었다. 이 열망은 늦게 찾아왔다. 내 글쓰기 작업은 비밀리에 시작되었다. 아내는 그 사실을 알았고, 아장아장 걷기 시작한 내 아들도 저만의 방식으로 알고 있었다. 그렇지만 이게 다였다. 페이지가 늘어나고 나의 노력이 어딘지 모르게 어떤 원고처럼 보이기 시작했을 때, 나는 마침내 내가 책을 쓰고 있으며 결정적으로 꿈이 생겼다는 것을 인정했다. 그러나 소설을 출판하고 글을 써서 생계를 유지하는 것은 판타지처럼 느껴졌고, 어떨 때는 죄악처럼 느껴졌다. 개업한 심리학자로서, 나는 죄악에 대해서라면 스스로 증거를 챙길 만큼 충분히 알고 있었다.

나는 작가 컨퍼런스와 작가 그룹, 문예 창작 수업 따윈 아예 무시했다. 대신, 창작과 실전에 대한 무지를 떨쳐버리기 위해 독학으로 글쓰는 법을 배우기로 했다. 이것은 어렸을 때 아버지가 나와 내 형제들을 중고 책 서점에 거의 끌고 가다시피 한 이래로 모든 것에 대해 배웠던 방식이었다.

나는 읽었다.

소설에 오랫동안 중독되었고, 그렇게도 갈망하던 창작의 경이로운 측면에 대해서는 만족할 만한 이력이 쌓였다고 장담할 수 있게 되었다. 그런데 실전은 어떤가? 어떻게 해야 주로 뉴욕을 중심으로 진행되는 출판사와 출판 에이전트의 세계에 들어갈 수 있을까?

만약 누군가가 나와 같은 욕구(아니면 지식이나 길잡이, 지혜 또는 영감, 반성, 도피 등 문학이 제공할 수 있는 어떤 것을 필요로 하는 욕구)를 가졌다면, 덴버의 태터드 커버 같은 서점 안에서 지낼 수 있는 멋진 행운을 가졌기를 빈다.

나의 손끝은 이전에 살았던 모든 위대한 작가의 걸작 소설들뿐 아니라 그렇게 위대하지는 않지만 문제 소설이라고 평가받는 작품들을 모두 원하고 있었다. 태터드 커버에는 이 모든 것이 있었다. 나를 위해.

사업적 측면에서 나는 많은 '어떻게' 시리즈(~출판을 할 것인가, ~소설을 쓸 것인가, ~계약을 할 것인가, ~커버 레터를 쓸 것인가)와 회고록, 자서전류를 읽고 싶어졌고, 실제로 읽었다.

테터드에 모두 있었다.

또한 나는 단지 며칠, 몇 주 전에 출판된 최신 조언이나 가장 참신한 상담 외에도, 예를 들어 피츠제럴드 이래로 작가가 작가에게 해주는 모든 조언들도 필요했다. 1989년 당시에는 인터넷에 자료가 없었다. 내가 필요로 하는 책들은 모두 어딘가 재고로 있을 터였다. 당장 읽을 수 있도록 눈에 잘 띄는 책꽂이에. 그래서 나는 이 책들을 찾아다니기 시작했고, 읽고 내 것으로 만들었다.

역시 태터드가 이 일을 도와주었다.

나의 중독을 채워준 아편굴은 작은 책꽂이였다. 가로 세로 1미터 정도밖에 안 되는 책꽂이였는데, 꼭대기 층의 승강기와 화장실 사이에, 비장르 소설이 끝도 없이 꽂혀 있던 책꽂이 건너편에 있었다. 이곳, 나의 알코브에는 종이 판지로 '글쓰기'라고 표시되어 있었다. 나에게는 '꿈꾸기'로 불려도 좋을 정도였다.

태터드에서 보낸 삶의 시기는 벽에서 벽까지, 바닥부터 천장까지 책으로 가득한 4층짜리 백화점으로 채운 여행 일정표였다. 서점은 매우 컸지만 절대 크게 느껴지지 않았고, 주말이나 사인회, 휴가철에는 오히려 비좁게 느껴지곤 했다.

태터드는 그즈음 훌륭한 서점이 되어 있었다. 아무도, 심지어 조이스 메스키스조차도 태터드가 훌륭한 서점이 되기를 굳이 바라지 않았지만 웬일인지 덴버에서 서점 이상의 것이 되어 있었다. 지역 주민들에게는 태터드 커버가 정신적 지주이자, 목적지이자, 심지어 어떤 기관의 역할 까지도 했다. 퍼스트 애비뉴에 있는 태터드가 마을의 광장이자 주민회 관이 된 것이다. 20년 동안 이 크고 영광스러운 태터드는 지역의 심장 을 뛰게 만들었다.

우리는 서점에 많은 것을 요구했다. 그 무렵 태터드 커버로부터 오랫 동안 충분히 누려오고 있었음에도 조이스의 서점에 더 많은 것을 기대 하게 되었다.

비좁았던 첫 번째 장소에서 이사한 지 몇 년 지나지 않았는데도 태터 드는 마치 발이 너무 커진 십대가 잘 맞던 신발을 간신히 발만 꿰고 질 질 끄는 것처럼 너무 빨리 성장했기 때문에, 세컨드 애비뉴 건너편에 있는 더 널찍한 반지하 가게로 다시 이사를 가야 했다. 그리고 나서 한 블록 건너에 있는 성채로 이사했다.

장소는 바뀌었지만 태터드의 많은 것들은 변하지 않고 남아 있다.

분명히 북마크라고 할 수 있다.

보유 서적의 규모도 커졌지만 언제나 적절하게 느껴졌다.

태터드 커버의 카펫은 초록색이다. 초록색은 영국적이라기보다는 켈 트적이고, 대담하다기보다는 따뜻하게 느껴지는 색이다. 봄의 초록색 이 아니다. 태터드에서 책을 들고 앉아 있노라면 여름에서 가을로 넘어가는 기분이 든다.

책꽂이는 어떤가. 태터드에는 독특하고 어두운 색깔의 옹이가 많은 송판으로 짠 책꽂이가 머리 한참 위까지 이어지고 있다. 책꽂이 일부는 벽을 따라 서 있고, 어떤 것들은 일렬로 서 있어 초록색 바다에 섬을 이루고 있다. 대부분 끝과 끝이 맞닿아 있거나 통로를 만들며 직각으로 꺾여 있다. 이렇게 난 길은 넓은 막다른 골목에서 끊기거나, 책으로 가득한 옥수수 밭 미로같이 구불구불하다.

또, 변치 않고 남아 있는 것? 그렇다. 태터드에서는 넘어지지 않도록 조심해야 한다.

태터드라는 예측불가능성은 특정한 섹션을 찾을 때 기억력이나 숙련된 가이드 또는 잘 그려진 지도가 필요하다는 것을 의미한다. 그렇지만 설령 길을 잃더라도 발견의 즐거움을 맛볼 수 있다. 일부러 그런 것처럼 발견 자체가 보상이 된다.

오래전 서점들마다 고객들이 편안하게 서점을 둘러볼 수 있는 분위기를 조성하는 것이 유행이었을 때, 태터드는 편안하게 숨을 수 있는 아늑한 공간을 제공했다. 푹신푹신한 의자도 많았고, 아이들과 나란히 앉아 책을 읽어 줄 수도 있는 낡은 소파가 줄지어 놓여 있었다.

이것은 모두 조이스가 생각한 비전의 일부였다.

이 비전을 실행한 직원들도 마찬가지였다. 태터드 커버의 직원들은 카펫이나 책꽂이만큼 나에게 친숙해졌다. 서점이 이사를 해도, 세월이 바뀌어도 서비스는 그대로였다. 분명히 직원들은 나를 단골로 여길 것이다. 그 무수한 익명의 태터드 단골 중 한 명으로.

직원들에 대해 알아낸 것은 복잡하지 않다. 이들은 내가 읽은 것보다 더 많이 읽었다. 즉, 이들은 엄청나게 많이 읽는다는 뜻이다. 질문이 있거나 안내를 받으려고 매장에 서서 직원의 관심을 끌어보라. 그 어떤 직원이라도 참을성 있게 이야기를 들어줄 것이다. 당신을 위해 적극적으로 책을 찾아줄 것이다. 최근에 어떤 책을 좋아했는지 물어보고, 자신들이 좋아하는 책에 대해 열정적으로 말해줄 것이다.

작가가 되고 싶다는 내 꿈이 작가가 되겠다는 결심으로 바뀐 것도 태터드에서였다.

> 그날 내가 엿들은 것의 핵심은 구입하는 책에 대한
> 확인이 아니라 그 중간 중간 샛길로 빠지는
> 대목에 있었다. 책에 대한 사랑에 집중하고 있던 순간
> 두 사람 사이에 오고 갔던 그 빛나던 대화에.

내 손에 몇 권의 책이 있었고, 태터드 커버의 1층에서 2층으로 이어지는 넓은 계단의 가장자리에 서 있었다. 멀지 않은 곳에서 송판 난간 사이로 여러 차례 봐온 여직원과 내가 모르는 어떤 남자가 내가 모르는 어떤 것에 대해 이야기하는 소리가 들렸다. 무례했지만 나도 모르게 그 얘기에 빨려 들어갔다.

그들의 대화는 비밀스러울 것도 없었다. 태터드의 그 커다란 계단은 덴버에서 비밀을 지킬 만한 장소는 아니었다. 이곳은 마을에서 책을 좋

아하는 사람, 책을 사랑하는 사람을 아는 사람, 책을 좋아하는 아이를 기르는 사람, 책을 좋아하는 사람을 지적으로든 세속적으로든 너무 좋아하는 사람을 위한 메인 스트리트인 것이다.

대화를 하고 있던 여성은 태터드의 '바이어'였다. 남자는 랜덤하우스 출판사의 '대리인'이었다. 그는 가을에 새로 나올 책을 팔고 있었다. 그녀는 태터드의 끝도 없는 책꽂이를 채우기 위해 새 책을 사는 중이었다. 나는 당시 책 출판이나 서적 판매 같은 것은 잘 몰랐지만, 이러한 무지가 걱정되지는 않았다. 나는 태터드에서 제공하는 추천 도서 목록에 따라 책을 집에다 모아놓고 있었다. 나는 상세 내역을 살펴볼 수도 있다.

이 즉석 만남은 강매가 아니었다. 바이어는 대리인이 파는 모든 책을 다 사는 듯했다. 그렇다. 그는 그녀의 주문을 받아 적었지만 이들의 대화는 책을 사고파는 거래만이 전부는 아닌 것 같았다.

그것은 책에 관한 것이었다. 그리고 작가에 관한 것. 새로 나온 책들에 대한 그의 흥분, 막 읽은 책에 대한 그녀의 기쁨, 다른 출판사에서 나온 교정본이 그녀가 침대 옆에 쌓아놓은 책들 맨 위에 있다는 것, 그녀가 손꼽아 기다렸다는 그 책, 그녀에게 다음에 꼭 읽어보라는 그의 설득.

그날 내가 엿들은 것의 핵심은 구입하는 책에 대한 확인이 아니라 그 중간중간 샛길로 빠지는 대목에 있었다. 책에 대한 사랑에 집중하고 있던 순간 두 사람 사이에 오고갔던 그 빛나던 대화에.

이때가 나의 꿈이 결심으로 바뀐 날이다. 작가가 되기 위해서는, 책의 세계, 즉 태터드 커버 같은 장소를 포함한 세계의 회원증을 얻기 위해서는, 이들이 책을 사랑하는 만큼 나 또한 책을 사랑하는 사람들 안에서 무엇이라도 해야 한다는 것을 깨닫게 된 날이다.

그렇지만 당시 작가가 될 거라는 꿈을 아직 밝힐 준비가 되어 있지 않았다. 계약을 하고서 책을 내기 전까지는. 그리고 그 열망에 대한 망할 놈의 비밀을 지킬 수 있는 서점이 필요하다는 이유가 나를 다시 태터드로 들어서게 했다.

그 누구라도 태터드의 계산대에 있는 어느 직원에게 책을 가지고 가면, 확고한 자신의 의견을 갖고 있으며 기대 이상으로 지식이 풍부하고, 책을 사랑하는 직원은 책의 제목이 무엇이든 이에 대해 입을 다물 것이다.

태터드 계산대의 낯익은 직원은 내가 산 책에 대해 어떠한 의견도 건네지 않는다. 내가 미시시피 서부에 존재할 수 있는 가장 유명한 작가들이 쓴 가장 포괄적인 장서 컬렉션을 모으고 있는 것을 설령 알아챘다 하더라도(분명 이들은 알아챘다) 이들은 나의 계획을 알고 있다는 것에 대해 일언반구도 없다.

"글쓰기에 관심이 있으세요?"라고 절대로 묻지 않는다. 한 번도.

"어떤 걸 출판하고 싶으세요? 소설? 논픽션?"이라고 절대 묻지 않는다. 단 한 번도.

다른 고객들에게도 마찬가지다. 사는 책이 아기 이름이나 발기부전에 관한 책이든, 레즈비언 에로티카의 역사에 관한 것이든 노코멘트다.

그리샴의 최신작이든, 벨로우의 초기 작품이든 역시 노코멘트다.

언제든 당신의 욕망이, 당신의 욕구가 계산대에 있는 직원에게 변화를 일으켰다 해도 당신은 알아채지 못할 것이다. 이들의 입을 통해서는 말이다. 이들의 눈을 통해서는 말이다. 태터드의 문으로 당신을 이끈 호기심, 아니면 둘러보면서 생긴 호기심은 태터드 커버가 맡아두고 있다.

초록색 카펫이 깔려 있고 편안한 의자와 소나무 원목 책꽂이가 있는 서점에서 책을 산다는 행위는 공모자와의 속삭임이나 사제 또는 랍비와 공유하는 비밀만큼 특별한 것이다.

올바른 방식으로 책을 파는 조이스 메스키스의 원칙은 어떤 고객이라도 사려는 책을 계산대로 가지고 오는 데 일말의 망설임도 느끼지 말아야 한다는 것이다. 그 어떤 책이라도.

그녀의 원칙은 얼마나 신성불가침한가! 구매 내역을 밝히라는 정부에 대해 항의했던 조이스 메스키스는 고객의 사생활에 대한 권리를 보호하기 위하여 법정에 나섰다.

나는 태터드에서 아무런 코멘트도 없이 거래가 이루어진다는 것에 대해 99퍼센트의 고객이 신경 쓰지 않거나 이를 알지 못했을 것이라 생각한다. 그러면 1퍼센트는? 이들은 신경을 쓴다.

그녀의 서점에 들어오는 고객 모두의 요구를 충족시키는 것은 올바른 방식으로 책을 판다는 조이스의 원칙 중 일부이다.

우리는 태터드가 이 시대 최고의 서점인가에 대해 논쟁을 벌일 수도 있다(한두 개, 또는 대여섯 개의 서점에 대해 좋게 말할 준비가 되어 있지만, 내게 단 하나만을 고르라고 하면 답하지 않을 것이다). 그러나 나는 논쟁에서 지지 않을 자신이 있다. 현재 태터드와 어깨를 나란히 하는 많은 독립 서점이 있으며 각각은 고유한 매력을 발산한다. 사람들이 태터드와 비교 대상으로 거론하는 쟁쟁한 독립 서점의 목록만 보아도 태터드의 명성이 단지 전설이 아니라는 것을 증명해준다.

그렇지만 올바른 방식으로 책을 파는 데 대한 가장 확고한 비전을 지닌 서적상, 위대한 역할 모델로 가득한 업계에서 가장 원칙적인 서적상, 우리의 생에서 가장 영향력 있는 서적상에 대한 토론은?

이들 토론은 조이스 메스키스와 그녀의 태터드 커버에서 시작된다.

덴버에 오거든 한번 들러보라. 시간을 내어 둘러보라. 논란이 될 만한 책 한 권을 골라보라.

그 책은 당신의 비밀이 될 것이다.

스티븐 화이트는 《뉴욕타임스》 베스트셀러 작가로, 여러 권의 범죄 소설을 썼다. 태터드 커버는 그의 이웃에 있는 서점이다. 정말 멋지지 않은가?

JOAN WICKERSHAM
조앤 위커셤

토드스툴 북숍

뉴햄프셔주, 피터버러

서점에 관한 한 나는 일부다처제다. 들르는 서점마다 사랑에 빠진다. 흑인도 사랑하고 백인도 사랑하며, 젊은 여성도 사랑하고 늙은 여성도 사랑하는 모차르트의 돈 조반니처럼 나는 서점이 유혹하는 수만 가지 방식에 여지없이 무너지고 만다. 예를 들어, 떨이 책으로 가득한 지하실, 벽난로, 강이 내려다보이는 창문, 이전에는 전혀 몰랐던 책에 눈을 뜨게 해주는 테이블 진열, 몇 년 동안 찾으려고 헤매던 책을 발견한 중고 책으로 가득한 작고 기괴한 방 등. 그렇지만 뉴햄프셔주의 피터버러에 있는 토드스툴 북숍에 특별한 마음을 가지고 있다는 사실을 고백해야겠다.

토드스툴은 크고, 구불구불하다.

이곳에는 신간만 비치하는 방이 따로 있다. 또 다른 방은 넓고 으슥하며, 독특한 중고 책만 판다. 세 번째 방은 약간 작은 방으로 CD와 영화 필름으로 가득하다.

이곳에는 책을 파는 공간과 분리된 곳에 카페가 자리하고 있다. 그래서 책을 둘러보는 사람이 수프를 먹는 사람들을 방해한다는 느낌이 들거나 그 반대의 경우가 다반사인 번잡스런 서점 겸 카페의 상황을 피할 수 있다.

이곳은 사람들을 따뜻하게 맞아주는 분위기가 있고, 흥미로우며 지치게 만들지 않는다. 이곳에서 얼마나 오래 시간을 보냈든 다음번에 올 때는 더 오래 있겠다고 다짐하며 떠나게 된다.

이러한 자산들만으로도 충분히 사랑받을 만하지만, 내가 토드스툴과 사랑에 빠진 결정적인 이유는 이곳이 맥도웰 콜로니MacDowell Colony(1907년에 만들어진 예술가들을 위한 군락) 바로 아래쪽에 있어서 맥도웰에서 글을 쓰며 보냈던 행복한 시간과 결부되어 있기 때문이다.

맥도웰에서 보낸 시간은 완벽한 고독과 절대적인 자유의 시간이었다. 그곳에서는 스튜디오와 식사, 숙박 공간이 주어진다. 그곳에서 보내는 시간은 각자 원하는 대로 계획하여 쓸 수 있다. 2004년 가을, 처음 맥도웰에 들어갔을 때 나는 아침 일찍 일어나서 스튜디오까지 걸어가 차를 끓인 다음, 음악을 들으며 태양이 뜨기 전에 작업을 했다. 글쓰기는 이전과는 다른 방식으로 시작되었다. 오후가 되면, 나는 흥분되기도 하고 지치기도 하여 쉬는 시간을 가졌다. 그리고 언덕을 내려가 피터버러에 가서 언제나 변함없이 토드스툴로 들어갔다.

때는 11월이었고, 크리스마스 선물로 줄 책을 많이 샀던 기억이 난다. 그리고 어나너머스 포Anonymous 4의 〈웰컴 율Wolcum Yule〉이라는 CD를 샀다. 이 CD는 조용하고 소박한 옛 캐럴을 모은 앨범으로, 스튜디오에서 끊임없이 들었다. 소설과 자서전으로 가득한 토드스툴의 책꽂이가 유혹적이기는 했어도 나 자신을 위한 책은 한 권도 사본 적이 없다. 내 글이 나에게 말하는 소리만 들었다. 다른 작가의 집착과 억양에까지 귀 기울일 여유가 없었던 것이다. 서점은 책으로 가득했고, 풍요로웠으며, 매력적이었다. 나는 토드스툴과 사랑에 빠졌지만 너무 깊게 빠져들지 않도록 조심했다. 우리는 서로 갈망하는 눈빛을 보냈지만 타이밍이 맞지 않았다는 사실을 인정했다.

맥도웰에서의 생활이 끝나고 집으로 돌아갔지만 토드스툴을 잊을 수가 없었다. 나는 특히 서점을 열렬히 사랑하는 십대 아들에게 마치 실낙원이라도 되는 듯이 토드스툴에 대해 이야기했다. 아들은 그 당시 푹 빠져 있던 작가 데이비드 구디스David Goodis와 체스터 하임즈Chester Himes 이야기를 꺼냈고, 나는 "토드스툴의 중고 책 코너에서 더 많은 책을 찾을 수 있을 거야"라고 말하곤 했다. 마침내 어느 날 아침, 우리는 차에 올라 피터버러로 향했다. 그렇게 김칫국부터 마셔댔으니 토드스툴에 실망했을 법도 한데, 아들과 나는 둘 다 너무 기뻐 어쩔 줄을 몰랐다. 아들은 쇼핑백 가득 느와르(18~19세기에 등장한 영국산 고딕, 범죄, 추리문학이 프랑스로 유입되었고, 이 작품들을 프랑스에서 로망 누아르라 불렀다) 소설을 채워 넣었고, 나는 맥도웰에 있을 때 그 많은 책을 거부했던 걸 만회라도 하려는 듯 최근 소설을 한 보따리나 샀다.

나는 운 좋게도 2004년 이래 여러 번 맥도웰에서 생활할 기회가 주어졌다. 맥도웰에서 글을 쓸 때, 나는 거의 매일 마음은 간절하면서도 만지지는 않는다는 원칙 아래 토드스툴에 들렀다. 책과 서점의 존재 자체에 매료되고 기분전환도 되었지만 다른 작가의 목소리에 길을 잃지 않도록 조심했다.

그리고 아들과 나는 토드스툴에서 책을 사려고 피터버러를 정기적으로 순례했다. 아들은 중고 책 코너로 곧장 달려갔다. 소설로 가득한 그곳에서 아들은 의자에 자리를 잡고 앉아 책을 훑어보았고, 구미가 당긴 책을 모두 사는 것으로 쇼핑을 끝냈다. 나는 서점 전체를 둘러보려고 했지만 실패했다. 실패란 말이 나왔으니 하는 얘긴데, 토드스툴과 관련된 가장 생생한 기억은 그곳에서 보긴 했지만 결국 사지 못한 책에 관한 기억이다. 조지프 브로드스키Joseph Brodsky의 시 전집, 윌라 캐더Willa Cather의 『그 교수의 집The Professor's House』 구판(캐더는 맥도웰에서 글을 썼고, 가까운 뉴햄프셔 재프리에 묻혔다. 그녀의 책이 종종 지역의 서점에서 발견되기도 하는데, 흔한 『대주교에게 죽음이 오다』와 『사피라와 노예소녀』와는 달리 『교수의 집』은 이상스러울 만큼 거의 발견된 적이 없다) 같은 책이 그것이다. 그렇지만 성공한 적도 많다. 윌라 캐더의 다른 소설들, 남편에게 주려고 산 상자에 담겨 있던 네 권짜리 조지 브래질러George Braziller의 '세계 건축물의 위대한 시대Great Ages of World Architecture' 시리즈, 직원들이 "와, 사장님도 이 책이 여기 있는지 모를걸요"라고 말한 『황소의 그림자Shadow of a Bull』나 『검정새 연못의 마녀The Witch of Blackbird Pond』 같은 어린이를 위한 오래된 양장본들은 내가 보물을 얻었다는 기분뿐 아니라 다이아몬드를 라인석 가격에 샀다는 즐거움까지 안겨주었다.

> 서점에 관한 한 나는 일부다처제다.
> 나는 들르는 서점마다 사랑에 빠진다.

내가 북 바이어의 성대한 만찬처럼 토드스툴을 기쁜 마음으로 즐기기는 하지만, 계산대 근처에 맥도웰 콜로니 작가들이 쓴 책이 놓여 있는 책꽂이를 볼 때마다 가슴이 저민다. 여기에 있는 책들은 시, 소설, 단편, 시나리오, 역사, 자서전, 저널리즘, 비평 등 화려한 장르를 자랑한다. 지난번 맥도웰에 있었을 때 쓴 책과 2004년에 쓴 책을 포함해 내가 쓴 책들도 다른 작가들의 작품들과 함께 그곳에 있다. 그중에는 소설의 실마리가 풀리지 않아 고군분투할 때 다른 작가들은 이야기를 어떻게 엮어나가는지 궁금해서 처음 손에 들었던 책도 섞여 있다. "오늘 어땠어요?"라는 말은 맥도웰의 저녁 식사 테이블에서 가장 많이 들을 수 있는 말이었다. 대답은 "멋졌어요" 아니면 "끔찍해요"였지만 우리는 모두 다음 날 아침이면 부리나케 스튜디오로 달려갈 준비가 되어 있는 작가들이었다. 나는 언제나 토드스툴의 그 책꽂이를 보면 나의 작품에 깊게 몰입했던 맥도웰로 다시 돌아가고 싶다는 생각을 한다.

그리고 이것이 내가 토드스툴을 사랑하는 이유이기도 하다. 다른 서점과는 달리 이곳에는 내가 아는 작가들과 그들의 작품이 있기 때문이다. 맥도웰 작가들, 그중 몇몇은 아들과 내가 기쁜 마음으로 새 책을 사러 가는 도중에도 열심히 일을 하고 있을 것이다. 그 작가들의 책이 꽂혀 있는 책꽂이는 서점에 있는 모든 책(모든 서점과 모든 도서관에 있는 모든 책)이 한때는 진행 중인 작업이었다는 사실을 떠올리게 해준다.

조앤 위커셤은 『스페인에서 온 뉴스: 러브 스토리에 대한 일곱 가지 변형(The News from Spain: Seven Variations on a Love Story)』, 『자살 색인(The Suicide Index)』의 저자다. 그녀는 《보스턴 글로브》에 정기적으로 논평과 칼럼을 게재하고 있다.

TERRY TEMPEST WILLIAMS
테리 템페스트 윌리엄스

킹스 잉글리시 북숍
유타주, 솔트레이크시티

유타주 솔트레이크시티에 있는 킹스 잉글리시는 제대로 된 연설 문구 그 이상이다. 이곳은 말, 특히 말의 자유가 존중받는 곳이다. 주인인 벳시 버튼^{Betsy Burton}은 서적상 그 이상이며, 지역사회 운동가다.

'지역 우선'은 그녀가 지역의 사업체를 지지하는 데만 사용하는 단순한 구호가 아니라 지역 작가들까지 아우르는 그녀의 철학이다. 나는 운 좋게도 킹스 잉글리시 북숍의 지역 작가에 포함되었다. 남편과 내가 1977년 가필드 애비뉴 1520번지에 처음으로 집을 장만했을 때, 벳시의 서점은 집에서 걸어갈 수 있는 거리에 있었다.

14년 뒤, 나는 『피난처: 가족과 공간에 대한 부자연스러운 역사Refuge: An Unnatural History of Family and Place』를 냈다. 이 책은 그레이트솔트레이크의 역사적인 부상과 함께 난소암으로 돌아가신 엄마의 죽음에 관한 이야기다. 일부는 회고록이고 일부는 자연사를 다루었으며, 사랑과 상실, 여성과 새에 관한 이야기를 담고 있다. 1991년 가을 이 책이 출판되었을 때, 벳시는 킹스 잉글리시에서 『피난처』 낭송회를 해달라고 초대했다. 솔트레이크시티는 나의 가족을 알고 있는 작은 마을이다. 이 책은 개인적 기록이었다.

내 생각이 고스란히 책에 담겨 있었고, 우리 가족의 남자들이 각자 자신의 관점에서 들을 자격이 있다고 생각했다. 벳시는 내 생각을 듣더니 전통적인 낭송회와 사인회 대신에 가족 패널을 구성해주기로 동의했다. 패널은 나의 아버지 존 템페스트와 남자 형제들인 스티브, 댄, 행크로 구성되었다.

다음은 내가 기억하는 내용이다.

킹스 잉글리시는 만원이었다. 책꽂이는 옆으로 치워졌다. 의자들이 놓였고 우리 가족의 남자들이 테이블 뒤쪽에 자리 잡고 앉았다. 나는 가족을 소개하고 옆으로 물러섰다. 아버지가 먼저 입을 열었다. 그는 담배를 물고 있지 않은 말보로 맨이라고 생각하면 된다. 키가 크고, 거무튀튀하며 단도직입적이다. "여러분들이 알다시피, 내 딸은 그레이트

솔트레이크와 아내의 죽음에 대해 썼습니다. 저는 별로 즐겁지 않습니다." 아버지는 감정이 격해졌는지 잠시 말을 멈췄다. "내 딸이 아내 다이앤의 죽음에 대해 얼마나 멋진 경험이었는지 쓰는 것은 쉽습니다. 그렇지만 그녀는 떠났습니다. 나는 그녀를 보낼 수가 없었습니다. 테리는 낮에 왔다가 밤에 집으로 돌아가면 됩니다. 혼자서 잠을 자야 하는 것은 그녀가 아니지요. 테리가 상황을 미화하고 이것을 시로 바꾸는 것은 쉽습니다. 그렇지만 홀로 남겨진 건 접니다. 이것은 어떤 허구가 아닙니다. 제 이야기지요." 잠시 침묵이 이어졌다.

킹스 잉글리시는 슬플 때 함께 모이고
즐거울 때 축하하는 곳이다.

"그리고 그레이트솔트레이크에 관한 한 이것은 파리 떼가 우글거리는 시궁창입니다. 일단 이 모습을 봤다면, 가능하면 누구도 돌아가려 하지 않을 걸 우리는 모두 압니다. 테리는 과장하는 데 타고난 재주가 있습니다. 아마도 이 책이 어떤 이들을 도울 수는 있을 겁니다. 제가 하고 싶은 말은 이게 다네요."

의자에 앉아 있는 사람들은 아무도 움직이지 않았다.

아버지는 자리에 앉았다. 유타 대학교에서 철학을 전공하는 대학원생인 동생 댄이 일어섰다. 동생은 20분 동안 비트겐슈타인과 언어의 비밀 사용에 대해서 쓴 자신의 논문을 읽었다. 나는 수학과 공식을 넘나드는 논문 초록에 나오는 언어를 하나도 알아듣지 못했다.

다음으로 막내 동생인 행크의 차례였다. 행크는 키가 작고 단단했다. "저는 기억나는 게 별로 없는데, 그 이유는……." 그가 말을 마쳤을 때, 나는 동생의 금주를 돕기 위해 온 가족이 함께 재활센터에 들어갔던 일이 기억났다.

나는 벳시를 봤다. 그녀는 입을 손으로 가리며 고개를 숙였다. 중재자 역할을 도맡은, 나이도 나랑 비슷한 스티브는 점점 불편해져가는 분위기를 완화시키며 엄마에 대한 사랑과 그녀를 다시 볼 수 있을 거라 믿는다는 말을 했다. 그리고 담담히 말일 성도 예수 그리스도 교회에서의 증언을 읽어내려 갔다. "엄마는 돌아가셨지만 품위를 지키며 살아계십니다."

나는 말을 할 수 없었다. 벳시는 모두에게 참석해주셔서 고맙다고 인사했다. 내가 기억하는 건 사람들이 빨리 자리를 떴다는 것이다. 사인한 책도 몇 권 되지 않았다.

이제 벳시와 나는 이 이야기를 하며 함께 웃을 수 있다. 벳시를 사랑하고, 거의 12년 동안 킹스 잉글리시의 매니저와 친하게 지내는 아버지도 마찬가지다.

이것은 우리가 모두 가족이라는 것을 증명해준다. 크리스마스이브마다 아버지는 벳시가 추천하는 책을 가족 구성원 모두에게 선물한다. 아버지는 소설이나 자서전, 요리책에 각각 사인을 하고 크리스마스이브의 첫 번째 선물로 나눠준다.

그리고 유타 자연사박물관의 교육 큐레이터로 일하던 벳시의 어머니 프랜 민튼은 당신이 은퇴하기 직전 교육 큐레이터 보조 자리를 나에게 소개해주었고, 나는 첫 번째 진짜 직업을 갖게 되었다. 나는 그녀를 숭배했다. 그녀는 우리 아버지처럼 직설적이고 현명한 여성이었다. 우리는 읽은 책을 통해서뿐만 아니라 땅과 기후와 서로에 대해 읽으며 배운 방식으로 지능을 가늠하는 거친 서부 사람들이었다.

벳시와 나는 서로의 마음을 읽었다. 맨 처음 우리의 고향에 대해서.

글에 대한 사랑은 우리를 한 자매로 엮어주었다. 문학이 우리를 다듬었고 커뮤니티(우리가 고향이라고 부르는 로키산맥이 버팀목이 되어주는 서부의 지형과 문학)라는 이름으로 우리의 목소리를 모았다.

킹스 잉글리시는 고향이다. 내가 언제나 돌아갈 수 있는 곳. 벳시 버튼이 내 책을 팔 뿐만 아니라 교정도 하는 곳. 독립적이고, 말의 자유가 실현되는 곳. 킹스 잉글리시는 슬플 때 함께 모이고 즐거울 때 축하하는 곳이다.

테리 템페스트 윌리엄스는 『리프(Leap)』, 『언스포큰 헝거(An Unspoken Hunger)』, 『피난처』, 『망가진 세계에서 아름다움을 찾아서(Finding Beauty in a Broken World)』, 『여자들이 새였을 때(When Women Were Birds)』 등의 책을 썼다.

SIMON WINCHESTER
사이먼 윈체스터

북로프트
매사추세츠주, 그레이트 배링턴

스트립몰을 좋아하는 사람은 없다. 이것은 '개발자'라고 알려진 인간들의 상상력 없는 발명물일 뿐이다. 대개 이들은(물론 개발자들 말고 스트립몰 말이다) 흉물스럽다. 날림으로 세워졌고, 보통 수명이 짧은 값싼 니스로 칠해져 있다. 이들은 실제로 자신들이 둘러싸고 있는 마을의 내부 기능을 망치고 바꾼다. 우리 대부분은 자동차에 대한 맹목적인 서약으로 세워진 이런 스트립몰이 존재하지 않아도 된다고 생각한다.

그렇지만 이들은 존재한다. 이들은 내가 사는 데서 가까운 그레이트 배링턴의 매력적인 옛 서부 매사추세츠 철도 마을 주변에 몰려 있다. 남부 버크셔힐즈의 얕은 강 유역에 자리 잡고 있는 그레이트 배링턴은 예스러움이 남아 있는 곳으로, 최근 《스미소니언 매거진》이 미국 최고의 소도시로 뽑은 곳이기도 하다. 그레이트 배링턴은 우리 지역 주민들이 모두 알고 있는 것들로 상을 받기도 했다. 바로 살기 좋고 산책하기 좋은 데다가 매력적인 건축물, 맛있는 음식, 건실하게 오랫동안 유지되어온 상업적 성공 등 온갖 것이 한데 어우러진 작은 동네인 것이다.

그러니 이곳이 치즈 장수가 있고, 노르망디에서 온 커플이 운영하는 카페가 있고, 오래된 놋쇠 연장을 파는 철물점이 있는 마을이라는 사실도 그다지 놀랍지 않다. 이곳에는 장난감 가게와 사탕 가게가 있으며, 늘 반바지 차림인 두 명의 남자가 운영하는, 흑백영화에서 찍은 오래된 사진을 확대해줄 사진관도 있다. 또, 훌륭한 식당 두 곳과 쿠퍼스 옥스퍼드 마멀레이드와 바게트를 살 수 있는 식료품점도 있다. 뉴욕의 로어 이스트사이드보다 더 맛있는 베이글을 파는 가게도 있다.

그레이트 배링턴의 마을 중심부에 없는 것이 있다면 그것은 바로 제대로 된 서점이다. 북로프트는 메인 스트리트에서 1킬로미터는 족히 가야 하는 거리에, 그것도 스트립몰 안에 자리 잡고 있다.

그래서 북로프트에 대해 맨 먼저 말해둬야 할 것은(이 서점이 버크셔 카운티에서 유일하게 남아 있는 세 곳의 서점 중 하나이며, 35년 동안 영업을 하고도 여전히 성업 중이라는 사실 말고도) 이곳은 흔히들 상상하는 작은 마을의 서점이 아니라는 점이다. 중간 문설주가 있는 창문도 없고, 두꺼운 카펫과 석탄 난로도 없으며, 계산대에 고양이도 없고,『돔비와 아들Dombey and Son』을 펼쳐놓고 졸고 있는 점원도 없다. 이곳은 미장원과 전화 가게 사이에 얌전히 자리하고 있다. 옆에는 GNC 가게와 네일숍이 있고, 그 옆으로는 염가판매점, K마트, 슈퍼마켓이 있다. 그리고 서점의 건축 스타일은, 좋게 말해서 주변의 몰과 완전히 똑같은 외관과 분위기를 자아낸다.

그러나 일단 문을 들어서면 알라딘의 동굴이 나온다! 성역이자 사적이고 절대로 동요하지 않는 렉토리움이 나온다. 이곳은 책꽂이로 가득하며, 내가 언제나 읽고 싶었고 꼭 봐야지 했던 책들과 멋진 책이라고 서평을 받은 책들이 가득가득 꽂혀 있다.

상근직 몇 명과 급할 때면 부르는 임시직으로 구성된 10여 명의 직원은 마치 일본 식당 주방장인 양 계산대에서 새로 온 손님들을 맞이한다. 계산대에 다가서면, 충동구매를 유도하는 홈메이드 메이플 시럽 병들이 쌓여 있는 게 보인다. "혹시 이 책 있나요?"라고 물으면, 계산대의 다른 끝 쪽(자서전 옆, 고전 소설 건너편)에 있는 모니터의 도움 없이도 모든 직원이 예외 없이 다음과 비슷한 말을 할 것이다. "그거, 있어요, 뒤쪽에, 저쪽 코너를 돌면 두 번째 서가 위쪽에요. …… 아직도 못 찾으셨어요?"

최고의 독립 서점이 대개 그렇듯, 대부분의 체인 서점이 그렇지 않듯, 직원들은 북로프트의 책을 잘 알고 있다. 이곳의 직원들은 모든 거래, 블로그, 트위터를 살펴본다. 직원들이 뽑은 책이라고 손으로 쓴 글씨도 보인다. 모든 판매량의 5분의 1은 이들의 추천에 의한 것이다. 직접 판매는 그날의 명령이다. 이들은 자신의 고객과 고객의 취향을 알고, 절대 상상해본 적도 없는 인구통계학적 변수에 대비한다. 소말리아 요리에 대한 책? 아르곤 사용법? 앵글시Anglesey(영국 웨일스 북서부의 섬)의 뜨개질? 알바니아의 소송 개혁? 에릭 윌스카Eric Wilska가 1974년에 당시로선 매우 참신한 스트립몰에 서점을 처음 연 이래로 이곳에 고용된 직원들의 매석 행위는 사라지지 않고 남아 있는 듯하다.

에릭은 당시 자유정신과 히피, 마리화나를 연상시키는 청년이었다. 그는 흐릿하게나마 자신이 자유학교나 서점을 열려고 한 건 몇 모금의 화학적 마법이 아이디어를 떠올리게 했다는 사실을 기억한다.

물론 어떤 은행도 그에게 땡전 한 푼 빌려주려 하지 않았다. 그렇지만 할아버지가 그에게 3천 달러를 빌려주었고, 현재 그가 서점을 운영하는 곳에서 몇 미터 떨어진 곳에 작은 공간을 임대할 수 있었다. 그는 대략 4천 권을 주문할 수 있었으며, 초창기에는 주워온 케이블 릴을 가지고 서점의 중앙 테이블과 모임 장소로 사용했다.

첫 번째 고객은 그의 할머니였다. 할머니는 프랜시스 무어 라페Frances Moore Lappe가 쓴 『작은 행성을 위한 다이어트Diet for a Small Planet』를 샀다. 예상할 수 있듯이, 이 특정한 책의 판매를 시작으로 이후 이 작고 영리한 서점이 끌어 모을 고객의 유형과 책의 종류를 가늠해볼 수 있게 되었다. 『펜타곤 페이퍼The Pentagon Papers』가 처음 몇 년간 잘 팔리는 책 목록 중에 있었다. 그리고 워터게이트 사건에 대한 공식 보고서와 『헬터 스켈터Helter Skelter』도. "다 대박을 쳤죠." 우락부락하게 생긴 에릭은 그때

일을 회상했다. 서점의 매니저인 마크 울레트도 수염을 기른 얼굴로 혼자 조용히 웃으며 "정말 많은 도움이 되었어요"라고 인정한다.

이 두 남자, 일종의 문학적 콤비는 (소설가이자 가공할 만한 통찰력을 가진 독자인 에릭의 아내 이브의 소중한 도움 덕분에) 그 불경기에도 이 독특한 독립 서점을 성공적으로 운영해왔다. 이러한 불경기는 검은 모자를 쓴 두 남자, 이제는 거울 속에서 서서히 사라져 가는 미스터 반즈와 미스터 노블, 그리고 여전히 승승장구하는 미스터 베조(아마존을 말함)가 몰

> 책꽂이에 낮잠 자는 고양이가 없다 한들,
> 그리고 실제로 염가 판매점과 베트남인이 운영하는
> 네일숍 사이에 있다 한들 그게 뭐가 중요하단 말인가?

고 온 것이었다. 에릭과 마크가 어떻게 성공할 수 있었는지는 비단 그들뿐만 아니라 모두에게 미스터리였다. "경영 기술이 좋아서는 절대 아니에요." 둘 다 씩 웃으며 자신들의 무능력함을 인정했다. "우리 같은 사람들이 여기 와서 일자리를 구한다면 우리라도 고용하지 않을 거예요." 이들이 할 수 있는 말이라고는 그들의 성공은(다른 모든 곳에서의 불황과는 반대로, 2012년 서점 전반기 매출은 사상 최고를 기록했다) 엄청난 책 보유고(3만 권)와 놀라울 정도로 열정적인 직원들, 고객들에 대한, 그리고 고객들로부터의 열렬한 충성심이 복합적으로 작용한 덕분이라는 것

뿐이었다.

이 모든 것들과 더불어 메이플 시럽과 지도, 본점에서 몇 마일 떨어지지 않은 웨스트 스톡브리지에 있는 지점(중고 책만 취급), 모든 새로운 기술을 수용하는 친화력, 미국에서 자신의 책방을 가장 문학적이고 교양 있는 서점이라고 쉽게 인정하는 마인드 등도 성공의 요소라 할 수 있다. 허먼 멜빌은 길 위쪽에 살았고, W.E.B. 드 보이어W.E.B. Du Bois는 길 아래쪽에 살았다. 로이 블라운트 주니어Roy Blount, Jr.도 근처에 살았으며, 에디스 워튼Edith Wharton도 그리 멀지 않은 곳에 살았다. 에드나 세인트 빈센트 밀레이Edna St. Vincent Millay, 폴린 케일Pauline Kael, 루스 라이클Ruth Reichl 등 그 이름은 계속된다. 이들 중 아직 살아 있고 그럴 만한 기력이 있는 작가들은 북로프트에 와 낭송회를 열고 강연을 한다. 그리고 기쁨에 대한 보상으로서 이들은 모두 책을 사러 이곳에 온다고 인정한다.

작가와 고객과 서적상 모두가 이곳을 중심으로 모인다는 것은 에릭이 주장하는 바를 분명히 보여준다. 이곳이 바로 '커뮤니티 서점'이라는 것을. 즉, 미국에서 진정으로 가장 위대한 마지막 독립 서점 중 하나가 사라지는 것에 동의하지 못하고 앞으로도 동의할 수 없는 한, 지역사회를 위해 필요한 모든 서비스를 제공하는 서점이라는 것을.

이 소중한 장소에 중간 문설주 한두 개가 부족하고 아가사 크리스티Agatha Christie가 꽂힌 책꽂이에 낮잠 자는 고양이가 없다 한들, 그리고 실제로 염가 판매점과 베트남인이 운영하는 네일숍 사이에 있다 한들 그게 뭐가 중요하단 말인가? 이곳에 서점에 있는 한, 그리고 우리가 모두 사라져버리고도 오랫동안 서점이 이곳에 남아 있는 한 말이다. 이곳은 스트립몰의 개념을 받아들이고, 일종의 상업적 축복을 받은 바로 그 개념을 제공하며 우리 모두를 위한 문학적 축복의 기도를 내리는 그런 장소다.

사이먼 윈체스터는 『교수와 광인(The Professor and the Madman)』, 『애틀랜틱(Atlantic)』, 『세상을 바꾼 지도(The Map that Changed the World)』, 『크라카토아(Krakatoa)』, 『세상 끝의 균열(A Crack in the Edge of the World)』, 『중국을 사랑한 남자(The Man Who Loved China)』, 『두개골: 알란 두들리의 호기심 많은 컬렉션 탐험(Skulls: An Exploration of Alan Dudley's Curious Collection)』을 비롯한 다수의 책들을 낸 베스트셀러 작가이다. 그의 작품을 《뉴욕타임스》, 《뉴욕 리뷰 오브 북스》, 《내셔널 지오그래픽》, 《램햄 계간지》 등에서 찾아볼 수 있다. 윈체스터는 2006년 엘리자베스 2세로부터 대영 제국 훈장 5등급을 받았다. 그는 뉴욕시와 매사추세츠에서 살고 있다.

1.

　나는 지난 몇 주 동안 미국과 캐나다에 있는 모든 서점들을 돌면서 북 투어에 많은 시간을 보냈다. 운전면허증 없이 떠나는 북 투어는 멋지고 피곤하며 외롭다. 삭막한 그레이하운드 역에서 많은 시간을 보내야 할 때도 있고, 그날 밤 낭송회를 해야 하는 서점을 찾아 낯선 동네를 즐거운 마음으로 헤매고 다녀야 할 때도 있다. 처음 가보는 도시를 향해 버스에 몇 시간씩 앉아 있을 때도 있고, 버스 정류장과 호텔 사이를 택시로 오가야 하며, 비행기를 기다리는 막간에 공항에서 잠시 느긋한 한때를 보내기도 하고, 때때로 기차를 타고 장시간을 달릴 때도 있다. 이런 일들이 피곤하기는 하지만 나는 매우 운이 좋았다고 생각하며, 이 과정에서 내가 사랑하게 된 것이 몇 가지 있다.

　내가 특히 사랑하는 것은 행사가 이루어지는 독립 서점이다. 미국에 점점이 퍼져 있는 책들의 군도群島 말이다. 나는 책에 둘러싸인 환경에서 자랐고, 브루클린에 있는 아파트는 책으로 가득하다. 어렸을 때 나는 래핑 오이스터 북숍Laughing Oyster Bookshop과 사랑에 빠졌다. 그곳은 정말 멋진 독립 서점으로, 밴쿠버섬 전역에서 여전히 내가 가장 좋아하는 서점이다. 지금도 서점에 발을 들여놓으면 고향에 온 것 같은 느낌을 받는다.

내가 사랑하지 않는 건 혼란스럽고 다소 밋밋한 도시와 마을 사이의 지겹도록 단조로운 공간이다. 사우스캐롤라이나의 고속도로는 버몬트의 고속도로와 놀라울 정도로 똑같다. 모든 마을의 외곽은 대동소이하다. 똑같은 대형 할인점, 뒤바꿔놓아도 무방한 똑같은 소매점의 이름, 석양에 반짝이는 똑같은 로고를 가진 10여 개의 식당 등.

나는 이 단조로운 현대 세계가 미국만의 문제라고 말하려는 것이 아니다. 미국과 마찬가지로 다른 나라도 상황은 매한가지다. 우리는 싼 가격 때문에 마을의 외곽에 혹하지만, 이 싼 가격에는 언제나 치러야 할 대가가 숨어 있다. 마음으로는 좋아하지만 실제론 자주 들르지 않는 구 시가지의 상점들이 경쟁에서 살아남지 못하고 문을 닫는다. 왜 이러한 현상이 지역사회를 해치는지에 대한 구체적인 이유들이 있다. 예를 들면, 전국적 체인보다 지역의 상점에서 물건을 사면 더 많은 돈이 지역에 남겨진다는 통계 수치, 지역 상점이 더 많은 금액을 지역의 자선단체에 기부한다는 사실, 그리고 임금 수준이 떨어지면 지역의 세금 수입도 감소한다는 사실 등이다. 그렇지만 잘 감지되지 않는 다른 손실도 있다. 마을마다 완전히 똑같은 소수의 작은 사업체들이 있을 때 모든 마을이 똑같아지기 시작한다. 어떤 장소를 그 '자체로' 독특하게 만드는 것, 지구상의 다른 모든 장소들과 다르게 만드는 것들은 점차 잠식되기 시작하는 것이다.

"아마존이 나쁜 것이 아니다." 지인인 어떤 서적상이 2, 3년 전에 트위터에 이렇게 글을 올렸다. "획일화된 모노컬처가 나쁜 것이다."

2.

나는 애초에 독립 서점에 대한 순수한 축하로서 이 글을 쓰려 했지 아마존에 대해서는 전혀 언급할 생각이 없었다. 하지만 방 안에 코끼리가 있다면 이에 대해 소개하는 것이 당연하다는 생각이 들었다.

우리는 한때 거대 대형 할인점 때문에 마을의 변두리에 이끌렸다. 그런데 이제 인터넷에 이끌린다. 우리가 대기업에서 구매한다 해도 그 영향은 똑같다. 아마존에 대한 진실은, 독립 서점의 반대편에 서 있다는 것이다. 독립 서점은 그 주인, 매니저, 직원들의 개성과 독특함을 반영하는 경향이 있다. 어떤 이는 책을 장르로 구분한다. 또 어떤 이는 모두 같은 문학이라며 아서 코난 도일Arthur Conan Doyle을 레이 브래드베리Ray Bradbury와 찰스 디킨스Charles Dickens와 같은 책꽂이에 분류해둔다. 내가 아는 어떤 이는 소설과 문학을 엄격하게 구분하는지만, 어떤 작가가 자신의 책이 소설 매대에만 있는 것을 보고 잠시 의문을 품을 가능성도 충분히 있다. 어떤 서점에는 범죄 소설과 공상 과학 관련 책만 판다. 어떤 서점에는 고양이가 있다.

이 모든 것들은 돈보다는 책에 대한 사랑 때문에 가능한 것이다. 솔직히 생각해보자. 마진은 적고 대부분은 직원들이 선정한 책들을 위해 마련된 디스플레이 공간에 서점 직원들이 개인적으로 사랑에 빠진 책들을 전시한다. 작가들은 이러한 직원들을 내 편으로 만들면 이번 책이 성공한다고 말한다. 꼭 이번 책이 아니더라도 다음번이나 그 다음번 책은 반드시 성공한다. 책을 작은 출판사가 출판하든, 마케팅 비용을 쏟아붓기로 결정한 대형 출판사가 출판하든, 특히 과거에 내 책이 하나도 팔리지 않았더라도 그 책은 성공하고야 만다.

아마존에는 직원들이 선정한 책 따위는 없다. 왜냐하면 아마존에는 '사람'이 없기 때문이다. 물론 책 상자들을 옮기는 물류 직원들은 엄청나게 많으며, 당연히 기업 구조가 자리를 잡게 된다. 아마존에 들어가 점원과 내가 진짜로 좋아할 것 같은 새로운 책에 대해 대화를 나눠본 적이 있는가?

아마존에서 이것과 가장 가까운 경험으로는 '아마존 추천' 알고리즘이 있을 것이다. 이는 유용하기는 하지만 당연히 치명적인 약점이 있다. 그것은 이미 내가 관심을 표명한 책과 어느 정도 비슷한 책들을 추천해준다는 점이다. 나는 즉흥적으로 책을 고르는 것이 아니라 그 책이 내가 즐겨보는 종류는 아니지만 표지가 관심을 끌었거나, 점원이 손에 쥐어주었거나, 자극하는 무엇인가가 있기 때문에 책을 산다. 미리 선정된 책들의 메뉴로 당신 앞에 들이밀어지는 책은 내가 이미 좋아하는 책들과 유사하다고 알고리즘이 정해준 책들이다. 적어도 읽어야 되는 이유가 정신세계를 확장하기 위함이라는 점에서 여기에는 중요한 것이 빠져 있다.

그렇지만 이런 주장도 나올 수 있다. 아마존은 싼 가격에 주문한 책을 다음 날 아침이면 바로 문 앞에서 받아볼 수 있게 하는 장점이 있기 때문에 독자들로서는 좋은 일이라는 것이다. 많은 서점들이 문을 닫는 상황이 왔다면, 이는 아마존이 여느 서점들보다 좋은 사업 모델을 가지고 있기 때문이라고 말한다.

이러한 주장은 많은 불편한 진실을 간과하는 경향이 있다. 아마존은 탈세로 상당한 경쟁 우위를 차지하고 있으며, 손해를 보며 싼 가격에 책을 팔아서 경쟁자들을 약화시키고 있다. 또한 물류 센터의 직원들을 대우하는 방식에도 심각한 의문이 제기되고 있다. 이러한 불유쾌한 세부 사항들을 차치하더라도, 나는 진심으로 책 판매 독점이 어쨌든 독자들을 위해 좋은 것이라는 주장에 전면 반대한다. 나는 건강하고 활기찬 문화나 문학은 다양성에 달려 있다고 생각한다. 나는 작가나 책이 단 하나의 경로를 통해서만 우리의 관심을 끄는 것은 그 누구에게도 도움이 되지 않는다고 생각한다.

2012년 앤 패쳇은 뉴올리언스에서 열린 미국서적상협회 제7차 연례 동계회의의 기조연설에서 그녀의 첫 번째 소설 투어에 대해 설명했다. 그녀에게는 출판업자가 그녀에게 부여한 두 가지 임무가 있었다. 서점이 보유한 책에 사인을 하는 것과, 서적상과 친구가 되라는 것이었다. 대부분의 신진 작가들에게 독자는 거의 전무하다시피 하므로 투어에서 중요한 것은 청중이 아니었다. 점원들을 만나기 위해 투어에 나서는 것이었다. 서점 주인과 매니저는 저녁에 서점에 남아 있지 않는 편이라, 계산대에는 젊은 여직원(남자들도 있지만 여자들이 수적으로 우세하다)만 남아 있는 경우가 많아 그녀들과 친해지는 게 중요했다. 그녀는 그렇게 하는 이유가 "이 여직원들과 친하게 되면, 내가 떠나고 난 뒤에 (그들이) 나의 책을 읽을 것이고, 그러면 내 책을 직접 판매할 것"이기 때문이라고 말했다.

그녀의 화제작 『벨 칸토』가 나올 무렵에는 이미 어떤 토대가 마련된 상태였다. 이 나라에 있는 모든 서점 직원은 이 책과 사랑에 빠졌다. 이들은 그녀를 알았다. 왜냐하면 그녀는 서적상들과 많은 시간을 함께했기 때문이다. 독립 서점은 개인적이다. 내가 이 에세이들을 읽으면서 분명하게 깨달은 것은, 우리가 흔히 책을 사는 온라인 서점에서는 일어나지 않는 일들이 독립 서점에서는 일어난다는 사실이다.

독립 서점이 문을 닫을 때마다 문학 및 문화 환경은 그만큼 다양성이 줄어든다. 나는 아마존이 이 나라의 벽돌과 모르타르로 이루어진 오프라인 서점들과 좀 더 쉽게 공존할 수 있는 때가 오기를 바란다. 아마존의 현재 사업 관행은 심지어 아마존의 이익을 위해서도 좋은 것이 아니라는 주장이 나오고 있다. 왜냐하면 아마존이 자사 출판 그룹에서 나온 책들을 들여놓으라고 잠재적으로 설득할 수 있는 서점이 줄어들고 있기 때문이다. 우리들에게 남은 것은 업으로 책을 읽고 추천하는 사람들이 줄고, 직원들이 선정한 책도 줄고, 새로운 작가들은 독자들의 집중적인 관심을 받을 기회가 줄어든 덜 다양해진 문학 세계뿐이다.

3.

그렇지만 지금은 진혼곡을 들을 때가 아니다. 출판과 서적 판매에 위험한 시기인 듯 보이지만, 미국서적상협회는 느리긴 해도 회원 수가 꾸준히 증가하고 있다고 발표했다. 2011년 12월 현재 "1,900명이 넘었다"라고 보고되었다. 이 숫자는 1990년대의 회원 수와 비교하면 참담한 숫자지만 2009년의 1,400명에 비하면 많이 늘어난 셈이다. 미국서적상협회는 지역 상품 구매운동과 뛰어난 기업가 정신에 공을 돌린다. 《뉴욕타임스》는 2009년 브루클린에 문을 연 즉시 내가 가장 좋아하는 서점이 된 그린라이트 북스토어가 개장 첫 해에 100만 달러 이상의 매출을 기록했다고 보도했다.

나는 운 좋게도 지난 주 파리에 있는 셰익스피어 앤드 컴퍼니에 방문할 기회가 있었다. 나의 프랑스 출판사가 인터뷰와 리셉션, 포토 세션 등의 행사를 위해 일주일 동안 지낼 수 있도록 근처 호텔에 숙소를 잡아주었다. 둘째 날과 셋째 날에 일정이 비자 남편과 나는 신앙심이 매우 깊은 사람들이 손에 지도를 쥐고 근처 성지를 찾으러 떠나듯이 서점을 찾으러 나갔다.

셰익스피어 앤드 컴퍼니는 우리를 실망시키지 않았다. 미로처럼 얽힌 공간의 구석구석마다 책이 그득그득 쌓여 있었다. 위층 책꽂이 사이에는 좁은 침대들이 놓여 있었고, 하루에 몇 시간씩 일을 해주고 서점에 얼마간 머물고 있는 텀블위드Tumbleweeds라 불리는 뜨내기 작가와 독자들이 사용하는 말라빠진 비누 조각이 놓인 싱크대가 있었다. 책꽂이에는 몇 십 년 동안 이곳에 있었을 것 같은 책들도 있었다. 벽에는 메모들이 빽빽이 압정으로 꽂혀 있었고, 알코브에는 구식 타이프라이터도 있었다. 서점은 움직이기가 다소 힘들 정도로 사람들이 많았지만, 한편으로 생각하면 모두 책을 사랑하는 사람들이었다.

문 위의 배너는 1951년 셰익스피어 앤드 컴퍼니의 현 체제를 구축하고 2011년에 98세의 나이로 사망한 조지 휘트먼George Whitman을 추모하고 있다. 그는 자신을 실비아 비치Sylvia Beach의 후계자로 생각하고 있었다. 실비아 비치는 1919년 원조 셰익스피어 앤드 컴퍼니를 세운 창립자로, 나치가 파리를 점령한 동안 잠시 문을 닫았다. 휘트먼의 출생일과 사망일이 그가 했던 가장 유명한 말 위에 적혀 있다. "책 사업은 삶의 사업이다."

냉소적인 사람들은 그를 가망 없는 최후의 낭만파라고 일소하지만, 이 인용구는 어떤 기억을 불러일으킨다. 이것은 내가 만났던 다른 서적상들, 모든 면에서 나와 동시대 사람들이고 자신의 서점으로 나를 초대했던 서적상들을 생각나게 한다. 그들은 지적이고 유머가 있으며 책을 사랑한다. 그들이 하는 사업은 결코 쉬운 일이 아니지만 여전히 가능하고, 여전히 노력하고 있다.

나는 서점의 몰락이 불가피하다는 말을 너무나 많이 들었다. '서점은 죽었다. 전자책이 미래의 길이다. 받아들여라'라는 말과 함께 인터넷에 떠도는 역겨운 코멘트를 수도 없이 봤다.

이는 많은 의문을 제기한다. 첫째, 전자책과 독립 서점이 공존하지 못할 이유는 결코 없다. 둘째, 새로운 서점은 언제나 생기고, 이들 중 일부는 크게 성공한다는 것이다. 그렇지만 받아들이라는 말은 받아들이기가 어렵다. 받아들이라고? 왜 그래야 하지? 왜 우리가 덜 다양하고 더 단일화된 문학적 환경의 개념을 수동적으로 받아들여야 하지? 왜 우리가 이 세상에서 셰익스피어 앤드 컴퍼니를 잃어야 한다는 생각을 받아들여야 해? 왜 미국에서 맥린 앤드 이킨, 노스셔, 모리스 북숍이나 다른 도시나 마을에서 똑같이 번창하고 있는 서점들을 잃어야 해? 우리가 그래야 한다고는 생각지 않는다. 우리가 그러리라고는 생각하지 않는다.

4.

내가 살고 있는 브루클린 거리에 41년이나 영업을 해온 서점이 하나 있다. 몇 년 전 내가 이곳으로 이사를 왔을 때 커뮤니티 북스토어는 뭔가 방치된 느낌을 주었다. 나는 서점의 다소 암울한 분위기 때문에 거의 안으로 들어가지 않았다. 서점은 이제 스테파니 발데즈와 에즈라 골드스타인이 공동으로 운영을 하고 있으며, 이들이 서점을 활성화시키는 것을 지켜보는 것은 커다란 즐거움이 되었다. 나는 서점의 40번째 생일에 참석했고, 이전에 방치되다시피 했던 작은 서점이 어떻게 이처럼 오랫동안 유지될 수 있었는지 이해하게 되었다.

이들은 오후 낭송회를 위해 길 건너편에 있는 교회를 빌렸다. 나는 낭송회 전에 속으로 장소 선택이 좀 과하지 않았나 생각했지만(정말 큰 교회로, 브루클린이 내려다보이는 거대한 회색 벽돌 건물이었다), 오후 낭송회가 시작되기 몇 분 전에 들어가보니 자리가 꽉 차 있었다. 수백 명이 모였으며, 이들은 모두 서점을 사랑하고 책을 사랑하며 낭송회를 듣고 싶어서 온 사람들이었다. 낭송하는 작가들도 훌륭했다. 폴 오스터Paul Auster, 조나단 사프란 포어Jonathan Safran Foer, 시리 허스트베트Siri Hustvedt 같은 작가라면 지금까지 대중 앞에서 연설한 경험이 어느 정도는 있을 테지만 나는 특히 니콜 크라우스Nicole Krauss의 얘기가 마음에 와 닿았다.

그녀는 최근 『그레이트 하우스Great House』를 위한 전국 투어에서 돌아왔고, 오직 전자책만을 읽는다고 그녀에게 말했던 몇몇 사람들과 나눴던 대화에 대해 이야기를 하기 시작했다. 그녀가 그들에게 왜 그러냐고 묻자, 그들은 훨씬 편리하기 때문이라고 답했다고 한다. 그녀는 이것이 흥미롭다고 말했다. "편리함이 언제부터 더 중요해졌나요?"라고 그녀가 반문했다.

나는 개인적으로 전자책에 대해 왈가왈부하고 싶지 않고, 전자책이 책과 함께 공존할 것이라 믿는다. 그렇지만 니콜의 정서에 공감하는 부분이 있다. 나는 이것이 우리가 책을 어떻게, 그리고 어디서 사는가를 결정하는 데 결정적 요인이 될 것이라 생각한다.

우리(우리 모두, 일반 대중)를 시민이라고 부르던 때가 있었다. 어느 시점엔가 이것이 바뀌어 이제 우리는 모두 소비자라고 불린다. 나는 이 변화가 별로 마음에 들지 않는다. 왜냐하면, 내 생각에 시민권은 권리와 책임을 암시하지만 소비주의는 대부분 쇼핑만을 의미하기 때문이다.

그러나 원뜻의 그림자는 남아 있다. 소비자라는 단어는 자본주의 사회에서 삶의 매우 기본적인 사실만을 반영하며, 이 사회는 우리가 돈을 소비하는 방식으로 세계를 변화시켜온 것이라는 점에서 그 자체로 책임을 암시하고 있다는 걸 깨달았다. 이러한 개념은 물론 새로운 것이 아니지만, 누군가 자신이 살고 있는 마을에 서점이 있는 걸 좋아하게 된다면 이보다 더 중요한 것은 없다는 게 내 주장이다.

2012년

에밀리 세인트 존 맨들

에밀리 세인트 존 맨들(Emily St. John Mandel)은 『로라 4중주단(The Lola Quartet)』 등을 쓴 작가다.

조진석

책방이음

서울, 대학로

처음 책방을 열 때, 그전부터 이곳에서 '이음아트'라는 서점을 운영하던 대표님께 열쇠 꾸러미를 받았어요. 앞쪽 문 두 개, 뒤쪽 문 한 개, 그리고 화장실에 보안장치 열쇠까지 총 5개. 그런데 어느 열쇠가 앞쪽의 첫 번째 문 것인지도 안 듣고 꾸러미를 받았어요. 얼마나 허술해요. 그런데도 지금까지 책방을 유지하고 있는 것은 거의 기적 같은 일이라고 할 수 있지요.

　이곳은 2005년 '이음아트'로 처음 문을 열었고 2009년 12월 '책방이음'으로 이름을 바꾸면서 다시 시작했어요. '이음아트'는 제가 1년쯤 손님으로 드나들던 곳입니다. 2008년 3월부터 '나와우리'라는 시민단체에서 일을 하면서, 책방을 알게 되었어요. 이 동네에 '나와우리' 사무실이 있었거든요. 낯선 동네에서 지내려면 우선 근처에 무엇이 있는지 찾아봐야 하잖아요. 밥을 먹으려 해도, 차를 마시려 해도, 음악을 들으려 해도, 미술 작품을 보려 해도……. 다른 곳은 쉽게 찾았는데 서점은 잘 눈에 띄지 않는 거예요. 그래서 어슬렁거리면서 동네 산책을 하다가 마침내 이곳을 찾았답니다.

　반가운 마음에 들어와 보니까 손님이 아무도 없더군요. 주인 분은 손님이 오는지도 모르고. 지금 와서 생각하니 무심 경영을 하고 사람들이 과잉 친절로 부담스럽지 않도록 배려해서 그렇게 한 게 아닌가 싶지만, 그 당시에는 무심해도 너무 무심하다 싶었죠. 또한 책방에 책장 가득 수많은 책이 꽂혀 있는데, 책보는 사람이 단 한 사람도 없다는 게 얼마나 황량한 풍경이었겠어요? 첫 방문에는 마치 빛바랜 사진을 보면서 추억을 떠올리듯이 쓸쓸함이 가득했어요.

　그래도 이런 곳이 있는 게 신기해서 자주 찾았어요. 점심 먹고서나 저녁 퇴근하는 길에 드나들면서 무심한 대표님과 인사 나누고 책도 꼼꼼히 살펴보았지요. 그 당시 '이음아트'에서는 인문과학과 예술 분야 책을 주로 다루는 곳이다 보니, 그 외 분야를 제가 찾을 때 갖춰놓은 책이 많지 않았어요. 공간이 협소한 동네 책방의 한계인데요, 대형 서점이나 온라인 서점처럼 많은 책을 보유할 수가 없기 때문에 그렇죠. 그래서 계속 주문을 했어요. 그렇게 계속 왔다 갔다 하다 보니 대표님이 저를 기억하게 된 거예요. 비록 제가 찾는 책은 없었지만 대표님은 계속 챙겨주려고 노력하셨어요, 저도 기다려드렸고. 그러면서 관계가 맺어지고 깊어진 것이지요. 1년 정도를 매일 그런 이유로 만났으니.

나중에 되돌아보니, 제가 책방을 처음 방문한 그 시점에 이미 책방이 어려운 상황이었어요. 돌아오는 채무를 돌려막기하고 있었거든요. 이런 상황인데도 대표님은 다른 사람에게 아쉬운 소리 하는 걸 꺼렸어요. 주변에서 하도 걱정스러운 마음이 들어서 2008년 여름에는 기금 마련 행사를 했는데, 그것도 본인은 민폐를 끼치는 일이라고 부담스러워했어요. 이런 분이니 어떻게 미주알고주알 책방 사정을 다른 분들에게 털어놓겠어요? 이런 인간적 품성과 달리 나날이 책방은 채무로 기울어갔어요. 그러다 결국은 혼자서는 도저히 안 되겠다 싶어서 대표님이 책방을 아끼는 지인들에게 한번 만나서 이런 고민을 나누는 자리를 마련하고 싶다고 하셨고, 십여 명이 모여서 논의한 결과 '이음아트살리기대책위원회'를 만들자고 결정하고서 활동을 시작했어요.

2009년 봄부터 8개월 정도 매주 모이면서, '이음아트'를 살리기 위한 많은 방법을 제시하고 온갖 시도를 했지요. 가능성이 보일 때마다 환호하고, 그게 결국 실패했을 때 좌절하면서 마신 술만 해도 얼마인지, 밤을 샌 것 또한 몇 날이나 되는지 헤아릴 수가 없어요. 그러면서 8개월을 보냈는데, 논의하고 제안하고 시도한 것이 하나둘씩 실패만 거듭하니까 대책위원회에 참여해 일을 추진하던 분들이 자신이 제안했던 게 실패하면 면목이 없어서인지 나오지 않는 거예요. 몇 사람이 남지 않은 마지막 회의에서 결국 해결할 방법이 없다, 문을 닫을 수밖에 없다는 결론을 맺고서 다들 발길과 관심을 끊었어요. 모두들 그럴 수밖에 없는 현실을 마음으로 받아들이기 시작한 거지요.

그런데 저는 미련이 남아서인지 쓸쓸하기 그지없고 이젠 정리할 일만 남은 그곳을 두리번거렸고, 주저하면서도 한 번씩 들렀어요. 다들 떠난 곳에 남은, 제대로 된 대책을 세우지 못한 대책위원회의 마지막 대책위원이 바로 저였던 거죠.

12월 초 결국 받아들이고 싶지 않았지만, 받아들일 수밖에 없는 그날이 온 거예요. 그것도 주변 사람들에게 연락한 것이 아니라, 대표님이 블로그에 "몸도 많이 아프고 재정 문제도 해결할 수 없어서 문을 닫을 수밖에 없다"는 말씀을 선언하듯이 하고서는 그동안 고마웠다는 말과 함께 언제부로 이 블로그도 닫는다는 글을 올렸어요. 노심초사하면서 '이음아트'를 바라봤지만 이렇게 작별을 통보받을 줄 몰랐는데, 그 글을 읽고 나서 세 밤 동안 잠이 오지 않았어요. '이음아트'와 만난 지 얼마 되지 않았고 대표님과 피붙이도 아니지만, 이런 책방이 없어지면 또 어디서 만날 수 있겠나 싶어서 그렇게도 잠이 오지 않았던 게 아닐까 싶어요. 걱정이 깊었던 거죠. 잠을 못 잘 정도로. 또, 그만큼 지난 8개월 동안 짧지만 깊은 정을 여기에 쏟았던 것 같아요. 살려보려고.

이대로 책방이 없어진다면, 정말 없어진 모습을 보면 내가 견딜 수 있을까? 어떻게 이 거리를 걷고 그곳을 볼 수 있을까 싶은 생각에 잠을 못 이루는 시간 동안 이 궁리 저 궁리를 하다하다 보니, 궁하면 통한다고 했던가요? 번뜩 이런 생각이 들었습니다. 제가 일하던 '나와우리'는 월세를 내면서 2년에 한 번씩 계약을 갱신해왔는데, 마침 몇 달 뒤에는 계약 기간이 끝나고 월세가 오른 상황에서 재계약을 해야 할 상황을 맞이한 거죠. 오른 월세를 부담하면서 그대로 지낼지 다른 곳으로 옮길지 생각 중이었는데, 가만 생각해보니 보증금은 어차피 책방으로 옮겨도 보전이 되는 거고, 책방으로 옮기면 책방에서 월세를 부담하니 월세 부담을 줄일 수도 있지 않을까 생각이 들더군요. 만약 옮기게 된다면, 잘만 하면 책방의 급한 불을 끌 수 있을 거고 '나와우리'에도 도움이 된다는 생각을 했어요. 밤샘 고민을 생각이 정리되자 바로 실천에 옮겼죠. 글과 말로 이런저런 생각을 하다가 날이 밝자마자 '나와우리' 대표와 이사에게 문의를 드렸어요.

그런데 이분들이 노동 시간이 엄청나게 길어지고 보상을 받기 어려울 텐데 어떻게 하겠느냐고 제게 질문을 하는 거예요. 그래서 저는 '나와우리'가 책방으로 옮기는 데 동의만 해주신다면, 제 개인이 감수해야 할 부분은 문제가 되지 않는다고 말씀드렸죠. 책방이 있는 것만으로도 만족하고 고맙기 때문에 추가로 일하는 비용은 전혀 받지 않겠다, 또한 '나와우리'에서 지금까지 해오던 일은 이제 이 공간에서 하겠다고 말했어요.

이 열쇠가 저 열쇠인줄도 모르는 제가 열쇠만 받았다고 해서 어떻게 책방을 운영하겠어요. 처음엔 예전부터 '이음아트'에서 아르바이트로 일하던 분에게 도움을 많이 받았어요. 그 분은 제가 손님으로 와서 이런저런 책을 주문하면서 친하게 지낸 사이였어요. 그런데 형편이 어려워지면서 '이음아트' 대표님이 여러 사람에게 돈을 빌렸는데, 이 분에게도 빌린 돈이 있더군요. 대표님은 돈이 생기면 그 분에게 먼저 갚겠다고 말했지만, '이음아트'가 파산을 해서 폐업을 하면 돈이 생길 리 만무하니 받을 수 없는 돈이었죠. 그렇지만 이 분 돈을 책방 내 집기와 책을 포함한 돈이라 셈치고 '책방이음'을 시작했어요. 그런데 책방 초기에 어려움이 아주 컸어요.

서서히 깨닫게 되었지만 책방을 찾는 분 가운데는 책방 주인과의 인연으로 그분을 만나러 오는 사람이 꽤 많더군요. 책만 보러온다기보다는 책방 주인을 만나러 오기도 하고, 책방 주인과 책을 둘러싼 이야기를 하며 삶의 한 때를 보내고 싶어서 온다는 것을 알게 되었어요. 지금도 '책방이음'을 찾는 분들 가운데, 제가 잠시 자리를 비운 사이 와서는 책도 안 사고 그냥 가는 분들이 계세요. 제가 돌아왔을 때 자리를 지켜주셨던 분께 누군지 말도 않고 돌아서 가버리니 물어봐도 알 수 없고요. 또 가끔 먹을거리를 사 오는 분도 있어요. 출출할 때 먹으라고, 다른 분들과 나눠 먹으라고. 그런 분과 차 한 잔 나눌 수 있다는 건 큰 기쁨이지요.

이처럼 동네 책방에는 운영하시는 분이 정말 중요해요. 그런데 5년 가까이 일한 분이 그만둔 거예요. '이음아트' 시절부터 그 분과 관계 맺었던 모든 분과 연결이 끊기다시피 했죠. 아, 그 네트워크를 기반으로 해서 서점을 다시 일으키면 되겠다 싶었는데 완전히 잘못 생각한 거였죠. 그리고 도매상에 갚을 돈이 많이 밀려 있었기에, 그 빚을 줄이기 위해서 책장을 비웠어요. 이미 서점이 어려워지면서 책이 많지 않았는데,

그렇게 줄어든 책을 더 비워야 하니 책이 없는 책방이라는 것이 그때는 딱 맞는 표현이었죠. 그래서인지 제가 책 욕심이 좀 있어요. 돈만 벌면 책을 계속 사들여 서가를 채워서 지금은 조금 덜어내야 하지 않을까 생각도 하지만……. 아무튼 그때는 덩그러니 책장은 있는데 책은 없는 상황이다 보니 어떻게 하면 이걸 감출 수 있나 하는 게 매일매일 숙제처럼 느껴졌어요.

또한 오프라인 서점을 이용하는 독자들이 어떤 분들인지 정확하게 아는 시간이기도 했어요. 책을 찾는다면서 전화를 걸어오시는 분들 열 명 가운데 아홉 명은 품절이나 절판된 책을 찾으시더군요. 그때는 책 세계를 잘 몰라서 다 있는 책인 줄 알고 "책이 없어서 미안합니다, 미안합니다"라고 얼마나 자주 말했는지 모르겠네요. 나중에서야 '그러면 그렇지, 온라인 서점에 검색하면 책이 있는지 없는지 여부와 언제 받을 수 있는지도 알 수 있고, 할인에 적립에 쿠폰까지 받을 수 있는데 굳이 왜 이 궁벽한 서점까지 전화번호를 찾아가면서 연락을 했겠어?' 뒤늦게 깨달았지요. 처음엔 뭘 몰랐던 거죠. 그런 일이 지금까지도 이어지다보니, 품절과 절판된 책을 물어보면 이젠 쿨~하게 대답하지요. "책방이음에서는 구할 수 없습니다. 다른 곳에서도 구하기 어려우실 겁니다."

그런데 죽은 책방을 겨우 살린 상황이니까 당시엔 지금처럼 쿨~하게 그럴 수 없잖아요. 그래서 품절이나 절판된 책을 찾는 분들께는 연락처를 받아서 되도록 헌책방을 통해서 구해드리거나 다른 서점으로 찾아가서 사정해서 사와서 드린다거나 했어요. 심지어 서울시 도서관 통합 검색시스템으로 검색해서 도서가 있으면 그 도서관에 가서 책을 빌려와서 빌려드리기도 했어요. 만약 그렇게 해서라도 '책방이음'에 대해서 없던 관심이 생기고 방문하고서 다른 책을 구입한다면 그것 역시 책방 살림에 도움이 되지 않을까 싶었거든요. 특히나 도서관에서 책을 빌려와서 빌려드린 분은, 빌린 책을 받기 위해 한 번 오고 다음에 반납하러 한 번 더 오니까 책방에 한 번도 안 올 분이 두 번씩이나 오게 되는 거잖아요. 꼭 사달라는 것은 아니지만 책방을 한 번쯤 눈여겨보는 기회를 만들게 된 걸 중요하게 생각했어요. '이음아트'가 문 닫는 과정에서 돈이 물론 중요하지만 사람이 얼마나 중요한지 깨달았거든요. 그래서 책방이 살아남고 유지되기 위해서는, 이곳에서 돈 주고 책사는 사람이 정말 중요하다, 이런 결론을 내린 거죠.

그렇다해도 언제 불지도 모르는 바람을 기다리면서, 바람타고 왔다가 바람같이 사라지는 사람을 중심으로 책방을 운영하면 그 책방은 늘 흔들리면서 뿌리내리지 못한 채 어려움에 처할 수밖에 없다고 생각했어요. 지금 '책방이음'에서 운영하는 회원 제도의 얼개를 고민하게 된 거죠. 그런 고민의 결과 지금은 언제 올지 전혀 알 수 없는 분들을 빼고서, 자주는 아니지만 가끔 바람이 부는 날 오시는 분은 '잎새회원'으로, 책방이음을 아끼면서 시간을 들여서 자원봉사 하는 분은 '줄기회원'으로, 이 책방이 깊이깊이 뿌리내리고 점점 자리 잡기를 바라면서 매달 후원하는 분들을 '뿌리회원'으로 모시고 있어요.

이런 게 다 지난 세월 동안 NGO활동을 한 경험 속에서 나온 것이 아닌가 싶어요. 어떤 문제를 해결하기 위해서는 사람들을 조직화하고 관심 정도와 적극성에 따라서 나누고서 열정을 모을 수 있는 방법을 찾는 것이 중요하다는 생각은 그간의 경험에서 나온 것이라 할 수 있지요. '나와우리' 여러분이 흔쾌히 응낙해주었고, 기존 책방 시스템을 아는 분이 한 분 계셨고, 제 열정과 NGO활동의 경험이 합쳐져서 '책방이음' 이 그나마 인공호흡기를 달고 있지만 간신히 숨을 쉴 수 있게 되지 않았나 싶어요.

처음 책방을 시작할 때, 이미 대형 서점이 시 단위와 대학 구내까지 입점했고 온라인 서점 몇 곳이 출판계 매출의 대부분을 내는 상황에서 앞으로 어떤 일이 펼쳐질 것인가를 상상해보았어요. 물론 동네 서점 입장에서 말이에요.

대형 서점이 기업형슈퍼마켓SSM처럼 동네 상권까지 들어올 수 있고 온라인 서점이 마을마다 매장을 낼 수도 있지 않을까? 불법도 아니고, 적극적으로 반대하거나 반대할 힘이 있는 이익단체도 없으니 쉽게 선택하고 밀어붙이지 않을까? 다만 수익이 날 것인가 여부가 관건일 텐데 수익이 난다는 판단을 내린다면 반드시 동네에 무엇인가 생길 것이라고 생각했죠. 그래서 저는 이 책방을 시작할 때 이런 상황을 가상해보았어요. 바로 옆 건물에 온라인 서점이 오프라인 서점을 내서 들어오는 거예요. 이런 상황이 펼쳐질 때 과연 여기서 살아남을 수 있는가? 그 방법을 찾아야만 한다고 생각하면서 이런저런 구상을 했고, 고민을 계속 이어가고 있었어요. 아니나 다를까 우려했던 대로, 바로 옆은 아니지만 300미터 정도 떨어진 곳에 실제로 알라딘중고서점이 들어선 거예요. 한 2년쯤 되었나요? 우려했던 바지만, 막상 벌어지니 걱정을 많이 했는데 생각 이상으로 '책방이음'이 품은 희망이 크다는 점에서 다행스러워요.

　동네 서점에겐 너무나 버겁고 미운 존재이지만, 온라인 서점이 출판 시장이라는 큰 틀에서 볼 때 온라인 시장이라는 중요한 유통망을 형성한 것은 의미가 있어요. 그렇지만 온라인 서점이 출판 종 다양화를 가로막고, 자본이 투여하는 만큼 수익이 나는 구조를 촉진한 것 또한 살피지 않으면 안 되지요. 다양한 의견이 책으로 출판될 때 서로 다름을 인정하고 더 좋은 의견을 모색하면서 자유를 신장시킬 수 있는데, 과연 온라인 서점의 좁은 표출 통로를 통해서 그것이 가능할지 의문이 들어요. 아울러 작은 화면 속에서 사람들 눈에 잘 보이는 곳마다 자릿세를 받는 것이 평등에 도움이 되는 게 아니라 오히려 자본주의의 폐해라고 일컬어지는 차별과 소외를 부추기는 건 아닐까 싶은 생각을 지울 수 없네요.

　좀 더 구체적으로 말씀드리자면 온라인 서점 화면 중 잘 보이는 곳에 책을 드러내기 위해서는 광고비를 쓰거나 판매결정권자의 눈에 띄어서 선택을 받아야 하는데, 광고비를 쓰고 판매결정권자의 눈에 들기 위해 노력해도 결국 책을 사는 것은 독자이지요. 그런데 따지고 보면 온라인 서점은 화면 속 배치를 수익 위주로 해서 독자의 다양한 선택권을 제한하고 있는 건 아닐까요? 온라인 서점에 수익을 더 높여주는 출판사의 책 중심으로 창을 구성하니까요.

　또한 온라인 서점은 이 사람이 이전에 어떤 책을 샀고, 어떤 관심사가 있고, 매달 얼마어치의 책을 샀다는 수익 중심 데이터만 있어요. 이것은 기본적인 데이터고 '책방이음'도 가지고 있어요. 그런데 그것만

가지고는 왜 이 책을 이 시점에, 무엇 때문에 사는지에 대해서는 정확하게 알 수가 없어요. 그 사람의 주된 관심사는 무엇이고, 어떤 삶을 살아가고 있는지, 어떤 사람을 선호하고 어떤 취향을 갖고 있는지를 알려면 직접 그 사람과 만나 대화를 하는 수밖에 없지요. 그게 바탕이 되어야 이 분에게는 지금 이런 책이 더 필요하다 또는 독서가 아니라 정작 필요한 것은 휴식이고, 책이 아니라 자연 속에서 머무는 게 더 필요하다고 권해드릴 수 있는 거죠. 이게 사람 대 사람으로 직접 만났을 때의 장점이에요. 온라인 서점뿐만 아니라 오프라인 서점이지만 대형 서점도 이건 할 수가 없죠. 이런 몇 가지 장점이 있기 때문에 대형 서점 분점과 온라인 서점이 옆에 매장을 열더라도 충분히 운영할 수 있다고 생각했어요. 사람들과 교감하는 능력은 어느 곳도 '책방이음'을 따라올 수 없으니까요.

'책방이음'에서는 시시때때로 책 놓인 자리가 바뀌어요. 어떤 서점은 서가 사진을 못 찍게 하는데, 이유는 서가 책 구성도 편집이기 때문이지요. 그런데 이음은 그렇지 않아요. 책에 대해서 계속 공부하다 보면 '아 이게 이렇게 관계가 있고, 이렇게 연결이 되고, 또 이 시점에 이런 책은 좀 부각이 되고 관심을 가질 만한 것이지 않나?' 이런 것들까지 생각하기 때문에 차츰차츰 알수록 더 서가의 깊이가 더해지고 관계도 은밀해져요. 깊이가 없고 관계도 엉성하면, 서가가 볼 짝이 없죠. 종교 관련 책을 아예 들여놓지 않는 이유도 제가 종교 분야는 잘 모르기 때문이에요. 다른 분야도 제가 모르는 것은 되도록 안 들여놓고 공부가 어느 정도 되었을 때 책을 들여놓는 편이랍니다. 그래서 책 고르고 들여놓는 일이 힘들죠. 매일 매일 책공부해야 하니까요. 그래서 대학원생 때보다 훨씬 더 열심히 공부한답니다. 또 책모임을 하면서 책 공부를 더 하고요.

'책방이음'에서는 베스트셀러 집계 또는 추천도서라느니 이런 걸 하지 않아요. 그 이유는 우선 제가 책을 들여놓을 때 이미 선별해서 들여놓았기 때문이에요. 즉, 여기 있는 만여 권이 제가 다 골라서 꽂아둔 추천 도서인 거죠. 그래서 별도로 추천 목록을 가려 뽑아서 제공하지 않는 거고요. 수많은 책 가운데 이런 책이면 사람들이 읽고 친구 삼을 만하다 싶은 책으로 서가를 꾸며가기 때문에 따로 추천 목록을 작성할 필요를 느끼지 않아요.

아울러 추천 도서를 따로 두지 않는 이유 중에는, 대부분의 추천 도서 목록이 개개인의 생활과 형편을 잘 살피지 못하고 오히려 무시하는 경향에 대한 반감도 있어요. 초등학교 저학년을 위한 목록 또는 대학 신입생을 위한 목록처럼 개개인의 삶의 구체성을 무시하고 한 묶음으로 묶으려는 시도가 온당해 보이지 않거든요. 모든 사람이 단일한 삶과 단일한 고민과 단일한 상황에 놓여 있는 것은 아니잖아요. 그런 방식으로는 인간의 삶을 이롭게 할 수 없다고 생각해요.

중요한 것은 추천 도서 목록이 아니라 그 책을 읽을 수 있는 시간과 자신에게 맞는 책을 스스로 골라 볼 수 있는 안목, 책과 같이 놀고 싶은 마음을 일깨우는 것이 아닐까 싶은데요. 책방이음에 들어서면 그런 마음이 좀 들고, 시간을 내어서 들른다면 '책방이음'에서는 좋은 친구를 만날 수 있고, 뿐만 아니라 책을 보는 안목도 한 뼘 키울 수 있지 않을까 싶어요.

책을 들여놓는 '책방이음' 나름 기준이 있어요. 이유는 모든 책을 다 들여놓을 공간이 없을뿐더러 과연 모든 책이 사람에게 필요한지도 의문이기에, 기준을 둔 거죠. 우선 도서관이 아니라 엄연히 책을 판매해서 유지하는 공간이므로 너무나 당연한 말이지만 팔리는가, 그렇지 않은지가 책을 들여놓는 전제이지요. 그렇지만 아무도 찾지 않고 팔리지 않을 것 같은데도 좋은 책이라 들여놓고 싶을 때가 있어요. 시장 경제 속에서는 많이 팔리는 책이 가치 있는 것이지만, 꼭 좋은 책이 많이 팔리는 책은 아니지 않나요? 이런 책을 들여놓기 위해선 좋은 책이 있다고 여러 소식통으로 알리기도 하고, 미리 지인에게 소개도 하는 등 판매 대책을 세우고 책을 비치하고 있어요.

서가에 둘 책을 챙길 때의 특별한 기준은 사람들이 이 책을 읽고 교양인으로서 살 수 있는가 아닌가 여부랍니다. 이런 이유로 교과서와 참고서 등 시험과 관련한 책을 두지 않아요. 이 책들은 당장의 필요는 충족시킬지 모르지만, 교양을 쌓는 데 별 달리 도움이 되지 않는다고 생각이 들어서지요. 이와 달리 좋은 책이 있다고 하면 지구 끝까지라도 찾아가서 그 책을 구해오는 것이 책방 주인으로서의 태도라는 생각이 들어요. 나쁜 책은 누가 공짜로 주더라도 팔아서는 안 되고. 그러면 어떻게 좋은 책과 나쁜 책을 가를 수 있는가 그 기준이 중요하겠죠? 좋은 책과 나쁜 책의 기준이 만들어진 것은 '나와우리'의 활동가로 쌓은 경험 속에서, '나와우리'를 운영하는 속에서 나온 것이라고 볼 수 있어요. 기준은 사람이 사람답게 살도록 하는가? 평화로운 세상을 만드는 데

도움이 되는가? 우리가 살아갈 지구에 해를 끼치는 책은 아닌가? 성과 지역과 종교와 피부색을 이유로 차별하지는 않는가? 같은 것이지요.

책을 두는 기준을 세우고서 5년가량 서점을 운영하다 보니, 좋은 책을 내는 출판사와 서점이 함께 살 수 있는 구조가 무척 중요하다는 걸 새삼 느끼고 있어요. 특히 요즘처럼 대형 매장은 눈에 잘 띄는 자리를 판다고 출판사들을 조이고, 온라인 서점은 화면이나 데이터를 통해서 수익을 노리는 형편이 일반화되다 보니 출판계도 갑과 을 관계로 규정되기 십상이어서 어느 때보다 동반자 의식을 확인할 필요가 있지 않을까 싶어요. 더 나아가서 저자-출판사-서점-도서관-독자 사이의 관계를 건강하게 재구축해야 한다는 생각이 강하게 들어요. 현 상황을 스케치하자면 독자는 싸게 책을 사려고만 하고, 동네 도서관 수는 턱없이 부족하고, 서점은 책 판매보다 광고 장사에 더 몰두하고, 출판사는 많이 팔리는 책만 내려 하고, 저자는 책을 쓰면서 생계를 유지하기 어려운 악순환이 끊어지지 않은 채 이어지네요. 이러한 악순환의 고리를 끊는 방법은 각 주체가 각자의 자리에서 노력하고 지향을 같이하면서 길을 찾는 수밖에 없다는 것이 제 생각이에요.

'책방이음'에서는 동네 도서관과 출판사와 독자와 더불어 문제를 풀고자 몇 가지 노력을 하고 있습니다. 먼저 동네도서관과는 한 달에 한 번씩 정기적으로 만나서 어려움이 무엇인지 확인하고 함께 풀고자 해요. 특히 '작은도서관기금'을 만들어서 종로구 내의 도서관을 지원하고 있어요. 현재 3개 도서관을 작년부터 계속 지원하고 있습니다. 또한 출판사와 독자의 만나는 접합면을 넓히려고 애쓰는데요, 지난 8월(2014년)에는 특별한 여름휴가 기획으로 파주 출판단지에서 ㄷ 출판사의 한시 관련 책을 읽고 토론하는 1박 2일 프로그램을 열기도 했답니다. 출판사로서는 파주에서 이사하고 나서 1박 2일로 독자와 처음으로 찐하게 만난 시간이었고 참가자에게 프로그램 마친 뒤에 물어보았더니, 책 읽기가 흥미로웠지만 출판사 관계자와 만나서 이야기 나눈 시간이 생소하면서도 가장 기억에 남는다고 하더군요. 아울러 좋은 출판물을 펴내고 있는 출판인들을 응원하는 의미에서 매달 두 출판사를 선정해서 현수막을 만들어 책방 외벽에 게시하고 있으며, 중요한 책이 나왔을 때는 특별전도 수시로 열고 있어요. 현재 저자로부터 독자에 이르는 관계가 심하게 왜곡되어 있기는 해도 좋은 글과 그 글을 알아보는 독자가 반드시 필요하고, 서점과 출판사는 함께 가야 할 도반道伴인 것은 분명한 사실이므로 함께할 수 있는 길과 같이 살 수 있는 길을 앞으로도 쉼 없이 찾아볼 요량이에요.

출판계의 관계 재설정도 현안으로 중요하지만, 미래를 열치고자 할 때 가장 중요한 것은 역시 사람이라고 생각해요. 그래서 '책방이음'에서는 학기별 등록금 전액을 지원하면서 대학생 인턴을 뽑고 있어요. 인턴 교육과정 구성은, '나와우리'로서 시민단체의 일상 업무를 경험할 수 있도록 하고 출판계가 처한 현실과 이것을 해결하는 노력을 끊임없이 익히고 체험하도록 하고 있어요. 배우는 것뿐만 아니라 실습을 할 수 있도록, 어느 정도 시간이 지난 뒤에는 인턴으로 뽑힌 학생들이 스스로 기획하고 모임도 이끌도록 하고 있지요. 물론 '책방이음'의 여러 어른이 멘토 역할을 하지요. 이를 통해서 인턴으로 오신 분은 시민운동의 다양한 업무와 지역사회에서의 서점의 역할을 몸으로 익힐 수 있어요.

결론적으로 동네 서점으로서 '책방이음'은 사람들이 잠시 세상의 어려움을 덜기 위해서 쉬러오는 쉼터라고 생각하고 있어요. 쉼이 없는 삶이란 언제나 모래를 씹듯이 팍팍한 현실을 맛볼 수밖에 없고 끝내 좌절할 수밖에 없지 않나 싶어요. 잠깐이지만 영혼이 쉬어갈 수 있다면 다시금 생기로운 삶으로 돌아갈 수 있지 않을까라는 기대를 갖고 있어요. 또한 책이 그 길에 벗이 되면 얼마나 좋을까 하고 생각하지요.

쉼터면서 벗을 사귀는 곳으로 계속 남기 위해서는 흔들림 없이 책방을 잘 유지해야겠지요. 그래서 이곳을 지키는 데 따뜻한 돈이 반드시 필요하답니다. 이 돈은 도서를 정가로 팔아서 확보할 생각이에요. 모인 돈은 사람을 키우는 인턴 장학금으로, 저자와 독자가 만나는 강연회로, 아름다운 음악을 들을 수 있는 공간과 멋진 전시를 볼 수 있는 전시장을 가꾸는 데 쓸 생각이고요. 또한 출판계를 돕고 지원하는 데도 써야지요. 이 길을 손에 손잡고 함께 가고 싶습니다. 동네의 작은 서점이 걷고자 하는 길에 여러분도 함께하지 않으시겠습니까?

조진석은 '책방이음지기' 불리고 '나와우리' 사무국장으로 일하고 있다. 열아홉 살 때부터 책방을 운영하는 것을 꿈꾸었다. 수차례 벽에 부딪치고 걸림돌에 걸려 넘어지고 나서는 꿈은 꿈일 뿐이라고 생각했지만, '이음아트'의 몰락과 '책방이음'의 부활을 통해서 매일 매일 꿈꾸는 서점인으로 거듭났다. "그대 아직도 꿈꾸고 있는가?"라고 묻는다면 "물론이요"라고 답할 것이고, 죽는 날까지, 어쩌면 죽어서도 꿈을 포기하지 않을 것이라고 대답할 것이다.

우선 부러웠다.

그들에게 이렇게 추억할 수 있고, 찬양할 수 있고, 축하할 수 있는 서점이 있다는 것이.

내심 이 책을 번역하면서 후기를 쓴다면 나의 서점에 대해 쓰리라 생각하고 있었다. 그런데 이것은 요원한 꿈으로 끝나고 말았다. 슬프게도 나에게는 나의 서점이라고 부를 만한 서점이 없다. 그런데 누군들 있겠는가? 대한민국 서울에서?

서점하면 누구라도 ㄱ 문고, ㅇ 문고, 그리고 ㅂ으로 시작하는 외국 서점을 떠올릴 것이다. 흠……, 이게 전부다. 정말 척박하다.

독립 서점은커녕, 이들 대형 체인 서점이 아니면 우리가 오프라인에서 책을 둘러보고 직접 만져보고 살 수 있는 기회조차 거의 없는 것이다.

지금 내가 사는 동네에는 서점이 없다. 책을 사러 나가려면 차를 타고 ㄱ 문고까지 가야 한다.

나에게 기억나는 동네 서점, 즉 중고등학교 때 책을 사던 서점은 학교 앞 서점이었다. 이 책의 서문을 쓴 리처드 루소처럼 내가 기억하는 서점도 딱히 서점이라 할 것도 없었다. 가게의 반은 문방구였고 나머지 반이 서점이었는데, 그마저도 책보다는 참고서와 문제집을 주로 팔았었다. 기억이 이렇다 보니 번역을 하는 내내 조바심이 났다. "아, 쓸 서점이 없어……, 기억에 남는 서점이 없어."

참 불행하다면 불행한 일이 아닐 수 없다. 내가 이 책을 읽기(번역하기) 전까지는 불행한 줄 몰랐다. 이렇게 서점 없는 환경에서 사는 것이 그저 당연한 건 줄 알았으니까. 동네 서점, 독립 서점의 중요성에 대해서는 생각해본 적도 없다.

정말로 맛있는 어떤 음식을 맛봤을 때 '여태까지 내가 먹은 건 뭐였지?' 하는 그 느낌을 아는가? 이 책을 읽고 내가 느낀 소감이 그렇다.

'이런 느낌, 이런 경험, 이런 세계, 이런 기억도 세상에는 존재하는구나'라고.

이 책은 미국의 유명 작가들이 자신이 사랑하는 서점에 대해 쓴 책이다. 이 서점들은 작가들이 꿈을 키울 때부터, 첫 번째 책을 내고 나서, 북 투어를 다니면서, 몇 권 또는 몇 십 권의 책을 낸 후에도 함께 웃고 울고 추억하고 의지가 되어준 곳이다. 서점의 직원들은 개인적으로, 또 직업적으로 작가들의 희로애락을 자기 일처럼 여기며, 작가들이 서점 문을 열고 들어갈 때마다 이름을 불러주고 환영해주고 집같이 맞아준다. 작가와 서점 간의 관계는 몇 년, 몇 십 년이나 이어진다. 작가와 서점 모두 지역사회에 공헌하고 주민과 어울리며, 지역사회의 일부가 되기 위해 노력한다. 이는 비단 작가들만이 독립 서점의 혜택을 받고 있다는 의미가 아니다. 주민과 독자 모두가 서점에서 책들을 둘러보고,

좋아하는 책을 찾은 다음 통로든 소파든 편안하게 자리를 잡고 앉아 몇 시간이고 책을 읽으면서 시간을 보낼 수 있다는 얘기다. 아이든 어른이든, 남자든 여자든 자신만의 꿈을 키우며 지식을 채울 수 있는 곳, 책에 대해 잘 아는 직원들과 수다를 떨 수 있는 곳, 우연히 기성 작가를 만날 수 있는 곳, 낭송회를 들을 수 있는 곳, 친구를 기다리며 커피를 마실 수 있는 곳, 무엇보다 마음의 고향이 되어주는 곳이 이들이 사랑하는 서점인 것이다.

바로 집 가까운 곳에 이런 서점이 있다면 얼마나 좋을까 상상해본다. 책을 번역하는 내내 그 생각뿐이었다. 책으로 꽉꽉 들어찬 서가와 노란 불빛이 새어나오는 창가, 편안한 독서 공간, 조용조용 조심조심 자신의 책을 고르는 독자들, 책 냄새와 커피 냄새가 나는 그런 서점이 있다면……. 현실은 그렇지 않아 안타깝지만 다행히 대안 경험을 해볼 수는 있다. 이 책을 읽으면서 말이다. 책을 사랑하고, 글을 사랑하고, 작가를 사랑하고, 커피 향을 사랑하는 모든 독자들에게 이 책을 권하고 싶다. 적어도 책을 읽는 동안은 마치 그런 서점에 있는 양 마음이 따뜻해지는 걸 느낄 수 있을 것이다.

마지막으로 정말 많은 독자들이 책을 사랑하는 만큼 많이 읽고 또 직접 손으로 골라 사서 읽었으면 좋겠다는 생각을 해본다. 그러면 동네마다 서점도 다시 들어설 텐데 말이다.

2014년
박상은·이현수